LES FANTÔMES D'EDEN

Patrick Bauwen dirige un service d'urgences dans un hôpital de la région parisienne. Après avoir collaboré aux novélisations de la célèbre bande dessinée *Lanfeust de Troy*, il publie son premier thriller, *L'Œil de Caine*, qui reçoit le prix Carrefour du premier roman 2007 et le Prix des lecteurs du Livre de Poche Policier 2008. Patrick Bauwen est également l'auteur de *Monster* (prix Maisons de la Presse 2009) et de *Seul à savoir* (prix Littré 2011).

Paru dans Le Livre de Poche :

L'ŒIL DE CAINE

MONSTER

SEUL À SAVOIR

PATRICK BAUWEN

Les Fantômes d'Eden

ROMAN

ALBIN MICHEL

ISBN : 978-2-253-11200-6 – 1re publication LGF

À Laetitia.

À Bernard Werber,
qui a su me rattraper au bon moment.

Mais il se fit vieux, ce chevalier si hardi, et sur son cœur tomba une ombre, comme il ne trouvait aucun endroit de la Terre qui ressemblât à l'Eldorado.

Et, quand sa force défaillit à la longue, il rencontra une ombre pèlerine. — « Ombre, dit-il, où peut être cette terre d'Eldorado ? »

— « Par-delà les montagnes de la lune, et au fond de la vallée de l'ombre, chevauche hardiment, répondit l'ombre – si tu cherches l'Eldorado. »

Edgar Allan POE, *Eldorado.*

NOTE POUR LE LECTEUR

Ce livre reprend les personnages de l'un de mes précédents romans, *Monster*, mais il n'est pas nécessaire de l'avoir lu pour profiter pleinement de celui-ci. Pour ceux d'entre vous qui apprécient un fond musical, je recommande la BO de la série *Vikings* – dont les sonorités collent bien à l'ambiance – et aussi quelques vieux disques de jazz. Une citronnade ou une bière fraîche à portée de main ne serait pas une mauvaise idée non plus.

Et maintenant, ami lecteur : en avant…

Été 1979

Le cri retentit derrière moi :

— Capitaine, mon capitaine !

Il provenait de la vigie, mais je ne me retournai pas pour répondre. Pas encore. Le spectacle que je contemplais, debout à la proue du navire, était à couper le souffle.

La mer immense semblait constellée d'îlots. La plupart n'étaient que de simples amas de mangrove, mais d'autres formaient de véritables îles, avec leurs bosquets impénétrables, leurs criques secrètes où bâtir des cabanes, et parfois une frange de sable où accoster. Au-dessus, dans le ciel de feu, des centaines d'oiseaux s'éparpillaient, dérangés par le passage de notre vaisseau d'explorateurs.

Nous étions à la pointe sud de la Floride, dans les Ten Thousand Islands. Les Dix-Mille Îles. Et devant nos yeux écarquillés se déployait tout un monde d'aventures.

— Capitaine, mon capitaine !

Cette fois je me retournai.

— Oui, matelot ?

— Vous êtes certain de savoir où on va ?

— Évidemment que j'en suis certain !

Il y avait là toute ma bande :

Cameron Cole, dit *Big Cam*.

Jerry Goodritch, dit *le Bigleux*.

Stan Monroe, dit *Stan le Dingue*.

Sarah Lewis, la seule fille du groupe, à qui nous n'avions pas encore trouvé de surnom.

Et puis il y avait moi : Paul Becker, qui les avais entraînés ici.

Notre moyenne d'âge était d'une douzaine d'années.

— Dis donc, Paul, t'es sûr qu'on n'est pas paumés comme des glands ?

Rires parmi l'équipage. Je déployai une longue-vue imaginaire et scrutai l'horizon.

— Palsambleu, vermisseau ! Douterais-tu de ton capitaine ?

Rires, encore. Je repliai ma longue-vue et les contemplai, les jambes campées sur le pont de notre coque de noix, les poings sur les hanches.

— Nous ne sommes pas là pour nous amuser, nous sommes des chasseurs. Prenez vos armes.

Ils s'emparèrent de leurs accessoires rangés dans le fond de la barque. Je vis des épées en bois, un fusil à eau, une fronde, et même une batte de base-ball.

— Aujourd'hui, nous allons à la Chasse au Monstre, vous vous en souvenez ?

— Oui, capitaine !

— Nous allons affronter le plus mystérieux, le plus dangereux, le plus effroyable monstre de tous les temps. Il est ici, quelque part. Est-ce que vous êtes prêts ?

— Oui !

— Je n'entends rien du tout… EST-CE QUE VOUS ÊTES PRÊTS ?

— OUAAIIIS ! hurlèrent-ils à perdre haleine.

Nous rîmes tous ensemble. Nous étions les rois du monde. Heureux comme des fous.

— Cap au sud, mes amis !

Et nous nous élançâmes.

À ce stade, nous étions encore sur le versant de l'enfance. Purs et libres. Des êtres de lumière. Pourtant, d'ici à la fin de cette journée mémorable, l'un de nous allait commettre un meurtre.

Et trente ans plus tard, ce crime serait toujours impuni.

PREMIÈRE PARTIE

D'entre les morts

1

De nos jours

L'enterrement du docteur Paul Becker était prévu ce matin, dans le petit cimetière d'Eden, comté de Collier, État de Floride. Dès l'aube, je me trouvais déjà sur place. Je garai ma voiture à bonne distance sous les arbres, ni trop près, ni trop loin. Je sortis quelques bières d'une glacière dans le coffre, vérifiai la qualité de la lumière, puis calai mes fesses sur le siège passager afin de pouvoir étirer mes jambes.

Mon téléobjectif était placé sur un petit trépied sur le tableau de bord devant moi, tel le canon d'un sniper. Je fis défiler le paysage dans le viseur et shootai quelques images au hasard. Des tombes régulières. Un saule pleureur aux longues branches traînantes. Un chemin parmi les pelouses vallonnées à l'herbe fraîchement coupée. L'air était vif et humide, empli du chuintement discret de l'arrosage automatique.

J'actionnai le zoom et me rapprochai de l'autre côté du cimetière. Là-bas s'élevait une forêt épaisse qui bloquait la vue, telle une frontière tracée entre le monde des ténèbres et celui des vivants. Durant quelques instants, je laissai mon regard se perdre au milieu des arbres recouverts de filaments de mousse espagnole de ce bayou impénétrable. C'était une pinède aux racines enchevêtrées, constellée de cascades de verdure et de trous d'ombre. Je m'imaginai sans peine les spectres des défunts postés à la lisière, soupirant entre les branches et tendant leurs bras lugubres. Une tache de couleur attira mon objectif : un héron, à proximité d'un fourré de jacinthes d'eau. J'effectuai la mise au point sur les fleurs et considérai le résultat sur l'écran numérique. Le gros plan était impeccable. Les couleurs nettes. Parfait. L'oiseau s'envola.

Je reposai l'appareil et m'ouvris une bière. Le cortège funéraire n'allait plus tarder. Il ne me restait qu'à faire preuve de patience. Je sirotai quelques gorgées, un bras accoudé sur la portière. J'utilisais du matériel de pro. Le but était de capturer les expressions des gens. D'observer tous ceux qui se rendraient à l'inhumation du défunt, chaque visage agrandi jusqu'au moindre pore.

Dans la poche de ma veste, une carte de presse flambant neuve titrait « Jack Barn, journaliste pour le *Miami Herald* ».

— Jack Barn, murmurai-je. Le shooteur de scoops. Jack Barn le tireur d'élite.

Un rire franchit mes lèvres. La carte était fausse, bien entendu. Tout comme le nom inscrit dessus. Mais vous savez ce qu'on dit : dans un plan, l'étape cruciale, c'est les préparatifs. Je pris une grande inspiration. J'étais prêt. La cérémonie pouvait commencer. Cet enterrement, je n'allais pas en perdre une miette.

2

Les voitures du cortège franchirent l'entrée du cimetière. Le corbillard roulait en tête, au pas. C'était une vieille guimbarde tout en longueur comme on en voit encore dans les concessions du Sud.

Un frisson me parcourut l'échine. Le corps du brave docteur Becker se trouvait là-dedans. Un type dans la quarantaine, boursouflé et obèse. On racontait qu'il avait passé les derniers mois de sa vie reclus, et que sa mort était la conclusion logique d'une longue descente aux enfers. Il avait pris tellement de poids qu'il avait fallu lui commander un cercueil sur mesure. D'après la rumeur, les employés des pompes funèbres n'avaient pas ménagé leur peine pour rendre le corps présentable. J'effectuai une première série de clichés.

Derrière le corbillard suivaient les autres véhicules, moins d'une douzaine en tout. On ne pouvait pas dire que c'était l'émeute. En outre, excepté deux ou trois voitures chic, le reste du convoi était constitué de marques au rabais et de pick-up brinquebalants. Voilà qui en disait long sur la clientèle et la popularité du bon docteur Becker. Montre-moi les voitures de tes patients, je te dirai qui tu es.

J'avalai une nouvelle gorgée de bière et zoomai sur le véhicule fermant la marche : une voiture de police.

— Hé, hé, fis-je à voix haute. Bienvenue à la fête.

Le cortège tourna et vint se garer devant la magnifique pelouse, défigurée par un trou noir rectangulaire. L'emplacement avait été creusé la veille. J'y avais assisté lors de mes repérages. Imaginez-vous la scène : un filet de brume flottant au-dessus de l'herbe tel un long ruban de dentelle grise ; trois employés creusant au petit matin, tandis que le soleil monte derrière les arbres ; des tombes sagement alignées les unes à côté des autres, bien proprettes, avec des fleurs fraîches toutes les semaines. Le cimetière idéal pour être inhumé.

Tout le monde était descendu de voiture à présent. Le véhicule de police s'ouvrit et une sorte de géant en déplia sa silhouette musculeuse. Le type épousseta son uniforme, lequel semblait sur le point de craquer au niveau des coutures. Nom de Dieu, ce gars était gonflé à l'hélium ou quoi ? Il tourna son regard dans ma direction comme si une intuition le titillait. Mon doigt actionna aussitôt la détente. Zooommm-ClicClicClicClicClic.

Derrière ses Ray-Ban à verres polarisés, je pouvais le sentir me chercher des yeux. Je connaissais son nom : c'était le sergent Cameron Cole, le meilleur ami du défunt. Il ne pouvait pas me voir, cependant, tel que j'étais, ratatiné derrière le tableau de bord. En outre, lui-même se trouvait gêné par le soleil – j'avais bien fait attention lors des repérages.

Le géant reprit sa marche jusqu'au cercueil. Il tenait à le porter en personne, à faire cet effort et que tout le monde le voie. J'observai le policier empoigner le cercueil et le soulever haut, tandis que ses voisins grimaçaient pour se maintenir à niveau. Il avançait d'un pas raide, tel un boxeur sonné. Un révérend les accueillit une bible à la main. L'assemblée se répartit en demi-cercle et on abaissa le sarcophage au sol.

De là où je me trouvais, je pouvais saisir chacun des visages au téléobjectif et ne m'en privais pas. L'appareil crépita une bonne centaine de fois avant que je ne me lasse. Je le reposai ensuite sur son trépied. Ça allait durer de longues minutes encore, le temps que chacun se fende de son petit laïus. J'éprouvai une certaine fascination morbide à contempler ce spectacle, j'en avais conscience, sans parvenir à décider si c'était bien ou mal. J'échappai à la réflexion en dégoupillant une nouvelle bière. La canette me glissa des doigts et roula sous le siège tandis que son contenu se répandait sur la moquette.

— Merde…

Je jetai un œil à la cérémonie : tout le monde était absorbé dans la contemplation silencieuse du cercueil. Cameron Cole au premier rang. J'orientai mon visage vers le sol et cherchait la canette à tâtons. N'y parvenant pas, je plongeai le bras entier et fouillai plus loin.

Quelle comédie humaine, songeai-je, tout cela était si convenu. Je n'ai rien contre la religion. Je suppose qu'elle est nécessaire. Mais je ne peux pas croire qu'un type barbu – appelez-le Dieu, Bouddha ou ce que vous voudrez – surveille nos faits et gestes du haut de son nuage. L'univers est si vaste, pourquoi imaginer que nous sommes la création la plus importante au monde plutôt que, je ne sais pas, moi, une tortue, une étoile, ou une bactérie ? La triste vérité, selon moi, est que des crimes peuvent être commis en toute impunité. La religion n'est que le voile fragile dressé devant nos yeux pour nous empêcher de redevenir des barbares, massacrer notre voisin, sauter sa femme et lui piquer son fric. Pas nécessairement dans cet ordre.

Mes doigts se refermèrent enfin sur la canette. Je me redressai sur mon siège.

… Et me retrouvai face à Cameron Cole. Le visage du policier était là. Collé contre la vitre. À dix centimètres du mien.

— Qui êtes-vous ? aboya-t-il. Qu'est-ce que vous faites ici ?

Je sursautai. Il ouvrit ma portière et s'empara de mon appareil photo.

— Hé…, m'écriais-je.

Son index se posa sur ma poitrine et me repoussa en arrière.

— Pas bouger. Tranquille.

Il fit glisser l'appareil sur le capot de ma voiture comme s'il éloignait une arme. Sa veste d'uniforme s'écarta au passage, dévoilant le revolver de service passé à sa ceinture.

— Sors de cette voiture, trouduc.

— Du calme, dis-je, tout va bien. Je ne fais que mon travail, sergent.

Je m'exécutai néanmoins, les mains en l'air bien en évidence. Tous les membres du cortège funéraire avaient les yeux braqués sur nous. Au temps pour la discrétion.

— Je t'ai posé une question, dit Cole. T'es qui ?

— Donc on se tutoie ? répondis-je sans me laisser démonter. Vous voulez m'inviter à dîner, sergent ? Je vous préviens, je suis déjà pris.

Ses yeux se plissèrent.

— Tes mains sur le capot. Écarte les jambes.

Il tâta mes mollets, remonta le long de mes cuisses et s'empara de mon portefeuille.

— Je m'appelle Jack Barn, fis-je. Je suis journaliste. Je bosse pour le *Herald*.

— Tiens donc. Un petit scribouillard.

— Pourquoi *petit* ? Je remporterai peut-être le Pulitzer, si ça se trouve…

— C'est un cimetière, ici.

— Je respecte la loi.

— La loi, c'est moi.

Cette fois, je la bouclai.

— Aujourd'hui on enterre le docteur Paul Becker, poursuivit Cole. Tu sais qui c'était, scribouillard ?

— Non, mentis-je.

— Mon meilleur ami. Un putain de type bien.

De près, son haleine sentait l'alcool. Ses traits étaient tirés et pâles. Ses Ray-Ban, choisies d'une taille volontairement trop large, ne parvenaient pas à cacher complètement la rougeur de ses conjonctives lorsqu'il bougeait la tête.

— Si vous le dites, sergent.

— Je le dis. Même si je sais que tu ne l'écriras pas dans ton torchon. Parce que c'est à cause de gens comme toi, les petits scribouillards de merde, que Paul Becker est mort.

Il faisait sans doute allusion à certains articles parus dans les journaux. À en croire plusieurs papiers, le docteur Becker avait eu des ennuis avec la justice, quelques années auparavant. Les choses s'étaient arrangées sur le plan officiel, mais lui ne s'en était jamais remis. Les articles l'avaient peu à peu poussé vers la tombe. Devenu obèse, frappé d'infarctus successifs, Becker était mort, abandonné et seul.

— Retournez-vous.

Je m'exécutai. Il me fixa plus attentivement.

— On se connaît ?

Contrôler ma voix. Ne pas flancher.

— Pas que je sache.

— Je me demande ce qui me retient de balancer ton appareil contre un arbre, dit le sergent Cole.

— Une plainte du *Miami Herald*, peut-être ?

— Et si je t'ordonne de détruire les photos ?

— Rien ne vous y autorise. Et les doubles sont déjà sur disque dur à la rédaction. Transmission Wi-Fi par téléphone portable. (Je souris.) Le monde moderne, vous voyez ?

Mon cœur battait à tout rompre. L'assemblée nous observait, curieuse de voir la suite. Ne rien montrer. Contrôler mes émotions. En particulier le timbre de ma voix. Le flic me lança mon portefeuille au visage.

— Barre-toi d'ici, scribouillard de merde. Sinon je te coffre. Vingt-quatre heures en cellule, avec des Cubains ivres, rien que toi et ton petit cul blanc. (Il eut un sourire sans joie.) Le monde moderne, tu saisis ?

Il déposa le téléobjectif sur mon siège.

— Et maintenant dégage.

Je ne me fis pas prier. Je tournai la clé de contact, passai une vitesse et démarrai en trombe. Mes pneus crissèrent sur le gravier. Les membres du cortège funéraire suivirent mon départ à travers leurs lunettes noires. Adieu petit cimetière d'Eden, adieu enterrement de Paul Becker. Je fonçai sur la nationale, comptai deux kilomètres et relâchai enfin mon souffle.

Tout cela était faux, bien entendu. Je ne travaillais pas pour le *Herald*. Et je ne possédais pas la moindre transmission Wi-Fi machin-chose pour sauvegarder mes photos. L'identité de Jack Barn n'était qu'une couverture, comme je l'ai déjà dit. Elle faisait partie de mon plan.

J'avais les clichés. Et ce face-à-face imprévu avec Cameron Cole s'était déroulé sans anicroche. J'avais beaucoup travaillé pour arriver à ça. Je m'étais entraîné, modifiant mon apparence physique, mon timbre de voix, mes gestes. Ajoutez à cela un déguisement efficace et une perte de poids radicale, et j'en étais devenu méconnaissable.

Car j'ai omis de vous préciser une chose. Un point crucial. Le brave docteur Becker n'est pas mort de façon naturelle : il s'agit d'un meurtre. Un assassinat en bonne et due forme. Et si personne n'est au courant de la vérité, je suis, en revanche, très bien placé pour la connaître.

Parce que le docteur Paul Becker, c'est moi.

3

Je quittai donc le cimetière d'Eden – et la ville du même nom, où j'avais passé une bonne partie de mon enfance – pour emprunter l'Interstate 95 en direction de la côte Est. Je stoppai dans l'une de ces stations-service géantes où plusieurs chaînes de restauration rapide se battent pour vous avoir comme client. Mes yeux louchèrent un instant sur la pan-pizza triple pepperoni XXL en promo, « deux pour le prix d'une ». J'accomplis un effort de volonté surhumain et passai devant sans m'arrêter, jusqu'au buffet de crudités. J'avais été obèse, mais je ne l'étais plus. Je n'avais pas le choix. Après ma maladie cardiaque, c'était ça ou mourir.

Je mâchai mes feuilles de salade avec lenteur en regardant les actualités, mon appareil photo posé près de moi sur la banquette. Je n'avais pas envie de voir les clichés. Pas tout de suite. Mon repas terminé, je repris la route et me mêlai tranquillement au trafic de l'après-midi filant vers Miami. Mon moteur ronronnait dans les embouteillages. J'avais la fenêtre ouverte et la clim à fond. C'était mal pour la couche d'ozone, mais je m'en fichais. J'avais besoin de calme. De réfléchir. Le bruit autour de moi m'aidait à faire le vide. Ce n'est pas tous les jours qu'on assiste à son propre enterrement, pas vrai ?

À dix-huit heures, je franchis le pont MacArthur Causeway et ses lumières violettes qui se reflétaient dans l'océan Atlantique. La sirène d'un énorme bateau de croisière résonna dans le port. À dix-huit heures trente, j'étais au pied d'un petit immeuble cossu de Miami Beach.

Juste à temps pour récupérer mon père.

Le kinésithérapeute poussa le fauteuil de George jusqu'au bord du trottoir.

— Allez, George, c'est l'heure de rentrer. Et encore bravo, vous avez fait de sacrés progrès.

Mon père ne répondit pas. Il ne répondait jamais rien, de toute façon. Ça faisait longtemps qu'il s'était réfugié dans ce monde intérieur silencieux où nous terminerons tous. D'une certaine façon, je trouvais réconfortante cette image de la vieillesse. Pas de souvenirs, pas de haine, pas d'envie, juste de longues journées à être transbahuté d'un endroit à l'autre, avec des gens qui vous sourient et qui s'occupent de vous. Et la mort au bout du chemin, de moins en moins effrayante, comme une amie que l'on apprivoise en douceur.

— Vous êtes en retard, me lança le kiné d'un air de reproche.

— Embouteillages.

— Vous vous occupez de lui correctement au moins ?

— Je suis payé pour.

Le kinésithérapeute me jeta un regard méprisant, haussa les épaules et disparut dans son cabinet. Je m'excusai mentalement auprès de mon père. Mais pour ce praticien, je n'étais que Jack Barn, l'infirmier à domicile chargé de récupérer un vieillard, et en aucun cas le fils de George. Mon rôle devait être joué à fond. Je ne voulais pas que l'on soupçonne le docteur Paul Becker d'être revenu d'entre les morts.

Je l'aidai à s'installer sur le siège passager après avoir dégagé mon téléobjectif et les papiers qui encombraient le secteur. Mon père s'assit sans broncher. Je repliai son fauteuil roulant d'un claquement sec et le fourrai dans le coffre. Un klaxon retentit car nous bloquions la file. Je me fendis d'un doigt d'honneur et réintégrai ma place derrière le volant.

— En route, George !

Son regard était fixé sur un point dans l'espace, en un lieu où je ne pouvais pas le rejoindre. Je démarrai.

— C'était une bonne journée, pas vrai ? dis-je. Un peu chaude. Mais bonne.

Sa tête dodelinait au rythme du trafic.

— Je suis d'accord avec toi. Ton kiné est d'un lourdingue… Toujours à te dire que tu fais des progrès. À l'en croire, demain, tu dois être prêt pour les Jeux olympiques, ha, ha !

Je slalomais dans la circulation du soir. Les premiers clubs étaient en train d'allumer leurs terrasses. Ça sentait l'iode et la friture cubaine.

— Et si on se mettait un brin de radio, qu'est-ce que tu en penses ?

Mon père se laissa doucement aller contre l'appuie-tête, les yeux mi-clos. Je choisis une station qui ne passait que des vieux tubes et réglai le volume au minimum. Frank Sinatra fredonna en sourdine que le vent de l'été arrivait, dansant et soupirant sur la mer, flânant avec nous le long des sables d'or. George avait l'air endormi. Je lui tapotais la jambe.

— Allez, papa. On rentre chez nous.

J'oubliai l'enterrement. J'oubliai les photos. Le fait est que je devais rester concentré sur le moment présent. Et dans l'immédiat, cela se résumait à aider George à monter les marches conduisant au petit appartement où nous vivions, ce qui n'était pas une mince affaire, même si mon père était aussi léger qu'une plume. Je refermai la porte et l'installai dans son lit, lui ôtai ses vêtements, effectuai sa toilette avec un gant propre, sans mouiller les draps, puis je vidai sa poche urinaire et vérifiai que sa sonde à demeure ne l'irritait pas trop. J'achevai mes tâches en lui enfilant son pyjama et ses chaussettes, car je savais qu'il ne dormirait pas s'il sentait ses pieds à l'air libre. Je l'embrassai enfin et éteignis la lumière.

— Bonne nuit, papa. Tu m'appelles si tu as besoin. Je suis juste à côté, comme d'habitude.

Ses paupières closes faisaient face au plafond. Je refermai doucement la porte, me servis un verre d'eau fraîche dans le coin cuisine et, tout en buvant à petites gorgées, sortis sur la terrasse pour m'allumer une cigarette. Des mouettes poussaient leurs cris dans l'air du soir.

Le jour, George était pris en charge par une maison médicalisée. Ils s'occupaient de ses repas, de la kinésithérapie et de le stimuler autant que possible.

Chaque soir, en revanche, ils le mettaient dehors et c'était à moi de prendre le relais. Il ne possédait pas suffisamment de ressources pour se payer un hébergement en long séjour. Alors il occupait la chambre de ce petit appartement et je dormais dans le coin cuisine, ou bien dehors dans une chaise longue. La situation présente n'était pas idéale, mais nous n'avions pas trouvé mieux.

Je terminai mon verre d'eau et écrasai ma cigarette avant la fin. Je m'étais un peu trop lâché sur ce genre de petit bonheur. Avec les bières de ce matin, c'était un peu dingue de ma part de me remettre à boire de l'alcool et à fumer. Mais comme je l'ai déjà dit, ce n'est pas tous les jours que l'on assiste à son propre enterrement.

Je contemplai les lumières de Miami Beach et respirai à fond. Je me sentais vivant. Je voulais m'attarder un moment encore. La fatigue m'était tombée sur les épaules et je n'avais pas envie de replonger dans mes réflexions intérieures et les plans machiavéliques que je concoctais depuis des semaines. D'un autre côté, je ne voulais pas m'assoupir non plus. J'avais peur de dormir. Ça me terrifiait. Je savais que je rêverai de ma mort, comme chaque fois. Alors je traînais dans le rôle de Jack Barn l'infirmier, de Jack Barn le reporter bidon, ou de Jack Barn l'homme-qui-ne-branlait-rien. Je faisais de mon mieux pour retarder l'échéance et ne pas redevenir Paul Becker. Je me laissai aller dans ma chaise longue. Dans le lointain, le grondement des basses issu des night-clubs se confondait avec les battements de mon cœur. Ma lutte intérieure devint une simple protestation, puis cessa. Le sommeil est notre maître à tous.

C'est ainsi que je replongeai vers le néant.

Vers le passé.

Jusqu'à ce que je redevienne…

… inéluctablement…

… Paul Becker…

4

Un an plus tôt

— Becker ? Docteur Paul Becker ?

— C'est moi.

Le type qui venait de prononcer mon nom portait une blouse blanche. Comme la mienne. Sauf que cette fois, je me trouvais dans le lit du patient, et l'autre à mon chevet. J'occupais une chambre particulière du service de cardiologie de la clinique Evergreen. Et le professeur Evergreen, c'était lui.

— J'ai vos résultats, dit le professeur.

— Soyez franc, répondis-je.

— Ils ne sont pas bons du tout.

— Soyez moins franc, finalement.

— Vous avez fait un vilain infarctus.

— Aïe.

— Votre tension a grimpé dangereusement, tout comme votre taux de cholestérol, votre glycémie et divers paramètres que vous connaissez aussi bien que moi.

Il marqua une pause.

— Paul, je voudrais vous poser une question franche. Est-ce une façon de vous suicider ?

— Vous pensez que je veux mourir ?

— Ça m'en a tout l'air. Votre indice de masse corporelle a explosé en quelques mois. Vous êtes atteint d'obésité sévère.

— Ah, la pizza au pepperoni. Je savais que je n'aurais pas dû.

— Et les hamburgers. Les gâteaux. Les sodas. L'alcool. Vous mangez comme quatre. Fumez comme six. Vous ne pratiquez aucun sport.

— Je n'ai pas besoin de faire du sport. Je n'ai personne à qui plaire. Ma femme m'a quitté.

— Elle reviendra peut-être.

— J'en doute. Elle vit à sept mille kilomètres, en compagnie de mon fils et d'un type qu'il appelle « papa ». Je n'ai aucune nouvelle d'eux depuis trois ans.

— Et votre consultation ? J'ai appris que vous n'y alliez plus guère. Vos patients doivent vous manquer, non ?

Je haussai les épaules.

— Je n'ai pas trop de patients, en ce moment.

— Vos associés, qu'est-ce qu'ils en pensent ?

— Ils ont leurs propres problèmes.

Le professeur Evergreen, de la clinique Evergreen, s'assit à côté de moi.

— Nous ne pouvons plus vous garder ici, Paul. Je vous ai trouvé une maison de convalescence, mais ensuite il faudra vous débrouiller seul.

— Mon compte est à sec, c'est ça ?

— Oui. Nos trois dernières factures sont revenues impayées. (Il leva la main pour m'empêcher d'ajouter quelque chose.) Et je ne veux pas entendre parler de règlement, je m'occupe de tout. Vous ne devez rien, mais il va falloir vous ressaisir.

Je le regardai sans répondre.

— Docteur Becker, vous faites une dépression. Une dépression carabinée. Et à ce rythme-là, si ce n'est pas elle qui vous tue, ce sera un autre infarctus.

Je pris une longue inspiration, puis prononçai la phrase que l'on redoute tous d'avoir à prononcer un jour :

— Si je ne change rien, vous me donnez combien de temps ?

Il me fixa sans sourciller.

— Un an. Maximum.

L'ambulance me reconduisit chez moi quelques semaines plus tard. À cette époque de ma vie, j'habitais Naples, sur la frange ouest de la Floride. C'était une ville calme, située de l'autre côté des Everglades, loin de Miami et de sa foule bruyante. Ses maisons cossues d'allure méditerranéenne – qui lui avaient valu son nom, par analogie avec la Naples d'origine – abritaient essentiellement des personnes âgées et des familles aisées venues y passer l'hiver. L'été, en revanche, la région se désertait dès l'apparition des premières vagues de chaleur. Naples prenait alors volontiers des allures de ville fantôme, balayée de temps à autre par les rideaux imprévisibles d'une tempête tropicale. Plus au sud, à vingt minutes de voiture, s'élevait la petite bourgade d'Eden, où j'avais grandi. En quarante ans, j'étais parti de l'une pour arriver à l'autre, après un long détour par Los Angeles et la Californie afin d'accomplir mes études et démarrer ma carrière. Une boucle immense qui, en fin de compte, ne m'avait guère fait avancer, du moins sur le plan géographique. Je me retrouvai debout devant ma maison, un sac plastique entre les mains, mes affaires personnelles à l'intérieur.

Le temps que s'achève ma convalescence, deux mois complets s'étaient écoulés depuis mon infarctus. Le gazon devant ma villa avait atteint un niveau inquiétant qui le faisait ressembler à une petite jungle. Je gravis les marches. Le perron était encombré de lettres. Des factures, des publicités, encore des factures. Je ramassai tout ça et le fourrai dans mon sac en plastique. Je tournai la clé dans la serrure et pénétrai chez moi. Le boîtier de l'alarme se trouvait sur le mur de droite. Je tapai le code. Rien. J'actionnai l'interrupteur. Rien non plus. On m'avait coupé l'électricité. Magnifique.

Je m'assis sur les marches menant à l'étage. J'y allais doucement car mon dos me faisait souffrir, mes articulations aussi, et le moindre effort m'était contre-indiqué dans l'immédiat. Un vrai petit vieux. Dans la glace en face, celle où j'avais l'habitude de rajuster ma cravate avant de partir au boulot tandis que ma femme me déposait un baiser sur la joue, celle sur le côté de laquelle se trouvaient encore les marques de crayon indiquant l'évolution de la taille de mon fils, dans cette glace-là, il y avait un type énorme. Un monstre au visage semblable à du fromage fondu, avec des petits yeux renfoncés dans leurs orbites, des seins déformant une immense chemise, un nombril qui en dépassait, un ventre posé sur ses genoux, et des pieds d'éléphant aux ongles trop longs débordant d'une paire de vieilles claquettes. Je détournai le regard et fermai les yeux. La maison était vide. Obscure. Silencieuse.

C'en était assourdissant.

Quelques jours après, je décidai de me rendre à mon ancienne consultation. Dans l'intervalle, j'avais fait rétablir l'électricité, coupé l'herbe de mon jardin – ce qui m'avait pris une journée entière à souffler comme un âne alors que je disposais d'une tondeuse à essence autotractée – et j'avais remis un peu d'ordre dans mes affaires. Rozella, notre ancienne employée de maison, avait accepté de me donner un coup de main.

— Ce n'est pas prudent, tous ces efforts, monsieur Becker. Le docteur a dit qu'il faut vous économiser.

— Le docteur, c'est moi, Rozella.

Sur quoi elle avait fait semblant de ne pas m'entendre et continué son ménage. Je la laissai se débrouiller. Rozella était une vieille gouvernante afro-américaine, connue pour être une perle de maison autant qu'une tête de mule. Mieux valait ne pas la contrarier et me la mettre à dos.

Je débarquai à ma consultation dans l'après-midi. J'avais créé une *walk-in-clinic*, c'est-à-dire un cabinet sans rendez-vous, ouvert sept jours sur sept. Une salle d'attente, des box, de quoi plâtrer et faire les sutures, et même une petite salle de déchoquage au cas où. On y traitait le tout-venant, les petites urgences, la bobologie, les entorses, bref, on s'occupait de tout ce dont les autres praticiens ne voulaient pas. Nous n'étions ni des urgences hospitalières, ni un cabinet de consultation généraliste. C'était entre les deux. Nous travaillions dans une petite maison confortable avec un joli parking bordé de thuyas que nous partagions avec le fast-food voisin. L'endroit était bien situé, à deux pas d'une nationale, et de nombreux lotissements de banlieue avaient recours à nos services. Je suis médecin urgentiste de formation. J'étais revenu habiter la région de mon enfance avec ma petite famille quelques années auparavant. Une tentative pour recoller les morceaux d'un mariage qui battait déjà largement de l'aile. Ça n'avait pas marché.

— Paul !

Dès l'instant où je franchis l'entrée de la consultation, le docteur Jerry Goodritch jaillit de son bureau tel un diable monté sur ressorts.

— Tu es sorti ? Tu vas bien ? Tu ne donnes jamais de nouvelles, espèce d'idiot !

Il me sauta au cou et m'embrassa. Jerry était mon ami d'enfance, et aussi le premier de mes deux associés. Je le regardai tourner autour de moi en agitant les mains.

— Jerry, qu'est-ce que tu fabriques ?

— Danse de la confiance en soi. Je t'envoie des ondes positives.

— Je sors d'un infarctus, t'es au courant ?

— Oui et alors ? Ton cardiologue t'interdit de danser ?

— Je suis obèse.

Il s'arrêta et m'examina en se tenant le menton.

— C'est vrai que t'as une sale tête. Mais j'ai une bonne nouvelle.

— Tiens donc.

— Sous ce gros et grincheux docteur Becker, il y a Paul, mon copain super sexy.

Cet idiot parvint à m'arracher un sourire, et nous entrâmes dans son bureau. Issu d'une famille modeste, Jerry était le fils d'un tailleur et d'une petite coiffeuse de Brooklyn. Nous nous étions rencontrés lors de leur déménagement en Floride, trente ans plus tôt. De sa mère, il tenait ses yeux en amande, son sourire narquois et sa forte myopie, corrigée aujourd'hui par d'élégantes lunettes rondes en écaille. Son père, de son côté, lui avait légué le sens de l'esthétique et l'amour des costumes trois-pièces impeccables.

Lorsque nous étions gamins, Jerry se faisait régulièrement charrier à propos de son corps maigrichon et des culs-de-bouteille posés sur son nez. Il avait peu d'amis et aucune chance de décrocher la moindre bourse en sport. Malgré ces handicaps, il s'était battu pour aller à l'université sans l'aide de personne, en particulier sans le soutien financier de son paternel qui considérait d'un sale œil tout individu ayant dépassé le certificat d'études. Jerry Goodritch était devenu gynécologue, diplômé de l'université de Columbia. Gentil, attentionné, drôle, les femmes en étaient folles… à leur grand désespoir : car Jerry était totalement et irrémédiablement gay.

— Bon, dis-je en me laissant tomber dans un fauteuil qui gémit de souffrance, à propos de nouvelles, comment ça se passe ?

Il m'adressa son plus grand sourire.

— Comme sur des roulettes.

— Mince. Si mal que ça ?

Ses lèvres s'affaissèrent.

— On est un peu à la bourre sur les échéances de remboursement.

— Raconte.

Il le fit, sans s'appesantir sur les détails. Au bout d'un quart d'heure d'explications, je réalisai que ma situation était encore pire que prévu. Catastrophique, en fait. Ma dépression – puisqu'il fallait bien l'appeler ainsi – avait fait fuir ma clientèle et m'avait conduit dans les eaux glauques du surendettement. J'avais eu des ennuis avec la justice quelques années plus tôt. À l'ouverture de ma walk-in-clinic, l'un de mes patients s'était avéré être un dangereux psychopathe et m'avait créé pas mal de problèmes. Les journaux ne m'avaient pas ménagé dans leurs colonnes. Mon mariage n'y avait pas survécu. Pas plus que ma santé mentale. Un premier ami, le sergent Cameron Cole, m'avait soutenu dans l'épreuve. Puis Jerry avait rejoint l'équipe pour l'étoffer et me filer un coup de main. Il se débrouillait pour recruter des remplaçants urgentistes, gynécologues et pédiatres – nos trois axes de consultations –, payer les salaires de nos secrétaires et conserver un semblant de clientèle. Mais cela n'avait pas suffi. Après une phase d'amélioration transitoire, j'avais recommencé à me laisser aller.

— On va s'en sortir, dit Jerry.

Il décrocha le téléphone.

— Qui tu appelles ?

— Conseil de guerre.

Vingt minutes plus tard, Cameron Cole débarquait à son tour dans la consultation.

— Paul ! Sainte mère de Dieu, depuis quand es-tu dehors ? Tu refuses qu'on vienne te voir à l'hôpital et tu ne préviens pas quand on te libère ?

Jerry haussa les épaules.

— Je me tue à le lui dire.

Ils avaient raison, j'avais refusé chacune de leurs visites. Mais c'était un réflexe bien connu chez les médecins : un docteur n'aime pas montrer qu'il est malade.

Cameron Cole était mon second associé, et mon ami d'enfance lui aussi. Son boulot de flic ne lui rapportait pas des masses et son ex-femme l'assassinait en pension alimentaire, sans compter ses deux gamins à qui il était incapable de refuser un cadeau. Il avait monté plusieurs affaires sans jamais parvenir à s'enrichir. Je lui avais finalement proposé d'entrer dans notre capital – encore une idée brillante – et, par ma faute, il se retrouvait maintenant associé à mes déboires financiers. Mon regard alla de l'un à l'autre.

— Quoi, les gars ? dit Cameron en sentant le vent tourner. Ne me dites pas que c'est la merde, parce que j'ai placé un max de blé dans votre clinique. Et là, j'ai plus les moyens.

Je baissai les yeux.

— C'est fini pour moi. Terminé. Il faut que je raccroche.

La discussion dura un long moment. Ils protestèrent, bien entendu. Cameron tournait en rond, tandis que Jerry essayait de me démontrer que je ne devais pas abandonner le navire, et encore moins arrêter la médecine : c'était ridicule ! Ce métier représentait toute ma vie, qu'est-ce que j'allais faire si je cessais d'exercer ? Mais je ne voulais pas en démordre. J'avais largement eu le temps d'y songer durant mes semaines passées à l'hôpital. Je n'en pouvais plus. J'étais devenu incapable de travailler, incapable de faire beaucoup de choses en fait. Il fallait que ça change. Les chiffres que venait de me donner Jerry avaient confirmé mes craintes. Mon raisonnement était simple : la walk-in-clinic fonctionnait sept jours sur sept ; nous avions des loyers impayés, des fournisseurs furieux, des secrétaires excédées par leurs salaires en retard, des crédits en veux-tu en voilà ; pour assainir les comptes, je devais vendre mes parts et éponger les dettes, et surtout : retirer mon nom de toutes les plaques. Sinon j'allais nous entraîner dans une faillite dont on ne se relèverait pas. La profession médicale est un petit milieu, et le nom de Paul Becker y était devenu indésirable, au moins dans cette partie de l'Amérique. Pour survivre, il fallait couper le membre gangrené. Moi, en l'occurrence.

J'abandonnai Jerry et Cameron sur le perron en évitant toute effusion sentimentale, et leur promis de repasser plus tard régler les détails de mon départ. Mais je n'en fis rien. Dire au revoir à mes amis, à ma consultation, à mon univers, était au-dessus de mes forces.

À la place, je me rendis chez mon banquier et le chargeai de mettre ma maison en vente et de s'occuper de tout. Il m'assura que si je voulais éviter les poursuites – et la prison, peut-être –, il fallait aussi vider mes comptes, mon assurance vie, rendre ma voiture en leasing, et sacrifier les économies bloquées pour les études de mon fils. Je m'exécutai, la mort dans l'âme, et signai tous les papiers nécessaires.

À la fin, il bloqua une ultime provision d'argent pour expédier mes dernières factures et les affaires courantes, puis il me remit une petite somme en espèces : c'était tout ce qu'il me restait. Il me raccompagna jusqu'à la porte. Sur le trottoir, le vent chaud de l'été me fit l'effet d'une gifle. Je respirai à grandes goulées, le souffle court, le cœur cognant contre les tempes. Je m'assis sur un banc et m'épongeai le front avec un mouchoir.

Ma déchéance couvait depuis un certain temps déjà. Mais pour la coucher par écrit, il avait fallu moins d'une heure.

5

Curieusement, après avoir tiré un trait sur ma vie professionnelle, pratiquement sur un coup de tête, la suite de mes actions s'avéra plus facile. Après la clinique et la banque, je rentrai chez moi dans une sorte d'état second. Je passai la journée et la nuit suivante à boire du café, à écrire des lettres et à passer des coups de fil pour résilier mes divers abonnements. Je trouvai une société de déménagement pour vider ma maison et en placer l'essentiel au garde-meuble. Je négociai avec le responsable qui se présenta chez moi : je lui proposai de garder pour lui l'électroménager, le matériel électronique et la hi-fi, en échange de quoi il se chargerait d'empaqueter et de liquider le reste.

Je refermai ma porte avec le sentiment de me déconnecter de la société humaine. J'avais l'impression de débrancher un à un les tuyaux d'un malade en stade terminal. J'évacuai cette pensée et jetai diverses affaires dans une valise : des sous-vêtements de rechange, une trousse de toilette, quelques bons bouquins que je m'étais promis de relire un jour sans jamais m'y mettre. Je passai ensuite aux médicaments : mes comprimés pour le cœur, des comprimés pour m'aider à dormir, d'autres pour me lever le matin, des comprimés pour faire passer les effets secondaires des comprimés. J'embarquai aussi plusieurs photos au hasard ; des images de mon fils, essentiellement ; aucune de mon ex-femme.

Un cliché sous verre trônait sur une étagère : « Été 79, les copains sur un petit bateau dans les Ten Thousand Islands. » Je le pris entre mes mains et m'assis dans un fauteuil. C'était un vieux polaroïd que j'avais fait numériser et agrandir pour le mettre dans un cadre. On y voyait Jerry et Cam en train de faire les idiots, comme d'habitude ; moi à la proue, sérieux comme Christophe Colomb ; Stan Monroe, ou plutôt son pouce en gros plan, vu que c'était lui qui prenait la photo – j'entends encore son cri : *Capitaine, mon capitaine ! Miiaaaaouuu, bande de nazes !* Et puis Sarah Lewis, bien sûr.

Sarah. La fille inaccessible. Il y en a toujours une dans chaque école. Une créature qui flotte à vingt centimètres au-dessus des mortels. Sarah dont tout le monde était tombé amoureux à un moment ou à un autre. Je m'attardai sur ses longs cheveux blonds, sa crinière de sauvageonne qui avait le don de se déployer autour d'elle avec grâce. Son attitude sur la photo accentuait cet air songeur et un peu absent qui était sa marque, un bras croisé contre sa poitrine, l'autre main soutenant sa joue pâle. Je me souvenais que dans la cour de l'école, et même plus tard à la fac, elle semblait souvent perdue dans ses pensées. Elle me faisait penser à une fleur fragile au bout d'une longue tige, endormie au-dessus d'un champ, capturant votre regard à la moindre brise.

Sarah qui était partie, revenue, et repartie encore. Où es-tu à présent ? Dans quel endroit du monde est-ce que tu te promènes ? Qu'as-tu fait ce matin ? Est-ce que tu mènes l'existence que tu souhaitais ? Es-tu mariée, avec quatre enfants qui gambadent autour de toi ? Ou bien es-tu devenue, comme d'autres, aigrie et solitaire ? Est-ce que tu t'apprêtes à filer à l'anglaise pour t'enfuir de ta vie, comme on file d'un restaurant pour ne pas avoir à payer la note ?

Miiaaaaouuu, bande de nazes !

J'ôtai la photo de son cadre et la fourrai dans ma poche. Puis je décidai de me rendre chez Rozella, mon ancienne employée de maison. Vingt minutes et quelques détours plus tard, je me trouvais devant chez elle.

Eden est une petite ville oubliée du Sud, une sorte de version miniature et flétrie de Naples, comme une vieille grand-mère à qui l'on n'irait plus rendre visite. Les prospectus touristiques vantaient ses maisons anciennes et son cimetière pittoresque aux jolies pelouses ombragées bâti sur la vieille butte d'Eden Hill. Je trouvais la maison de Rozella tout en bas, nichée au fond d'une ruelle miteuse. Je garai ma voiture derrière un pick-up d'une autre époque. Une bande de jeunes Latinos faisait claquer un ballon de basket dans la rue. Dans une arrière-cour, un vieil Afro-Américain repeignait sa barrière en écoutant la radio. Pas la moindre trace d'un Blanc dans le secteur. Je songeai avec amertume que les concessions funéraires trois cents mètres plus haut devaient coûter plus cher que n'importe quel logement de ce quartier déshérité. La maison de Rozella paraissait sans âge. Je poussai un portail qui s'ouvrit en grinçant.

— Rozella ?

Pas de réponse.

— Il y a quelqu'un ?

Rien. Je décidai de faire le tour par le jardin. Accrochés à des branches d'arbres, des mobiles oscillaient et tintaient doucement dans l'air chaud. Chacun était constitué d'un anneau métallique et d'un filet de cordelettes. Au-dessous pendaient des plumes, des ossements et des tubes de métal : je reconnus des attrape-rêves, ces charmes indiens que l'on rencontre un peu partout en Amérique du Nord. Je tournai la tête. Assise dans une balancelle, dans l'ombre d'un porche, une très vieille femme était en train de m'observer. Je sursautai.

— Pardon… Rozella ? C'est vous ?

La chose ratatinée ne bougea pas. Je m'approchai : sa cage thoracique se soulevait lentement en grinçant comme un soufflet. Ses yeux laiteux et vides fixaient l'espace devant elle. Une aveugle. Rozella surgit de la maison en transportant un arrosoir.

— Monsieur Becker.

— Ah, enfin. Bonjour !

— Vous connaissez ma mère : Abigaïl.

Je me raclais la gorge.

— Votre mère, certes…

J'avais eu l'occasion d'apercevoir Abigaïl mais je ne l'avais jamais observée d'aussi près. Jadis, cette vieille femme faisait peur aux gamins que nous étions. L'être racorni continuait de regarder dans ma direction d'une façon qui me mettait mal à l'aise. Rozella actionna la pompe d'un antique puits, remplit son arrosoir et entreprit de faire la tournée de ses plantes, de magnifiques fleurs en pot suspendues à des portiques.

— C'est tranquille chez vous, dis-je. Je réalise que je ne suis jamais venu.

— C'est vrai, fit-elle en continuant d'arroser. J'ai travaillé pour vous pendant quatre années. Et avant ça, j'ai travaillé pour vos parents pendant quinze autres. Et aucun de vous n'est jamais venu. (Elle se redressa pour atteindre un lierre en hauteur.) Dans les années cinquante, quand nous avons emménagé, cet endroit était le pire de la ville. Ma mère et moi y avons été agressées, la police ne s'est pas déplacée. Et quand l'ouragan Katrina a presque détruit nos maisons, personne ne nous a aidées non plus. Aucun Blanc, jamais, ne vient ici. Alors qu'est-ce qui vous amène aujourd'hui, monsieur Becker ?

— Je… me demandais juste si vous pouviez garder un œil sur mon père. Il vit dans une maison de retraite à Naples et j'ai l'impression qu'il perd un peu la boule ces derniers temps. Je ne voudrais pas qu'ils le mettent dehors. Si ça devait arriver, je voudrais que vous contactiez mon ami le docteur Goodritch.

Je lui tendis une carte de Jerry, qu'elle glissa dans sa poche.

— Et vous avez besoin de la vieille Rozella pour ça ?

— Je ne serai plus dans le coin. Je m'en vais.

Elle me regarda de la tête aux pieds comme si c'était l'idée la plus saugrenue au monde.

— Vous partez.

— J'ai besoin de prendre l'air.
— Et votre consultation ?
— J'ai vendu mes parts.
— Votre maison ?
— À la vente, elle aussi.

Elle hocha la tête. Je m'essuyai la nuque avec un mouchoir. La chaleur dans ce petit jardin était vraiment accablante.

— Quoi, qu'est-ce qu'il y a, fis-je, vous trouvez que c'est une idée stupide, c'est ça ? Vous pensez que j'abandonne tout le monde…

Elle continua d'arroser.

— Je n'ai rien dit. C'est vous qui dites ça, monsieur Becker.

— Si vous trouvez que je suis un lâche, dites-le, Rozella. Je ne suis plus à ça près. C'était une mauvaise journée. À y réfléchir, c'était un mauvais mois et une année pourrie également.

— Vous vous plaignez beaucoup, monsieur Becker.

— Oui et alors ? Pourquoi je ne me plaindrais pas ? J'ai passé ma vie à écouter les plaintes de mes patients, pourquoi ça ne serait pas un peu mon tour ?

— Vous êtes en colère, monsieur Becker.

— Parfaitement, Rozella, je suis en colère. Tout me met en colère. Et vous aussi, avec vos paroles, vous me mettez en colère.

Elle attendit patiemment que je me calme. Sur sa balancelle, Abigaïl continuait de fixer le vide. Sa poitrine pompait l'air chaud avec lenteur. Je vis ses dents noires par sa bouche entrouverte.

— Dites-moi la vraie raison, fit Rozella.

— La vraie raison de quoi ?

— La raison pour laquelle vous êtes ici.

Je poussai un soupir.

— Quand nous sommes revenus nous installer avec ma famille, ça n'allait pas très fort avec mon épouse.

— Je m'en souviens.

— Il y avait une raison particulière à ça. Une fille de la région.

— Sarah Lewis.

— Sarah, oui. Mon amie de jeunesse.

— La disparue de White Point.

— Elle n'a pas disparu, Rozella. Elle est partie à l'étranger. Tout le monde le sait. Il y a eu une enquête. Elle vit dans un autre pays, c'est tout.

— N'empêche que personne ne l'a jamais revue. Alors pour moi, elle reste la disparue de White Point.

— Si vous voulez, Rozella. Donc, Sarah et moi, nous avions échangé des lettres. Des mots d'enfants. Des trucs d'ados. Vous savez ce que c'est. Je les avais conservées dans une boîte en fer. Mais ma femme ne le supportait pas. Elle pensait que j'étais revenu ici en partie dans l'espoir de revoir cette fille. À la suite de l'une de nos disputes – et Dieu sait qu'il y en a eu –, j'ai failli jeter la boîte. Mais au dernier moment, je me rappelle vous l'avoir confiée. Je vous ai simplement demandé d'enlever ces lettres de mon domicile. Bien sûr, je ne m'attends pas à ce que vous les ayez gardées. Je veux dire, ce ne sont que de vieilles lettres sans importance…

— Donc, vous vous demandez si j'ai toujours la boîte ?

— Oui.

— Je l’ai.

— Ah bon ?

— Je vais vous la chercher.

Elle posa son arrosoir et disparut dans la maison. Je me retrouvai seul avec Abigaïl. Pour éviter de croiser les pupilles blanches, je me retournai et me plongeai dans la contemplation des fleurs. Une odeur douce-amère émanait des pots, presque hypnotique. Je fermai les yeux. À ce moment précis, il se produisit une chose étrange. Un son caquetant monta derrière moi. Il devint une voix, qui prononça ces mots :

— *Une Idole, nommée Nuit, sur un trône noir règne debout.*

Je me retournai.

— Qu’est-ce que vous racon…

Abigaïl n’avait pas bougé. Je cherchai une autre personne, fouillant le jardin des yeux. Les mobiles indiens cliquetaient toujours dans le vent. Nous étions seuls.

— Abigaïl… Vous avez dit quelque chose ?

Rozella revint avec ma vieille boîte à la main.

— La voici, monsieur Becker. Exactement comme le jour où vous me l’avez confiée.

— Merci. Merci beaucoup.

Je m’éloignai de quelques pas, puis me retournai.

— Rozella ?

— Monsieur Becker ?

— Votre maman a dit un truc bizarre à l’instant.

— Ma mère ? Ça m’étonnerait.

— Ah bon ? Et pourquoi ?

Elle croisa les bras sur sa poitrine.

— Parce que Abigaïl ne parle pas, monsieur Becker. Elle est muette.

Derrière Rozella, les yeux laiteux de la créature sous le porche me fixaient toujours. Je l'examinai avec plus d'attention : était-ce une esquisse de sourire que je décelais sur ce visage raviné, dont la gorge gonflait et se dégonflait dans l'ombre ? Malgré la chaleur environnante qui me faisait transpirer à grosses gouttes, j'eus l'impression qu'un doigt glacé se faufilait dans mon cou.

Je secouai la tête pour chasser l'illusion.

— D'accord. J'ai dû me tromper.

— Au revoir, monsieur Becker.

Sur le chemin du retour, je rendis ma voiture en leasing chez le concessionnaire et empruntai un taxi pour rentrer. Le chauffeur me demanda trente dollars, que je lui lâchai de mauvaise grâce en réalisant le prix exorbitant. Vu l'étendue de mes nouvelles ressources, je ne pouvais plus me permettre ce genre de luxe. Je fis une dernière fois le tour de ma maison, coupai l'électricité et l'eau, récupérai ma valise à roulettes, ma boîte en fer contenant les lettres de Sarah, et je sortis dans la rue. Un bus de la ville était en train de charger des passagers. J'accélérai le pas, tirant ma valise en soufflant comme un bœuf. Le conducteur eut pitié de moi et m'attendit en maintenant les portes ouvertes. Il me déposa à la gare routière. Je traînai un moment au niveau des comptoirs en lorgnant les prospectus.

— Je peux vous aider ? demanda une employée.

— Peut-être. Il fait trop chaud dans le secteur. L'atmosphère est devenue irrespirable. J'ai envie de changer d'air. Vous iriez où à ma place ?

L'employée considéra les auréoles de transpiration qui tachaient ma chemise. Elle avait l'air de se demander si j'étais un original avec du fric à claquer ou juste un vagabond.

— Eh bien, je ne sais pas, moi, pourquoi n'iriez-vous pas à New York ?

— Je n'ai pas envie d'une grande ville. L'hôtel est trop cher. Mes ressources ne sont pas illimitées.

Elle se rembrunit.

— Il y a un bus qui part pour Mobile à dix-huit heures. C'est quarante-six dollars.

— Va pour Mobile.

À l'heure dite, je grimpai dans le véhicule. Je ne savais pas trop où j'allais. J'étais juste un gros bonhomme dans un bus, avec une valise à ses pieds et une boîte en fer serrée contre le ventre, essayant de ne pas réfléchir. C'est ainsi que je quittai les lieux de mon enfance. Tandis que le paysage défilait derrière la vitre, j'ouvris ma boîte et relus des lettres de Sarah. Puis la nuit vint et je me laissai bercer en repensant à ma jeunesse.

Dans mon sommeil, je rêvai qu'une affreuse vieille dame s'approchait de moi et me murmurait quelque chose à l'oreille. Son haleine avait le parfum des fleurs mortes et, de sa voix sèche et caquetante, elle prononçait des mots très importants.

Je n'en conservai pas le moindre souvenir.

CE QUE L'ON TROUVE DANS LA BOÎTE EN FER (EXTRAITS)

Mot écrit à la main, encre bleu ciel, sur une feuille de cahier d'écolier à grands carreaux.

Date inscrite sur la feuille : mardi 5 septembre 1978.

« Paul Becker, arrête de me jeter des boulettes en papier dans le dos pendant la classe. Depuis la rentrée tu racontes que c'est Cameron et Jerry, mais je sais parfaitement que c'est toi. Arrête, sinon je le dis à mon père.

Sarah L. »

6

Vendredi 25 août 1978

Sur une large banderole tendue au-dessus du terrain de foot, il était écrit :

EDEN JUNIOR HIGH SCHOOL
ANNÉE SCOLAIRE 1978-1979 :
JOURNÉE D'INTÉGRATION DES NOUVEAUX ÉLÈVES

Je franchis la banderole avec prudence, mon cartable sur le dos, et m'avançai sur le terrain d'herbe comme si je pénétrais dans une cage aux fauves. C'était ici que s'entraînaient les Wild Cats, l'équipe sportive de la ville. J'étais venu voir leur match l'année dernière avec mon père, mais les Golden Eagles de Naples nous avaient mis la pâtée, et nous étions repartis dégoûtés, comme tout le monde. Sur la droite, les bâtiments en brique rouge abritaient sur deux étages les classes allant de la sixième – où je faisais ma rentrée aujourd'hui – à la huitième – où j'irais un jour, si tout allait bien. À ma gauche, séparé du terrain de foot par un grillage, un édifice blanc, haut et solennel, était réservé aux « grands » des dernières années de la neuvième à la douzième. Ceux qui auraient la chance de poursuivre leurs études ensuite devraient partir, par exemple à l'université de South Florida à Tampa. Mais je n'y pensais guère : les mots « université », « adulte » ou « travail » appartenaient pour l'instant à un monde lointain, que je situais aux environs de la planète Pluton.

Je me dirigeai vers le tableau d'affichage des listes d'élèves. Un groupe de grands passa à côté de moi dans une cavalcade et manqua de me flanquer par terre. Je les vis se précipiter sur le tableau, hurlant comme des décérébrés. Je frottai mon épaule endolorie. Ça commençait bien. Je m'approchai à mon tour. Mes intestins gargouillaient dans mon ventre comme si j'avais chopé des vers. Je repérai la liste des sixièmes. Mon doigt descendit la colonne.

Aaron, Susan. Abel, Barbara. Andrews, Peter. Becker, Paul.

OK, ça, c'était moi. Je poursuivis, le cœur battant.

Bellwood, Richard. Boutiller, Doris. Castleman, Patrick.

Merde, il est où ?

Clark, Cindy. Cole, Cameron.

Ouf. Je vérifiai trois fois de suite pour être sûr : c'était bon, Cameron et moi, on se trouvait dans la même classe. Le soulagement m'envahit. À l'étage « boyaux », mes intestins reprirent leur fonctionnement normal. Je tournai la tête et cherchai mon ami dans la foule.

— Paul, ça va ?

Miss Scorbin, mon institutrice de primaire – que les élèves surnommaient Mme Scorbut, à cause de sa maigreur extrême et de ses longues robes noires à col fermé –, me regardait avec son habituel sourire doux et aimable.

— Tout va bien, Paul ? Tu es tout pâle.

— Ça va.

— Il est normal d'éprouver du stress, tu sais. C'est la rentrée des classes, après tout. Mais tu connais beaucoup d'élèves, tu vas retrouver plusieurs de tes amis.

— Oui, m'dame. Y a déjà Cam.

— Ce grand dadais de Cameron Cole ?

Elle haussa un sourcil circonflexe. Elle le considérait comme un bagarreur et un nul. Elle lui avait fait redoubler deux classes et ne le portait pas dans son cœur.

— Eh bien, je suppose que c'est une bonne nouvelle pour toi.

Elle recoiffa machinalement l'une de mes mèches rebelles. Pour une raison que je ne m'expliquais pas, elle m'avait toujours eu à la bonne.

— Ne t'inquiète pas, Paul, c'est un univers différent, mais tu es un excellent élève, tout se passera bien. Donne le bonjour à tes parents de ma part.

— Je n'y manquerai pas, miss Scorbin.

Elle s'éloigna dans la foule et je repartis à la recherche de mon ami. Je le trouvai sur le bord du terrain, près de la buvette, en train de lécher un énorme sorbet à la menthe. Il était assis sur un banc et tentait de rattraper les gouttes filant vers sa manche. Dès qu'il me vit, il me lança un immense sourire, les dents vertes à cause de la glace.

— Paul ! Paulo mon pote ! Comment ça va ?

— Ça roule.

— Attends, j'en ai un autre.

Il sortit un second sorbet de son sac. Il était à moitié fondu. J'ôtais la pellicule de papier et nous entrechoquâmes les bâtonnets comme si nous faisions tinter des chopes.

— À la tienne, mec, dit Cam.

— À la nôtre.

— Et Dieu bénisse l'Amérique. Sinon tes vacances, bien ?

— Bien.

— Alors, tu l'as fait ?

— Quoi ?

— Tu le sais…

Il ferma les yeux, passa un bras autour de son corps et ouvrit la bouche en agitant sa langue verte…

— Beurk, Cam, t'es dégueu !

— Quoi, t'as toujours pas embrassé une fille ?

— C'est pas ça, mais bon, y a d'autres choses dans la vie.

— Attends, faut que je te montre quelqu'un.

Cam avait quatorze ans et « ça le travaillait », comme on disait. Il m'entraîna dans la foule jusqu'à une réunion de parents d'élèves. Ces derniers étaient assis sur des bancs et écoutaient le proviseur les mettre en garde contre les dangers de la région. « Attention, si vous êtes nouveaux, sachez que nous vivons dans une contrée sauvage : il y a des requins dans la mer, des panthères dans la forêt et des alligators dans les jardins, sans compter les ouragans. Surveillez vos enfants… »

— Regarde un peu la minette, dit Cam.

Et je la vis. Elle était seule, assise sagement sur une chaise. Alors qu'un certain nombre d'élèves avaient déjà opté pour le jean, elle portait une robe classique de couleur pastel, avec des collants et de jolies chaussures blanches. Ses mains pâles tenaient sur ses genoux un carnet dans lequel elle consignait les informations énoncées par le proviseur. J'avais les yeux fixés sur sa nuque, lorsqu'elle tourna la tête. Nos regards se croisèrent. Je déglutis. Elle revint à son carnet, et sa chevelure cascada en longues boucles sur ses épaules, capturant les rayons du soleil.

— Allô Paul, ici la Terre. La Terre appelle Paul. Vous me recevez ?

— Hein, quoi ?

— Ça y est ? T'es de retour parmi nous ? Alors, elle est comment ?

— Ouais, pas mal, fis-je en rougissant.

Il suivit la direction de mon regard, puis revint vers moi.

— Hé, de qui on parle ? Tu regardes pas où il faut. Elle est là-bas, la bombe.

Il me désigna une autre fille sur la gauche, avec de grosses fesses comprimées dans un jean moulant et une chemise à carreaux tendue sur sa poitrine.

— Elle s'appelle Kimber, elle est en quatrième. Et tu sais quoi ?

— Non ?

— Elle et moi, on a lohlohlohlohloh (il agita de nouveau sa langue) il y a deux semaines.

Il gonfla les joues et fit le geste de soupeser une paire d'oranges.

— Non mais t'as vu les MACHINS qu'elle se trimballe ?

Je levai les yeux au ciel.

— Cam, t'es vraiment qu'un obsédé.

Il éclata de rire.

— Miiiiiiaaaaouuuuuuuu ! fit-il en imitant le cri des Wild Cats.

La journée passa rapidement : remise des livres, rencontre avec notre professeur de lettres, visite des classes, présentation de l'emploi du temps, réfectoire, sport, terminé.

De l'ensemble, j'avais retenu trois choses : 1) la fille aux cheveux blonds faisait partie de ma classe, 2) elle s'appelait Sarah Lewis, et 3) elle habitait le quartier huppé de White Point, où s'installaient les plus riches familles d'Eden. J'avais appris tout ça en zieutant discrètement les fiches individuelles de présentation des élèves. Lorsque la sonnerie retentit, Cameron me dévisagea d'une drôle de façon.

— Ça va, mec ?

— Bah ouais.

— T'as l'air dans la lune. Ça te fait une tronche de mongol.

— Mongol toi-même, gros naze.

— Trou de bite.

— Face de cul.

— Viens plutôt avec moi sur le port, mon Paulo. Y a du nouveau. Ça va te plaire.

Nous descendîmes Golden Avenue jusqu'à Upper, puis Lower Street dans la chaleur de la fin d'après-midi, et nous prîmes à travers Fleischmann Park pour profiter de l'ombre des arbres. L'image de Sarah Lewis se dissipa de ma tête seulement à partir du croisement d'Orchid et de Coral, lorsque nous prîmes par la petite pente goudronnée qui menait au port. Comme à notre habitude, nous nous laissâmes entraîner par la vitesse, et bientôt nos jambes cavalèrent seules, de plus en plus vite. Le jeu se transforma en course. Je dépassai Cameron, quitte à valser dans le décor, et stoppai net à un mètre de l'eau. Mes baskets crissèrent dans le dérapage. Je frappai du plat de la main notre ligne d'arrivée : le mur du Blue Oyster Bar.

— Prem's ! dis-je.

— Tricheur.

— T'es le costaud, ch'uis le rapide, hé, hé, hé, hé.

Il m'emmena de l'autre côté du Blue Oyster et nous descendîmes les marches menant à la plage.

En 1911, alors qu'il n'existait aucune route dans la région, des ferries étaient venus de Miami et on avait construit le ponton d'Eden, posé des rails dessus pour débarquer les marchandises, puis bâti la ville à partir de là. Bien plus tard, la petite voie ferrée avait été raccordée au réseau général des côtes Est et Ouest de la Floride. Plus tard encore, lorsque l'US 41 et les nombreuses routes secondaires avaient rendu ce moyen de transport obsolète, on avait fermé la ligne. Il restait encore quelques tronçons de voie ferrée longeant la ville, avec des touffes d'herbe poussant entre les rails. C'était un chemin que nous parcourions souvent, Cameron et moi, en quête d'aventures et de nids de mouettes à piller. Mais le plus intéressant était l'ancien wagon en métal argenté que la Budd Company du Michigan avait abandonné quasiment sur le ponton d'Eden. Le père de Cameron l'avait racheté pour une bouchée de pain, retapé et transformé en guinguette. Ainsi était né le Blue Oyster Bar, ou le « Bob's » comme on l'appelait.

À l'intérieur, derrière un long comptoir patiné en cèdre, Robert et Nancy Cole servaient de la bière et cuisinaient des crevettes fraîches, accompagnées de cornets de frites et de boulettes de crabe au piment. Robert Cole s'obstinait à vouloir conquérir une hypothétique clientèle de touristes, et Nancy faisait de son mieux pour ne pas briser son rêve et arranger chaque jour les tables vides et leurs jolies nappes à carreaux. Mais la vérité était que la famille Cole subsistait grâce aux pochetrons du coin qui campaient au bar. Rob et Nancy n'aimaient pas trop que nous traînions ici. En revanche, nous avions le droit de jouer dehors sur la plage, dans la baraque qui leur servait de remise. Ce débarras, Cameron et moi en avions fait notre QG. Nous ne le savions pas encore, mais ce qui allait s'y passer dans un instant allait infléchir le cours de notre enfance.

Lorsque nous arrivâmes, je vis que la baraque avait subi une transformation totale : des guirlandes d'ampoules étaient tendues sur le toit et des néons clignotaient aux fenêtres.

— Mince alors, m'exclamai-je. Notre quartier général…

— Le Bob's marche pas terrible, dit Cam en poussant la porte. Alors mon père a transformé cette annexe en salle de jeu. Maintenant on a des flippers, un baby-foot, et surtout… (il prit un air triomphant) un jeu vidéo ! C'est nouveau, tu vas voir : ça s'appelle un *Space Invader*.

J'avisai la machine. Un gamin de notre âge, petit avec des épaules étroites, de grosses lunettes à double foyer et une kippa sur le crâne, était occupé à jouer. Il semblait concentré comme s'il résolvait un problème de mathématiques. J'observai l'écran : des vagues de vaisseaux extraterrestres descendaient en tirant des missiles aux bruits bizarres, tandis que le garçon appuyait fébrilement sur les boutons. Gauche-droite. Gauche-droite. Il remonta ses énormes lunettes qui glissaient sur son nez à cause de la transpiration et replaqua aussitôt sa main sur les commandes pour affronter une nouvelle vague. Waouh. Ça rigolait pas.

— Pas la peine de lui adresser la parole, me chuchota Cameron, il est concentré. C'est un crack.

Nous ressortîmes faire quelques pas sur le sable. Mon ami débuta une phrase :

— Une salle de jeu, c'est pratique, il n'y a pas besoin de serveuse : les gens n'ont qu'à mettre des pièces. Le problème, c'est que…

Il s'arrêta net : trois jeunes gars descendaient l'escalier et se dirigeaient vers nous. Je les reconnus aussitôt : Teddy Theroux, Jimmy Fazio et Victor Sprat, les mauvaises graines du secteur. Teddy Theroux, dit « Teddy Bear » à cause de la taille de ses bras et de la forêt velue qui courait sur son torse, était le chef de la bande. Il se vantait d'avoir déjà eu affaire à la police – ce qui était exact – et de se faire sucer par la moitié des filles de la ville – ce dont nous doutions fort. Jimmy Fazio était le fils cadet de Fazio le garagiste, un sale type qui avait tendance à confondre sa femme et ses gosses avec des ballons de football. Quant à Victor Sprat, il était soupçonné d'avoir allumé un incendie dans Lower Street l'année passée. Il ne disait pas grand-chose et, lorsqu'il l'ouvrait, ça n'était guère cohérent. Tout le monde considérait qu'il avait une case en moins.

Teddy Theroux passa à côté de moi, la clope au bec, et m'assena une claque sur la tête.

— Dégagez, les morveux.

Il entra dans la salle de jeu, suivi par ses deux acolytes ricanant comme des hyènes.

— … le problème, poursuivit Cameron, c'est que des petits malins viennent piquer l'argent dans les caisses des flippers.

C'est là que nous entendîmes les cris. Une seconde après, le garçon à la kippa sortit – ou plutôt *s'envola* – hors de la salle et atterrit dans le sable. Teddy Theroux apparut à la porte.

— Dégage de là, sale youpin. Les jeux, c'est pas fait pour les nez crochus dans ton genre.

Le gamin ramassa ses lunettes tandis que Theroux rentrait.

— Fait chier, dit le gosse.

Theroux se retourna.

— Quoi ? J'ai pas bien entendu.

Cameron et moi regardions sans oser bouger. Teddy Bear le saisit par le col.

— Qu'est-ce que tu racontes, petit cafard ?

— Fait chier, répéta le garçon, imperturbable.

Theroux lui mit un coup de tête. Les lunettes valsèrent. Je vis un éclair de sang.

— Putain, fit Cameron.

Theroux commença à bourrer le gosse de coups de poing alors qu'il était recroquevillé à terre. Je me mordis les lèvres. Pas le temps de réfléchir.

— Hé ! Theroux !

Il se tourna vers moi.

— Quoi, qu'est-ce que t'as, morveux !

— C'est bon, laisse-le, m'entendis-je dire.

Fazio et Sprat, les deux hyènes, venaient de sortir pour accompagner leur maître. Je pouvais quasiment les voir se lécher les babines devant ma vaine tentative de résistance.

— Sans blague, dit Theroux. Sinon quoi ? (Son sourire s'élargit, découvrant ses dents jaunes de nicotine.) T'es, genre, le Lone Ranger ? Tu vas venir me filer une trempe ?

— Il a son compte. Laisser tomber.

— Ho, ho ! Tu me donnes des ordres, *à moi* ?

Cameron se dressa à mes côtés.

— Ouais, il te donne des ordres, tête de nœud. Dégage de là. T'es chez mon père ici.

Theroux s'avança en refermant les poings. Je me mis en garde, comme Cam me l'avait appris. Theroux balança son bras en avant, mais je l'évitai en baissant la tête. Souffle d'air dans mes cheveux et brève sensation d'ivresse – je n'avais rien : incroyable ! Le deuxième coup me cueillit au creux du ventre, vidant l'intégralité de l'air de mes poumons. Tandis que je suffoquais, je vis un nouveau poing m'arriver dans la figure. Adieu monde cruel. Mais le bras de Cameron dévia l'attaque. Mon copain frappa à son tour, et la lèvre inférieure de Teddy Theroux explosa dans un joyeux bruit mat. Ce dernier poussa un cri de rage, attrapa Cameron par les cheveux et l'envoya valser contre la baraque. Je crus un instant que mon ami était mort. Mais non : Cam rebondit sur ses pieds et se jeta, tête la première, contre la poitrine de Teddy, qui émit un grognement. Après quoi ils s'empoignèrent par le cou, par les oreilles, par n'importe quel endroit, tels deux chiens enragés, avant de se jeter à terre et de rouler sur le sol. Je me relevai dans un râle pour tenter de prêter main-forte, mais l'une des hyènes me balaya les jambes et je retombai lourdement. Je sentis qu'on me traînait par terre en tirant mon pied. La suite devint confuse. Je n'avais plus aucun souffle. Je n'arrivais pas à retrouver ma respiration. Le garçon aux lunettes saignait du nez. Soudain une lame à cran d'arrêt apparut dans la main de Theroux. En voyant scintiller le métal, je me souviens d'avoir pensé, d'une façon tout à fait claire à ce moment-là : Seigneur, on va *vraiment* mourir, pour une simple histoire de gosses.

Un coup de tonnerre : KA-BLAM !

… Et la scène se figea, de la même façon que si quelqu'un avait appuyé sur un bouton « pause ». Robert Cole se tenait en haut des marches, un fusil pointé vers le ciel.

— Dis donc, Theroux, ça serait pas toi, par hasard, qui ramasse la monnaie dans mes machines ?

Le cran d'arrêt de Teddy Theroux disparut comme par enchantement.

— J'ai rien fait, moi, m'sieur. (Il leva les bras au ciel.) Vous pouvez me fouiller, si vous me croyez pas.

Il sourit, comme pour défier Robert Cole de le faire.

— Récupère tes copains et décampez, répondit le père de Cameron. Je ne veux plus vous revoir par ici.

Teddy obtempéra sans se presser. Il épousseta ses vêtements, tranquille, et nous adressa un clin d'œil.

— À bientôt, les morveux.

Puis ils s'en allèrent en sifflotant.

— Ça va, les enfants ? demanda Robert.

Cameron acquiesça en silence.

— Bien. Allez soigner ces égratignures, je dois tenir la caisse.

Et Robert disparut à son tour. Cameron se mit à se tordre sur le sol. Je craignis qu'il nous fasse une crise d'épilepsie ou quelque chose du genre, mais pas du tout : cet idiot était plié en quatre.

— Hohohoho ! Hahahaha ! Ouuuuuuuuh… Vous avez vu la tronche de Teddy au moment du coup de feu ? Il a fait dans son froc, les mecs ! J'vous jure, il a taché son slip !

Cam avait une bosse sur le front qui lui faisait quasiment une deuxième tête, et il était mort de rire. Complètement cinglé. Je me tournai vers le garçon.

— Et toi, qu'est-ce qui t'a pris de dire « fait chier » à Teddy Bear Theroux ? Tu veux mourir ou quoi ?

Le gosse essuya son nez sanguinolent et remit ses lunettes.

— Il m'a fait perdre la partie. J'allais battre le record. Ça *fait* chier.

Je lui tendis la main pour l'aider à se remettre debout.

— T'es nouveau à Eden ?

— Ouais.

— Tu voudrais pas faire partie d'une bande ?

— Vous avez une bande ?

— On démarre.

— Et vous êtes combien ?

— Ben deux, dit Cameron.

Nous nous regardâmes, souriant comme des benêts.

— Je m'appelle Paul Becker.

— Et moi, Cameron Cole.

Le garçon plaça sa main par-dessus les nôtres.

— Et moi, Jerry. Jerry Goodritch.

— Bienvenue dans la bande, Jerry !

Je rentrai à la maison en fin d'après-midi. Rozella était dans le salon en train de repasser du linge. Mon père George lisait son journal. Ma mère Eleonore, déjà malade à cette époque, se reposait dans le canapé. Il faisait une chaleur du diable. Tout le monde leva les yeux vers moi en entendant se refermer la porte.

Mon père : « C'est quoi cette tenue ? »

Ma mère : « Tu t'es encore battu ? »

Moi : « Non. »

Ma mère : « George, tu vois bien qu'il s'est battu. »

Mon père : « Laisse tomber, Elie, il te dit que non. »

Ma mère : « On voit bien qu'il n'y a rien qui t'intéresse. Il y a quelque chose qui t'intéresse ? »

Mon père : « Tu ne vas pas recommencer… »

Rozella : « Vous avez passé une bonne première journée d'école, monsieur Paul ? Tenez, je vous ai préparé des sandwichs. »

Je me bouchai mentalement les oreilles et grimpai rapidos dans ma chambre. Je détestais qu'ils se disputent. Dans ces moments-là, ma maison ressemblait à un champ de mines. Alors je fis ce dont j'avais l'habitude : me réfugier dans les livres. Tout en ouvrant ma fenêtre, je cherchai parmi mes bouquins. Nous n'avions pas la climatisation et l'atmosphère d'Eden était irrespirable. J'avais envie d'exotisme et de fraîcheur. J'hésitai entre les contes fantastiques qui se déroulaient dans le froid, comme ceux de Fritz Leiber dans les aventures de Fafhrd et du Souricier Gris, ou bien les chroniques de Conan le Barbare dans les glaciales montagnes cimmériennes. Je pris les deux et m'allongeai.

Dans mon imagination, j'étais un héros, un guerrier sauvage avec une grande épée, je zigouillais des monstres et des sales types tels que Theroux, Fazio et Sprat, et je sauvais une fille qui ressemblait beaucoup à Sarah Lewis. Je poussai un soupir. En vérité, je trouvais ma vie à Eden complètement nulle. Mais bon, mon entrée en sixième s'était bien déroulée, et j'avais maintenant une petite bande. C'était déjà ça.

À ce moment-là, je n'aurais jamais soupçonné la succession d'événements qui allait nous conduire à ce fameux été 1979 au cœur des Dix-Mille Îles. Comment aurais-je pu savoir, alors, que j'allais croiser un monstre bien plus effrayant que dans les contes ?

7

L'annonce du chauffeur de bus me réveilla en sursaut. « Gare routière de Mobile, Alabama ! Terminus, tout le monde descend ! »

Je m'étirai dans mon fauteuil inconfortable. C'était le matin. L'avantage de ces bus, c'est qu'on peut y passer la nuit. L'inconvénient, c'est qu'on a l'impression qu'un trente tonnes vous a roulé dessus dans l'intervalle. Je descendis le marchepied avec prudence, manœuvrant ma valise et mon corps obèse pour atteindre le sol sans encombre, puis me dirigeai vers une buvette pour m'acheter un café et des donuts. Je m'installai à une table. Un gamin jeta un coup d'œil à mes pâtisseries, genre « t'as ce que tu mérites, mon gros ». Je repoussai les donuts, me contentant d'avaler mon café et mes comprimés pour le cœur. D'après ce que j'en savais, la ville de Mobile ne présentait pas grand intérêt d'un point de vue touristique. Mais il y faisait déjà moins chaud. Je déposai ma tasse de café sur la table. Et maintenant ? J'avais conscience d'accomplir une sorte de fugue. Mais je préférais voir ça comme un sursaut de survie. Le Sud me faisait peur. Mon poids – et par là, j'entendais aussi bien mon poids réel que celui de mes échecs passés – y paraissait plus lourd à porter. J'avais envie de fraîcheur.

Lorsque j'étais enfant, je n'avais jamais vu la neige et je me réfugiais dans des contes d'heroic fantasy qui se déroulaient dans les glaces ou le froid pour échapper à la fournaise estivale de la Floride. Où aller aujourd'hui ? Il me fallait un endroit. Un point de chute. Un lieu où me reconstruire. Je fermai les yeux et visualisai la fraîcheur. Le calme.

Des pins, des montagnes. Des bisons peut-être.

J'ouvris la boîte en fer…

CE QUE L'ON TROUVE DANS LA BOÎTE EN FER (EXTRAITS)

Phrases écrites à la main, encre bleu ciel, sur papier à lettres blanc. Logo Hello Kitty en haut à droite.

Date inscrite sur la feuille : lundi 11 septembre 1978.

« Paul Becker, ta rédaction sur le parc national de Yellowstone était très bien. Je te remercie de me l'avoir prêtée parce que je n'avais vraiment, mais vraiment aucune idée pour le devoir à la maison. C'est gentil parce qu'on ne se connaît pas du tout, et qu'on ne s'est jamais parlé. Donc merci encore.

Sarah L.

PS : je te signale quand même qu'il n'y a pas de barbares, ni d'épées magiques au Yellowstone. Je ne sais pas où tu vas chercher tous ces trucs. »

8

Le parc Yellowstone. Pourquoi pas ? Pour me ressourcer, cette destination en valait une autre. Je n'y étais jamais allé. Je savais juste qu'il s'agissait du plus ancien parc national au monde et qu'il se situait au nord-ouest du Wyoming… à trois mille kilomètres de Mobile et de la gare routière où je me trouvais. Des images me vinrent en tête. Des troupeaux de bisons en train de brouter l'herbe, des montagnes aux pics chapeautés de neige, des geysers d'eau bouillonnante…

L'idée du voyage me plaisait bien. Je n'avais jamais pris le temps de voyager avec ma femme et mon fils. J'étais trop occupé à conquérir les symboles de la réussite sociale, une belle maison, une voiture qui en jette, et le salaire qui allait avec. La dernière année de notre mariage, je leur avais fait la surprise de nous emmener aux Bahamas. J'avais réservé des billets en première classe et des vacances dans un club magnifique à Colombus Island. Buffets de rêve, suite parentale, sports nautiques… Ma femme avait passé ses journées à lire sous un parasol, mon fils à s'ennuyer ferme, et moi à écluser des piña colada au bar de la piscine en compagnie de la tribu des hommes en short et chemise à fleurs. Ça discutait placement immobilier, qui possède la montre la plus chère, qui soutient la meilleure équipe sportive. Vers la fin du séjour, mon épouse avait tenté de me faire comprendre où nous en étions, elle et moi. Je m'en souviens très bien. Je me trouvais sur la terrasse de la chambre, je rajustais mes boutons de manchette avant de descendre dîner, je m'étais déjà envoyé quelques verres. Elle sirotait un cocktail sans alcool devant la mer turquoise, le regard dans le vague. « Chéri, avait-elle commencé, pourquoi n'irions-nous pas faire du camping une prochaine fois ? » J'avais haussé les sourcils : « Du camping ? Et qu'est-ce qu'on irait foutre dans un camping ? Y a que les bouseux pour dormir par terre et trouver ça amusant. » Mon ton était horrible, mais comme je l'ai déjà dit, j'avais un peu bu. Je voulais tenter d'oublier que nous étions malheureux, que c'était la fin de notre couple et que nous le savions l'un et l'autre. Notre tristesse face à cette mer outrageusement belle était juste insupportable. Elle avait poursuivi : « Les Anderson sont allés camper au Yellowstone l'année dernière. Vélo et sac à dos. Ils ont dormi dans une tente. Ils étaient ensemble, c'était formidable, pas cher du tout… » J'avais ricané : « Ah ouais ? Ben si les Anderson ont adoré, c'est génial. La prochaine fois, au lieu d'aller aux Bahamas on n'aura qu'à planter une tente au milieu du jardin et regarder la chaîne National Geographic, chérie, ce serait tellement merveilleux ! » Elle s'était mise à pleurer. Nous étions rentrés de vacances sans échanger un mot. C'est à partir de là que j'avais commencé à grignoter des barres chocolatées à la clinique. Je rentrais tard pour éviter de me retrouver face à elle autour d'une table.

Je commandais des pizzas. La nourriture offrait une forme de satisfaction immédiate et disponible à toute heure. C'est ainsi que mon poids avait commencé à grimper.

Donnez-nous les outils, et l'on devient l'architecte de sa propre prison.

Le Yellowstone, donc.

Sauf que je me trouvais toujours à la gare routière de Mobile. Comment m'y rendre ? Je n'avais même pas idée du moyen de transport. Si ça se trouvait, j'allais finir mes jours ici, en Alabama. Je récupérai une carte sur un comptoir et la dépliai pour étudier les différents trajets possibles.

— Il va où, mon pote ?

— Pardon ?

Un grand rouquin se tenait les poings sur les hanches, l'air jovial.

— Il va où ? répéta-t-il.

— Hein ? Qui donc ?

— Comment, qui donc ? Tu m'niaises ou quoi ? Mon char est là-bas. Tu veux que je te dompe quelque part ?

J'écarquillai les yeux.

— Je suis désolé, je ne comprends absolument rien.

Il éclata de rire et me tendit la main.

— André Lafleur. Je suis de Montréal.

— Paul Becker.

Je serrai sa poigne rugueuse.

— Salut, Paul, dit-il en prenant soin d'articuler avec le moins d'accent possible. J'ai fini ma tournée.

J'suis tanné et je rentre retrouver ma blonde. Ça en fait, des kilomètres. Ça te dirait de m'accompagner ?

— Je ne sais pas. Je vais dans le Wyoming…

— Le Wyoming, c'est pas ma route. Mais je peux te rapprocher.

Je le suivis jusqu'à sa voiture. Il débarrassa des pots de peinture du siège avant.

— Je suis représentant en peintures industrielles. Vas-y, installe-toi. Mais fais gaffe à tes gosses.

— Je n'ai, euh, qu'un enfant, et euh…

Il éclata encore de rire

— Les gosses, ça veut dire les couilles ! Je te dis juste de faire attention où tu poses tes fesses.

Je me calai sur le siège. Nous démarrâmes.

Il y eut d'autres André Lafleur pour me prendre en stop. Des routiers, des représentants, des familles en voyage. J'avais oublié à quel point les gens pouvaient être sympathiques. Je traversai le Tennessee, l'Arkansas, l'Oklahoma, le Kansas, le Colorado. Le soir, je dormais dans des motels pas chers. Parfois on me laissait me reposer à l'arrière d'un camion. Je discutais avec toutes sortes d'individus. Je me sentais obligé de justifier mon nouveau statut d'auto-stoppeur, alors j'avais mis au point un petit mensonge : je racontais que j'étais journaliste pour le *Miami Herald* et que j'écrivais un article sur l'auto-stop à travers l'Amérique, un peu à la façon de Jack Kerouac. Mais la plupart du temps, les chauffeurs ne me demandaient rien, ils étaient simplement contents de parler, de passer du temps avec quelqu'un, d'avoir un peu de compagnie. J'avais l'écoute facile. Une chose que j'avais apprise avec mes patients : les gens adoraient se confier. Les trajets se passaient bien. Je n'avais qu'à poser des questions à propos de leur travail, de leur famille, de leurs angoisses, et ils me dévidaient leur vie entière comme une pelote de laine. Lorsqu'ils me parlaient d'un problème de santé, je proposais un conseil ou deux. Je leur expliquais comment guérir telle maladie ou gérer telle situation délicate. C'était mon job de médecin et je ne pouvais m'empêcher de le faire. Et si l'on me posait des questions à propos de mes connaissances, je mettais cela sur le compte d'un précédent article. J'étais plutôt doué pour réconforter les autres. Dommage que cela ne s'appliquât pas à moi.

Au fil de la route, mes pensées repartaient parfois en arrière. J'imaginais mon père attendant qu'on lui apporte son repas du soir dans sa maison de retraite, guettant un appel téléphonique de ma part. Je culpabilisais de ne pas l'avoir prévenu. Je pensais à mes amis, aussi. Cameron devait devenir dingue sans nouvelles. Quant à Jerry, je l'imaginais en colère, se sentant trahi. Cent fois j'avais eu envie de les appeler. Cent fois je m'étais retenu. Ma fugue ne tenait qu'à un fil et, pour le briser, il suffisait que j'entende les voix de mes proches. Ils ne manqueraient pas de vouloir me retenir. Ils me diraient à quel point j'étais fou de tout plaquer sur un coup de tête, ils tenteraient de me faire changer d'avis, et une partie de moi-même ne demandait qu'à les écouter et à rentrer à la maison. Mais si je faisais ça, tout recommencerait exactement comme avant. Cette fugue était mon unique chance. Je devais avancer sans regarder en arrière, sinon je demeurerais à jamais l'énorme docteur Becker, écrasé par le fardeau du Sud, impotent, incapable, moribond.

Le voyage dura quatre jours. Personne ne prêta attention à mon poids. À la fin, j'avais l'impression de respirer mieux.

J'étais arrivé dans le Wyoming.

9

À l'entrée de la ville, un panneau en bois annonçait « Bienvenue à Jackson Hole ! ».

L'air était frais. Une montagne rase surplombait la localité, semblable à un gros mamelon. Je crus que j'avais accompli un bond en arrière dans le passé : les bâtiments sortaient tout droit d'un décor de Far West. Une diligence passa dans la rue tandis que les sabots d'un cheval martelaient le sol. Près de moi, une arche impressionnante de couleur blanche était entièrement constituée de cornes de wapitis. Plus loin, une porte s'ouvrit et un groupe de jeunes gens éméchés surgit en riant d'un établissement appelé Million Dollar Cowboy Bar. Je ne pus m'empêcher de penser à ma jeunesse et au Bob's. Le nombre de fois où Cameron, Jerry, Stan et moi en étions sortis joyeusement ivres me laissa un sourire sur les lèvres. Je n'étais même pas certain que nous ayions l'âge légal à l'époque…

Je traînai un moment dans la ville, examinai les gadgets d'une boutique de souvenirs, entrai dans une librairie, feuilletai des guides, ressortis. Je tirai toujours ma valise à roulettes comme un boulet. Je finis par franchir la porte d'un magasin qui proposait des accessoires de sport et des circuits touristiques. Derrière le comptoir se tenait une blonde canon avec un chapeau de cow-boy sur la tête. Elle était en train de remplir au stylo les colonnes d'un carnet de commandes. D'après son badge, elle s'appelait Cassidy. Je m'approchai d'elle :

— Hey, bonjour Cassidy. Le Kid est toujours dans le coin ?

— Mortel, fit-elle sans lever les yeux. On me l'avait jamais faite, celle-là.

— Hum, bon. Je voudrais parcourir le Yellowstone, mais autrement qu'en voiture. Qu'est-ce que vous proposez ?

— Vélo ? fit-elle en continuant d'écrire. Randonnée à cheval ? Trekking ? Camping ?

Elle leva la tête, monta jusqu'à mon visage, redescendit pour contempler mon tour de taille.

— Ah. Eh bien, ça sera plutôt camping, on dirait.

Elle me montra une série de tentes. J'optai pour la plus facile à monter. Elle me suggéra de me débarrasser de ma valise à roulettes et de prendre un sac à dos, ce que je fis. Elle essaya ensuite de me vendre divers articles : couverture, jumelles, coupe-vent, lampe torche, chaussures de marche… Je me contentai de l'essentiel. Cette Cassidy possédait un air de Sarah Lewis, en plus vulgaire (même à la fac, Sarah n'avait jamais possédé une poitrine aussi imposante), mais son visage et ses yeux étaient presque aussi jolis. Elle me remit un dépliant.

— Voilà les principaux sites de camping. Ce guide est facile, tout est noté. Rappelez-vous de toujours ranger vos provisions dans les coffres en métal prévus à cet effet.

— Pourquoi ?

— Pour ne pas attirer les ours. La nourriture humaine, ça les rend malades. Et paresseux.

— C'est pour les protéger eux ou pour me protéger moi ?

Cassidy la cow-girl me dévisagea en mâchonnant son stylo.

— Ça fait trois cents dollars. Vous prenez ou je range ?

Je payai en espèces. Tandis qu'elle empaquetait mes achats, un jeune gars séduisant, le ventre plat et les pectoraux gonflés à bloc, se présenta au comptoir pour acheter des chewing-gums. Ce qu'il disait devait être follement spirituel parce que la jeune femme riait à la moindre phrase. Je rentrai les épaules et sortis du magasin avec mon sac à dos, chargé comme une mule.

D'un point de vue strictement technique, la première semaine se passa très mal.

Le parc national était splendide mais j'accumulai les bêtises. Je me déplaçai en faisant de l'auto-stop, ce qui ne posait aucun problème étant donné que nous étions en haute saison. En revanche, j'arrivais systématiquement trop tard sur les sites de camping. À partir de onze heures du matin, tout était pris. Soit je n'obtenais aucun emplacement pour planter ma tente, soit je me retrouvais entouré de ribambelles d'enfants et de familles qui me lançaient des regards soupçonneux dans la mesure où je voyageais seul. Je me déplaçai donc à l'écart… et me perdis dans les bois (des heures pour revenir), puis, au cours d'un ridicule parcours de trek, je partis sans eau, surestimai mes forces et crus faire un nouvel infarctus (simple attaque de panique). Des fourmis rouges envahirent mes chaussettes. Une bouteille de soda se vida dans mon sac. J'étais essoufflé, écarlate et grotesque la plupart du temps. Je me cramponnais à mes médicaments comme un noyé à son radeau, persuadé que tous ces efforts allaient finir par me coûter la vie, et que n'importe quel médecin, moi le premier, m'aurait ri au nez. J'étais tellement empoté que je n'arrivais même pas à monter ma tente sans l'aide de quelqu'un. Mais toutes ces petites mésaventures comportaient un avantage capital : pendant ce temps, je ne pensais à rien d'autre.

La deuxième semaine ressembla beaucoup à la première, sauf que je quittai l'entrée sud pour me déplacer jusqu'à Old Faithful. Le spectacle du formidable geyser « le Vieux Fidèle » m'impressionna tellement que j'observai ses éruptions un après-midi entier. Je poussai ensuite jusqu'à Canyon Village dans l'espoir de contempler les chutes d'Upper et Lower Falls, mais mon manque de souffle m'empêcha de descendre les marches conduisant aux cascades. Je vis des bisons traverser la route devant moi. Majestueux.

La troisième semaine, je réussis à m'approcher d'un élan, et à observer un loup avec des jumelles. Côté bisons, j'en avais vu en telles quantités que cela ne m'étonnait même plus. Et aussi : je savais désormais monter ma tente.

La quatrième semaine, il se passa une chose absolument extraordinaire. Un matin, alors que je me levais, je tirai comme d'habitude sur la ceinture de mon pantalon.

Et là : la boucle avança de deux crans.

10

— Je voudrais acheter un vélo.

— Un vélo ?

— Une bécane solide, précisai-je. Une qui ne va pas s'effondrer sous mon poids, évidemment.

— Évidemment.

Cassidy, la blonde canon du magasin de Jackson Hole, me regardait comme si je venais de lui poser la colle de l'année.

— Et, euh, vous pesez combien, monsieur ? demanda-t-elle.

Je lui donnai le chiffre.

Elle fit la grimace.

— Je vais voir ce que je peux faire.

— Prenez votre temps.

— Il faudra sans doute un cadre en acier.

— Vous croyez ?

— Ça tiendrait mieux que l'aluminium.

— Vous connaissez peut-être un spécialiste.

— Il y a bien Chuck.

— Allez donc chercher Chuck.

Elle disparut dans les allées du magasin. Je l'attendis en sifflotant. Une sorte de fièvre s'était emparée de moi depuis que j'avais perdu deux crans de ceinture.

Je me sentais toujours aussi gros et dépressif, mais il y avait comme une étincelle. Un feu rougeoyait encore quelque part dans le cœur de Paul Becker. Il était temps de souffler sur les braises.

Cassidy revint avec Chuck : un jeune homme sympathique, bronzé, avec des lunettes de soleil. Il m'expliqua qu'un cadre ordinaire suffirait pour mon poids, mais que la selle et les pneus allaient nécessiter des adaptations. Nous passâmes l'après-midi à faire des essais. En plus d'être gentil, Chuck s'avéra extrêmement compétent. Lorsque je sortis, je tenais mon vélo à la main.

— Une dernière chose, dis-je. J'en ai assez du camping, mais je voudrais rester dans la région. Ma santé nécessite que je me repose.

— Combien de temps ? demanda Chuck.

— Quelques mois. Je cherche un endroit calme, en dehors de la ville.

— Il y a des chalets pour les touristes, et des bungalows dans le secteur des lacs. Mais je vous préviens, c'est rustique.

— Des lacs ? Ça a l'air chouette.

— Je vous y emmènerai demain. C'est assez isolé.

— Parfait. Alors à demain.

Je sortis du magasin sur mon vélo flambant neuf, rêvant à une maison, un vieux ponton, et des parties de pêche à la mouche. En passant devant un café Internet, je ralentis. Je n'avais plus donné de nouvelles à personne depuis un moment. Mon téléphone fonctionnait désormais avec une carte et un nouveau numéro. Mais il me restait mon adresse e-mail. Je fus tenté d'aller consulter mes messages. J'étais à peu près certain d'en trouver un bon paquet, en provenance de Jerry, Cameron, ma famille. Mon père avait peut-être des ennuis de santé ? Et si la police était à ma recherche ?

Je tâtai ma bedaine et inspirai à fond. Je n'étais pas prêt. Je mis un coup de pédale et passai mon chemin.

Il y avait une légère pente, je me laissai aller en roue libre et le vent commença à siffler. La sensation était incroyable. Je n'avais plus fait de vélo depuis quand ? mon enfance ? Comment avais-je pu oublier ça ? Tout à coup, je me sentais léger. Rapide. Pour la première fois depuis des lustres, j'étais…

Vivant. Tu es à nouveau vivant.

Je donnai une nouvelle impulsion au pédalier et mon cœur se mit à battre plus vite. J'accélérai encore. Je remontais le temps. J'étais à nouveau un gosse. J'avais douze ans. J'attendis de sortir de la ville, vérifiai que j'étais seul, puis lâchai :

— Capitaine, mon capitaine ! Miaaaaaaouuuuuu !

11

Samedi 16 septembre 1978

« … IIIIIIAAAAAAAAAAOUUUUUUUUUU ! » hurlai-je en terminant mon dérapage au ras de la maison de Cameron.

Je garai mon vélo dans son allée, et il rangea le sien à côté de moi.

— Mec, dit-il, tu sais que t'es complètement siphonné de rouler comme ça ?

— Mec, je te l'ai déjà dit : je suis le plus rapide.

— Mec, un jour tu vas mourir.

— Mec, la Mort ne craint pas la mort. Ou un truc du genre. J'ai lu ça dans le dernier tome de *Conan le Barbare*.

— Pourquoi vous dites tout le temps « mec », les mecs ?

Nous nous retournâmes vers Stan Monroe.

— Ch'ais pas, c'est comme ça.

Stan était le cousin de Cameron. Il passait la semaine dans un internat mais il rejoignait chaque samedi notre bande. Nous étions samedi soir et il y avait un barbecue chez les Cole pour fêter le dernier week-end de l'été. Ça sentait bon les côtelettes, la viande de bœuf et les pommes de terre au lard, mais on s'était gavés de saucisses d'entrée de jeu (Robert Cole nous servait toujours de larges portions à l'avance) et on n'avait plus faim. Une dizaine d'adultes étaient présents, mais aucun enfant à part Stan, Cameron et moi. Alors on avait décidé de faire le tour du quartier à vélo, à fond les manettes.

Nous nous glissâmes entre les invités pour nous emparer du Coca sur la table de jardin. Rozella, qui donnait un coup de main pour le service, nous fit les gros yeux. Ma mère lui indiqua que c'était bon, puis me passa la main dans les cheveux et les ébouriffa.

— Ça va, Paul ?

— Au poil, m'man !

Elle sourit et retourna à sa discussion avec les grands. Ce soir, mes parents ne se disputaient pas : tout le monde était suspendu aux lèvres de mon père. George était un ancien vétérinaire. Il avait longtemps travaillé dans les cirques itinérants et il connaissait des anecdotes incroyables. Parlez-lui de l'Homme aux Pinces de Crabe ou de Melvin Burkhart le Mangeur de Clous, et on ne l'arrêtait plus. Il savait s'y prendre pour faire son numéro de charme. Les femmes le regardaient avec de grands yeux. Ma mère était un peu jalouse, mais elle ne pouvait s'empêcher d'être éblouie comme les autres.

— Je vous ai raconté la fois où le maire de la ville s'est réveillé avec une panthère de Floride dans son salon ? dit mon père.

Les épouses battirent des mains comme des enfants.

— Raconte, George ! Raconte !

Le charmeur des grands jours.

Nous montâmes dans la chambre de Cameron pour boire nos Coca et écouter des 33 tours. Cam feuilletait des magazines en faisant des rots, tandis que Stan et moi enchaînions les disques en mimant les solos de guitare. On passa d'AC/DC à Kiss, puis à Scorpions et Deep Purple. Sur Deep Purple, Stan soutint que le titre *Stormbringer* chanté par David Coverdale était inspiré par la saga d'Elric le Nécromancien et Stormbringer, sa fameuse épée vampire. Je lui répondis que non. Mais il ne voulait pas en démordre. Nous étions souvent en désaccord, lui et moi, voire en rivalité. Il était plus vieux, grand et mince, avec une mèche de cheveux noirs qui lui tombait devant les yeux, il fumait en cachette, et les filles le trouvaient généralement craquant.

— Bon, dit Cameron en refermant son magazine, on va pas rester là à écouter de la musique toute la soirée. Si on allait chercher Jerry ?

Nous enfourchâmes nos vélos et cinq minutes plus tard, nous étions sous ses fenêtres.

— Jerry, tu descends ?

Ses grosses lunettes apparurent dans le cadre lumineux de la moustiquaire au premier étage.

— Hé, dit-il. Qu'est-ce que vous glandez, les mecs ?

— Tu sors ?

— Non.

— Pourquoi ?

— C'est shabbat.

Stan se tourna vers nous.

— C'est quoi, « shabbat » ?

Je haussai les épaules.

— La religion. Jerry doit rester chez lui jusqu'à ce que ses parents éteignent des bougies. Les juifs font ça.

— Et ça va prendre longtemps ?

— Non, vu l'heure, c'est presque terminé.

Nous nous assîmes par terre pour patienter. Cameron fit rouler un gravier entre ses mains. J'écrasai un moustique sur mon épaule. Stan sortit une cigarette et la passa sous son nez en reniflant l'odeur. Un chien aboya dans la rue tandis qu'une femme criait à un certain Peter de récupérer sa petite sœur et d'aller prendre son bain. Je regardai les premières étoiles dans le ciel en essayant de repérer la Grande Ourse.

— Je la sens pas, cette année, dit Cameron. On nous file déjà une tonne de devoirs, et mon père est tout le temps sur mon dos. Il est à cran à cause du Bob's.

— Tu vas y arriver, répondis-je.

— En sciences, je pige que dalle.

— T'as qu'à réviser au lieu de regarder *Dallas*.

— *Dallas*, la nouvelle série ? intervint Stan.

— Mortel, dit Cam. T'as vu Lucy Ewing ? Elle a de ces nichons…

— Cam a un sérieux problème de nichons, fis-je observer.

Stan pouffa de rire.

— Hé ! protesta Jerry du haut de sa fenêtre. Vous n'avez pas le droit de rigoler sans moi !

— T'as qu'à descendre, dit Cam.

Je pris un air sévère :

— Allez Jerry, descends. C'est ton chef de bande qui te l'ordonne.

Stan tiqua à l'expression « chef de bande » mais il ne fit aucun commentaire. Jerry nous rejoignit peu après sur son vélo.

— Bon, dit Cameron, maintenant que la troupe est au complet, qu'est-ce qu'on branle ?

— On pourrait aller sur le quai voir les pêcheurs, suggérai-je.

— Ou faire un baby-foot, dit Cam.

— Je vous prends tous au *Space Invader* ! dit Jerry.

Stan leva un doigt solennel.

— Moi, je sais. On va jouer au Capitaine sur la Montagne.

Le Capitaine sur la Montagne était un nouveau jeu. Une « pure création stanesque », comme Stan aimait à le dire. C'était lui qui en avait eu l'idée. Il avait toujours des idées bizarres, d'où son surnom de Stan le Dingue. La dernière d'entre elles impliquait le cimetière d'Eden Hill. Toutes sortes d'histoires couraient à propos de la butte d'Eden Hill et du cimetière aux tombes blanches. Selon la plus célèbre, la butte aurait été, à l'origine, un site de tumulus funéraires indiens : les tombes des Indiens calusas. Mais les premiers colons de Floride auraient profané et détruit ces tumulus pour y bâtir à la place leur propre cimetière chrétien. Depuis, on racontait que les fantômes des Indiens calusas hantaient les lieux. Et d'après la légende – que l'on se murmurait généralement dans les toilettes des garçons pendant la récré, la lumière éteinte, ou bien autour d'un feu de camp chez les scouts –, si jamais un enfant chrétien avait l'audace de s'introduire en pleine nuit dans le cimetière d'Eden

Hill, les fantômes des Indiens calusas sortaient de leurs tombeaux et l'attrapaient pour le faire mourir de peur et dévorer son âme. À la suite de quoi, il y en avait toujours un pour connaître quelqu'un qui connaissait quelqu'un qui était mort ou avait disparu dans le cimetière, vrai de vrai. Bien entendu, il s'agissait d'une légende urbaine et, chaque année en primaire, Mme Scorbut levait les bras au ciel en entendant répéter les mêmes âneries. Elle en profitait alors pour faire un cours d'histoire et montrer aux élèves les photos en noir et blanc de la naissance de la ville : on y voyait parfaitement que la petite « colline » d'Eden n'était qu'une motte de terre, un relief artificiel résultant simplement des monceaux déplacés pour construire la première ligne de chemin de fer et les fondations de la ville.

N'empêche que pas mal de gosses y croyaient. Et l'idée de Stan était la suivante :

— Voilà le plan, les gars. Pour être le Capitaine sur la Montagne, l'un d'entre nous doit entrer dans le cimetière en pleine nuit.

— Hein ? T'es dingue ! dit Jerry.

— Tu crains rien, dit Cameron, les fantômes bouffent que les chrétiens.

— Et c'est pas tout, ajouta Stan, il doit monter jusqu'en haut et redescendre tout seul à travers les tombes.

— Ce mec est un malade, dit Jerry. Moi, je le fais pas.

— Qu'est-ce qui prouve qu'on est entré dans le cimetière ? demandai-je.

— Le reste de la bande surveillera l'entrée, répondit Stan.

— Et qu'est-ce qui dit qu'on est bien allé jusqu'en haut ?

Stan mit la main dans sa poche et en ressortit une poignée de cailloux aux reflets rouges qui se mirent à briller dans la lueur des lampadaires.

— Parce qu'au sommet, il y a ceci.

Nous contemplâmes les pierres les yeux écarquillés, comme s'il s'agissait d'une poignée d'écailles arrachées sur le dos du diable en personne.

— Au sommet du cimetière se trouve une statue représentant le capitaine Abraham Lincoln, le grand-père du président Lincoln. Elle a tendance à s'effriter. Si vous grattez le socle sur la gauche, vous récupérerez ces débris. Vous devez monter là-haut, gratter le socle, et redescendre. Ce sera la preuve, dit Stan d'un air grave.

— Et comment tu les as eus ? demanda Jerry. Tu n'es quand même pas monté tout seul ?

— Bien sûr que non. Je ne suis pas fou. On a enterré mon grand-oncle cet été, c'est comme ça que j'ai vu la statue du capitaine Lincoln et les pierres. (Il se planta devant nous, plein de superbe.) Alors la bande, qu'est-ce que vous en dites ?

Mon regard alla des uns aux autres : Cameron contemplait son cousin avec de grands yeux ; Jerry avait la bouche légèrement ouverte, mi-effrayé, mi-admiratif ; Stan arborait un sourire triomphant. Tout cela m'énerva prodigieusement. Et c'est alors que je la commis : l'erreur, LA phrase stupide qu'on balance comme ça, histoire de faire le malin. J'ouvris la bouche et prononçai les premiers mots qui me passèrent par la tête :

— C'est d'accord, tas de poules mouillées, je relève le défi.

Nous descendîmes à vélo le long de Canal Avenue sans nous presser. Nous n'avions pas besoin de pédaler, juste de nous laisser aller et de profiter de la brise nocturne venue du port. De grosses libellules dansaient sous les lampadaires. J'entendais le clac-clac-clac des cartes de base-ball de Jerry Goodritch qui roulait à côté de moi (il en coinçait toujours une avec une pince à linge contre ses rayons) et Cameron et Stan chantaient un vieux tube de rock quelques mètres en arrière. En d'autres circonstances, j'aurais trouvé ça super cool. Un samedi soir avec ses copains, qu'est-ce qu'un gamin pouvait espérer de mieux ? Sauf que là, mes intestins dansaient carrément la sarabande. Un vrai nid de vipères grouillantes. Bon sang, mais qu'est-ce qui m'avait pris de dire un truc pareil ? *Allô Paul Becker, y a-t-il un cerveau aux commandes ? Ici vos jambes, nous n'avons qu'une envie : c'est de pédaler à toute vitesse vers la maison. Comment comptez-vous entrer dans un cimetière hanté, en pleine nuit, vous qui lisez des histoires de Lovecraft en laissant la lumière allumée ensuite parce que vous crevez de trouille, hein, mon petit Paulo ?* Je n'en savais fichtrement rien. Mais il allait falloir que je trouve une solution. À chaque croisement nous rapprochant, je voyais les pâtés de maisons s'égrener tel un compte à rebours : 5e Rue, 4e Rue, 3e Rue… Je me sentais dans la peau d'un condamné allant vers la chaise électrique. Je jetai discrètement un coup d'œil vers mes copains. Et si je prétextais une raison urgente pour rentrer chez moi ? Je pouvais peut-être annoncer que ma grand-mère était morte ? *Euh, non Paul, l'excuse du décès de la grand-mère, c'est nul. La vérité, c'est que tu t'es mis dans le pétrin, et que tu vas griller sur la chaise. T'es grillé, grillé, grillé !*

Nous ralentîmes en arrivant sur Colombus, l'avenue principale d'Eden. À cette heure, elle était encombrée de couples en promenade et de clients entrant et sortant des principaux établissements de la ville. Nous descendîmes de vélo pour pousser nos bécanes sur le trottoir. Stan admira les voitures devant les restaurants chic.

— Regardez, dit Cameron, c'est pas Sarah Lewis, là-bas ?

J'observai dans la direction qu'il indiquait.

— Elle est assise sur un banc à la sortie du Mayflower.

— Sans doute que ses parents dînent à l'intérieur, fit Jerry. Le Mayflower est le restaurant le plus cher de la ville. Il paraît que le père de Sarah est docteur. Ils doivent avoir les moyens.

Cameron donna un coup de coude à son cousin Stan.

— Sarah est la copine de Paul.

— C'est pas ma copine, grommelai-je.

— Mais t'aimerais bien.

Je ne répondis pas.

— Il lui a prêté sa rédac d'anglais sur le parc Yellowstone la semaine dernière, poursuivit Cam. Elle lui a envoyé un mot de remerciement. Vous auriez vu le sketch, il l'a relu cent fois, minimum.

— Toi et Jerry, vous n'arrêtiez pas de lui balancer des boulettes en papier ! protestai-je. Elle croyait que c'était moi.

— C'était pour attirer son attention et te faciliter le travail.

— Quand comptes-tu l'inviter à sortir ? demanda Stan.

— Je sais pas, moi. Un jour.

J'étais gêné de parler de Sarah Lewis en public. Surtout avec Stan-le-tombeur dans les parages.

— Les filles ne t'intéressent pas, mon Paulo ? dit Cameron pour me taquiner. T'es une pédale ?

— Arrête, c'est pas drôle, intervint Jerry. On dit pas ces mots-là.

— Qu'est-ce qui te prend tout d'un coup ?

— Désolé de vous interrompre, intervint Stan, mais votre Sarah, là, elle est assise avec un type. C'est pas le gars dont vous m'avez parlé ? Le dingue au couteau : Teddy Theroux ?

Tout le monde s'arrêta net.

Je n'en croyais pas mes yeux. Teddy Theroux et Sarah Lewis. Impossible. Inimaginable. Sarah avait douze ans. Teddy, au moins quinze. C'était un voyou, un sale type. Pourquoi s'intéresserait-il à elle ? Et surtout : elle à lui ? L'histoire tourna dans ma tête un bon quart d'heure en me torturant d'une façon horrible, le temps que Jerry revienne de la mission d'espionnage dont nous l'avions chargé. Il rappliqua, le souffle court.

— Alors ? demanda Cameron. Cet enfoiré se la tape ?

Cam rectifia en me voyant pâlir :

— Enfin, je veux dire… il y a quelque chose entre eux ?

— Je ne crois pas.

Un râle audible s'échappa de ma poitrine. Je priai pour que personne ne l'ait remarqué – et réalisai du même coup que mes sentiments pour Sarah étaient plus forts que prévu. Si j'avais été un adulte, j'aurais verbalisé cela de la façon suivante : c'est lorsqu'on est sur le point de perdre quelque chose que l'on sait combien on y tient. Mais je n'en étais pas là. Pour l'instant, j'avais juste envie de me jeter sur Theroux et de lui crever les yeux.

— Je les ai observés, dit Jerry. Ils ne se tiennent pas la main, ne s'embrassent pas, ni rien. Ils sont juste assis et ils discutent. Ils sont bien habillés. Teddy porte une cravate et une casquette super classe.

— Qui c'est, Theroux ? demanda Stan. On parle de lui jusque dans mon internat.

— Mon pire ennemi, répondis-je. Le gars le plus friqué de la ville.

— Son paternel est le vieux Torrance Theroux, expliqua Cameron. Il possède toute une flottille de bateaux de pêche et la moitié d'Eden. On dit qu'il va devenir sénateur.

— Pourquoi il te déteste ? demanda Stan.

— Aucune idée. Je suis sa tête de Turc. Apparemment ma seule existence lui casse les testiboules.

— Paul, accompagne-moi dans la ruelle latérale, dit Cameron. Je voudrais voir un truc à l'intérieur du restaurant.

Nous tournâmes à l'angle de la rue et je calai mon dos contre le mur pour lui faire la courte échelle. Il colla son visage contre la fenêtre et appliqua ses mains sur les côtés pour observer.

— Qu'est-ce que tu cherches ? demandai-je.

— Attends, fit Cam.

— Ouais, ben grouille, parce que t'es lourd.

— Attends… attends encore… Ça y est, je les vois ! (Il sauta à côté de moi.) Y a une bonne et une mauvaise nouvelle. La bonne, c'est que Sarah et Theroux ne sortent pas ensemble. La mauvaise, c'est que leurs parents sont amis. Sarah et lui discutent dehors tout simplement parce que leurs familles dînent ensemble à l'intérieur.

— Mince, fis-je, ça alors !

— Tu as dit que Sarah habitait le quartier de White Point, dit Cam. Les Theroux possèdent la plus grosse maison de White Point. Les Lewis sont nouveaux, les Theroux ont dû les prendre sous leur aile. Les bourges restent entre eux, c'est bien connu.

Sarah et Theroux : amis, songeai-je, quelle déveine ! Je me sentis profondément dépité. Mes copains me regardèrent filer un coup de pied dans les poubelles du restaurant. Nous n'entendîmes pas le véhicule arriver dans la ruelle. Quand il ralentit pour stopper à notre hauteur, il était déjà trop tard. C'était un pick-up cabossé. Le genre de voiture que l'on passe à un ado pour qu'il se fasse la main. Jimmy Fazio était au volant. Côté passager : Victor Sprat. Fazio abaissa sa vitre.

— Hé, mais qu'est-ce que nous avons là ? C'est pas le petit youpin de l'autre jour avec ses copains ?

— Huh, huh, huh…, ricana Sprat.

Un gros chien grondait entre leurs jambes. Theroux arriva du bout de la rue. Sarah l'accompagnait.

— Les gars, je vous avais dit de venir me chercher plus tard, commença-t-il, j'ai pas encore fini de dîner et… OH NOM DE DIEU !

En nous voyant, on aurait dit qu'il venait de tomber sur le trésor du capitaine Flint. Notre sang à tous se figea.

— Becker et les morveux, siffla Teddy.

Sous sa casquette, ses lèvres s'étaient élargies en un sourire de satisfaction sinistre. Il s'avança vers moi en faisant craquer ses jointures. Cameron s'interposa.

— Theroux, tu vas pas recommen…

— Ta gueule, dit Teddy en lui balançant une droite monumentale.

Cameron alla s'étaler dans les poubelles et ne bougea plus. Sarah poussa un cri.

— Retourne à l'intérieur, lui dit Teddy sur un ton désinvolte. Ces messieurs et moi, nous avons une petite affaire à conclure…

Sarah s'enfuit. Cameron poussa un gémissement sans se relever. Jerry semblait pétrifié : ses yeux clignaient derrière ses lunettes épaisses, allant de Cameron à Theroux comme s'il ne parvenait pas à y croire. Stan avait les yeux étrécis d'un guépard se préparant à bondir. Mais même s'il était prêt à se battre, je savais que nous n'étions pas de taille sans Cameron. Jimmy Fazio et Victor Sprat descendirent de la voiture. Sprat, qui aimait jouer avec le feu, craqua une allumette puis l'éteignit en la déposant tranquillement sur sa langue, sans cesser de sourire comme un maboul. De son côté,

Jimmy retenait le gros chien par son collier. L'animal grondait et grattait le sol, les babines pleines de bave.

— Je lâche ton chien, Teddy ?

— Pas encore, Jimmy. Pas encore...

J'avais l'impression de vivre un mauvais rêve. Cette scène ne pouvait pas avoir lieu, pas ici, dans une ruelle, avec tous ces passants à deux pas de nous. Je me demandais si je ne ferais pas mieux de hurler au secours. Tant pis pour la honte.

— Je vais commencer par Goodritch, dit Teddy. Puis on se fera le nouveau, là. (Il désigna Stan.) On se garde Becker pour la fin. Le premier qui bouge, Jimmy, tu lâches mon chien et il leur bouffe les couilles.

Une sueur moite se mit à couler dans mon dos, trempant ma chemise. Mes jambes tremblaient. Je compris qu'il était trop tard pour appeler à l'aide. Dans ma tête, une voix répétait en boucle : *T'es grillé, mon petit Paulo ! Grillé ! Grillé ! Grillé...* Cette fois, on allait tous se faire gravement casser la gueule. Minimum.

— Theroux ? lançai-je.

— Ouais, Becker ?

— C'est moi que tu veux ?

Je bondis en avant et lui piquai sa casquette neuve, griffant son visage au passage, puis je me mis à courir dans la ruelle.

— Alors viens me chercher !

Je filai jusqu'à ma bécane et sautai en selle.

— Oh putain, fit Teddy en courant derrière moi. Oh putain oh putain...

Mon vélo tournait le dos à Colombus Street. Pas le temps de retourner vers la sécurité de la foule. Restait l'autre direction. Coup de pédale. En avant.

— Il m'a défiguré, ce sale petit rat ! siffla Theroux.

Je poussai sur mes jambes tel un sprinter olympique. Ses mains balayèrent l'espace pour me saisir… et me loupèrent. La seconde d'après, j'avais deux mètres d'avance sur lui. Cinq mètres. Sept. Il comprit que c'était fichu. Il se tourna vers ses copains.

— MAIS QU'EST-CE QUE VOUS FOUTEZ ! CHOPEZ-LE, ALLEZ !

Je jetai un coup d'œil en arrière : Jimmy Fazio hésitait à lâcher le chien, Victor Sprat fronçait les sourcils sans comprendre. Plus personne ne menaçait mes amis. Theroux grimpa à l'arrière du pick-up. Il tenait son visage, là où mes doigts avaient laissé une empreinte rougeâtre.

— JIMMY, DÉMARRE ! ON LE PREND EN CHASSE CE FILS DE PUTE !

J'accélérai en pédalant comme un damné. Je sortis de la ruelle et pris à gauche en direction du port. La rue était en pente, c'était le plus facile. J'entendis le vrombissement du moteur. Le pick-up venait de mettre les gaz. *Fonce, Paul, fonce sans te poser de questions.*

Une fois que l'on quittait le centre d'Eden, on ne croisait plus grand monde le soir. Je passai devant un papy fumant sa pipe sur le perron de sa maison. J'eus le temps de le voir abaisser ses lunettes pour me lancer un regard réprobateur concernant mon allure. Un chien aboya. J'accélérai encore. Le pick-up de Fazio surgit à son tour dans la rue en faisant crisser ses pneus. Je n'avais pas le temps de me retourner pour le voir, mais j'imaginais sans peine ses phares balayant le goudron, telle la voiture de Cruella dans *Les 101 Dalmatiens*. Le bruit du moteur se rapprocha. Je pédalai plus vite. Il se rapprocha encore. Merde. Voiture contre vélo, je ne pouvais pas gagner. *Mais qu'est-ce que tu t'imaginais, Paul ?* Je balayai le décor du regard, soudain pris de panique. Des arbres : Fleischmann Park se trouvait sur ma droite. J'étais sur le chemin de l'école, celui que l'on empruntait avec Cameron pour rentrer et aller au Bob's. J'effectuai un virage quasi parfait en dérapage – un vrai petit bijou – et coupai d'un coup à travers le parc. J'entendis un coup de frein. Theroux lança une bordée de jurons. J'éclatai de rire.

— HA ! HA ! Bonne chance pour me suivre, les gars !

Je fonçai dans l'allée principale en faisant attention à ne pas me prendre une gamelle. Fleischmann Park était encore éclairé à cette heure, mais les branches des arbres masquaient la lueur des réverbères. Je ralentis un moment, profitant du répit pour reprendre ma respiration. Mes mollets me faisaient mal et j'avais des crampes au ventre. La casquette de Theroux était toujours dans ma main droite, écrasée contre le guidon. Je m'en servis pour éponger la sueur sur mon visage. Celle-là, songeai-je avec une satisfaction perverse, il n'est pas prêt de la porter à nouveau…

J'atteignis la sortie du parc. Les avais-je semés ? Apparemment. Coup d'œil à droite et à gauche : personne. J'avançai avec prudence…

— IL EST LÀ, LE PETIT ENFOIRÉ, VAS-Y ! ROULE-LUI DESSUS !

Le vrombissement du pick-up m'envoya une nouvelle décharge de terreur dans les reins. Ils avaient fait le tour du parc pour m'attendre de l'autre côté et fonçaient dans ma direction. Ces malades allaient me poursuivre jusqu'au bout ! Mes pieds donnèrent une brusque accélération – plus vite, bon sang, plus vite ! Je manquai de me manger un trottoir. Je l'évitai à la dernière seconde en donnant un coup de frein. Mauvais réflexe. Je perdis le contrôle. Mon guidon dévia à droite. À gauche. À droite. Le monde se mit à tournoyer. Mes repères s'évanouirent. Bascule en avant. C'était fichu. Mon pied entra en contact avec le sol, je pivotai à l'horizontale sur cent quatre-vingts degrés, les roues tapèrent contre quelque chose... et je m'immobilisai en tremblant comme une feuille. Oh Jésus. Je n'étais pas mort.

Face à moi, la voiture des trois cinglés arrivait comme s'ils avaient la ferme intention de m'écraser. Le temps sembla ralentir. Mon cœur battait à tout rompre. Je mis plusieurs secondes à comprendre où j'avais atterri : j'étais au croisement d'Orchid et Coral, en haut de la petite pente goudronnée dans laquelle nous avions l'habitude de courir pour tester notre vitesse, Cameron et moi. Le détail important était ceci : la pente était trop étroite pour laisser passer une voiture. Je m'y engageai prudemment en serrant les freins.

— Je vais te choper ! hurla Theroux.

J'entendis la voiture freiner à nouveau et s'arrêter. Les cris de Theroux étaient tellement stridents et hystériques que je reconnaissais à peine sa voix.

— JE VAIS TE TUER ! JE LE JURE DEVANT DIEU, JE VAIS TE FAIRE LA PEAU, PAUL BECKER !

J'arrivai au Bob's. Le port était désert et l'établissement fermé, bien sûr, puisque les Cole se trouvaient chez eux en compagnie de ma famille, tranquillement rassemblés autour d'un barbecue. À cette pensée, je faillis me mettre à pleurer. J'avais envie de me retrouver dans les bras de ma mère. J'avais envie d'être au chaud et de m'endormir dans un fauteuil, avec une bande dessinée et un paquet de biscuits. Je voulais des rires d'adultes en fond sonore, des tintements de verres et des conversations banales, une vie banale, un samedi banal. Je n'avais pas envie d'être là, tout seul dans le noir, poursuivi par des fous.

Mon vélo roula lentement sur les planches de bois du ponton. J'essuyai mes yeux avec ma manche. J'entendis la voiture tourner pas loin à la recherche d'un passage. Ils n'allaient pas tarder à en trouver un. Eden était une ville bien quadrillée, facile à parcourir… et mon quartier à l'exact opposé. Je levai la tête. La colline d'Eden Hill dressait son ombre au-dessus de moi. Je pris ma décision.

Je poussai la porte du cimetière, mon vélo à la main. Pour une raison inconnue, celle-ci n'était pas fermée. Sans doute que personne n'aurait eu l'idée d'y pénétrer à une heure pareille. Dans le ciel sans nuages, la lune projetait sa lueur sépulcrale sur les tombes. L'allée principale était goudronnée, je n'avais qu'à suivre le chemin. Je grimpai la pente en pédalant, évitant de réfléchir au décor. Je voulais juste m'éloigner de Teddy Theroux. Il ne pourrait pas me suivre en voiture. Et même s'il m'avait vu entrer, j'étais à peu près certain qu'il ne me chercherait pas à l'intérieur. J'atteignis le sommet en un rien de temps. La statue du capitaine Lincoln se trouvait bien en haut, comme Stan l'avait dit. Le soldat était juché sur son cheval de bataille, sabre au clair, rendant un dernier hommage aux morts. Je vis qu'un paratonnerre était fixé sur la lame et descendait le long d'un câble jusqu'au sol. L'effet devait être saisissant pendant les orages.

Je garai mon vélo et m'assis dos contre la statue, les bras croisés sur les genoux. Un grillon que j'avais dû déranger se remit à chanter. La vue était belle, d'ici. Je pouvais observer le ciel immense se refléter sur la mer. L'écume décrivait de fines lignes argentées à la surface de l'eau, bientôt gommées par les ténèbres puis réapparaissant un peu plus loin. Un oiseau de nuit poussa quelques « oooouueeeee » brefs, puis retourna à ses affaires. J'emplis mes poumons de l'air nocturne. Mon cœur, ce même cœur qui me ferait défaut des années plus tard, battait pour le moment à une vitesse folle. Sur ma gauche, loin devant, brillaient les lumières sagement espacées du quartier huppé de White Point, la presqu'île à l'extrême limite d'Eden. Vus d'ici, les lampadaires de la route menant chez les familles riches ressemblaient à deux rangées de perles. Encore plus à gauche, entre White Point et moi, une zone aussi noire qu'une flaque d'encre indiquait la présence des marais à l'est de la ville : les Fakahatchee Strand. Fakahatchee signifiait en indien « les eaux sombres ». C'était un labyrinthe d'arbres, de racines et de trous d'eau impraticable pour quiconque, à part les tribus calusas disparues depuis longtemps. Les enfants n'avaient pas le droit d'y aller. Nulle lumière, là-bas. Nulle chaleur humaine. Seulement des choses inquiétantes qui rôdaient dans la lagune et se glissaient parfois jusqu'aux abords du cimetière. *Des fantômes, Paul. Tu le sais. Ils viennent ici pendant la nuit.* Le bruit lointain d'un avion de ligne résonna dans le ciel. J'imaginai la cabine confortable et le sourire des hôtesses, un repas composé d'une tranche de rosbif mayonnaise et d'une tarte aux pommes. Un jour, je prendrais l'avion et je quitterais Eden. Des voix interrompirent ma rêverie. Le son d'une conversation montait vers moi, charrié par le vent.

« … crois qu'il est là-dedans ? — … te dis que oui ! Je l'ai vu entrer. — … as question d'y aller ! — … lors barrez-vous, bande de connards. Je reviendrai seul. » Un silence. Puis : « … Allez le chien, cherche ! » Je me redressai. « Cherche-le ! Cherche ! » La peur me serra l'estomac. Il allait monter jusqu'ici. Teddy allait venir me chercher avec son molosse. Me chasser comme une vulgaire proie et me faire la peau dans ce cimetière. Un déplacement attira soudain mon attention. Je tournai la tête : rien. Rien à part… *Des fantômes d'Indiens morts qui dévorent les enfants.* … Le chien de Theroux. Du moins le supposai-je. Sauf que ça ne collait pas. Les aboiements remontaient par la gauche. Le mouvement était venu de droite. Je plissai les yeux pour tenter de percer les ténèbres. *Ils mangent les âmes, Paul, tu étais prévenu. Ils attrapent les enfants et les font mourir de peur.* Mon cœur s'arrêta. Il y avait bien *quelque chose* au milieu des tombes. Une forme immobile. Comme si… elle *m'observait.*

— Vas-y, mon chien ! Bouffe-le !

J'entendis le molosse grogner et renifler dans les ténèbres. Teddy l'avait manifestement lâché à mes trousses. L'ombre dans le cimetière bougea à nouveau. Il me sembla qu'elle était grande, avec une façon profondément *bizarre* de se déplacer, mais ça n'était qu'une impression car je ne parvenais pas à discerner ses contours. « Les cellules au centre de la rétine donnent la vision principale et la vision des couleurs, m'avait-on expliqué à l'école. Mais ce sont les cellules situées en périphérie qui voient le noir et blanc. C'est pour cela que, la nuit, on devine les mouvements et les objets "du coin de l'œil", sans pouvoir les fixer avec netteté. »

Le chien cessa d'avancer et se mit à gronder.

— Qu'est-ce qu'il y a, mon chien ? dit Theroux. Tu l'as trouvé ? Becker, c'est toi ? Sors de là !

Le molosse devint plus menaçant. Un choc. Il couina.

— Le chien ? appela Theroux.

Il y eut un horrible craquement. Et le chien de Teddy Theroux cessa d'émettre le moindre son.

— Le chien ? Le chien, t'es là ?

Silence absolu. Je plissai à nouveau les yeux, mais l'on n'y voyait rien.

— Le chien ? appela encore Teddy, d'une voix de plus en plus incertaine.

Je pris mon vélo sans réfléchir et descendis par la pente opposée. Je roulai prudemment entre les tombes, sans faire de bruit, regagnai la sortie et m'échappai dans la rue. Je regagnai mon quartier en pédalant aussi vite que possible. En arrivant chez les Cole, je vis que la fête n'était pas finie. Cette parenthèse dans notre soirée – ce moment de pure, d'invraisemblable folie – n'avait pas duré si longtemps que ça.

Stan et Jerry étaient déjà rentrés, soutenant un Cameron rigolard malgré le formidable coquard qui déformait son visage. Tous les trois me firent signe de me taire : la version officielle, Cameron y tenait, était qu'il avait pris une gamelle à vélo et que j'étais parti chercher les secours.

— Sinon je suis mort, me chuchota-t-il, mon père ne me laissera plus jamais sortir.

Ils m'entraînèrent dans sa chambre et me pressèrent de questions. Je leur racontai la poursuite à vélo à travers la ville, Theroux fonçant dans sa voiture, et la traque avec le chien jusqu'en haut du cimetière. J'omis cependant l'épisode de la chose dans les ténèbres : ils m'auraient pris pour un menteur. Et qu'avais-je vu en réalité ? Je ne le savais pas moi-même. Je savourai mon plaisir en observant leurs yeux ronds. Même Stan en était baba.

— Et ce n'est pas tout, les mecs, dis-je en souriant.

Je déposai les fragments de pierre rouge sur la table devant eux : j'avais pris le temps de gratter le socle de la statue du capitaine Lincoln avant de redescendre, bien sûr.

— Pari tenu !

Stan Monroe me regarda. Regarda les autres. Puis s'inclina.

— Vous êtes notre maître à tous, noble Paul Becker. Le seul, l'unique Capitaine sur la Montagne. Capitaine, mon capitaine, hourra !

— Hourra ! reprirent-ils en chœur.

Teddy Theroux retourna en classe le lundi matin. Il avait l'air triste, et surtout il s'était calmé. Nous l'évitâmes soigneusement durant les récréations suivantes, et nous nous arrangeâmes pour ne pas le croiser en ville. Il cessa de nous persécuter. Nous savions tous qu'il ne s'agissait que d'un répit, évidemment, mais avec Theroux, tout répit était bon à prendre. Les semaines passèrent, et bientôt je ne repensai plus à l'histoire du chien, ni à ce qui s'était passé dans le cimetière. J'allais l'oublier pendant un moment.

Le véritable cauchemar, ce serait pour plus tard.

12

L'été s'achevait dans le parc Yellowstone.

Je pédalais avec lenteur, économisant mon souffle, concentré sur la route. De petits nuages blancs s'échappaient de ma bouche. Chaque fois que je montais sur mon vélo, mon esprit se laissait aller à la rêverie et les souvenirs de ma jeunesse remontaient avec tant de netteté que je devais accomplir un effort pour rester dans le présent. J'effectuai mon tour puis regagnai l'entrée sud et le secteur des lacs, mon nouveau lieu de résidence. Fin août, les campeurs commencèrent à remballer leurs tentes. Les voitures des touristes devinrent moins nombreuses et la circulation à vélo plus facile. Lorsque j'allais vers West Thumb, je me retrouvais souvent seul sur les pontons en bois des promeneurs et j'en profitais pour admirer longuement les étangs acides d'origine volcanique. À partir de mi-septembre, les arbres prirent une teinte plus profonde. L'air fraîchit, et je remarquais chaque matin de nouvelles taches rousses dans le paysage, comme si l'on échangeait des pièces du décor pendant la nuit.

Juché sur ma bicyclette customisée, j'avais pris l'habitude de parcourir quelques kilomètres tous les jours. Au début, le moindre effort me laissait terrassé et exsangue. J'accomplissais une distance ridicule, avec autant d'énergie qu'un poulpe mort. Je terminais sur le bas-côté, les joues en feu, tandis que de jeunes gaillards en maillots fluo grimpaient en sifflotant, une boisson à la main et des écouteurs sur les oreilles. Les autres véhicules me considéraient la plupart du temps comme un obstacle. Mais certains conducteurs, pour moi les pires, n'hésitaient pas à baisser leur vitre et à m'encourager avec bienveillance. Voilà précisément la raison pour laquelle j'avais refusé d'habiter en ville : pas question de me lier d'amitié avec quiconque et de supporter la pitié de gens. J'étais médecin. Je n'avais pas envie qu'on me plaigne, car ça aurait signifié que *j'étais* à plaindre. Que, malgré ma profession, j'avais perdu le contrôle de mon organisme, laissé mon poids s'envoler, fait une dépression nerveuse, fichu ma vie en l'air. Je ne voulais aucun apitoiement. Juste la solitude.

Et pour ça, mon bungalow au bord du lac était l'endroit idéal.

La maison ne portait aucun nom. Simplement : bungalow numéro 6. Je ne savais pas où se trouvaient ses frères 1 à 5, mais à mon avis on les avait démolis depuis belle lurette, ou bien la forêt les avait dévorés, comme ces pyramides incas dans la jungle. Quoi qu'il en soit, on n'apercevait aucune construction alentour.

— C'est assez spartiate, m'avait prévenu Chuck, l'homme du magasin de Jackson Hole.

— Certes, avais-je répondu en contemplant les murs en planches et les armoires branlantes. Rassurez-moi, il y a l'électricité ?

— Bien sûr.

— Une plaque chauffante ?

— Elle est là.

— De l'eau potable ?

— Oui.

— Et pour la température ?

— Il règne toujours un certaine fraîcheur, c'est le sous-bois. Je vous conseille de rapporter des bûches si vous comptez passer l'hiver. Il y a une hache pour couper du bois et une pelle pour déblayer la neige.

— Et le lac, on peut s'y baigner ?

— Si vous aimez l'eau glacée et que vous avez le cœur solide…

J'avais souri.

— Dites-moi, Chuck, les Spartiates, c'est bien ce peuple qui plongeait ses bébés dans les torrents pour éprouver leur résistance, n'est-ce pas ? Je crois que cet endroit me conviendra.

Après quoi, j'étais retourné à Jackson faire quelques emplettes. Pour une somme modique, j'avais acquis un vieux pick-up Chevrolet, cabossé et de couleur rouge, avec des cornes de buffle vissées à la calandre et un bandeau autocollant à l'arrière qui proclamait *« Big bad boyz drive big bad toyz »*. Il me faisait plutôt penser à un tank qu'à une voiture, mais du moment qu'il roulait je n'en demandais pas plus. Je fis retirer les cornes et conservai l'autocollant, puis mis le cap sur un supermarché-entrepôt de gros dans lequel je me procurai divers articles : cafetière, micro-ondes, provisions, draps, coussins, couvertures, et plusieurs plaids pour donner au bungalow un aspect plus chaleureux. Pour finir, comme il n'y avait ni téléphone, ni réseau portable, je m'accordai un petit plaisir : une tablette numérique sur laquelle je téléchargeai des dizaines de livres afin de combler mes futures heures de solitude. J'empilai le tout à l'arrière du pick-up, suant et soufflant, refusant l'aide de quiconque, puis rentrai chez moi au volant de mon engin, fier comme le général Patton entamant une campagne militaire.

Ce n'est qu'en regagnant le bungalow au milieu de la forêt que je réalisai une chose : j'avais complètement oublié d'acheter des rasoirs. Je contemplai mon visage dans la glace.

— Alors, mon Paulo, on se la joue comment ? Barbe d'aventurier ?

— Je ne sais pas si c'est raisonnable, répondit le docteur Becker dans le miroir. Jusqu'à présent, malgré notre obésité, nous avons réussi à maintenir un minimum d'élégance.

— Rien à foutre du standing ! répliquai-je. T'es ici pour te battre, mon vieux. Un guerrier ! Un combattant barbare !

Mon reflet fronça les sourcils.

— Alors on ne se rase plus ?

— On ne se rase plus !

— Bien, mon général.

Au cours des semaines suivantes, mon emploi du temps se déroula tous les jours de la même façon. Je réglais mon réveil tôt le matin, alors qu'il faisait encore nuit. Les pieds dans mes pantoufles, enroulé dans une couverture pour lutter contre l'atmosphère glaciale, je remplissais une casserole que je déposais sur la plaque chauffante. Je me débarbouillais à l'eau froide en frissonnant, puis versais le contenu de la casserole dans la cafetière et terminais ma toilette tandis que le café coulait goutte à goutte en diffusant une odeur agréable. Je m'asseyais ensuite, une serviette encore humide sur le cou, et je dégustais le breuvage brûlant par petites gorgées en lisant une page, une seule, sur ma tablette numérique. Je ne voulais pas perdre de temps le matin. Mon rituel du lever était bref : le but était de me propulser dehors faire de l'exercice. Je choisis donc mon premier livre en conséquence.

Ce fut *L'Art de la guerre*, de Sun Tzu.

ARTICLE I : Des plans

> *« La guerre est une affaire grave pour le pays, c'est le terrain de la vie et de la mort, c'est la voie qui mène à la survie ou à l'anéantissement. Il est impossible de ne pas l'étudier. »*
>
> *Sun Tzu,* L'Art de la guerre

En guise d'échauffement, je débutais la journée par une longue marche. Je partais du ponton situé devant la maison alors que le ciel blanchissait à peine et je faisais le tour du lac. J'ignorais la réticence de mes muscles et le froid matinal. J'obligeais mes jambes à avancer, concentré sur le chemin. Le sentier offrait des vues intéressantes. Les premières minutes étaient loin d'être désagréables. Je progressais entre les arbres sur des tapis d'aiguilles de pin, respirant l'air de la forêt et l'odeur de la sève tandis que le soleil se levait et rougissait l'atmosphère. Le lac était souvent parcouru de ridules provoquées par le vent ou le frétillement d'un poisson. Rien n'aurait été plus facile que d'aller m'asseoir sur une pierre et de contempler le spectacle de la nature. C'est pourquoi j'évitais de tourner la tête et demeurais focalisé sur le chemin. La respiration était importante. Mais le problème était de chanter. Car j'étais censé faire du bruit pour éloigner les animaux sauvages : on me l'avait bien recommandé, dans l'éventualité ou je croiserais un ours, en particulier au cours des heures matinales. Entre nous, je n'étais pas persuadé qu'il s'en trouvât un seul dans le secteur, mais je n'avais pas envie de tenter l'expérience. Aussi chantais-je consciencieusement à tue-tête les premiers temps, puis – aucune horde animale n'ayant surgi des bois – me contentais-je de siffloter, pour finalement simplement marcher en silence afin de mieux réguler mon souffle.

La première demi-heure se déroulait toujours à merveille, dans l'entrain et l'allégresse de ma nouvelle vie saine. Mais une demi-heure de plus et je commençais à trouver le terrain difficile, l'air trop froid, mes genoux douloureux, ou bien un point de côté me faisait serrer les dents. Une demi-heure encore, et je haletais, à bout de souffle, détestant la nature et rêvant de pizzas, de foule bruyante et de pots d'échappement au monoxyde de carbone. Puis je repensais à l'image du guerrier barbare des romans de mon enfance, et si ridicule que cela paraisse, j'arrivais à y puiser le courage de terminer mon parcours. Retour à la maison. « Le bonheur est dans la vertu », dit-on. Je ne sais pas si c'est vrai, mais accomplir vertueusement cet effort me rendait un peu moins malheureux.

ARTICLE I : Des plans (deuxième extrait)

« La guerre s'étudie grâce à cinq variables. La première de ces variables est la vertu, le seconde le ciel, la troisième le terrain, la quatrième le général, la cinquième la méthode. »

Sun Tzu, L'Art de la guerre

Je déjeunais vers onze heures, sans me limiter particulièrement sur la quantité de nourriture (mais sans m'empiffrer non plus), puis je confectionnais des sandwichs et me préparais pour mon véritable challenge : le parcours à vélo de l'après-midi. Ce moment de la journée était consacré à ce que j'appelais « la bataille de la bécane ». Et il n'était pas question de laisser sa stratégie au hasard. J'étudiais soigneusement le trajet. Je me renseignais sur la distance, le temps et la météo à venir pour m'assurer de ne pas être bloqué par une intempérie. Je vérifiais les degrés des pentes pour voir si je serais capable de les grimper. Je plaçais des étapes relais sur une carte en dessinant des petits drapeaux. Ces rituels étaient probablement inutiles – sans doute retardais-je aussi un peu inconsciemment l'heure de m'y mettre – mais ils m'aidaient à faire baisser mon angoisse. Car, maintenant que j'étais seul face à moi-même, je savais que je ne pourrais pas tricher.

Il fallait pédaler, avancer, maigrir, survivre.

ARTICLE II : Des opérations militaires

« Lorsqu'on décide d'entreprendre une guerre, si la victoire se fait attendre, les soldats perdront tout esprit combatif et seront démoralisés [...] Les soldats apprécient les victoires, pas les opérations prolongées. »

Sun Tzu, L'Art de la guerre

Le soir, je regagnais le bungalow fourbu. J'étais meurtri, des ampoules plein les pieds, le dos en compote. J'enlevai mes chaussures, mes chaussettes, tous mes vêtements, à bout de souffle – et à bout de nerfs surtout, car les efforts qui m'avaient mis dans cet état auraient été faciles pour un enfant, alors que j'avais l'impression d'être allé à l'extrême limite de mes forces. Je me laissais tomber sous la douche sans prendre le temps de régler la température. L'eau coulait sur ma tête comme une cascade et je fermais les yeux. Je me disais que je n'y arriverais jamais, que j'étais un nul, un moins que rien.

Certains jours, cette phase d'apitoiement était particulièrement redoutable et il m'arrivait même de pleurnicher sous la douche ou de taper du poing contre le mur, tel un lutteur vaincu et flasque. Je m'en trouvais plus pitoyable encore et je sortais en évitant de me regarder dans le miroir. Je préparais mon repas du soir en silence. Et je pensais : *Au temps pour le guerrier barbare, hein ? Qu'est-ce que tu comptes faire à présent ? Tu sais bien que cette histoire est ridicule, tu vas simplement réussir à te provoquer un nouvel infarctus. Mon pauvre vieux, tu ferais mieux de plier bagage et de rentrer chez toi.* J'appliquais de la glace sur mes genoux pour les faire dégonfler (j'étais terrifié à l'idée de m'abîmer un ménisque et de réduire mes efforts à néant) et je regardais parfois un peu la télévision sur un vieux poste aux images approximatives. Puis je lisais et me couchais enfin.

Mais ce n'était pas terminé : la nuit était le clou du spectacle. L'angoisse reprenait le dessus, je faisais des attaques de panique, je me réveillais en sueur avec la sensation d'étouffer, la poitrine douloureuse, je me précipitais vers mes cachets pour le cœur, prenais ma tension, me palpais sous toutes les coutures. Je ne trouvais rien. Parfois je me rendormais. Parfois je lisais quelques pages, ou bien j'ouvrais ma vieille boîte en fer et parcourais les lettres de Sarah tandis qu'un oiseau solitaire faisait résonner son cri.

Je me demandais combien de temps j'allais tenir à ce rythme. Il me manquait sans doute une présence. Pas celle d'une femme, mais plutôt d'un ami, d'une personne ordinaire avec qui j'aurais partagé des soucis ordinaires. Cela m'aurait permis de relativiser les aspects un peu dingues de cette folle entreprise, cette fuite en avant qui m'avait conduit de ma vie ratée mais confortable en Floride à une cabane au fond des bois, sous prétexte que cette méthode inédite allait me permettre de m'en sortir. *Tu as voulu te battre seul, Paul. Il va falloir en assumer les conséquences.* Alors je prenais mon calendrier et traçais une croix.

Un jour de plus. Une victoire de plus. Et je me rendormais.

ARTICLE III : De l'offensive

« Celui qui connaît son ennemi et se connaît lui-même mènera cent combats sans risque. Celui qui ne connaît pas son ennemi mais se connaît lui-même remportera une victoire pour une défaite. Celui qui ne connaît ni son ennemi ni lui même sera en danger à chaque combat. »

Sun Tzu, L'Art de la guerre

Au milieu de l'automne, la neige s'installa sans crier gare. Je me réveillai un matin, et soudain elle était là. J'ouvris ma porte et fis quelques pas dehors. Un épais manteau, doux et moelleux, recouvrait le ponton. Des flocons tombaient doucement sur le lac.

C'est à ce moment-là que j'aperçus l'homme en train de m'observer.

13

L'homme était assis dans un canoë immobile sur le lac. Il observait la nature à l'aide d'une paire de jumelles, mais ne pouvait s'empêcher de regarder vers mon habitation. Quand il me vit sortir sur le perron, il les lâcha brusquement, probablement gêné d'avoir été surpris en pleine séance de curiosité indiscrète. Il fit semblant d'être absorbé par la chute des flocons de neige sur l'eau. Je l'examinai à mon tour, ma tasse de café fumant à la main. Son manège était comique : de temps en temps, il levait les yeux pour vérifier si je le regardais toujours et, voyant que c'était le cas, il se replongeait dans l'observation minutieuse de quelque spécimen végétal. Je fus tenté de lui adresser un petit bonjour de la main. Mais il me tourna le dos et se mit à pagayer dans la direction opposée. Son canoë disparut. Je rentrai dans le bungalow et n'y pensai plus.

Je le revis plusieurs jours plus tard alors que je faisais mes courses. La ville de Jackson Hole était trop éloignée pour que je m'y rende de façon régulière. Pour mon ravitaillement, j'avais donc jeté mon dévolu sur un petit établissement pittoresque planté au bord de la route tel un pissenlit solitaire, et qui répondait au nom de Walnut Warehouse.

Ebner Walnut, son propriétaire, avait ouvert là une sorte d'épicerie, droguerie, magasin d'articles agricoles, relais de poste. Il y avait même une borne Internet et une machine ATM pour retirer de l'argent – bien que ces deux derniers accessoires modernes parussent ici totalement incongrus, tant le reste semblait tout droit sorti d'un épisode de *La Petite Maison dans la prairie.* Ebner Walnut lui-même était un très vieux monsieur qui gérait apparemment seul son magasin (en tout cas, je n'avais jamais vu personne d'autre à sa place). Il se tenait toujours debout derrière son comptoir, légèrement voûté, avec l'air de scruter le formica. Je n'étais pas certain qu'il y ait quelque chose à voir, ni que les lunettes d'Ebner soient bien adaptées à sa vue. Chaque fois que je le saluais au cours d'une de mes visites, il m'examinait par-dessus ses verres, et ses épais sourcils broussailleux s'agitaient soudain de mouvements de va-et-vient comme si j'avais mis en branle une intense mécanique de réflexion intérieure. Au bout d'un moment, les sourcils cessaient de remuer et Ebner Walnut demandait :

— C'est pourquoi donc ?

Après plusieurs tentatives, j'avais cessé de vouloir établir le contact et me contentais de déposer mon panier devant lui. Ebner prenait les articles à la main, entrait péniblement leur montant dans la caisse enregistreuse en tapant d'un seul doigt, vérifiant chaque chiffre, puis il déposait religieusement les objets dans un sac en plastique. L'opération complète, inutile de vous le préciser, prenait un certain temps.

— Voilà monsieur, disait-il.

— Merci Ebner ! répondais-je.

Mouvement des sourcils :

— C'est pourquoi donc ?

Et nous en restions là.

Le jour où je croisai l'homme aux jumelles au Walnut Warehouse, je me trouvais au rayon alimentation. J'hésitais entre deux marques de haricots en boîte, m'imaginant les faire revenir à la poêle avec des tomates, de la viande et des oignons frais, après une journée sur ma bicyclette-instrument de torture. En replaçant l'une des deux conserves sur l'étagère, je remarquai l'homme qui me scrutait depuis le rayon accessoires de pêche. Le temps que je me tourne vers lui, il avait disparu. Je poursuivis mes achats et le retrouvai un peu plus loin, feignant de s'intéresser à un lot de tuyaux d'arrosage en promotion. Il était grand et gros, plus que moi encore, mais il devait avoir quelques années de moins. Il portait une chemise à carreaux par-dessus un jean qui avait dû connaître des jours meilleurs et une casquette enserrant une épaisse touffe de cheveux longs et frisottants. L'ensemble lui donnait un air comique qui me faisait irrésistiblement penser au personnage de Hurley dans la série *Lost*.

Cette fois, je décidai de m'approcher pour lui souhaiter bonjour, mais il déguerpit. La porte du magasin se referma avec un tintement et j'entendis le bruit d'une voiture quittant le parking.

Intrigué, j'allai voir Ebner.

— Monsieur Walnut, vous connaissez ce type ?

— Qui donc ?

— Le gros bonhomme qui vient de sortir du magasin. Je pense qu'il habite pas loin de mon bungalow, sur la route du lac. Il vous dit quelque chose ?

Les sourcils se mirent en branle.

— Je ne vois pas, non, fit Ebner. C'est un ami à vous ?

— Non.

— Il vous doit de l'argent ?

— Du tout.

— Il vous a menacé ?

— En aucune façon.

— Alors pourquoi diable cet individu aurait-il la moindre importance ?

Je hochai la tête devant cette logique imparable. Ebner m'aida à transporter mes sacs à l'arrière de mon tank rouge.

— « *Big bad boyz drive big bad toyz* » ? fit-il en déchiffrant l'autocollant. Qu'est-ce que ça veut dire ?

— C'est une blague. Les mauvais garçons conduisent de mauvaises voitures.

— Je ne vois pas ce que ça a de drôle. Cette chose que vous pilotez, jeune homme, m'a surtout l'air d'une épave bonne pour la casse. Et il y a des fautes d'orthographe. On écrit « B – O – Y – S », épela-t-il, comme s'il s'adressait à un retardé mental. On ne vous apprend donc rien pendant les études ?

Il rentra dans son magasin en grommelant. Je tournai la clé de contact, fis vrombir mon engin, et repartis le sourire aux lèvres. Cela faisait des années que l'on ne m'avait pas appelé « jeune homme ».

Le clone de Hurley ne donna aucun signe de vie durant plusieurs jours. Puis je l'aperçus à deux reprises. La première fois, il pêchait à bord de son canoë alors que j'effectuais mon parcours matinal. J'étais en train de piétiner dans la neige, songeant que j'allais devoir acheter des raquettes pour moi et des chaînes pour la voiture, lorsque je le vis dans sa barque. Je lui adressai un salut amical. Il abaissa aussitôt les yeux. Je réitérai mon geste, mais, n'obtenant aucune réaction, je finis par passer mon chemin.

La rencontre suivante eut lieu en rentrant d'un périple à vélo. J'avais pris l'habitude de charger ma bécane sur mon pick-up et de choisir un itinéraire lointain. L'entrée sud du Yellowstone n'allait pas tarder à fermer, et je me déplaçais de plus en plus souvent vers l'ouest et Madison Plateau pour observer les bisons. La façon dont ils secouaient la neige de leur dos puissant était impressionnante. Au retour, je vis « Hurley » marcher seul au bord de la route. Je faillis abaisser ma vitre pour lui parler, mais j'étais fourbu et filai sans m'arrêter.

Une semaine après, il se produisit un incident.

C'était la fin d'après-midi. J'étais assis sous le porche du bungalow, enroulé dans une couverture, et je lisais un livre sur ma tablette. Pour la première fois depuis des semaines, j'étais parvenu à accomplir un parcours entier en avance sur l'horaire prévu. J'avais décidé de fêter ça en m'accordant une bière et une cigarette, les premières depuis mon hospitalisation. Je profitais de l'instant, lorsque j'entendis du bruit en provenance du ponton. Je levai les yeux et constatai que « Hurley » était arrivé à bord de son canoë. Il avait accosté contre le bois et montait l'échelle.

Mais quelque chose n'allait pas. Ses efforts étaient difficiles. J'avais le souvenir d'un homme qui déplaçait avec aisance sa masse corporelle et qui – contrairement à moi – semblait tout à fait à l'aise avec son obésité. Mais là, Hurley tanguait comme un sumo ivre. Il atteignit le haut du ponton et s'avança vers moi en titubant.

« ... ourne, ça tourne... », entendis-je.

Il s'arrêta et vomit dans l'herbe.

— À l'aibheu, aibez-moi...

Je me levai pour le soutenir. M'occuper de patients indisposés ne me gênait pas, j'en avais vu d'autres. J'étais surtout inquiet pour lui.

— Qu'est-ce qui vous arrive ?

— Ça tourne, ça tourne, parvint-il à articuler... fait trois jours... Comme un manège... J'arrive plus à marcher... Peux pas conduire...

Son haleine ne sentait pas l'alcool.

— Vous avez pris quelque chose ? Drogue, médicament ?

— Hon-hon...

— Vous avez de la fièvre ? Une maladie chronique ?

– Pense pas...

Je tirai sa paupière supérieure avec mon pouce pour observer ses mouvements oculaires, puis la relâchai.

— Je vois. Ce n'est pas grave du tout.

— Ah ?

— Il va falloir que je vous fasse exécuter un mouvement.

— Co… comment ça ?

Je le fis asseoir au bord du ponton, les jambes pendant dans le vide, et me plaçai derrière lui.

— Faites-moi confiance. Vous êtes prêt ?

Sans attendre sa réponse, je le basculai brusquement à gauche et plaquai son corps contre le sol en tournant légèrement sa tête en haut et en arrière. Il poussa un cri de surprise. J'attendis un peu, puis le redressai et le basculai cette fois à droite, tandis qu'il criait encore. Je patientai, puis le remis en position assise.

— Comment ça va à présent ? demandai-je.

Il regarda autour de lui.

— C'est… bizarre… Je me sens mieux…

Il se leva pour faire quelques pas.

— Allez-y en douceur, dis-je. Ce n'est pas complètement fini. Une sensation de flottement va persister, il se peut même que vous fassiez d'autres crises, mais je pense que le plus gros est passé.

— C'est incroyable ! dit-il. Trois jours que j'étais sur des montagnes russes, je ne pouvais pas faire un pas sans me casser la figure ! Et là, même si ça tangue un peu, ça a drôlement diminué. Vous êtes magicien ou quoi ?

— Juste docteur. Vous avez fait une crise de vertige paroxystique.

— Qu'est-ce que c'est ?

— Votre sens de l'équilibre dépend de petits compartiments situés à l'intérieur de vos oreilles. Imaginez deux dés à coudre remplis d'eau, un de chaque côté de votre tête. Ça fonctionne un peu comme le niveau à bulle des maçons. Vous savez, cette barre que l'on pose sur le sol pour savoir s'il est plat…

Il opina, il voyait de quoi je voulais parler.

— Chaque fois que vous penchez la tête, poursuivis-je, l'eau bouge dans ces dés à coudre et indique votre position dans l'espace. Mais parfois, il arrive que des « grains de sable » se détachent et se mettent à flotter. Ils tapent alors contre les parois et donnent des sensations fausses : ce qui provoque le vertige. En vous basculant d'un côté, puis de l'autre, j'ai fait partir ces grains de sable.

Il me regarda avec un sourire rayonnant.

— C'est comme j'ai dit : vous êtes magicien.

— Je m'appelle Paul Becker, dis-je en tendant la main.

Il la serra entre ses énormes paluches.

— Et moi Jack. Jack Barn. Je suis drôlement content de vous connaître, monsieur Becker.

CE QUE L'ON TROUVE DANS LA BOÎTE EN FER (EXTRAITS)

Lettre écrite à la main, encre bleu ciel, sur feuille de cahier à grands carreaux, pliée en quatre, découverte dans la poche de mon K-Way.

Date inscrite sur la feuille : jeudi 26 octobre 1978.

« Paul Becker, je t'écris cette lettre parce que je n'ai plus le droit de te parler. J'ai demandé à une amie de la glisser dans ton K-Way. Depuis l'histoire de ta bagarre avec Theroux, ma mère est devenue comme folle. Elle dit que vous êtes tous des voyous, toi, Jerry Goodritch (que je trouve pourtant très gentil) et tes autres copains. C'est pour ça qu'elle m'a changée de classe. Hier, avec mon nouveau professeur de lettres, j'ai fait une étude de texte sur un auteur qui s'appelle Ralph Waldo Emerson. D'après M. Emerson, "l'ornement d'une maison ce sont les amis qui la fréquentent". Je trouve qu'il a raison. Les amis c'est très important. J'espère que ma mère

changera d'avis. Paul Becker, si tu rencontres un jour quelqu'un qui est timide et qui n'ose pas te parler, sois gentil avec cette personne. Peut-être qu'il (ou elle) aimerait bien être ton ami mais que simplement il (ou elle) ne peut pas.

Sarah L. »

14

Jack Barn était timide et n'avait pas d'amis.

Le lendemain du jour où j'avais résolu sa crise de vertige, je découvris sur mon perron en guise de remerciement une truite de belle taille enveloppée dans du papier journal. Le poisson venait d'être pêché. Sur le papier, il était écrit en lettres maladroites : « MERSI »

Je plaçai la truite au réfrigérateur et partis accomplir mon habituel parcours du combattant. Le soir, je croisai Jack sur la route.

— Merci pour le poisson !

— Oh, de rien, monsieur Becker.

— Vous l'avez pêché dans le lac ?

— Dans une rivière au nord. J'y vais le matin tôt.

Je lui remis une feuille sur laquelle j'avais inscrit le nom d'un médicament.

— Si vos vertiges persistent, achetez ça. C'est en vente libre.

— C'est très gentil, monsieur Becker.

Je rentrai chez moi et cuisinai la truite : je la coupai en deux, la vidai, versai du citron et des oignons hachés à l'intérieur, y ajoutai un cube de beurre et un peu de poivre noir, puis enveloppai le tout dans du papier aluminium et la fis cuire à la braise sur une grille dans ma cheminée. Vingt minutes plus tard, je la dégustai sur ma terrasse. Ce fut délicieux.

Le lendemain matin, deux nouveaux poissons m'attendaient sur le perron. Je sortis du bungalow et trouvai Jack en train de pagayer.

— Jack, criai-je depuis le ponton, il y a un problème avec vos truites !

— Qu'est-ce qui se passe, monsieur Becker ?

— C'est beaucoup trop. Je ne peux pas les manger seul. Je vous attends à dix-huit heures pour le repas !

Et je rentrai sans lui laisser le temps de répondre. Je souris pour moi-même, fier de mon coup : j'avais l'impression d'apprivoiser un animal sauvage.

… À moins que ce ne fût l'inverse ?

Nous prîmes notre dîner au grand air, arrosé de bières fraîches. J'avais compris que Jack vivait à l'écart des gens, tout comme moi. Je voulais en apprendre plus sur son compte. La première explication qu'il me donna fut celle que j'avais imaginée : il avait des ennuis avec la justice. Rien de méchant, en réalité. Sa mère était morte un an plus tôt et les banques avaient saisi leur ferme dans l'Idaho. Jack était fils unique, sans emploi ni parents. Il avait fait un peu de résistance face aux banquiers venus le jeter dehors et – avait-il reconnu avec honte – peut-être tiré imprudemment quelques coups de feu par la fenêtre. Personne n'avait été blessé, mais le shérif était intervenu. Résultat : pris de panique, il avait fui à toute vitesse dans l'État voisin. Ne sachant où aller, il s'était tourné vers un vieux cabanon de vacances dont il conservait le souvenir. C'est ainsi qu'il avait investi le bungalow numéro 3. Le lieu était abandonné en pleine nature, sur la rive opposée du lac, mais Jack l'avait entièrement réhabilité.

— Vous savez, monsieur Becker, je n'ai pas fait beaucoup d'études, mais pour ce qui est du bricolage, de la chasse et de la pêche, je me débrouille bien !

— Je n'en doute pas une seconde, répondis-je.

J'avais également compris que la solitude de Jack n'était pas liée à ce seul problème. Il en avait un autre, qui l'isolait encore plus, et qu'il me dissimulait probablement par fierté : il ne savait ni lire ni écrire.

Dans mon ancienne walk-in-clinic nous recevions sans cesse des patients illettrés. C'était un problème auquel nous avions souvent affaire, car trente-deux millions d'Américains étaient dans le même cas et faisaient tout pour le cacher. Si notre secrétaire leur demandait d'épeler le nom de leur rue, par exemple, ils feignaient la colère et s'exclamaient « Comment, vous ne connaissez pas cette fameuse rue ? » et ils la laissaient chercher seule. Ou bien ils prétextaient ne pas pouvoir écrire parce qu'ils avaient une entorse au poignet, ou ne pas pouvoir lire car ils avaient oublié leurs lunettes. Les excuses étaient légion, et nous les connaissions toutes. Je repérai celle de Jack lorsqu'il ressortit la feuille de papier sur laquelle j'avais inscrit « Prendre deux comprimés matin, midi et soir » pour son vertige. Il me demanda si je n'avais pas une boîte pour lui montrer l'aspect et la couleur des comprimés : une astuce classique pour acheter un médicament sans en lire le nom.

— Jack, je peux les acheter à votre place si vous voulez.

— Non, ça ira. Je vais me débrouiller, monsieur Becker.

— Appelez-moi Paul, je vous l'ai déjà dit.

— D'accord, monsieur Becker.

— Vous avez du mal à lire l'étiquette ?

— Pas du tout, monsieur Becker. Enfin si : j'ai des problèmes de vue.

— Et des problèmes pour écrire ?

— Oui, mon poignet me fait mal. J'ai trop pagayé.

Je réfléchis un instant :

— J'ai besoin de votre aide. Je n'aime pas aller en ville faire mes courses. Vous, en revanche, vous savez conduire, n'est-ce pas ?

— Bien sûr, m'affirma-t-il fièrement.

Je savais qu'on pouvait passer le permis sans savoir lire ni écrire dans de nombreux États : c'était un protocole officiel, il suffisait de demander une assistance et un employé administratif vous lisait les questions, puis inscrivait les réponses à votre place.

— Je vous propose un marché, dis-je. Vous vous chargez de faire les courses pour nous deux, et moi je paye une partie de votre addition.

— C'est vrai ? C'est drôlement généreux !

— Mais il y a une condition : nous devons corriger votre petit problème de vue. Sinon vous allez vous tromper dans les étiquettes.

— Ha, ha ! Oui, les étiquettes…

— Donc je vous entraînerai à lire quelques phrases sur ma tablette. C'est très facile, vous verrez. Qu'en pensez-vous ?

Il réfléchit un moment.

— Ça me paraît raisonnable, dit-il.

— Parfait, topez là.

C'est ainsi que j'entrepris d'apprendre à lire à Jack Barn. Et que nous devînmes amis.

Les semaines s'écoulèrent. Les branches des arbres se chargèrent de neige. Une fois, au cours d'une promenade, j'observai des loutres : insensibles au froid, elles secouaient leur museau humide en jouant sur les bords du lac. La semaine suivante, ce fut un élan solitaire qui traîna autour du bungalow, et je regrettai de ne pas disposer d'un bon appareil photo. Jack fit des progrès et commença à déchiffrer les premières pages de *Tom Sawyer*.

Puis Thanksgiving arriva et je passai quelques jours volontairement seul, dans l'effroi le plus total, drogué aux anxiolytiques, tentant d'oublier les réunions de famille qui se déroulaient un peu partout. Enfin nous entrâmes dans le mois de décembre.

Au cours d'une virée au Walnut Warehouse (l'une de mes dernières, car je déléguais désormais cette tâche à Jack), je pris mon courage à deux mains et m'installai devant l'écran d'ordinateur du coin Internet aménagé par Ebner. Il était temps de reprendre contact avec le monde. L'endroit se résumait à un tabouret placé devant un écran entouré de guirlandes de Noël, de plantes en plastique et d'une marmotte empaillée. Je repoussai la marmotte et tapai les coordonnées de mon compte. Sans surprise, des centaines d'e-mails m'attendaient dans ma boîte. Je m'appliquai à les dépouiller : mot de Cameron, lettre de Jerry, demande de ma banque, relance d'une assurance, encore ma banque, d'autres mots de Jerry… Dieu merci, aucune mauvaise nouvelle concernant mon père. Je cessai de cliquer sur mes messages. Il me sembla qu'une montagne d'ennuis était restée en arrière, telle une pierre en équilibre au bord d'une colline n'attendant que mon apparition pour me rouler dessus.

Je jetai un coup d'œil à Ebner Walnut. Il rangeait des boîtes de maïs sur des étagères. J'apercevais le toupet de ses cheveux blancs et son tablier soigneusement noué sur ses vêtements impeccables. Je me demandai s'il y avait une Mme Walnut quelque part qui lui repassait ses chemises. Durant un instant, cette image de la normalité me parut tellement rassurante que je fus tenté de l'appeler à l'aide.

Ma gorge se serra et des picotements parcoururent mes poignets et mes jambes. *Symptômes typiques d'une attaque de panique. Qu'est-ce qui se passe, tu veux qu'Ebner appelle un autre docteur à la rescousse ? Au secours, Paul se sent mal, il est incapable de lire ses e-mails !* Il fallait que je me reprenne. Il était normal de recevoir du courrier. Le monde n'allait pas s'arrêter parce que j'avais disparu. *Personne ne sait où tu es. Tant que tu ne te manifestes pas, tu es tranquille.* Sauf que je ne pouvais pas rester indéfiniment silencieux. Ces gens faisaient partie de mon passé : devais-je continuer de faire le mort ? Comment leur expliquer les raisons de ma fuite alors que je ne les comprenais pas moi-même ?

— Je ne veux pas répondre ! laissai-je échapper à voix haute.

— Vous avez besoin d'aide ? demanda Ebner.

— Du tout. Je réfléchissais.

— Vous vous sentez bien ? insista-t-il.

— Ça ira. Hum.

Je repris ma réflexion intérieure. Il fallait prendre une décision. Dans *L'Art de la guerre*, il était écrit : « Celui qui ne peut vaincre reste sur la défensive. » *Es-tu en situation de vaincre, Paul ?* Eh bien, je vais mieux. Mon poids baisse, ma condition physique s'améliore, mon moral remonte. Et grâce à Jack Barn, j'ai l'impression d'être utile à quelqu'un. Il fait de réels progrès en lecture. Et je ne dis pas ça parce que je manque de compagnie, que c'est bientôt Noël, et que je vais encore penser à tous ces gens réunis, et… *Es-tu en situation de vaincre ?* Je poussai un long soupir. Non.

J'éteignis l'ordinateur. La solitude que j'avais éprouvée lors de Thanksgiving m'avait effrayé. J'avais été à deux doigts de craquer, d'ouvrir le frigo et d'avaler tout ce qui se trouvait à l'intérieur, assorti d'une bonne dose d'alcool et de médicaments. J'allais mieux, certes. Mais je n'allais pas bien.

Il me restait encore à affronter Noël et le jour de l'An, avec leur cortège de souvenirs impitoyables. Mon fils poussant des cris de joie devant un sapin. Les fêtes passées avec Jerry et Cam. La femme que j'avais épousée et qui m'avait quitté. Sarah et son sourire si doux. Les tintements des verres. Les serments d'amitié. Les déclarations d'amour. Et surtout le souvenir de ma propre image : moi, heureux et mince.

Oui, songeai-je, il y avait encore une fichue montagne à gravir et à redescendre pour terminer cette année. Pédaler, avancer, maigrir, survivre.

Le combat n'est pas fini, Paul Becker.

15

Le jour de l'An, le docteur Jerry Goodritch reçut un appel sur son téléphone portable. Il ouvrit un œil et consulta le réveil : il n'était pas dix heures du matin. Seigneur, songea-t-il, qui que ce soit, ayez pitié. Nous sommes le 1er janvier, et que font les gens pour la nouvelle année ? Ils boivent, font la fête, et ensuite *ils se reposent*. Alors s'il vous plaît, ayez la décence de respecter un peu ma gueule de bois… Jerry releva le drap de soie sur sa tête et laissa sonner le téléphone.

— Mmmh ? fit le docteur Floyd Romano, chirurgien plasticien de renom, qui dormait à côté de lui.

— Ce n'est rien, Floyd. Rendors-toi.

Le téléphone sonna encore puis cessa de les importuner. Jerry poussa un soupir et s'assit sur le bord du lit. Et voilà : maintenant il n'avait plus sommeil du tout. Il se leva et enfila un peignoir. Sur le téléphone, il était écrit « numéro masqué ».

— Ben voyons, dit Jerry.

— Alors tu te lèves ? demanda Floyd.

— Oui. On se commande des croissants ?

— Là comme ça ?

— Nous sommes en vacances dans une suite extraordinaire, au vingtième étage de la Trump Tower à New York, avec vue sur Central Park. Je ne vois pas pourquoi nous n'en profiterions pas pour commander des croissants, du jus d'orange, des petits pots de confiture et tout ce qui nous passera par la tête. (Il tira les rideaux et le soleil envahit la pièce.) Regarde, on voit Colombus Circle et toute la descente de la 8e Avenue.

— Arrête, tu veux me rendre aveugle ou quoi ?

Jerry agita la main en un geste d'excuse.

— Désolé. C'est ce téléphone. J'ai cru que c'était ma mère. On doit dîner avec mes parents ce soir et ça me rend horriblement nerveux.

— Tu as peur que ton père pète un boulon lorsqu'il va s'apercevoir que la petite amie de son fils est un petit ami ?

— Ce n'est pas un boulon qu'il va péter, c'est un anévrisme.

— Jerry. On en a discuté mille fois. Ta mère est au courant depuis des siècles que tu es gay. Elle le savait déjà quand ils habitaient Eden. Maintenant, ils sont revenus vivre à New York, ils sont vieux, nous sommes au XXIe siècle et nous allons nous marier. Tu crois vraiment qu'elle n'a jamais évoqué la question avec ton père ?

— On voit bien que tu ne le connais pas.

— Eh bien, c'est l'occasion de nous connaître.

— Floyd, quand j'étais petit, il m'a coupé les vivres pour que je n'aille pas à la fac. Il voulait que je devienne tailleur, comme lui.

— Tu es un excellent tailleur.

— Ha, ha. Très drôle. *Très* spirituel.

— Je te demande pardon, Jerry. Je voulais juste te faire rire. Je vois bien que tu es stressé, et je t'aime. Il doit bien y avoir un moyen d'amadouer ton père. Nous sommes heureux, je gagne bien ma vie. Je pourrais lui montrer mes feuilles de paye ?

— Ce serait très vulgaire. Et puis l'argent ne fait pas le bonheur, Floyd.

— Mais il y contribue. C'est moi qui finance ce voyage, je te le rappelle. Ton histoire de walk-in-clinic à Eden t'a pratiquement mis sur la paille.

La téléphone sonna à nouveau. Jerry décrocha d'un geste agacé.

— Allô !

Pas de réponse.

— Allô ? reprit-il prudemment.

Quelques mots filtrèrent à l'autre bout. Son cœur se serra.

— Paul ? C'est toi ?...

Floyd se redressa sur le lit. Jerry changea son téléphone d'oreille.

— Paul, mon Dieu... Réponds-nous, s'il te plaît !

La voix prononça son nom. Elle était à peine audible tant le timbre en était rendu pâteux par l'alcool. Jerry eut l'impression qu'un morceau de tissu se déchirait à l'intérieur de sa poitrine. Les larmes lui montèrent aux yeux.

— Paul, écoute-moi... Je ne sais pas où tu te trouves... Je suppose que tu as trop bu, ou que tu as pris quelque chose... mais ce n'est pas grave, d'accord ?... Ici tout va bien... Je suis à New York avec Floyd, on va rencontrer mes parents... Ton père va bien... Je ne sais pas quand tu reviendras... mais on t'aime, tu m'entends ? Je m'occupe de tout à la clinique, surtout ne t'inquiète pas… Fais ce qu'il y a de mieux pour toi… Et… reviens-nous vite, d'accord ?

Il y eut encore un silence. Puis on raccrocha.

— Ça va ? demanda Floyd en voyant la pâleur extrême de son compagnon.

— Non, ça ne va pas, répondit Jerry. Ça ne va pas du tout.

Il se laissa tomber sur le lit, posa la tête entre ses mains et se mit à pleurer. Au bout d'un long moment, il sortit son portefeuille et chercha les coordonnées de quelqu'un. Il n'y avait pas de numéro, juste un nom et une adresse. Il les contempla en se demandant ce qu'il devait faire. Puis il prit sa décision.

Jerry Goodritch s'assit au bureau de leur jolie suite en haut de la Trump Tower, face à Central Park, il s'empara d'un stylo et d'une feuille de papier à lettres, et se mit à écrire avec fébrilité.

16

Vendredi 12 janvier 1979

Jerry arrêta d'écrire et tendit sa feuille à l'homme qui passait entre les rangs.

— L'interrogation est terminée ! dit le professeur. Levez vos stylos !

La classe s'anima aussitôt de bruits de capuchons remis en place, de cartables qui claquent et de chaises repoussées en arrière.

— Attendez, suppliai-je, plus qu'un truc à écrire…

— C'est fini, Becker. Vous êtes sourd ou quoi ? (Il m'arracha ma copie.) Si vous ne connaissez pas les réponses, ce n'est pas maintenant que vous allez les deviner.

— Mais je n'ai même pas eu le temps de…

— FILEZ EN RÉCRÉATION !

Je rentrai les épaules et quittai la classe, les joues en feu. Jerry m'attendait dans le couloir. Nous nous mêlâmes au flot des élèves qui s'écoulait en direction de la cour.

— Tu t'es planté ? dit-il, sincèrement inquiet pour moi.

— Grave.

— T'avais pas révisé ?

— Ben non, j'avais pas révisé. Le principe d'une interro-surprise, c'est qu'elle est surprise, Jerry.

— Pas la peine d'être aussi sec.

— Je me suis fait démolir. Nous coller une interro alors qu'on rentre à peine de vacances, c'est vraiment dégueulasse…

Nous allâmes nous installer sur un banc. Des groupes d'élèves discutaient. Je tentai de repérer Sarah mais ne la vis nulle part. Jerry sortit un sandwich au beurre de cacahuète de son cartable et m'en proposa la moitié. J'acceptai en grognant un vague merci. Il m'énervait. C'était un chic type, mais il était toujours au point sur ses leçons. Jamais le moindre retard. Moi, évidemment, la seule fois où je n'avais rien appris (bon, d'accord, une des seules fois où je n'avais rien appris), je me faisais écarteler par ce nazi de Schmidt, le prof de maths.

— Schmidt est un nazi, dis-je.

Jerry fronça les sourcils.

— T'es sûr ?

— Sûr. J'ai vu un reportage sur Hitler : la ressemblance est évidente, Schmidt est son cousin, j'en suis certain.

— Bouge pas, dit-il.

Il décrocha un téléphone invisible.

— Allô, les services secrets israéliens ? Oui, ici Jerry Goodritch. Ça va chez vous ? Bien… Je vous appelle parce que nous avons un nazi en fuite ici… Oui, le cousin d'Hitler, absolument… Vous passez le récupérer quand ? À quatre heures ? Parfait.

Il raccrocha.

— C'est réglé.

— Merci, Jerry.

— De rien, Paul. Un autre sandwich ?

— Avec plaisir.

Je mâchonnai avec le sourire.

Cet idiot avait réussi à me remettre de bonne humeur.

— Cameron revient bientôt en classe ? demanda-t-il.

— La semaine prochaine. Stan lui a refilé la varicelle.

— Ça ne doit pas être marrant.

— Pas sûr. Tu devrais les voir : ils sont tous les deux chez Cameron, avec leurs boutons peints en rouge sur la figure. Ils passent leurs journées en pyjama à lire des comics et à faire des concours de pets et de rots. Ils se marrent comme des baleines. À ce tarif-là, je veux bien avoir la varicelle moi aussi.

— Mouais, dit Jerry, d'un autre côté…

Son ton m'intrigua et je me tournai vers lui. Il me regardait par-dessus ses lunettes avec un sourire malicieux.

— Si tu avais la varicelle, dit-il, je ne pourrais pas te transmettre… ceci.

Il sortit un papier de sa poche. Mon cœur accéléra.

— Qu'est-ce que c'est ?

Mes yeux ne pouvaient se détacher du papier à lettres bleu ciel orné du logo Hello Kitty. Sarah Lewis ne nous parlait plus depuis deux mois, ni à moi ni aux autres. Elle avait changé de classe, et sa mère l'escortait à l'école. Mme Veronica Lewis-Van Doren (c'était son nom complet) protégeait sa fille des mauvaises fréquentations et, au cas où je n'aurais pas saisi le message, elle m'adressait un regard de pitbull dès que je me trouvais dans sa ligne de mire. Je ne sais pas quelle version elle avait entendue de mes démêlés avec Teddy Theroux, mais elle ne me portait pas dans son cœur.

J'ouvris le papier :

« Paul Becker, je passe la soirée chez mon amie Suzy Andrews. Elle habite à White Point comme moi. Je me rendrai chez elle à dix-huit heures en passant par le terrain de jeu. Est-ce que tu pourrais m'y retrouver ? C'est important.

Sarah L. »

Je parcourus le message plusieurs fois, tellement l'écriture de Sarah me paraissait délicate, et lumineuse, et magnifique, et…

— Fais gaffe, dit Jerry, tes yeux vont transpercer le papier.

— C'est incroyable ! J'ai un rencard avec Sarah Lewis !

Mon enthousiasme retomba comme une crêpe molle.

— Oh non, mais comment je vais faire pour aller là-bas ? Je suis censé être à la maison ce soir ! Avec les notes que j'ai en ce moment, mon père ne me laissera jamais sortir…

— Erreur. J'ai un plan.

— Un plan ?

Jerry examina ses ongles d'un air détaché.

— Ce soir, tu te trouves officiellement chez moi. Je te donne un cours de maths. « Paul en a besoin, et en plus c'est gratuit », c'est ce que j'ai dit à ta mère en la croisant ce matin devant l'école. Elle a dit oui et merci Jerry. Donc tu te pointes chez moi à dix-sept heures trente. Tu sors par la fenêtre de ma chambre à quarante-cinq. Tu reviens avant vingt heures. Et mon père te ramène à pied. C'est tip top.

— Tes parents sont dans la combine ?

— Non. On est vendredi soir, ils ne bougent pas du salon et ne monteront pas dans ma chambre. Zéro chance qu'ils remarquent ton absence.

Je le regardai avec les yeux comme des soucoupes. Il pointa ses deux index vers sa figure.

— Agent secret Jerry 007, dit « le Bigleux ». Forces spéciales du Mossad. Le Bigleux a toujours un plan.

— Jerry !

Je l'embrassai sur la joue en y collant du beurre de cacahuète.

— Calme ta joie, dit-il en s'essuyant. On est en public. Ça va jaser.

Mais je voyais bien qu'il était ravi de sa petite prestation. Dans ma poitrine, une nuée de papillons avait pris son envol et tourbillonnait, tourbillonnait…

Je passai l'après-midi à me préparer devant la glace de la salle de bains. J'avais vu *Grease* au cinéma, et j'espérais copier la coiffure et les attitudes de John Travolta. Mais bien entendu, j'étais si jeune que c'en était ridicule. Et puis mes épis rebelles refusaient de tenir en place…

— Qu'est-ce que tu fabriques ? demanda mon père.

Il me fit sursauter. George était de petite taille (contrairement à moi), mais sa voix claquait comme une badine et ses yeux bleus étaient aussi perçants que des lasers. Ce soir, comme chaque vendredi, il portait son costume de lin blanc, signe qu'il sortait faire un poker avec ses amis et que ma mère resterait seule une fois de plus. Je savais que c'était une manière de fuir leurs disputes et je trouvais ça lamentable. Mais je n'osais pas le lui dire. Sa riposte aurait été cinglante. Il était d'une intelligence vive, et pouvait citer des écrivains à la pelle. Avec lui, c'était toujours Kerouac ceci ou Ginsberg cela. Il plaisait aux femmes. Mais en famille, c'était autre chose : le genre d'adulte qui vous flanque une trempe un jour, vous emmène à la pêche le lendemain, puis vous oublie ensuite. Je le voyais tantôt comme un artiste, lunatique et bohème, tantôt comme un minable. Mais jamais comme un père. D'ailleurs je l'appelais George. Exprès. Lui et moi, nous étions deux étrangers.

— Qu'est-ce que tu fabriques ? répéta-t-il doucement.

— Je me coiffe.

— Pour faire des maths chez Jerry Goodritch.

— Ouais.

— Essaye « oui papa », pour voir.

Je serrai les dents. Un sourire joua sur ses lèvres.

— Tu es certain que c'est chez Jerry que tu vas ?

— Et toi, certain que c'est un poker ?

Ses traits se crispèrent puis se détendirent. J'attendis la gifle, mais elle ne vint pas. George semblait partagé entre la colère et un autre sentiment :

— Alors comme ça, tu prends des livres dans ma bibliothèque ?

Sa question me prit par surprise.

— Je les ai retrouvés dans ta chambre, poursuivit-il. Robert Howard. Lovecraft. Moorcock.

— Je… je les aime bien.

— Quand tu t'en sentiras capable, essaye Charles Bukowski. Ou peut-être un John Fante pour commencer. Prends l'escabeau, ils sont cachés sur l'étagère du dessus, ta mère ne les apprécie guère.

Il ouvrit le placard du couloir. Je me raidis : dans ce placard se trouvait la ceinture plate avec laquelle il m'administrait parfois une correction lorsque mes notes étaient mauvaises ou que je dépassais les bornes. Il m'observa comme s'il devinait mes pensées.

— On ne se parle pas beaucoup, hein, Paul ?

Je baissai les yeux, silencieux.

— Je voudrais quand même te dire une ou deux choses, poursuivit-il. La ceinture, c'est terminé. Tu n'es plus un gosse. Et aussi : j'aime ta mère, quoi que tu en penses. Et enfin : dans la vie, tout le monde ment. C'est comme ça, autant que tu le saches. Mais il y a des avantages. Comme dit Bukowski : « Les femmes raffolent des imposteurs parce qu'ils savent embellir la réalité. »

J'attendis de voir où il voulait en venir.

— Cela dit, continua George, mon conseil en matière de filles, c'est de ne pas leur raconter de bobards. Ne te fabrique pas une coupe de cheveux qui ne te ressemble pas. Ne joue pas un rôle devant ta glace. Ouvre ton cœur, et laisse-toi aller. Si c'est la bonne personne, celle qui t'aime, tout ira bien.

Son bras sortit du placard : il tenait un blouson en cuir, son précieux bomber acheté au surplus militaire, avec les écussons et l'aigle en métal sur le devant.

— Mets ça. Il va faire frais ce soir.

Je n'en croyais pas mes yeux. Ce blouson, j'en rêvais depuis des lustres. Je le pris entre mes mains et dévalai l'escalier.

— Paul ?

Je me retournai. Il hésita.

— Rien… Bonne soirée, mon fils.

Je sortis par le garage, pris ma bicyclette et filai dans les rues d'Eden. La conversation avec mon père et son geste inattendu m'avaient laissé perplexe. Je fourrai une main dans le blouson et guidai mon vélo de l'autre. Il ne devait pas faire plus de dix degrés en ce mois de janvier, ce qui était rare chez nous. Le soleil descendait. Les premières grappes de ténèbres s'enroulaient déjà autour des maisons. Ce soir, aucune libellule ne dansait dans la lueur des réverbères. J'arrivai chez Jerry et cachai mon vélo dans une ruelle. Il siffla en voyant le bomber.

— On dirait Marlon Brando dans *L'Équipée sauvage* !

— Te moque pas.

— Si j'étais une fille, je tomberais raide.

Je le regardai bizarrement.

— Houlà, je plaisante, dit-il en levant les yeux au ciel.

Nous passâmes devant ses parents, je saluai David et Becky Goodritch d'un hochement de tête et nous montâmes dans sa chambre. Dix minutes plus tard, je ressortais par la fenêtre et descendais le long de la gouttière. Depuis le premier étage, Jerry joignit son pouce et son index en formant un rond pour me signifier que tout était OK. Je répondis par le même signe, enfourchai mon vélo et m'élançai vers White Point.

L'endroit fut facile à trouver. Le terrain de jeu consistait en une pelouse immense, en plein cœur du lotissement de White Point. Le soleil se couchait. L'endroit était désert. Je remontai le col de mon blouson, m'assis sur un tourniquet en bois et tournai lentement en laissant mes pieds pendre et frotter sur le sol. Sous mes doigts, le bois du manège était neuf. D'ailleurs la pelouse avait l'air neuve, elle aussi. Tout comme les chemins goudronnés, les façades des maisons, les réverbères, et même le ciel qui luisait d'un violet profond, vibrant presque, comme la carrosserie d'une voiture sortant du lavage. Décidément, cette ville méritait de s'appeler Eden. Ou bien peut-être que cela venait de moi et que j'étais simplement amoureux.

— Paul Becker ?

Je sautai du tourniquet. Elle était toujours aussi belle. Plus encore que dans mon souvenir. La tombée du soir enflammait ses cheveux et lui donnait une aura presque surnaturelle qui rehaussait sa peau blanche. Quelque chose clochait, cependant : elle avait l'air inquiète. Je mis les mains dans mes poches et tentai de prendre un air détaché.

— Bonsoir, Sarah, attaquai-je en bredouillant. C'est normal que l'on se sente un peu gêné, tu sais. On ne s'est pas beaucoup parlé, et, euh, je ne me sens pas super à l'aise non plus…

— Paul, écoute, je ne sais pas comment te dire ça…

Je m'arrêtai net. Sarah Lewis n'était pas inquiète. Elle était effrayée.

— Qu'est-ce qui se passe ? demandai-je.

Elle portait un gilet sur ses épaules. Elle en ramena les pans autour d'elle et fit quelques pas en fixant le sol, comme si elle cherchait par où commencer.

— Alors tes parents te laissent venir seul jusqu'ici à vélo ? dit-elle.

Je haussai les épaules.

— Je suis censé travailler les maths chez Jerry Goodritch. Ma mère me fiche la paix, elle est fatiguée. Quant à mon paternel, il fait son poker, comme tous les vendredis soir.

À ces mots, elle leva la tête et me lança un regard étrange.

— Je crois qu'il vaut mieux que je te raconte tout depuis le début, dit-elle, sinon tu vas me prendre pour une folle.

Je fronçai les sourcils. Elle prit une inspiration :

— Nous avons emménagé à Eden l'été dernier. Nous louons une grande maison, tout au bout de White Point. On l'appelle Les Dômes. Tu vois laquelle ?

— Non.

— Elle est ancienne. Très isolée. Tellement isolée, en fait, qu'elle ne faisait pas officiellement partie de la ville au départ. On l'y a rattachée dans un second temps. La maison est constituée de six dômes construits sur pilotis. Ils sont bâtis sur le sable, au bord de l'eau, reliés les uns aux autres. C'est un genre d'architecture moderne un peu bizarre : on dirait six têtes de fantômes posées côte à côte. C'est pour ça que les gens ont généralement entendu parler de la maison des Dômes. L'un d'eux est ma chambre, qui comporte deux grandes fenêtres. La fenêtre située au sud donne sur la mer et les Dix-Mille Îles.

Sarah marchait de long en large, comme pour se concentrer, visualiser la scène et me l'expliquer du mieux possible. Je la trouvais moins timide que dans ses lettres. Cela ne faisait qu'ajouter à son charme.

— Ce doit être magnifique, dis-je.

— Ça l'est. Quant à ma fenêtre nord, elle s'ouvre sur un bayou, très sombre et un peu effrayant.

— Les Fakahatchee Strand. En indien, cela signifie « les eaux sombres ». Elles partent des Everglades, longent Eden et le cimetière, et vont jusqu'à chez toi.

Sarah fut parcourue d'un frisson.

— C'est un endroit étrange, dit-elle. Au début, j'admirais les îles du sud, le soir avant de m'endormir. Mais petit à petit, je me suis mise à regarder plus souvent en direction du nord et du bayou. Je ne sais pas pourquoi. Sans doute parce que cela me faisait un peu peur : ces silhouettes d'arbres, tandis que la nuit tombait, on aurait dit des épouvantails.

Je pouvais le comprendre. Il me suffisait de repenser aux soirées passées à lire des nouvelles d'Edgar Poe, planqué sous ma couverture. Tous les gamins du monde étaient attirés par les histoires macabres.

— Le problème, dit Sarah, c'est qu'à force d'observer par la fenêtre au nord, j'ai commencé à voir… des choses.

— Des choses ? Comment ça ?

— De simples lumières au début. Je les observais le soir, chaque fin de semaine. J'ai d'abord pensé qu'il s'agissait de feux follets. Ensuite j'ai compris qu'elles se déplaçaient ensemble. Disparaissant et réapparaissant entre les branches.

— C'étaient peut-être des feux follets.

— Ces phénomènes ne se manifestent pas à date fixe, Paul Becker. Et aussi… j'ai commencé à entendre de la musique.

— Quoi ?

— Des bribes emportées par le vent. Mais je ne rêvais pas. Je voyais ces lumières, et j'entendais ces sons. Alors un soir, pour en être certaine, je suis allée chercher le télescope de mon père et je l'ai braqué dans cette direction. Et tu sais quoi ? Ce n'étaient *pas* des feux follets.

J'étais suspendu à ses lèvres. Si elle avait inventé cette histoire pour me flanquer la trouille, alors elle avait réussi.

— Et de quoi s'agissait-il ?

— D'une barque. Avec une lanterne à l'avant, et des bougies tout autour, sur le bastingage. Comme des cierges dans une église. Et il y avait des gens dessus.

— Mince, qu'est-ce qu'ils fichaient là à cette heure ?

Sarah tordit ses mains et jeta des coups d'œil en arrière.

— Je devrais peut-être y aller. Je sais que tout ça est difficile à croire… Et puis je suis en retard, Suzy Andrews va s'inquiéter…

— Sarah, je t'en prie, continue.

Elle me jaugea du regard, comme pour décider une fois pour toutes si elle pouvait me faire confiance.

— D'accord, fit-elle. Bon. Il faut que tu saches qu'il y a un ponton en bois qui part des Dômes et qui s'enfonce dans le bayou. C'est un long chemin qui sillonne le marais sur presque un kilomètre. Ce genre d'installation est fréquent dans les Everglades. Mais celle-ci est une voie privée, rien qu'à nous.

— Ne me dis pas que tu as…

— Si. Je l'ai fait. Je me sentais stupide d'épier depuis ma chambre et de m'imaginer des choses. Je ne suis pas une froussarde. Alors vendredi dernier, quand les lumières sont réapparues, je suis allée voir.

— Toute seule ? En pleine nuit ?

Je trouvais ça dingue, mais je ne pouvais pas m'empêcher d'admirer son courage. Cette histoire comportait peut-être une part d'invention, mais là, à cet instant, avec les ultimes lueurs baignant sa robe à contre-jour, Sarah Lewis aurait pu me faire gober n'importe quoi.

— J'avais une lampe de poche, dit-elle. Je ne risquais rien. Le ponton est bien entretenu, mon père y veille. Les alligators ne peuvent pas monter : c'est justement pour observer la nature sans risque que l'on construit ces promenades. Alors j'ai parcouru trois ou quatre cents mètres. Et là je l'ai vue. C'était bien une barque. Avec deux personnes à l'intérieur. J'ai pensé qu'il s'agissait peut-être de pêcheurs à la lampe. J'ai éteint ma torche et je me suis rapprochée d'eux. Sur le bateau, un homme se tenait debout. À côté, il y avait une vieille femme assise.

— C'était un couple ?

— Je ne crois pas. La vieille dame était entourée d'un voile. Elle faisait brûler un truc et l'agitait autour d'elle, comme de l'encens…

Mes yeux s'écarquillèrent.

— Quant à l'homme, il passait de la musique sur une radiocassette. Voilà ce que j'entendais depuis ma chambre. J'ai reconnu l'air : une mélodie au piano, douce et triste. *Le Clair de lune* de Debussy.

— Je connais. On l'a passé lors d'un spectacle en primaire. Les parents ont pleuré pendant la scène.

Sarah se massa les tempes.

— Attends, dit-elle, je n'ai pas fini. C'est là que ça devient vraiment bizarre… D'un coup, tout s'est arrêté. L'homme a coupé le son. Il a décroché la lanterne et l'a levée pour scruter les ténèbres devant la barque. On aurait dit qu'il attendait… je ne sais pas… qu'un événement se produise. Tu aurais dû voir ça : la femme voilée, l'homme qui observait la nuit, les bougies autour d'eux. C'était tellement étrange ! J'en avais la chair de poule. Et c'est alors que j'ai vu… quelque chose, en train d'écouter.

Sa voix me parut rauque, tout d'un coup.

— Il y avait une ombre devant eux, dit Sarah. Elle se tenait là. Dans l'eau. À quelques mètres de distance. C'était grand. Ça… ça écoutait la musique, j'en suis certaine. Soudain cette chose a tourné sa tête dans ma direction. Comme si elle avait senti ma présence. Puis elle a plongé, et elle a disparu.

— Tu rigoles, là ?

— Je te jure que non. J'ai paniqué. J'ai couru sur le ponton sans regarder en arrière jusqu'à ma chambre. Je me suis enfermée et je suis restée là, à trembler comme une feuille en attendant le matin. Quand le jour est arrivé, j'ai eu l'impression d'avoir fait un mauvais rêve. Après tout, on n'y voyait guère. Ce truc dans l'eau, ça aurait pu être un animal, non ?

Mes mains étaient serrées l'une contre l'autre.

— Sarah… tu me fais marcher, c'est ça ?

Je regardai autour de moi pour vérifier que nous étions seuls. Une intuition affreuse montait de mes entrailles. Dans un instant, un groupe de filles allait surgir et éclater de rire. « Non mais regardez Becker le débile ! Plus c'est énorme et plus il gobe ! » Tout ça n'était qu'une horrible farce pour se moquer de moi, on allait raconter cette histoire dans toute l'école, et je deviendrais l'idiot de service à chaque récréation. Sarah m'envoya une tape sur le bras.

— Paul Becker, je ne me moque pas de toi ! dit-elle en fronçant les sourcils. Tu crois que j'inventerais une histoire pareille ? Je vois bien que tu me prends pour une dingo ! C'est pour ça que je ne l'ai dit à personne ! Ma mère me tuerait si elle savait que je suis sortie en pleine nuit ! Quant aux autres à l'école, ils me traiteraient tous de mythomane ! Un monstre dans le marais d'Eden, non mais tu te rends compte ? Je serais la folle du collège jusqu'à la fin des temps…

— Alors tu veux dire que cette chose dans l'eau est vraiment vraie ? fis-je dans un souffle. Mais pourquoi tu me racontes ça à moi ? Et pourquoi maintenant ?

Je plissai les yeux pour scruter ses traits. La nuit était tombée et des ombres avaient envahi nos visages, comme si l'obscurité voulait nous avaler dans sa gueule béante.

— Parce que cette semaine, dit Sarah, je vous ai aperçus, toi et tes parents, à l'école. C'était la première fois que je les voyais.

— Ah bon ? dis-je surpris. Effectivement, on avait rendez-vous à cause de mes résultats en baisse. Mais quel rapport avec…

Et soudain, tandis que l'effroi m'envahissait, je compris. Elle se mordit les lèvres.

— Paul. Je ne sais pas qui était la vieille dame dans la barque. Mais l'homme à la lanterne, celui qui se promène chaque vendredi dans les marais, je l'ai parfaitement reconnu. Il est petit. Et il porte un costume blanc.

Mon cœur cessa de battre.

— C'était ton père, dit Sarah Lewis.

CE QUE L'ON TROUVE DANS LA BOÎTE EN FER (EXTRAITS)

Lettre remise dans une enveloppe fermée par du scotch (transmise par Jerry). Après ouverture : écrite à la main, encre bleu ciel, sur feuille de cahier à grands carreaux.

Date inscrite sur la feuille : lundi 15 janvier 1979.

« Paul Becker, j'ai mis cette lettre dans une enveloppe pour que personne d'autre ne la lise. Oublie l'histoire que je t'ai racontée. Il ne peut pas y avoir de monstre dans les marécages. Les monstres, ça n'existe pas. Je crois que je me sens trop seule dans la maison des Dômes. Cet endroit me fait peur et "j'ai l'imagination qui travaille", dit papa. Il est très gentil, mais ma mère ne me laisse jamais sortir. Avant nous habitions au Texas et c'était mieux. Je ne sais pas pourquoi je te raconte tout ça. Ne dis rien à personne pour la barque. Ton père avait sûrement une bonne raison de se trouver là-bas. Ou bien je

me suis trompée et ce n'était pas lui. J'aimerais bien qu'on se revoie, mais ma mère me surveille encore plus qu'avant. Cet hiver va me paraître très long.

Sarah L. »

17

L'hiver que je passai dans le Yellowstone fut l'un des plus longs et terribles de mon existence. J'étais désormais entré dans un territoire hostile, et cet endroit s'appelait la Guerre de Paul Becker.

Je me levais avant l'aube et j'enfilais mes vêtements comme on enfile une armure.

— On y va, Paul, on y va ! criais-je dans l'obscurité de ma cabane glaciale pour m'encourager.

Je sautais le petit déjeuner. Jetais mon vélo dans mon énorme voiture harnachée de chaînes. Je partais sur les routes. Je localisais les secteurs déblayés par les chasse-neige, je repérais mon parcours, et je combattais. L'hiver voulait que j'abandonne. Il était l'armée ennemie. Il voulait me repousser vers les lointains territoires du Sud. Il avait planté ses bannières jusque dans mes os et tentait de me faire perdre la raison. Mais la neige ne m'arrêtait pas. Le froid ne m'arrêtait pas. La fatigue, la douleur, la peur ne m'arrêtaient pas.

Pédaler, avancer, maigrir, survivre.

— On y va ! On y va ! On y va ! criais-je dans le brouillard de décembre en riant comme un démon.

Je commençais à parler tout seul. Je n'en avais rien à foutre. Je passais de la musique à fond dans les écouteurs de mon portable. Des orchestres symphoniques, des bandes originales de film, jusqu'à en devenir sourd. Je me transportais dans un autre monde et le paysage défilait. Je me prenais pour les héros de mon enfance. J'étais Conan le Barbare dans les steppes glacées de Cimmérie, j'étais Aragorn franchissant le col de Caradhras, j'étais Fafhrd escaladant le Quai des Étoiles. Au bungalow, Jack Barn me regardait parfois d'un air soucieux, comme si j'étais un peu dérangé. Il avait entrepris de se laisser pousser les cheveux et la barbe comme moi. Je trouvais ça sympathique. Je lui laissais prendre ma voiture, plus grande et plus pratique pour aller nous ravitailler chez Ebner Walnut. Je lui donnais l'argent nécessaire, et même mes papiers pour se faire passer pour moi, au cas où la police lui aurait causé des problèmes. Je ne m'occupais plus de rien. Jack était mon ami, mon écuyer, mon fidèle aide de camp. Sans lui, je serais devenu fou. Et peut-être était-ce arrivé, d'ailleurs, car en dehors des besoins les plus élémentaires tels que manger, me laver, dormir, plus rien ne comptait pour moi. La Guerre avait tout envahi.

— Je continue à lire, monsieur Becker ?

— On y va ! On y va ! dis-je en lui indiquant de poursuivre sa lecture de *Tom Sawyer* sur la tablette numérique.

Chaque jour, je barrais d'une grande croix la page de mon calendrier, je la tournais et passais au jour suivant. Parfois, je notais mes impressions.

1er janvier

Ai pris une cuite. Cru que j'allais mourir. Craqué pour de bon. Appelé Jerry Goodritch, qui était à New

York avec son petit copain. Raccroché aussitôt après. Paul, mais qu'est-ce que tu fiches !

3 janvier

Retour en selle. Ça va mieux. Bonne série de kilomètres aujourd'hui. La bataille reprend...

9 janvier

Encore plus de kilomètres ! Ça roule, ça roule, mon petit Paulo !

12 janvier

Moins quinze degrés ce matin. Pas mis le nez dehors. Le Général Hiver doit bien ricaner. Putain, je ne suis qu'une merde.

30 janvier

Ai cassé la glace sur le lac pour pêcher avec Jack. Pris trois truites ! Pédalage infernal cet après-midi. Record battu ! Cuisiné les truites ce soir : délicieuses !

17 février

Jack contrôlé par les flics chez Ebner. S'est fait passer pour moi. Marché comme sur des roulettes. Tant mieux parce qu'il y avait un paquet-surprise pour lui. (Jack, si tu lis ça : n'ouvre pas le paquet !)

18 février

Anniversaire de Jack, TADAAA *! Alcool et nourriture à volonté. Livres et BD pour Jack. Plus un minifeu d'artifice ! (Suis un peu ivre.)*

25 février

J'AI TERMINER TOM SAWYER. (C'est Jack qui a écrit ça : bravo Jack !)

1er mars

Suis passé par le Montana. La route pour moi tout seul. Vu cascade figée dans la glace, ressemblait à une tour médiévale. Féerique.

5 mars

Pédalé jusqu'aux sources d'eau chaude de Mammoth. Calme et beauté. Panaches de vapeur dans l'air froid. Traces d'animaux dans la neige. Bonne soupe chaude dans mon thermos.

8 mars

Nouveaux vêtements. Les anciens sont devenus trop grands.

17 mars

Enfin descendu ces fichues marches jusqu'à Lower Falls. Vue extraordinaire sur les cascades. Gronde-

ment assourdissant. Ai crié « Capitaine, mon capitaine », « Je suis le roi du monde ».

20 mars

Parti très tôt ce matin. Suivi par des ombres argentées pendant cinq kilomètres. Des loups, des loups !

La Guerre de Paul Becker se déroula à chaque instant, et nombre de batailles eurent une issue incertaine. Je souffris beaucoup, pleurai beaucoup cet hiver-là. Et en fin de compte, contre toute attente… je survécus.

18

J'entrai dans le magasin de sport, mon vélo à la main. La climatisation m'envoya un souffle d'air frais apaisant. Dehors, il faisait plus de trente. Le soleil tapait dur et les campeurs se pressaient par petits groupes vers le moindre recoin d'ombre. Une section de scouts passa devant la vitrine à petites foulées, levant haut les genoux. Nous étions au mois de juin. Cela faisait presque un an que je n'étais pas revenu à Jackson Hole.

— Bonjour, dis-je à Cassidy.

La blonde canon avait pris un peu de poids et portait un chapeau de cow-boy orange qui faisait ressortir son teint bruni. À part ça, elle n'avait pas changé. Cassidy se colla au comptoir, gonfla sa poitrine à bloc, et m'exhiba un sourire aux dents impeccables.

— Bonjour ! Que puis-je faire pour vous ?

— Eh bien, je voudrais changer de vélo.

Ses yeux s'attardèrent sur mes bras bronzés et remontèrent lentement.

— Vous m'avez l'air très sportif, dit-elle. Vous cherchez quelque chose de nouveau à monter ?

— Un nouveau vélo.

— On parle de vélo. Bien entendu.

Elle me fixait droit dans les yeux.

— Je vais appeler Chuck, dit-elle. En ce qui concerne les vélos, c'est lui le spécialiste. Mais je peux peut-être vous servir un café en attendant ?

— Pourquoi pas.

Elle se tourna pour placer un gobelet dans un distributeur automatique. Je fis un effort pour ne pas loucher sur le jean serré qui lui moulait les fesses.

— On se le fait allongé ? dit-elle.

— Pardon ?

— Le café. Vous le voulez court ou long ?

— Hum. Long.

Elle déposa le gobelet devant moi, appuya ses coudes sur le comptoir et posa son menton entre ses mains.

— On s'est déjà vus ? dit-elle.

— Non, mentis-je en avalant mon café.

Elle rit, comme si je venais de sortir une bonne blague.

— Je suppose. Sinon je m'en souviendrais.

Elle me regarda terminer mon gobelet en battant des cils. Chuck arriva.

— Je cherche un modèle plus léger et rapide, dis-je en montrant mon vélo.

— On va vous trouver ça, fit-il en rangeant mon ancienne bicyclette. Qu'est-ce qui vous a pris de vouloir pédaler sur un monstre pareil ? Un type comme vous, c'est une délicate structure en titane qu'il lui faut ! Solide et légère comme le vent !

Chuck ne me reconnaissait pas non plus. Je trouvai cela flatteur, et ne fis rien pour leur rappeler ma précédente visite.

— Suivez-moi au rayon cycles, dit-il.

— À part ça, je termine à quatre heures, me glissa Cassidy.

Je tournai la tête vers elle, surpris.

— Alors vous venez ? dit Chuck. Je viens de faire rentrer les dernières *mountain bikes* de chez Moots. Il faut absolument essayer ces bijoux. De pures merveilles !

Une heure avant l'épisode du magasin de sport, j'avais déposé mes vêtements dans une laverie automatique et profité du temps libre pour passer chez le coiffeur.

— On les coupe comment ? avait demandé l'employé.

— Je ne sais pas. Je voudrais changer d'aspect.

— Je vous suggère d'enlever tout, les cheveux longs et la barbe.

— Non. Pas si radical que ça.

La barbe, c'était ma part d'être sauvage, un morceau de mon âme barbare qui m'avait permis de traverser une année difficile. Pas question de l'éradiquer totalement.

— Je voudrais quelque chose de simple. Sobre.

Des books traînaient sur la table, remplis de photos de mannequins jeunes et beaux. Je les écartai et tombai sur un magazine de cinéma montrant Tony Stark dans le dernier *Iron Man*. Il devait affronter de terribles épreuves, car son visage paraissait à la fois vieux et meurtri.

— Ce genre-là, c'est possible ?

— Pas de problème, avait dit le coiffeur.

Les ciseaux et la tondeuse avaient virevolté autour de ma tête, puis l'homme avait arraché la serviette de mon cou comme on tire un rideau de théâtre, et j'avais découvert mon nouveau moi. Ce dernier avait les sourcils rehaussés par l'étonnement, mais affichait un sourire satisfait.

— Parfait, avais-je dis en réglant la note.

Je m'étais ensuite acheté de nouveaux vêtements, jeans et polos, adaptés à ma nouvelle carrure. Une heure plus tard, à la fin de ma conversation avec Cassidy et Chuck, je me sentais confiant. C'était un sentiment que je n'avais plus éprouvé depuis des lustres : ils ne m'avaient pas reconnu, signe que j'avais réellement changé sur le plan physique, bien sûr, mais aussi sur le plan moral. Je ne voulais pas vendre la peau de l'ours, comme on dit, mais il était indéniable que je ressentais une énergie nouvelle. J'avais plongé dans les bas-fonds de mon âme et j'en étais revenu. Les battements que je ressentais dans ma poitrine étaient solides. J'avais interrompu tous les traitements superflus, me contentant du minimum. Pas besoin d'un confrère pour me dire que j'allais bien, je le savais. Il ne me restait qu'à affronter le test ultime : regagner le monde des humains. C'était pour cela que j'étais retourné à Jackson. *Il est temps de revenir d'entre les morts, Paul. Et aussi de te trouver un boulot. Tes réserves d'argent s'épuisent.*

Je traversai la rue et m'installai dans un café Internet. C'était la première fois depuis ma dernière et pitoyable tentative. Une serveuse me proposa un espresso et des muffins. Je refusai, commandant à la place une bouteille de thé vert. Je m'installai devant l'écran et ouvris mes e-mails en la sirotant. Les messages étaient moins nombreux que la dernière fois. Je supposai qu'à force de ne pas donner de nouvelles, les gens avaient fini par se lasser. J'envoyai les publicités à la poubelle en quelques clics et passai rapidement sur le reste. La seule lettre importante émanait de Cameron et concernait mon père. Elle disait ceci :

« Bonjour Paul.

Jerry m'a raconté ton appel du 1er janvier. J'espère vraiment que tu t'en sors, où que tu sois. Ton père n'est pas au mieux. Sa maison de retraite a fait venir un spécialiste qui a diagnostiqué une maladie d'Alzheimer d'évolution rapide. Moyennant quoi ils ont refusé de le garder dans, je cite : « un environnement incompatible avec son état ». En clair, George leur coûtait trop cher et ils l'ont fichu dehors. Je suis passé là-bas en uniforme de service pour protester, mais le directeur m'a collé les règles de l'établissement sous le nez : ils en ont le droit. Jerry et moi avons fait des pieds et des mains pour lui trouver un établissement spécialisé, et nous y sommes parvenus. Mais il n'y avait aucune place de disponible dans la région, alors il est à Miami Beach. Enfin voilà. Ton père vit là-bas, maintenant. Je t'ai joint sa nouvelle adresse. Ils vont le garder à temps plein au début, mais ensuite ils se contenteront des soins pendant la journée, et il lui faudra un hébergement pour la nuit. J'espère que nous aurons trouvé une solution d'ici là. Contacte-moi quand tu pourras. À bientôt, mon vieux copain. Tu me manques beaucoup. Tu te rappelles quand on était jeunes et qu'on jouait aux X-Men ? Wolverine et Cyclope se tiennent les coudes. Si tu reviens, Paul, je serai toujours là pour toi.

Ton ami,

Cameron. »

Je terminai mon thé vert d'une traite tellement la lettre de Cameron me laissa la gorge sèche. Mon père s'était fait flanquer dehors. Il n'allait pas bien. Et moi je n'avais pas été là pour lui. Cameron et Jerry ne parlaient pas d'argent, mais sa prise en charge avait certainement dû leur coûter une petite fortune. Je pris une inspiration et me mis à taper sur le clavier.

« Bonjour Cam, bonjour Jerry.

J'ai tardé à vous écrire et je suis impardonnable. Mais je n'allais pas bien du tout. Heureusement, mon moral est à présent revenu.

Ma décision est prise : je règle mes affaires ici, et je rentre en Floride.

En cas d'urgence, vous pouvez me joindre chez Ebner Walnut, au Walnut Warehouse, dans le Wyoming. Vous êtes certainement étonnés et je le comprends. Je vous ai noté l'adresse. Je vous raconterai ce que j'ai fait durant un an. Prévoyez des bières, les gars, parce que c'est une longue histoire ! »

J'hésitai un instant. Devais-je leur parler de ma transformation physique ? Non. Je préférais leur réserver la surprise. J'ajoutai :

« Vous m'avez tellement manqué ! À bientôt mes amis ! »

Je souris en imaginant leur tête, et appuyai sur « envoi ».

En ressortant du café, je décidai de repasser par le magasin de sport.

— Votre invitation tient toujours ? demandai-je à Cassidy.

Nous allâmes danser de l'autre côté de la rue, au Million Dollar Cowboy Bar. L'orchestre de musique country qui s'y produisait était vraiment très chouette. Nous trinquâmes assis sur des tabourets autour d'une table en forme de roue de chariot et nous flirtâmes un peu. Je fis de mon mieux pour me déchaîner sur la piste de danse. Cela faisait très longtemps que je ne m'étais pas retrouvé avec une fille, mais la confiance revenait en douceur. Nous rejoignîmes, Cassidy et moi, son appartement dans la soirée et nous filâmes directement dans sa chambre. J'espérais sincèrement que ses voisins étaient absents. Parce que dans le cas contraire, je ne pense pas qu'ils aient fermé l'œil de la nuit.

Au petit matin, je sortis dans les rues désertes. Le soleil se levait sur les collines et zébrait les nuages de longues traînées orange. En passant devant un magasin, un miroir me renvoya mon image. Je m'arrêtai devant.

— Salut, Paul.

— Salut, Becker.

— À un moment, j'ai cru qu'on ne se reverrait jamais.

— Moi aussi, mon vieux.

— Bon retour parmi les vivants.

19

Hank se dirigea vers la cachette secrète située dans la chambre. Il ouvrit le placard à chaussures, fit glisser une lame de parquet et glissa sa main dans le trou. Il en ramena un sac en plastique. Une araignée monta sur son bras. Il la balaya d'un revers, et ouvrit le sac pour en vérifier le contenu : les gants en latex, les seringues et les produits se trouvaient bien là. Il referma le placard, puis passa dans la cuisine embrasser Sally.

— Au revoir, poulette.

— À bientôt, chéri, dit-elle en lui fourrant sa langue dans la bouche.

Il la repoussa gentiment. Hank commençait à se faire vieux et il n'avait plus autant envie qu'avant, même si tout fonctionnait très bien de ce point de vue. Il lui envoya une claque sur les fesses.

— Sois sage pendant mon absence.

Il sortit de la maison, grimpa dans son véhicule, rangea le sac en plastique dans la boîte à gants et vérifia que le pistolet s'y trouvait toujours : il n'était pas certain de devoir s'en servir, mais deux précautions valaient mieux qu'une. Il mit le contact. Sally lui envoya un dernier baiser par la fenêtre et il s'engagea sur la route.

La radio passait un tube d'Elvis Presley : *Don't Be Cruel*. Hank monta le son. Tout en roulant, il songea à ce qu'il s'apprêtait à commettre. Il ne se considérait pas comme un psychopathe ni un schizophrène. Il n'éprouvait pas de pulsions et n'entendait aucune voix intérieure qui lui donnait des ordres. Il n'avait rien à voir non plus avec ces génies du crime des séries télévisées, ces types qui défiaient les profileurs du FBI et accomplissaient des choses affreuses telles que manger leurs victimes – quelle idée écœurante, pensa Hank – ou bien qui les assassinaient selon des modes opératoires complexes et laissaient ensuite des énigmes à la police. Non, imaginer des énigmes, Hank en aurait été bien incapable, déjà qu'il avait du mal à résoudre les mots croisés du week-end... En outre, laisser volontairement des indices après un meurtre lui paraissait stupide et contradictoire : c'était exactement le genre d'attitude qui conduisait le criminel à se faire attraper à la fin du film.

Hank s'engagea sur l'autoroute en chantonnant le deuxième couplet :

... Please, let's forget my past,
The future looks bright ahead.
Don't be cruel, hooooooo...

Il connaissait la chanson par cœur. Hank s'alluma une cigarette. Il était juste un homme simple, avec des besoins. Il ne faisait jamais souffrir ses victimes, si ce n'était pas nécessaire.

Il s'arrêta sur une aire d'autoroute le temps de dormir un peu, puis repartit dans la nuit. Il avait beaucoup de kilomètres à parcourir, plusieurs États à traverser. Il serait toujours temps de se reposer au retour. Hank conduisait tranquille, une main sur le volant, le bras accoudé à la portière, en repensant à ses meurtres. Le premier, il l'avait accompli à l'âge de quatorze ans contre une somme de dix dollars. Il y en avait eu de nombreux autres par la suite, mais il n'en conservait pas forcément le souvenir. Celui-ci, en revanche, restait frais dans son esprit.

À cette lointaine époque, Hank était orphelin et passait de famille d'accueil en famille d'accueil dans la région de San Francisco. Ses parents étaient morts lors d'une catastrophe célèbre : l'explosion accidentelle de deux navires militaires remplis de munitions. « Trois cent vingt morts et quatre cents blessés, très importants dégâts matériels », pouvait-on lire dans les journaux. Le drame avait engendré une poignée d'orphelins, vite recasés dans des foyers. Les gens étaient émus d'accueillir ces jeunes et Hank faisait de son mieux pour se couler dans le moule. Mais ça ne marchait pas. Il avait beau accomplir des efforts, s'adapter tel un caméléon, en fin de compte les adultes voulaient toujours le contrôler et lui donner des ordres. Ils le punissaient, le privaient d'argent de poche. Puis la violence reprenait le dessus.

Alors Hank faisait des fugues. Au cours de l'une d'elles, un SDF appelé Zebio l'aborda en lui proposant un peu de monnaie. Hank en avait besoin, mais il refusa car cela impliquait des faveurs sexuelles. Zebio se mit à rire. « D'accord, je te propose autre chose :

dix dollars pour tuer un chien. » La bête mordait tous les clochards du quartier. La tâche n'était pas facile. Mais le billet que Zebio faisait miroiter entre ses habits crasseux était tentant. Alors Hank ravala sa peur, attrapa une grosse pierre et alla tuer le chien. Mais lorsqu'il revint, pissant le sang par une douzaine de blessures, Zebio se moqua de lui : « Maintenant que le clebs est crevé, pourquoi te paierais-je, petite pisseuse ? » Et Hank comprit comment tournait le monde.

Quelques jours plus tard, on retrouva Zebio raide mort sous un pont, le crâne fracassé à coups de pierre. Hank avait appris deux leçons ce jour-là. La première : lorsque l'on désire quelque chose, il faut s'en donner les moyens. La seconde : *vraiment* les moyens.

Avec les dix dollars, il s'était payé des séances de cinéma pendant un mois.

20

Un jour et demi après son départ, Hank arriva à destination. Il poussa la porte du magasin. Elle s'ouvrit avec un tintement.

— Bonjour, vieil homme.

— C'est pourquoi donc ? répondit Ebner Walnut.

Hank lui montra sa plaque.

— Je suis officier de police. J'aurais besoin de votre coopération.

Ebner se redressa.

— Que puis-je pour vous, officier ?

— Je recherche un homme répondant au nom de Paul Becker.

Ebner remua les sourcils.

— Euh, ça ne me dit rien, je suis vieux, vous savez…

Hank aurait plutôt employé le terme « croulant », mais bon. Il déposa une photo de Becker sur le comptoir.

— Je vous rassure, il n'a aucun ennui avec la police. Il n'y a pas de mandat d'arrêt contre lui. En fait, monsieur… (il se pencha pour lire le nom sur la blouse)… Walnut, rien, absolument rien ne vous oblige à me répondre. Je sollicite simplement votre aide.

Le vieil homme examina la photo d'un air perplexe. Ses sourcils remuaient comme s'ils étaient dotés d'une vie propre.

— Je ne suis pas ici à titre officiel, poursuivit Hank, je rends juste service à quelqu'un. Il se trouve que le père de Paul va très mal. C'est un homme âgé, tout comme vous. On vient de l'admettre dans un établissement spécialisé à Miami, en Floride. C'est de là que je viens. Il n'en a plus pour longtemps. Paul est son fils unique. Il aurait besoin de le revoir avant sa mort. C'est une chose naturelle que vous pouvez comprendre, n'est-ce pas, monsieur Walnut ? Si vous avez des doutes, ce que je concevrais parfaitement, je vous suggère d'appeler l'établissement de soins. En voici les coordonnées, dit-il en lui tendant une feuille.

Toutes ces informations étaient exactes. Hank avait soigneusement vérifié avant de partir. Mais Ebner Walnut ne semblait pas comprendre. Hank soupira et poursuivit :

— Ce que j'essaye de vous expliquer, monsieur Walnut, c'est que je dois retrouver Paul Becker. Nous sommes la police et nous avons accès à ses informations personnelles, nous savons donc d'après l'un de ses e-mails qu'il vient régulièrement chez vous. Hélas, je ne connais pas son adresse exacte. Auriez-vous la gentillesse de me renseigner ? (Hank posa la main sur le couteau de chasse dissimulé dans sa poche.) J'apprécierais beaucoup votre coopération, monsieur Walnut.

Un moment s'écoula, pendant lequel Hank se demanda s'il devait avoir recours à un moyen de persuasion plus efficace.

— *Big bad boyz drive big bad toyz*, dit Ebner, comme si une lumière venait de s'allumer au fond de son esprit.

— Pardon ?

— Monsieur Becker, c'est ce gros homme avec une grosse voiture rouge. À l'arrière de la voiture, il est écrit « *Big bad boyz drive big bad toyz* ». Je m'en souviens. (Il posa son doigt ridé sur la photo.) Mais il n'est plus comme ça : il porte une barbe et des cheveux longs.

Hank relâcha le couteau.

— Où puis-je le trouver ?

— Au bout de la route des lacs. C'est sur les cartes.

— Je vous remercie, vieil homme. Passez une excellente soirée.

Et Hank remonta dans son véhicule de patrouille.

En regardant l'homme quitter son magasin, Ebner se dit qu'il avait dû attraper un mauvais rhume, car il avait froid et ses mains tremblaient comme des feuilles. Il mit son vieux manteau, alla jusqu'à la porte et retourna la pancarte « Fermé » vers l'extérieur. Il ne se sentait plus capable de recevoir un autre client aujourd'hui. Ebner n'avait pas tout compris mais il espérait avoir bien répondu. Ce policier avait l'air correct. Il ne voyait pas où pouvait être le problème. Il cligna des yeux derrière ses lunettes.

Sur le parking, l'homme chantonnait « *Don't be cruel...* ».

Hank exécuta le travail proprement. Vers vingt heures, il abandonna sa voiture de patrouille à distance du bungalow pour éviter d'attirer l'attention et termina le chemin à pied. Un gros pick-up rouge était garé devant la maison. Il posa sa main gantée sur le capot : moteur encore tiède. Il enfila sur sa tête un vieux masque de Mickey en caoutchouc. Il s'agissait d'une version en noir et blanc, tirée du dessin animé d'origine. La souris possédait un visage sinistre et craquelé, avec des yeux vides et morts. Hank trouvait ça chouette. Il ôta la sécurité de son pistolet et palpa la seringue dans sa poche. Tout était prêt. Il allait pénétrer dans la maison lorsque des paroles s'élevèrent au-dehors. Près du lac, quelqu'un lisait un texte à voix haute. Mais qu'est-ce qu'il fabrique ? se demanda Hank. Il fit prudemment le tour du bungalow et se coula dans les ombres de la terrasse.

Becker se tenait là, assis dans un fauteuil, aussi obèse et barbu que prévu. Il lisait sur une tablette numérique à la lueur d'une lampe à pétrole dans la fraîcheur du soir. Hank bondit derrière lui, enroula un bras autour de son cou et plaqua son pistolet contre sa tempe.

— Pas un geste !

Becker poussa un cri de surprise et lâcha sa tablette.

— La ferme ! dit Hank en serrant si fort que le cri se réduisit à un gargouillis.

La tablette se fracassa sur le sol.

— Je ne vais pas te tuer, souffla Hank dans son oreille. Je cambriole les touristes, d'accord ? Je vais desserrer mon bras pour que tu respires.

Hank relâcha à peine son étreinte.

— Tu viens de me faire perdre un joli gadget numérique, dit-il. Et maintenant remonte ta manche pour que je te fasse une injection.

Les mains de Becker s'agitèrent sans parvenir à desserrer l'étau. Il tourna la tête et l'épouvante envahit son visage lorsqu'il aperçut le masque. Hank enfonça de nouveau son pistolet dans son crâne.

— Arrête de bouger. J'ai un flingue. Si je voulais te descendre, ça serait déjà fait. Remonte ta manche, je vais juste t'injecter un tranquillisant. Je t'endors, je te vole, tu ne vois pas mon visage, et chacun reprend sa route. Mauvaise expérience pour toi. Fric facile pour moi. Tu t'en remettras. Pigé ?

Becker finit par acquiescer, déglutit et remonta sa manche.

— Voilà, dit Hank d'un ton appréciateur. C'est sympa de ta part. Désolé de t'avoir fait peur.

Il glissa son pistolet dans sa poche, prit la seringue, en ôta le protège-aiguille – il avait appris à le faire d'une seule main – et la planta dans le bras.

— C'est bon, tout va bien, dit Hank en injectant l'intégralité du produit.

Becker eut une crispation terrible. La douleur était insupportable, Hank le savait.

— Tout va bien, c'est fini, répéta Hank pendant que l'autre mourait en étreignant sa poitrine.

Les yeux de Becker s'agrandirent en contemplant le masque hideux. Son corps fut secoué d'une ultime convulsion, puis il retomba comme un sac de linge. Hank vérifia l'absence de pouls. Puis examina le décor alentour en réfléchissant à la meilleure façon de s'y prendre. Il avait l'habitude d'improviser. Il récupéra un bout de verre de la tablette et tailladа le bras de Becker au niveau de la zone d'injection. Ainsi la piqûre deviendrait indécelable. Après quoi il plaça la lampe à pétrole dans la main du cadavre et la fracassa contre le sol. Une nappe de feu se répandit, léchant le bois du bungalow. Hank recula de quelques pas et contempla le résultat d'un air satisfait. Il était temps de partir. Il remonta dans son véhicule, ôta son masque et regagna la nationale. Dès que son portable fut à nouveau capable de capter un réseau, il appela Sally.

— Ça roule, bébé ? demanda-t-il avec le sourire.

— Tu me manques, répondit Sally. Ton séminaire avec tes collègues de la police se passe bien ?

— Oh, tu sais ce que c'est. Les copains veulent aller boire un coup. Entre flics, on a toujours des tas d'histoires à se raconter.

— Vous n'irez pas voir les strip-teaseuses, n'est-ce pas ?

— Ne t'inquiète pas. Les gars et moi, nous représentons les forces de l'ordre, notre comportement sera exemplaire. Je rentre demain soir comme prévu.

Il raccrocha. Demain, il serait de retour en Floride et ferait l'amour à Sally. Il s'alluma une cigarette.

Quelque part dans les bois, un pauvre obèse solitaire venait d'être victime d'une attaque cardiaque. Selon toute apparence, il s'était levé de sa chaise avant de s'affaler sur le sol. La chute avait brisé une lampe et mis le feu au bungalow. L'autopsie, s'il y en avait une, confirmerait la mort par infarctus. Hank sourit.

Fin de la vie de Paul Becker.

DEUXIÈME PARTIE
Le visiteur

21

Après ma nuit passée avec Cassidy, je traînai à Jackson Hole sans parvenir à rentrer chez moi. Je parcourais la ville en m'arrêtant dans toutes les boutiques, flânant parmi les rayons, essayant de nouveaux vêtements ou feuilletant des revues. Cassidy était une fille sympa mais elle n'occupait pas mes pensées. Mon souci principal, celui que je tentais d'esquiver en déambulant de la sorte, était de rentrer à la maison et d'annoncer à Jack que je comptais retourner en Floride. Comment allait-il le prendre ? Il s'était montré un ami loyal. Nous avions fait un bout de chemin ensemble, je me doutais que ça lui ferait de la peine. Jack, sacré vieil ours, songeai-je avec le sourire. Avec son poids, ses cheveux et sa barbe, il était mon parfait sosie un an plus tôt. Mon passage chez le coiffeur allait lui faire un choc.

Je pris la route en fin de journée. Je faillis m'arrêter chez Ebner pour nous acheter une bouteille, histoire de fêter mon départ – ou tout du moins de faire passer la pilule. Je ralentis devant le Walnut Warehouse et remarquai une voiture de police garée sur le parking. Je me ravisai. Nous soûler, Jack et moi, n'était peut-être pas une idée excellente. J'enfonçai l'accélérateur et rentrai au bungalow. Mon ami se trouvait sur la terrasse, plongé dans la lecture.

— Jack, admire un peu ma nouvelle coupe !

Il porta une main à sa tempe.

— Quelque chose ne va pas ? demandai-je.

— Ça tangue un peu. Fichus vertiges…

— C'est à force de regarder l'écran. Tu as tes médicaments ?

— Dans mon bungalow.

— Je vais les chercher.

Jack vivait sur l'autre rive du lac. La route en voiture était longue.

— Ça t'ennuie si j'emprunte ton canoë ?

— Je ne me sens pas si mal que ça, Paul.

— J'insiste, dis-je en lui tapotant l'épaule. Nous avons une longue soirée devant nous. Il faut qu'on parle.

Je déposai la lampe à pétrole près de lui.

— La nuit tombe. Je fais l'aller-retour et on discutera ensuite. Je te raccompagnerai plus tard en voiture.

Je m'installai dans le canoë, lui fis un signe de la main et m'élançai en pagayant.

Les dernières paroles entre deux êtres sont souvent banales. Quand l'un meurt, l'autre a tout le reste de sa vie pour y repenser.

Je trouvai les comprimés de Jack sur la table de sa cabane. J'étais déjà venu : un endroit simple, rangé et propre. Je mis les médicaments dans ma poche et revins au bord du lac. De l'autre côté, une lumière attira mon attention. Les phares d'une voiture se rapprochaient dans la nuit, tels deux yeux jaunes entre les arbres. Un visiteur ? Cela n'était jamais arrivé. Le véhicule se gara à distance et les phares s'éteignirent. Quelqu'un faisait du camping, peut-être… Je me remis à pagayer.

— Allez, Paul, un peu d'exercice supplémentaire ne te fera pas de mal.

Je n'étais pas anxieux. Cependant je n'avais pas envie que Jack se retrouve seul avec son vertige si quelqu'un débarquait de façon impromptue. Je mis le cap sur mon bungalow, les yeux fixés sur la lueur de la lampe. Je ne distinguai pas mon ami à cette distance, mais dans une vingtaine de minutes je serai de retour. Je plantai la rame avec vigueur, un coup à droite, un coup à gauche. D'ordinaire, j'appréciai ce genre de moment : le son du bois crevant la surface de l'eau, la nuit se reflétant sur le lac, la sensation de glisser entre deux immensités étoilées. Pourtant, ce soir, je ne parvenais pas à me détendre. Un bruit me fit tressaillir. Un cri. Suivi d'un fracas de verre. Je cessai de pagayer et tendis l'oreille. Sur l'eau, le son portait loin.

— Jack, qu'est-ce que tu fiches ? murmurai-je. Tu t'es cassé la figure à cause de ce satané vertige ou quoi ?

Une ombre passa devant la lampe à pétrole. Nouveau cri. Je fouillai le fond du canoë à la recherche des jumelles : elles étaient là, comme d'habitude. Je les braquai et fis la mise au point. Ma fréquence cardiaque grimpa en flèche. Jack était toujours là, dans son fauteuil. Mais quelqu'un se tenait derrière lui : une silhouette noire, avec des mains pâles semblables à des gants. L'homme portait un masque. Et… il était en train de serrer le cou de mon ami !

— ARRÊTEZ ! criai-je.

Mais personne ne m'entendit. Je continuai d'observer la scène à travers les jumelles, pétrifié, incapable de détourner les yeux. Jack, pour une raison inconnue, remontait à présent la manche de sa chemise. Un objet brilla dans la main de l'homme. Je touchai les molettes pour faire le point dessus. L'image devint floue.

— Non, non, non…

La scène redevint nette. Seulement cette fois Jack avait l'air… *mort*… inanimé. Immobile. Inconscient.

— NON !

L'homme taillada le bras de mon ami, puis projeta la lampe sur le sol. Des flammes explosèrent en gros plan devant mes yeux. J'eus un mouvement de recul involontaire. L'homme contempla son œuvre, puis disparut. Peu après, les phares de la voiture se rallumèrent et le véhicule s'éloigna dans la nuit. Et ce fut tout.

Je fixai les flammes, incrédule. Mes vêtements étaient trempés de sueur. Un bélier cognait dans ma poitrine. La scène entière avait duré moins d'une minute.

— JACK ! criai-je en lâchant les jumelles.

Je me mis à pagayer comme un dément. Mon cerveau, choqué, tenta de minimiser ce qu'il venait de voir. Un cambriolage, voilà ce qui venait de se produire. Un homme avec un… *masque de tueur, des gants de tueur*… simple déguisement venait de dépouiller un paisible vacancier. Il y avait juste ce détail étrange, ce geste de la manche retroussée, comme si l'inconnu avait voulu planter… *une seringue*… quelque chose dans le bras de mon ami. Mais il s'agissait forcément d'un cambriolage. Je tentai d'endiguer le flot d'angoisse. Jack était juste inconscient, il allait se relever, bientôt nous irions ensemble porter plainte à la police, plus de peur que de mal, hein ?

Les minutes me parurent des siècles tandis que je ramais. Mes pensées s'agitaient comme des braises tourbillonnantes.

Je n'avais pas pu identifier l'agresseur, ni sa voiture. Mon portable se trouvait dans la maison avec toutes mes affaires en train de brûler. Quand bien même : il n'y avait pas de réseau. Mon Dieu, que faire ? *Tu paniques, Paul.* Évidemment que je paniquais ! *Tu sais gérer les urgences. Reprends-toi.* J'obligeai mon cerveau à hiérarchiser les informations, comme lorsque je travaillais à l'hôpital. Idées successives : vérifier les constantes vitales de Jack / le maintenir en vie / le charger dans mon pick-up / foncer sur la route / appeler le 911. *Jack est mort.*

— NON !

Mon canoë toucha la berge. Je sautai dans l'eau.

Le feu entourait Jack. Je tentai de l'attraper pour le tirer de là. Ses cheveux se racornissaient sous la chaleur, des cloques brunes gonflaient sa peau. Une odeur de textile et de chair brûlés emplit mes poumons, tandis que les flammes attaquaient mes jambes.

— NON !

Le feu m'obligea à reculer. J'aurais voulu un récipient pour puiser l'eau du lac, mais il n'y en avait pas. Tout était dans le bungalow. Je me souvins d'une vieille bâche et courus la chercher. Trop tard : mon ami se consumait. Je jetai la bâche sur lui, et tombai à genoux. Les larmes inondaient mon visage. Il n'y avait plus rien à faire. Je hurlai en frappant le sol. Je hurlai en direction du ciel. Je hurlai encore. Je ne sais pas combien de temps cela dura.

22

Dimanche 25 mars 1979

— Ce n'était pas une agression, dit Cameron. C'était un meurtre.

— Un meurtre ? fit Jerry.

— Absolument, ajouta Stan. C'est le terme qu'il a employé.

Je les regardai tous les trois. Je n'en croyais pas mes oreilles. Nous étions installés au fond du Bob's, dans l'espace fumeur aménagé par Nancy Cole pour faire patienter les clients. L'endroit comportait une fausse cheminée à l'intérieur de laquelle rougeoyait une bûche en plastique. À gauche trônait une confortable banquette en cuir, à droite deux fauteuils en tissu moelleux séparés par un juke-box Wurlitzer. Au centre, sur un tapis épais, une table basse accueillait une collection de boîtes remplies de diverses marques de cigarettes à la disposition des clients. Ça sentait le cuir et le tabac. Chaque fois que nous venions ici, nous avions l'impression d'être des grands. Nous appelions cet endroit la Salle du Conseil.

C'était le début des vacances de printemps et le restaurant se trouvait fermé pour inventaire. Cameron et Jerry étaient vautrés dans la banquette, et Stan avait les yeux rivés sur la montagne de clopes. Quant à moi, j'étais assis sur le tapis, dos contre la cheminée. À l'opposé du wagon, Robert Cole s'affairait derrière le bar. Nancy arriva avec des coupes de glace surmontée de crème fouettée et les déposa sur la table.

— Ça va, les garçons ? dit-elle. Je vous ai apporté des douceurs. Stan Monroe, je te vois parfaitement loucher sur les cigarettes.

— Pardon, tante Nancy.

— Que tes mains restent dans tes poches, compris ?

— Oui, tante Nancy.

Elle repartit à l'autre bout du wagon. Jerry imita Stan :

— Désolé tante Nancy, ch'uis un drogué tante Nancy, dès que je vois un paquet de clopes, faut que je les fume toutes, c'est plus fort que moaa-aaaaaa, fit-il en faisant semblant d'aspirer un joint, les yeux renversés en arrière et secoué de convulsions.

Cameron pouffa de rire.

— Tu crois qu'elle m'a vu chouraver ? dit Stan empli d'épouvante.

— Sûr, dit Cam. Elle va tout raconter à ta mère.

— T'es mort, renchérit Jerry.

— Les mecs, vous êtes lourds, protesta Stan.

— STOP ! fis-je. Je vous rappelle que nous sommes ici pour un Conseil de Guerre. C'est grave. Vous venez de dire que Teddy Theroux m'accusait de meurtre.

— Du meurtre de son chien, précisa Stan.

— Mais tu as raison, dit Cameron en engloutissant une portion de crème, c'est grave. Ce débile mental se promène partout en racontant que c'est toi.

— Je n'ai pas touché son chien !

— Il dit que ce fameux soir où il t'a poursuivi dans le cimetière, son clebs est tombé dans un trou et s'est brisé la nuque. Du moins le croyait-il jusqu'à présent. Mais il avait des doutes, alors il a fait faire une autopsie de chien.

— Ça existe ce truc ? demanda Jerry en essuyant ses lunettes.

— Faut croire, dit Stan.

— C'est le père de Sarah Lewis qui s'en est chargé, poursuivit Cameron. Il est docteur, il a fait ça à titre amical, à la demande de la famille Theroux. Il paraît que c'est un grand scientifique.

— Un scientifique qui découpe des animaux ? Beurk ! dit Jerry.

L'idée me parut également déplaisante. Mais je savais que Sarah adorait son père et je supposais qu'il y avait une explication logique à tout ça.

— Qu'est-ce que le docteur Lewis a conclu de l'autopsie ?

— Il affirme que le chien de Teddy Theroux ne s'est pas brisé la nuque, mais les os. La *totalité* des os, dit Cameron avec un sourire sadique.

Tous se turent et il nous regarda, ravi d'avoir capté pour une fois l'attention générale.

— Le chien était complètement écrabouillé à l'intérieur. Le docteur Lewis a compté vingt-sept fractures. Pour produire cet effet, il aurait fallu qu'un train lui roule dessus. Ou bien l'écraser avec une pierre tombale : c'est l'explication qu'a imaginée Teddy. Il prétend que c'est toi le meurtrier et que tu l'as fait exprès. Mais moi je dis : bon débarras, sale cabot qui voulait nous bouffer les couilles !

Ils rirent tous ensemble. Je réprimai un frisson. Je me rappelai parfaitement le cimetière. Je n'avais pas été seul, cette nuit-là : il y avait eu cette présence étrange, qui se déplaçait de façon si bizarre. Elle avait tué le chien, j'en étais certain. Je ne croyais pas aux fantômes des Indiens morts – en tout cas pas à cette heure-ci, en plein jour, dans un bar, entouré de monde – mais il y avait aussi l'histoire de Sarah qui pensait avoir vu un monstre dans les marais le soir où elle avait espionné mon père. Ça commençait à faire beaucoup.

— Les gars, dis-je. Il faut que je vous raconte des trucs.

Je leur narrai les événements sans rien omettre. Ma rencontre avec la chose du cimetière, puis le récit de Sarah, mon père dans la barque avec la femme voilée, la musique, et l'apparition de la créature (si c'était bien la même, comme je le supposais). Quand j'eus terminé, ils me regardaient avec des yeux ronds. Une partie de leur glace avait fondu sans qu'ils la touchent.

— Ouaah ! dit Cameron, un monstre à Eden, mais c'est génial !

— Énorme ! fit Stan.

— En plus il écrabouille les clébards ! dit Jerry.

— Sprouitch sprouitch, mima Cameron en écrasant la glace avec sa cuillère.

Les trois éclatèrent de rire. Je souris à mon tour.

— Ouais, bon, d'accord, moi aussi je trouve ça un peu gros. N'empêche, si c'est pas un monstre, alors qu'est-ce qui a tué le chien de Theroux ?

Un tintement résonna à l'entrée et une jeune visiteuse entra. Elle portait une jupe plissée et une queue-de-cheval. Mon cœur fit un bond, mais Stan fut plus rapide : il se précipita en rajustant sa mèche brune et en bombant le torse.

— Sarah ! Qu'est-ce que tu fais ici ?

— Bonjour, dit-elle timidement. Je peux entrer ?

— Bien sûr, répondit Nancy. Sois la bienvenue.

Stan donna fièrement le bras à Sarah tel un chevalier servant et la guida jusqu'à nous.

— Gente dame, voici la Salle du Conseil, dit-il en s'inclinant. En principe, les demoiselles ne sont pas admises. Mais je suppose que pour une personne de votre qualité, nous pouvons faire une exception.

Elle sourit et Jerry battit des mains, ce qui eut le don de m'énerver.

— Je me présente : général Stan Monroe, surnommé Stan le Dingue. Et voici mon cousin, le puissant Cameron Cole, dit Big Cam. Notre maître des espions, Jerry Goodritch, dit le Bigleux. Et enfin notre seigneur à tous, l'héroïque Paul Becker, dit Capitaine mon Capitaine.

— Vos surnoms sont amusants, dit Sarah en s'inclinant à son tour.

— Et mérités ! dit Jerry.

Les yeux de Sarah vinrent se poser sur moi. Je sentis aussitôt la chaleur m'envahir et priai intérieurement pour que la relative pénombre du wagon dissimulât ma couleur pivoine.

— Je suis ici pour délivrer un message, dit-elle. Je précise que ce n'est pas mon idée. C'est Teddy Theroux qui m'envoie.

— Quoi ? Ce sale type ? Ce menteur ? Ce, ce…

— Paul Becker, laisse-moi finir. Teddy te donne rendez-vous demain à seize heures. Il dit que vous devez vous expliquer. Ce qui n'est pas forcément une mauvaise chose, sinon vous, les garçons, vous n'arrêterez jamais de vous battre. Il t'attendra à la vieille gare au bout de l'ancienne voie de chemin de fer. Tu dois y aller seul.

Cameron écrasa son poing sur la banquette en cuir.

— Des clous ! C'est un piège, il va se pointer avec sa bande !

— Pas question que notre capitaine s'y rende ! renchérit Stan.

Je fronçai les sourcils.

— C'est à moi d'en décider. (Je me tournai vers Sarah.) Tu peux dire à Theroux que je serai au rendez-vous.

Il y eu un instant de flottement pendant lequel mes amis me regardèrent comme si j'avais été frappé par la foudre.

— Sérieux ? dit Stan.

— Sérieux, affirmai-je.

— Dans ce cas, j'y vais aussi, dit Cameron. Je te laisse pas tomber.

— Moi pareil, affirma Jerry.

— Alors je viendrai également, même si c'est du suicide, conclut Stan avec un soupir. Et après, on dit que c'est moi le dingue…

Le soir venu, je fis un effort pour m'intéresser au contenu de mon assiette, sans être capable d'avaler grand-chose. Mon ventre était noué à la perspective d'affronter une fois de plus Teddy Theroux et sa bande. Ma mère débarrassa mon repas sans même me faire de reproches, ce qui me surprit. Je la regardai s'éloigner dans la cuisine tel un fantôme en peignoir rose. Elle était de plus en plus fatiguée et pâle ces dernières semaines. Je lui trouvais si mauvaise mine que je lui avais même suggéré d'aller voir notre médecin de famille, le docteur Reynolds. Idée qu'elle avait balayée d'un revers de main : « Paul, tu es l'enfant et je suis l'adulte. Je n'ai pas besoin de Reynolds pour savoir si je vais bien. Si quelque chose va mal dans mon corps, je serai la première avertie. Préoccupe-toi plutôt de tes notes. Tu veux que le proviseur nous convoque à nouveau ? »

Ma mère, Eleanore Becker, que ses amis appelaient Elie, était traductrice pour une maison d'édition et travaillait à la maison. D'après ce que j'en savais, son emploi nous rapportait suffisamment d'argent pour que nous ne vivions pas dans l'angoisse de la fin du mois. Elle travaillait dans sa chambre et tapait à la machine toute la journée tandis que Rozella nous donnait un coup de main pour les tâches ménagères. Mais cela faisait des semaines que je n'avais pas entendu le claquement monotone des touches résonner dans la maison, et je commençais à être inquiet. Je savais que les disputes avec mon père étaient en cause, et aussi qu'ils faisaient des efforts pour ne pas s'enguirlander en ma présence. Tellement d'efforts, en fait, que parfois ils ne se parlaient plus du tout. Ils étaient capables de ne pas s'adresser la parole durant des jours. Nos repas du soir ressemblaient à un spectacle d'équilibriste dans lequel je tenais le rôle principal : pour combler l'effroyable vide et le bruit solitaire des couverts, j'étais obligé de parler sans cesse, de relater mes journées à l'école, de raconter des blagues ou de faire des commentaires, bref, d'inventer les dialogues de ma famille à moi tout seul. C'en était épuisant. Et pour une fois que je ne jouais pas le jeu, un silence pénible s'était installé.

Mon père abaissa son journal.

— Qu'est-ce qui se passe, Paul. Tu fais la tête ou quoi ?

— Il ne fait pas la tête, répondit ma mère. Il n'a pas faim.

— Il fait la tête, répliqua George. Cette entrée en sixième l'a chamboulé. Les ados sont comme ça. Ils regardent leur assiette sans rien dire, leurs cheveux devant les yeux, puis ils montent dans leur chambre écouter leur musique de sauvage. Comment vous appelez ça ? Du hard rock ?

— Ce n'est *pas* de la musique de sauvage, répliquai-je.

— Ce type, là, dans ce groupe peinturluré comme des démons, Kiss, comment il s'appelle ?

— Gene Simmons.

— Eh bien, d'après ce que j'ai lu, il s'est fait couper le frein de la langue pour pouvoir la rendre plus longue et l'agiter comme un lézard. Donc *c'est* un sauvage. Donc j'ai raison et toi tu mens, CQFD, dit mon père d'un air triomphant.

— Et question mensonges, tu t'y connais, pas vrai, George, avec ton poker du vendredi ?

Je me mordis les lèvres. Trop tard. C'était sorti tout seul. Ma mère posa son torchon de vaisselle. Son regard alla de mon père à moi, puis revint à mon père.

— Paul, tu peux m'expliquer ? fit-elle sans le quitter des yeux.

J'en avais marre de leur petit jeu. Marre de leurs mines mortuaires, et marre de Teddy Theroux. J'avais mes problèmes, moi aussi. Autant que l'ambiance explose pour de bon. Sans révéler que les informations provenaient de Sarah, je balançai tout : mon père sur la barque le vendredi soir, la femme voilée, la musique douce. Tout, sauf le supposé monstre : je voulais bien passer pour un ado rebelle, mais pas pour un dingue.

— Qu'est-ce que c'est que cette histoire ? dit ma mère quand j'eus terminé. George, tu entends ce que raconte ton fils ?

Mon père haussa les sourcils.

— Ah, ça ?

— Comment ÇA ? Qui est cette femme encore ?

Je butai sur le « encore ». Je me doutais que mon père avait déjà eu des aventures. Ils n'en faisaient jamais état devant moi, mais cela revenait sans cesse.

— C'est une vieille dame, Elie.

— Eh bien, je serais curieuse de savoir pourquoi, au nom du ciel, tu te promènes la nuit dans les marais avec une vieille dame en écoutant de la musique douce.

— Je savais que tu te mettrais en colère. Alors je n'ai rien dit.

— Ben voyons. Et pourquoi me mettrais-je en colère ? Paul, est-ce que je me mets en colère ? George, pourquoi aurais-je la moindre fichue raison de me mettre en colère ?

Elle prit calmement une assiette, la laissa tomber sur le sol où elle se fracassa avec un bruit épouvantable, et croisa les bras, des larmes plein les yeux.

— Je t'écoute, George. Sers-moi l'un de tes meilleurs mensonges. Que je comprenne pourquoi l'un de nous deux ne devrait pas faire ses valises dans l'instant.

Mon père soupira.

— Cette dame s'appelle Abigaïl. Elle est handicapée. Aveugle. La seule chose qui arrive à l'émouvoir, c'est la musique classique. Je lui ai passé le *Clair de lune* de Debussy. Nous l'avons écouté ensemble au spectacle de fin d'année en primaire, tu t'en souviens, Elie ? À mon sens, c'est l'un des plus beaux morceaux de musique qui soient. J'ai emmené Abigaïl dans les marais parce qu'elle voulait ressentir l'atmosphère de ses ancêtres. C'est une métisse, elle a du sang d'Indien calusa dans les veines.

— Magnifique, dit ma mère. Nous voilà en plein reportage du *National Geographic*. Et pourquoi la nuit ?

— Parce qu'il fait trop chaud pendant la journée. Abigaïl a du mal à respirer. Quant au voile, il lui sert à se protéger des moustiques.

— C'est merveilleux, dit ma mère. Mon mari abandonne son métier de vétérinaire dans les cirques, il vit de petits boulots, mais il a le temps de s'occuper des handicapés. Et je suppose que je suis censée avaler cette histoire ?

— C'est la stricte vérité. Tu peux vérifier auprès de Rozella.

— Rozella Rademacher, notre employée de maison ?

— Oui. La vieille Abigaïl est sa mère. Quand j'ai proposé de l'emmener en balade, Rozella a tenté de m'en dissuader. Elle a dit que ça ne servait à rien, qu'Abigaïl n'avait plus toute sa tête, et que toi, si tu l'apprenais, ça te rendrait folle.

— Parfaitement, ça me rend folle ! Tu nous rends tous cinglés ici !

— Mais je connais ces gens, Elie. Je sais ce qu'ils ressentent. Les handicapés, les personnes rejetées par la société, il y en avait plein dans les cirques où je travaillais. Tu crois qu'ils ont la vie facile ?

— Et nous, George ! dit-elle en larmes, est-ce que nous avons la vie facile ? Quand songeras-tu à t'occuper de ta famille au lieu de poursuivre tes chimères égoïstes !

Ma mère s'enfuit dans sa chambre en claquant la porte. Mon père m'adressa un regard noir et monta à l'étage. Je me retrouvai seul dans la cuisine. Si quelqu'un voulait prendre ma place dans le corps de Paul Becker, là tout de suite, je signerais immédiatement.

— Mince alors, dit Cameron, la mère de Rozella.

— Je savais que cette histoire de monstre était bidon, dit Jerry.

— La chose dans le cimetière était sûrement une panthère de Floride, dit Stan. Et dans le marais pareil.

— Je sais ce que j'ai vu, dit sèchement Sarah. Rien à voir avec une panthère.

Son ton jeta un froid. Nous marchions tous les cinq, car elle avait tenu à nous accompagner au rendez-vous avec Theroux. J'étais contre cette idée mais les autres avaient tellement insisté, Stan en tête, qu'il avait été impossible de faire autrement. En apprenant que j'avais raconté l'histoire du marais à tout le monde – merci Stan et sa discrétion –, elle s'était vexée et ne me parlait plus. Nous poursuivîmes sur la voie de chemin de fer en silence. L'ancienne voie ferrée partait du quai d'Eden et remontait vers le nord en suivant Golden Avenue, puis quittait la ville et s'enfonçait dans la campagne. C'était à cet endroit que nous avions laissé nos vélos. À partir de là, il fallait compter une heure de marche pour atteindre la station désaffectée de Pepper Mill. Y aller à pied en suivant les rails était l'unique moyen : les cailloux pointus auraient crevé nos chambres à air, et aucune route ne passait dans le secteur – ce qui m'arrangeait, car j'espérais que Jimmy Fazio et Victor Sprat renonceraient à faire le voyage sans leur vieille guimbarde.

Nous atteignîmes bientôt « le Tunnel », comme l'appelaient les gosses. Il ne s'agissait pas d'un véritable tunnel : seulement d'un trou noir et sombre, cerné par la végétation exubérante, dans lequel s'enfonçaient les rails. Nous nous arrêtâmes sur le seuil. Ici s'achevaient les terres d'Eden. Au-delà, c'était l'inconnu.

La plupart des gamins connaissaient l'existence de la vieille station de Pepper Mill, mais rares étaient ceux à avoir osé franchir le Tunnel pour aller plus loin. Toutes sortes de légendes couraient à propos de cet endroit. On disait que des bêtes sauvages y avaient élu domicile, que des clochards y traînaient, prêts à kidnapper les enfants curieux et à les conduire dans des endroits sombres. Le Tunnel était le symbole même de l'interdit.

Nos cinq paires d'yeux examinèrent l'endroit. La voûte de verdure pendait en longues lianes épaisses et des moucherons dansaient dans l'air. Au-delà de l'entrée, les rails rouillés envahis de touffes d'herbe se perdaient dans la pénombre. La température à l'intérieur était fraîche, accompagnée d'une puissante odeur de mousse. Je songeai aux portes de la Moria et à la bande de Hobbits que j'avais entraînée dans cette aventure. Une inscription gravée sur les pierres par d'antiques seigneurs nains du style « Vous ne passerez pas ! » aurait été parfaitement à sa place.

— Allez les amis, fis-je, il n'y a rien de dangereux.

Et j'avançai sur les rails. Après un instant d'hésitation, ils m'emboîtèrent le pas. Si nous avions su ce qui nous attendait, nous nous serions enfuis en courant.

La traversée du Tunnel se passa sans encombre. Après quelques blagues vaseuses accompagnées de rires nerveux, nous constatâmes qu'aucun zombie ou autre créature d'outre-tombe ne nous guettait sous les arbres. Nous ressortîmes au grand air tandis que le soleil plantait ses lances scintillantes entre les nuages. La vieille voie ferrée s'étirait devant nous comme une ligne ocre. Un groupe d'ibis blancs monta dans le ciel. Cameron lâcha un pet sonore – provoquant l'hilarité générale – et Stan alluma une cigarette.

— Qui en veut une ? dit-il en tendant le paquet à la ronde, insistant auprès de Sarah.

— Non merci, répondit-elle poliment.

J'avançai en tête pour éviter de les voir tous les deux.

— Dis donc, fit Cam en me rejoignant, qu'est-ce qu'il branle, Stan ? Il veut se la bécoter ou quoi ?

— Qu'est-ce que tu veux que ça me fasse ?

— Je croyais que tu en pinçais pour elle.

— Elle est libre. J'ai d'autres problèmes.

Je jetai un coup d'œil en arrière : Stan était en plein numéro de charme à la James Dean. Coincée entre Jerry et lui, Sarah n'avait pas l'air malheureuse. J'envoyai un coup de pied dans un caillou et fourrai les mains dans mes poches. Cameron jugea prudent de se taire.

Nous marchâmes pendant une heure. Où était cette foutue gare ? Comme par magie, un château d'eau surgit d'entre les arbres. Il avait la forme d'un cylindre supporté par six piliers en bois et devait bien faire huit mètres de haut. Une inscription lépreuse se devinait encore sur ses flancs : « PEPPER MILL WATER TANK ».

Cette fois, pas de doute, la station était toute proche.

J'examinai le château d'eau. Des six piliers en bois qui le soutenaient, l'un gisait à terre, et les cinq autres semblaient rongés par la vermine. Plus haut, les parois en métal du réservoir avaient viré au vert à cause de la mousse. Je flanquai un coup de pied dans la structure : elle répondit par des grincements sinistres, telles les protestations d'un très vieux golem. Je secouai l'échelle : les protestations redoublèrent mais elle tint bon.

— Qu'est-ce que tu fabriques ? dit Cam.

— Je monte jeter un œil.

— T'es cinglé ?

— Juste curieux.

Cameron grommela des trucs dans mon dos à propos de déception amoureuse et de tendances suicidaires. J'escaladai le réservoir. J'étais déçu que Sarah s'intéresse à Stan, certes, mais j'avais *réellement* envie d'aller voir là-haut. C'était la première fois que nous franchissions les limites de la ville et que nous vivions l'aventure, la vraie. Je voulais savoir si l'on apercevait Eden d'ici, ou la vieille gare de Pepper Mill dans l'autre sens. Peut-être pourrais-je repérer Theroux et sa bande ? Être préparés à leur rencontre ne pouvait pas nous faire de mal.

Je grimpai sans me préoccuper des oscillations des piliers, ni des cris qui ne tardèrent pas à résonner en arrière. Je prenais même un certain plaisir à semer la panique. Une fois en haut, j'avançai prudemment sur le toit en pente, m'assis à côté de la trappe d'inspection, croisai les jambes et contemplai la vue. Elle était moins spectaculaire que je ne l'aurais cru. La forêt s'étirait autour de moi telle la surface d'un océan. Les feuilles roulaient sur elles-mêmes, caressées par la brise, mais on ne voyait pas grand-chose d'autre. Je fermai les yeux et me laissai bercer par l'ambiance hypnotique. J'avais l'impression d'être au sommet d'un homme-arbre du *Seigneur des anneaux*, dont les bras oscillaient et craquaient dans le vent. Un raclement contre le métal me tira de ma rêverie. La tête de Sarah dépassa de l'échelle.

— Paul Becker, qu'est-ce que tu fabriques ? Tu boudes, c'est ça ?

— Quoi ?

— C'est toi qui es parti en tête et qui m'as laissée tomber, je te signale. Et maintenant tu fais l'idiot au risque de te briser le cou.

— Je ne t'ai pas laissée tomber.

— J'en ai rien à fiche de Stan. Arrête d'être aussi jaloux.

Elle me fixa avec colère. Je finis par rougir.

— On t'attend en bas, dit-elle en redescendant.

Je laissai passer une minute en rongeant mon frein. Pourquoi fallait-il que les filles possèdent des super pouvoirs et lisent dans les pensées, hein ? Elles étaient toutes comme ça ? De nouveaux cris retentirent, presque hystériques.

— C'est bon, ça va, j'arrive…

Le martèlement de pas lourds vibra contre l'échelle. La structure se mit à tanguer comme une chaise branlante.

— Cam, arrête ! Tu es trop costaud, tu vas nous faire chavirer !

Mais ce n'était pas Cameron.

— Salut, Becker, dit Teddy Theroux en apparaissant.

Il posa ses grosses bottes en cuir sur le toit et avança dans ma direction. Un morceau de tuyau métallique pendait dans sa main droite, telle une batte de baseball. Le tuyau était si long qu'il traînait par terre avec un grincement affreux. En dessous, la structure trembla de nouveau. Je me carapatai à reculons jusqu'au sommet, pris de panique.

— Quoi ? fit Theroux en tapotant son tuyau sur le sol comme avant de frapper une balle. Ne me dis pas que tu fais dans ton froc ? Les tueurs de chien, ça n'a pas la trouille, pas vrai ?

Il brandit son arme. Je levai instinctivement le bras. Il l'abattit sur le toit à côté, et le choc résonna dans mes reins.

— Et le batteur frappe un *home run* ! commenta-t-il.

— Teddy, on est à huit mètres, fais pas le con…

— Je me lassais d'attendre, alors je suis venu à ta rencontre. Qu'est-ce que t'en penses, on n'est pas bien ici ? dit-il en écartant les bras.

Une lueur affreuse brillait dans son regard. Mais moins affreuse, cependant, que le balancement de la structure sous nos pieds. Encore un pas. Le château bougea. En bas, mes amis hurlaient de plus belle.

— Teddy, je n'ai pas touché à…

— TA GUEULE, ESPÈCE DE SALOPARD ! TU AS TUÉ MON CHIEN !

Il frappa une seconde fois, avec un « HAN ! » épouvantable, comme s'il avait perdu toute sa famille, ou qu'on lui avait arraché le cœur. Et peut-être était-ce exactement ce que Teddy ressentait en cet instant : une peine immense, aussi forte que l'amour qu'il avait éprouvé pour son chien. Pendant une seconde, je compris sa souffrance et la partageai. La seconde suivante, le château d'eau bascula, l'univers monta à notre rencontre et nous allâmes nous fracasser au milieu des arbres.

Durant ma courte inconscience, je percevais un son continu. Il était semblable au grondement d'une rivière, ou au bruit d'une boule de démolition traversant un immeuble. J'imaginais que cela devait être le fracas produit par la destruction du réservoir. Pourtant, lorsque j'ouvris enfin les yeux, il s'atténua, devint plus aigu, et je compris qu'il s'agissait de Cameron en train de hurler.

« … SSEEEECCCOOUUUUUURRRRRRS ! » criait-il.

Je relevai la tête. Pour une raison inconnue, j'étais toujours vivant. Jerry se tenait à côté de moi et me soutenait le dos. Stan tournait en rond l'air hébété, les mains dans ses cheveux.

— Theroux ? articulai-je.

— Il est parti, dit Jerry.

— Qu'est-ce qui s'est passé ?

— Les arbres ont amorti la chute du château d'eau. Vous avez glissé dans les buissons. Teddy a paniqué et s'est enfui. Tu as des coupures partout, mais ça n'a pas l'air grave, débita Jerry d'une voix mécanique. Tu es resté inconscient juste une minute.

Quelque chose ne collait pas. Je me redressai. Les débris nous entouraient : on se serait cru au milieu d'un champ de bataille.

— Pourquoi Theroux a paniqué ? Pourquoi Cameron hurle ?

Le visage de mon ami était rempli d'épouvante.

— C'est Sarah. Elle… Elle a un morceau de fer planté dans la jambe.

Je me levai d'un bond : elle était allongée sur le sol, pâle comme un suaire – tellement pâle, mon Dieu –, et Cameron lui tenait la main. Une barre de métal traversait sa cuisse. Autour d'elle, une large flaque de sang imbibait les feuilles. Un autre gamin que moi aurait sûrement tourné de l'œil. Ou bien il se serait enfui, comme l'avait fait Teddy Theroux. Mais j'avais déjà vu ça. Mon père avait abandonné son métier de vétérinaire, mais avant ça il ne s'était pas privé de m'emmener avec lui à plusieurs reprises, histoire de m'endurcir, comme il disait. J'avais assisté à des choses difficiles. Par fierté et par orgueil, j'avais serré les dents. Aujourd'hui, pour la première fois de ma vie, une leçon donnée par mon père me servait à quelque chose.

— Sarah !

Elle ouvrit les yeux, et me fit signe de me pencher vers elle.

— Paul Becker… dis à Cameron… d'arrêter de hurler, et allez… allez chercher mon père. Il… il est chirurgien.

Ses mots me firent l'effet d'un électrochoc.

— CAM ! LA FERME !

Il s'arrêta net.

— Il faut un garrot ! dis-je. Tout de suite !

J'enlevai ma chemise et la nouai autour de la cuisse de Sarah.

— On ne lui enlève pas le morceau de fer ? dit Jerry.

— Non. Sinon elle va saigner encore plus.

— Comment tu sais ça ? demanda Stan.

— Je n'en sais rien. On ne le lui enlève pas, c'est tout.

— Je crois que je vais dégueuler, dit Cameron.

Il se tint le ventre et envoya son repas du midi dans les fleurs.

— Stan, prends ton cousin, foncez, ramenez son père et des secours !

— Mais…

— STAN, PUTAIN, FAIS-LE !

— D'accord Paul. On fonce. Compte sur nous !

Il attrapa Cameron et ils se mirent à courir comme des dératés.

— Jerry, prends ton poing et comprime la cuisse de Sarah.

— Pourquoi ? demanda Jerry.

— Mon père était vétérinaire. Je l'ai déjà vu faire. Comprime.

Il s'exécuta. Sarah gémit. Je dénichai une planche en bois suffisamment grande pour supporter son corps, puis je retirai mon jean, en nouai une extrémité à la planche, et l'autre à ma taille.

— Qu'est-ce que tu fais ? demanda Jerry.

— Une civière.

— P… pourquoi ?

— Transporter Sarah.

— Pourquoi ? redemanda Jerry d'une voix blanche.

— Parce qu'ils ne reviendront jamais à temps. Toi et moi, on va devoir l'amener jusqu'à eux. Chaque seconde compte, tu as compris ?

Il hocha la tête. Une sorte de calme étrange était tombé sur moi. Comme si, confronté à la réalité de la mort, à sa proximité immédiate sous la forme d'un sourire rouge et hideux ouvert dans la cuisse de Sarah, mon cerveau d'enfant s'endormait pour laisser place à autre chose. J'avais l'impression d'avoir accès à un autre niveau de conscience, un endroit où les décisions devenaient plus rapides, plus précises, une zone où la vitesse de la pensée était plus forte que tout, et pouvait contrôler l'avenir. Bien des années plus tard, lorsque j'effectuerais mes premières gardes aux urgences, je serais grisé par cette adrénaline pure, et j'appellerais ce genre de moment « surfer sur la vague ». Mais pour l'instant je n'en étais pas là.

Nous installâmes le corps de Sarah sur la planche, le morceau de métal toujours fiché dans sa cuisse. Mais ça ne marchait pas : elle roulait d'un côté et de l'autre, ce qui aggravait le saignement.

— Jerry, écoute-moi bien : toi, tu vas marcher derrière moi et maintenir la jambe de Sarah à la verticale. Comme ça le sang reste dans son corps, au lieu d'en sortir. Au besoin, tu comprimes la plaie. Débrouille-toi pour que rien ne bouge.

— Et toi ?

— Je vais tirer la civière tout seul.

— Je ne sais pas… Je ne vais pas y arriver… Et puis tu saignes de partout… La civière est trop lourde, tu n'auras pas la force… Qu'est-ce que je fais si tu t'évanouis et…

— JERRY, ÇA SUFFIT ! hurlai-je en secouant ses épaules. Tu es le plus intelligent d'entre nous ! Tu as les meilleures notes à l'école ! Tu ne paniques jamais quand il y a une interro-surprise, c'est pour ça que je t'ai demandé de rester, à toi et pas aux autres ! Tu es un super agent secret, mec, tu es le Bigleux, et le Bigleux a toujours un plan !

— Tu… tu crois ?

— OUI ! On va y arriver. Tous les trois. Toi, moi et Sarah. On va se sortir de là.

Et c'est exactement ce que nous fîmes.

Les secours mirent plus d'une heure à parvenir jusqu'à nous. Grâce à la marche forcée accomplie par Jerry et moi, et à la volonté de survivre de Sarah, les infirmiers purent la perfuser à temps et la maintenir en vie. Je me rappelle m'être écroulé ensuite. À l'hôpital pédiatrique du comté, ils furent assez gentils pour nous installer dans la même chambre.

— Tu as de sacrées ressources et de bons réflexes, me dit un homme en blouse blanche à mon réveil.

— C'est grâce à mon père, répondis-je avec fierté. Il est vétérinaire. Il m'a appris quelques trucs.

— Il t'attend dehors, avec ta mère et tes amis, répondit l'homme. Je vais les laisser entrer. Mais avant, je crois que ma fille a quelque chose à te dire.

Il sortit pour nous laisser seuls. Sarah se trouvait dans le lit voisin. Son intervention chirurgicale s'était bien passée. Elle tendit sa main à travers le vide immaculé de la chambre, attrapa la mienne et la serra fort.

— Si tu avais vu la tête de Teddy quand il est tombé, dit-elle.

— C'est vrai ?

— La frousse en personne. Je crois qu'il va te laisser tranquille.

— Tant mieux.

Nos mains s'étreignaient toujours.

— Paul Becker, ne pars plus en me laissant en arrière, d’accord ?

— D’accord.

— Je veux que tu me fasses une promesse…

Malgré la fatigue et les calmants, mon cœur se mit à battre plus vite.

— Promets-moi que tu ne m’abandonneras jamais.

CE QUE L'ON TROUVE DANS LA BOÎTE EN FER (EXTRAITS)

Lettre tapée à la machine. Papier à en-tête du Collier County Pediatric Hospital.

Date inscrite sur la feuille : mercredi 28 mars 1979.

« Cher monsieur et madame Becker,

Mon épouse et moi-même tenons à vous exprimer toute notre gratitude pour l'acte courageux accompli par votre fils Paul. C'était une situation difficile, voire impossible à affronter pour des enfants. Mais, comme disait Mark Twain : « Ils ne savaient pas que c'était impossible, alors ils l'ont fait. » Moi qui travaille dans la recherche médicale et qui suis constamment confronté à des défis, je ne peux être qu'admiratif. Si Paul souhaite un jour entreprendre une carrière dans la médecine, il pourra compter sur mon soutien dans la mesure de mes modestes compétences.

Sachez que la science a besoin d'audace et de jeunes hommes tels que lui.

Bien sincèrement,

Votre dévoué, docteur Charles Lewis,
Chirurgien pédiatrique, CCPH. »

23

Je voulais bouger mais j'en étais incapable. *NON*, dit la voix dans ma tête. J'étais assis par terre, devant le bungalow, près du cadavre de Jack. Combien de temps s'était écoulé ? Je n'en savais rien. Il faisait toujours nuit. Les flammes se réduisaient. Je commençais à ressentir le froid et l'inconfort. Quelque part au fond de mon esprit, je savais que j'étais en état de choc. Une partie de moi avait envie de réagir, mais le reste de mon corps demeurait pétrifié. Il fallait que j'aille chercher des secours. *NON*, commanda la voix.

Cette tragédie m'en rappelait une autre : l'effondrement du château d'eau de Pepper Mill. Ce jour-là, j'avais contribué à sauver Sarah Lewis. Aujourd'hui, je n'avais pas pu éviter le décès de Jack. Pourquoi avais-je été aussi efficace à l'époque, et aussi inutile à présent ? Je n'arrêtais pas de revivre la scène de sa mort. Les choses auraient pu se dérouler d'une façon différente. J'aurais dû aller plus vite, sauter sur la berge et affronter l'agresseur.

NON.

Et si je m'étais rapproché ? Juste assez pour crier et détourner l'attention. Le cambrioleur se serait enfui…

NON.

J'aurais pu aller chercher les secours. Foncer, comme Cameron et Stan lorsque nous étions gamins. Peut-être Jack n'était-il pas encore mort à ce moment-là. S'il avait bénéficié d'une réanimation…

NON.

Et maintenant, pourquoi rester là à contempler les flammes ? Je ferais mieux de me rendre au poste de police le plus proche. Et puis il y avait le risque que l'incendie se propage… Mais il ne se propageait pas. Les matériaux du cabanon étaient peut-être conçus pour offrir une résistance au feu. En tout cas, grâce au périmètre de déboisement alentour, les flammes ne s'étendaient pas à la forêt environnante. En fait, elles n'allaient pas tarder à s'éteindre.

Inutile d'appeler les secours, dit la voix dans ma tête, *cela ne sert à rien. Tu ne pouvais pas aller plus vite. Jamais tu n'aurais eu le temps de rejoindre la berge. Tu ne pouvais pas sauver Jack. Même si c'est horrible à dire, la mort de ton ami était ta seule chance de t'en sortir. Car ce n'était pas un cambriolage. Rien n'a été volé. Tu as vu ce qui s'est passé : il s'agissait d'un meurtre. Une exécution. Et la personne visée était forcément toi, Paul Becker. C'était ton bungalow, ta maison. Jack est mort uniquement à cause d'une horrible méprise. Alors pas question de réagir à chaud. C'est ton instinct qui te le commande. Parce que avant de crier au monde entier qu'un tueur a voulu te faire la peau, il reste une étape cruciale, mon vieux : tu dois comprendre qui a fait ça, et pourquoi.*

Sinon qu'est-ce qui l'empêchera de recommencer, dès qu'il saura que tu es toujours vivant ?

Je me réveillai au petit jour dans le cabanon de Jack. Je m'assis sur son lit, dans mes vêtements de la veille encore imprégnés par l'odeur âcre du feu. Mes membres tremblaient de froid – à moins que ce ne fût de peur. Je sortis de la cabane et me rendis au bord du lac en me tenant courbé parmi les arbres. Je braquai les jumelles en direction de la rive opposée. On ne distinguait pas grand-chose, à part un filet de fumée grise à l'emplacement de mon bungalow. Pas de gyrophare tournoyant au milieu des arbres. Pas d'aboiement de chiens. Rien du tout. Ci-gît Paul Becker, décédé dans l'indifférence générale.

Je regagnai la cabane. La seule chose que j'avais récupérée était la boîte en fer contenant les lettres de Sarah. Tout le reste, brûlé ou non, je n'y avais pas touché. J'avais même retiré la bâche sur le cadavre de mon ami pour que l'endroit demeure exactement comme le tueur l'avait laissé. Je me mis à fouiller les tiroirs. L'un d'eux contenait le portefeuille de Jack : j'y trouvai son permis de conduire, une carte de crédit, quelques dollars et des bons de réduction. Je laissai les bons et fourrai le reste dans mes poches. Cachée à l'intérieur d'un pot à café, je dénichai une liasse de billets maintenus par un élastique.

— Désolé, fis-je en la prenant. Ils ne te serviront plus, mon ami.

Dans un coffre étaient rangées diverses affaires intéressantes : cartes routières, paquets de gâteaux, boissons énergétiques, vêtements propres. Je transférai le tout dans un sac à dos. Pour finir, je découvris une mallette enveloppée dans une couverture. Je sentis qu'elle avait plus d'importance que le reste, et la déposai avec précaution sur la table. Après un instant de réflexion, je l'ouvris. À l'intérieur, comme je m'y attendais, se trouvait une arme : un pistolet Glock 17 avec plusieurs chargeurs. Je me souvenais que Jack avait tiré quelques coups de feu par la fenêtre de sa maison avant de se faire expulser par les banquiers. Je demeurai assis, les mains jointes sur ma bouche.

— Attention, Paul. Si tu touches à ce genre de trucs, tu sais où ça peut te conduire.

Je refermai la mallette. Je n'étais pas prêt. Les clés de sa voiture se trouvaient sur la table. Je les ramassai, récupérai le sac à dos et m'installai au volant. Il était temps de filer d'ici. Je m'engageai sur le chemin en terre.

Toute la nuit, j'avais pensé à la même chose : la chronologie des événements. Pourquoi cela m'arrivait-il *maintenant* ? Mon esprit était focalisé sur cette unique question. Je ne cessais de repasser des étapes dans ma tête. Un : Paul Becker est dépressif, il fait un infarctus. Deux : il s'enfuit de chez lui, personne ne sait où il va. Trois : un an plus tard, il refait surface et annonce joyeusement qu'il rentre à la maison. Quatre : moins de quarante-huit après, il est mort. Moins de quarante-huit heures après. Quarante-huit heures après.

J'écrasai la pédale de frein. Marche arrière : je repartis dans un nuage de poussière jusqu'au bungalow, laissai tourner le moteur et bondis dans la maison. *Attention, Paul, c'est un pistolet. Une arme. Tu es médecin. Tu n'es pas un justicier. Tu ne souhaites te venger de personne. Tu veux simplement comprendre. Il n'est pas question de menacer qui que ce soit.*

— Ouais, dis-je entre mes dents. Cause toujours, mon petit pote…

J'enclenchai un chargeur plein, armai la culasse et visait une branche d'arbre. Je savais m'en servir. Après mes déboires avec un psychopathe, des années auparavant, j'avais pris des cours de tir. Ils m'avaient servi de thérapie à une époque où je me sentais mal. J'examinai le Glock 17 : il avait l'air bien entretenu. J'ôtai le chargeur, tirai sur la culasse pour éjecter la balle et m'assurai que le cran de sécurité était en place. Puis je replaçai le tout dans la mallette et l'embarquai dans la voiture. J'écrasai l'accélérateur.

Je ne savais pas qui avait assassiné Paul Becker. Mais ce que je savais, en revanche, c'est *quand* c'était arrivé. La réponse était facile : quarante-huit heures après que, pour la première fois depuis un an, j'avais révélé ma position géographique. Je l'avais fait d'une façon très simple : par e-mail. *En cas d'urgence, vous pouvez me joindre chez Ebner Walnut, au Walnut Warehouse, dans le Wyoming. Je vous ai noté l'adresse.*

À qui était destiné cet e-mail ? Eh bien, c'était encore plus simple : uniquement à deux personnes. Mes meilleurs amis : Cameron Cole et Jerry Goodritch.

24

Je quittai Yellowstone dans la matinée et me rendis dans une ville où l'on ne m'avait jamais vu. Je ne voulais pas retourner à Jackson et prendre le risque de croiser Cassidy. Pour le moment, il valait mieux laisser en veille tout ce qui concernait Paul Becker. Je m'arrêtai dans un cybercafé et lançai une recherche. Je tapai les mots clés « Yellowstone », « Jackson Hole », « accident » et « touriste ». Un site donnait déjà des informations. La brève datait de moins d'une heure. Elle disait :

« Le corps d'un homme d'une quarantaine d'années a été découvert ce matin aux environs du parc Yellowstone. L'alerte a été donnée par un campeur ayant repéré la présence de fumées suspectes. Craignant un départ d'incendie, les secours dépêchés sur place ont découvert un bungalow partiellement brûlé ainsi que le corps d'un occupant. Il s'agirait de Paul Becker, un résident de Floride. Selon les premières constatations, Becker serait décédé de mort accidentelle. »

J'essuyai mon front couvert de sueur froide et remontai dans la voiture. Je n'étais pas seulement triste du décès de Jack : je me sentais comme une bête traquée venant d'échapper à la mort. Qui avait voulu ma peau ? Pourquoi ?

Je m'arrêtai dans un supermarché pour acheter un téléphone jetable. Puis m'installai dans un parking couvert à l'abri des regards. J'insérai la carte SIM dans l'appareil. Il fallait absolument que je vérifie quelque chose. Quand je me sentis prêt, je plaçai un mouchoir sur le micro et passai mon premier appel.

— Allô, la walk-in-clinic du docteur Goodritch ? dis-je en contrefaisant ma voix.

— Que puis-je pour vous ? répondit Stephanie.

Stephanie Brown était mon ex-secrétaire. Son patronyme était le même que la super-héroïne Batgirl, ce qui nous avait amusés au début. Mariée, trois enfants, elle gérait la consultation comme elle gérait sa famille : en maman douce, mais ferme. Pour duper Batgirl, j'allais devoir être astucieux. Ce qui fonctionnait avec elle, c'était de jouer sur la hiérarchie.

— Ici le professeur Evergreen, de la clinique Evergreen, dis-je en imitant mon ancien cardiologue. J'ai appelé hier soir le docteur Goodritch. Malheureusement, je n'ai pas pu l'avoir. Est-ce avec vous que j'ai discuté ?

— Hier, je n'étais pas là, répondit prudemment Stephanie.

— Ennuyeux, très ennuyeux, fis-je. Cela concerne l'une de ses patientes. Goodritch travaillait bien hier soir ?

— Une seconde, professeur. Je vérifie. (Il y eut un bruit de pages que l'on feuillette.) Il se trouvait effectivement en consultation. Il avait beaucoup de monde. Je suppose qu'il n'a pas pu vous répondre. Voulez-vous que je transmette un message ?

— Non merci. Je lui enverrai un compte rendu.

— Il s'est passé quelque chose, professeur ?

— Ça ira. La patiente va bien. Je voulais juste prévenir Goodritch qu'elle fait de l'hypertension artérielle pendant sa grossesse et qu'il devrait la surveiller mieux. Au revoir, madame.

— Bonne journée, profe…

Et je raccrochai. Parfait : ton sec, condescendant, typique du professeur Evergreen. Surtout, j'avais obtenu l'information que je désirais. Et de un. Au suivant. Pour le deuxième appel, j'avais besoin d'un peu de chance. J'allumai une cigarette (j'avais acheté un paquet exprès), me la coinçait à l'angle de la bouche et pris un accent à la Robert De Niro.

— Allô, commissariat central de Naples ? Ouais, ici Stan Monroe. Je voudrais parler à mon cousin, mec.

— Pardon ? répondit une voix aux accents juvéniles.

— Will ? Will Palmeto, c'est toi ?

— *Officier* Palmeto, répondit la voix d'un air contrarié.

William Palmeto : la vingtaine, frais émoulu de l'académie de police, déjà dupé par mes soins lors d'une précédente occasion[1]. Exactement ce qu'il me fallait.

— Willy, tu me remets ? Stan, le cousin de Cameron. On s'est croisés à son barbecue. Y avait un max

1. Voir *Monster* du même auteur, Albin Michel, 2009 ; Le Livre de Poche n° 31918.

d'alcool. Même qu'avec tes potes de la police, vous en teniez une sévère.

— Hum. Monsieur Monroe, cette conversation peut être enregistrée.

— Écoute, j'essaye de joindre mon cousin. (Je soufflai une bouffée de cigarette, façon gangster.) J'ai téléphoné hier soir. Il était censé effectuer sa patrouille, comme d'habitude, mais depuis pas de nouvelles. Alors je m'inquiète. C'est la famille, tu comprends.

— Il a effectué sa patrouille et il est rentré, monsieur Monroe.

— Ah ouais ? Et maintenant il est où ? Avec une poulette ?

— Je n'en sais rien, monsieur Monroe. Je vous suggère de voir ça avec lui. Et maintenant, je dois vous demander de libérer la ligne.

— OK. Cool. À la prochaine.

Et je raccrochai.

Grâce à mes petits stratagèmes, j'avais mes deux réponses.

Hier soir, pendant qu'on assassinait Paul Becker, Jerry se trouvait en consultation et Cameron en patrouille. Ils ne pouvaient donc pas être dans le Yellowstone, à quatre mille kilomètres de là. Conclusion : ni l'un ni l'autre n'était mon assassin. Bien.

Cependant, je ne me sentais qu'à moitié soulagé. Mes « amis » ne se trouvaient pas sur place, certes… mais cela ne voulait pas dire qu'ils n'étaient pas impliqués dans mon meurtre. Eux et eux seuls avaient reçu mon adresse. Impossible qu'il s'agisse d'une coïncidence. Ces pensées étaient affreuses, je m'en rendais compte. Suspecter des gens aussi proches ne pouvait être que l'œuvre d'une âme cynique et solitaire. Mais cynique et solitaire, je l'étais devenu. Elle était loin l'époque de mon enfance où nous étions unis comme les doigts de la main. Depuis, des choses terribles m'étaient arrivées. Des trahisons successives par les personnes que j'aimais le plus. La maladie, la dépression, la déchéance. Ces dernières années n'avaient pas été tendres avec moi. La fameuse citation de Nietzsche « Ce qui ne vous tue pas vous rend plus fort » me faisait bien rigoler. Cette citation, voyez-vous, c'était de la pure propagande. La vérité est que chaque coup vous rend plus faible, et plante un clou de plus dans votre cercueil.

Je m'assurai que personne sur le parking ne regardait dans ma direction et sortis le pistolet. Le Glock était d'un noir mat. Pur. Absorbant la lumière. Le pare-brise de la voiture refléta mon visage. Mes pensées étaient en train de prendre une direction dangereuse. Je n'avais pas de famille, pas d'avenir. Je n'étais une menace pour personne. Pourtant, on avait voulu m'assassiner comme un chien. Et on s'était trompé : un pauvre innocent, mon dernier ami, était mort à ma place. Un sentiment nouveau était en train de m'envahir, telle une entité sombre déployant ses ailes. La citation de Nietzsche était sans intérêt, j'en connaissais de meilleures. Elles disaient ceci :

« La guerre, c'est l'art de duper.

C'est pourquoi celui qui est capable doit faire croire qu'il est incapable.

Celui qui est prêt au combat doit faire croire qu'il ne l'est pas.

Celui qui est proche doit faire croire qu'il est loin.

Celui qui est loin doit faire croire qu'il est proche.

Il faut attaquer l'ennemi lorsqu'il n'est pas prêt.

Avancer là où il ne s'y attend pas.

Voilà ce qui donne la victoire au stratège. »

En vérité, si Paul Becker disparut, ce fut ce matin-là, dans un parking de supermarché.

J'étais en train de devenir quelqu'un d'autre. Un fantôme. Je rangeai le pistolet automatique dans la boîte à gants. Puisque j'étais mort, il était temps de commencer mon travail de spectre. Je savais par où commencer.

25

Ebner Walnut entendit la clochette d'entrée de son magasin. Il abandonna à regret la lecture de son journal et se redressa derrière son comptoir. Deux gamins rôdaient dans les allées. Le premier portait un bonnet et tenait une planche de skate-board. Sous le bonnet, de longs cheveux blonds s'éparpillaient comme des touffes d'herbes sèches. Le second était grand, avec un jean qui traînait par terre et un imperméable. Ils devaient avoir dans les treize, quatorze ans. Ebner fit semblant de continuer à lire tout en observant leur manège. Bonnet faisait du bruit au rayon frais pour attirer l'attention, ouvrant et fermant les compartiments, hésitant entre plusieurs marques de jus d'orange, tandis qu'un peu plus loin Imperméable glissait des paquets de gâteaux dans ses poches. Ebner poussa un soupir. Il était un vieux croulant, certes, mais tout de même, se pouvait-il que ces deux idiots s'imaginent *vraiment* qu'il ne les voyait pas ?

La porte tinta de nouveau. Un touriste entra : lunettes de soleil, longue chevelure maintenue par un bandeau. Les sourcils d'Ebner remuèrent en signe de protestation. C'était la journée mondiale du cheveu long ou quoi ? Les jeunes n'étaient plus fichus de s'habiller correctement, les hommes portaient des coupes de femme, et on s'étonnait que la société parte à la dérive.

— Bonjour ! lança joyeusement le touriste.

— 'jour, grommela Ebner sans lâcher les gamins des yeux.

Imperméable était en train de lui voler des chewing-gums par poignées entières. Le gosse y allait fort. Lorsqu'il s'approcha des bouteilles d'alcool, Ebner s'inquiéta pour de bon. De l'alcool, vraiment ? Ces gamins étaient-ils dangereux ? Pouvaient-ils dissimuler une arme ? Ses mains se mirent à trembler. Il n'avait aucune, mais alors aucune envie d'aller chercher son vieux fusil dans l'arrière-boutique. Pas pour des enfants. Pas pour ça. Mais de l'alcool, tout de même…

— Ne touche pas aux bouteilles, grinça Ebner entre ses dents. Prends les chewing-gums et tire-toi, espèce d'idiot…

— Qu'est-ce que vous faites ? dit le touriste.

« Rien », allait-il répondre. Mais l'homme ne s'adressait pas à lui.

— Holà les gosses ! Vous êtes des voleurs ou quoi ?

Imperméable s'arrêta net, pétrifié. Bonnet posa son skate sur le sol.

— Merde, on se tire ! cria-t-il en se propulsant vers la sortie.

Imperméable se mit à courir derrière, perdant gâteaux et chewing-gums en chemin.

— Sacré nom d'une pipe ! hurla le touriste. Attendez que je vous attrape !

Ebner sourit en regardant l'homme s'agiter tel un épouvantail mettant des moineaux en fuite.

— Ha ! Ha ! On leur a donné une bonne leçon ! dit l'homme en riant.

Ebner ne put s'empêcher de rire lui aussi. Il n'avait pas fait grand-chose, mais il devait admettre qu'il se sentait soulagé.

— Floyd Romano, fit l'autre en lui tendant la main. Je suis chirurgien. Je viens de New York.

Ebner s'attarda sur ses cheveux longs.

— Oui, dit Romano, je porte une coiffure originale pour séduire ma clientèle branchée. Chirurgien esthétique, il faut savoir se vendre. Mais dans la vie je suis plutôt vieux jeu. Les bonnes manières, j'y tiens ! Qu'en pensez-vous, monsieur Walnut ?

— Tout à fait d'accord, admit Ebner.

— À la bonne heure !

La façon de s'exprimer de cet homme lui plaisait bien, songea Ebner, même si elle était un peu empruntée et désuète.

— Dites-moi, monsieur Walnut, j'aurais besoin de vos lumières, fit l'homme en appuyant un coude sur le comptoir.

— Je vous écoute, docteur Romano.

— J'ai rendez-vous ici avec mon cousin. Nous venons rendre visite à mon ami Paul Becker. Paul a dit : « Attendez-moi au Walnut, je viens vous chercher. » Mais je ne vois personne. Vous ne les auriez pas aperçus ?

— À quoi ressemblent-ils ?

— Paul est du genre costaud, avec une barbe. Il a des problèmes de santé. Le cœur. Il est en convalescence.

— Je comprends, fit Ebner qui souffrait lui-même d'angine de poitrine. Je crois voir de qui il s'agit. Il n'est pas passé aujourd'hui.

— Ah bon ? Et mon cousin ? Il ne serait pas venu en demandant après Paul, hier soir par exemple ?

— Il y a eu un homme…

— Je suis sûr que c'était mon cousin. Décrivez-le.

— Il s'agissait d'un policier.

Le docteur Romano marqua un temps d'arrêt, puis se reprit.

— C'est ça. Mon cousin est, euh… policier. Il est âgé de…

— La soixantaine, dit Ebner. Avec les cheveux courts.

— Quoi d'autre ?

— Il a dit qu'il venait de Floride.

— Il est passé quand ?

— Vers vingt heures.

Romano sourit.

— Sacré cousin. Bon, je vais le retrouver. (Il se dirigea vers la sortie, puis se retourna.) À propos de ces gosses, vous pourriez utiliser votre caméra au-dessus du comptoir pour les identifier, non ?

— Elle ne marche pas, dit Ebner. C'est une fausse.

— Et le distributeur de billets, là-bas. Il n'a pas de caméra ?

— Je n'en sais rien. C'est possible.

— Bah, vous n'allez pas faire tout un ramdam pour des gosses.

— Non. Bonne journée, docteur Romano.

Une fois que j'eus quitté le parking du Walnut, j'arrachai ma perruque et mes lunettes noires et les balançai sur le siège arrière de la voiture. Ce postiche de supermarché me grattait le crâne, et je ne n'avais plus joué un rôle depuis mes cours de théâtre à la fac. Mais imiter Floyd Romano avait été payant. Au carrefour suivant, je m'arrêtai sur le bas-côté et baissai ma vitre. Les deux gamins m'attendaient comme prévu. Ils étaient montés sur leurs vélos cross et regagnaient le hameau le plus proche, là où je les avais rencontrés une heure plus tôt.

— Merci à vous deux, dis-je en leur tendant un billet à chacun.

— De rien, m'sieur ! firent-ils ravis. Si vous avez encore besoin de nous, on est à votre service !

— Ça ira. Et ne vous avisez pas de commettre un véritable vol. Laissez le brave Ebner tranquille. C'était juste un jeu.

Je repartis. Ebner ne m'avait pas reconnu. L'objectif de ma petite mise en scène était de gagner sa confiance et de lui tirer les vers du nez sans qu'il m'identifie. L'e-mail que j'avais envoyé mentionnait seulement le Walnut Warehouse. Je supposais donc que le tueur était passé là-bas. J'avais eu raison. Désormais je tenais une piste : un homme, la soixantaine, venu de Floride. Et le plus incroyable : un flic. Qui cela pouvait-il être ? Je réfléchissais tout en roulant.

Pour le moment, je n'avais aucune envie de me confier aux autorités. Ce genre de réflexe m'avait largement desservi par le passé et je préférais faire confiance à mon instinct. Je n'en étais pas à ma première enquête, j'avais déjà joué les apprentis détectives et ça ne me faisait pas peur. Surtout, agir était le meilleur moyen de tromper mon angoisse. Ce fichu sentiment de bête traquée ne me lâchait pas. J'avais un ennemi quelque part. Il croyait avoir eu ma peau. Je voulais le retrouver. Pour moi. Pour Jack. *Qu'est-ce que tu fais, Paul ? Dans quoi tu t'engages ?* Une colère sourde grondait en moi. Je la sentais présente depuis que j'avais posé les mains sur ce pistolet. Mais je n'avais pas envie d'y réfléchir.

Mes débuts dans le monde des fantômes se passaient bien. J'avais même une idée pour l'étape suivante de mon enquête. Il me fallait juste un peu d'aide. Je décrochai mon téléphone et composai un très vieux numéro.

— Bonjour, c'est Paul Becker.

— Sans blague ! répondit une voix féminine. Je vous croyais mort !

— Vous ne pensez pas si bien dire. Où êtes-vous ?

— En Louisiane. À La Nouvelle-Orléans.

— J'arrive.

26

Sur l'Interstate 10 à la hauteur de Laplace, l'autoroute à deux voies cheminait sur des piliers de béton au milieu des bayous. L'atmosphère était moite et des nuages d'un vert sombre s'attroupaient à l'horizon. La climatisation ne fonctionnait pas dans la voiture de Jack. J'ouvris la fenêtre. Des bouffées d'air chaud s'engouffrèrent et j'eus l'impression que des spectres entraient pour inspecter le véhicule. Le bayou disparut sur ma gauche, cédant la place à l'immensité grise du lac Pontchartrain.

Je n'étais pas venu à La Nouvelle-Orléans depuis le passage de l'ouragan Katrina. Je savais que la ville travaillait dur pour renaître de ses cendres. La vitalité et la jeunesse avaient fini par l'emporter sur la tristesse et la désolation. Mais je savais aussi qu'à la nouvelle ville se superposait une seconde : la cité des morts, où plus d'un millier d'âmes avaient disparu. Ce constat me frappa de plein fouet lorsque j'empruntai par erreur la mauvaise sortie d'autoroute : des années après le déluge, certains endroits ressemblaient encore à une Pompéi tropicale. Des maisons gisaient ouvertes comme des coques vides. Des voies routières étaient toujours éventrées tandis que des ouvriers s'affairaient sur les canalisations.

J'atteignis le quartier français. Ici, pas de tragédie, juste de jolies images de carte postale pour faire revenir les touristes. Les rues étaient animées et pittoresques, avec leurs maisons de bois blanc et de briques rouges. Les élégants balcons en fer forgé dégoulinaient de plantes exotiques et des drapeaux de toutes les nationalités claquaient aux fenêtres. Des notes de musique me parvinrent d'un club de jazz. Je fis une halte et m'envoyai plusieurs espressos coup sur coup. Les trente heures d'affilée que je venais de passer à conduire pesaient lourdement sur mon organisme. J'en profitai pour demander mon chemin : on m'indiqua que le 936 Royal Street – l'adresse que j'avais notée – se trouvait à deux rues à peine. Quelques minutes plus tard, je me garai devant la porte.

Je restai un instant derrière le volant, excité et anxieux, sachant que le café et la fatigue n'étaient qu'en partie responsables de cet état. Puis je claquai la portière et m'enfonçai dans un couloir aux élégants panneaux de stuc blanc. Je me retrouvai dans une cour. D'énormes fougères se balançaient dans des vasques grinçantes poussées par le vent chaud du golfe du Mexique. De l'autre côté, une agence occupait les deux étages d'une petite maison. J'appuyai sur la sonnette. La porte s'ouvrit. Derrière se tenait un Noir un peu moins grand qu'une grue de chantier.

— C'est pourquoi ? grogna le géant en passant sa tête dans l'entrebâillement.

— Je viens voir Connie Lombardo.

— Elle n'habite pas ici.

— Son nom est inscrit dehors sur la plaque.

— Vous faites erreur.

— Je ne crois pas.

— Et moi, je vous dis qu'il n'y a personne.

Il se pencha et son ombre me recouvrit. Le café pulsa plus fort dans mes veines tandis que nos regards s'affrontaient.

— Vous ne clignez jamais des yeux ? lui demandai-je. Vous devriez essayer de temps en temps. Vous allez faire de la conjonctivite.

— Vous êtes un petit rigolo ?

— Je donne un spectacle à Noël. Je vous envoie une invitation ?

— Casse-toi, trouduc.

— *Monsieur* Trouduc.

Il plissa le front comme si je lui occasionnais un début de migraine.

— Bon sang, vous ne comprenez rien ou quoi ?

— Je saisis parfaitement les sons qui sortent de votre bouche, cher monsieur. Mais je m'en fous. Nuance. Laissez-moi passer.

— Pas question, dit-il en faisant craquer ses jointures.

Connie Lombardo dévala l'escalier du premier étage, elle tenait un dossier cartonné à la main.

— Mike ! Paul ! C'est fini, oui ?

Elle nous ficha un coup de dossier à chacun. Le monstre battit en retraite en faisant trembler le sol.

— Les hommes, vous êtes pas croyables ! dit-elle. De vrais coqs dans une basse-cour. Paul, montez dans mon bureau. Mike, tu restes en bas.

— Mais je…

— Tu restes en bas ! Un point c'est tout !

Je grimpai à la suite de Connie, tout en jetant des regards prudents en arrière. Le géant noir me fit une grimace et passa la pointe de son pouce en travers de son cou. Je répondis en lui tirant la langue. Connie referma la porte, s'installa derrière un bureau encombré de papiers et m'invita à m'asseoir. Devant elle, un présentoir en métal répétait ce que j'avais lu dehors : *« Connie Lombardo : détective privée. »*

— Sympa votre molosse, dis-je. C'est un garde du corps ?

— Si on veut.

Dans une autre vie, elle avait été mon infirmière. Nous avions démarré ensemble à la walk-in-clinic de Naples. Lorsque mon existence avait été réduite en miettes par un psychopathe, elle m'avait aidé de bien des façons, notamment grâce à son activité secondaire de consultante pour la police et le Centre des enfants disparus[1]. Puis elle avait raccroché les gants pour s'installer en Louisiane.

— Vous avez l'air en forme, dit-elle. Aminci, musclé. La petite barbe taillée qui va bien…

— Je décèle comme une pointe de sarcasme.

— Quand je vois des améliorations soudaines chez un homme d'âge mûr, je cherche la voiture de sport et la fille de vingt ans qui vont avec.

— Je ne fais pas ma crise de la quarantaine.

— Tous les hommes font leur crise de la quarantaine. D'ailleurs quarantaine est un terme inapproprié : elle dure leur vie entière.

1. NCMEC : National Center for Missing and Exploited Children.

Je levai les yeux au ciel.

— Et voilà. On se chamaille déjà.

— Les hommes sont d'hypocrites manipulateurs.

— Je ne vous ai encore rien demandé.

— Ça va venir, répondit-elle. Bon, parlons d'autre chose. Que dites-vous de mon agence ?

J'examinai les murs de vieilles pierres, l'élégante bibliothèque débordant de livres juridiques, les diplômes dans des cadres. Sur un côté de la pièce, les dossiers s'empilaient jusque sous les voûtes du plafond.

— J'avoue que ça en jette.

— C'est une ancienne chapelle du XIXe siècle. Les esclaves noirs venaient y prier entre eux. Elle tombait en ruine, je l'ai rachetée pour une bouchée de pain.

— Vous ne cesserez jamais de me surprendre. Vous n'exercez plus votre métier d'infirmière alors ?

Elle se leva pour faire quelques pas, comme si elle avait peur que je la juge. Puis se tourna vers moi.

— Je l'ai fait les premiers temps. Mais j'ai vite compris que je pouvais être utile de façon différente. Après l'ouragan, il y a eu tant de chaos, tant de familles séparées… Je travaillais pour un dispensaire. Les gens me demandaient sans cesse des nouvelles de leurs proches : « Vous n'auriez pas vu Untel, ou Unetelle ? »

Elle s'arrêta pour examiner des photos de famille. Le mur en était couvert.

— Certaines personnes avaient été évacuées dans les États voisins. D'autres étaient mortes, ou introuvables. J'aidais les recherches. Je faisais jouer mes relations avec les associations de disparus, la police…

Elle reposa le cadre.

— Chaque fois que je retrouvais quelqu'un, les gens étaient si heureux… Je recevais beaucoup plus, humainement parlant. Alors c'est devenu mon job. J'ai obtenu ma licence de détective, monté mon agence, et voilà. Je me suis diversifiée par la suite, je travaille aussi avec les autorités, les compagnies d'assurances. Dans une ville en pleine reconstruction, ce n'est pas le boulot qui manque.

Elle se rassit et croisa les doigts.

— Et je gagne bien mieux que lorsque je travaillais pour vous.

Je hochai la tête.

— Vous avez toujours été une battante.

— Vous voyez ? Vous essayez déjà de m'amadouer… Mais je n'ai pas dit que je n'aimais pas. Continuez de me faire des compliments.

Elle posa son coude gauche dans sa main droite et attendit.

— Connie, j'ai besoin de vous, reconnus-je avec un soupir.

— C'est bien.

— *Vraiment* besoin de vous.

— Tant mieux. Parce que ça va vous coûter un max.

— Côté fric, je suis plutôt à sec.

— Zut. Mon enthousiasme retombe.

— Le problème, c'est que je suis décédé.

— Comment ça ?

— Paul Becker est mort. C'est la raison de ma présence.

Ses yeux s'écarquillèrent.

— Ah ! Enfin un truc intéressant.

Je lui relatai ce qui s'était passé depuis mon départ de Floride, sans rien omettre. Elle frémit lorsque je lui racontai le meurtre brutal de Jack Barn et mon début d'enquête. Quand j'eus terminé, elle resta silencieuse quelques instants, puis déclara :

— Donc, vous avez bien été assassiné.

— C'est aussi votre conclusion ?

— Ça paraît évident. Ce pauvre Jack est mort à votre place.

— Et mon e-mail à Jerry et Cameron est l'élément déclencheur ?

— Je n'en vois pas d'autre possible.

— Et pour le suspect, ça serait donc un flic ?

— C'est ce qu'a raconté votre Ebner Walnut, dit Connie. Mais cela ne prouve pas que vous ayez affaire à un policier. Aujourd'hui, n'importe qui peut s'acheter un uniforme, une fausse plaque, et même une voiture des forces de l'ordre.

— Pour l'uniforme et la plaque, je le savais. Mais pour la voiture ?

— Si incroyable que cela paraisse, les différents services se débarrassent de leurs vieux véhicules de patrouille en les revendant à des sociétés d'occasion. Ces sociétés sont ensuite libres de les réparer et de les revendre de façon légale, autocollants et marques de police compris. Vous et moi pourrions en acheter une dès demain, le quidam moyen serait incapable de faire la différence. En fait, il y a actuellement une campagne active pour lutter contre ces usurpateurs d'identité policière, ou « *police impersonators* » comme on les appelle.

— Admettons, dis-je. Mais flic ou pas, ce gars a un défaut dans sa cuirasse : il a trop confiance en lui.

— Pourquoi dites-vous ça ?

— Parce qu'il a commis une autre erreur. C'est pour ça que j'ai roulé pendant trois mille kilomètres sans dormir. J'ai besoin de vos services, Connie. Ce tueur, je sais comment l'identifier.

27

Notre vie privée est constamment sous surveillance. Je l'avais lu dans un numéro hors série d'un célèbre magazine américain durant mon séjour au Yellowstone. L'article racontait comment la NSA[1], par exemple, espionnait les SMS de millions de civils et les portables sécurisés de trente-cinq chefs d'État. On y apprenait aussi que la ville de Londres comptait plus de cinq cent mille caméras vidéo. Plus insidieux, on y découvrait comment les voitures Google chargées de filmer les rues du monde entier capturaient régulièrement des images privées. Alors que j'enquêtais chez Ebner, la fin de l'article m'était revenue en tête : « Les distributeurs automatiques de billets nous espionnent aussi ! Ces fameuses bornes ATM sont aujourd'hui équipées de détecteurs de mouvement : il suffit qu'une personne passe devant pour que la caméra se mette en route. Un baiser ? Une dispute ? Une discussion à proximité d'un distributeur ? La scène est immé-

1. NSA (National Security Agency) : organisme du département de la Défense des États-Unis chargé de l'espionnage, du renseignement d'origine électromagnétique et de la sécurité des systèmes d'information.

diatement filmée et stockée sur support numérique, libre d'être exploitée ou consultée à distance par toute personne dotée de l'accréditation nécessaire. »

Je sortis un papier sur lequel j'avais dessiné un plan et le fis glisser sur la table jusqu'à Connie.

— Voilà mon idée : il existe un distributeur ATM au Walnut Warehouse. Regardez la disposition, Connie. La machine est située face au comptoir, à deux mètres à peine. La caméra s'est forcément déclenchée lors du passage de l'assassin.

Elle croisa les bras.

— Donc vous attendez de moi que je fasse jouer mes relations pour obtenir les images.

— C'est possible ?

— En théorie, oui. Il n'y a pas besoin de mandat pour obtenir ce genre d'information. La plupart des représentants de la loi peuvent en faire la demande. Les agents du FBI eux-mêmes ne se déplacent plus guère. On est à l'ère de l'analyse, de la collecte et du traitement des données à distance.

— Que vous faut-il ?

— Joindre l'un de mes contacts, qu'il appelle la société d'exploitation qui s'occupe du distributeur de billets, qu'il montre patte blanche et qu'il invente une excuse valable pour obtenir les informations. C'est compliqué, mais réalisable. Cependant… pourquoi ne racontez-vous pas ça aux autorités ?

— Mon assassin est peut-être un flic. Je ne veux prendre aucun risque. Quant au FBI, j'ai déjà eu affaire à eux, ils ne m'ont causé que des ennuis.

Je déposai une poignée de billets sur le bureau.

— Il me reste un peu d'argent pour vous engager. Combien de temps pour obtenir le film ?

— Je ne sais pas, dit Connie. Deux ou trois jours.

— Il faut aller plus vite. J'ai un coup d'avance, le tueur ne sait pas que je suis sur ses traces. Je ne veux pas le rater.

Elle pencha la tête de côté comme si elle venait soudain de comprendre quelque chose.

— Que voulez-vous dire par *ne pas le rater,* Paul ?

Je songeai au meurtre de Jack. À mes coups de poing dans la terre. Au pistolet caché dans ma boîte à gants.

— Si je vous engage pour ce travail, il y a une clause de confidentialité, non ? Un peu comme si vous étiez mon avocate, vous ne pouvez en parler à personne ?

— C'est exact, dit-elle. Nos relations sont établies par contrat.

— Alors signons ces fichus papiers et ne posez plus de questions !

Elle recula comme si je l'avais giflée. Elle ouvrit un tiroir et sortit les documents à contrecœur.

— D'accord, Paul. Mais j'avoue que je… je ne m'attendais pas à ça. C'est vrai que vous avez changé. Je vous trouve… différent.

J'en avais marre de cette discussion. Mes mâchoires se serrèrent. Mon visage s'assombrit. J'eus soudain l'impression qu'une chose remontait des limbes et déployait ses ailes noires dans mon dos.

— Vous ne comprenez pas, Connie… Paul Becker est mort. Terminé. Traquer mon meurtrier est devenu mon unique objectif. Et je vais y parvenir, avec ou sans vous. Ce que je ferai ensuite ne regarde que moi. La seule question que vous devez vous poser, c'est allez-vous prendre ces putains de billets, et m'aider oui ou non ?

Je sortis de l'agence, pris une chambre d'hôtel et m'effondrai sur le lit. Tout s'embrouillait dans ma tête. Je m'étais comporté de façon affreuse et j'avais honte. Avais-je raison de vouloir poursuivre mon propre tueur ? Ne s'agissait-il pas que d'un désir de vengeance ? J'étais manifestement habité par une haine implacable, mais contre qui ? Un criminel, le monde entier… ou simplement moi-même ? Une fois de plus, j'avais l'impression de plonger dans une fuite en avant. *Arrête de réfléchir, Paul. Il faut juste que tu dormes*. Dans la rue, des touristes applaudissaient des musiciens jouant de la trompette. On faisait la fête à La Nouvelle-Orléans, mais la mélodie me faisait penser à une marche funèbre détournée par des joueurs de jazz.

Je fermai les volets, avalai des somnifères et sombrai dans l'oubli.

Au milieu de la nuit, des orages éclatèrent. J'ouvris les yeux dans le noir, le cœur battant à tout rompre. Quelque chose n'allait pas. Un bruit avait dû me réveiller. Ou peut-être un cauchemar, car mes vêtements étaient trempés par une sueur glaciale. Le vent soufflait dehors. Puis je l'entendis. C'était bien un bruit, en fin de compte. Une sorte de grincement. *Crrrr… Ffrrrr… Crrr… Ffrrr…*

Mais il y avait un problème. Alors que le vent nocturne faisait rage, je distinguais le son sans difficulté, comme s'il était proche de moi. Ou comme… s'il provenait de *l'intérieur* de la pièce. Je ravalai ma salive. Je l'entendis à nouveau. Plus près. Plus rauque. *CRRRrrrrrr... FFRRrrrrr...* Et soudain, je compris que ce bruit ne provenait pas de quelque chose. Mais de quelqu'un.

L'adrénaline me paralysa des pieds à la tête. Il y avait une présence ici, j'en étais persuadé. En fait, en tournant les yeux, je pouvais deviner… une forme dans le noir près de ma commode. Ma bouche s'assécha. *CRRRRRRRrrrrrrrr... FFRRRRRRRrrrrrrr...* Je bougeai le cou avec une lenteur extrême, dans l'espoir un peu enfantin que la chose tapie dans l'obscurité ne le remarquerait pas. Je tournai doucement la tête. Encore un peu. Et… je la vis. C'était une personne. Assise. Juste à mon chevet. Elle avait tiré une chaise au bord de ma couverture et se tenait là. Le bruit immonde provenait de sa poitrine : montant, descendant, montant, descendant, tel un soufflet de forge. Ses yeux aveugles et morts fixaient le vide dans ma direction, à travers un voile noir qui recouvrait sa tête. Ses pupilles luisaient comme deux perles laiteuses dans l'obscurité.

Soudain, sans que je puisse bouger le moindre muscle, la créature pencha lentement son visage vers le mien, et colla sa bouche humide contre ma joue.

— *Une Idole, nommée Nuit, sur un trône noir règne debout*, me susurra la vieille Abigaïl de son haleine de feuilles mortes.

Je poussai un hurlement.

Me réveillai en sursaut et allumai la lumière !… Il n'y avait rien. Seulement le bruit du vent, au-dehors, qui faisait battre les volets.

28

Dimanche 29 avril 1979

— Pfiou ! Quel cauchemar horrible ! s'exclama Cameron.

— Et tu la vois souvent, cette vieille dame, dans tes rêves ? demanda Jerry.

— J'ai rêvé d'elle à plusieurs reprises, répondit Sarah. Chaque fois, elle se tenait là, assise juste à côté de ma tête.

— Ça file les pétoches, ton histoire, dit Stan en tirant une grande bouffée sur sa cigarette comme s'il s'agissait d'un inhalateur pour asthmatique.

Je fis tourner la brochette de chamallows sur le feu. Une douce odeur de caramel cuit montait dans l'air et chatouillait nos narines. Nous étions réunis tous les cinq autour d'un feu de camp sur la plage, dans une petite crique de la baie d'Eden. Nos vélos reposaient dans l'herbe du sentier. Le soleil se couchait et les mouettes jouaient à se poursuivre dans le ciel rougeoyant. Nous avions beau être dimanche soir, chacun de nous avait droit à une permission spéciale, car demain c'était le dernier lundi d'avril : le Jour du souvenir des États confédérés, une date fériée uniquement pour les États du Sud. Nous avions apporté des sachets de confiseries et des piques à brochettes.

— Mince, dis-je, le feu est en train de s'éteindre.

Stan se pencha vers les braises.

— Attends, je vais arranger ça.

Il s'empara d'une poignée d'herbes sèches, sortit son briquet et l'actionna à plusieurs reprises. C'était un briquet chromé de forme rectangulaire, assez gros pour occuper une bonne place dans la paume de la main, avec un portrait de chef indien gravé dessus. Nous enviions tous Stan d'en posséder un pareil. C'était l'objet des « grands » par excellence : un accessoire plein de signification, de promesses et de sous-entendus sulfureux, aussi bien capable d'allumer une cigarette qu'un joint ou un incendie.

Les herbes s'enflammèrent. Stan les poussa sous les petits morceaux de bois que nous avions pris soin de ramasser et le feu repartit en flèche. D'un geste élégant, il referma son briquet avec un claquement métallique et le remit dans sa poche.

— Bon, dit-il, qu'est-ce qu'on racontait, les mecs ?

On disait toujours « les mecs », même si Sarah était maintenant avec nous. La question de son intégration dans la bande n'était pas très claire, et occasionnait parfois une gêne, comme lorsque nous évitions d'employer des gros mots ou d'aborder des sujets sensibles. Mais depuis l'épisode du château d'eau de Pepper Mill, aucun d'entre nous n'aurait songé à la laisser seule.

— On parlait du cauchemar de Sarah, dit Jerry, le regard avide de détails croustillants.

— Il est affreux, fis-je.

— C'est ça qui est cool, objecta Jerry.

— J'ai l'impression que c'est une sorte d'avertissement, dit Sarah, un rêve prémonitoire.

— Comme dans les films genre *L'Exorciste* ?

— Je ne sais pas, dit-elle. J'ai parfois le sentiment que quelque chose de terrible va m'arriver.

Elle ramena les pans de sa veste contre elle d'un air un peu triste.

— Sérieux, vous croyez vraiment à ces trucs débiles ? demanda Cameron d'une voix qui se voulait ferme, mais qui, tandis que les ombres du soir se resserraient autour de nous, manquait un peu de conviction.

Je rattrapai l'un des chamallows qui fondait et menaçait de tomber dans le feu.

— Moi, dis-je, je pense plutôt que ces cauchemars sont liés à l'anesthésie et aux médicaments. Les médecins t'ont envoyé une sacrée dose dans les veines pour opérer ta jambe, Sarah. J'étais dans la même chambre que toi, je t'assure, des fois, tu étais complètement dans les vapes. C'est juste tes mauvais souvenirs qui travaillent.

— Peut-être. Depuis que j'ai vu cette vieille dame dans les marais, c'est vrai que j'y repense.

Nous nous fîmes passer les brochettes et chacun mordit dans une confiserie. Le goût mielleux et doux, à la fois sucré et légèrement âcre, emplit nos bouches tel un nuage.

— Mwwaow ch'est trop bon !

— Mais ch'est chaud…

Cameron sauta sur ses pieds.

— Merde !

— Qu'est-ce qu'il y a ?

— J'étais en train de tirer sur l'élastique de mon jogging pour examiner mes jambes, vu qu'il y a des fourmis, et euh, un chamallow bouillant est tombé de mon autre main, euh… direct dans mon caleçon. Qu'est-ce que je fais ?

— Tes boules sont en danger ? demanda Stan.

Jerry pouffa de rire. Sarah sourit, et Cameron devint tout rouge.

— Putain les mecs. Sérieux. Ça glisse vers le bas… Je déconne pas…

Il regarda autour de lui et commença à sautiller d'un pied sur l'autre.

— Aïe ! Aïe ! Qu'est-ce que j'fais ? Qu'est-ce que j'fais ?

Ses yeux écarquillés allaient de son caleçon à nous, puis à Sarah, comme s'il espérait qu'elle allait détourner le regard. Mais elle n'en fit rien.

— Il va falloir que tu trouves une solution, dit-elle.

— Juste pour le cas où tu voudrais un jour avoir des enfants, renchérit Stan.

— Tu te mets à poil, ou tu sautes à l'eau ? proposa Jerry.

— Tic-tac, tic-tac, le temps presse ! ajoutai-je en souriant.

— Cam a les couilles qui crament, conclut Sarah.

Pendant une seconde, nous en restâmes bouche bée tous les quatre. Puis Jerry explosa de rire. Stan recracha le contenu de sa bouche et éclata de rire à son tour.

— Hahaha… Hohoho…

— Oouuuh ouhouhh…

— Arrêtez…, hoqueta Jerry, « les couilles qui crament »… je vais mourir…

Je me tenais tellement les côtes que je faillis m'étouffer. La chaleur dans le caleçon de Cameron sembla s'atténuer et il commença à glousser lui aussi, ravi d'être au centre de l'attention. Puis son rire franc se joignit aux nôtres. La plaisanterie dura une bonne vingtaine de minutes. Chaque fois que l'un d'entre nous s'arrêtait, un autre relançait l'histoire avec de nouveaux détails, provoquant l'hilarité générale. Ce jour-là, plus que tout autre, fut celui où Sarah intégra notre bande. Désormais nous étions cinq. Et sans que personne ait besoin de le formuler, nous savions tous dans nos cœurs que notre groupe était à présent complet.

C'est drôle la vie. Parfois, de petits moments brillent et vous éclairent comme des pépites. Il suffit d'y repenser et de les prendre dans la paume de votre main : des années plus tard, elles n'ont rien perdu de leur éclat.

Le lendemain, Jerry et moi étions officiellement invités à passer l'après-midi à la maison des Dômes. L'invitation était arrivée par le biais d'une lettre tapée à la machine, avec l'en-tête du docteur Charles Lewis. Ce dernier souhaitait rencontrer, je cite : « Paul Becker et Jerry Goodritch, pour les féliciter de leur action héroïque lors du sauvetage de Mlle Lewis. Un goûter sera donné en leur honneur. Réponse souhaitée SVP ». Le mot *goûter*, avec sa consonance enfantine, nous avait fait sourire. Nos mères, en revanche, s'étaient retrouvées dans un état de fébrilité absolue.

En marchant sur la route qui conduisait à la péninsule de White Point, nous nous sentions Jerry et moi un peu idiots dans nos tenues tirées à quatre épingles : lui portait un pantalon en velours côtelé qui lui grattait les jambes, et moi un ensemble veste et cravate de couleur bleue. Pas franchement nos choix numéro un. Mais lorsque nous avions vu Eleanore Becker et Rebecca Goodritch se hâter d'organiser une réunion de crise pour discuter de nos vêtements, comme s'il s'agissait d'une entrevue avec le président Jimmy Carter, nous avions compris que toute résistance serait inutile. Nous nous étions donc résignés au pire en sachant – lot de consolation – que nous allions passer un long moment avec Sarah et découvrir la fameuse maison des Dômes : une légende de la ville d'Eden.

Quelques mètres en arrière, Rozella nous accompagnait, les bras chargés de paniers remplis de gâteaux et de douceurs cuisinées par nos mères respectives.

— Vous ne voulez pas un coup de main ? dis-je à Rozella en la voyant transpirer sous le soleil.

— C'est bon, les enfants, répondit-elle, je me débrouille. Rozella n'a besoin de personne. Filez devant, j'arrive…

Nous traversâmes le quartier de White Point comme si nous avancions dans l'allée d'une église. De majestueuses grilles en fer forgé et des pelouses tondues à la perfection entouraient des demeures encadrées de colonnes blanches. Nous quittâmes le quartier par une petite route sillonnant le bord de mer, progressant au milieu des roseaux, quand nous nous aperçûmes qu'il n'y avait plus aucun bruit : pas de moteur de voiture, ni de ronronnement de tondeuse, pas de cris d'enfants jouant au volley sur la plage. Rien. Même les oiseaux semblaient avoir déserté l'endroit. Les roseaux s'écartèrent et la route se termina soudain. Tout au bout, tels des crânes posés sur le sable, se trouvait la maison des Dômes. Jerry posa sa main sur mon bras et nous nous arrêtâmes. Sarah n'avait pas menti : on aurait réellement dit des têtes de fantôme. Il y en avait six. Des dômes blancs montés sur pilotis. Leurs fenêtres ovales étaient dotées de renflements supérieurs qui les faisaient ressembler, à s'y méprendre, à des paupières. Nous reprîmes la marche, mal à l'aise, avec le sentiment que ces choses observaient notre approche.

— Elle est trop bizarre sa maison, chuchota Jerry.

— Tu m'étonnes qu'elle fasse des cauchemars.

— Moi, il faudrait me payer pour dormir ici.

— Ne lui dis rien, d'accord ? Nous sommes là pour passer un bon moment tous ensemble.

— Allez, les enfants, dit Rozella derrière nous. Qu'est-ce que vous attendez ?

Sa voix nous fit sursauter.

— Vos amis sont à l'intérieur. Je n'en peux plus de ces sacs. Filez et dites à quelqu'un de revenir me donner un coup de main.

Nous nous élançâmes vers l'étrange structure.

L'après-midi fut plus conventionnel que dans mon imagination débordante. Je ne connaissais presque aucun des gamins présents : ils étaient tous dans la classe de Sarah, ou bien plus âgés. Il y avait là des fils et des filles de riches industriels, de propriétaires terriens, de chirurgiens, d'avocats, en somme la fine fleur d'Eden – moi et Jerry mis à part.

Le docteur Charles Lewis prononça un discours solennel mais bref, et eut la délicatesse de s'abstenir de nous demander de nous exprimer en public pour ne pas nous mettre mal à l'aise.

— Le courage est une vertu fondamentale, conclut-il. En ce Jour du souvenir des États confédérés, rappelez-vous cela, les enfants : en médecine comme ailleurs, ce pays a été bâti par des entrepreneurs audacieux ! Et maintenant à table...

Des gâteaux furent servis et des activités organisées : chasse au trésor, énigmes... Bien sûr, nous finîmes dans le chaos le plus total, jouant à nous poursuivre à travers les pièces. Sarah et moi, nous nous effleurions de temps en temps au hasard d'un jeu, et chaque fois, c'était comme si une décharge électrique traversait mon corps.

Rozella donna un coup de main à Mme Veronica Lewis-Van Doren – qui me faisait penser à un dragon, et qui m'évitait de façon ostensible – mais le docteur Lewis regarda le désordre s'installer chez lui avec un œil bienveillant. Je le soupçonnais même, en observant la lueur espiègle dans ses yeux, d'être ravi de mettre une certaine panique dans l'ordre réglementé par sa femme. À un moment, il nous entraîna Jerry et moi dans son bureau pour « discuter entre hommes ». Il s'enfonça dans un gros fauteuil en cuir, alluma une pipe et en tira une longue bouffée.

— Alors, les enfants, qu'est-ce que vous voulez faire plus tard ?

Jerry jouait avec un casse-tête en forme de cube multicolore qu'il avait dégoté dans la maison.

— Ça te plaît, Goodritch ? demanda le docteur Lewis.

— C'est quoi ?

— Un Rubik's Cube. J'ai rapporté ça d'un congrès à Budapest, en Europe. Je te le donne si tu veux. Moi, je n'arrive pas à le reconstituer.

— Merci ! dit Jerry. Je suis un pro avec ces trucs-là. Ça, et les jeux vidéo. Vous connaissez le *Space Invader* ?

J'allais dire à Jerry de ne pas ennuyer le docteur avec des considérations pareilles, lorsque, à ma grande surprise, il répondit :

— Bien sûr. J'y ai joué au Japon l'année dernière. Ce n'est pas aussi chouette que de regarder *Star Wars*, mais…

— Vous connaissez *Star Wars* ?

— Tu plaisantes, c'est mon film préféré !

L'Europe. Le Japon. *Star Wars*. Mais qui était cet adulte incroyable ?

Il se tourna vers moi.

— Et toi, Becker. Tu n'as pas répondu à ma question. Qu'est-ce que tu veux faire plus tard ?

— Je ne sais pas trop. Être écrivain, peut-être. J'aimerais bien inventer des histoires. Des romans de science-fiction…

— Inventer des histoires, c'est bien. *Faire* l'Histoire, c'est mieux. Et la médecine, c'est presque de la science-fiction. Ce métier est pour toi, tu as les qualités requises. D'ailleurs vous les avez tous les deux.

Il tira sur sa pipe et lâcha quelques ronds de fumée, puis se leva brusquement et se mit à marcher dans la pièce, tel un acteur rassemblant ses esprits et cherchant ses mots.

— Goodritch, Becker, écoutez-moi bien. Je vais vous raconter une anecdote, dit-il. Prêts ? On y va…

Nous le regardâmes avec des yeux ronds.

— Nous sommes en 1846, à Édimbourg, en Écosse, dit-il. Imaginez la scène : il fait nuit et la ville est plongée dans la brume…

Nous eûmes l'impression que la pièce s'assombrissait.

— Dans une maison emplie de gens de la haute bourgeoisie, un anesthésiste nommé James Young Simpson est au chevet d'une jeune aristocrate, qu'il a en charge d'accoucher. Simpson veut l'aider. Il le souhaite de tout son cœur. Il en a assez de voir ses patientes souffrir horriblement. Mais à cette époque, la seule méthode qui existe pour réduire la douleur est de leur faire respirer de l'éther. Et Simpson ne peut pas. Car en cette nuit sombre et sans lune, il doit s'éclairer à la bougie, et l'éther est un gaz hautement inflammable. Alors la jeune femme hurle, hurle encore. Et finalement son cœur lâche. Elle meurt.

Jerry lâcha son Rubik's Cube. Charles Lewis leva un bras et se mit à crier :

— « Tu enfanteras dans la douleur ! » dit la Bible. Vous connaissez cela, n'est-ce pas, les enfants ? À cette époque, il était impensable de se dresser contre l'Église. Souffrir pour mettre au monde était la punition de Dieu infligée à Ève pour sa désobéissance. Ni la société ni les médecins n'osaient aller contre cela.

Mais James Young Simpson, lui, n'était pas d'accord. Il décida que la patiente qui venait de mourir serait la dernière. Même s'il fallait défier Dieu en personne ! Au cours des mois suivants, il récupéra un liquide aux propriétés anesthésiques, une invention qui n'était pas au point, censée être abandonnée. On appelait cette substance le chloroforme. Simpson, avec ses deux adjoints, décida de reprendre les tests à zéro. Mais des essais sur les femmes étaient exclus : l'Église s'y serait opposée et on les aurait traités de satanistes ! Alors, ils décidèrent de pratiquer ces tests en secret… sur eux-mêmes.

Je déglutis. Le monde semblait s'être réduit à nous trois.

— Dans la nuit du 4 novembre 1847, le docteur et ses adjoints se réunirent dans la maison de James Young Simpson et inhalèrent chacun une dose de chloroforme. Ils s'écroulèrent aussitôt sur le sol, apparemment… morts. Attirées par le bruit de leur chute à l'étage, leurs femmes respectives accoururent et poussèrent des cris d'épouvante en voyant leurs corps. Mais ils se réveillèrent bientôt en souriant. « C'est bien mieux et bien plus fort que l'éther ! » rugit Simpson. Cette anecdote fut si populaire qu'elle fit le tour du monde, sous la forme de petits dessins humoristiques publiés dans les journaux et les gazettes. Sur chaque continent, les gens riaient en imaginant Simpson et ses acolytes se relever d'entre les morts sans la moindre souffrance. James Young Simpson devint si connu qu'en 1853 la reine Victoria elle-même décida de mettre au monde son huitième enfant grâce à cette technique. Ce fut un franc succès, et la méthode se répandit largement à partir de là. On l'appela désormais « l'anesthésie à la reine », et elle soulagea les femmes du monde entier pendant plus d'un siècle !

Charles Lewis se rassit et se remit tranquillement à tirer sur sa pipe.

— Voilà, les garçons. Ce que je veux vous dire, c'est que la médecine commence comme un passionnant travail de détective : il faut savoir repérer les indices, bâtir des hypothèses et tirer des conclusions. Mais plus encore, lorsque l'heure est venue, il faut être audacieux, ne pas se conformer aux règles et suivre son instinct. Vous avez sauvé ma fille d'une mort ordinaire en réagissant d'une façon extraordinaire. J'espère que vous emprunterez un jour les chemins de la connaissance, et que vous mettrez vos talents au service des autres.

Il pointa sa pipe vers nous.

— Et si l'un de vous deux devient *réellement* médecin, dans vingt ans, allez savoir, peut-être repenserez vous à moi et à cette petite discussion ? Allez, maintenant filez ! Les autres gamins vous attendent !

En fin d'après-midi, Jerry vint me voir pour m'annoncer qu'il allait rentrer seul avec Rozella.

— Sarah souhaite te raccompagner en voiture. Juste vous deux et le chauffeur, me dit-il avec un clin d'œil.

Je dus rougir parce qu'il éclata de rire.

— Tu vas très bien t'en sortir.

— Tu crois ? dis-je en me passant une main dans les cheveux.

— Bien sûr. Elle veut sortir avec toi. Ça se voit comme le nez au milieu de la figure.

Jerry était sincère, je le voyais bien. Contrairement à Stan et à Cameron, je ne ressentais jamais la moindre ambiguïté de sa part concernant ses sentiments vis-à-vis de Sarah. C'était comme si elle était sa meilleure amie : depuis le début de l'année, elle lui confiait ses petits secrets, ses états d'âme, et lui de son côté faisait le messager entre nous. Mon premier tête-à-tête avec Sarah, je le devais entièrement à Jerry Goodritch.

— Et toi ? dis-je pour détourner la gêne que je ressentais à parler de mes émotions. Tu n'as pas besoin d'un coup de main ? Tu veux que j'aille voir une fille et que je lui demande si elle veut sortir avec toi ?

Il me regarda en faisant la grimace.

— Sacré Paul. Non, moi, tu sais, mon truc, c'est les études. Et tu devrais t'y remettre aussi. Toi et moi, on a le potentiel, tu as entendu le docteur Lewis. Tu as l'impression qu'Eden, c'est le monde. Je le vois bien à la tête que tu tires lorsqu'on se promène au milieu des belles maisons de White Point : tu as la langue qui pend sur tes chaussures. Mais cette ville est toute petite, Paul, et les études, c'est le seul moyen de partir. J'habitais New York avant, si seulement tu voyais à quoi ça ressemble. Et puis il y a d'autres endroits, la côte Ouest, San Francisco. On y est libre. On peut être qui on veut, qui on est vraiment. Personne ne te juge.

Parfois, Jerry me semblait beaucoup plus mûr que le reste de notre bande, et je ne comprenais rien à son discours. Ça devait se lire sur mon visage parce qu'il balaya l'air d'un revers de main.

— Oublie ça, mec. Allez, va la retrouver. Elle t'attend devant le garage.

J'arrangeai rapidement ma coupe de cheveux puis dévalai les escaliers. Le garage était une construction indépendante bâtie sur le côté de la maison. Vu sa taille, il aurait pu servir à loger une famille entière. Je passai devant les portes (il y en avait quatre, qui s'ouvraient et se refermaient grâce à des moteurs électriques et des télécommandes, ce que je jugeai être le summum du luxe) et m'arrêtai devant la seule qui était ouverte. Sarah m'attendait devant une voiture noir et argent tout en longueur. Je reconnus une Lincoln Continental Mark V. Cameron l'avait en poster dans sa chambre.

— Waouh ! fis-je impressionné. C'est la tienne ?

— Non. Elle est à Torrance Theroux, le père de Teddy. Il nous la prête.

Une ombre surgit du garage.

— C'est-y pas mignon, tout ça… Deux petits tourtereaux…

Jimmy Fazio, ce même Jimmy qui m'avait poursuivi avec Theroux quelques mois auparavant, se planta entre Sarah et moi. Il portait une casquette penchée sur le côté, à la façon des mauvais garçons. Une cigarette fumait tranquillement au coin de ses lèvres, malgré l'odeur d'essence environnante.

— Qu'est-ce que tu fais là ? demandai-je.

Jimmy considéra Sarah. Ses yeux s'attardaient ouvertement sur sa poitrine naissante.

— J'ai le droit d'être ici.

— Ça m'étonnerait, répliqua Sarah d'une voix ferme.

Il la reluqua avec encore plus d'insistance.

— Ah ouais ? Et qu'est-ce que tu comptes faire ? Appeler ton papa ?

Il caressa son menton. Ma main partit toute seule et balaya la sienne. Ses yeux s'agrandirent de colère et il attrapa les revers de ma veste. Une ombre passa derrière lui. Un bras s'enroula autour de son cou.

— Tu le lâches.

Jimmy blêmit. L'homme qui venait d'intervenir était de taille moyenne. Il paraissait peu impressionnant au premier coup d'œil, avec son maillot de corps taché d'huile et de graisse de moteur, mais sa musculature en dessous était dense et compacte. Jimmy se débattit furieusement. L'homme tint bon. Lorsque le visage du garçon commença à devenir bleu, il le relâcha.

— T'es cinglé ! cracha Jimmy.

— C'est toi qui es fou, dit l'homme. Ne t'avise pas de refaire une chose pareille.

— Ne me touche plus jamais, *papa*, sinon… sinon…

Les poings de Jimmy étaient livides : ils tremblaient comme s'ils serraient un fil électrique pour en tester l'intensité maximale. Puis il nous tourna le dos et s'éloigna en jurant. L'homme se confondit en excuses.

— Je vous demande pardon… Je ne sais pas ce qui lui a pris… C'est un incident regrettable… Mademoiselle Lewis, vous n'avez rien ?

Il s'essuya les mains avec un chiffon. Puis me tendit la main.

— Excusez-moi. Sarah me connaît, mais je ne me suis pas présenté : Henri Fazio, je tiens un garage en ville. Enfin, en ce moment, je suis surtout le chauffeur de M. Theroux. Et, euh… je suis également le père du jeune crétin que vous venez de voir.

« Crétin » n'était pas le terme que j'aurais employé pour parler de Jimmy. Psychopathe me paraissait plus approprié. Entre Theroux, Victor Sprat et lui, je commençais à me demander lequel était le plus frappadingue. Je serrai néanmoins la main tendue.

— Paul Becker.

— Je sais qui vous êtes. Je… je suis au courant pour cette histoire de poursuite en voiture au début de l'année. Tout cela aurait pu très mal se terminer. Je vous présente mes excuses, pour ça également.

Il mit une casquette et nous invita à monter dans la Lincoln. Je ne savais pas trop quoi en penser. Je connaissais Henri Fazio seulement de réputation. À l'école, on disait que c'était un sale type qui frappait ses gosses. En chemin, Sarah me souffla à l'oreille qu'il travaillait aussi pour son père. La maison des Dômes était isolée, rongée par des problèmes d'humidité et de chauffage. M. Fazio s'occupait de tout ça. J'avoue que je n'écoutai guère ses explications, troublé par la présence de Sarah, si proche de moi dans la voiture. Nous nous arrêtâmes devant mon domicile.

— Je vous présente encore une fois mes excuses, dit Fazio. Je sais que je n'ai pas une très bonne réputation. Je suis au courant de ce qu'on raconte… Que je tape mes gosses…

Il regardait vers le plancher du véhicule en manipulant sa casquette. Ne sachant que répondre, nous restâmes silencieux.

— Ce n'est pas ma véritable famille. Leur père est mort, j'ai pris la relève depuis peu... Notre remariage est compliqué, j'ai encore du mal à me faire accepter, tout ça est si nouveau pour nous... Et puis en grandissant, les enfants deviennent si difficiles... Ils ne vont plus à l'école, vous réclament sans cesse de l'argent... C'est certainement ma faute... Je... je ne sais pas comment nous en sommes arrivés là...

Il était tassé sur lui-même, s'efforçant de nous cacher ses yeux humides.

— Ce que je veux dire, mademoiselle Sarah, c'est qu'il n'y a plus beaucoup de travail par ici. J'ai fermé le garage. Je vais ouvrir un petit magasin d'articles d'occasion. En attendant, cet emploi chez M. Theroux, et les travaux chez votre père, j'en ai vraiment besoin. Alors si vous pouviez avoir la gentillesse de garder pour vous cet incident regrettable...

Sarah hocha la tête. Il descendit nous ouvrir la portière. M. Fazio me faisait pitié. Je n'avais pas beaucoup d'expérience de la vie, mais je commençais à comprendre que les rumeurs pouvaient être une chose, et la réalité, une autre. Sarah me raccompagna jusqu'à la porte.

— C'était une bonne journée, Paul Becker. Mon père t'a plu ?

— Il est extraordinaire.

— Tu vas devenir docteur comme lui ?

Je baissai les yeux.

— J'adorerais. Mais je ne suis pas assez fort à l'école. Et de toute façon, je n'aurai jamais l'argent pour les études.

— Tu te sous-estimes.

Elle se pencha vers moi et m'embrassa sur la bouche.

— Mon père t'aidera.

Elle remonta dans la Lincoln et je la regardai disparaître comme une princesse de conte de fées. J'avais envie de tambouriner de mes deux poings sur ma poitrine. J'entrai dans la maison, des étoiles plein les yeux. J'imaginais le docteur Lewis s'occuper de moi, m'aidant à entrer à l'université, me remettant mon diplôme. Et moi, devenu un brillant médecin, lui demandant la main de sa fille. Sarah en robe de mariée à l'église, une grande cérémonie devant toute la ville, mes parents auraient été si fiers !

Aujourd'hui, je peux l'affirmer : le docteur Charles Lewis fut l'homme qui me donna la vocation, l'étincelle qui enflamma mon imagination et me poussa à réaliser mes rêves.

Je ne le revis jamais. Sept jours plus tard, il mourut d'un infarctus foudroyant.

29

Sally passa une partie de la journée à se faire les ongles, façon fantaisie, en attendant le retour de Hank. Il était policier mais les détails de son métier n'étaient pas toujours très clairs. En particulier, elle ne comprenait pas les horaires de ses rondes, ni la nature exacte de son travail. Elle préférait cependant ne pas l'embêter avec ses questions. Ou risquer de déclencher une dispute. Hank avait dépassé l'âge de la retraite et faisait probablement des heures supplémentaires, peu importe. Elle ne voulait pas lui causer de soucis. Sally était si heureuse… La chance avait enfin tourné. Cette fois, cet homme était le bon. Leur différence d'âge ne posait pas de problème.

Elle acheva ses ongles et les examina d'un air satisfait : elle était douée. Elle envisageait même de s'installer à son compte. Elle en avait touché deux mots à Hank la semaine dernière, juste avant qu'il ne parte pour ce séminaire entre collègues dans le nord du pays. Elle s'imaginait déjà la boutique… Oh, elle ne demandait pas la lune : un petit local, quelques éléments de mobilier, un paravent, un diffuseur de parfum d'ambiance, des fleurs. Elle avait tous les détails en tête ! Sally lisait beaucoup de magazines, elle passait de longues heures sur les pages glamour à étudier chaque attitude de ses stars préférées pour les copier à la perfection. Elle s'admira dans la glace : une belle jeune femme, aux longs cheveux blonds et aux seins fermes – bon, d'accord, pas si jeune. Mais elle tenait encore la route. Une mouche se posa sur son épaule. Elle la chassa de la main.

Ces dernières années avaient été difficiles. Les clients n'étaient pas toujours commodes avec une prostituée comme elle, qui tentait doucement de raccrocher le job. D'autant que sa détermination variait selon le niveau de son compte bancaire, qui était toujours plus ou moins dans le rouge. Sally n'avait pas de protecteur. Son fric, elle se le gardait. Mais la vie était dangereuse. La dernière fois, elle avait bien cru y passer. Puis elle avait croisé la route de Hank au dispensaire de l'hôpital. Cela remontait à quelques semaines. Et maintenant, il faisait partie de sa vie.

La mouche revint tourner près d'elle. La bestiole était grasse, toute bleue. Des spécimens pareils, il n'y en avait que dans ce coin perdu où ils vivaient. Ça se multipliait ces jours-ci, il faudrait qu'elle lui en touche un mot. Elle décida de faire la cuisine. Sally adorait préparer des petits plats. Elle ouvrit le réfrigérateur et constata que les provisions allaient manquer. Demain, elle demanderait à Hank de l'emmener en ville.

La mouche était maintenant accompagnée de plusieurs autres. Elle saisit la tapette et en écrasa deux, puis balaya les cadavres et se lava les mains. Il régnait une drôle d'odeur dans la maison. Elle ferma le robinet et s'essuya les mains sur un torchon. Cela provenait peut-être du congélateur. Hank en possédait un à la cave. Sally serait volontiers descendue vérifier – il pouvait s'agir d'autre chose, le cadavre d'un ragondin par exemple –, seulement, Hank avait posé une chaîne sur la porte. Elle pesa le pour et le contre. Leur relation était récente. Elle habitait chez lui. S'il ne voulait pas que quelqu'un aille à la cave, elle n'avait pas de problème avec ça. D'un autre côté, il tenait à ce qu'elle entretienne sa maison. Sinon il se montrait irritable. Sally n'avait pas envie de lui déplaire.

Elle alla au fond du couloir examiner la chaîne. Elle semblait solide. Elle se mit à quatre pattes : l'émanation désagréable provenait de là. Elle fouilla les placards de la cuisine, puis ceux du garage, et finit par dénicher une grosse pince. C'était stupide de laisser pourrir quelque chose. Cette odeur allait gâcher leurs retrouvailles. Sally s'affaira un moment et émit un petit cri de triomphe lorsque la chaîne céda. Elle repoussa la porte. Une bouffée de l'odeur emplit ses narines, accompagnée d'un cortège de mouches. Il faisait noir. Elle chercha en vain l'interrupteur. C'était une vieille maison, il se trouvait peut-être en bas de l'escalier ? Elle descendit prudemment les marches dans l'obscurité en se pinçant le nez. L'odeur était répugnante. Elle buta contre un obstacle.

— Zut, dit-elle à voix haute.

Le son résonna à travers l'espace ténébreux. L'endroit sous la maison était beaucoup plus grand qu'elle ne l'avait imaginé. Elle tâta du pied la chose sur le sol. On aurait dit un sac. Sally se retrouva devant un dilemme : elle n'était pas prête à s'accroupir pour la toucher avec ses doigts. Surtout s'il s'agissait d'un cadavre de ragondin. Elle décida donc de retirer sa chaussure pour l'effleurer de ses orteils nus. Le contact se produisit. La sensation remonta le long de sa jambe, de son ventre, à travers son thorax, et atteignit sa tête, où elle se transforma en image.

Et soudain, un certain nombre de détails incompréhensibles de la vie de Hank s'assemblèrent. La lumière s'alluma. Sally découvrit la scène. Ses deux mains vinrent se plaquer sur sa bouche. Une voix lui parvint du haut de l'escalier.

— Sally, ma petite Sally, dit Hank dans son dos. Je t'avais bien dit de ne pas descendre à la cave. Qu'est-ce que nous allons faire de toi, à présent ?

30

Le premier coup me réveilla en sursaut. Le second défonça la porte de ma chambre d'hôtel. Un géant noir fit irruption dans la pièce, la traversa et me saisit à la gorge. Mike.

— Lève-toi, le comique.

Le molosse de Connie Lombardo me jeta au pied de mon lit, saisit les vêtements sur ma chaise et me les envoya à la figure.

— Tu as soixante secondes.

Je frottai ma gorge douloureuse et tentai de reprendre ma respiration.

— Cinquante, dit Mike en consultant sa montre.

— … 'tendez, dis-je d'une voix éraillée. C'est quoi ce cirque ? Vous ne frappez jamais avant d'entrer ?

— Je viens de le faire, dit Mike en levant la main. Mais si vous insistez…

— Ça va, c'est bon ! fis-je en sautant sur mes jambes.

J'enfilai mon pantalon en vitesse.

— Trente-cinq, commenta Mike en examinant les murs de la pièce comme s'il réfléchissait à l'endroit où accrocher ses posters.

Sa main droite était posée sur un taser, et son expression en disait long sur son intention de s'en servir. J'enfilai mon polo. Mes chaussettes.

— Vingt secondes, poursuivit Mike.

OK. Pas de chaussettes alors.

— Vous ne pensez pas que votre réaction est un tout petit peu excessive ? Hier soir, j'ai été un peu sec avec votre patronne, d'accord, mais il ne faudrait pas exagérer…

— Dix, neuf, huit…, énuméra Mike, les lèvres retroussées sur un sourire qui aurait fait envie à un tyrannosaure.

— Voilà ! Voilà ! Je suis prêt !

Il m'agrippa par l'épaule et m'entraîna dans l'escalier.

— On ne prend pas l'ascenseur ? dis-je. Il paraît que la musique d'ambiance est chouette.

Je dévalai les marches pour éviter qu'il me propulse d'un coup de pied, passai en trombe devant la réception et me retrouvai dans la rue. Une voiture nous attendait.

— Montez, dit Connie.

Je pris place sur le siège passager. La voiture pencha en arrière avec un grincement, et je compris que le géant venait de s'installer derrière nous. Connie démarra en trombe.

— Vous ne voudriez pas dire à votre garde du corps de se calmer un peu ? Il est légèrement violent, au cas où vous ne l'auriez pas remarqué.

— Tu ne t'arrêtes jamais de faire le malin ? souffla Mike dans mon cou.

— ÇA SUFFIT TOUS LES DEUX ! ordonna Connie. Pour commencer, Mike n'est pas mon garde du corps. C'est mon conjoint. Nous nous sommes mariés l'an dernier.

J'en restai comme deux ronds de flan.

— Ensuite, vous croyez vraiment que je vous l'ai envoyé parce que vous m'avez parlé de façon odieuse ?

— Attention, il y a un virage, fis-je remarquer en me tenant à la portière.

La voiture dérapa, mais Connie en reprit aussitôt le contrôle.

— Je lui ai juste demandé de vous presser un peu, dit-elle. Je suis une professionnelle, moi. Contrairement à vous, les gars, je ne mélange pas les sentiments et le travail.

Elle jeta un regard appuyé dans le rétroviseur et Mike se ratatina sur son siège. Elle sortit un dossier et me le jeta sur les jambes.

— Pour votre tueur. Vous aviez raison.

— Sur quoi ?

— C'est bien un flic.

J'ouvris le dossier. Il contenait des photos. L'intérieur du Walnut Warehouse. Un homme de dos. Pas de visage.

— Il savait, dit Connie. Pour le distributeur et la caméra. Il n'a pas pris de risque. On ne le voit jamais de face.

Je frappai du poing contre le tableau de bord.

— L'enfoiré !

— Sauf que je suis meilleure que lui. Page onze. Le dernier cliché, en bas. Celui où l'on voit le parking.

Je tournai les feuilles et tombai sur la photo d'un véhicule de patrouille.

— C'est merveilleux, la définition de ces petites machines. Regardez : en faisant des agrandissements, on peut voir la plaque d'immatriculation. Il s'appelle Owen Mitchel. Cinquante-neuf ans. Flic, censé être à la retraite, mais toujours en activité. Son portrait est en dernière page.

Je contemplai son visage : un homme ordinaire, le regard clair, tout à fait quelconque.

— Il habite Pensacola. Attachez votre ceinture. On va chez lui.

— Mais qu'est-ce qui vous prend ? Pourquoi cette précipitation ?

Elle se tourna vers moi.

— Il va filer, Paul. Il est au courant : le tueur sait qu'on est sur ses traces.

Connie fonçait sur l'autoroute, flirtant avec les limitations de vitesse. J'étais abasourdi.

— Le tueur sait que je suis vivant ?

— Non. Je vais vous expliquer, dit-elle. J'ai contacté un ami pour la récupération des images. Ça s'est bien passé, il m'a expédié tout ça hier soir. J'ai passé une partie de la nuit à visionner les vidéos. On y voit effectivement un type en uniforme, mais, comme je vous l'ai dit, on n'aperçoit pas son visage. Alors je me suis intéressée à son véhicule. C'est comme ça que je l'ai coincé : au moment où il quitte le parking, il passe devant la caméra. On l'a chopé en vue arrière.

— Bien joué, commentai-je.

— Oui. Je suis assez fière. La plaque était illisible au départ, mais en utilisant un logiciel de reconstruction d'image, j'ai pu la déchiffrer. La suite était facile : un appel au service des immatriculations m'a appris qu'il s'agissait d'un véhicule de patrouille de Pensacola en Floride.

— Si tout s'est passé comme sur des roulettes, comment le tueur sait qu'on s'intéresse à lui ?

— Parce que ça a merdouillé ensuite. J'avais la voiture, mais pas le conducteur. Il me fallait un nom. J'ai donc téléphoné à Pensacola pour savoir qui conduisait le soir du meurtre.

— Carrément ?

— Je suis une femme, Paul. Je sais comment m'y prendre. On imagine rarement qu'une femme va vous piéger par téléphone.

Elle cligna des yeux. Ses traits étaient tirés. Elle n'avait pas dû dormir beaucoup.

— J'ai appelé en fin de nuit et je suis tombée sur l'officier de permanence. Je lui ai inventé une petite histoire. J'ai dit que j'étais de la police de la route, et qu'on avait flashé un de leurs gars en excès de vitesse dans le Wyoming. J'ai donné le numéro de la plaque. J'ai précisé que s'il était en mission officielle, je passais l'éponge. Mais vu qu'il se trouvait à trois mille kilomètres de sa base, j'en doutais. Bref, avant de mettre un collègue dans le pétrin, je préférais avoir des détails. L'officier de permanence a apprécié mon coup de fil. Il a dit que c'était sympa de ma part, parce que les différents services de police ont plutôt tendance à se tirer dans les pattes. J'ai répondu que c'était normal. Il m'a dit que j'avais l'air d'être une nana cool. J'ai dit qu'il était cool lui aussi. Vous voyez le genre. C'est la nuit, le type s'ennuie, on rit ensemble, et on se fait un gentil plan drague par téléphone entre collègues…

J'entendis Mike qui remuait sur son siège à l'arrière de la voiture. Je l'imaginai contrarié, ce qui me procura un agréable sentiment de satisfaction.

— Bref, dit Connie, il me lâche un nom : le conducteur s'appelle Owen Mitchel, cinquante-neuf ans. C'est un brave type, trente-trois années de service, il le connaît bien. Mitchel devrait être à la retraite, mais il continue à bosser. Il vit tout seul, alors il a du temps pour s'occuper des trucs dont personne ne veut, prévention dans les écoles, relations publiques avec les quartiers, ce genre de choses.

Je m'imaginai l'homme : un type ordinaire, un représentant de la loi sympathique avec ses voisins. Il devait avoir un visage de grand-père bienveillant. Flic le jour. Assassin la nuit. La description me faisait froid dans le dos. Connie continua :

— J'ai senti qu'il y avait une gêne, alors j'y suis allée franco : « Qu'est-ce qu'il y a ? Vous avez un problème avec ce Mitchel ? » Il a répondu : « Notre retraite n'est pas mirobolante, vous savez, c'est pour ça que des vieux comme Owen travaillent le plus longtemps possible. Alors si on peut l'aider en lui prêtant un véhicule, on laisse faire. » J'ai répondu : « Vous êtes en train de m'expliquer qu'Owen Mitchel se servait de sa voiture de patrouille à titre privé ? » Il était gêné, mais il a fini par avouer : « Il est malade en ce moment. Un problème sérieux, d'après ce que j'ai pu comprendre. Il n'a pas travaillé depuis plusieurs semaines. On échange par e-mail et par SMS mais on lui fiche la paix. C'est un brave type, on ne va pas le harceler pour récupérer une voiture avec trois cent mille kilomètres au compteur. Je ne sais pas ce qu'il est allé faire dans votre Wyoming, mais je suppose qu'il rendait visite à sa famille, ça ne devait pas être méchant… »

Pas méchant ? songeai-je. Votre putain d'Owen Mitchel est venu me faire la peau.

— « … Bref, a continué le gars, si vous pouviez être indulgente… » J'ai fait mine de réfléchir, puis j'ai répondu que c'était d'accord et que je laissais tomber l'infraction. C'est là où c'est parti en sucette. L'officier d'astreinte était tellement content qu'il a décidé de l'appeler en direct. J'ai dit que ce n'était pas la peine mais il n'a pas écouté. Je l'ai entendu décrocher une autre ligne : « Hé, Owen, désolé de te choper au saut du lit, mais je suis avec une collègue au téléphone, là, une super fille. On peut dire que tu lui devras une fière chandelle à propos de ta balade dans le Wyoming ! » Et il me l'a passé.

Mes yeux s'agrandirent.

— Il vous a passé le tueur ?

— Il a branché nos deux lignes. J'ai entendu sa voix, dit Connie. Elle était grave. Sèche comme du papier de verre. On avait beau être très tôt le matin, Mitchel avait l'air parfaitement réveillé. Il m'a paru beaucoup moins amical que le Owen Mitchel qu'on m'avait décrit.

— Qu'est-ce qu'il a dit ?

— Il a ricané : « Quelle délicate attention, madame. C'est *très gentil* de votre part. Où êtes-vous ? » Pas *qui*, mais *où*, vous comprenez ? On aurait dit qu'il avait dévoilé mon stratagème dans la seconde. Et qu'il voulait me le faire comprendre. J'ai… j'ai eu l'impression que son bras traversait le téléphone pour me saisir à la gorge. J'ai raccroché.

— Merde.

— Comme vous dites.

Mes doigts tapotèrent sur le tableau de bord.

— J'étais fatiguée, dit Connie, je suis désolée, je ne m'attendais pas à ça. J'ai été surprise et j'ai coupé la communication. Vu ma façon suspecte de le faire, l'officier d'astreinte s'est forcément douté de quelque chose. Ils en ont sûrement parlé ensuite. Donc Owen Mitchel sait qu'on s'intéresse à sa virée dans le Wyoming, et que j'ai cuisiné l'un de ses collègues.

— Est-ce qu'ils ont un moyen de vous localiser ?

— Non. Même si on avait tracé mon appel, j'utilise toujours un téléphone jetable. On ne peut pas remonter jusqu'à moi.

Je tapotais du poing sur mon menton. J'étais contrarié. Ma tactique consistait à m'approcher en restant invisible. Là, j'étais en train de perdre mon avance.

— Vous comprenez pourquoi on doit se dépêcher ? dit-elle. Il faut qu'on lui colle aux basques. Il va sûrement vouloir disparaître, et pour l'instant on n'a rien de concret. Vous ne pouvez pas aller voir les flics avec un dossier aussi mince.

J'aurais pu répondre qu'il n'était pas du tout dans mes intentions d'aller voir les flics. Mais il était inutile de revenir sur cette polémique. Elle avait sa façon de voir les choses, moi la mienne.

L'important était de retrouver mon assassin.

31

Pensacola se trouvait à trois heures de La Nouvelle-Orléans. Sur l'autoroute, nous passâmes devant un panneau publicitaire censé me faire saliver : « *Five Guys, Burgers and Fries !* » Cela ne me fit rien du tout. Je n'avais rien consommé au petit déjeuner à part du café dans une station-service. J'avais laissé tomber la nourriture hypercalorique depuis des lustres. Au-dessous, un panneau de couleur verte annonçait : *Mobile, Alabama : 63 miles.* J'avais l'impression de parcourir en sens inverse le trajet accompli un an plus tôt. Je souris intérieurement en repensant à la gare routière où j'étais descendu. Si je m'y arrêtais, croiserais-je André Lafleur, sympathique représentant de Montréal ? Me reconnaîtrait-il malgré mon changement physique ? Peu probable. Mon sourire s'assombrit. Le physique n'était pas la seule chose qui avait changé chez moi. En fait, aujourd'hui, André Lafleur aurait certainement réfléchi à deux fois avant de m'inviter dans sa voiture.

Mes doigts pianotaient nerveusement sur la portière. J'avais envie de me battre. Peut-être était-ce le manque d'activité sportive – cela faisait plusieurs jours que je ne m'entraînais plus sur mon vélo – ou bien l'excès de café, je n'en savais rien. Mais je me sentais nerveux comme pas possible. L'angoisse revenait encore par moments, mais elle se transformait de plus en plus souvent en rage froide. Connie en avait fait les frais. Mike aussi. Ce dernier conservait d'ailleurs constamment un œil sur moi, comme si je constituais la véritable menace. *Paul, qu'es-tu en train de devenir ?* chuchota une voix intérieure. *Avant tu étais médecin, tu soignais les gens*... Je la fis taire. À la place, l'image du pistolet apparut dans mon esprit.

Je profitai du trajet pour me connecter à Internet via mon téléphone portable. Je voulais prendre des nouvelles de mon cadavre. Ce fut le site du *Jackson Hole News and Guide* qui m'en donna : « Mort d'un touriste au Yellowstone : l'accident cardiaque confirmé. Le docteur Paul Becker, vacancier de Floride, est décédé en début de semaine. L'alerte avait été donnée par un campeur ayant observé de la fumée à l'emplacement de son bungalow. Le corps a été rapatrié à Jackson Hole pour être confié aux services du coroner de Teton County. Les conclusions préliminaires attribuent le décès à un infarctus du myocarde. Selon le bureau du shérif, c'est la chute d'une lampe à pétrole qui aurait provoqué le départ d'incendie. »

J'éteignis mon téléphone. Est-ce que ma famille et mes amis étaient déjà au courant ? Difficile à dire. En tout cas, je n'avais rien lu dans les journaux de ma ville que j'avais consultés avec une curiosité morbide.

Les heures s'écoulèrent tandis que je broyais du noir. Le mauvais temps se mit de la partie et nous essuyâmes l'un de ces vilains orages d'été que le Sud affectionne. Les phares des voitures se transformèrent en lueurs lointaines, le pare-brise devint aussi troublé que mon âme, des trombes d'eau se déversèrent et le tonnerre gronda. Puis la tempête tropicale se transforma en simple crachin. En fin de matinée, nous arrivâmes à Pensacola. Nous traversâmes les quartiers nord, l'autoroute au-dessus d'Escambia Bay, puis nous sortîmes à Blackwater Bayou. Là, nous fûmes arrêtés par un embouteillage. Des gyrophares tournoyaient sous la pluie.

— Zut, dit Connie. Après la tempête, on ralentit encore.

— Ce n'est pas grave, fis-je, le trafic va sûrement reprendre.

Mais rien ne bougea. Au bout d'un quart d'heure, je décidai de sortir pour aller aux nouvelles et me dégourdir les jambes. Les gouttes me frappèrent comme des baguettes de tambour. Je remontai le col de mon polo et trottai le long de la file de voitures jusqu'aux premiers véhicules. Un officier de police leva la main.

— Restez en arrière, s'il vous plaît.

— Je suis médecin. Je peux vous aider ?

— C'est sympa de votre part. Mais il n'y a plus rien à faire.

— Vous êtes sûr ? Qu'est-ce qui se passe ?

Il regarda derrière lui, comme pour vérifier l'absence de ses supérieurs. Il était jeune. Il semblait vouloir parler.

— Juste une prostituée qui travaillait dans le coin. Elle est morte cette nuit. Probablement un accident de la route. On vient de découvrir son cadavre dans le caniveau.

— La pauvre. C'est moche.

Son visage était blême dans la lueur des phares.

— Je suppose qu'elle a été percutée par un poids lourd, dit-il. C'est pas possible autrement. Ces filles tapinent à la sortie de l'autoroute, elles se font renverser en essayant de traverser les voies. Mais bon, ça n'est qu'une pute, alors tout le monde s'en fiche…

— Vous la connaissiez ?

— Pas moi. Sally quelque chose, d'après un ambulancier. Son cadavre est… dur à regarder. Elle n'a plus une seule articulation intacte. Broyée comme un pantin.

Je n'y voyais guère à cause de la pluie, mais il me sembla que le jeune homme pleurait. C'était sûrement l'un de ses tout premiers accidents de la voie publique. Je connaissais ça. Son talkie-walkie grésilla. Il l'écouta, puis il me dit :

— La circulation va reprendre, monsieur. Remontez dans votre voiture. Et merci pour votre sollicitude. Vous êtes le seul à avoir manifesté le moindre intérêt pour elle.

Je regagnai le véhicule et expliquai la situation. Un quart d'heure après, nous roulions dans le bayou de Blackwater. Après plusieurs bifurcations sur des routes mal entretenues, nous attaquâmes un chemin cahoteux. J'avais l'impression de progresser au milieu de la jungle. Tout au fond, nichée au creux des arbres, dormait une maison solitaire. Nous étions arrivés chez Owen Mitchel.

32

Connie rangea les jumelles. L'atmosphère était moite dans la voiture. Nous transpirions à grosses gouttes tant la chaleur du bayou était torride. Le crissement des insectes produisait un son continu.

— Vous voyez quelque chose ? demandai-je.

— Pas un mouvement. Que dalle.

Cela faisait un quart d'heure que nous observions l'habitation. La maison était bâtie au bord de l'eau, le véhicule de patrouille garé devant la porte. En dehors des énormes libellules qui venaient se cogner sur nos vitres, il ne se passait rien. L'endroit était isolé, mais non dénué de charme. De longues tresses de mousse pendaient des arbres. Derrière la maison, une allée bordée de fleurs conduisait à un kiosque en bois éclairé par une lanterne. Nous avions trouvé sans problème : Mitchel était dans l'annuaire. Il avait suffi de se laisser guider par le GPS. Presque trop facile…

— Il y a un truc bizarre, dis-je à voix haute.

Je voyais un jardin potager. Une remorque avec un joli bateau. Un rocking-chair, des cannes à pêche. Cela ne collait pas trop avec l'image d'un tueur impitoyable. Connie regarda Mike.

— Allez. On a suffisamment perdu de temps. En piste.

Elle descendit de la voiture et je lui emboîtai le pas. Mike la rattrapa en deux enjambées.

— Attends, c'est une propriété privée, là. On ne peut pas entrer…

— Paul a raison. Ça ne colle pas.

Elle pointa son index :

— Le potager est nickel. Avec les jumelles, je vois les étiquettes : il cultive des légumes bio. Je suis sûre qu'il les vend au marché. (Son doigt se déplaça.) Là-bas, son bateau est impeccable, pas la moindre trace de boue ni de rouille. (Il se déplaça encore.) Il a un kiosque de pêche joliment décoré. (Il pointa d'autres endroits.) Des fleurs sur les fenêtres. Des pots en macramé. Des napperons en dentelle. Même une fontaine avec un angelot qui crache de l'eau. Tout respire le travail soigné et la délicatesse. Celui qui habite ici est soit gay, soit particulièrement romantique… Je parie qu'à l'intérieur on va trouver une collection d'objets en porcelaine. C'est Disneyland ici.

Connie sortit des gants de sa poche et les enfila.

— Paul, restez derrière et ne touchez à rien.

Mon polo était collé à mon torse par la sueur. Une bêche traînait dans le jardin. Je m'en emparai et la testai en balayant l'espace comme si c'était un club de golf. Connie me fusilla du regard.

— Qu'est-ce que vous fichez ?

— Pour me défendre. Juste au cas où.

— Vous êtes maboul ou quoi ?

Mike sonnait déjà à la porte.

— Monsieur Mitchel ?

Pas de réponse. Il toqua, et la porte s'entrebâilla : elle n'était pas fermée. Mike passa sa grosse tête à l'intérieur.

— Ohé ? Y a quelqu'un ?

Quelque part bourdonnait le son d'un climatiseur. Un bruit métallique retentit. Connie dégaina son arme. Je levai ma bêche. Mike me saisit le poignet.

— Du calme. Elle a dit : tu restes derrière et tu touches à rien.

Ils entrèrent dans un couloir avec une porte sur la droite. Le bruit venait de là. Quelque chose remuait dans la pièce. Des gouttes de transpiration dégoulinaient sur mon visage. Connie repoussa lentement la porte, un doigt sur la détente, et braqua son arme. Sur une table de cuisine, un chat léchait une casserole.

— Merde, souffla-t-elle. Con de chat. J'ai failli lui exploser la tête.

Nous prîmes plusieurs secondes pour respirer. Nous étions tous les trois en nage. Mike et Connie se déplacèrent jusqu'à la porte suivante qui donnait sur une salle à manger. Je m'arrêtai dans le couloir. Une odeur étrange flottait dans l'air. Elle me tourna autour tel un insecte et je la reconnus. Je l'avais sentie des années durant. Sur les tables de dissection. Puis dans les chambres réfrigérées des hôpitaux. Je levai les yeux : au fond du couloir, il y avait une autre porte.

— Connie…, murmurai-je dans un souffle.

Je leur désignai l'ouverture.

— Je crois qu'il y a une cave.

Une volée de marches descendait au sous-sol.

— Je passe devant, dit Mike.

Il sortit une lampe-torche, cala son pistolet dessus et descendit en balayant l'escalier devant lui.

— Mitchel a fait étanchéifier les murs, dit-il. On dirait qu'il s'est construit une cave à vin, il ne se refuse rien, le mec. J'aperçois ses rangées de bouteilles tout au fond…

Un corps arrêta le rayon de sa torche.

— Nom de Dieu.

— Surtout ne touche à rien, dit Connie.

Mike l'enjamba. Nous comprîmes que ce que nous avions pris pour le bruit d'un climatiseur était en fait le son produit par les mouches. Connie retint son souffle. L'odeur était épouvantable.

— Putain ! lâchai-je. Vous vous rendez compte ? Ça doit faire des jours que ce corps pourrit. Ce taré de Mitchel n'en est pas à son premier meurtre. Il y a carrément un cadavre dans son sous-sol !

Connie leva la main pour m'interrompre.

— Mike, dit-elle. Tu peux distinguer son visage ?

— Je pense que oui.

Il sortit une photo de sa poche.

— Qu'est-ce qui se passe ? demandai-je.

— Il se passe qu'on s'est plantés.

— Pourquoi vous dites ça ?

— Mitchel n'est pas votre assassin.

Mike braqua sa torche dans ma direction et m'éblouit.

— Owen Mitchel n'a jamais quitté son domicile. Il n'était pas malade. J'ai son cadavre sous les yeux.

Je m'appuyai contre le mur, sonné. Le véritable Owen Mitchel était mort depuis des jours. Peut-être des semaines. L'assassin était quelqu'un d'autre. La voiture, l'uniforme, cette maison appartenaient à Mitchel. Mais on avait joué son rôle. On lui avait volé sa vie, comme on enfile une seconde peau. Puis l'assassin avait retiré son déguisement et l'avait abandonné.

— Paul, ça va ?

Mon raisonnement se poursuivait dans ma tête… Donc le tueur n'était pas un flic. Ni de Pensacola. Ou de Floride. Je ne connaissais pas son nom, ni son âge, ni son apparence. En réalité, la description que m'en avait faite Ebner Walnut était assez vague…

— Paul, vous m'entendez ?

… Ma traque depuis le Yellowstone, mon enquête, les efforts de Connie, cette course folle : tout cela n'avait servi à rien. Je m'étais planté depuis le début. Je ne savais rien à son propos. Il pouvait se trouver n'importe où. Ça pouvait être n'importe qui. Il venait de disparaître en fumée.

— PAUL !

— Quoi ?

— Vous vous sentez bien ?

— Je… je boirais bien un verre d'eau.

Je m'apprêtai à enlever mes gants.

— Houlà ! Sûrement pas ! Ne touchez à rien, vous allez contaminer la scène de crime.

Elle se tourna vers l'escalier.

— Mike, tu vois des traces de lutte ? Il s'est pris une balle ? Comment Mitchel est mort ?

— Je ne sais pas encore, répondit-il depuis la cave. J'examine le corps sans le bouger, sinon je vais avoir des ennuis avec la police scientifique.

— Vous allez appeler la police ? demandai-je.

— Bien sûr, dit Connie. On parle du meurtre d'un flic, là. Vous croyez qu'on va passer ça sous silence ?

— Je ne comprends pas, dis-je. Lorsque vous avez eu l'assassin au téléphone, c'était le tueur. Le vrai. L'officier d'astreinte aurait dû s'en rendre compte, non ?

— Pas nécessairement. Une voix est facile à imiter au téléphone, vous avez vous-même employé cette ruse. Et puis l'officier a dit que Mitchel était malade. Ils communiquaient surtout par e-mail et par SMS.

— Admettons. Pourquoi se faire passer pour lui ?

— Pour disposer d'une couverture, je suppose. Comme ça personne ne peut connaître sa véritable identité. Il repère une maison solitaire, assassine le propriétaire et endosse son rôle. S'il se fait repérer : pouf, plus personne. Il disparaît dans la nature.

Je croisai les bras.

— C'est compliqué. Tout ça dans le but de venir m'assassiner alors que je me trouvais à l'autre bout du pays ?

Mike remonta de la cave en secouant la tête :

— C'est bizarre. On ne dirait pas un meurtre. Ce n'est qu'une impression, une analyse sommaire, mais tout de même… Le corps est en bon état. Le froid et l'étanchéité des lieux l'ont conservé. Quelqu'un a dû ouvrir la porte récemment parce que les mouches viennent tout juste de pondre. Sur les parties du corps que je peux voir, il n'y a pas de plaie ou d'orifice de tir. Les vêtements et la peau sont intacts. Pas de résidus de poudre ou de fumées. Pas de traces de lutte non plus. Les ongles sont impeccables.

— Alors de quoi il est mort ?

— Mitchel a une main crispée sur la poitrine, comme s'il avait fait un malaise. En fait, il pourrait très bien avoir été victime d'une crise cardiaque en bas de l'escalier.

Je me redressai sur ma chaise.

— Qu'est-ce que vous avez dit ?

Mike regarda Connie, puis moi.

— Rien. J'ai juste dit que cela pouvait être une crise cardiaque.

J'eus l'impression que l'univers se mettait à tanguer. Des éléments venaient de se mettre en place. Des souvenirs du passé. Des éléments du présent.

— Ne me dites rien, Mike. Il y a du verre dans la cave ? Des débris autour du cadavre ? Comme si Mitchel était tombé en tenant un objet ?

Il fronça les sourcils.

— Une bouteille de vin. Comment le savez-vous ?

— Il s'est entaillé le bras droit, n'est-ce pas ? Le pli du coude. Il doit y avoir une blessure.

Cette fois, ce fut Connie qui descendit. Elle remonta à toute vitesse.

— Vous avez raison. Il a une entaille sur la face interne. Il a dû se couper pendant la chute. Paul, comment pouviez-vous le savoir ?

J'étais en sueur. Parcouru de frissons. La scène de crime m'évoquait la mort de Jack Barn. *Jack qui remontait sa manche. L'éclair dans la main du tueur, comme s'il plantait quelque chose. Puis l'homme tailladait le bras de Jack avec un débris de verre.* Qu'avait dit le coroner lors de l'autopsie ? « Les conclusions préliminaires attribuent le décès à un infarctus du myocarde. »

Un meurtre déguisé en accident. Et ce n'était pas la première fois.

Un autre décès, beaucoup plus ancien, venait de me revenir en tête. Un décès aux circonstances incroyablement similaires. Trois individus morts. Exactement de la même façon.

— Connie, ce n'est pas un banal meurtrier…

— Comment ça ?

— Il a un mode opératoire précis. Je le sais, parce que j'ai vu comment il procède. D'abord sur Jack. Puis ici. Mais avant, il y a eu quelqu'un d'autre…

J'avais l'impression que ma tête allait exploser.

— Un autre meurtre ? Où ? Quand ?

— Il y a trente ans. Dans ma ville. À Eden.

CE QUE L'ON TROUVE DANS LA BOÎTE EN FER (EXTRAITS)

Faire-part imprimé sur papier vélin.

Madame Veronica Lewis – Van Doren, son épouse,
Mademoiselle Sarah Lewis, sa fille,
ont la tristesse de vous faire part du décès de

Monsieur le docteur Charles Lewis

survenu le lundi 7 mai 1979
à l'âge de 44 ans.

Le recueillement avant la crémation aura lieu
le samedi 12 mai à 13 h 30 au crématorium d'Eden.

La cérémonie de dispersion des cendres aura lieu
à 15 heures sur le port d'Eden.

33

Samedi 12 mai 1979

La dispersion des cendres du docteur Charles Lewis avait lieu sur la petite plage au pied du ponton d'Eden. C'était un endroit curieux pour une cérémonie funèbre : tous ces gens en noir, ces robes et ces costumes élégants rassemblés sur le sable, à deux pas du Bob's, ça nous faisait drôle, aux copains et à moi.

— Bizarre, dit Jerry.

— Grave bizarre, surenchérit Stan.

— Mes parents vendent des tonnes de bière, fit remarquer Cameron.

Nous le regardâmes.

— Quoi ? dit-il en haussant les épaules. C'est la vérité, j'y peux rien.

— Mec, tu crains, dit Stan. C'est l'enterrement du père de Sarah.

La remarque de Cameron exprimait pourtant bien le côté incongru de la chose. C'était mon premier enterrement. J'avais imaginé un cortège sinistre, des gens très vieux, en pleurs, de la pluie et des imperméables (je ne sais pas pourquoi, la pluie me paraissait logique en de telles circonstances). Mais l'enterrement de Charles

Lewis n'avait rien à voir avec ça. Il se déroulait sous un soleil magnifique : il faisait extraordinairement beau et chaud, à tel point que beaucoup d'hommes avaient retiré leur veste et remonté leurs bras de chemise, ce qui, ajouté à la plage et à la buvette du Bob's, conférait à la cérémonie un air de fête. Les gens se retrouvaient, se saluaient, s'embrassaient, certains arrivaient de loin. Les larmes étaient là, bien sûr, mais les claques amicales dans le dos aussi, et, la bière aidant, ces adultes semblaient *heureux* de se revoir.

J'en avais la nausée. Ces manifestations de joie me mettaient en colère. Tout ce monde des adultes me paraissait ignoble. Je n'avais pas envie de mettre les pieds dans cet univers. Je voulais courir étreindre Sarah, leur hurler de rentrer chez eux et de la laisser tranquille.

— Où est Sarah ?

— Avec sa mère, au bord de l'eau.

— Elles sont restées là-bas après la dispersion des cendres ?

— Oui. Elles reçoivent les condoléances.

C'était une volonté du docteur Charles Lewis. Il ne croyait pas en Dieu, seulement en la science, il n'avait pas souhaité que son corps soit enterré dans un cimetière. Charles Lewis, l'homme qui ne voulait pas être comme tout le monde. Quel drôle de type. Jerry me tira par la manche.

— Tu as vu, il y a de sacrées célébrités.

— Ah ouais ?

— Le type là-bas, c'est le docteur Atkins, l'auteur de la méthode de régime. Il est multimillionnaire. Il passe à la télé sans arrêt, ma mère a tous ses livres.

Je haussai les sourcils. Il pointa d'autres hommes du doigt.

— Et eux, c'est Watson et Crick.

— Qui ?

— Tu rigoles ? Watson et Crick, les mecs qui ont découvert l'ADN. Ils ont eu le prix Nobel.

— Comment veux-tu que je le sache ?

— Ben si tu ouvrais un peu ton manuel de biologie, tu verrais que leur tronche est dedans…

Il me montra d'autres personnalités, mais je n'en connaissais aucune. Il n'y avait que Jerry pour s'intéresser à ce genre de choses. N'empêche, j'étais impressionné : je n'avais pas réalisé que Charles Lewis était à ce point célèbre. C'était décidément une journée étrange. Et ce qui allait se passer avec mon père dans quelques minutes n'allait faire que renforcer cette impression.

— Vous voulez boire un coup ? demanda Cameron. C'est gratos.

Il nous refila à chacun un Coca. Robert et Nancy Cole avaient proposé à Sarah et à sa mère de mettre le Bob's à leur disposition pour accueillir les gens. Veronica Lewis-Van Doren avait non seulement accepté, mais également géré entièrement l'organisation, les fleurs, et tout ce qu'il fallait pour recevoir les nombreuses personnes venues rendre un dernier hommage à son mari. Cette attitude stricte et réservée de la mère de Sarah – je ne l'avais pas vue verser une larme – m'avait beaucoup choqué. J'étais trop jeune pour savoir que la dignité et le travail jusqu'à l'épuisement pouvaient être une expression du chagrin.

Je descendis sur la plage faire un tour parmi la foule. Veronica se tenait près de l'eau, au bout d'une longue file, aussi pâle et immobile qu'une statue grecque. Un peu en retrait, Rozella portait un panier garni de roses rouges. Les gens prononçaient quelques mots, puis prenaient une rose dans le panier et la jetaient à la mer. De part et d'autre, telles les colonnes d'un temple, se tenaient les parents de Teddy Theroux. Le vieux Torrance, qui était devenu sénateur depuis peu, serrait des mains et hochait la tête tel un président en campagne. Sa femme, Joan, une ancienne pom-pom girl des Miami Dolphins, souriait aux épouses et gérait le flot de personnes en glissant des « Merci pour votre présence » et autres « Dieu vous bénisse ». J'avais l'impression d'assister à un ballet sinistre. J'avais envie de leur balancer mon Coca à la figure.

Une main se posa sur mon épaule : mon père me dépassa et alla se planter directement devant Veronica.

— Je vous présente mes condoléances, madame Lewis.

Il inclina la tête et déposa un baiser au dos de sa main. Je vis les mâchoires de Torrance Theroux blanchir. Mon père lui sourit.

— Torrance.

Il sourit à son épouse.

— Bonjour, Joan.

Puis :

— Encore toutes mes condoléances, madame Lewis.

Et il fit demi-tour. En repassant près de moi, il me lança un clin d'œil :

— Voilà pour les mondanités. Au fait, Paul, ta mère est souffrante. Elle n'est pas venue. Si tu me cherches, je serai en train de boire à l'intérieur du Bob's.

Mon père George : l'ovni, dans toute sa splendeur.

Je cherchai Sarah des yeux. Elle était sans cesse accaparée par un proche ou un membre de la famille, qu'elle gérait chaque fois avec beaucoup de retenue. Je m'approchai d'elle, mais elle me fit comprendre que ce n'était pas le moment et qu'on se verrait plus tard. Je poussai un soupir. Je me sentais de trop parmi ces gens de la haute bourgeoisie. On avait beau être à la fin des années soixante-dix, on se serait cru au bal du gouverneur un siècle plus tôt.

À mon tour, je battis en retraite à l'intérieur du Bob's. Il fallut me glisser au travers de la foule avant de pouvoir dénicher une place tout au fond : Cameron m'avait gardé un coin de banquette dans notre « Salle du Conseil ». Je jetai un œil vers mon père. Sa réaction m'avait surpris. Il avait doublé la file d'attente – ce qui était drôlement gonflé en plein enterrement – mais j'avais eu la nette impression que cette provocation n'était pas destinée à Mme Lewis. Non, son geste concernait Torrance Theroux. Était-ce une façon de prendre ma défense, à propos de mon conflit avec Teddy ? Hum. Pas vraiment son style. Je ressentais… autre chose. Comme si je venais de passer la tête par une porte entrebâillée donnant sur le monde privé et mystérieux des adultes. En fait, j'avais été très étonné de les entendre s'appeler par leurs prénoms. George. Torrance. Joan.

— T'en tires une tête, dit Cameron.

— C'est mon père. Il fait toujours des trucs bizarres.

Cam sourit.

— Quoi ? fis-je.

— Quand tu le détestes, tu dis « George ». Quand tu l'aimes bien, tu dis « mon père ». Tu as remarqué ?

— T'emballe pas. Ça reste un cinglé lunatique. Tu te rends compte que ma mère ne vient pas, et il me l'annonce à peine.

— Elle est encore malade ?

— Elle passe sa vie malade. Tu parles, ils se sont certainement engueulés, comme d'habitude.

Je gardai les yeux fixés sur mon père, le « bohémien magnifique » comme l'appelait parfois Robert Cole. Il était assis à une table comme si de rien n'était, en compagnie de David et Becky Goodritch. Il tirait des bouffées de sa cigarette avec élégance. Robert s'affairait derrière le bar. Nancy faisait la navette entre les clients. Je remarquai néanmoins que, chaque fois que cette dernière s'approchait de la table de mon père, elle s'essuyait les mains sur son tablier et remettait de l'ordre dans ses cheveux. Becky Goodritch, elle-même, ne pouvait s'empêcher de le regarder à la dérobée de temps à autre. Je tendis l'oreille.

— Vous avez vu toutes ces voitures sur le port ? dit David Goodritch.

— Dingue, dit George. Il y a même une Packard Caribbean de collection. Ses suspensions sont magiques, on a l'impression de glisser sur un parquet de danse.

— Vous dites ça comme si vous en aviez conduit une.

— Ça m'est arrivé.

— Ah bon ?

Mon père tira une autre bouffée de cigarette.

— J'avais douze ans. J'étais assis sur les genoux de Gary Cooper.

Becky Goodritch posa une main sur son bras.

— Racontez-nous, George !

David lui fit les gros yeux et Becky retira sa main.

— Gary Cooper se trouvait à Eden en 1953, dit George. Il tournait *Les Aventures du capitaine Wyatt*, pour la Warner. Sa Packard Caribbean rouge décapotable était garée juste là, de l'autre côté de la rue. Tous les gamins en étaient fous. Quand il m'a découvert sur le siège, il a dit : « Tu veux la conduire ? » J'ai répondu : « Chiche, monsieur Cooper ! » Et on est partis. J'ai tenu le volant de la Packard jusqu'à Fleischmann Park. Et là, pendant que Gary discutait avec quelqu'un, croyez-le ou non, un serpent à sonnette a planté ses crocs dans l'un des pneus.

— Un serpent à sonnette ? s'ébahit Becky.

— Oui m'dame. L'air est sorti du pneu et il est entré directement à l'intérieur des crocs du serpent, qui sont creux, c'est ainsi qu'il diffuse son venin. Sa peau s'est mise à enfler. Il est devenu raide comme un piquet. Et il a éclaté.

— C'est à peine croyable ! dit Becky.

Je détournai le regard. George m'avait dit un jour : « Les femmes raffolent des imposteurs parce qu'ils savent embellir la réalité. » C'était bien l'impression que j'avais. Un monde rempli d'imposteurs.

— Où est passé Stan ? demandai-je.

— Je ne sais pas, dit Cameron. Il a filé avec des mecs de seconde. Il a plein de nouveaux copains. J'aime pas ça. Il fume de plus en plus. L'autre jour, je l'ai surpris avec une liasse de billets entre les mains. Je ne sais pas d'où il les sort. Mais c'est avec qu'il s'est payé son gros briquet en chrome, celui avec le chef indien dessus.

Je regardai autour de moi. Stan. Mon père. Charles Lewis. Torrance Theroux… Des gens. Des univers. Des secrets. Je voulais rester avec mes livres de contes fantastiques et mes rêves d'enfant. Mais nous étions en train de vieillir tout en douceur, sans même nous en rendre compte.

Mon père se pencha vers moi, un verre à la main.

— Hé, ça va, Paul ?

Je sursautai.

— Tout va bien, dis-je.

— Je vois bien que non. Tu détestes ça, hein ? dit-il en englobant le décor avec son verre. Tout ce cirque.

Il me lança un regard pénétrant.

— La mort, je veux dire.

Je sentis des larmes me monter aux yeux. Je hochai la tête.

— Tu n'as pas à t'en soucier, mon fils. La mort, c'est seulement pour les adultes. La mort, c'est…

Il cherchait ses mots. Je crois qu'il était un peu ivre.

— Finalement, la mort démolit tout le monde, sauf le mort lui-même. Quelle ironie. La mort pourrit la vie des vivants. La fêter, c'est le seul moyen qu'on a trouvé de la rendre présentable.

Il se redressa en titubant. Fit quelques pas. Revint vers moi.

— Au fait, Mme Lewis m'a demandé si tu voulais dormir chez elle ce soir. Pour tenir compagnie à Sarah. Elle en a besoin. J'ai dit d'accord. C'est le chauffeur du sénateur Theroux qui viendra te chercher.

J'arrivai à la maison des Dômes sur les coups de vingt heures. M. Fazio, le chauffeur, sortit et vint m'ouvrir la portière.

— Bienvenue aux Dômes, encore une fois, monsieur Paul, dit-il en s'inclinant.

Je descendis du marchepied. Des lanternes et des braseros étaient allumés partout. Les fenêtres creusées dans les maisons en forme de têtes de fantôme palpitaient tels des yeux emplis de flammes. Des invités encombraient déjà les passerelles et les terrasses, et un ballet de voitures en déversait d'autres.

Je grimpai timidement l'escalier. Une ambiance feutrée régnait à l'intérieur de la maison. J'entendis de la musique et reconnu *You're My Thrill*, de Billie Holiday, que mon père passait parfois chez nous sur le tourne-disque. La voix chaude et sensuelle de la chanteuse noire fredonnait en sourdine. Assis dans des fauteuils en cuir, je reconnus Watson et Crick, les fameux biologistes qui avaient reçu le prix Nobel. Ils discutaient d'une certaine Margaret Thatcher qui venait d'être élue en Angleterre.

Je regardai autour de moi, mes deux mains serrées, conscient de ressembler à un petit garçon empoté et stupide. Mais je ne savais pas quoi faire d'autre.

J'avais l'impression d'être dans une scène de *Gatsby le Magnifique.* Sarah traversa la foule et me prit par la main.

— Viens, dit-elle.

Elle m'entraîna dans sa chambre. Son « dôme » à elle se trouvait tout au fond de la résidence, le dernier des six. L'endroit était nettement plus calme. Elle referma la porte.

— Désolée pour tout ce monde, dit-elle, et aussi pour cet après-midi sur la plage, je ne pouvais vraiment pas te parler.

— Ce n'est pas grave.

— Ma mère t'a invité pour ne pas m'avoir dans ses pattes. Elle a un tas de gens à accueillir. Certains vont dormir chez nous. Elle ne voudrait pas que sa petite fille chérie lui fasse une crise d'hystérie, ou je ne sais trop quoi.

Sarah se laissa tomber dans un pouf. Elle soupira :

— Comme si c'était mon genre.

Je m'assis en tailleur sur le tapis face à elle.

— Je ne savais pas que ton père était aussi célèbre.

— Il l'était. Et plus que ça encore. En fait, ma mère a longtemps cru qu'il allait lui aussi recevoir le prix Nobel quand nous habitions au Texas. Mais ça ne s'est jamais produit. Les années ont passé, il a quitté le grand hôpital dans lequel il travaillait et nous sommes venus nous installer à Eden. Il a pris un petit poste dans le service de chirurgie pédiatrique du comté. Et c'est tout. Ne me demande pas pourquoi : je n'en sais rien.

Elle gratta un nœud de tissu sur le pouf d'un air absent.

— Alors ton père ne te racontait rien ? demandai-je.

— Plus ou moins. Il voyageait, correspondait avec des gens du monde entier. Il travaillait sur les techniques de la reproduction.

— C'est quoi ?

— Une science révolutionnaire : la fécondation in vitro. Ça consiste à fabriquer des bébés dans des éprouvettes.

Je me tortillais sur mon tapis. Les mots « fécondation » ou « bébés », ajouté au fait que nous étions seuls dans la chambre de Sarah, me mettaient mal à l'aise. Cela la fit sourire un peu.

— Ne t'inquiète pas, Paul Becker, c'est juste de la science.

Elle prit un objet sur son bureau et le glissa dans un sac qu'elle enfila en bandoulière. Puis dit :

— Tu veux qu'on sorte ? J'ai un escalier rien qu'à moi.

Sans attendre ma réponse, elle déverrouilla une porte que je n'avais pas remarquée jusqu'ici et se glissa en dessous. Cette dernière était vraiment très petite, comme un passage secret dans *Alice au pays des merveilles*. Je baissai la tête à mon tour, me contorsionnait pour passer à reculons, descendis plusieurs marches étroites et… me retrouvai dehors, sur un quai désert, à l'arrière de la bâtisse.

— C'est ici le fameux ponton dont je t'ai parlé, dit Sarah. Celui qui conduit au marécage.

Elle pointa son doigt en direction du chemin de bois qui s'enfonçait dans les ténèbres au milieu des roseaux. Un oiseau de nuit poussa une série de « uuuuuuueeeeeeeee » brefs.

— Le fameux soir où j'ai aperçu ton père, sur la barque, il était là-bas, à trois ou quatre cents mètres.

— Les Fakahatchee Strand, murmurai-je. Les Eaux Sombres.

— Oui.

— Tu veux qu'on marche un peu ?

— Tu n'as pas peur ?

— Pourquoi j'aurais peur ?

— Je ne sais pas, dit-elle. Moi, je trouve la vie parfois terrifiante.

Elle me parut soudain fragile. Comme si le masque qu'elle s'efforçait de maintenir jusqu'à présent allait s'effondrer d'une seconde à l'autre. Je lui pris la main et nous fîmes quelques pas. Le ciel était clair et la lune projetait nos ombres sur le quai. Je ne savais pas trop quoi dire. Le sac pendait toujours à l'épaule de Sarah. Je me demandais ce qu'elle avait mis à l'intérieur.

— Mon père se prénomme George, dis-je. Mais son nom complet, c'est George Dent.

— Ah bon ? Il ne s'appelle pas George Becker ?

— Non. Becker, c'est le nom de ma mère.

— Pourquoi ça ?

— George ne m'a pas reconnu à la naissance. Ma mère et lui se sont séparés à plusieurs reprises.

— C'est triste.

— C'est un marginal un peu fou. Il a toujours eu besoin de liberté et de voyages. Tu devrais l'entendre parler de Kerouac et de son fichu bouquin, *Sur la route*. Il nous bassine avec ça. Mon père travaillait dans les cirques itinérants. Il était vétérinaire : il s'occupait des animaux bizarres, des chèvres à deux têtes, des serpents, des alligators… Il soignait aussi les *freaks*, les monstres de foire comme les frères siamois, les hommes élastiques, les femmes à barbe…

— Un papa spécial.

Je ravalai ma salive.

— Ce n'est pas tout.

Je pris mon inspiration. Puis je lâchai :

— George Dent a fait de la prison. Six années complètes. Il ne le crie pas sur les toits. Ni moi non plus, parce que c'est la honte. Mais on l'a arrêté pour trafic de marijuana. Il consommait pas mal de trucs avec ses amis hippies. Il est ressorti il y a deux ans à peine. Il avait utilisé son diplôme pour se procurer certaines substances, alors on lui a retiré le droit d'exercer. Depuis, il fait des petits boulots, il picole, il ment, il raconte des histoires… J'ai grandi sans le connaître, mais à son retour il s'est mis en tête de me « reprendre en main », comme il dit. Il veut que je fasse des études. Sauf qu'on est comme deux étrangers, lui et moi. On se bagarre à longueur de temps. Enfin voilà.

Sarah resta silencieuse. Je me sentais honteux et triste.

— Je te raconte tout ça parce que je sais que tu finiras par l'apprendre. Cameron est au courant. Ses parents aussi. C'est un secret de polichinelle. Et moi… (je levai la main en direction de la maison des Dômes)… je ne suis pas comme tous tes amis, si intelligents, si riches et bien éduqués, je ne suis qu'un…

— Paul Becker, m'interrompit Sarah.

— Oui ?

— Tais-toi.

Le silence retomba tandis que nous marchions. Nous entendîmes à nouveau le cri nocturne, un long « Nnnuuuuuuueeeeeeeee… » qui cette fois ressemblait plus à une plainte animale qu'à un cri d'oiseau.

— Qu'est-ce que c'était ?

— Aucune idée.

— Un chien qui hurlait à la mort ?

— Peut-être, dit Sarah. Si ça se trouve il est malheureux lui aussi. Les chiens ressentent tout.

Elle s'arrêta sur le ponton comme si elle estimait que la maison des Dômes se trouvait suffisamment loin derrière elle. Elle glissa une main dans son sac.

— J'aime bien ton père, dit-elle. J'aime bien l'idée qu'il soignait les animaux. Ils sont meilleurs que les humains. Un jour, j'irai en Afrique et je soignerai les animaux moi aussi. Voilà ce que je ferai. Je prendrai un avion, je planerai au-dessus de la savane, aussi légère qu'un ange. Le soleil se lèvera. Il y aura des troupeaux d'éléphants, des zèbres et des gazelles à perte de vue. Ce sera chez moi. Et toi, tu seras avec moi. Tu seras médecin. Et nous vivrons ensemble.

Elle sortit un casque.

— Qu'est-ce que c'est ? demandai-je.

— Un Walkman. Le dernier cadeau de mon père.

Elle le plaça sur mes oreilles.

— Danse avec moi, Paul Becker. Danse à mon rêve, tu veux bien ?

Elle m'embrassa, posa la tête sur mon épaule et appuya sur « play ». La musique du *Clair de lune* de Debussy monta dans mes écouteurs. Il faisait incroyablement doux. Nous dansâmes sur le ponton de bois, sous la lune. De temps en temps, je sentais son corps frêle secoué de terribles sanglots. Mais la musique qu'elle avait mise volontairement fort m'empêchait de l'entendre. Je la tins dans mes bras sans la lâcher. Je la serrai jusqu'à la fin du morceau. Et au-delà encore, quand la musique cessa, et qu'elle sanglotait toujours.

Je la serrai aussi fort que je pus.

Je dormis dans une chambre d'ami. Le lendemain matin, je retrouvai Sarah sur la terrasse en train de boire un jus d'orange. Elle attendit que je termine mon petit déjeuner et me proposa de partir en promenade. Nous prîmes la route qui quittait la maison des Dômes et nous nous dirigeâmes vers White Point. Ses cheveux magnifiques flottaient librement dans le vent et le soleil glissait sur sa peau blanche sans jamais la brunir, comme s'il ne voulait pas la blesser. Tout en marchant, elle dit :

— Tu sais d'où vient le nom Teddy Bear, des ours en peluche ?

— Non, fis-je un peu surpris.

— Ça vient du président Theodore Roosevelt. Il était surnommé Teddy. En 1902, il participait à une chasse à l'ours dans le Mississippi. Il y avait d'excellents chasseurs, et la plupart d'entre eux étaient parvenus à abattre une proie. Mais pas Roosevelt. Alors, pour lui faire plaisir, certains eurent l'idée de capturer un ours. Ils le frappèrent à coups de crosse pour l'affaiblir, puis l'attachèrent à un arbre et conduisirent Roosevelt jusque-là, en lui proposant de le tuer. Mais le Président refusa. Il considérait que c'était inhumain et que le combat n'était pas équitable, alors il se détourna et rangea son arme.

Les premières demeures apparurent sur le chemin. Nous avions atteint White Point. Elle poursuivit :

— Un marchand eut l'idée de s'en inspirer pour créer un nouveau jouet. Il fabriqua une mignonne réplique d'ourson, la bourra de peluche et l'envoya au Président en lui demandant s'il était d'accord pour que l'on utilise son nom. Roosevelt accepta. C'est ainsi qu'est né Teddy Bear.

Sarah poussa une grille, et nous avançâmes dans une allée de graviers conduisant à une magnifique demeure.

— Où tu m'emmènes ? demandai-je.

— Prends ma main, Paul Becker. J'ai besoin que tu sois là.

Elle sonna à la porte d'entrée. Un garçon nous ouvrit. Il portait un pull débardeur par-dessus une chemise blanche.

— Salut, Ted.

— Salut, Sarah.

Les yeux de Teddy Theroux se posèrent sur moi et descendirent jusqu'à nos mains serrées.

— Tu te trimballes encore avec ce morveux ?

— Ce n'est pas un morveux. C'est mon ami.

— Tu devrais mieux les choisir.

— D'accord. Ce n'est pas mon ami : on sort ensemble. Ça te va comme ça, Ted ?

Elle soutint son regard. Je crus qu'il allait lui balancer une vacherie, mais il s'abstint. À la place, il demanda :

— Qu'est-ce que tu veux ?

— Je veux que tu me racontes.

— Les détails sont dans le journal.

— Je veux ta version. Comment il était.

Teddy souffla en gonflant les joues, regarda derrière lui, soupira encore, puis :

— T'es vraiment sûre ?

— Absolument.

— D'accord. Allons dans le jardin.

Nous fîmes le tour de la maison. L'autre côté était encore plus somptueux que tout ce que j'aurais pu imaginer : il y avait des statues anciennes dans le gazon, des allées de colonnes gréco-romaines, une piscine dont le fond était entièrement constitué de mosaïque, un court de tennis, une serre avec des centaines de fleurs…

Teddy fourra les mains dans ses poches.

— Lundi dernier, après la classe, je suis venu te chercher. Il faisait beau, je me suis dit que tu voudrais peut-être jouer au tennis ou te baigner dans la piscine. Mais quand je suis arrivé chez toi, il n'y avait personne. Ni ta mère ni toi. La maison des Dômes était déserte. Alors j'ai fait le tour en t'appelant. J'ai vu que votre cave était ouverte. La porte battait toute seule. Du haut des escaliers, j'ai aperçu ton père en bas des marches.

Sarah serra ma main plus fort.

— Il ne bougeait pas. J'ai tout de suite compris qu'il était mort. Je suis descendu. Il y avait un vase brisé dans la cave. Un peu de sang sur son bras droit. Pas beaucoup. Ton père était en maillot de bain. Des fleurs sauvages se trouvaient sur le sol. Je suppose qu'il était descendu chercher le vase pour y mettre les fleurs.

— Il… il ne respirait plus ?

— Non. Il avait l'air comme en cire. Ça se voyait bien qu'il était mort. Il était raide, crispé. Je me suis demandé si c'était à cause de la coupure sur son bras. Moi, j'y connais rien. Mais il n'y avait pas beaucoup de sang.

— Et tu es parti ?

Teddy s'arrêta de marcher.

— Franchement, oui. J'étais seul. Il y avait ton père mort. Je n'avais sûrement pas le droit d'être là. J'ai eu peur. J'ai couru jusqu'à chez moi et j'ai tout raconté à mon père.

— Qu'est-ce qu'il a dit ?

— Il a téléphoné à la police et après, comme d'habitude, il m'a hurlé dessus. Il a dit que j'aurais dû rester sur place et appeler les secours moi-même. Que si ça se trouvait, ton père était encore vivant. Il a crié que je m'étais comporté comme une mauviette, au lieu d'être un homme, comme la fois où je m'étais enfui du château d'eau de Pepper Mill. Il a dit qu'il avait honte de moi.

Il y eut un silence. Sarah demanda :

— Pourquoi tu n'étais pas à l'enterrement, hier ?

— Parce que mon père m'a consigné à la maison. « Personne n'a besoin de connaître mon fils raté et lâche. » Il a dit que j'avais toujours été un minable et que je ne ferai jamais rien dans l'existence. Qu'il n'y avait pas de place pour les gens comme moi dans sa famille. Que j'étais aussi bête que ma pauvre mère, une idiote de pom-pom girl, et que si c'était à refaire, elle aurait mieux fait d'avorter.

Silence encore. Je jetai un coup d'œil à Teddy. Il se tenait toujours immobile, les mains dans les poches. Il regardait droit devant lui comme si un film passait devant ses yeux.

— Mon père a été élu sénateur de Floride cette année. Torrance Theroux représente désormais le Parti républicain, c'est un homme important. Il a raison, et je le comprends : c'est à moi d'être à la hauteur. (Il se tourna vers Sarah.) Mais même si j'étais resté, je n'aurais rien pu faire, je te le jure. Personne n'aurait pu. Il était mort. C'était un accident, un infarctus, c'est ce que tout le monde a dit.

Je lâchai la main de Sarah.

— Teddy, puisqu'on est là, je tenais à te dire que je suis désolé pour ton chien…

— Toi, le morveux, on t'a pas sonné. J'en ai rien à foutre de ta pitié !

— Je veux juste que tu saches que je ne l'ai pas tué.

— Je le sais, abruti !

Je restai stupéfait.

— Comment ça, tu le sais ?

— Le père de Sarah l'a autopsié. Il a dit que mon chien avait été broyé, comme par une presse. Aucun être humain n'aurait eu la force de le faire. Il aurait fallu une machine. Sauf que ce soir-là, en haut du cimetière, il n'y avait que nous deux. Alors il faut croire que ça restera un fichu mystère non résolu. Mon chien est mort et puis c'est tout. C'est comme le reste, il faudra que je m'y fasse.

— Pourquoi tu m'as accusé alors ?

— Parce que je peux pas te piffrer, Becker.

— T'es vraiment qu'un abruti, Theroux !

— Fais gaffe à ce que tu racontes…

— Quoi, tu vas me casser la gueule devant Sarah ? ALORS ALLONS-Y, UNE BONNE FOIS POUR TOUTES !

Mes poings étaient serrés. Je ne contrôlais plus ce que je disais.

— TU ME CHERCHES DES CROSSES DEPUIS L'ÉCOLE PRIMAIRE, Y EN A MARRE ! RÉGLONS ÇA !

Teddy me considéra d'un air méprisant.

— Alors tu ne sais vraiment rien, hein ? Pourquoi je te déteste, toi et toute ta famille…

— Qu'est-ce que tu racontes ?

Il planta son doigt dans ma poitrine.

— Tu débarques chez moi, Becker, avec ta pitié. Tu penses que mon père est cruel, et qu'il est cruel avec ma mère. Tu nous juges, pas vrai ? Tu ferais mieux de balayer devant ta porte.

— Je ne comprends rien.

Un sourire impitoyable fendit son visage.

— Eh bien, je vais t'éclairer, mon petit gars : ton père est un menteur, un raté et un hypocrite. Mais c'est surtout un putain de cavaleur, au cas où tu ne serais pas au courant. George et Joan. Joan et George. Même aujourd'hui, elle continue de lui tourner autour.

— Qu'est-ce que tu racontes ?

— IL COUCHAIT AVEC MA MÈRE, PAUVRE CON !

J'en restai muet. Complètement abasourdi.

— Oh, bien sûr, pour George, ça n'était qu'un jeu : une conquête de plus. Je n'avais même pas huit ans quand ils se bécotaient, ça fait des années que c'est fini. Mais elle y croit encore. Même aujourd'hui, elle est toujours amoureuse. C'est à cause de *ton père* si ma famille va mal ! Si mon père déteste ma mère, et me déteste moi par la même occasion ! Mais on ne divorce pas, chez les Theroux !

Il renifla et s'essuya le nez sur le revers de sa chemise, mais les yeux qu'ils fixaient sur moi étaient durs et secs. Je ne savais plus quoi dire.

— Tu vois, Becker, tu sors peut-être avec Sarah Lewis, mais tu n'es qu'un gamin. Tu ne sais rien du tout. Eden est comme toutes les petites villes : un foutu endroit, avec de foutus secrets. Tu crois connaître ta famille et tes amis, mais je peux te le dire : tu sais que dalle sur les gens qui t'entourent. Rien de rien.

Il désigna le portail d'entrée.

— Et maintenant dégagez de chez moi.

Sarah me raccompagna à pied jusqu'à Eden. Il y avait un kiosque à journaux sur le port. L'enterrement du docteur Charles Lewis apparaissait en première page de l'édition locale du dimanche matin. Je vis des photos du cortège. Un cliché montrait l'escalier de la cave : un drap recouvrait le corps. La légende disait : « Un infarctus terrasse l'un de nos chirurgiens les plus illustres. » Sarah s'approcha.

— Ne regarde pas, dis-je. Tu viendras en classe demain ?

— Je ne sais pas. Je serai peut-être absente quelques jours.

— Mais tu vas revenir ?

— Bien sûr.

Elle sortit des clés de sa poche.

— C'est pour entrer dans ma chambre, dit-elle. Tu sais, la porte secrète qui donne sur le quai à l'arrière de la maison. Comme ça, tu pourras venir me voir quand tu voudras.

Elle mit la paume de sa main devant ses lèvres et souffla un baiser dans ma direction. Puis elle lança les clés en l'air.

— Attrape, Paul Becker !

34

Les clés traversèrent les airs. Je levai la main. Le trousseau claqua dans ma paume et je refermai les doigts.

— Ce sont les clés de la voiture, dit Connie. C'est vous qui conduisez.

— D'accord. On ne reste pas chez Mitchel ?

— Non.

Nous sortîmes de la maison en faisant bien attention à ne toucher à rien. La chaleur étouffante nous retomba aussitôt sur les épaules. L'air bruissait de sons d'insectes et de cris d'oiseaux. Je grimpai à bord de la voiture, remontai les vitres et mis le contact. Mike monta à l'arrière et Connie à côté de moi.

— Quel est le programme ? dis-je. Vous ne prévenez plus les flics ?

— Si, bien entendu. Mais je dois réfléchir. Roulez.

Je roulai à travers le bayou en direction de la route nationale. Elle sortit un carnet et un crayon pour prendre des notes.

— Expliquez-moi cette histoire, dit Connie. Le meurtre à Eden.

Je lui relatai le décès de Charles Lewis dans les grandes lignes. Pour moi, des détails tels que la position du corps, en bas de l'escalier conduisant à la cave, ou bien la coupure au bras droit, étaient plus que des simples similitudes : le lien avec la mort d'Owen Mitchel était criant. Je leurs rappelai aussi les circonstances du meurtre de Jack Barn, qui impliquait également cette coupure au bras droit. La conclusion me paraissait sans appel :

— Trois meurtres différents, à trois époques différentes, dans trois endroits différents du pays. Personne ne pouvait faire le rapport. Sauf moi. Parce que j'ai échappé au tueur et que j'ai vu comment il a fait.

— D'accord, dit Connie en inscrivant tout au fur et à mesure. Selon vous, quel est son mode opératoire ?

Je me concentrai sur la route en cherchant mes mots.

— À mon avis, dis-je, son but est de faire passer ses meurtres pour des accidents. C'est chaque fois la même méthode. Il se débrouille pour qu'il n'y ait aucune trace de lutte, il immobilise sa victime, et lui injecte dans le bras un poison létal.

— Comment il s'y prend ?

Je revoyais la scène dans mon esprit telle que je l'avais observée à l'aide des jumelles sur le lac.

— Dans le cas de Jack Barn, le tueur s'est positionné en arrière. Il l'a maintenu à l'aide de son bras gauche. Il tenait un objet dans la main droite. Je suis pratiquement certain qu'il s'agissait d'une seringue. Ensuite il l'a plantée au pli du coude.

— Donc l'assassin est droitier, dit Mike. Note ça.

Connie l'inscrivit dans son carnet. Je quittai les petits chemins du bayou et remontai sur une route plus fréquentée. J'eus l'impression de sortir de la jungle et de regagner la civilisation.

— Vous dites que c'est un poison, fit Connie, mais un poison laisse des traces. À la moindre autopsie, ça devrait se voir, non ?

Je souris.

— Pas toutes les substances. Une, en particulier, est d'usage courant. On l'injecte sans arrêt dans les perfusions à l'hôpital. Elle est indétectable parce qu'elle est présente de façon naturelle dans le corps humain. En tant qu'infirmière, vous devriez la connaître...

— Bon sang : le chlorure de potassium injectable !

— Exactement. On en trouve dans n'importe quelle pharmacie. On s'en sert pour toutes les perfusions de base, notamment lorsqu'il faut faire un rééquilibrage hydro-électrolytique. À dose normale, le chlorure de potassium ne présente aucun danger. À haute dose, cependant, il provoque des troubles du rythme cardiaque, ce qui peut simuler un infarctus.

Connie hocha la tête.

— Certains médecins l'utilisent pour euthanasier illégalement des patients en phase terminale, il y a régulièrement des histoires qui sortent dans la presse à ce sujet.

Nous atteignîmes l'autoroute.

— Rentrez à La Nouvelle-Orléans, dit Connie.

— Hein ? dit Mike. On ne va pas chez les flics ?

— Je veux d'abord savoir dans quoi on met les pieds.

Elle vérifia ses notes, entoura « chlorure de potassium » au crayon, puis dit :

— Bon, admettons que le tueur se serve de ça. Et si on dosait le produit chez la victime ? On ne devrait pas se rendre compte qu'il y en a une quantité anormale dans son organisme ?

— Si, bien sûr. Mais ça ne serait pas forcément suspect. Un muscle qui souffre largue naturellement dans le sang une grande quantité de potassium. Et le cœur est un muscle. S'il y a infarctus, on s'attend à trouver des dosages élevés. Ce n'est qu'en effectuant d'autres comparaisons et en réfléchissant au contexte que l'on peut soupçonner quelque chose. Mais si les circonstances sont banales, à mon avis, on peut passer à côté sans problème. C'est l'arme idéale de l'empoisonneur…

Mes yeux étaient toujours fixés sur la route, mais mon cerveau carburait à plein régime, à présent. En ébullition, je poursuivis :

— C'est pour ça, la coupure au bras.

— Quoi ?

— Une fois que la personne est morte, il lui taillade le bras pour dissimuler le point d'injection. Il fait croire à une blessure due au bris de verre au cours de la chute. Dans tous les empoisonnements par injection, on finit toujours par trouver la porte d'entrée : dissimulée entre les orteils, au milieu des cheveux… Mais là, c'est insoupçonnable, absolument génial : pas de porte d'entrée, pas de preuve d'injection ! (Je me tournai vers eux.) Et c'est aussi pour ça qu'il n'y a jamais beaucoup de sang : la coupure est faite post-mortem, le sang ne circule plus dans l'organisme car le cœur a cessé de battre, il ne se répand pas à l'extérieur du corps !

— Regardez où vous allez, grogna Mike.

Une voiture qui arrivait en sens inverse fit une embardée. Elle nous dépassa et le hurlement de son klaxon se perdit derrière nous.

— On va faire une pause, dit Connie. Vous laisser le volant n'était finalement pas une bonne idée, vous êtes fatigué.

— Pas du tout. Je me sens très bien.

— On en profitera pour manger un morceau.

— Je vous dis que...

— On s'arrête, Paul. Il faut qu'on discute.

Le relais autoroutier était plutôt minable. Mike était aux toilettes, ou bien en train de téléphoner, je ne savais pas. En tout cas il n'était plus là. Je n'avais pas touché à mon assiette. Pas faim du tout. Assis au bar, un type n'arrêtait pas de me regarder.

— Pourquoi vous gigotez dans tous les sens ? dit Connie.

— Je ne sais pas, dis-je en baissant la tête. J'aime pas la gueule du gars au comptoir.

Elle lui jeta un coup d'œil.

— Le gros moustachu qui mange des nachos ?

— Il me rend nerveux.

— Vous croyez que c'est lui, votre tueur ?

— Je deviens paranoïaque, c'est ça...

Elle hocha la tête.

— Ce n'est pas moi qui l'ai dit.

— Bon, disons que je suis trop nerveux. Mais il y a un assassin dans la nature. Il a commis au moins trois meurtres. Si jamais il découvre que je suis en vie, il ne me ratera pas. Ça vous paraît suffisant comme raison ?

Elle se tamponna la bouche avec sa serviette.

— Il manque un détail important, Paul. Une chose que vous n'avez pas relevée.

— Laquelle ?

Elle croisa les doigts.

— On n'a pas le mobile du crime.

— Et alors ?

— Alors je vous pose la question : qui a intérêt à vous tuer ?

— Comment voulez-vous que je le sache ?

— Vous m'avez parlé de vos amis, Cole et Goodritch. Selon vous, ils sont forcément impliqués dans la mesure où ils ont reçu l'e-mail donnant votre adresse au Yellowstone.

Je tripotai nerveusement mon gobelet de café.

— Vous pensez vraiment que l'un d'eux aurait pu engager ce tueur ? dit-elle.

— Eh bien, je ne sais pas…

— Dans quel but ? Vous les auriez ruinés avec votre histoire de walk-in-clinic ? Votre mort serait une vengeance ?

— Je ne les ai pas ruinés…

— D'accord. À part ça, le tueur aurait commis un meurtre similaire il y a trente ans. Peut-on vous assassiner pour une raison remontant à trente ans ?

— Je n'en vois pas…

— Et votre ex-femme ?

— Quoi, mon ex-femme ?

— Est-ce qu'une assurance vie lui est versée si vous mourez de mort naturelle ?

— Non. J'ai résilié tout ça.

— D'accord. Un ennemi caché, alors ? Un patient qui vous déteste ? Quelqu'un qui aurait chopé des boutons sur les fesses à cause de vos traitements ? Des dettes de jeu ? Trafic de drogue ?

— Arrêtez de vous ficher de moi.

— Je fais juste des hypothèses.

Je terminai mon café, broyai le gobelet et le jetai dans l'assiette. Sourire de Connie.

— Pourquoi vous souriez ?

— Parce que oui, il y a un tueur dans la nature. Mais des pistes, on n'en a pas la queue d'une. Pas le moindre putain de début de commencement. Alors il faudrait songer un peu à vous réveiller !

Elle avait frappé des deux mains sur la table. Le moustachu aux nachos sursauta et se tourna vers nous. Je lui fis les gros yeux et il retourna à son plat.

— Qu'est-ce que vous voulez dire, Connie ?

— Qu'il est temps d'arrêter. Et je ne parle pas du café, que vous vous enfilez en quantités astronomiques, soit dit en passant.

Je l'observai un long moment. Elle avait raison. Je voulais *vraiment* retrouver le tueur. L'entité noire qui semblait avoir élu domicile au plus profond de mon cœur le souhaitait à n'importe quel prix. Mais je n'avais aucune piste. Et j'étais médecin. Pas flic. Pas enquêteur. Pas agent secret. Juste un gars qui avait fait un infarctus et une dépression. Qui était devenu obèse, et qui s'était battu pour retrouver un semblant d'existence. J'étais un guerrier qui suivait *L'Art de la guerre* mais qui ne savait pas se battre. J'étais un spectre avec un pistolet automatique dans une boîte à gants et le cerveau qui partait en marmelade.

Mais le tueur, lui, était bien réel. Et il ne plaisantait pas. Il m'avait raté une fois. Il ne commettrait sûrement pas la même erreur la seconde.

— D'accord, Connie. Admettons que vous ayez raison. Comment voyez-vous la suite ?

— Vous passez la main. Il y a des professionnels pour mener ce genre d'enquête. Celle-ci vous dépasse.

Elle tapota sur son carnet.

— J'ai de quoi faire des recherches. Ce tueur a peut-être commis d'autres crimes. On peut essayer de faire des recoupements à travers le pays. Mais vous arrêtez tout. On va chez les flics, et vous leur racontez votre histoire. Ils vous fourniront une protection.

Mike nous rejoignit peu après. Je soupçonnai Connie de l'avoir volontairement envoyé faire un tour pour que nous puissions avoir cette conversation. Je me sentais épuisé. À bout de souffle.

Nous regagnâmes La Nouvelle-Orléans en échangeant des propos banals. Mike passa simplement un coup de fil anonyme pour signaler à la police la présence d'un rôdeur chez Mitchel : pour le moment, Connie et lui avaient décidé de s'en tenir à ça.

Je dormis un peu dans la voiture. À l'arrivée, j'ouvris les yeux pour découvrir que nous étions presque le soir. Nous passâmes à l'hôtel récupérer mes affaires, puis nous nous rendîmes à l'agence. Un groupe de musiciens jouait dans Royal Street. Un air funèbre, comme d'habitude, subtilement détourné en jazz – l'histoire de ma vie, en somme. Je me retrouvai dans la cour intérieure qui abritait l'agence de Connie Lombardo. Retour à la case départ. Plusieurs vélos étaient appuyés contre le mur du fond.

— Ils sont à vous ? dis-je.

— Oui.

— Je peux en emprunter un ?

— Maintenant ?

— Il faut que je me dégourdisse les jambes.

— D'accord. Mais Mike vous suit en voiture.

Je haussai les épaules.

— Si ça vous fait plaisir…

Je poussai le vélo dans la rue. Grimpai sur la selle. Pris une inspiration et filai un coup de pédale. Mike démarra sa voiture derrière moi. J'avançai tranquillement, tout d'abord. C'était l'animation habituelle de la tombée du soir. Les magasins. Les passants. Les balcons en fer forgé. Les lampions illuminés. Tout me parut normal.

— Doucement, dit Mike par la vitre ouverte.

— Je *vais* doucement.

Des touristes dans une calèche. Je les évitai. Une poussette à droite. Coup de sonnette. Un camion. J'en fis le tour d'un habile mouvement de guidon. Grisant. Mon cœur se mit à battre plus fort. Une chose étrange était en train de se produire.

— Ralentissez, vous m'entendez ? gueula Mike à l'arrière.

— Oui, oui, répondis-je.

Mais mes mollets ne semblaient pas du même avis. Ils accélèrent sans même que je m'en rende compte et l'air commença à siffler à mes oreilles. Je virai brusquement à droite.

— Je vais vers le parc ! criai-je.

J'entendis Mike jurer comme un charretier. Je ne fis rien pour ralentir. La rue filait comme dans un rêve.

Le parc Louis Armstrong, devant moi, était éclairé par des lampes. Je passai sous une arche blanche. Sur le côté, des statues représentaient une fanfare. Bâtiment sur ma gauche. Je pris vers les étangs. Mike était en voiture, il ne pouvait pas me suivre. Je courbai la tête. Le sang pulsait dans mes veines. J'avais envie de fermer les yeux. Étals de vendeurs à la sauvette éclairés par des guirlandes. T-shirts fluo de La Nouvelle-Orléans. Serpents séchés, plantes médicinales. Kiosque d'un rebouteux illuminé par des centaines de bougies. Une vieille femme ressemblant à une sorcière aux dents noires, tenant une patte de poulet… ou bien j'avais rêvé ?

Un homme me regarda foncer, les yeux agrandis par la surprise, et tapota son index sur sa tempe. Une joie sauvage brûlait dans mes veines. Pédaler, avancer, maigrir, survivre.

— Miiiiiiiaaaaaaaaouuuuuuuuu ! hurlai-je tel un damné.

Semer Mike me demanda cinq minutes. Traverser le parc Louis Armstrong m'en prit dix autres. Atteindre la station-service près de l'Interstate 10, au nord, m'en demanda une quinzaine de plus. Le plan était apparu au fur et à mesure dans mon esprit. Je n'avais rien calculé. C'était comme s'il avait toujours été là, depuis le début, travaillant en tâche de fond. J'abandonnai le vélo contre un mur, m'achetai des biscuits et une bouteille d'eau minérale à la station.

— Vous allez où ? demandai-je au conducteur routier qui se trouvait à la caisse.

— Miami.

— Quel monde merveilleux ! C'est exactement ma destination !

— Ouais. Mais je vous préviens, je prends pas d'auto-stoppeurs…

— Vous connaissez la blague de la pute qui a perdu son dentier ?

Je la lui racontai. Il éclata de rire. Cinq minutes plus tard, nous étions amis. Je grimpai dans son camion.

En admettant que les sorcières de Louisiane existent, et qu'il s'en trouvât une sur mon chemin, elle aurait sûrement aperçu mon aura sombre et les ailes noires déployées dans mon dos. Mais je ne croyais pas en l'existence des sorcières.

— Qu'allez-vous faire à Miami ? demanda mon nouvel ami.

— Retrouver de vieilles connaissances.

— Ah, des copines, c'est ça ?

— Pas exactement, répondis-je. Mais d'une certaine façon, vous avez raison : je pars en chasse.

35

Le chauffeur routier me déposa sur un parking de Miami le lendemain dans la matinée.

— C'était sympa d'avoir voyagé avec vous, dit-il. D'habitude il n'y a que les nègres qui font de l'auto-stop sur cette route. Je n'ai rien contre les nègres, voyez, mais je ne les prends pas. Il y a tellement de drogués et de bons à rien parmi eux. Depuis Katrina, ils ont fui La Nouvelle-Orléans comme des cafards. On en retrouve partout dans les États alentour. Je me demande quand le gouvernement se décidera à faire quelque chose…

J'observai mon chauffeur, l'imaginant avec un chapeau pointu sur la tête et une torche à la main.

— Bien sûr, dis-je avec le sourire.

La fameuse hospitalité du Sud. Il me salua d'un coup de klaxon. Bruit de freins, embrayage. Les turbines du camion repartirent, et je me retrouvai seul sur l'asphalte tandis que le poids lourd s'éloignait dans la chaleur tremblotante. J'essuyai mes mains sur mon pantalon comme si elles étaient enduites de bave collante. Et dire que ce genre d'homme de Neandertal abondait encore par ici. Je me demandais ce que des personnes comme Rozella avaient enduré trente ans plus tôt, à une époque où les Noirs étaient ouvertement discriminés pour l'obtention d'un prêt ou l'accès aux soins.

Je marchai jusqu'à une station de bus sans perdre de temps – il devait faire dans les trente-cinq degrés – et me réfugiai à l'ombre d'un abri pour étudier les cartes des lignes de transport. Une heure plus tard, je roulais sur Ali Baba Avenue dans l'air climatisé d'un bus. Le but de mon voyage était la petite banlieue d'Opa-locka, au nord-est de Miami. Opa-locka comptait quinze mille habitants. Une bourgade d'une importance dérisoire si l'on considérait que le Grand Miami s'étalait sur trois comtés et regroupait cinq millions de personnes.

Mon regard effleura les rues à travers la vitre : une enfilade de quartiers plus ou moins identiques, aux maisons basses, sans étage, avec un carré d'herbe brûlée par le soleil et quelques créatures qui déambulaient dehors telles des ombres. Excepté les allées non entretenues et la présence de barreaux aux fenêtres, il aurait pu s'agir d'un endroit ordinaire. Les bâtiments publics avaient été construits au cours des années vingt sur le thème des *Mille et Une Nuits*, alors que la région connaissait une expansion florissante. Les rues avaient été baptisées Ali Baba, Sinbad ou Sherazad Boulevard. L'hôtel de ville constituait d'ailleurs une curiosité carton-pâte façon Disney qui valait le coup d'œil. Voilà pour le côté brillant.

Pour le côté sombre, celui qui m'intéressait, Opa-locka détenait le record de la ville au plus fort taux de criminalité de toute l'Amérique du Nord. Les gens aisés étaient partis, entraînant avec eux la plupart des commerces. Les policiers eux-mêmes avaient déserté le secteur. Pour ajouter à la réputation, l'aérodrome local était tristement célèbre pour avoir servi de terrain d'entraînement aux terroristes du 11 Septembre. Opa-locka ressemblait désormais à une vieille affiche de dessin animé : des pans entiers s'en détachaient pour en révéler la moisissure.

Je surveillais les arrêts du bus. Assise plus loin, une vieille Latino me jetait des coups d'œil inquiets, comme pour me signifier qu'il était temps de descendre. J'ignorai son conseil silencieux. Des familles habitaient encore le secteur. Les seuls hommes dans ces maisons étaient des gamins, des enfants armés comme des guérilleros, shootés à la meth ou au crack. Ils dealaient, tuaient, survivaient de n'importe quelle façon possible. L'une de ces familles était importante pour moi.

Je descendis à l'arrêt suivant et me mis à marcher sur le trottoir écrasé de soleil. Je n'eus pas à patienter longtemps : un guetteur de seize ans maximum trotta à ma rencontre. Son flingue dépassait de sa ceinture, parfaitement visible en plein jour.

— Dis donc, où tu penses aller comme ça, trou du cul de blanc-bec ?

Il avait dit cela sans agressivité aucune. Simple constat de sa part. Ma présence ne pouvait signifier que deux choses : soit j'avais une excellente raison d'être ici, soit j'étais psychologiquement dérangé. Le guetteur attendait simplement de savoir dans quelle catégorie il devait me mettre.

— Je viens voir Sonny Boy, dis-je.

— Sonny, le fils de Romero ?

— Aucune idée. Juste Sonny Boy. Dites-lui que c'est de la part de Paul Becker.

Le guetteur eut l'air rassuré.

— Romero n'existe pas, dit-il. C'était pour savoir si tu racontais des conneries. Rapport à si je devais te descendre ou non, hé-hé-hé-hé !

Il rit de bon cœur en découvrant ses chicots. Je ris avec lui. On s'en payait une bonne tranche, tous les deux.

— Tu bouges pas de là, putain de trou du cul, dit-il en désignant le sol de la pointe de son flingue. Je vais voir si Sonny veut te parler.

Il s'éloigna à petites foulées et disparut entre les maisons. Le quartier s'appelait le Triangle. À partir de 1987, l'endroit était devenu si dangereux que la municipalité l'avait fermé en plaçant huit rambardes de métal aux intersections des rues. Le jeunot revint et me conduisit dans une maison. La porte s'ouvrit sur des murs bruts, pas de décoration, pas de meubles. Dans la pièce principale, avachi dans un énorme fauteuil en mousse, se trouvait un bibendum d'une vingtaine d'années qui devait peser dans les cent cinquante kilos. Il jouait sur une console devant un immense écran plat, entouré d'une ribambelle de gamins.

— Bonjour, Sonny, dis-je en entrant.

De surprise, il lâcha sa manette. Un grand sourire s'épanouit sur son visage. Il se leva avec une agilité surprenante et me pétrit dans ses bras telle de la pâte à pain.

— Docteur Becker ! Comment allez-vous ?

— Ben là, je manque un peu d'oxygène, plaisantai-je.

Il me relâcha aussitôt.

— Vous êtes tout maigre !

— C'est vrai. J'ai changé.

— Vous auriez dû me prévenir, fit-il d'un air de reproche. Ça craint dans le secteur.

Il se tourna vers les gamins.

— Carlos, dégage du canapé. Julián, va me chercher une bière pour le docteur. (Il se tourna vers moi.) Au fait, vous buvez toujours de la bière ?

— Pourquoi pas.

Il se laissa retomber dans le fauteuil en mousse. Je m'assis en face.

— Comment va ta mère ?

— Elle s'en sort.

— Toujours serveuse ?

— Elle est responsable d'une laverie, maintenant.

— Elle est en bonne santé ?

— Ça va. Ne vous inquiétez pas, docteur. Je veille sur elle.

— Elle sait que si elle a besoin de quoi que ce soit…

— Merci, c'est très gentil de votre part.

— Et Sean ? demandai-je.

— Il est à l'école. Il ne rate jamais une journée de classe… CONTRAIREMENT À D'AUTRES, lança Sonny à la cantonade.

Plusieurs enfants rentrèrent les épaules et quittèrent la pièce au galop.

— Il est premier de sa classe, dit Sonny. Il veut devenir médecin.

— C'est un sacré bonhomme.

— Ouais. Vous seriez fier.

Le petit frère de Sonny Boy s'appelait Sean. Je lui étais venu en aide quelques années auparavant alors qu'il vivait des moments difficiles[1]. Il s'en était sorti. Depuis, toute sa famille m'avait à la bonne, Sonny en particulier. Sans doute parce qu'il réalisait là, par procuration, son propre rêve de faire des études. Le petit Sean m'avait fait la promesse de bosser dur et il l'avait tenue. Sa mère faisait son possible pour garder la tête hors de l'eau. Et Sonny Boy, l'aîné, veillait sur l'armée de frères, demi-frères, sœurs et autres cousins qui occupaient leur domicile.

Je leur envoyais des cadeaux à Noël, surtout du matériel de premiers soins médicaux ou des antibiotiques, puisque, comme quarante-sept millions d'habitants, leurs dépenses de santé n'étaient pas prises en charge par l'État. Mais je ne pouvais guère faire plus : ils refusaient systématiquement mon aide. La fierté, c'était tout ce qui restait à ces gens.

— On fait une partie ? dit Sonny Boy en désignant la console.

— Désolé, je n'ai pas le temps.

En quelques années, Sonny était parvenu à devenir chef de gang sans toucher au commerce de la drogue. Il rassemblait les gosses les moins idiots et formait avec eux une milice des quartiers qui veillait sur les plus jeunes. Dans un univers parallèle, il aurait fait un excellent chef de classe. Dans celui-ci, je doutais fort qu'il survive au-delà de vingt-cinq ans.

— Alors, c'est Sean que vous venez voir ? demanda-t-il.

— Non. Toi. J'ai des ennuis. J'ai besoin d'un coup de main.

---

1. Voir *Monster*.

36

J'avais une idée sur la façon de m'y prendre pour remonter la piste de mon assassin.

Durant mon trajet jusqu'à Miami, j'avais tourné et retourné divers plans dans ma tête. Mais quel que soit mon choix, j'en revenais toujours au point de départ : Paul Becker étant officiellement mort, cela me donnait de la liberté de mouvement, de l'indépendance. En clair : il me fallait une nouvelle identité. J'expliquai à Sonny comment je voyais les choses.

— Vous êtes sûr de vouloir faire ça ? demanda-t-il à la fin.

— Certain.

— Une fois que vous aurez traité avec ces gens, vous ne pourrez plus revenir en arrière, docteur Becker.

— C'est tout le problème : je ne veux plus être le docteur Becker.

Il se leva pour passer quelques coups de fil. Il discuta longuement en espagnol tandis que je patientais avec les gamins, ravis de me défier aux *Lapins crétins*. Puis il raccrocha.

— On y va.

Je dis au revoir à tout le monde et nous montâmes dans sa voiture. Nous nous enfonçâmes dans des ruelles aux trottoirs défoncés. Sonny se gara dans un secteur d'entrepôts, et nous fûmes rejoints par un gros 4 × 4 noir quelques minutes plus tard. Une musique de rap sortait de l'habitacle avec une puissance ahurissante, les basses pulsaient si fort que plusieurs alarmes de véhicule se déclenchèrent. La musique s'arrêta et le conducteur descendit. Le chauffeur et mon ami discutèrent, puis Sonny revint vers moi.

— C'est bon pour refaire les papiers d'identité. Idem pour le faux diplôme d'infirmier, et la carte de journaliste. Ils ont du matériel laser de qualité professionnelle. Vous ne trouverez pas meilleur matos dans tout Miami.

— Et pour l'argent ?

— Ils acceptent de vous en prêter un peu.

— Et pour le flingue ?

Mon Glock était resté à La Nouvelle-Orléans. J'aimais cette arme, j'en avais demandé un nouveau. Sonny Boy détourna le regard comme s'il était navré de m'entendre dire ces choses.

— Vous devriez réfléchir, dit-il. Une dette, ce n'est pas que de l'argent : c'est un peu de vous qu'ils achètent. Si vous leur devez quelque chose, il faudra rembourser. Ce n'est pas une option, si vous voyez ce que je veux dire…

Je voyais, oui. Je transpirais à grosses gouttes. Voilà, on y était : je me trouvais dans la cité du crime, au cœur du territoire des méchants, les vrais de vrais. De qui s'agissait-il ? D'un gang de Cubains ? Des Mexicains ? Au fond quelle importance ? J'étais sur le point de m'associer avec des gens pareils, voilà où j'en étais.

— Vous n'êtes pas obligé de faire ça, docteur. Si vous voulez, on se tire d'ici. Vous n'avez qu'un mot à dire.

À Pensacola, le tueur s'était glissé dans la peau de l'officier de police Owen Mitchel avec une facilité déconcertante. J'avais retenu la leçon. Il me fallait une nouvelle personnalité, et je disposais justement des papiers de Jack Barn. Quoi de mieux que de reprendre la vie d'une personne existante ? Pas besoin d'inventer le personnage, tout était déjà là. Il suffisait de remplacer sa photo par la mienne et de rajouter de nouveaux détails. Tout comme le tueur, j'avais la possibilité de me glisser à mon tour dans de nouvelles peaux. Jack Barn l'infirmier. Jack Barn le journaliste. *Et Jack Barn l'ange déchu ?*

« Passez la main, avait dit Connie. Il y a des professionnels pour mener ce genre d'enquête. Celle-ci vous dépasse. » Elle avait raison. Enquêter, attraper le méchant, c'était le rôle de la police, pas le mien. Moi, j'aurais dû simplement retrouver un travail et renouer avec mes proches. Faire renaître la flamme qui s'était éteinte à un moment donné de ma vie. Retrouver une personne que j'avais perdue, et lui dire : « Voilà, c'est moi : Paul Becker. Je ne sais pas où tu es allée, ni pourquoi tu as disparu, mais je suis toujours ce garçon que tu as aimé. J'ai pris de mauvais chemins. Je me suis trompé. Reviens, je t'en prie. Recommençons tout à zéro. » Des rêves romanesques. Des rêves d'enfant.

— Dis-leur que c'est bon, murmurai-je. Les papiers, l'argent, le flingue. Je prends tout.

— D'accord, soupira Sonny.

CE QUE L'ON TROUVE DANS LA BOÎTE EN FER (EXTRAITS)

Carte de félicitations pour un mariage. Mot rajouté à la main. Encre bleue.

Année inscrite sur la carte : 1996.

« Paul Becker,

J'ai appris que tu allais te marier.

Je suis bouleversée.

Je devrais te présenter mes félicitations, comme c'est l'usage dans ces cas-là, mais je n'ai pas su trouver les mots. Alors pardonne-moi d'emprunter ceux d'un poète :

"Sois heureux, c'est le dernier vœu que forme mon cœur brisé."

Sarah L. »

37

Hank gara la Coccinelle Volkswagen d'Owen Mitchel sur le parking de la fête foraine. Il faisait nuit. Les manèges décrivaient des pirouettes dans les airs. La musique était trop forte et les gens criaient, des centaines de lumières clignotaient en tout sens. Un énorme bateau pirate passait et repassait en balançant les gens vers le ciel nocturne. Hank en avait mal au cœur. Il ouvrit la vitre et se força à respirer de grandes goulées d'oxygène. Une jeune femme se gara deux places plus loin, sortit son enfant du siège auto et fit quelques pas en le tenant par la main. Ils arrivèrent devant sa vitre.

— Pppph… pph… Pépé ? dit l'enfant en le montrant du doigt.

— Non, c'est pas Pépé, répondit la jeune femme avec un sourire.

Elle se tourna vers Hank.

— Désolée, monsieur. Il vous a pris pour son grand-père.

— Il n'y a pas de mal, madame.

— Tout va bien ?

— Ça va. Un peu de fatigue, c'est tout. J'attends ma famille.

— Bonne soirée, alors.

— C'est ça, répondit-il avec un hochement de tête.

Hank regarda la jeune femme et l'enfant s'éloigner. Il n'avait pas de famille à venir récupérer, bien sûr. Il était obligé de faire une halte à cet endroit pour organiser sa fuite. Et ce n'était pas de gaieté de cœur : il détestait cette bouillie sonore de musique moderne, d'orgues de barbarie et de cris hystériques. Selon lui, quand les gens criaient, il fallait que ce soit pour une bonne raison. Quand ils avaient peur ou qu'on leur faisait mal, par exemple. Sinon mieux valait qu'ils la ferment.

Il sortit de la Volkswagen et claqua la portière. Puis il retira ses gants en latex et les fourra dans sa poche. Il n'aimait pas non plus cette voiture. Trop voyante. Pas assez nerveuse. Et une marque étrangère, en plus. Comme si l'industrie automobile américaine ne se portait pas suffisamment mal ! Des villes comme Detroit tombaient en ruine à cause d'acheteurs stupides comme Owen Mitchel. Sans compter que ce véhicule avait quelque chose de… féminin. Voilà, c'était le mot que Hank recherchait. La Coccinelle était une voiture féminine. Et Mitchel, cet officier de police *maniéré* de Pensacola, était sûrement du genre à voile et à vapeur, si Hank avait dû se prononcer sur son orientation sexuelle. Il avait bien fait de lui injecter du chlorure de potassium dans les veines.

Il s'adossa à la carrosserie, croisa les bras et fit des exercices de respiration pour retrouver son calme. Il filait un mauvais coton, il fallait qu'il se détende. Le cadavre de Mitchel était resté dans la cave pendant trois semaines. Hank avait eu le temps de déguster plusieurs de ses bouteilles de vin. Délicieuses, d'ailleurs. Il avait également rencontré cette jeune femme, Sally, et pratiqué avec elle des exercices physiques plutôt agréables. La maison du bayou était chouette. Il y serait bien resté un peu plus longtemps. Seulement voilà : il avait été obligé de quitter ce petit paradis en catastrophe parce que apparemment il avait commis une erreur. Une foutue maladresse : quelqu'un était au courant pour sa virée au Yellowstone !

Hank se gratta la joue en observant machinalement les allées et venues des personnes sur le parking. C'était une fête foraine minable comme il y en avait des douzaines le long de la côte. Pas de service d'ordre, pas de caméra. Parfait pour ses affaires. Mais il préférait être prudent. Les erreurs, c'était terminé.

Il continua d'observer tout en réfléchissant. Il se demanda ce qui se serait passé s'il n'avait pas pris ce coup de téléphone. Lorsque l'officier de permanence l'avait appelé, Hank s'était dit qu'il y avait un problème. Il avait finalement décroché. Quel bien lui en avait pris ! En entendant cette femme lui parler d'un contrôle radar dans le Wyoming, il avait immédiatement compris qu'un truc ne tournait pas rond. Il n'avait jamais commis le moindre excès de vitesse. Il ne faisait aucune erreur de ce genre. Donc cette femme était une menteuse. Une sale petite fouine. Une enquêtrice lancée sur ses traces. Que savait-elle sur lui ? Y avait-il la moindre chance qu'elle ait découvert son visage ? Normalement, c'était impossible, il prenait d'énormes précautions à ce sujet. Depuis toutes ces années, c'était devenu une seconde nature, il tournait le dos aux caméras, évitait les lieux filmés, changeait de tête et d'accoutrement pour un oui ou pour un non. Mais il n'était jamais à l'abri d'une bêtise.

Hank serra et desserra les poings. Inutile de s'énerver. Ce n'était pas la première fois qu'il était confronté à ce genre de situation. Il devait procéder comme d'habitude, une chose après l'autre. Pour commencer, il fallait se débarrasser de la Coccinelle. Il n'avait pas fui à bord de la voiture de patrouille de Mitchel, évidemment, cela aurait été trop facile de le repérer. Il avait piqué l'autre, son véhicule personnel. Mais maintenant il devait s'en séparer. Il remit ses gants en latex, fit le tour de la voiture, ouvrit toutes les vitres et déposa les clés sur le tableau de bord.

La Volkswagen était volontairement garée dans un secteur peu éclairé du parking. Vu les mauvaises fréquentations qu'attiraient ces fêtes, il ne doutait pas qu'un petit loubard allait tirer la caisse. Et comme Hank n'avait laissé aucune empreinte, ça ferait une fausse piste à suivre pour la police. Le voyou allait entraîner les flics à droite et à gauche, peut-être changer d'État, fourguer la voiture à un carrossier ou bien la revendre. Les possibilités étaient infinies.

Hank tâta ensuite le sac en plastique étanche qui se trouvait à l'intérieur de sa veste et vérifia que son contenu ne fuyait pas au travers. Tout avait l'air normal. Bien. Il s'éloigna en direction des manèges pour l'étape suivante : dénicher sa prochaine victime.

Biff Hockstetter était un abruti de première, un *redneck*, un « cou rouge », comme on disait, et sa compagne Rita était une pute – il fallait bien appeler les choses par leur nom. Dans l'argot populaire, les cous rouges indiquaient un garçon mal dégrossi, un fermier dont le soleil tapait sans arrêt sur les épaules et lui colorait la nuque, un type tout juste bon à boire de la bière et à remuer du foin. Et c'était précisément ce que faisait Biff. Il avait claqué un petit paquet de dollars pour emmener Rita à cette fête foraine, mais là, il commençait à l'avoir mauvaise, à lui payer des canettes et à faire des tours de manège. Il avait envie de passer aux choses sérieuses. Rita n'était pas farouche, elle avait la réputation d'être une sacrée saute-au-paf, tous les employés de l'exploitation se l'étaient déjà tapée. Combien de temps allait-il encore attendre ?

— Bon, on retourne à la voiture ? dit Biff sur un ton énervé.

— On n'a même pas tiré à la carabine…

— Moi, c'est autre chose que je voudrais tirer.

— Allez, s'il te plaît, gagne-moi un nounours.

— Pfffff…, souffla-t-il.

Biff Hockstetter repoussa un vieil homme qui tenait des ballons et s'approcha du stand du tir.

— Doucement, dit le vieux.

Biff se tourna vers lui. Un nez de clown. Une casquette. Des gants blancs. Trois ballons dans la main. Qu'est-ce qu'il voulait, ce vioque ?

— Quoi, t'es pas content ? dit Biff.

— Vous m'avez l'air bien énervé, protesta le vieux.

— Dégage, on veut juste accéder au stand.

Le vieux bascula soudain en avant sans crier gare, comme s'il avait perdu l'équilibre, et se rattrapa aux épaules de Rita. Il s'accrocha à elle pour ne pas tomber.

— Il me touche les seins, ce salaud ! cria-t-elle.

Biff attrapa le vieux par le col.

— Dégage, espèce de pervers.

— Pardon, dit l'homme au nez de clown, j'ai juste glissé !

L'homme tenta cette fois de s'accrocher à Biff. Ce dernier le repoussa d'un coup sec. Le vieux perdit l'équilibre et tomba sur les fesses. Il avait l'air penaud. Il tendit la main pour rattraper la ficelle de ses ballons. Biff lui cracha dessus :

— T'as de la chance d'être un croulant. Sinon je t'aurais défoncé la cervelle !

— Pardon… pardon…, pleurnicha le vieil homme au nez de clown. Je ne fais pas exprès… Ce n'est pas ma faute…

Biff attrapa Rita par le coude.

— Allez, on se barre d'ici. Elle est craignos, cette fête.

Il l'entraîna jusqu'à la voiture. Elle se laissa faire sans protester. Ils s'enfoncèrent dans les ténèbres du parking et Biff se calma un peu. Son désir revint.

— Bon, on s'installe dans ma caisse ?

— Si tu veux, soupira-t-elle.

Il sauta derrière le volant et descendit sa braguette. Rita effectua seule le tour de la voiture – il n'allait pas lui tenir la portière, non plus, déjà que cet abruti au nez de clown lui avait pratiquement ôté toute envie d'avoir un rapport…

Biff sentit un objet dur lui rentrer dans la fesse. Il y avait quelque chose dans la poche de son pantalon. Il fourra sa main dedans… et en ressortit une magnifique montre. Rita s'installa à côté de lui.

— C'est quoi ? dit-elle.

— Je ne sais pas. On dirait une montre de marque.

Il l'examina sous la lumière du plafonnier. Il ne savait pas comment la montre s'était retrouvée là. Il la passa à son poignet : elle était délicate, stylée, un peu féminine peut-être, mais elle devait valoir cher. Carrément la classe.

— Tu allais me faire un cadeau ? demanda Rita pleine d'espoir.

— Hein ? Non mais tu rêves !

Elle secoua la tête d'un air navré et ouvrit son sac à main. Son visage devint blême.

— Quoi, dit Biff. Me dis pas que t'as oublié les préservatifs…

— Y a du sang.

— Où ça ?

— Là, dit-elle en montrant son sac sans oser l'approcher.

Elle avait raison. Il y avait bien quelques gouttes de sang à l'intérieur du sac à main.

— File-moi ça, dit Biff.

Il le vida sur ses genoux.

— Tu vois, il n'y a rien.

Ses yeux cherchèrent parmi les objets. Erreur. Il y avait bien un truc : une sorte de boudin. Il le prit dans sa main. Le retourna. Ses yeux s'écarquillèrent. Rita hurla. Biff hurla à son tour. Rita hurla encore et bondit hors de la voiture. Ce que Biff Hockstetter tenait dans sa paume était un doigt tranché. De femme. Avec du vernis à ongles dessus.

38

Hank quitta la fête foraine au volant de sa nouvelle voiture. Arrivé au carrefour suivant, le feu était rouge. Il s'arrêta et mit la radio. Il imaginait la tête de cet abruti de fermier : sa copine et lui avaient été très faciles à berner. Il avait suffi de se déguiser en clown et de glisser les objets dans leurs affaires à la faveur de leur petite altercation. La femme allait sûrement taper une crise d'hystérie en découvrant le doigt sectionné dans son sac. Comment allaient-ils réagir ensuite ? L'homme serait tenté de conserver la montre, qui valait un bon paquet de dollars. Mais la femme aurait du mal à se taire. Ils allaient se disputer. Combien de temps allaient-ils tenir sans rien dire à personne ? Quelques heures ? Des jours ? Impossible à savoir. Mais de l'avis de Hank, l'un des deux (probablement la fille) finirait par parler aux flics. Et de là, leurs ennuis seraient catapultés dans une dimension totalement différente.

Car la montre appartenait à l'officier de police Owen Mitchel. Et le doigt était l'index de Sally. Hank l'avait découpé avant d'abandonner son corps disloqué sur une bretelle d'autoroute.

Le feu passa au vert. Il redémarra en douceur, mit son clignotant droit et s'engagea sur la nationale. Hank procédait toujours ainsi : mélanger les indices, brouiller les pistes. Que le gars et sa copine avertissent ou non les flics ne lui posait aucun problème. Mais qu'ils s'amusent à le faire, et ce serait la valse des interrogatoires. Toutes sortes de services de police interviendraient. Il faudrait reconstituer leurs trajets, leurs histoires personnelles, vérifier leurs alibis. Les questions se multiplieraient en tous sens. Les uns et les autres se tireraient dans les pattes. Sans compter la disparition de la Coccinelle – encore une fausse piste.

Comment les flics allaient-ils se dépêtrer d'un puzzle pareil ? Réponse facile : ils ne le pourraient pas. Hank utilisait cette méthode depuis longtemps. Avec quelques idées simples, il leur faisait se mélanger les pinceaux. Il récupérait des mégots de cigarettes ou des chewing-gums usagés trouvés çà et là et les déposait près des corps de ses victimes pour que les enquêteurs en recueillent l'ADN. Ou bien il volait une poubelle et récupérait son contenu – brosses à dents, serviettes hygiéniques – qu'il plaçait exprès dans la salle de bains du cadavre. Parfois il faisait l'inverse : il emportait des objets personnels et les déposait dans les toilettes publiques. Hank avait vu des femmes ressortir avec des bijoux autour du cou ou du poignet, tout heureuses de les avoir découverts près d'un lavabo, alors que la propriétaire pourrissait dans une poubelle à moins d'un kilomètre. D'autres fois encore, il laissait traîner des publicités de motels ou des prospectus de location de voiture en langue étrangère pour faire croire qu'il venait d'un autre pays.

Mais le plus efficace, évidemment, c'était lorsqu'il n'y avait aucun crime apparent. C'est pourquoi, chaque fois qu'il le pouvait, Hank maquillait le meurtre en accident. Le chlorure de potassium l'aidait beaucoup, il suffisait de dissimuler ensuite le point d'injection. Il utilisait cependant d'autres méthodes : accidents de la route, accidents domestiques… Les idées ne manquaient pas.

Il lâcha un soupir. Il n'aurait pas aimé être flic : toutes ces recherches inutiles, toute cette paperasse, ils devaient s'en arracher les cheveux… La radio passa un vieil air de jazz et Hank se détendit. Il aimait bien rouler en repensant à tout ça. Pourquoi commettait-il des meurtres, au fond ? Grande question. L'un de ces psychiatres à la noix aurait certainement dit qu'il adorait avoir le contrôle. Que c'était une forme de jouissance. Hank régnait sur son petit univers secret, en somme. Peut-être. Il aimait voir une femme marcher avec les bijoux de l'une de ses victimes, en étant le seul à savoir ce qu'elle avait subi, d'accord. Mais ce n'était pas sa première motivation. Hank se considérait comme un homme simple, avec des besoins simples. Et le premier de ses besoins était l'argent.

Il se faisait vieux. Les billets ne tombaient pas du ciel. La moindre dépense de santé, par exemple, rendait sa vie difficile. Deux cents dollars une simple consultation chez le généraliste. Mille pour un passage aux urgences. Vingt mille pour être opéré de l'appendicite. Qui pouvait se payer ça ? Vieillir était difficile. Vieillir, il fallait savoir encaisser. Ses articulations lui faisaient mal. Sa prostate l'empêchait de pisser. Des adultes en costard s'adressaient à lui comme à un attardé mental, des jeunes types le bousculaient dans la rue, des gosses se payaient sa tête. On le traitait de grincheux, d'aigri, de misogyne, de raciste. Pourtant Hank n'était rien de tout ça. Il estimait qu'il avait droit à un minimum de respect, et même au bonheur. Abraham Lincoln avait inscrit la poursuite du bonheur dans cette foutue constitution des États-Unis d'Amérique, Hank ne voyait pas pourquoi il ne le mériterait pas, lui aussi !

Il s'arrêta à un carrefour et se calma un peu. Bon, d'accord, il tuait des gens. Mais toute société a les criminels qu'elle mérite. Hank n'était pas une machine sans âme : il tuait en fonction des opportunités. Ce qu'il aimait, c'étaient les rencontres. Il allait d'un endroit à un autre, d'une personne à une autre. Parfois, il essayait de vivre en couple un bref moment, comme avec cette Sally. Il lui était même arrivé de se marier une fois, à la sauvette, pour l'expérience. Un échec cuisant. Il aimait cependant accompagner les gens un bout de chemin. Et parfois il les assassinait, ou volait leur identité. Ce soir, il avait juste eu besoin d'argent et d'une voiture. Le lourdaud et sa copine n'étaient pas des victimes convenables, ça se voyait tout de suite qu'ils n'avaient pas un kopeck. Non, les proies les plus faciles, celles qui transportaient le plus de cash, c'étaient souvent de simples parents. Le genre qui n'hésitaient pas à claquer un max pour leurs gosses, mais qui ne vous auraient jamais tendu une pièce.

Un flic à moto l'arrêta au carrefour et toqua à sa portière. Hank abaissa sa vitre.

— Oui, monsieur l'agent ? J'ai fait quelque chose de mal ?

— Du tout, dit le motard avec le sourire. Vous avez un nez rouge mais ce n'est pas un délit.

— Oh, pardon.

Hank retira son nez de clown et le déposa à côté des ballons gonflables sur le siège passager.

— Nous revenons de la fête foraine, dit-il. J'ai oublié de l'enlever.

— Vous roulez un peu trop lentement, aussi.

— Vous avez raison, monsieur l'officier. Pardonnez-moi. Mais il est tard, nous préférons conduire avec prudence.

Le policier désigna l'arrière de la voiture.

— Bon, je les laisse dormir. Je ne voudrais pas réveiller votre petite famille. Prenez soin de vous, et bonne route.

Le motard remit les gaz et s'éloigna. Hank bougea le rétroviseur. La femme et l'enfant dans son siège auto étaient sur la banquette arrière. Immobiles. Il redressa le rétroviseur. Effectivement. On aurait dit qu'ils dormaient.

39

Le téléphone me réveilla en pleine nuit. J'allumai ma lampe de chevet et regardai l'écran de mon portable en clignant des paupières : Connie Lombardo. Deuxième sonnerie – j'hésitai à répondre. À la troisième, je décrochai :

— Qu'est-ce que vous voulez ?

— Il faut qu'on parle, dit Connie.

— Il est trois heures du matin.

— Où êtes-vous ?

— Loin.

— Vous avez filé à l'anglaise, Paul.

— Ouais, c'est mon problème.

— On avait dit qu'on allait chez les flics…

Je me redressai dans mon lit et changeai mon combiné d'oreille.

— Écoutez, Connie, j'ai changé d'avis. Je vais procéder à ma manière, d'accord ? N'essayez pas de me retrouver ni de me mettre des bâtons dans les roues. Sinon je jette ce portable, j'en prends un autre et on ne se parlera plus.

— Je veux juste vous aider.

Mon énervement grimpa en flèche.

— M'aider ? Mais qui vous demande de m'aider ? Je vous ai payé pour un travail et ce travail est fini. Le fric n'était pas suffisant ? Vous en voulez encore ?

Un silence. J'étais odieux, je m'en rendais compte. Mais je n'avais pas envie de débattre avec elle. J'attendais simplement qu'elle me raccroche au nez. Vieille tactique de rupture : soyez odieux, elles raccrochent, c'est plus facile qu'une longue explication stérile. De toute façon, si ce n'était pas elle, ce serait moi d'ici trois secondes. Je comptai. Un. Deux. Tr…

— Il s'appelle le Visiteur, dit Connie.

— Qui ?

— Votre tueur. Le Visiteur. C'est son nom.

— On dirait plutôt un surnom à la noix.

— C'est l'usage.

— Quel usage ? De quoi vous parlez ?

— Lorsqu'on mène une enquête sur un tueur dont on ne connaît pas l'identité, on lui donne un surnom. Je parle d'enquête fédérale. Je parle de tueur en série.

— Hein ? Attendez une seconde, vous allez trop vite…

J'en profitai pour aller me chercher un verre d'eau à la cuisine. Après mon expédition dans le quartier des gangs d'Opa-locka et l'obtention de mes nouveaux papiers d'identité, je m'étais mis à la recherche d'un endroit où dormir. J'avais déniché un petit appartement à Miami Beach louable à la semaine. Le genre miteux, pas cher, climatisation défectueuse. On crevait de chaud.

— Vous en étiez à « tueur en série », dis-je entre deux gorgées d'eau fraîche. Expliquez-moi ça.

Connie prit une longue inspiration, puis finalement se lança.

— J'ai fait des recherches. Les critères de votre assassin correspondent à un profil dans la base de données de la police. Ce n'est pas la première fois qu'il commet des meurtres de cette façon. On l'appelle le Visiteur à cause de son mode opératoire. Il s'introduit dans la vie de quelqu'un comme un cambrioleur dans une maison. Parfois il sympathise avec lui. Parfois il l'assassine et prend sa place : il vole sa vie, comme il l'a fait pour Mitchel. Il utilise ses cartes bancaires, habite chez lui, s'habille avec ses fringues, il peut même nourrir son chien ou arroser ses plantes. Cela dure quelques jours, ou des semaines. Notez qu'il ne tue pas forcément ses victimes : certaines personnes ont été simplement séquestrées pendant qu'il utilisait leurs affaires. Dans ce cas il emploie des masques ou des déguisements chaque fois qu'il leur parle, et il les laisse enfermées dans une pièce le reste du temps. On n'a aucune description précise, cela varie sans cesse. Quand il en a assez ou qu'il est sur le point de se faire prendre, il disparaît et recommence ailleurs. Généralement dans un autre État, comme ça la police ne peut pas faire le lien. Une autre victime. Une autre vie. Une autre maison. Il passe à travers l'existence des gens puis il se volatilise sans laisser de traces. Voilà qui est le Visiteur.

Je n'en croyais pas mes oreilles.

— C'est dingue. Comment savez-vous tout ça ?

— J'ai un contact chez les flics, je vous en ai déjà parlé. C'est la même personne qui m'a aidée à récupérer les images de votre caméra. Pour apprendre ces informations, on s'est servi du programme informatique ViCAP.

— C'est quoi ?

— Violent Criminal Apprehension Program. La base de données criminelle de la police. On répond à une série de questions et le programme recherche s'il y a des similitudes dans tout le pays et à d'autres époques. Pour simplifier, imaginez qu'une fille se fasse violer puis assassiner à Boston dans le Massachusetts à la sortie d'un gymnase après avoir été endormie avec du chloroforme. Vous entrez les caractéristiques du meurtre dans ViCAP : fille, viol, meurtre, gymnase, chloroforme. ViCAP fait la recherche, et boum : il découvre qu'une autre fille a subi exactement le même sort à Los Angeles cinq ans plus tôt. Voilà à quoi sert ViCAP : sans ça, on aurait été incapable de faire le lien entre les différentes affaires. Auparavant, l'usage de ce programme était réservé au FBI. Mais depuis 2008 tous les services de police y ont accès.

— Et que donne votre ViCAP concernant le Visiteur ?

— Jusqu'ici, il était suspect dans une demi-douzaine d'affaires. Dont seulement deux meurtres. Pas de quoi fouetter un chat. D'autant qu'il n'avait pas le profil d'un tueur en série soumis à des pulsions sexuelles, qui sont les prédateurs que l'on redoute le plus : ceux-là, on sait que leur désir est insatiable et qu'ils vont tuer, encore et encore, jusqu'à ce qu'on les attrape. Non, le Visiteur avait jusqu'ici un profil très atypique, il se rapprochait plutôt de celui d'un voleur. C'est un sociopathe qui semble tuer pour de l'argent, ou du moins pour améliorer son existence.

Je sentis au timbre de sa voix qu'il y avait un problème.

— Mais encore ? dis-je. Avec ce qu'on a appris, les choses viennent de changer, c'est ça ?

— Eh bien, je n'ai pas pu faire de recherche officielle. Nous avons désormais trois victimes de plus, mais elles ne sont pas encore enregistrées comme telles, puisqu'il n'y a pas d'enquête. Ces victimes sont Mitchel, vous au Yellowstone et, d'après ce que vous m'avez dit, le docteur Lewis à Eden il y a trente ans. En revanche, nous disposons grâce à vous de nouvelles précisions sur son mode opératoire : l'injection de chlorure de potassium ; la mort apparente par infarctus ; la présence d'une plaie au bras droit ; le maquillage des meurtres en accident. Et ça change tout.

— Dans quelle mesure ?

— Parce qu'il faut désormais reprendre en compte un certain nombre de morts suspectes qui étaient jusqu'ici classées en accidents. Il y a tous les cas d'arrêts cardiaques bizarres où l'on n'a rien pu prouver. Toutes les victimes chez qui on a noté une plaie au bras droit. Mais aussi, par extension, toute mort accidentelle douteuse dans un secteur où le Visiteur a séjourné. Par exemple, on pourrait s'intéresser au cas de cette prostituée écrasée au bord de la route quand nous étions à Blackwater Bayou. La base de données du ViCAP comporte plus de quatre-vingt-cinq mille entrées, ça nous laisse pas mal de choix possibles.

Je m'appuyai contre l'évier de la cuisine. La chaleur me paraissait de plus en plus étouffante. Connie poursuivit :

— Il faut aussi tenir compte du fait que les empoisonneurs ne sont pas des tueurs en série classiques. Ils sont difficiles à repérer. Ils commettent énormément de meurtres avant qu'on ne les arrête. Avec le chlorure de potassium, il y a un précédent célèbre : entre 1993 et 1995, un infirmier de l'Indiana a assassiné ses patients. On lui a attribué les meurtres de six personnes, mais les soupçons portaient en réalité sur des dizaines de victimes. À cause du potassium, on n'a jamais pu en apporter la preuve.

Ma bouche était devenue totalement sèche. Je remplis un autre verre d'eau et le portai à mes lèvres.

— Je ne comprends pas, dis-je. D'après vous, le Visiteur aurait fait combien de victimes au total ?

— Ça dépend. On ne peut faire que des conjectures. J'ai obtenu des liens potentiels vers beaucoup d'affaires, mais un certain nombre sont sûrement de fausses pistes. Il faudrait des mois, ou même des années pour analyser tout ça et faire le tri. En outre, il y a forcément des victimes dont on ne connaît pas l'existence. Le programme ViCAP n'est apparu qu'en 1985. Il est loin d'être exhaustif. Même aujourd'hui, un tas de départements de police ne se donnent pas la peine de partager leurs données d'un État à l'autre…

— Donnez-moi un ordre de grandeur.

— En tenant compte du fait que le Visiteur est très intelligent, qu'il ne s'est jamais fait prendre et qu'il commet apparemment des meurtres depuis trente ans, voire plus… si on multiplie le nombre de cas potentiels par le nombre d'années…

— Combien de victimes d'après vos estimations ?

Je l'entendis ravaler sa salive.

— Plus d'une centaine.

C'est là que le verre d'eau m'échappa.

40

Notre conversation se prolongea tard dans la nuit. Connie insistait pour que nous contactions le FBI et que je coopère. Déontologiquement, dit-elle, elle ne pouvait pas passer ces informations sous silence. Je refusai tout net. Elle fit valoir que la dangerosité du Visiteur primait le reste. J'objectai que, en ce qui me concernait, c'était ma vie qui primait. Elle me traita d'inconscient et de tête de mule. Je coupai court à la discussion en promettant de réfléchir et de la recontacter très vite, une fois que j'aurais exploré les pistes que j'avais en tête. Le tueur était en liberté depuis plusieurs décennies, nous n'étions pas à quelques jours près. Elle finit par accepter de mauvaise grâce et nous en restâmes là.

Je raccrochai et me laissai tomber sur le lit. Impossible de trouver le sommeil ensuite. Évidemment, je n'avais aucune intention de coopérer avec quiconque – et surtout pas avec le FBI, qui avait largement contribué à ma descente aux enfers lors d'un précédent chapitre de ma vie. Il n'empêche : plus de cent victimes, le score du Visiteur était énorme ! Étais-je réellement inconscient ? Sans doute. Mais je sentais aussi qu'il existait une connexion particulière entre le tueur et moi. Un mystère que je devais absolument résoudre. Si les cow-boys du FBI débarquaient maintenant, ils risquaient de tout ficher en l'air et le Visiteur disparaîtrait à jamais. Et cette éventualité me mettait en rage.

Une fois de plus, l'ombre tapie en moi me susurra de faire confiance à mon instinct.

Je finis par me lever au petit jour, complètement épuisé, et me traînai jusqu'à un bar en bordure de mer où je commandai des fruits, des croissants et un litre de café brûlant. Au diable le régime. Je regardai les joggeurs accomplir leur parcours sur la plage. Il faisait bon à Miami Beach à cette heure, j'avais bien fait de me lever tôt : il valait mieux profiter de la fraîcheur du matin avant que les grosses vagues de chaleur ne s'abattent. Je bus une gorgée de café et reposai ma tasse sur la table. Avant tout, il fallait que je remette de l'ordre dans mes idées. Je pris une pomme dans la corbeille de fruits et la fis tourner dans ma main.

Premier problème sur ma liste : le Visiteur. Que savais-je sur lui ? Un : ce type était un tueur en série hors norme, un dingue en activité depuis au moins trente ans. Deux : enquêter sur ses différents crimes par des moyens classiques demanderait à la police énormément de temps et de ressources. Trois : il n'était pas un prédateur sexuel, mais plutôt une sorte de voleur sociopathe intéressé par le fric. Quatre : alors qu'il se trouvait à des milliers de kilomètres, il était venu m'assassiner, guidé par des renseignements précis. La conclusion me paraissait évidente : dans mon cas, il s'agissait sûrement d'un contrat. Ce type devait avoir été payé par quelqu'un. Était-ce Jerry, Cam, ou une autre personne ? Impossible à savoir. Mais c'était la première piste à suivre.

Je posai la pomme sur la table et m'emparai d'une orange. Problème numéro deux : le meurtre du docteur Charles Lewis. S'agissait-il d'un meurtre impulsif commis par le Visiteur, ou d'un contrat là aussi ? Cela me renvoyait à une autre question. Une interrogation que je n'avais jamais soulevée durant mon enfance car cela ne m'intéressait pas à l'époque : pourquoi un type aussi célèbre que le docteur Lewis était-il venu s'enterrer à Eden avec sa famille ? Il avait pris un poste de chirurgien dans un petit hôpital du comté alors qu'il travaillait dans la recherche médicale. Sarah m'avait même confié un jour qu'il avait failli obtenir le prix Nobel. Maintenant que je savais qu'il n'était pas décédé de mort naturelle, il fallait également creuser cette piste. Bien, je posai l'orange à côté de la pomme, et sortis un kiwi du panier.

— Vous ne mangez pas, monsieur ? demanda le serveur, perplexe.

— Si, si.

— Les fruits ne sont pas bons ? Vous voulez que je vous les change ?

Il me prit le kiwi des mains.

— Reposez immédiatement ce kiwi sur la table, dis-je sur un ton sec. C'est mon problème numéro trois.

— Pardon ?

— Laissez ce kiwi tranquille ! Si j'ai besoin de quelque chose, je vous ferai signe !

Le serveur déposa le fruit et s'éloigna en grommelant. Je repris le fruit. Problème numéro trois, donc : organiser ma nouvelle vie en tant que Jack Barn. J'avais déjà bien travaillé là-dessus toute la journée d'hier. En plus d'avoir loué un appartement, j'avais ouvert deux comptes bancaires et pris deux cartes de crédit (l'une pour « Jack l'infirmier », l'autre pour « Jack le journaliste »), je m'étais payé une petite voiture d'occasion, et j'avais trouvé un boulot d'infirmier à domicile dans une agence d'intérim. Je savais comment ça fonctionnait pour les infirmiers du secteur de Miami Beach : les tournées avaient lieu uniquement tôt le matin, chez une clientèle riche, avec des pourboires énormes. Je n'aurais aucun mal à subvenir à mes besoins financiers. Et Jack Barn le journaliste pourrait ainsi mener ses investigations l'après-midi et le soir. Parfait.

Je déposai mon kiwi sur la table à côté du reste et pris une grappe de raisin. Le serveur m'observa d'un air suspicieux. Je lui jetai un regard de pitbull, et il se détourna en haussant les épaules. Problème numéro quatre : récupérer mon père. D'après ce que j'en savais, il était actuellement pris en charge par un service à temps plein qui gérait sa maladie d'Alzheimer. Mais j'allais devoir lui trouver un endroit où dormir le soir. Ce problème était le plus facile à résoudre : il suffisait que je le prenne avec moi. Pour cela, un simple formulaire rempli par Paul Becker et antidaté (le formulaire était téléchargeable sur Internet) ferait parfaitement l'affaire : Jack Barn deviendrait l'infirmier personnel de George Dent, et voilà. Je croquai un raisin. Le dernier problème n'en était pas un : c'était celui de mon enterrement. Il m'avait suffi d'ouvrir la dernière édition du *Naples Daily News* pour l'apprendre : l'inhumation de Paul Becker était prévue dans deux semaines au cimetière d'Eden Hill. Après l'avoir longtemps guettée, la nouvelle m'avait fichu un coup. Le délai exceptionnel s'expliquait par la nécessité d'embaumer mon corps sur place à Jackson Hole, puis de le rapatrier à Eden et de prévenir les proches. Je savais qu'il n'y aurait pas de veillée ni de présentation dans un funérarium puisque le visage de Jack avait été détruit par les flammes. Tant mieux. Je ne voulais pas courir le moindre risque que l'on puisse douter de ma mort.

Ayant soudain perdu l'appétit, je laissai quelques billets sur la table et partis marcher sur la plage. L'endroit m'était douloureusement familier : la plage de Miami Beach était le dernier endroit où j'avais parlé à Sarah.

Je retirai mes chaussures et fis quelques pas pieds nus dans le sable en laissant la nostalgie m'envahir. Je repensai à ce fameux été 1979, sans doute le plus beau de ma jeunesse. Sauf qu'il s'était conclu d'une façon dramatique, et qu'après Sarah avait éprouvé le besoin de s'éloigner... Elle partit en Europe dès la classe de cinquième. Je rongeais mon frein en attendant son retour. Nous correspondions par courrier, bien entendu, et de nombreuses lettres s'accumulèrent dans la boîte en fer. Sarah voyagea en Suisse. En France. En Italie. Elle me parlait des classes qu'elle fréquentait, de ses différents collèges, des nouvelles amies qu'elle rencontrait là-bas, et moi je ne pensais qu'à une chose : à son retour à Eden. J'espérais surtout, de tout mon cœur, qu'elle n'allait pas rencontrer un autre garçon.

Et puis un jour Sarah réapparut. Et tout redevint comme avant. Cela dura de la classe de seconde jusqu'à la fin de l'année de terminale. Ce fut encore plus fort, encore plus incroyable que tout ce que j'avais pu imaginer. Lorsque nous fûmes acceptés dans nos universités respectives, elle en Floride pour ses études de vétérinaire, et moi à UCLA en Californie, à plus de quatre mille kilomètres de distance, ce fut un déchirement absolu. Le jour du départ, je me rappelle m'être caché dans les toilettes de l'aéroport pour pleurer durant trois heures. Nous jurâmes de rentrer régulièrement à Eden pour nous revoir le plus souvent possible. Nous promîmes de rester fidèles à notre amour, et nous prononçâmes mille serments. Et bien entendu, ces serments furent brisés.

À UCLA, j'entrai dans le monde de la médecine. Je déposai mon épée, mon armure et mes rêves à l'entrée de l'hôpital, et je me confrontai à la réalité brute. Mes livres de Tolkien et de Lovecraft furent remplacés par des manuels d'anatomie et de biophysique. Je me battais désormais contre des cas médicaux. Je fis connaissance avec les morts absurdes, la misère, le malheur véritable. Je compris que rien ne durait jamais, et que les amours d'enfance ne faisaient pas exception à la règle. Le monde n'avait aucun sens. C'était à nous de lui en donner un. Et à cette époque, le seul sens que je voyais à tout ça, à ce bordel innommable qu'on appelait la vie, à cet immonde bourbier dans lequel vous pouviez mourir fauché par une voiture en allant vous acheter une glace, où l'on pouvait vous annoncer du jour au lendemain que votre gamin était atteint d'un cancer, le seul sens qu'il pouvait y avoir à cette sinistre farce, c'était de combattre. Devenir le meilleur. Affronter le chaos. Le repousser, ne serait-ce qu'un instant, et grappiller à la mort un peu de temps supplémentaire. Peu importait les sacrifices. Et dans cette guerre, malheureusement, il n'y avait pas de place pour les sentiments. Je devais me protéger. M'enfermer à double tour. Mon cœur ne comptait pas, seul mon cerveau devait être efficace. Je devais être une machine et rien d'autre.

Sarah termina ses études. De temps en temps, elle reparlait de nous. De l'Afrique. De nous deux dans un petit avion, survolant les troupeaux d'éléphants et d'antilopes. De son rêve. Elle s'accrochait. Moi non. Notre relation se distendit peu à peu. Je m'autorisais des incartades. Je donnais moins de nouvelles. Un jour, lors d'un stage à l'étranger, je rencontrai une fille formidable. Cette fille me rejoignit par la suite en Californie. Je n'envisageais plus de retourner en Floride. Nous décidâmes de nous marier. Je n'osai même pas prévenir Sarah. Elle fut dévastée, mais m'envoya tout de même une lettre de félicitations.

Les années passèrent. Nous eûmes un fils. Je me surchargeais de travail. Ma relation conjugale devint compliquée. Quand mon mariage commença à battre sérieusement de l'aile, je proposai à ma famille de déménager en Floride. Était-ce le besoin de retrouver mes racines ? De redonner du sens à ma vie ? Le désir inavoué de revoir Sarah ? Sans doute un peu de tout ça. Ma femme l'interpréta comme une tentative de relancer notre mariage. Je ne prétendis pas le contraire. Au début de l'année 2005, sur un coup de tête, alors que j'étais en visite à Naples pour préparer le déménagement, repérer notre future maison et nos locaux médicaux, je téléphonai à Sarah. Nous décidâmes de nous revoir en terrain neutre.

Ce fut sur cette plage, à Miami Beach…

Janvier 2005.

Elle n'avait pas changé. Fine, un peu pâle, comme toujours. Elle portait une robe légère dans laquelle s'engouffrait par moments le vent en dévoilant ses jambes. Le soleil jouait avec ses cheveux. Mais pour la première fois, je remarquai que son visage semblait porter une ombre – ou bien était-ce simplement sa position, regardant vers le sol ? Je m'approchai d'elle et lançait d'une voix hésitante :

— Bonjour, Sarah.

Elle releva la tête.

— Bonjour, fit-elle timidement.

Je ne savais pas trop comment débuter.

— Je suis en Floride pour quelques jours. Je visite des maisons à Naples. Je compte revenir m'installer par ici.

Son visage s'éclaira soudain.

— Ma femme et mon fils vont me rejoindre, complétai-je maladroitement. Je vais ouvrir une consultation en ville. Du coup, on sera certainement amenés à se revoir…

L'ombre retomba sur ses traits. Je tortillai mes mains.

— Ça fait bizarre de se parler ainsi, après tout ce temps.

— Bizarre, oui, soupira-t-elle.

— Je veux dire, on dirait deux étrangers…

Elle regarda ses chaussures et prit une inspiration.

— Tu te rappelles la fois où l'on s'est fait griller des chamallows sur la plage ?

— Oui, bien sûr. Il y avait toute la bande.

— « Cam a les couilles qui crament », dit-elle.

Je souris :

— Quel idiot, ce Cameron. On a eu un fou rire durant quoi, vingt bonnes minutes ?

— Plutôt une heure.

— Les blagues n'arrêtaient pas.

— On était tous pliés.

— Ouais, fis-je.

À présent, nous étions tous les deux en train de sourire.

— Tu vois, dit-elle, nous ne sommes pas deux étrangers.

Elle avait raison. C'était bien vu de sa part de ranimer ainsi la flamme. J'avais maintenant l'impression que nous nous étions quittés depuis un quart d'heure à peine.

— Tu veux qu'on marche un peu ? dit-elle.

— D'accord.

Je tendis ma main pour prendre la sienne – et me rétractai au dernier moment. Elle le remarqua et ne put s'empêcher de sourire à nouveau, sans faire de commentaire. Quelquefois la mémoire des corps en dit plus long que les mots.

— Comment vont les autres ? demandai-je.

— Cam est entré dans la police de Naples.

— Il se débrouille bien ?

— Il grimpe les échelons en interne. Lentement, mais il les grimpe. Il n'est pas aussi brillant que toi.

— Mais il est costaud et persévérant.

— À un moment, il comptait s'enrôler chez les pompiers de la ville. Parce qu'il voulait te ressembler. Sauver des vies.

— Je n'étais pas au courant.

— Tu es son idole. À lui et à Stan. Ils ont toujours voulu être comme toi. Depuis cette fameuse journée où tu m'as sauvée après l'accident du château d'eau de Pepper Mill. Ils ne te l'ont jamais dit ?

— Non, fis-je en me mordant la lèvre.

— Le grand docteur Becker. Ils parlent souvent de toi et de tes études. Ils sont tellement fiers… Quand ils vont apprendre que tu reviens, on ne va plus les tenir en place. Tu devrais les appeler plus souvent.

— Et que devient Stan ? demandai-je pour masquer mon émotion.

— Pas grand-chose. Il traîne dans les bars. Il boit. Il se drogue un peu. Stan le Dingue, comme d'habitude.

Ce sobriquet tout droit sorti de notre enfance fit se serrer mon cœur dans ma poitrine.

— Je dialogue parfois sur Skype avec Jerry Goodritch, dis-je pour détourner la conversation. Tu sais qu'il est chirurgien gynécologue ? Diplômé de Columbia en plus.

— Évidemment. On discute sans arrêt.

— C'est drôle, il ne m'en a jamais parlé.

— Il y a beaucoup de choses dont Jerry ne t'a jamais parlé. Comme le fait qu'il soit gay, par exemple.

— Non ? Jerry est gay ?

— Mon Dieu, Paul Becker, je me demande parfois sur quelle planète tu habites.

Elle toucha tendrement ma joue. Des enfants passèrent entre nous en jouant au ballon sur le sable. Mon regard ne parvenait pas à se détacher d'elle.

— Comment fais-tu ? dis-je, ému.

— Quoi ?

— Pour demeurer aussi époustouflante, après tout ce temps.

Cette fois, ce fut elle qui détourna le visage pour masquer son émotion.

— Paul Becker, tu t'imagines qu'une femme révèle ainsi ses secrets ?

Cette façon qu'elle avait de prononcer mon nom complet, une façon bien à elle, me donna des frissons jusque dans la nuque.

— Tu n'es pas simplement jolie. Tu es magnifique. Je n'aurais jamais dû partir à l'autre bout du pays.

— Tu n'avais pas le choix. L'université t'a accepté et t'a offert une bourse. C'était une chance extraordinaire. La seule façon pour toi de faire tes études. Cependant…

— Oui ?

— Tu avais juré. Quand nous étions sur ces lits d'hôpital. Tu avais promis de ne jamais me laisser en arrière.

— C'est vrai.

— Tu aurais pu revenir me chercher après la fac.

— C'est vrai, répétai-je, les épaules basses.

— Mais tu as préféré en épouser une autre, dit-elle. Je t'ai attendu, je t'ai écrit. J'ai imaginé ton retour tellement de fois… Je t'ai même envoyé une lettre pour ton mariage. J'ai presque cru que je pourrais te faire changer d'avis. C'était stupide. Égoïste, même. Mais je m'en fichais. Je crois que j'aurais fait n'importe quoi pour que tu reviennes.

Des larmes brillaient dans ses yeux. J'eus l'impression que mon cœur se réduisait comme une feuille de papier sous une flamme, jusqu'à n'être plus qu'un morceau de charbon. J'avais tellement envie de la prendre dans mes bras.

— Et si on se donnait une seconde chance ? lançai-je.

Elle se détourna et fixa la plage, comme si elle avait maintes fois réfléchi à cette possibilité. Des familles jouaient ensemble. Des hommes, des femmes, des enfants. Ça aurait pu être nous.

— Il est trop tard pour nous deux, dit-elle.

— Pourquoi ?

— Parce que c'est comme ça.

— Tu as quelqu'un ?

— Non. Pas en ce moment.

Je posai la main sur son épaule.

— Je me suis trompé, Sarah. Je m'en veux tellement, si tu savais… Ma vie ne ressemble pas à celle que j'aurais voulu avoir.

— La mienne non plus.

— J'ai commis des erreurs.

— Je comprends, dit-elle. Mais on ne peut pas revenir en arrière.

— Mais si, protestai-je. Il suffit de le vouloir.

— Tu as une femme. Un fils. Tu n'aimes pas ton fils ?

— Bien sûr que je l'aime.

— Alors tu ne peux pas lui faire ça.

— Il doit bien y avoir une solution.

— Non. Et j'ai d'autres problèmes. Des choses dont je ne peux pas te parler. Des choses sur lesquelles je n'ai aucun contrôle.

Elle s'approcha.

— Je dois partir à présent.

— Déjà ? fis-je, pris de panique.

— J'ai été très heureuse de te revoir.

— Je t'en prie, reste encore un peu.

Elle se pencha et m'embrassa.

— Ça ne sert à rien. Adieu, Paul Becker.

Ce fut la dernière fois que je la vis. Quelques jours plus tard, elle disparut mystérieusement alors qu'elle se promenait seule à White Point. Cela fit la une du journal local et un certain nombre de personnes partirent à sa recherche. Puis sa mère Veronica Lewis-Van Doren finit par avouer qu'elle et Sarah s'étaient disputées et que sa fille avait quitté le pays pour s'installer définitivement à l'étranger. Une rumeur la prétendit en Afrique. La police confirma cette version. Apparemment, elle s'était finalement décidée à accomplir son rêve. Seule. Sans moi. Et en coupant les ponts avec son ancienne existence. Je n'entendis plus jamais parler d'elle.

Je contemplai la plage de Miami Beach, les mains dans les poches. Les mêmes familles, les mêmes enfants qui jouaient dans le sable. Des années s'étaient écoulées et rien n'avait changé. À part moi. J'étais devenu plus gros dans un premier temps, et ensuite plus mince. Plus sec, plus musclé. Plus expéditif. Plus sombre. Dans un étui discret à l'arrière de ma ceinture, mon nouveau pistolet automatique faisait une légère bosse, quasi invisible sous mes vêtements. Je rentrai chez moi. Arrivé à mon appartement, je préparai mon sac de voyage. J'avais réfléchi à ce que j'allais faire. Pour synthétiser mes recherches, je devais répondre à trois questions :

Pourquoi le Visiteur avait-il assassiné Paul Becker ?

Pourquoi avait-il tué le docteur Lewis il y a trente ans ?

Où était Sarah ?

Ces trois questions étaient liées, j'en avais l'intime conviction. L'idée s'était formée petit à petit dans ma tête, et maintenant je ne pouvais plus l'en déloger : la disparition de Sarah était étrange. Pendant longtemps, j'avais cru que c'était ma faute et qu'elle s'était enfuie à cause de moi. Mais l'existence du Visiteur changeait la donne. Il était responsable du meurtre de Charles Lewis, et j'étais convaincu qu'il était venu jusqu'au Yellowstone afin de m'assassiner pour le compte de quelqu'un. Mes deux suspects principaux se trouvaient toujours en tête de liste : Cameron Cole et Jerry Goodritch. Mais il y en avait d'autres. Et la disparition de Sarah n'était peut-être pas étrangère à tout ça.

Je ne comprenais pas quel pouvait être le mobile. Je ne comprenais rien à ce fichu puzzle. Mais j'allais le résoudre. Je dévalai les marches de mon appartement, jetai mon sac dans ma voiture et démarrai en trombe. En fin de compte, l'« art de la guerre » n'était pas qu'une image. Il était temps de retourner à Eden.

TROISIÈME PARTIE

Le serpent qui danse

41

Splik... splik... splak... splak...

Les gouttes d'eau se détachaient de la bordure du toit. La vieille Abigaïl écoutait le son de la pluie, assise dans sa balancelle, à l'abri sous le porche de sa maison. Ses épaules étaient recouvertes d'un châle et une couverture réchauffait ses genoux. La température extérieure aurait été agréable pour n'importe qui d'autre, mais Abigaïl n'avait plus que la peau sur les os, et le moindre refroidissement de l'air lui était pénible. Elle préférait demeurer emmitouflée.

Splik... splak... splak...

Ses yeux aveugles fixaient le vide et roulaient de temps en temps dans ses orbites de façon involontaire. Abigaïl ne voyait rien, mais l'univers était là, bruissant tout autour d'elle. Dans son esprit, ce paysage sonore était aussi précis qu'une image en trois dimensions : *SPLAK...* Une goutte plus grosse, à un mètre sur sa droite. *Shhhhhhhhh...* Un chuintement d'herbes caressées par le vent, tout au bout du jardin. *Guidinggg... dinglll guidinng...* Les mobiles indiens qui tintaient là-haut, parmi les branches des arbres. *Ktktktkt... ktktktktktktk...* Un mulot trottinant sur le plancher de bois, juste à côté d'elle.

Abigaïl exhala un soupir entre ses dents noires. Elle aurait bien aimé être un mulot. Une créature insignifiante, sans pensées, sans souvenirs. Elle se sentait tellement épuisée. Elle avait cent neuf ans. Un siècle entier s'était écoulé. Puis à présent un autre débutait. Et elle était toujours là. Ses poumons se gonflaient et se dégonflaient comme deux vieux sacs en papier. Son système digestif accueillait et rejetait les matières en quantité juste assez suffisante pour lui permettre de survivre. Son cœur flétri continuait de pomper son sang épais et noir le long des couloirs durcis de ses artères, alimentant sans relâche les lointains territoires de son corps, tel un jardinier obtus s'évertuant à arroser une terre sèche et stérile.

Abigaïl ne comprenait pas. C'était comme si la Mort l'avait rayée par erreur de sa liste et oubliée dans un coin. Elle avait l'impression d'être un petit tas de cendres dont la chaleur refusait de disparaître. Elle était née au début des années 1900, dans une grange au milieu d'une plantation de coton. Sa mère était d'origine indienne et son père un ancien esclave noir. Tous les trois travaillaient pour le révérend Everett Philpott. En 1919, alors qu'Abigaïl et sa mère étaient régulièrement violées par Philpott, son père le découvrit et tua le révérend d'un coup sur la tête. Après quoi le père d'Abigaïl fut pendu par des Blancs. Elle et sa mère s'enfuirent et vécurent un certain temps dans la forêt près de Lafayette en Louisiane. Elle y apprit les coutumes indiennes ancestrales, les noms secrets des fleurs et des esprits, à chasser les oiseaux dans le bayou et à tisser des attrape-rêves. Ce fut la période la plus agréable de son existence. En 1921,

Abigaïl croisa par hasard une Ford T sur une route de campagne et s'enfuit épouvantée car elle n'avait jamais vu de voiture. Elle fut ensuite conduite de force dans une fabrique de textile du Mississippi. En 1927, lors de la plus grande crue de l'histoire des États-Unis, la fabrique fut détruite, comme presque tous les bâtiments qui bordaient le fleuve, et Abigaïl pleura devant le cadavre de sa mère qui flottait sur les eaux. En 1929, pendant la Grande Dépression, seule et livrée à elle-même, elle plongea dans la misère et la prostitution. Elle fit quatre fausses couches et tenta de mettre fin à ses jours, puis effaça cette période de sa mémoire. En 1939, alors qu'elle ne s'attendait plus à avoir d'enfant, elle fut violée par Bucky Sullivan, un ivrogne et une brute épaisse qui la mit enceinte. Elle donna naissance à Rozella l'année suivante et Sullivan, par chance, fut tué dans une rixe à la sortie d'un bar. L'arrivée de Rozella fut un bonheur inattendu pour Abigaïl. Elle passait avec elle le plus clair de son temps. Mais en 1942, alors qu'elle était assise dans un bus avec ses sacs de commissions et sa fille sur les genoux, elle refusa de laisser sa place à un Blanc, qui s'avéra par la suite être un militaire. Pour ce délit, Abigaïl fut condamnée à deux années de prison ferme. À sa sortie, elle récupéra sa fille et partit travailler en Floride sur les chantiers de chemin de fer de la Budd Company du Michigan (celle-là même dont l'un des wagons couleur argent deviendrait un jour le Blue Oyster Bar à Eden). Elle tenta alors de rejoindre la communauté indienne, mais on la repoussa à cause de sa couleur de peau. En 1951, tandis que le mot « rock'n roll » faisait son apparition et que les enfants américains recevaient pour Noël des tricycles à quinze dollars pièce, Abigaïl et Rozella travaillaient comme lingères dans un hôtel de Naples pour trente *cents* de l'heure, soit à peine de quoi s'acheter une douzaine d'œufs. Elles s'installèrent à Eden l'année suivante. Leur demeure tenait plus d'une simple bicoque que d'une véritable maison, mais au moins leur appartenait-elle, même si elle était bâtie dans le quartier le plus misérable qui soit, au pied du cimetière d'Eden Hill. Abigaïl refusa toujours de la quitter, y compris après cette nuit de 1959, lorsqu'elle fut violemment agressée à son domicile et qu'elle perdit un rein à la suite de plusieurs coups de couteau. Eden était la terre de ses ancêtres. C'était chez elle. Personne ne la chasserait d'ici. Elle cessa cependant de s'exprimer à voix haute, à partir de cet instant, et préféra faire croire qu'elle était devenue muette. Le monde extérieur et les gens qui y vivaient ne méritaient pas qu'elle s'adresse à eux de toute façon. Abigaïl pleura, néanmoins, en écoutant le discours de Martin Luther King à la radio en 1963, les poings serrés, et elle pleura encore en 1968 lorsqu'il fut assassiné. En 1971, tandis que l'opinion américaine se prononçait à soixante pour cent contre la guerre du Vietnam, elle sympathisa avec George Dent et fit même jouer son jeune fils Paul sur ses genoux (bien que ce dernier n'en conservât aucun souvenir par la suite). George était si gentil, avec ses poèmes, son amour du jazz et ses idées folles, qu'Abigaïl en oublia presque le dégoût que lui inspirait l'espèce humaine. Le jour où la police vint arrêter George pour trafic de marijuana, elle en conçut beaucoup de tristesse. La façon dont le petit Paul s'accrochait aux jambes de son père en hurlant lui rappela de mauvais moments du passé. Et ce fut elle qui insista auprès de Rozella pour qu'elle aide désormais Eleanore Becker et sa famille. C'est au cours des années 1974 à 1976 qu'Abigaïl devint aveugle. Un traitement existait, mais on lui fit comprendre qu'elle n'entrait pas dans les critères de prise en charge, alors elle fit avec. Le temps passa. George revint, et un peu de douceur avec lui. Le temps passa encore, et Abigaïl ressemblait de plus en plus à l'une de ces vieilles pommes ridées qu'elle ramassait jadis dans le jardin du révérend Everett Philpott. Rozella s'occupait à présent de tout, les soins, les médicaments, les courses, tandis qu'Abigaïl glissait lentement vers le pays des souvenirs. Cette transformation était curieuse, d'ailleurs : plus elle vieillissait et se désintéressait du monde réel, et plus la mémoire de son enfance redevenait vivace. En 2001, elle apprit que deux tours étaient tombées à New York et devina que c'était grave. Mais l'univers s'arrêtait désormais aux frontières de son jardin. Les enfants du quartier la prenaient souvent pour une vieille sorcière, et d'une certaine façon, ils avaient raison.

Les gens la croyaient muette, mais elle ne l'était pas. Les gens la considéraient comme une aveugle, mais elle était plus lucide que la plupart d'entre eux. Les gens l'imaginaient mourante, mais son cœur continuait de battre.

Abigaïl *souhaitait* mourir. C'était même le seul désir qui lui restait : que ce vieux corps s'arrête de la torturer de toutes les façons possibles et accepte enfin de la laisser tranquille. Mais il ne se passait rien.

Alors Abigaïl attendait sagement, chaque jour, dans sa balancelle sous le porche. Et le monde continuait de lui envoyer des signaux. Ils étaient nombreux. L'univers était plein de couleurs, d'odeurs et de sons. Une féerie fantastique pour ceux qui pouvaient les voir. *Splik... splak... splak...*, faisaient les gouttes – mais dans l'esprit d'Abigaïl, chacune d'entre elles possédait une aura d'un bleu électrique ; elle tombait au ralenti, puis explosait en un million de perles. Les odeurs des fleurs et des légumes se propageaient telles des vagues fulgurantes : traînées rouge feu pour les hibiscus, petits traits piquants et gris pour les oignons, boules de chaleur jaune pour les tulipes. Une unique pomme de terre au contact de ses mains devenait un relief rugueux aussi complexe que la géographie d'une mappemonde. Le chant d'un grillon avait la précision d'un orchestre.

Abigaïl avait toujours été capable de ressentir les choses. Elle n'avait pas besoin de quitter sa balancelle. Son esprit était libre de voyager, il lui suffisait de l'imaginer. Parfois, elle était un poisson qui glissait dans un banc miroitant au milieu de la mangrove ; à d'autres moments, un héron blanc qui lissait ses plumes à l'aide de son long bec, elle ébrouait sa tête au bord de l'eau, tendait le cou puis déployait ses ailes et prenait son envol. Les terres d'Eden apparaissaient alors comme on déroule une carte : ici, le vieux cimetière où s'élevaient les tumulus de coquillages de ses ancêtres, invisibles sous la végétation ; là, les Fakahatchee Strand, les Eaux Sombres ; là-bas, les Dix-Mille Îles.

Abigaïl voyageait. Elle observait les cycles des saisons, dans la nature comme chez les gens. Lorsqu'elle le pouvait, elle avertissait certaines personnes d'un dangereux cycle à venir, comme elle l'avait fait en rêve pour la jeune Sarah Lewis, et comme elle le faisait encore pour Paul Becker. Mais elle se doutait qu'ils ne comprenaient pas grand-chose à ses messages, puisqu'elle-même ne maîtrisait pas cette science.

Le cas de Paul l'inquiétait beaucoup. D'après les Indiens calusas, un homme possédait trois âmes : La pupille de son œil. L'ombre qu'il projetait sur le sol. Le reflet renvoyé par le miroir. Si les trois âmes étaient de forces équivalentes, alors tout allait pour le mieux. Mais que l'ombre vint à dominer les deux autres, et un terrible danger menaçait son propriétaire. Car l'ombre, telle une chauve-souris suspendue à une branche, pouvait s'accrocher au cœur de l'homme et enrouler ses ailes noires autour de lui. Alors l'homme était peu à peu dévoré par le Mal. C'était en train d'arriver à cet homme-là : Paul, le fils de son vieil ami George. Et il n'était pas seul. D'autres forces se trouvaient tapies à Eden depuis longtemps. Des âmes solitaires, qui allaient et venaient, pour certaines animées d'intentions terribles. Il existait un endroit au cœur des marais. Abigaïl l'avait vu en rêve.

Une île, avec en son centre la souche géante d'un arbre mort. Des cadavres innombrables étaient empalés sur ses branches. Des corps plantés comme des papillons dans la boîte d'un collectionneur. Les cadavres étaient là, séchant au soleil, se décomposant, un lambeau de chair après l'autre, jusqu'à ce qu'il ne reste que des os livides. Abigaïl pouvait les voir dans son esprit. Elle entendait le crissement des insectes s'enfouissant à l'intérieur des corps. Elle sentait les petites pattes des oiseaux se pencher pour picorer un œil. Elle reniflait l'odeur de la chair corrompue. À côté de l'arbre aux cadavres s'élevait un palais. D'autres n'y auraient vu que les restes d'une maison en ruine, quelques planches au milieu des marécages, mais c'en était pourtant un. À l'intérieur se trouvait le trésor de son propriétaire : des crânes par centaines. Des trophées. Celui qui rôdait là aimait en faire collection. Cet endroit lui faisait penser à une phrase de ce poème que lui récitait son vieil ami George : « Une Idole, nommée Nuit, sur un trône noir règne debout. » De temps en temps, Abigaïl prononçait ces paroles à voix haute. Voilà ce qu'était réellement Eden : un trône pour la nuit.

Elle poussa un soupir, et un peu d'air remonta des tréfonds de sa cage thoracique. Ses pensées cessèrent de vagabonder. *Splik... splak... splik...*, continuaient de faire les gouttes. Un courant d'air frais lui apprit que le soir était venu. Elle resserra la couverture sur ses jambes et se demanda à quelle heure Rozella rentrerait des courses. Soudain, au fond du jardin, là où la colline remontait en pente douce vers le cimetière, les attrape-rêves tintèrent doucement. Il y eut un bruit dans le feuillage. Abigaïl se raidit. Quelque chose approchait. Cela se déplaçait lentement. Sans aucun bruit ou presque. Mais les sens de la vieille femme étaient toujours aussi aiguisés et elle pouvait discerner chacun des pas pourtant prudents à travers les herbes. Son cœur se mit à battre plus vite – une performance dont Abigaïl ne l'aurait pas cru capable. Elle déglutit, la gorge sèche.

— Qui est-ce ? demanda-t-elle.

Le son de sa propre voix lui parut presque aussi inquiétant que la présence silencieuse. Il n'y eut pas de réponse. Pourtant, elle sentait que *l'autre* décrivait de larges cercles autour d'elle, comme pour l'examiner. Chaque enjambée produisait des vibrations dans sa poitrine. Ses pas paraissaient aussi lourds que les sabots d'un taureau, tout en demeurant aussi souples que les mouvements d'une panthère.

— Qui est là ? répéta la vieille aveugle en tournant la tête à droite et à gauche.

La chose se déplaça encore.

— Qu'est-ce que vous me voulez ?

Cela fit un pas dans sa direction. Puis un autre. Abigaïl se recroquevilla sur sa balancelle. Pour la première fois depuis longtemps, elle souhaita retrouver ses yeux. Elle voulait voir. Elle le désirait ardemment. Elle voulait *contempler* la chose en train d'approcher. Elle tendit les mains en avant et griffa l'air. L'être devait se trouver à quelques centimètres à peine, elle en était sûre, car elle pouvait sentir son souffle puissant sur ses paumes. Il ne se laissa pas toucher pour autant. Et soudain, sans le moindre avertissement, un cri monta dans l'air. C'était un son qu'elle avait déjà entendu. Un son familier. Elle avait toujours cru qu'il s'agissait d'un oiseau de nuit, ou la complainte d'un animal solitaire.

... *NNNUUUUUUEEEEEEEEEEEEEEEEEEEEEEE*...

L'être se dressa devant elle.

… Et Abigaïl se détendit. Une aura paisible l'enveloppa. Un sourire éclaircit son visage ridé de vieille pomme. Elle avait compris. Cela faisait si longtemps, tellement longtemps qu'elle attendait cette visite…

En fin de compte, la Mort ne l'avait pas oubliée.

42

Mercredi 30 mai 1979

À partir du mois de mai, certains à Eden commencèrent à murmurer que le diable était en ville. L'enterrement du docteur Charles Lewis fut le choc qui sonna le départ de cette rumeur étrange. La mort du chirurgien, gentil et populaire, fauché en pleine force de l'âge, résonna aux oreilles de chacun comme une malédiction, rappelant à quel point notre existence sur Terre ne tenait qu'à un fil.

Il y eut ensuite le décès horrible de la famille Fazio, qui mit en émoi une bonne partie de la ville. Mais avant que la rumeur n'enfle tel le flot d'une rivière en crue, avant que le sinistre Victor Sprat n'entre en jeu, et que d'aucuns se mettent à évoquer ouvertement l'œuvre du diable, il y eut la fameuse affaire des disparitions d'animaux.

Ce fut une véritable enquête que nous menâmes, notre petite bande et moi. La première fois que j'entendis parler de cette histoire d'animaux disparus, j'étais avec Sarah. Nous nous trouvions chez elle, à la maison des Dômes, en train de faire des cartons et de discuter des récents événements.

— Merci d'être venu nous donner un coup de main, dit-elle.

— C'est normal.

— Ma mère emballe les objets personnels de mon père. Ils lui rappellent trop de souvenirs.

— Je comprends. Ça doit être dur.

— Elle s'occupe sans cesse l'esprit pour tenir le coup.

Et toi, qui s'occupe de toi ? eus-je envie de dire. Mais je n'osai pas.

— Qu'est-ce que vous mettez dans ces cartons ? demandai-je à la place.

— Ce sont les carnets de mon père. Toutes ses recherches. Ma mère espère les vendre.

— Ah bon ?

— Ce sont des études scientifiques. Elle dit qu'il y a des gens prêts à payer pour ce genre de choses. En tout cas elle l'espère, car nous ne roulons pas sur l'or.

— Je pensais que vous aviez beaucoup d'argent, au contraire.

— Nous ne sommes pas si riches que ça. La famille de ma mère, les Van Doren, a été ruinée à l'époque de la Grande Dépression. Et mon père n'avait que son salaire pour nous faire vivre. La maison des Dômes n'est pas à nous : nous la louons aux Theroux. Le vieux Torrance nous aime bien, mais on doit quand même payer le loyer. En plus, ma mère ne sait pas conduire, et nous n'avons plus de chauffeur depuis cette horrible histoire avec les Fazio.

J'étais au courant pour Henri Fazio et sa famille. Quelques jours auparavant, le feu avait ravagé leur maison en pleine nuit tandis qu'ils dormaient. La mère et les trois enfants – dont Jimmy Fazio – étaient morts brûlés vifs. Henri était le seul à avoir survécu au drame. Il avait tenté en vain de les sauver, sous les yeux des voisins impuissants, mais il était ressorti seul de la maison en flammes, à demi fou de terreur et de chagrin. En état de choc, il avait fallu l'interner. Les secours arrivés sur place étaient cependant parvenus à recueillir son témoignage, et il était atroce : le jeune Victor Sprat était le responsable du drame. C'était lui qui avait tout déclenché.

Selon Henri Fazio, Victor Sprat était entré chez eux par la fenêtre. Henri l'avait surpris au milieu de leur chambre, en pleine nuit, un cocktail Molotov dans chaque main. C'était une vision d'apocalypse : le jeune Sprat avait ricané, les yeux injectés de sang, prononcé des mots confus et jeté une bouteille enflammée sur leur lit. L'épouse de Fazio avait instantanément pris feu, alors qu'elle dormait. Après quoi Sprat avait lancé la seconde bouteille dans la chambre des enfants avant de prendre la fuite. Henri Fazio tremblait et avait du mal à articuler ses phrases. Le pauvre était tellement agité qu'on avait dû le contenir à l'aide d'une camisole de force et le mettre sous sédatif.

Victor Sprat était devenu l'ennemi public numéro un à Eden. Tout le monde était à sa recherche. Dans la cour du collège, Jerry faisait le malin en racontant que lui, le Bigleux, allait convoquer les services secrets israéliens pour l'attraper, tandis que Cameron fanfaronnait en nous montrant la matraque cachée dans son cartable. Mais en vérité nous n'en menions pas large.

Difficile de comprendre les raisons d'un tel geste : Jimmy Fazio et Victor Sprat étaient amis, s'étaient-ils disputés ? Personne n'avait la réponse. Cependant, nous n'étions qu'à moitié surpris. Que Sprat ait pété spontanément une durite, qu'il ait sniffé de la drogue (explication imaginée par les adultes), ou qu'il eût possédé une tare de naissance refilée par son ivrogne de père (raison communément invoquée dans la cour de l'école pour expliquer son état mental), les idées ne manquaient pas. Le résultat était le même : tout le monde savait qu'il avait une case en moins et qu'il finirait par partir en vrille. On l'avait soupçonné plusieurs fois d'avoir mis le feu à des trucs. Il avait eu des ennuis avec la police. Cela ne pouvait que se terminer ainsi. Mais tout de même, quelle horreur… Le pauvre Jimmy Fazio avait beau être notre ancien ennemi, il était mort carbonisé dans sa maison. Avoir un ennemi à l'école est une chose. Imaginer un cadavre d'enfant en est une autre. Nous nous sentions tous concernés.

L'ambiance morbide s'était rapidement étendue aux parents qui, du coup, venaient tous chercher leurs rejetons à la sortie des classes dans une atmosphère de couvre-feu. Mes relations avec mon père n'étaient déjà pas au beau fixe, mais elles s'étaient encore dégradées depuis que j'avais appris qu'il avait trompé ma mère avec Mme Theroux. Et maintenant ça. Inutile de vous dire que lorsque Jerry m'avait annoncé « Tu devrais filer un coup de main à Sarah, elle a besoin d'aide pour faire des cartons », j'avais sauté sur mon vélo et dégagé de chez moi comme une trombe.

Je me retrouvais à présent à la maison des Dômes, où l'ambiance était encore plus sinistre qu'ailleurs depuis le décès du docteur Lewis. Rozella était là elle aussi – elle travaillait beaucoup chez Mme Lewis-Van

Doren, désormais. Heureusement, elle réalisa tout de suite mes intentions : elle me fit comprendre qu'elle terminerait les cartons à ma place et me fit signe de filer. Il fallait absolument que je sorte Sarah d'ici.

— Regarde, Sarah, on a fini notre travail, lançai-je. Allons fêter ça dehors, je te paye une glace !

— D'accord. Comme ça on pourra rechercher le chien de Suzy Andrews.

— Son chien a disparu ?

— Oui. C'est bizarre, d'ailleurs. Il paraît qu'il n'est pas le seul.

— Filons. Tu me raconteras dehors.

J'installai Sarah sur mon guidon et donnait un coup de pédale. Veronica Lewis-Van Doren me jeta un regard noir tandis que je kidnappais sa fille. Rozella la retint en argumentant qu'il fallait laisser un peu d'air aux enfants – ouf, merci Rozella.

— Miiiiiiiaaaaaaouuuuuu ! criai-je en filant vers Eden sans me retourner.

Notre petite bande était installée sur l'herbe de la pelouse de Fleischmann Park. Près de nous, des enfants jouaient à se poursuivre sur l'estrade du kiosque à musique ou bien faisaient de la balançoire sous le regard attentif des mamans assises sur les bancs. Il faisait un temps splendide. La camionnette de Doris Reynolds, la marchande de glaces, était stationnée comme tous les mercredis au centre du parc, diffusant sa musique joyeuse et entêtante. Cette femme était une véritable institution à Eden. Membre de la Société historique de Collier County, elle connaissait mille anecdotes sur les gens et la région. Mais plus que tout, elle était célèbre pour ses sorbets inimitables, ses tartes aux pommes maison, ses cookies, gâteaux au cœur fondant au caramel et autres délices dont elle seule avait le secret. Pour les familles du mercredi, résister aux odeurs sucrées qui s'échappaient de la camionnette de Doris Reynolds relevait d'un exploit quasi impossible.

Jerry revint de la camionnette en tenant cinq cornets entre les doigts.

— Miam ! fit Sarah.

— Grouille ! dit Cam.

— Gaffe ! dit Stan.

— Holà, on se calme ! rétorqua Jerry. Vous ne voyez pas que je galère avec mes cornets, là ? Il n'y en a pas un pour se lever et me filer un coup de main ?

Je sautai sur mes pieds.

— Désolé. On était en pleine conversation. Tu savais que des animaux disparaissaient à Eden ?

— C'est quoi, cette histoire ?

— File-moi le sorbet à l'abricot. Sarah nous explique…

— Alors voilà, dit-elle. Suzy Andrews, mon amie qui habite à White Point, m'a dit que son chien Patch n'était pas rentré depuis ce week-end. Elle est très inquiète, il a le même âge qu'elle, elle l'aime plus que tout. Patch est un petit chien assez vieux et qui boite. Il ne peut pas aller bien loin, le pauvre. Elle l'a laissé sortir, il est parti dans les buissons, et plus rien. Pouf ! Evaporé. La même chose est arrivée la semaine dernière avec un autre chien, une rue plus bas.

— En même temps, dis-je, deux chiens, ça ne prouve rien.

— Pas d'accord, objecta Cameron en léchant son cornet choco-banane. Je connais une fille de quatrième. Son chat est resté sur la banquette arrière de la voiture pendant qu'elle et ses parents déposaient des fleurs dans le cimetière d'Eden Hill. Les vitres étaient ouvertes. Quand ils sont revenus, plus de chat.

— Y a aussi un mec de terminale, ajouta Stan. Il possédait un rat apprivoisé. Il fumait un joint tranquille devant chez lui – le mec, hein, pas le rat, dit Stan en riant – et puis le rat a disparu. Paraît qu'il était tout vieux et tout pelé, mais bon, il l'aimait bien, sa bestiole.

Cameron fronça les sourcils.

— Tu connais des mecs de terminale qui fument des joints, toi ?

— Ouais et alors ?

— Alors ça me plaît pas trop, mec.

— Mec, tu te prends pour mon père ?

— Ton père, il ferait mieux de s'intéresser à tout ce fric que tu trimballes. Comment tu t'es payé ton briquet, celui en chrome avec l'Indien dessus ? Elle vient d'où, cette thune ?

— Pause ! On se calme ! dis-je en voyant la guerre débuter entre les cousins.

Je réfléchis un instant. Cette histoire d'animaux disparus, si elle était vraie, pouvait me servir à organiser un jeu. Il y avait là de quoi mener une petite enquête. C'était une bonne occasion de nous changer les idées, et tout le monde en avait besoin.

— Admettons, dis-je. En tant que capitaine de notre bande, je vous propose d'enquêter sur ce phénomène étrange. Vous êtes partants ?

Sourires autour de moi. Je récoltai des « oui ! » enthousiastes.

— Bien. Alors première étape : vérifier les infos. Il faut savoir quel animal a disparu, où et quand. Stan et Cameron : vous enquêterez auprès du gars de terminale et de la fille de quatrième. Sarah et Jerry : vous vous occuperez des cas recensés dans le quartier de White Point. Moi, je ramène une carte de la ville et de quoi noter les éléments. Chaque groupe part à vélo, interroge les gens, et on se donne rendez-vous ici dans une heure, d'accord ?

— On y va là tout de suite ? demanda Cameron, du chocolat plein la bouche.

— J'aimerais mieux être dans le groupe de Sarah, maugréa Stan.

— Moi, j'ai mal aux jambes, dit Jerry.

Et voilà : tous les mêmes. Donnez-leur un super truc à faire, s'il n'y a pas de carotte au bout, personne ne se bougera les fesses. Je poussai un soupir :

— OK. Le groupe qui termine sa mission en premier gagne un gâteau de chez Doris. C'est moi qui paye. Mais je vous préviens, vous allez me ruiner, les gars.

— On est partis ! lança joyeusement Cameron en sautant sur son vélo.

Je les regardai filer en pédalant. Qu'est-ce qu'il ne fallait pas faire pour les distraire… Bon, cela dit, le fait de mentionner Doris Reynolds venait de me donner une idée. Je marchai jusqu'à sa camionnette.

— Bonjour, miss Reynolds. Vous avez déjà entendu parler de disparitions d'animaux dans le secteur ? demandai-je.

À ma grande surprise, elle mentionna six autres cas.

Le soleil descendait sur Fleischmann Park. Les mères rassemblaient les jouets de leurs enfants et se préparaient à partir. Je regardais la carte d'Eden posée dans l'herbe : ça faisait bien cinq minutes que je l'observais. J'avais tracé des croix rouges au marqueur sur chaque site de disparition.

— C'est dingue, dis-je, vous avez vu ? Les disparitions se produisent toujours à l'est de la ville.

— Ah bon ? fit Jerry.

— Regardez : tous ces endroits sont situés en bordure…

— … des Eaux Sombres, termina Sarah.

Son front était plissé comme si elle réfléchissait intensément.

— Exact, confirmai-je. Ce sont les Fakahatchee Strand. Le chat dans la voiture a disparu là-bas, près du cimetière. Les chiens se baladaient dans la partie nord de White Point, celle qui donne sur les marais. Même chose pour le type avec son rat. Et aussi pour les autres histoires rapportées par Doris Reynolds.

— Qu'est-ce que ça signifie ? demanda Stan.

— Que les animaux ne disparaissent pas tout seuls, dit Sarah. Il y a quelque chose qui vient les chercher et qui les emporte. Une chose qui vit dans les Eaux Sombres.

— Comment ça ? intervint Cameron. Tu reparles encore de cette histoire de monstre ? Celui que tu as cru apercevoir dans les marais et que Paul a croisé au cimetière en début d'année ?

— Et pourquoi pas ? dit Sarah sur un ton de défiance.

— Il y a une autre explication, fis-je.

Ils se tournèrent vers moi.

— Je vois un endroit intéressant. Pile à mi-chemin entre le cimetière et White Point. En plein milieu de la zone des disparitions. (J'entourai l'endroit au marqueur.) Le vieux crématorium de Khara Street.

— Le crématorium, cette ruine ?

— Une ruine, justement, qui pourrait très bien servir de cachette. Un repaire pour quelqu'un qui a l'habitude de faire des mauvais coups. Un endroit où se planquer quand tout le monde vous recherche.

Cameron fit claquer son poing dans sa main.

— Victor Sprat !

— Exactement.

Jerry rajusta ses grosses lunettes.

— Alors ce serait Sprat qui enlèverait les animaux ?

— C'est très possible. J'ai lu dans un livre que les tarés, avant de devenir de véritables psychopathes, tuaient souvent de petits animaux dans leur jeunesse. Or des animaux disparaissent. Et Victor Sprat est indéniablement un taré.

— Qu'est-ce que tu proposes ? dit Stan.

— On va en reconnaissance au crématorium pour voir s'il s'y cache.

— D'accord, dit Sarah.

Jerry tourna son cou à droite et à gauche.

— Hein ? Vous êtes malades ou quoi ? Qu'est-ce qui vous prend, à toujours vouloir aller dans des endroits complètement farfelus ? C'est encore pire que le tunnel de Pepper Mill ! Je suis sûr que c'est plein de zombies, là-bas !

— Il n'y avait aucun zombie dans le tunnel de Pepper Mill, fit remarquer Stan.

— Ouais, mais là, c'est un *fichu crématorium*, dit Jerry, pas du tout rassuré.

Je réfléchis. Il faisait encore jour, on était en plein milieu de la ville, Victor Sprat paraissait peut-être effrayant, mais il restait un gamin, et nous étions cinq contre un. Qu'est-ce qu'on risquait ? En plus, Stan n'arrêtait pas de faire son crâneur pour impressionner Sarah. Ça m'énervait au plus haut point.

— Bon, Sarah et moi on y va. Les trouillards n'ont qu'à rester ici.

… Et tout le monde nous accompagna.

Un quart d'heure plus tard, nous nous engagions dans Khara Street. Il s'agissait de l'une des plus anciennes artères de la ville. À l'époque où la vieille voie de chemin de fer existait encore, Khara Street avait abrité une activité commerciale florissante et de nombreux entrepôts de marchandises. Aujourd'hui, seule la partie haute de la rue se trouvait encore occupée. La partie basse empiétait trop sur les marécages, et de ce fait, était systématiquement inondée à la première tempête tropicale, ce qui ne manquait pas de se produire deux ou trois fois par an. Les assureurs n'assuraient donc plus rien, et les entrepreneurs étaient partis. Désormais, la frontière entre le nord et le sud de Khara Street était matérialisée par des chaînes et un panneau « Danger ! Risque de crues ! ». Au-delà, c'était un *no man's land* insalubre, livré aux herbes folles, aux chiens errants et aux grenouilles. L'ancien crématorium se trouvait là, portes et fenêtres barricadées. Deux cheminées sinistres montaient au-dessus telles des antennes. On aurait dit une tête de créature géante à demi enterrée dans le sol, avec ses yeux noirs, sa bouche ouverte et ses dents manquantes.

— Il y a un soupirail, dis-je.

Jerry secoua la tête.

— Moi, je rentre pas à l'intérieur.

— De toute façon il est fermé par une vitre, fit remarquer Sarah.

Stan balança une grosse pierre dedans.

— Il ne l'est plus.

— T'es dingue ?

— Quoi, c'est ouvert, c'est ce qui compte, non ?

Je m'approchai du soupirail, me mis à genoux et dégageai les débris de verre avec un morceau de brique. Des petits bouts chutèrent de l'autre côté en produisant des tintements cristallins.

— C'est bon. Le sous-sol n'est pas inondé. Les débris sont tombés sur un sol en dur.

— Tu comptes vraiment descendre là-dedans ?

— Moi j'y vais, dit Sarah.

— Mais pourquoi ? supplia Jerry.

— Parce que je ne suis pas une froussarde.

Je l'observai : elle mentait. Sarah *avait* peur. Pourtant elle voulait descendre. Était-ce pour vérifier cette histoire de monstre ? Y croyait-elle pour de bon ?

— Je passe en premier, dis-je.

Je me glissai par le soupirail, et atterris sur mes deux jambes avec un « POC ! » retentissant. Le son se répercuta à travers les caves du crématorium. Au temps pour la discrétion. Si Sprat se trouvait à l'intérieur, il nous avait sûrement entendus. Je regardai autour de moi : étagères vides ; armoires renversées ; un vieux brancard rouillé, tout en métal, avec des sangles. Des taches de couleur brune sur une table de préparation. Sinistre au possible. Ça sentait l'urine, le moisi et les algues. Je me demandai si je ne faisais pas une connerie monumentale. Victor avait beau être un enfant, c'était aussi un fou criminel. Sarah sauta à côté de moi. Trop tard pour y réfléchir.

— Bon, dit-elle en se frottant les mains. On commence par où ?

Je désignai le couloir en face. Une demi-douzaine d'ouvertures bâillaient sur les côtés.

— Il faut aller par là. Tu n'as pas peur ?

— De qui ? De Sprat ? Non, de lui, je n'ai pas peur.

Stan atterrit à son tour, suivi de Cameron et Jerry – pâle comme un lavabo – et nous avançâmes tous ensemble. J'avais très envie de prendre Sarah par la main, mais je me retins, sinon les autres allaient penser que j'étais une mauviette. Stan sortit une cigarette à rouler et passa sa langue dessus.

— C'est mortel, ici.

— On se croirait dans un labyrinthe, fit Cameron en levant la tête. Le plafond est voûté. Il y a des pièces de partout, et avec cette lumière glauque qui filtre par les lucarnes, elles se ressemblent toutes.

— On reste ensemble, dis-je. On y voit à peine. Regardez où vous posez vos chaussures.

Nous progressâmes lentement à la queue leu leu. Au bout du couloir, nous tournâmes à droite : nouvelle enfilade de pièces.

— C'est le labyrinthe du Minotaure, lâcha Jerry dans un souffle.

— Pardon ? fit Cam.

— Un truc de l'Antiquité, répondis-je. Dans la mythologie grecque, on lâchait des prisonniers dans un labyrinthe en guise de sacrifice, et le Minotaure venait les bouffer.

— Charmant, commenta Stan.

— On va crever ici, hoqueta Jerry.

Un bruit discret se fit entendre.

— Chut ! vous entendez ?

Un couinement.

— Quoi, il y a quelque chose ? chuchota Jerry, quasiment au bord de la crise de nerfs.

Une petite ombre sortit d'une pièce en sautillant. Elle couina de nouveau et vint lécher la main de Sarah.

— Patch ! C'est Patch, le chien de Suzy Andrews !

— Mince alors, comment il est descendu jusqu'ici ?

Sarah se pencha sur lui. Il lui lécha la figure.

— Par une autre entrée, forcément.

— Il va bien ?

— Il a l'air.

— Donc voilà le Minotaure, dit Stan avec un sourire en allumant sa clope.

Une odeur étrange monta aussitôt dans le couloir.

— C'est quoi ÇA ! fit Cameron.

— Ben, un joint.

Nous le regardâmes.

— Quoi, dit Stan, vous n'avez jamais essayé ?

— On est au collège !

— J'ai deux ans de retard. Cam aussi. On n'est plus des bébés. Ça ne fait pas de mal de tirer sur un joint. Allez, soyez pas coincés, les mecs…

Il nous souffla dans la figure.

— Ça craint rien. Au pire vous verrez des éléphants roses.

— Fais voir ça, dit Jerry en lui arrachant et en tirant frénétiquement dessus.

Jerry aspira à fond.

— Mmhhh… Besoin de me décontracter. Ça ou je crève de trouille.

Stan récupéra son joint, continua d'avaler des taffes, et nous d'en respirer les effluves. Nous commencions tous à avoir un peu la tête qui tournait. Cameron ne put contenir plus longtemps sa colère.

— C'est de là que vient ton fric, pas vrai ?

Stan tira une autre bouffée sans répondre.

— Putain, je le crois pas, dit Cam. Il deale. Mon abruti de cousin deale de l'herbe. Je parie que c'est le type de terminale, ce crétin avec son rat. C'est lui qui te fournit, c'est ça ? Dis-le que j'ai raison !

— Hé, calme-toi, je…

Soudain Patch bondit, s'arrêta face au couloir et se mit à aboyer.

— Qu'est-ce qui se passe ? dit Sarah.

Le chien nous regarda avec des yeux inquiets, tourna en rond et se coucha en gémissant sur le sol. C'est là que le son retentit. Un pas lourd. Gros. Puissant. Des pas qui n'avaient rien à voir avec ceux d'un Victor Sprat.

— Putain, c'est quoi ? murmura Jerry.

— Comment veux-tu que je le sache ?

Le son s'arrêta. Je crus que les pas continuaient, dans le noir en face, mais non : c'était simplement le martèlement de mon cœur à l'intérieur de ma poitrine.

— Bon les mecs, dis-je, je crois qu'on ferait bien de rebrousser chemin.

— Je veux voir, dit Sarah.

— Quoi ?

— Ce qui a fait ce bruit.

Je l'attrapai par le bras.

— On dégage.

Une silhouette bougea dans l'ombre tout au bout du couloir. Ce n'était pas Victor Sprat. Beaucoup trop grand. Le joint tomba de la bouche grande ouverte de Stan. Jerry fit demi-tour en criant :

— Le Minotaure ! C'est le Minotaure !

— COUREZ ! hurlai-je. PUTAIN, COUREZ À FOND !

Nous partîmes comme des dingues en direction du soupirail. Derrière nous, la silhouette était en train de se rapprocher.

— DÉPÊCHEZ-VOUS !

— PLUS VITE !

— ALLEZ ! JE VOIS LE SOUPIRAIL ! MAGNEZ-VOUS !

Les pièces défilèrent de part et d'autre tandis que nous sprintions comme des malades. Je vis Stan déraper… et se rétablir par miracle. Puis ce fut mon tour… mais Sarah me récupéra par la manche. Je priai pour que personne ne tombe au milieu des autres. Qu'un seul trébuche, et nous étions tous morts. Derrière, la chose gagnait du terrain, je pouvais l'entendre rien qu'au bruit qu'elle faisait. Mon cœur battait si fort qu'il semblait vouloir sortir de ma poitrine.

— PLUS VITE, BON DIEU ! PLUS VITE !

Nous déboulâmes dans la pièce du soupirail. Cameron se prit le vieux brancard dans les jambes et poussa un grognement.

— On ne peut pas monter ! cria-t-il. Le soupirail est trop haut !

— Faites la courte échelle à Sarah, grouillez-vous ! ordonnai-je.

Stan et Cameron la propulsèrent littéralement au-dehors.

— Grimpe, dit Cameron à Stan.

Jerry regardait le couloir en arrière, totalement pétrifié. On aurait dit un lapin pris dans la lumière des phares d'un camion. J'osai lever les yeux. La silhouette arrivait en tapant des poings contre les murs. Son crâne était haut, rectangulaire. Tout sauf humain.

— Le Minotaure, le Minotaure, gémissait Jerry en boucle.

Cam tendit la main à travers le soupirail.

— Venez vite !

Je soulevai Jerry vers l'issue, quasiment à bout de bras. La peur – la terreur pure – décuplait mes forces. Derrière moi, la silhouette s'approchait en mugissant. Un couinement, par terre.

— Mon Dieu. Patch le chien.

Jerry disparut dans l'ouverture, happé par les autres. J'attrapai Patch d'un bras, saisis le brancard de l'autre, le poussai contre le mur et sautai dessus. Je pouvais presque sentir le souffle de la bête dans mon cou. Cameron et Stan m'attrapèrent par les épaules et me tirèrent vers eux. Quelque chose saisit mon pied. Je poussai un hurlement. La chose me lâcha. Nous étions dehors. Je gardai le chien dans mes bras et nous fonçâmes comme des dératés, criant et hurlant à travers la rue.

Lorsque nous atteignîmes le centre-ville, la plupart d'entre nous hurlaient toujours.

Victor Sprat enleva le vieux seau en plastique qui recouvrait sa tête et éclata de rire. Cela ressemblait plus aux ricanements d'une hyène qu'à celui d'un être humain, mais ça n'était pas grave : Sprat y mit tout son cœur. Il se bidonna encore un moment en se tenant le ventre, puis repartit en sens inverse dans les couloirs abandonnés du crématorium en traînant ses accessoires derrière lui. Qu'est-ce qu'on ne faisait pas avec une paire de bottes aux pieds, un seau sur la tête et une vieille bâche autour du cou ! Une bonne blague, pour sûr.

Quelques jours plus tôt, Sprat s'était enfui de la maison des Fazio en vitesse. Il était maintenant recherché par la moitié de la ville. Depuis, il avait seulement bu deux canettes de soda et il crevait de faim. Alors ça lui faisait du bien de rigoler un peu. Comment il avait pu en arriver là ? Il ne le savait pas vraiment. Sprat n'était pas très doué en psychologie. En général, les gens ne l'aimaient guère. Mais il n'avait jamais déclenché une telle animosité. Il ne comprenait pas ce qui s'était produit cette fois-ci. En tout cas, le crématorium lui offrirait une cachette temporaire en attendant que ça se calme.

Il retourna dans la salle de l'incinérateur principal. C'était là qu'il se sentait le mieux. Ailleurs, il faisait trop humide. Il avait fourré quelques débris, du bois, des morceaux de fenêtres, tout ça dans le four, et il allait les allumer quand les cinq abrutis avaient débarqué. Il s'était interrompu pour s'amuser un peu. Dans la pénombre, Victor Sprat nota que d'autres débris se trouvaient dans la pièce. Des choses qu'il avait d'abord prises pour du bois, mais qui s'étaient avérées être des os d'animaux. Quelques carcasses abandonnées, des chiens, des chats, un rat peut-être. Sans doute les restes d'un prédateur du coin. Victor n'en avait rien à foutre, du moment qu'il était peinard, tout seul dans le bâtiment.

Il faisait réellement très sombre dans la pièce. Il sortit les allumettes de sa poche et en craqua une. Une petite flamme brilla au bout du bâtonnet et éclaira l'espace situé devant lui. Victor Sprat réalisa alors deux choses. La première : il s'était trompé, il n'était pas seul dans la pièce. La seconde : il aurait mieux fait de s'enfuir lui aussi. Il contempla la silhouette qui se dressait lentement dans la pénombre.

Et là, il perdit la tête.

Nous filâmes directement jusqu'au poste de police d'Eden. Quand ils nous virent débouler – cinq gamins hurlant comme des décérébrés –, ils mirent un certain temps à nous calmer, mais comprirent tout de même que quelque chose ne tournait pas rond. L'odeur d'herbe qui flottait autour de Stan leur fit froncer les sourcils. Mais contrairement à ces films stupides dans lesquels les enfants étaient reconduits à la maison auprès de leurs parents sans la moindre enquête, ils nous écoutèrent et nous prirent au sérieux.

Une heure plus tard, trois voitures de patrouille se pointaient dans Khara Street, sirènes à fond, et pilaient devant le vieux crématorium. Pas moins de dix hommes y entrèrent l'arme au poing. Certains d'entre eux espéraient tomber sur Victor Sprat. Ils ne furent pas déçus. Sprat était bien là, dans la salle de l'incinérateur principal. Il était mort. Sa tête proprement séparée de son corps, à un mètre de distance.

Comment était-ce arrivé ? Personne ne put le déterminer avec précision. Il n'y avait aucune trace d'agression. Aucun autre individu sur les lieux. La coupure était nette, comme faite avec du verre. Des morceaux de vitre ensanglantés gisaient sur le sol, et les légistes se demandèrent si Sprat avait pu se trancher le cou accidentellement en tombant dans le cadre d'une fenêtre, puisque plusieurs d'entre elles étaient brisées dans la pièce. Ils retrouvèrent les objets qui lui avaient servi à se déguiser, bien sûr : le seau, la bâche, et expliquèrent à Jerry que le Minotaure n'existait pas. À l'hôpital, on annonça à Henri Fazio que le meurtrier de sa famille était mort à son tour, mais cela n'apaisa nullement ses tourments et il demeura hospitalisé. En ville, certains essayèrent de se convaincre que justice avait été faite. Faute de preuves, la police évita de parler de meurtre. Mais tout le monde sentait bien que la thèse de l'accident était bancale.

Dans l'agitation qui s'ensuivit, les policiers oublièrent de s'occuper de Stan et de l'herbe. Cameron ne dit pas un mot aux parents à propos de sa petite séance de fumette ni de son commerce illégal.

Je crois qu'il avait en tête de veiller lui-même sur son cousin. Sarah, Jerry et moi, nous fûmes consignés à la maison jusqu'à la fin de l'année scolaire et privés de sortie. Mais cela ne nous empêchait pas d'échanger des regards lourds de signification à chacune des récréations. Victor Sprat était celui qui nous avait poursuivis déguisé dans ce fichu couloir. D'accord. Mais qui avait tué Victor Sprat ?

CE QUE L'ON TROUVE DANS LA BOÎTE EN FER (EXTRAITS)

Feuille de classeur d'écolier, grands carreaux, pliée en quatre.

Date inscrite inscrite sur la feuille : mardi 5 juin 1979.

« Paul Becker,

Les gens deviennent bizarres à Eden. Même les adultes racontent des histoires inquiétantes. En classe cet après-midi, au lieu de faire cours, nous avons parlé des événements. La maison des Fazio qui brûle. Les animaux qui disparaissent. La mort de Victor Sprat. D'après notre professeur, il y a des rumeurs. Certains prétendent que le diable serait en ville. Je lui ai demandé s'il croyait vraiment à ce genre de choses. Il m'a regardée d'une façon bizarre et m'a répondu : "Il est évident que nous nous précipitons vers quelque entraînante découverte, quelque incommunicable secret dont la connaissance implique la mort !" Puis il a ri. Il a dit qu'il s'agissait simplement d'une citation d'Edgar Allan Poe pour nous faire réfléchir.

J'ai peur. Pas toi ?

Sarah L. »

43

Je garai ma voiture sur le parking et coupai le moteur. Le bâtiment n'avait pas changé : une maison avec d'élégants stores rouges aux fenêtres, la fière enseigne clignotante et les portes vitrées indiquant les horaires de consultation. Ma walk-in-clinic était toujours là. Sur les places réservées aux patients, en revanche, il n'y avait personne. Aucun véhicule, rien. À une heure pareille, en pleine journée, c'était de très mauvais augure. La fréquentation avait dû couler à pic. J'examinai une dernière fois mon visage dans le rétroviseur. En plus de ma perte de poids spectaculaire, j'avais désormais une nouvelle apparence : cheveux longs, barbe de couleur blonde et lunettes noires à monture métallique. Jack Barn le journaliste avait adopté le look « Viking branché ». Cela me paraissait coller au rôle, un peu intello, un peu artiste rebelle, que je m'étais choisi. Surtout, cela dissimulait mes traits de façon efficace. Je n'avais rien laissé au hasard : il ne s'agissait pas de simples postiches, mais d'extensions en cheveux véritables posés par un coiffeur professionnel de Miami. Je m'étais muni en outre d'un certain nombre d'accessoires, dont un appareil photo à téléobjectif. Et j'avais longuement travaillé ma voix et mes gestes pour essayer de faire disparaître tout ce qui était trop typique de Paul Becker. Ça ne pouvait pas être parfait, évidemment. Mais j'en avais marre de m'exercer devant ma glace. L'heure du test était venue.

J'inspirai, puis soufflai lentement pour évacuer le stress.

— Je m'appelle Barn. Jack Barn, répétai-je. Je suis journaliste. Je peux vous poser quelques questions ?

Allez, mon petit Pau... euh, Jack. Tu as suffisamment hésité. En piste. J'ouvris la portière et descendis de la voiture.

— Je m'appelle Jack Barn.

— C'est pour une consultation ?

— Non.

— Alors partez.

Je fronçai les sourcils. La fille derrière le comptoir d'accueil n'avait pas levé les yeux de sa lime à ongles. Elle procédait par petites touches : elle écartait ses doigts pour les admirer, puis les ramenait vers elle, limait une nouvelle partie microscopique et soufflait dessus avec la précision d'un travail de diamantaire. À part ça, elle était trop maquillée, portait de longues boucles d'oreilles et n'avait même pas de blouse blanche. Elle releva la tête.

— Quoi, vous êtes toujours là ? fit-elle.

— On dirait bien.

— Mais vous n'êtes pas un client.

— Les gens qui entrent ici ne sont pas des « clients », répliquai-je. Ce sont des patients. Nous ne sommes pas dans une onglerie.

— Client, patient, qu'est-ce que vous voulez que ça me fiche ? Je suis payée huit dollars de l'heure.

— Je souhaiterais vous poser quelques questions.

— Je ne suis pas là pour y répondre.

— Vous n'avez pas l'air très occupée.

— Détrompez-vous, je *suis* occupée.

— Je vous trouve bien désagréable.

Elle me considéra avec dédain et poussa un formulaire dans ma direction.

— Écoutez, cher monsieur, les règles sont simples. Règle A : vous venez pour une consultation. Dans ce cas, vous remplissez ce formulaire, nom, prénom, assurance, tout est marqué dessus. Vous sortez votre carte de crédit, je la débite, et vous attendez sur les chaises derrière vous en priant pour qu'un médecin se pointe dans les deux heures. C'est long, mais ne râlez pas, parce que je n'y suis pour rien. Règle B : vous ne venez pas pour une consultation. Dans ce cas, la porte est grande ouverte.

Je n'en croyais pas mes oreilles.

— Qui vous a engagée ?

— En quoi ça vous regarde ?

— Pour savoir à qui j'adresse la plainte.

Elle haussa les épaules.

— Ch'ais pas. Un gars. Coudritch.

— Ça ne serait pas plutôt le *docteur* Goodritch ?

— Un truc du genre.

— Vous n'êtes pas formée au rôle de secrétaire médicale ?

— Pour quelques jours, ça sert à rien.

— Comment ça quelques jours ?

— On ferme. Ça va devenir un restaurant ici.

La porte d'un bureau s'ouvrit et Stephanie Brown, mon ancienne secrétaire, entra dans la pièce. Ses bras étaient pleins de cartons. Elle les déposa sur le comptoir et se tourna vers nous.

— Tanya, à qui êtes-vous en train de parler ?

— À ce type. Il me prend la tête.

— Tanya, vous êtes complètement folle ? dit Stephanie. Qu'est-ce qui vous prend de vous exprimer de la sorte !

La Tanya en question leva les yeux au ciel, souffla longuement, puis sortit un magazine de mode de son sac à main et se mit à le feuilleter en nous tournant ostensiblement le dos.

— Je vous prie de l'excuser, dit Stephanie en s'adressant à moi. Elle assure juste l'accueil en dépannage. Il n'y a plus personne, je dois tout ranger et classer toute seule, et je ne m'en sors pas. Que puis-je pour vous ?

Je lui montrai ma carte de presse.

— Jack Barn. Journaliste pour le *Miami Herald*. J'écris un article sur le docteur Paul Becker. Vous auriez quelques minutes à m'accorder ?

Stephanie regarda Tanya, les cartons, puis moi.

— Pitié, dit-elle. Sortez-moi d'ici. Offrez-moi un café.

44

J'avais choisi l'un de ces pubs à l'ambiance country, obscurs et sans fenêtres, qui demeuraient ouverts toute la journée. Ce genre d'endroit était en permanence plongé dans la pénombre, et je préférais que Stephanie Brown n'ait pas trop le loisir d'examiner mon visage. Batgirl, comme je surnommais ma secrétaire, avait connu Paul Becker pendant sa période de surpoids. J'avais complètement changé, mais elle était loin d'être une idiote. Mieux valait se montrer prudent. Je m'installai à une table dans un recoin où la musique n'était pas forte. Elle s'assit en face de moi et nous commandâmes deux cafés.

— Ça va ? demandai-je. Vous aviez l'air stressée tout à l'heure.

— C'est une période difficile. Toute pause est la bienvenue. Vous vouliez me poser des questions à propos du docteur Becker ?

Je lui récitai le petit laïus que j'avais préparé à l'avance : j'étais au courant pour sa mort, qui avait été annoncée dans les pages locales. J'avais déjà mené mon enquête et j'en connaissais les circonstances. Le journal pour lequel je travaillais, le *Miami Herald*, envisageait à présent d'écrire un article sur lui, comme nous l'avions fait par le passé lorsqu'il avait eu des problèmes. Ce qui m'intéressait plus particulièrement, c'était la réaction de ses proches. Les gens qui l'avaient bien connu. Nos lecteurs voulaient du concret, de l'humain, des histoires qui leur ressemblaient. Telle était la ligne de mon article.

Je sortis un carnet et un crayon, ainsi qu'un petit magnétophone que je posai sur la table. Il n'y avait pas de cassette à l'intérieur : c'était juste pour compléter l'illusion.

— Quand avez-vous appris le décès du docteur Becker ?

— La semaine dernière. Le shérif de Jackson Hole nous a prévenus.

— Vous avez été surprise ?

Elle réfléchit.

— Non. Pas vraiment.

— Pourquoi ?

— Il était dépressif.

— Il a été victime d'un infarctus, pas d'un suicide.

— Mais ça aurait pu. Un jour ou l'autre, il serait passé à l'acte.

— D'après vous, il était fragile ?

— Chaque soir, je me demandais si je le reverrais le matin suivant.

J'encaissai sans broncher.

— Il était attentionné envers ses patients, poursuivit-elle. Et soucieux de nos problèmes. Mais d'après moi, ça n'était qu'un masque. Il y a toujours eu quelque chose de brisé chez cet homme. Et finalement, il a fait une fugue.

— C'est-à-dire ?

— Il a tout plaqué du jour au lendemain. Disparu dans la nature.

— Ce n'est pas banal.

— Chez un adolescent, c'est banal. Chez un adulte, c'est le signe d'un profond mal-être.

— Aucun d'entre vous ne savait où il se trouvait ?

— Personne.

— Même pas son ami, le docteur Goodritch ?

— Non. Mais Jerry se faisait un sang d'encre depuis son coup de fil du 1er janvier.

— Racontez-moi ça.

On nous servit nos cafés. Stephanie Brown tourna lentement sa cuillère dans la tasse.

— Le docteur Goodritch était en vacances à New York pour quelques jours. Becker lui a téléphoné sur son portable. Il paraissait complètement ivre, ou drogué. Peut-être les deux. En tout cas, ça n'avait pas l'air d'aller bien. Jerry a paniqué. Il croyait que son ami était en train de mourir. Il ne savait plus quoi faire, ni vers qui se tourner pour demander de l'aide.

— Qu'a fait le docteur Goodritch après ce coup de fil ?

— Il a reporté son mariage et s'est plongé dans le travail.

— Il devait se marier ?

— En février. Avec le docteur Floyd Romano. Il est gay.

Elle se tortilla sur sa chaise.

— Je n'aurais peut-être pas dû dire ça, ajouta-t-elle.

— L'amour n'a ni sexe ni couleur, répondis-je.

— C'est ce que je pense aussi.

— Tant mieux. Revenons au docteur Goodritch.

— Il était trop stressé pour se marier. Il n'avait plus la tête à ça. Il travaillait comme un dingue pour maintenir à flot la consultation.

— Tout seul ?

— Non, bien sûr. Il était secondé par des médecins intérimaires. Mais pas de nouvel associé. Jerry n'en voulait pas.

— Pourquoi ?

— Il préférait attendre le retour de Paul.

— Pourtant Becker avait abandonné, non ?

Stephanie hocha la tête.

— C'est exact. Mais Jerry y croyait dur comme fer. Il disait que Paul Becker était son ami d'enfance, le chef de leur petite troupe. Jerry a toujours pensé qu'il reviendrait et qu'il ne les abandonnerait pas. Je… je crois qu'il était désespéré de perdre son ami.

J'accusai le coup en silence. Stephanie poursuivit :

— Je l'avais prévenu, pourtant. Une fois Becker parti, il fallait prendre un nouvel associé. Combien de fois ai-je répété au docteur Goodritch qu'on ne peut pas fonctionner avec des médecins intérimaires. Ils coûtent une fortune et ne s'investissent pas dans le fonctionnement d'une consultation. Là, on allait droit dans le mur. Mais Jerry n'a rien voulu savoir et il a continué d'accumuler les dettes. Chaque fois qu'il fallait payer une nouvelle facture, il disait : « On va s'en sortir, le Bigleux a toujours un plan. »

— Le Bigleux ?

— Un surnom datant de leur jeunesse. Ils avaient formé une bande : Becker, Goodritch, Cole, Stan quelque chose, et aussi une fille dont j'ai oublié le nom.

— Sarah Lewis, lâchai-je malgré moi.

Elle haussa les sourcils, surprise par la rapidité de ma réponse.

Je vis les antennes de Batgirl se dresser au-dessus de sa tête. Je me composai un sourire innocent.

— Son ex-petite amie. Son nom est dans mes notes.

— Vos notes sont précises pour une nécrologie.

— Ce n'est pas mon sujet. Mais cette Sarah avait disparu.

— C'est pour ça que vous enquêtez sur Paul ?

— Non. Comme je vous l'ai dit, elle n'est pas le sujet de mon article. Mais l'état dépressif de Paul Becker était peut-être lié à cette disparition. La perte d'un être cher peut vous affecter en profondeur. Enfin c'est juste une théorie parmi d'autres.

Elle sembla accepter mon explication bancale.

— Je ne sais pas, dit-elle. Peut-être que vous avez raison. Jerry parlait effectivement beaucoup de cette époque. À part cette fille, ils étaient tous issus de milieux modestes. Ils ont grandi ensemble, unis comme les doigts de la main. Puis ils se sont séparés ou perdus de vue. Certains ont eu des destins malheureux. En tout cas le docteur Goodritch était triste quand il en parlait. Il disait que cela avait été la plus belle période de sa vie.

Je déglutis. Pris une gorgée de café. Déglutis encore. Jerry n'avait pas l'habitude de me confier ses états d'âme, mais apparemment il le faisait avec notre secrétaire. Cela faisait beaucoup pour un seul entretien. Dissimuler mon visage était une chose, masquer mes émotions en était une autre. Je ne m'attendais pas à devoir gérer ça.

— Ça va ? dit Stephanie.

— Oui.

— Vous n'avez pas l'air bien.

— Juste une poussière dans l'œil. Vous m'excusez cinq minutes ?

Je filai aux toilettes et me passai un peu d'eau sur la figure. Stephanie avait raison. Nous avions eu des destins malheureux. Cameron était devenu alcoolique. Stan drogué. Sarah avait disparu. Et moi j'étais mort. Mais le plus tragique, là-dedans, était que nous avions grandi en perdant nos illusions et nos rêves. Cette part d'innocence, cette merveilleuse magie de l'enfance qui nous avait permis d'être si forts à l'époque, d'affronter nos drames personnels et de soulever des montagnes, nous l'avions détruite en devenant des adultes. La vie est ainsi faite, on n'y peut rien. Grandir, c'est apprendre à calculer, dans tous les sens du terme. Mais ce que l'on ne vous dit pas à l'école, c'est que vous y perdrez vos rêves au passage.

Je posai les deux mains sur le rebord du lavabo. Je ne devais pas me laisser embarquer sur la pente des sentiments. Je n'étais ici que pour une chose : savoir si, oui ou non, Jerry et Cameron étaient mêlés à mon assassinat. Je devais penser à ça, et à rien d'autre. Il fallait que je me reprenne. Je visualisai mentalement mon arme, le pistolet automatique aux courbes noires, et y puisai de la force. La part d'ombre qui vivait en moi entendit mon appel. Je la laissai s'enrouler autour de mon cœur et me fermai au monde. Je n'avais plus peur. J'étais Jack Barn. J'inspirai. Soufflai. Je repartis dans la salle.

— Reprenons, dis-je en m'asseyant.

— Ça va mieux ?

— Oui.

— Vous semblez nerveux.

Je souris derrière mes lunettes noires.

— Vous êtes prête à reprendre l'interview, miss Brown ?

— Bien sûr, je…

— Alors allons-y, la coupai-je.

Je fis jouer mon crayon entre deux doigts et tapotai sur la table avec impatience.

— Donc, Paul Becker a téléphoné à Jerry Goodritch le 1er janvier, c'est bien ça ?

— Oui.

— Et depuis, plus de nouvelles ?

— Exact.

— Il n'a jamais écrit ? Pas le moindre e-mail ? Même récemment ?

Je fixai attentivement Stephanie Brown en guettant sa réponse. C'était un piège que je lui tendais. Toute ma tactique tenait à cette unique question. Soit Cameron et Jerry étaient innocents. Et dans ce cas, recevoir un e-mail de ma part avait dû les réjouir. Et ils en avaient forcément parlé à la clinique. Donc Stephanie Brown était au courant. Soit Cameron et Jerry étaient coupables. Et il ne fallait surtout pas que l'on puisse remonter jusqu'à eux par le biais de cet e-mail. Donc, ils n'en avaient parlé à personne. Et Stephanie ne serait au courant de rien. J'avais réfléchi au mobile, et il y en avait un : l'argent.

Notre walk-in-clinic était une société. En cas de décès accidentel de l'un d'entre nous, les deux autres étaient automatiquement indemnisés. C'était une procédure normale, impliquant une somme rondelette. Théoriquement, je ne faisais plus partie de la walk-in-clinic, certes… à condition que Jerry ait accompli les démarches administratives. S'il n'avait pas modifié les statuts, sur le papier, j'étais toujours leur associé. Et en cas de mort accidentelle – un infarctus, par exemple – ils toucheraient chacun une petite fortune. De quoi les renflouer et repartir sur de nouvelles bases. Je vous l'ai dit : les rêves d'enfants disparaissent. Grandir, c'est apprendre à calculer.

— Alors ? insistai-je. Le docteur Becker n'a jamais donné de nouvelles, n'est-ce pas ?

— C'est drôle que vous parliez de ça, dit-elle. Parce que, justement, si. Il a envoyé un e-mail.

Je me redressai, surpris.

— Ah bon ?

— C'était il y a deux semaines. Jerry était fou de joie. Ça s'est passé ici, dans son bureau. Il a ouvert son courrier électronique et il a annoncé à tout le monde que Paul avait refait surface, qu'il se trouvait dans le Wyoming, au parc Yellowstone, et qu'il allait bien. Il avait même son adresse. Il me l'a aussitôt donnée et j'ai cherché sur Internet pour voir à quoi ressemblait l'endroit. On l'a imaginé en train de chasser les ours, on a fait des blagues… C'était très drôle ! Je me souviens encore du nom de la petite épicerie : Walnut Warehouse…

Je reculai sur mon siège. Non seulement Jerry semblait sincère, mais en plus il avait *donné* l'adresse à tout le monde ? Cela rebattait totalement les cartes. Donc Stephanie Brown, les autres secrétaires, les médecins et les employés de la clinique – un tas de gens, en fait – savaient où me trouver ? Et le Visiteur, ce tueur psychopathe, pouvait avoir été engagé par n'importe lequel d'entre eux ? Ma liste de suspects venait de s'allonger de plusieurs pages. *Ce n'est pas le plus important, Paul. L'important est que Jerry est innocent. Il espérait vraiment ton retour. Tu vois, tu peux te tromper : les adultes ne sont pas toujours des calculateurs. Ils peuvent avoir de l'espoir. Rêver. Contrairement à toi.*

Je fis taire cette voix intérieure. En fait, j'étais déçu – furieux presque – que ma théorie soit fausse. J'étais certain de tenir une piste sérieuse, et une fois de plus elle débouchait sur un cul-de-sac. J'éprouvai soudain le besoin de toucher mon pistolet automatique. De sentir son poids et sa forme sombre entre mes mains.

— Jerry était tellement heureux, poursuivit Stephanie. Il voulait acheter un billet d'avion tout de suite pour aller chercher son ami… Et la semaine suivante, on a appris que Paul Becker était mort.

Elle avala une gorgée de café. Puis reposa sa tasse.

— Le docteur Goodritch a été bouleversé. On aurait dit qu'il avait pris dix ans. Il avait l'air drogué tellement il prenait de cachets. Il nous a annoncé que c'était fini. Qu'on arrêtait tout. Rideau. Il m'a chargée de clôturer les affaires en cours et d'archiver les dossiers de consultation. Il a engagé un médecin pour assurer la transition durant la fermeture, et Tanya, la fille que vous avez vue au comptoir, pour décourager les casse-pieds et les mettre dehors.

Il y eut un silence. Je contemplai mon magnétophone, le regard dans le vague.

— C'est drôle, dit-elle, vous me le rappelez un peu.

— Qui ?

— Le docteur Becker. Il y a quelque chose dans votre attitude. Un genre de compassion.

— Ne croyez pas ça, dis-je sèchement. Je n'éprouve aucune compassion. Je mène une enquête. Je fais strictement mon boulot, rien de plus.

Elle eut l'air surprise mais ne fit aucun commentaire. Je me levai.

— Je vous remercie, dis-je, j'ai tout ce qu'il faut pour mon article.

— De rien. Merci pour le café.

— Au fait, Tanya a dit que les locaux ont été vendus à un restaurant.

— Oui.

— À qui, par curiosité ?

— Le propriétaire est un homme d'affaires. Il possède un tas de choses dans la région, des pubs, des restaurants, des magasins de sport… Il a insisté à plusieurs reprises tout au long de l'année pour racheter l'endroit parce qu'il est bien placé. Mais Jerry Goodritch a toujours refusé de vendre.

— Vous avez un nom ?

— C'est quelqu'un du coin. Il ne vous dira rien.

— Qui ?

— Theroux. Il s'appelle Teddy Theroux.

45

Teddy « Bear » Theroux. Ça alors. Je réfléchissais tout en conduisant. Ce nom avait surgi du passé tel un diable hors de sa boîte. On ne s'était pas revus depuis l'adolescence. De ce que j'en savais, la mort de ses acolytes Jimmy Fazio et Victor Sprat en 1979 avait sonné le glas des jours heureux pour le pauvre Teddy. Après ça, son père l'avait envoyé dans un internat à discipline stricte situé à l'autre bout du pays et nous n'avions plus entendu parler de ce garçon. Je ne l'avais pas non plus croisé depuis que j'étais revenu m'installer à Naples. En fait, je ne savais même pas qu'il habitait encore le coin, il m'était pratiquement sorti de la tête. Et c'était Theroux qui avait racheté les murs de la walk-in-clinic ? Curieux.

Apparemment il avait abordé Jerry à plusieurs reprises pour lui proposer d'acquérir notre emplacement afin de le transformer en restaurant. Qu'est-ce que cela signifiait ? Rien ? Un hasard ? Ou bien Teddy Theroux, l'ennemi juré de mon enfance, était-il impliqué à un quelconque niveau de cette histoire ? J'avais du mal à l'imaginer. Mais j'essayai néanmoins de relier ces différents éléments entre eux. Je ne réussis qu'à me coller la migraine, et le sentiment de devenir complètement paranoïaque. Je remisai ça dans le tiroir « éléments à explorer plus tard » et me garai sur un parking public situé à proximité de la plage de Naples.

Le secteur était très agréable : contrairement à Eden, la plage de Naples avec son fameux ponton de bois (visible sur toutes les cartes postales de la ville) était préservée des immeubles qui défiguraient habituellement le bord de mer. Toutes les maisons étaient enfouies dans une végétation dense et luxuriante. À la fin du lycée, notre petite bande venait souvent ici. Nous prenions nos scooters et nous quittions Eden – Sarah derrière moi et serrant ma taille, Stan, Cameron et Jerry en équilibre sur un second véhicule – pour nous retrouver à Naples, nous régaler de sandwichs (une variété de hamburgers à la saucisse confectionnés uniquement dans le petit kiosque sur le ponton), et nous affronter dans des parties endiablées de volley-ball sur la plage, tandis que notre radio passait des morceaux de Duran Duran, Dire Straits ou Simple Minds. C'était le bon temps. Je poussai un soupir nostalgique et récupérai mon téléobjectif dans mon sac.

Les villas autour de moi valaient chacune une petite fortune. Celle qui se trouvait en face était la maison secondaire du docteur Floyd Romano, chirurgien esthétique et amant de Jerry Goodritch. Je ne savais pas si on pouvait encore employer le terme de « maison secondaire » quand celle-ci valait plusieurs millions de dollars, mais c'était pourtant le cas : la somptueuse demeure d'architecte ne servait à Floyd que durant les week-ends, puisqu'il opérait à New York pendant la semaine. Son cabinet marchait fort, et comme un certain nombre de riches confrères, il prenait un jet privé qui le déposait à Naples le vendredi soir et rentrait par le même moyen le dimanche, voir le lundi matin. En revanche, mon ami Jerry vivait ici en permanence.

Assis sur le siège de ma voiture, je pris une petite série de clichés. Zoom. L'entrée, avec sa double porte ornée de vitraux. Les fenêtres en arcade. Les colonnes de part et d'autre du perron. Un coin de jardin, avec une Porsche garée devant le garage. J'observai les lieux pendant plusieurs minutes. Personne en vue. Je reposai le téléobjectif dans le sac. Je n'avais plus qu'à attendre. Me mettre en planque devant chez Jerry me paraissait être la meilleure option. L'interview de Stephanie Brown semblait l'innocenter, mais je voulais en être sûr. Étudier ses réactions, ses allées et venues, me rendre compte par moi-même si son attitude collait avec les circonstances. Je m'enfonçai sur mon siège et guettai sa maison, excité tel un prédateur à l'affût.

Quatre heures plus tard, ma combativité s'était notablement émoussée. Je commençais à réaliser que j'avais été un peu trop optimiste. Dans les films policiers, les types restent en planque et tombent très vite sur un indice. Mais dans la vraie vie : rien. L'après-midi s'était déroulé sans événement marquant. En outre – et ça, on ne le voit pas dans les films – j'avais le dos en compote, des crampes dans les jambes, soif et envie d'uriner en alternance, et la chaleur me tapait sur le système, vu que je ne pouvais pas laisser tourner le moteur de ma voiture pour utiliser la clim. Cette attente interminable me rendait fou. Histoire de me dégourdir les jambes, je sortis vérifier que Jerry se trouvait bien chez lui en allant téléphoner depuis une cabine. Je composai son numéro. « Allô ? » répondit-il d'une voix traînante. Je raccrochai aussitôt. Je l'aperçus ensuite en peignoir dans son jardin au moment où il sortait arroser ses fleurs. Je le photographiai au téléobjectif : il était en pantoufles, les cheveux en désordre, les joues grisées par une barbe naissante – un laisser-aller inhabituel chez mon ami. Sinon, rien d'autre. Pas de visiteur bizarre, pas d'allées et venues étranges. Bon. Évidemment. À quoi est-ce que je m'attendais ? Qu'un tueur en série sonne à la porte ? « Bonjour, monsieur Goodritch, je suis le Visiteur, voilà la tête de Paul Becker contre un paiement de dix mille dollars en liquide, comme prévu. »

Je lâchai un grognement de frustration. Que pouvais-je faire d'autre ? Acheter des micros et des caméras dans un magasin d'électronique, pénétrer par effraction et installer tout ça ? Pas vraiment envisageable. Je n'y connaissais rien en techniques de surveillance et les risques de me faire prendre étaient énormes. De plus, je ne voulais pas engager de professionnels comme Connie Lombardo. Je voulais me débrouiller seul et ne rendre de comptes à personne. Je regardai l'heure : d'accord, chou blanc pour cette fois. Il était temps de rentrer à Miami récupérer mon père.

Mes retrouvailles avec George Dent furent particulièrement ternes : il ne me reconnut pas. Je ne lui avais pas rendu visite depuis un an. Je me présentai dans son établissement de long séjour sous le déguisement de Jack Barn l'infirmier, muni de tous les papiers utiles. Une directrice me reçut dans un bureau au papier peint jauni. Les murs affichaient des posters aux slogans aussi réconfortants que : « Foyer La Joie de Vivre : les grands handicapés ont maintenant leur maison ! » ou « Repas chauds et équilibrés, avec télévision couleurs ! » La directrice avait la cinquantaine, chemisier strict, fard verdâtre sur les paupières. Elle me considéra en pinçant les lèvres.

— C'est vous qui récupérez George ?

— Seulement pour le soir.

— Il était temps. Il ne paye plus sa pension complète.

— Son fils est mort. Retard administratif.

— Nous avons failli le mettre dehors.

— C'est gentil de l'avoir gardé avec vous.

— Uniquement parce que nous avons bon cœur.

Je regardai ostensiblement sa montre de marque, ses bijoux et ses boucles d'oreilles.

— Le cœur est ce qui vous motive. Je n'en doute pas.

Elle rehaussa ses lunettes sur son nez, appliqua deux tampons sur les papiers, sa signature, et me tendit le tout sans se donner la peine de lever les yeux.

— Chambre 313. Ramenez-le avant huit heures chaque matin. Tout retard sera facturé. Les sondes urinaires sont à votre charge.

Volez un bébé dans une crèche et la moitié du pays vous court après. Volez un vieillard, et c'est tout juste si l'on ne vous dit pas merci.

Je ramenai mon père en fauteuil roulant jusqu'à ma voiture. Dès que nous nous retrouvâmes seuls, je donnai libre cours à mes émotions et le serrai dans mes bras. Aucune réaction de sa part. Je tentai de discuter, de ranimer ses souvenirs, lui mis entre les mains quelques photos que j'avais trouvées dans sa chambre. Sans succès. George ne réagissait plus aux sollicitations extérieures. Les miennes comme celles des autres. Sa maladie avait beaucoup progressé en un an, au point de le plonger dans une stupeur permanente. Il n'y avait que la musique qui semblait l'émouvoir encore un peu.

Je passai la soirée à rouler dans Miami, les fenêtres ouvertes, tandis qu'il se tenait à côté de moi le regard vide. La radio était réglée sur une station qui ne passait que des vieux tubes. Mon esprit vagabonda. Pour la première fois depuis longtemps, je cessai de penser aux meurtres, aux idées de vengeance, à toutes ces choses qui emplissaient mon esprit d'habitude. À la place, je songeai à George Dent. Au petit vétérinaire plein d'espoir et de rêves qui s'était un jour lancé sur les routes, dans les années soixante, accroché à des roulottes de cirque. Puis au jeune homme qui était tombé amoureux d'Eleanore Becker. À l'idéaliste qui avait manifesté contre la guerre du Vietnam. Au père qui m'avait abandonné à l'âge de quatre ans et qui était revenu pour mes dix, brisé par la vie. À celui qui m'avait battu à coups de ceinture pour que je fasse des études, et contre qui je me révoltais à l'adolescence. À l'homme qui racontait des mensonges aux femmes pour pouvoir les séduire. Au type mystérieux qui emmenait la vieille Abigaïl dans les marais pour écouter de la musique. À l'adulte que j'avais le plus aimé et détesté de toute mon existence. À l'homme qui m'avait fait découvrir les livres et, en fin de compte, croire en la magie, la vraie, celle que chacun invente tous les jours dans sa propre tête.

Au bohémien magnifique. Je repensai tout simplement à mon père, qui m'avait un jour appris à pêcher sur un ponton. Je m'en souvenais comme si c'était hier : il avait une cigarette au coin de la bouche, sourire aux lèvres, heureux que nous soyons tous les deux, père et fils. J'avais réussi ma première prise – un ridicule poisson-chat – mais il était tellement fier qu'il s'était mis à réciter quelques mots de Richard Brautigan, comme ça, tout de go :

Mémoires sauvés du vent, poussières d'Amérique..., avait-il déclamé avec de grands gestes devant les promeneurs médusés.

J'essuyai mes yeux d'un revers de manche.

— Ne t'inquiète pas, papa, lui dis-je. Tout ira bien. Je suis là, maintenant.

Tard dans la soirée, nous rentrâmes chez nous. George n'avait toujours pas prononcé un mot. Sans doute n'en dirait-il jamais plus aucun. Je le couchai dans son nouveau lit, fermai la porte de sa chambre et m'allongeai à mon tour dans une chaise longue sur la terrasse de notre petit appartement. Les lumières de Miami Beach clignotaient comme des lucioles. On aurait dit des papillons de nuit dansant sur les eaux. Cette nuit-là, je ne fis aucun rêve.

Les journées suivantes se déroulèrent de la même façon : le matin, je ramenais mon père dans son établissement de jour, puis j'effectuais ma tournée d'infirmier à vélo dans les rues de Miami Beach (piqûres d'anticoagulant, toilettes, soins à domicile), vers onze heures, j'avalais une salade en vitesse, je sautais ensuite dans ma voiture, deux heures de route, et je retournais me mettre en planque devant chez Jerry Goodritch.

Celui-ci sortait peu. Je le suivis une fois jusqu'à l'église catholique de Saint-Jean-l'Évangéliste à Eden (c'était là où se déroulerait ma messe d'enterrement, je parlai au prêtre, mais n'en tirai rien de valable) ; je le traquai une autre fois dans les allées d'un supermarché (il naviguait avec fatigue entre les rayons en jetant quelques plats préparés dans son Caddie, je crus qu'il m'avait remarqué, mais en fait non) ; je le filai également jusqu'à la clinique (où il discuta avec Stephanie Brown qui n'en pouvait plus de l'insupportable Tanya, les deux filles se criaient dessus si fort que je pouvais les entendre à travers les fenêtres) ; à part ça, rien de plus. Pas de visiteur inhabituel, ni d'élément nouveau.

Le soir, je récupérais George à Miami, et je recommençais. Le samedi arriva enfin, et je vis Floyd Romano débarquer en limousine de l'aéroport. Je me souvins que lui et Jerry avaient l'habitude de faire leur jogging sur la plage en fin de journée. Je consultai ma montre : dix-sept heures. Cela valait la peine de tenter le coup. Je descendis de la voiture, ôtai mon T-shirt, posai une serviette sur mes épaules et me dirigeai vers la plage.

46

Floyd Romano ralentit sa course, trottina quelques mètres, puis se remit à marcher à vitesse normale sur le sable. Il inspira et expira longuement, les mains sur les hanches. Posa ses doigts sur l'artère radiale de son poignet et prit ses pulsations : cent six par minute. Bien. Il se laissa tomber sur sa serviette et secoua ses cheveux longs. Sur le siège pliant à côté de lui, installé sous un parasol, Jerry Goodritch fixait le soleil en train de descendre sur l'horizon – ou bien le vide, Floyd n'en savait rien.

— Comment s'est passée ta semaine ? demanda Floyd.

— Mal.

— Tu ne cours pas ?

— Non.

— Tu veux quelque chose à boire ?

— Non merci.

— Tu veux que je te passe de la crème ?

— Il n'y a plus de soleil.

Floyd rangea sa serviette dans son sac et noua ses cheveux en arrière avec un élastique.

— Et une injection de poison mortel, ça ne te tente pas ? Comme ça tu te suicides et on n'en parle plus.

Jerry le foudroya du regard.

— Je te remercie pour ta compassion, Floyd, vraiment !

— J'essaye juste de te faire réagir.

— Mon meilleur ami est mort !

— Effectivement. Mais pas toi.

— Qu'est-ce que ça signifie ?

— Tu ne manges plus. Tu ne dors plus.

— Ça s'appelle le deuil.

— Il y a des médicaments pour passer ce genre de cap.

— J'en prends, figure-toi.

— Je n'en vois guère l'effet.

Jerry le considéra, le regard triste.

— Tu es quoi, Floyd, une sorte de monstre froid et insensible ?

— Je veux juste t'aider à remonter la pente.

— Et moi je pense que tu es jaloux.

— Quoi ?

— J'ai remis notre mariage à plus tard parce que je voulais que Paul y assiste. Il devait être mon témoin. J'étais mort d'inquiétude depuis sa disparition. Comment veux-tu te marier si tu es mort d'inquiétude ? Et maintenant je pleure son décès. Et tu es jaloux.

Floyd Romano croisa les bras.

— Tu veux qu'on règle nos comptes ? D'accord. Je suis *peut-être* jaloux. Mais toi, tu te débines !

— Hein ?

— Tes parents ont fait la tête le jour de l'An lorsqu'ils ont appris pour notre mariage. Depuis tu cherches n'importe quel prétexte pour y renoncer. La vérité, c'est que tu as la trouille. Combien de tes patientes savent que tu es gay ? On est au XXIe siècle et tu n'arrives toujours pas à sortir de ton fichu placard ! Si tu ne veux plus de ce mariage, tu n'as qu'à le dire carrément et on n'en parle plus !

Ils restèrent silencieux un moment l'un et l'autre en contemplant la plage. À quelques mètres à peine, un vacancier dormait sur une serviette, une casquette posée sur le visage, des écouteurs plantés dans les oreilles.

— Et Cameron, comment il s'en sort ? finit par demander Floyd.

— Il ne s'en sort pas.

— Il boit toujours ?

— Cet idiot n'a pas dessoûlé depuis une semaine. Il fait semblant que tout va bien et que c'est un dur. Tu le verrais : il verbalise n'importe quel excès de vitesse en mettant la sirène et le gyrophare. C'est un fou furieux. Il va finir par se prendre un blâme de ses supérieurs.

Le vacancier remua sur le sable et sembla rajuster ses écouteurs.

— Paul et lui étaient amis depuis la maternelle. Tout juste s'ils n'ont pas appris à marcher ensemble. Ils étaient aussi bourrus et machos l'un que l'autre. Ces deux idiots ne se sont jamais répandus en effusions. Mais Paul était quasiment son petit frère, tu sais. Cameron est dans un état…

Jerry renifla. Floyd posa une main sur son épaule.

— Ça va aller.

— Je… je m'occupe la tête. Je n'arrête pas de faire des choses pour ne pas rester là, comme un idiot, à broyer du noir. Mais c'est dur.

— Tu as fini d'organiser la cérémonie ?

Jerry se moucha dans un mouchoir en papier et le rangea dans son sac.

— Oui. Elle aura lieu à l'église d'Eden puis on l'enterrera au cimetière d'Eden Hill. Je crois que c'est ce que Paul aurait voulu. J'ai contacté ses proches, enfin, ceux qui ont répondu présent. Mes parents viendront de New York. Il y aura aussi Cameron et sa famille, bien sûr. Mais je n'ai rien dit au vieux George. Il n'a plus toute sa tête, le pauvre, ce n'est pas la peine de lui infliger l'enterrement de son fils.

— Et l'ex-femme de Paul ?

— Ils ne feront pas le déplacement. Ils vivent en Europe, elle préfère éviter les funérailles à son gamin. Elle lui annoncera à sa façon.

— Et Rozella ?

— Elle ne sera pas présente non plus. Elle enterre sa mère. La vieille Abigaïl est morte. Elle est tombée de sa balancelle dans son jardin et elle s'est brisé le cou. Tu imagines ? Elle avait cent neuf ans. Presque le triple de Paul…

Jerry étouffa un sanglot. Floyd lui caressa la joue.

— Eh bien, dit-il, il ne va pas y avoir grand-monde à cet enterrement…

Floyd marqua une pause. Puis ajouta :

— D'un autre côté, ça ne m'étonne guère.

Jerry releva la tête.

— Pourquoi ?

— Parce que Paul était un égoïste.

— Tu es méchant.

— C'est la vérité. Après avoir abandonné ses patients, il a fait pareil avec vous. Quand il a été victime de son premier infarctus, il ne voulait même pas que vous alliez le voir à l'hôpital. Est-ce qu'il t'a remercié pour tout le mal que tu t'es donné en son absence ? Non. Est-ce qu'il s'est préoccupé de votre situation financière ? Non plus. Et cette fille, là…

— Sarah Lewis.

— Elle l'a attendu toute sa vie, et il en épouse une autre. Quel genre de type fait ça ?

— Ils vivaient éloignés.

— Et alors ? Nous aussi, on vit éloignés.

— Ce n'est pas pareil.

— C'est pareil. Quand tu aimes réellement quelqu'un, tu ne lui fais pas des promesses en l'air. Je ne supporte pas ceux qui abandonnent. Vivre, c'est combattre pour ses convictions.

— Parfois, on n'a plus la force de le faire.

— Eh bien, moi, j'aurais eu la force de me battre pour toi. Si ce type t'avait rendu malheureux, s'il avait menacé notre couple d'une quelconque façon, j'aurais pris les mesures nécessaires, tu peux me croire.

Floyd entoura les épaules de son ami et le serra contre lui. Puis il se redressa et ramassa ses affaires.

— Je rentre à la villa. Quand tu iras mieux, viens me rejoindre. Je vais nous préparer un dîner, et peut-être qu'on sortira ensuite retrouver quelques amis, d'accord ?

— D'accord, répondit Jerry.

Floyd s'éloigna. Jerry resta seul à contempler les vagues. Au bout d'un moment, le vacancier à casquette avec les écouteurs dans les oreilles se releva et s'éloigna aussi.

Je remontai dans ma voiture et me débarrassai de mes accessoires : serviette, casquette, écouteurs. Mes émotions étaient partagées. D'un côté, le ton agressif de Floyd Romano à mon égard m'avait surpris et déplu. Il ne faisait que défendre son ami, certes, après tout j'avais flanqué son mariage par terre. Mais tout de même. Que voulait-il dire par « Si Paul avait menacé notre couple d'une quelconque façon, j'aurais pris les mesures nécessaires » ? Je n'aimais pas ça. D'un autre côté, je ne pouvais qu'être ému par la réaction de Jerry. Je le connaissais depuis plus de trente ans : à moins d'être le meilleur acteur du monde, je ne voyais pas comment il aurait pu feindre autant de sincérité. J'avais tenté de l'imaginer en comploteur. Mais je découvrais à présent que j'étais incapable de lui en vouloir plus longtemps.

Floyd avait raison sur un point : Jerry s'était dévoué pour moi et m'avait prouvé sa loyauté un nombre de fois incalculable. J'étais vraiment un idiot et un égoïste de l'avoir traité de cette manière. Je souris en me rappelant sa réplique culte : « Le Bigleux a toujours un plan. » Sans lui, jamais je n'aurais rencontré Sarah lors de cette fameuse première année au collège. J'allais devoir chercher une nouvelle piste ailleurs.

Jerry Goodritch attendit un long moment sur le sable. Un peu plus loin, des jeunes jouaient au volley-ball. Comme Stan, Cameron, Paul, Sarah et lui l'avaient fait tant de fois au cours de leur jeunesse. Il sortit son téléphone de son sac et composa un numéro.

— Bonjour, ici le docteur Goodritch.

— Pourquoi m'appelez-vous ?

— Quelqu'un est venu à la clinique. Un journaliste. C'est ma secrétaire qui m'en a parlé. Il pose des questions à propos de Paul Becker.

— Aucune importance.

— Il en pose également sur Sarah.

Silence à l'autre bout.

— Ce n'est pas tout, ajouta Jerry. Maintenant il m'espionne. Je l'ai remarqué dans un centre commercial. Et à l'instant même, sur la plage. Un peu bizarre pour un journaliste.

— Son nom ?

Jerry Goodritch prit une inspiration.

— Apparemment, il se nomme Jack Barn.

47

Mon téléphone sonna tandis que je rentrais à Miami. Je consultai le numéro, et reposai l'appareil sur le siège de la voiture. Il retentit une nouvelle fois au moment où je récupérais mon père. Et une fois de plus tandis que je préparais à manger, le soir, dans mon appartement. George dormait déjà dans son lit. J'étais au milieu de la cuisine, en train de faire tourner une cuillère en bois dans la casserole : chili con carne, avec viande de bœuf, oignons, origan, tomates fraîches et piments du Mexique. Devant l'insistance répétée de la sonnerie, je baissai les degrés de la plaque pour laisser mijoter, m'essuyai les mains sur un torchon, et me décidai à prendre l'appel.

— Vous m'avez oubliée ? demanda Connie.

— Non, soupirai-je.

— Vous faites le mort.

— Je suis sur une piste.

— Menteur. Votre nez s'allonge à travers le téléphone.

— Arrêtez de me harceler, Connie.

— Vous trouvez que je vous harcèle ?

— Vous m'appelez sans cesse.

— Je suis désolée de vous importuner, susurra-t-elle d'une voix mielleuse. C'est vrai que je dois paraître insistante. Ce n'est pas comme si nous étions aux trousses de l'un des plus terribles tueurs en série d'Amérique, hein ? J'espère que je ne vous dérange pas pendant que vous vagabondez joyeusement. VOUS VOUS FICHEZ DE MOI OU QUOI ?

J'écartai le téléphone pour éviter de perdre l'usage d'un tympan.

— On doit contacter le FBI ! continua-t-elle de crier.

— Je vais le faire.

— Quand ?

— Pas maintenant.

— Arrêtez de me mener en bateau !

— Et vous de hurler, sinon je raccroche.

Je l'entendis avaler une grande goulée d'oxygène.

— Écoutez-moi, Paul. La police de Pensacola piétine sur la mort de l'officier Owen Mitchel. Ils n'y comprennent pas grand-chose. Et vous savez pourquoi ? Parce que je vous couvre. Votre témoignage est indispensable pour recouper les différents meurtres du Visiteur, préciser son mode opératoire et déclencher une enquête au plus haut niveau. Mitchel, Jack Barn au Yellowstone, et ce type, le docteur Lewis : vous seul connaissez les détails. Vous devez tout expliquer aux enquêteurs. Mais si vous refusez de coopérer, j'irai témoigner sans vous.

— C'est une menace ?

— Non. Une nécessité. Vous n'avez pas l'air de comprendre la situation dans laquelle nous sommes. Que vous fassiez croire à tout le monde que vous êtes mort pour accomplir votre petite vendetta personnelle est une chose. Mais dissimuler intentionnellement les circonstances de plusieurs meurtres dans plusieurs États en est une autre : c'est un crime fédéral. Ça veut dire : police, menottes, prison. Pour vous, comme pour moi. Vous saisissez la subtilité ?

— Je saisis.

— Vous m'avez mise dans une situation difficile. Si nous n'étions pas amis de longue date, Paul, je serais déjà dans les locaux du FBI. Un mandat d'arrêt circulerait contre vous. Vous seriez recherché comme témoin principal dans plusieurs affaires. Il y aurait des articles dans la presse. Fini les vacances du fantôme, vous comprenez ?

Connie adoucit sa voix, comme si elle était désolée de la tournure que les choses prenaient.

— Le Visiteur devrait être votre priorité, dit-elle. Mais je vois bien qu'il n'est pas le seul dans la balance. Qu'est-ce que vous ne me dites pas ?

Je ne répondis pas tout de suite. Je tournais en rond dans la pièce, une main dans mes cheveux. Il fallait que je réfléchisse.

Pour mener à bien mon enquête, je m'étais fixé une manière de procéder : répondre à trois questions. Un : pourquoi le Visiteur avait-il assassiné Paul Becker ? Deux : pourquoi avait-il tué le docteur Lewis ? Trois : où était Sarah ? Mes investigations à Eden étaient plus longues que prévu. Il me fallait encore du temps. Mais Connie avait raison. Je ne pouvais pas échapper à une confrontation avec le FBI. Cela finirait par arriver, tôt ou tard. Si je voulais qu'elle me laisse tranquille, je devais me montrer honnête.

Et pas seulement avec Connie : honnête envers moi-même. J'éteignis la plaque dans la cuisine. Tant pis pour mon repas.

— OK, dis-je. Je vais tout vous dire.

Et je lui racontai tout. Je lui parlai de ma jeunesse. De Cameron, Jerry et la bande. Des marécages et des Eaux Sombres. De Theroux, Fazio et Sprat. De mon père et d'Abigaïl. De l'étrange docteur Lewis et de sa bizarre maison des Dômes. À ce sujet, j'expliquai à Connie qu'elle pouvait peut-être m'aider : je n'avais pas le temps d'enquêter sur son compte, mais son Texas natal se trouvait juste à côté de la Louisiane. Il y avait sûrement des informations à glaner par là-bas. Peut-être qu'elle pouvait se rendre dans l'hôpital où Charles Lewis avait exercé avant de venir habiter à Eden. Retrouver ses anciens collaborateurs et poser des questions. Mais surtout, je lui parlai de Sarah. De sa vie. De ses rêves. Et bien sûr, de sa disparition.

— Elle a beaucoup compté pour vous, dit Connie à la fin.

— Oui.

— Elle est impliquée dans cette affaire ?

— Je le pense.

— Elle aurait un lien avec le Visiteur ?

— C'est possible.

— Mais vous n'en êtes pas sûr.

— Les circonstances de sa disparition restent floues.

— D'après ce que vous m'avez dit, elle serait en Afrique.

— C'est ce qu'on raconte.

— Qui *on* ?

— Sa mère. La police. Les gens.

— Paul… Vous pensez que le Visiteur aurait pu également s'attaquer à Sarah, c'est ça ? Peut-être… qu'elle est morte ?

Je me mordis les lèvres.

— C'est une possibilité, énonçai-je avec lenteur.

C'était la première fois que j'exprimais cette idée à voix haute. Mais elle avait toujours été là. À l'arrière de mon crâne.

— Et si c'était vrai ? dit Connie.

— Alors, je ferai le nécessaire.

— Vous parlez de vous venger ? demanda-t-elle doucement.

Était-ce une hallucination, ou bien pouvais-je entendre le claquement d'ailes de cuir autour de moi ? La lumière sembla baisser dans mon appartement. La température devenir plus froide.

— Je vais vous dire comment je vois les choses, murmurai-je dans le téléphone. Paul Becker est décédé. Son enterrement aura lieu dans une semaine. D'ici là, donnez-moi un dernier coup de main en enquêtant sur Charles Lewis. Soit je résous l'affaire, et le Visiteur ne sera plus un problème pour personne. Soit je ne la résous pas, et vous ferez ce que vous voudrez ensuite. C'est promis. Seulement sept jours, d'accord ?

— Vous savez ce que vous risquez ?

— Je ne risque rien du tout, répondis-je sèchement.

Je contemplai la nuit par la fenêtre. J'avais l'impression de couler à l'intérieur, comme dans les profondeurs d'un marécage.

— Je suis mort, Connie. Vous parlez à un spectre. Le Visiteur n'est pas le danger. Le danger, c'est moi.

48

Je passai une très mauvaise nuit à tourner et me retourner sur mon matelas. La nuit, la réalité a tendance à perdre ses contours. Le cerveau fonctionne différemment. Tout ce qui est logique s'estompe, tout ce qui est émotionnel remonte à la surface. Je repensais à Connie et à la façon dont je lui avais parlé. À la manière dont je m'adressais aux gens en général. Mon caractère était en train de changer. C'était évident. Mais je ne croyais pas en la possession. Les démons, les spectres, le diable, c'était de la foutaise. Parlez-moi de déséquilibre chimique, d'effets secondaires des médicaments, parlez-moi de schizophrénie ou de tumeur cérébrale, et là je vous écouterai. J'étais médecin et, même s'il m'arrivait de partir en vrille, je n'allais pas attribuer ma nouvelle façon de me comporter à un phénomène paranormal. Le fait que je me sente « possédé », « habité » par un esprit ténébreux, pétri de haine et de vengeance, n'était qu'une illusion. Un leurre romanesque inventé par mon cerveau pour me donner des excuses et me permettre d'agir à ma guise.

J'avais lutté pendant un an pour perdre du poids. Transformé mon esprit mou en âme barbare, un démon sur son vélo de l'enfer, parce que c'était le seul moyen que j'avais trouvé pour ne pas mourir. Je m'étais torturé physiquement et mentalement. *Pédaler, avancer, maigrir, survivre.* J'avais vécu seul et en pleine nature, coupé du monde, tel un Robinson, puisant ma force dans les romans ensorcelants de mon enfance. Il n'y avait pas besoin de chercher plus loin pour expliquer mon changement de personnalité. Et même si je rêvais encore d'Abigaïl, ce n'était que l'expression de ma culpabilité, pas un message de l'au-delà pour me mettre en garde. Pas un cauchemar envoyé par une espèce de vieille sorcière pour me prévenir que j'étais en train de filer un mauvais coton.

Tout ça, c'étaient des âneries. Ma chute libre, je ne la devais qu'à moi-même.

À mon réveil, le dimanche matin, je n'avais aucune tournée de prévue dans le cadre de mon travail d'infirmier. J'en profitai pour garder mon père avec moi quelques heures de plus. J'enfilai des vêtements de sport, lui mis un survêtement assorti, et nous descendîmes tels deux coureurs pressés de parcourir les rues dans la fraîcheur du petit jour. Sauf que je poussais George dans son fauteuil, bien sûr. Nous devions avoir fière allure, tous les deux, parce que des joggeuses nous saluèrent joyeusement et nous adressèrent même quelques clins d'œil.

— T'as vu, p'pa, je crois qu'on a fait une touche.

Je leur fis un signe amical. Puis me penchai vers mon père :

— Hep, tu me laisses la blonde, d'accord ? fis-je en souriant.

Les paupières closes de George faisaient face au soleil levant. Il avait l'air paisible. Nous continuâmes de marcher sur le trottoir. Je n'allais pas trop vite pour ne pas le déranger. Au centre commercial sur Collins Avenue, je nous accordai une pause et achetai un petit modèle d'ordinateur portable avec connexion modem sans fil (pour pouvoir consulter Internet n'importe où), ainsi qu'un lecteur mp3 que je remplis de musique pour mon père. Après quoi nous marchâmes encore un peu avant de nous installer à une terrasse sous un parasol. La vue sur la baie était splendide.

— Regarde un peu, papa, est-ce qu'on n'est pas heureux, ici ?

Une de ses mains se déplaça doucement et vint attraper l'autre.

— Tu veux un bon jus d'orange bien frais ?

Pas de réaction.

— Garçon, deux jus d'orange avec des pailles. Et je veux des ombrelles dessus !

Je plaçai les écouteurs du lecteur mp3 sur les oreilles de mon père.

— Je t'ai pris du Frank Sinatra. *Fly Me to the Moon.* À ta place, je resterais comme ça, tranquille, les yeux fermés. C'est le meilleur moyen de s'envoler comme un oiseau avec Franky.

Je réglai le volume sur « faible » – mon père n'aimait pas écouter la musique trop fort lorsqu'il mettait son tourne-disque à Eden. Puis je sortis mon ordinateur et me connectai à Internet. Après avoir enquêté sur Jerry, l'objectif de la journée était de réunir des renseignements sur Cameron Cole. Cameron pratiquait deux métiers : sergent de police, d'une part, et propriétaire du Bob's, d'autre part. Il avait repris l'affaire de son père ces dernières années. D'un point de vue légal, il était parfaitement possible dans l'État de Floride de cumuler le métier de flic avec un autre, du moment que les deux ne se trouvaient pas en complète opposition. Beaucoup de ses collègues, par exemple, travaillaient en tant qu'ouvriers sur les chantiers le week-end pour arrondir leur paye, ou bien se lançaient dans des activités d'agents immobiliers ou de gardiennage. Pour le commerce de boissons, en revanche, la tolérance de l'administration était très moyenne. Cependant, Cameron avait contourné le problème une première fois en transformant le Bob's en bar à eau (un relooking branché, certes, mais qui s'était soldé par un échec), puis une seconde fois en réintégrant les boissons alcoolisées et en prenant un gestionnaire à sa place. Il avait également rendu au Bob's sa décoration d'origine, identique à celle que nous avions connue dans notre jeunesse. Cela n'avait pas fait exploser la fréquentation, mais du moins les anciens clients étaient-ils revenus.

En me connectant à différents forums de discussion locaux sur le Web, je découvris qu'un certain nombre de flics fréquentaient désormais le Bob's. Ils ne tarissaient pas d'éloges, d'ailleurs, sur leur « copain Big Cam et ses fameuses boulettes de crabe au piment ». Personne, en revanche, ne mentionnait son addiction à l'alcool, bien sûr. Ce genre de choses ne se discutait pas sur la place publique.

Je surfai encore un moment, réunissant toutes les informations dont j'aurais besoin pour être crédible dans ma démarche : j'avais décidé de rencontrer

Cameron. Une interview de Jack Barn le journaliste, en direct face à face. C'était audacieux, certes, mais à présent je m'en sentais capable. Et de la même façon que j'avais étudié les réactions de Jerry, je voulais voir les siennes.

Je n'avais pas de plan précis. J'y allais à l'instinct. Peut-être aurais-je un peu de chance, qui sait ? En fin de matinée, je reconduisis mon père à son établissement, puis filai à Eden.

Je me garai sur le port et fis quelques pas sous le soleil chaud. Une main en visière au-dessus de mes yeux. J'étais déjà revenu ici plusieurs fois à l'âge adulte. Mais je ne sais pas pourquoi, aujourd'hui en particulier, tout me paraissait plus petit.

C'en était frappant : le parking sur lequel Teddy Theroux, Jimmy Fazio et Victor Sprat m'avaient poursuivi à bord de leur vieille guimbarde ne mesurait plus qu'une vingtaine de mètres de long (j'avais l'impression à l'époque d'avoir pédalé à travers toute la plaine du Far West pour leur échapper) ; la plage où nous avions jeté des roses pour l'enterrement du père de Sarah semblait réduite (je l'imaginais tellement plus vaste, et m'y revoyais perdu dans la foule) ; quant à la grande salle de jeu sur le côté, celle qui nous avait servi de quartier général plusieurs années durant, elle n'était aujourd'hui qu'un petit cabanon aux vitres poussiéreuses.

Je me retournai et observai la pente goudronnée qui partait du croisement d'Orchid et de Coral, là où Cameron et moi nous filions comme des bombes en faisant la course. Dans mon souvenir, nous sautions d'une falaise à grandes enjambées. Mais aujourd'hui, je constatai que la ruelle était presque plate. Mon cœur se serra. C'était comme si mes rêves avaient rétréci dans une machine à laver géante.

Mémoires sauvés du vent, poussières d'Amérique..., murmura le vieux George quelque part dans ma tête.

Le wagon argenté du Bob's, lui, était toujours là. Pas aussi rutilant que si la Budd Company du Michigan venait de l'installer la veille, mais vaillant quand même. Cameron avait ajouté quelques tables à l'extérieur, et je constatai avec plaisir qu'elles étaient toutes occupées en ce dimanche midi. Je montai les marches menant à l'intérieur. Comment allais-je réagir face à Cameron ? J'allais le savoir dans une seconde. J'ouvris la porte. Une agréable odeur de friture envahit mes narines. Au bout du wagon, je vis que la Salle du Conseil avait repris sa place, avec l'indétrônable juke-box Wurlitzer. Je résistai à l'envie de sauter sur la banquette en criant « Miaaaouuu ! », je ne suis pas certain que les clients l'auraient compris. Il y avait du monde, en effet. Mais pas de Cameron. Je me penchai vers une charmante serveuse, qui devait tout juste avoir vingt ans.

— Bonjour, dis-je. Le patron n'est pas là ?

— Non.

— Et cet après-midi ?

— Non plus. Qu'est-ce que je vous sers ?

— Un cornet de boulettes de crabe.

— Sur place ou à emporter ?

— Sur place.

Elle fit sauter les boulettes dans un panier à frire. Je déposai ma carte de presse sur le comptoir.

— Je m'appelle Jack Barn. Je suis journaliste au *Miami Herald.*

— Et ?

— J'écris un article sur la mort du docteur Paul Becker. Cameron Cole était son meilleur ami. Vous savez comment je peux le joindre ?

— Il est en congé, dit la serveuse en pinçant les lèvres.

— Pour longtemps ?

— Aussi longtemps qu'il lui faudra pour dessoûler.

Voilà qui n'était pas prévu. Je ramassai mon cornet et sortis du wagon. La chance n'était pas avec moi, en fin de compte. Mais ça n'était pas une raison pour bouder cette excellente nourriture. Si je continuais à sauter des repas, comme je le faisais depuis un certain temps, j'allais finir anorexique.

Aucune table n'était disponible, mais j'en repérai une pour quatre personnes qui était occupée par un homme seul. Celui-ci était âgé, portait une barbe courte et rêche, et il était vêtu d'un bleu de travail rempli de bric-à-brac : tournevis, stylo, tube de colle et autres accessoires. Un vieux chapeau protégeait son crâne et une paire de lunettes rondes lui tombait sur le nez. Il tenait à la main un crayon, dont il se servait pour remplir une grille de mots croisés dans le journal déployé sur la table. Le vieil homme semblait buter sur une solution. Il était tellement concentré qu'il paraissait dormir, parfaitement immobile sous son parasol. On aurait dit une photo figée dans l'air chaud de midi. Tout en cherchant un endroit où m'asseoir, je passai à côté de lui et ne pus m'empêcher de lire par-dessus son épaule. La définition sur laquelle il travaillait était : « Mystère qui plane », en quatre lettres. Dans la marge, il avait déjà noté au crayon les propositions suivantes : *PEUR, ÂMES, FILM, DIEU*. Sans succès.

Je réfléchis quelques instants. Puis me penchai vers lui.

— C'est « objet volant non identifié », la réponse.

Il abaissa ses lunettes.

— Pardon ?

— Un « mystère qui plane », c'est un ovni. En quatre lettres.

Il regarda sa grille.

— Sapristi. On dirait bien que vous avez raison.

— Je la connaissais. Je n'ai aucun mérite.

— Vous aidez souvent les gens à faire leurs mots croisés ?

— Mon père était un grand pratiquant.

— Un homme bien. Vous cherchez une place ? Vous voulez vous asseoir ?

— Pourquoi pas.

Il replia son journal, et je m'installai face à lui. Il me rappelait un peu Ebner Walnut. Ou bien mon père. Ou bien n'importe lequel de ces personnages vieux et bienveillants qui ont toujours fait partie du décor de votre enfance. Il m'était familier, sans que je puisse dire exactement pourquoi. Il sentait… l'odeur des librairies de ma jeunesse. Les pochettes d'autocollants Panini. Les boîtes de maquettes Airfix. Les pages du *Journal de Mickey*. C'était ça aussi, la magie d'Eden : cette petite ville avait le chic pour vous renvoyer dans le passé sans crier gare. J'étais sous le charme. Pourquoi le nier ? Je lui tendis la main, tout sourire. Il la serra.

— Je m'appelle Jack ! lançai-je, tel un jeune élève enthousiaste, invité à la table de son professeur.

— Et moi Hank, répondit le vieil homme en m'observant par-dessus ses lunettes.

49

Alors qu'il revenait de la fête foraine près de Pensacola, avec les cadavres de la femme et de l'enfant à l'arrière de sa voiture, Hank se sentit déprimé. Ça ne lui arrivait pas souvent.

Il se passa de la musique pour se changer les idées, mais même Elvis échoua à lui remonter le moral. Histoire de se vider le cerveau, il se concentra sur une tâche physique. Il se débarrassa des corps en les donnant à manger aux alligators. Pour cela, il acheta quelques pièces de viande dans un entrepôt de vente en gros (il choisit du porc car c'était moins cher et que les reptiles aimaient ça, sans doute parce que le goût était proche de celui des phacochères), il les attacha autour des cadavres avec de la ficelle, s'arrêta sur une route forestière en bordure de l'US 41 et jeta le tout dans les marais des Everglades. Hank fuma une cigarette en attendant que les animaux dévorent les restes de la femme et de son fils.

Il avait déjà procédé ainsi. D'habitude cela prenait moins de dix minutes. L'odeur du porc attirait les alligators comme le sang les requins. Il observait leurs coups de dents, fasciné par la vitesse à laquelle ils découpaient la barbaque. Mais cette fois-ci, il fut incapable de contempler le spectacle. Il écrasa sa cigarette sur le sol, fila un coup de poing dans un tronc d'arbre et se fit mal aux phalanges. Hank ne comprenait pas sa réaction. Que se passait-il ? Il devenait aussi sentimental qu'une fillette en vieillissant ou quoi ? Ce n'était pas la première fois qu'il tuait des enfants ou des femmes. Il n'éprouvait aucun plaisir à le faire, mais il n'avait pas de remords non plus. Ses victimes se comptaient par dizaines, il avait assassiné des gens dans à peu près tous les États du pays, quelquefois même au Canada ou au Mexique, il ne se rappelait pas les visages et encore moins les noms, cela n'avait aucune importance. Alors pourquoi ces deux-là ? Pourquoi maintenant ?

Il remonta dans la voiture volée, en retira tous les objets personnels (siège bébé, jouets, sac à main, lunettes de soleil, gâteaux), les enferma dans des sacs en plastique, conduisit le véhicule dans une station de lavage, le nettoya et le briqua de fond en comble, changea les plaques minéralogiques, puis il le revendit dans une casse. Techniquement, son crime était à présent effacé de la surface de la terre. Il ne se sentit pas soulagé pour autant.

Hank fourra les billets de la vente dans sa poche et rentra chez lui en bus. Après quoi, il ne mit pas le nez dehors pendant une semaine. Il se força à manger sain et équilibré, à faire des exercices physiques tous les jours et à ne pas regarder trop de bêtises à la télévision. Mais une nuit, vers trois heures du matin, Hank se réveilla et trouva la femme et l'enfant debout dans sa chambre. La femme s'appelait Delia, l'enfant Tom – il avait lu leurs noms sur leurs papiers d'identité. Delia le regardait fixement de son œil droit. La partie gauche de son visage avait été arrachée par les alligators et l'on pouvait discerner toutes ses dents le long de sa mâchoire, jusqu'à la racine de la joue dont l'os blanc semblait luire dans la pénombre de la pièce. Des tendons et des muscles pendaient de son cou telles des guirlandes de Noël : rouge, blanc filandreux, bleu sombre. Son bras gauche était sectionné un peu au-dessous du coude et ne laissait voir que les morceaux du radius et du cubitus sortant d'un pain de viande. De sa main droite, Delia tenait Tom contre elle. Le petit garçon était accroché à sa jambe, les yeux vitreux, les cheveux encore remplis par la boue noire des Everglades.

Hank poussa un hurlement et la vision s'évanouit. Il se leva, jeta sa boîte de somnifères à la poubelle et maudit le dernier médecin qui lui avait prescrit ça. Quand ils ne vous assassinaient pas avec leurs tarifs prohibitifs, ils vous prescrivaient des substances censées vous guérir d'une chose, mais qui en déclenchaient aussitôt une autre, comme ça vous étiez obligé de retourner les voir en consultation. Tous des vampires, songea Hank en buvant un verre d'eau fraîche et en retournant se coucher. Mais loin de se calmer, les visions horribles persistèrent.

Le lendemain, alors qu'il prenait un bain pour se décrasser du sang de porc accumulé sous ses ongles, il vit un canard jaune en plastique glisser vers lui à la surface de l'eau. À mi-chemin, le canard fit demi-tour dans la mousse et retourna à l'autre bout de la baignoire. Là, une sorte d'île commença à émerger. Hank observa le phénomène en écarquillant les yeux.

En fait d'île, il s'agissait d'un dôme noir semblable à un monceau d'algues coagulées et recouvertes d'une croûte de boue. En dessous, un ballon boursouflé d'un bleu-vert sinistre, strié de veinules sombres, remontait lentement des profondeurs. Hank sut que s'il continuait à regarder la scène, la tête de l'enfant sortirait en entier de la baignoire. Alors il ferma les yeux. Quand il les rouvrit, le canard et le cadavre avaient disparu.

Plus tard dans la journée, alors qu'il allait faire ses courses, Hank regarda dans son rétroviseur et trouva Delia et Tom assis sur la banquette arrière, en train de l'observer de leurs orbites vides. Il orienta le rétroviseur différemment et décida de ne plus lorgner dedans. En rentrant chez lui, il récupéra la boîte de somnifères dans la poubelle et relut la notice une fois de plus. Il y trouva la confirmation que certains effets secondaires, y compris un sentiment dépressif, pouvaient se manifester durant un temps prolongé. Il poussa un soupir de résignation et se plongea dans la lecture de la presse qu'il avait rapportée du supermarché pour se tenir au courant des suites de l'enquête sur la mort du policier Owen Mitchel. Il s'installa à la table de la cuisine, chaussa ses lunettes de lecture, mouilla son pouce et tourna les pages une à une, épluchant tous les articles. Comme prévu, c'était le chaos habituel : les grandes déclarations des enquêteurs des premiers jours avaient cédé la place aux spéculations, puis aux appels à témoins, tout cela prouvant que la police tournait en rond une fois de plus.

Hank s'attendait à ce que le pauvre type de la fête foraine et sa copine – ceux à qui il avait refilé le doigt coupé et la montre de luxe – entrent en jeu à un moment ou à un autre. Il espérait qu'ils allaient propulser les flics dans une nouvelle sarabande de fausses pistes. Mais cela ne s'était pas produit. Ces deux idiots avaient donc conservé la montre et jeté le doigt. Incroyable, jugea Hank. Décidément, les êtres humains n'étaient que d'affreux grippe-sous. À part ça, un petit article du *Tampa Tribune* mentionnait la disparition de Delia et de son fils, mais sans faire le lien avec le reste. Pour l'instant la piste d'un kidnapping parental restait privilégiée. Les journaux suivants ne contenaient guère plus d'informations : quelques jours après, un cinglé en costume de Batman avait fait un carnage à l'arme automatique dans un cinéma du Colorado, et l'affaire du pauvre Owen Mitchel était tombée aux oubliettes. Dans l'actualité, un meurtre en chassait un autre.

Hank referma les journaux et se dit qu'il s'en tirait à bon compte. Il ne savait pas qui était à ses trousses (il repensait à cette femme qu'il avait eue au téléphone et qui était censée l'avoir flashé dans le Wyoming) mais cette personne avait manifestement perdu sa piste. Tout allait donc pour le mieux. Il fallait juste qu'il pense à reconstituer ses stocks de chlorure de potassium, et qu'il continue de laisser pousser sa barbe rêche pour modifier son apparence. En attendant, il était temps de rouvrir son magasin.

S'il voulait se débarrasser de la vision de Delia et Tom, il devait liquider toutes leurs possessions. Ce matin encore, le cadavre de Delia l'observait à travers la fenêtre dépolie de la cuisine tandis qu'il prenait son petit déjeuner – cela ne pouvait plus continuer de la sorte. Il disposa soigneusement leurs affaires sur les étagères de son magasin : le siège bébé dans le rayon enfant, le sac à main avec le reste de la bagagerie d'occasion, les jouets dans des caisses en plastique, et ainsi de suite, puis il ouvrit les deux volets roulants donnant sur la route. Hank vivait au bord de l'US 41. Il avait acheté ce double garage à un libraire et l'avait aménagé en brocante. La petite maison à l'arrière lui servait de domicile. D'ordinaire, il préférait habiter chez ses victimes lorsqu'il était en vadrouille dans le pays, mais parfois il avait besoin de se ressourcer et surtout d'écouler sa marchandise pour gagner de l'argent. Alors il revenait vivre ici quelques semaines.

Et puis il se sentait bien dans son antre. Il avait nommé sa boutique de brocante le Bazar du bizarre. Le nom provenait d'un magazine. Voilà comment s'était déroulée l'histoire…

En 1958, Hank vivait dans la rue. Il avait fugué de chez sa dernière famille d'accueil depuis longtemps, et s'était mis à traîner sur la côte Ouest. Il avait quasiment atteint l'âge adulte et personne n'osait lui chercher des crosses, alors autant se promener un peu. Il s'était baladé jusqu'à Big Sur et ses falaises qui plongeaient à pic dans l'océan Pacifique, avait dormi sous les ponts de Los Angeles, dans des cabanes en planches à Santa Barbara, ou à l'intérieur de véhicules stationnés sur des parkings crasseux de Hollywood Boulevard, à deux pas des putes qui arpentaient le trottoir. Il ne tuait pas encore de façon régulière, mais sa carrure et son air mauvais donnaient l'impression d'un jeune homme sûr de lui. Pourtant ça n'était pas le cas. Il ressentait un grand vide intérieur, une faille immense qui ne cessait de s'élargir avec le temps, et il ne voyait pas comment la combler. Il avait bien tenté de s'intégrer une ou deux fois à ses semblables, par exemple en participant aux vendanges dans les vignes de la Napa Valley (un boulot épuisant où les contremaîtres traitaient les ouvriers latinos et noirs comme de véritables esclaves), ou bien en travaillant dans des garages et des casses de voitures, mais ça n'avait rien donné de bon. Chaque fois, Hank n'arrivait pas à se plier aux règles. Il était impulsif, intolérant à la frustration, prompt à se battre, incapable de mener un projet à long terme. Cela se terminait toujours de la même manière : il commettait un vol ou bien déclenchait une bagarre, puis il y avait du sang, un renvoi, et une fuite dans la nuit. Il était différent, il le voyait bien. Il n'était pas capable de compassion envers les autres. Pourtant il éprouvait de la tristesse pour lui-même. C'était comme s'il possédait un puits sans fond à la place du cœur. Puis il y avait eu cette fameuse année 1963 où tout avait basculé. Le 22 novembre, un type à Dallas, au Texas, un rat minuscule et armé d'un simple fusil avait tiré sur le Président. Hank n'en était pas revenu. Cette pauvre petite merde, nommée Lee Harvey Oswald – bien plus minable que Hank selon lui –, avait abattu le géant John Fitzgerald Kennedy et plongé, d'un coup d'un seul, un pays entier dans la détresse. Pour Hank, ce changement avait été une révélation. Soudain, des tas de gens s'étaient retrouvés malheureux. Partout en Amérique, des familles joyeuses, des amis fidèles, des citoyens aimables et drôles s'étaient subitement mués en personnages gris et tristes, soupçonneux, instables, apeurés au moindre coup de feu, inquiets quant à leur avenir. On aurait dit des lapins à l'ouverture de la chasse. Un tel tremblement de terre ne se reproduirait plus avant longtemps, et dans un monde devenu aussi terrifiant, lui, Hank, avait enfin sa place. Tout ragaillardi, il sauta dans un train de marchandises, direction Dallas. Il voulait sentir l'atmosphère par lui-même. Le voyage était long et, dans le wagon vide et crasseux qui puait l'urine, Hank eut sa seconde révélation. Celle-ci prit la forme d'un exemplaire usé du magazine de science-fiction *Fantastic Stories of Imagination*. Il s'agissait du numéro d'août de la même année. La couverture jaune racoleuse montrait un bédouin sinistre accroupi devant une étrange boutique ambulante où une jeune femme dévêtue était retenue prisonnière. Au-dessous du prix affiché de cinquante *cents*, le titre annonçait : « Le Bazar du bizarre : une aventure du Souricier Gris, par Fritz Leiber. » Hank s'ennuyait ferme dans le wagon, et il lut et relut la nouvelle une dizaine de fois. Dans l'histoire, des aliens d'une autre dimension appelés les Dévoreurs installaient un magasin ambulant dans l'ancienne citée médiévale de Lankhmar. Là, ils proposaient aux habitants toutes sortes d'objets rares ou intrigants à des prix très élevés. Les habitants de Lankhmar, qui étaient tous des gens tristes et vaniteux, trouvaient systématiquement dans le bazar les objets « essentiels » qui manquaient à leur vie. Mais ils étaient en fait hypnotisés : victimes d'un sortilège, ils n'achetaient en réalité que des ordures ménagères ou des débris sans aucune valeur. L'auteur voulait sans doute aborder dans son histoire le thème des dégâts causés par la société de consommation, mais

Hank trouva l'idée fascinante. Dans un monde devenu sinistre, empli de citoyens naïfs, quoi de mieux que d'ouvrir un bazar ? Il y vendrait les possessions de ses victimes et n'aurait pas besoin d'autre travail pour survivre. Ce serait comme s'il créait sa petite entreprise : il se promènerait à travers le pays, tel un voyageur de commerce, volerait et tuerait des gens, et proposerait à d'autres de racheter leurs affaires dans son échoppe. Il serait le Dévoreur des temps modernes. En 1963, Hank sourit et trouva son idée séduisante.

Des dizaines d'années plus tard, le Bazar du bizarre était toujours un commerce florissant.

Hank se promena dans le labyrinthe de son magasin de brocante en effleurant les objets. Beaucoup provenaient des années 1960 et 1970 et conféraient à sa boutique un air rétro. L'endroit était aménagé dans un vaste garage sans fenêtre, peint en noir et faiblement éclairé. De vieilles briques rouges couvraient un pan de mur, et un enchevêtrement de tuyaux parcourait le plafond. La musique d'ambiance invitait à la rêverie : Hank ne passait que du jazz en sourdine. Il aurait pu moderniser les lieux et mieux les éclairer, ou bien accentuer leur côté *vintage*. Mais il préférait laisser l'endroit dans la pénombre et conserver son cachet d'origine. Maintenant qu'il devenait vieux, Hank appréciait de passer du temps dans un lieu qui lui ressemblait. Dans les allées s'empilaient des cartons pour les livres d'occasion, d'autres pour les disques 33 et 45 tours, des collections d'images autocollantes, des cassettes vidéo sur des étagères, des boîtes d'allumettes provenant de chaque État, des cartes de crédit téléphonique, des accessoires ménagers, des sous-vêtements de J.C. Penney's encore dans leur emballage, des bacs en plastique remplis de jouets pour enfants, des masques, des sacs à main suspendus à des cintres, des vêtements d'homme, de femme, une couverture dans un tonneau. Il y en avait vraiment pour tous les goûts.

Beaucoup de ces objets avaient une histoire. L'un des plus récents, par exemple, était le masque de Mickey qu'il portait quand il avait tué Paul Becker. Mais d'autres étaient très vieux, comme la couverture dans le tonneau, qui lui avait servi à étouffer une jeune fille dans le Minnesota en 1976. Elle traversait simplement la rue pour aller dormir chez une copine, et tenait cette couverture sous son bras. Un meurtre impulsif et stupide que Hank regrettait encore, car il ne lui avait rien rapporté. Le spectre de la jeune fille l'avait d'ailleurs hanté un certain temps, comme le faisaient à présent Delia et Tom (le gamin à la tête recouverte de boue était en ce moment même assis sur le tonneau, tandis que la main squelettique de Delia sortait de l'ombre derrière lui et remontait le long du corps du garçon telle une araignée).

Hank s'installa à son bureau, chaussa ses lunettes et se plongea dans les mots croisés du journal. Mais il n'arrivait pas à se concentrer : les spectres de Delia et Tom n'arrêtaient pas de vouloir le distraire.

— OK. Aux grands maux, les grands remèdes, grommela-t-il.

Il alla jusqu'à sa vieille chaîne hi-fi, choisit un disque de Benny Goodman et posa le diamant sur le sillon. La musique du clarinettiste s'éleva, aussi douce et sensuelle que dans ces vieux films hollywoodiens en noir et blanc qui passaient à des heures tardives. Hank ferma les yeux. Il entoura une silhouette invisible de ses bras et dansa un slow langoureux, tout seul dans son magasin. Cela dura quelques instants. Puis une voix le tira de sa rêverie.

— Hum. Pardon. Je vous dérange ?

Hank ouvrit les yeux.

Un flic se tenait dans l'entrée.

— Bonjour, Hank.

— Bonjour, chef Garner.

— Désolé de vous interrompre.

— Ce n'est rien, dit Hank en coupant le son.

— Vous pouviez laisser la musique.

— Je ne préfère pas.

— C'était du Benny Goodman ?

— *Embraceable You.*

— Magnifique morceau.

— Oui. Le préféré d'une femme que j'ai connue jadis.

— Amoureux ? suggéra Garner avec un clin d'œil.

— C'était il y a longtemps.

— Vous êtes un vieux sentimental, Hank.

— Ne croyez pas ça, mais chacun a ses faiblesses. Sinon, comment se porte la police d'Eden et de Naples réunis ?

— Oh, je ne suis plus le chef de la police. Je suis à la retraite.

— Je ne savais pas.

— Naples est une cité compliquée à administrer. Les riches sont trop riches. Ils exigent toujours que la loi soit respectée à la lettre, sauf quand elle les concerne. Quant à Eden, c'est… Eden. Vous connaissez le problème.

— Les habitants sont vieux et têtus comme des mules. Comme vous et moi, en somme. Qu'est-ce qui vous amène ?

— Je cherche un cadeau pour l'anniversaire de ma femme, dit Garner en se frottant les mains. Il y a toujours des idées chouettes dans votre boutique.

— Vous tombez bien. J'ai justement ce qu'il vous faut.

Hank alla jusqu'à la vitrine abritant les objets précieux et en sortit la montre de Delia. Il prit un chiffon dans sa poche, essuya discrètement une tache de sang qui souillait encore le bracelet, puis se tourna pour la montrer à Garner.

— Qu'en pensez-vous ?

— Elle est magnifique.

— Elle vient tout juste de rentrer. Elle ne va pas rester longtemps en vitrine. Ne tardez pas à vous décider.

— Vous avez toujours le chic pour dénicher les belles choses. Comment faites-vous ?

— Je parcours le pays en tout sens. Je me tue au travail, répondit Hank avec un sourire.

Ils négocièrent quelques minutes. Garner acheta la montre et Hank y ajouta quelques jouets ayant appartenu à Tom pour faire bonne mesure.

— Cadeaux pour vos petits-enfants, dit-il. Offerts par la boutique.

Le chef Garner quitta le Bazar du bizarre avec un air ravi. Hank regarda les silhouettes de Delia et Tom reculer à contrecœur dans un coin d'ombre du magasin, puis se dissoudre et retourner au néant. Son ventre se mit à gargouiller. Il s'aperçut qu'il avait faim. Il monta dans sa voiture et se rendit à sa cantine habituelle : le Blue Oyster Bar, sur le port d'Eden. L'endroit était souvent fréquenté par des policiers dans le genre de Garner, mais cela ne gênait Hank en aucune manière. Se planquer en pleine lumière, il n'y avait jamais eu de meilleure tactique. Pour tout dire, il éprouvait même une certaine jubilation à déjeuner au milieu des membres des forces de l'ordre, en étant le seul à savoir qu'il avait commis plusieurs meurtres dans la région, comme celui du docteur Lewis en 1979, par exemple. Et dire que Garner était déjà flic à l'époque, gloussa Hank. Si seulement il avait su…

Il s'installa à une table à l'extérieur et commanda les fameuses boulettes de crabe qui faisaient la réputation de la gargote. Le temps était magnifique et les odeurs de friture lui mettaient déjà l'eau à la bouche. Il déploya son journal devant lui et recommença à réfléchir tranquillement à ses mots croisés. Ces moments paisibles dans sa ville d'adoption étaient fort appréciables. Après tout, Hank n'était-il pas un citoyen d'Eden comme les autres ?

50

J'étais assis face au vieil homme. Autour de nous, des gens conversaient à l'abri des parasols. Des couples, des amis, des familles. Un dimanche ordinaire de la vie ordinaire à Eden. Je pris la parole le premier :

— Content de vous connaître, Hank.

— Moi de même, Jack.

— Vous m'êtes vaguement familier. On s'est déjà vus ?

— Je produis souvent ce sentiment : je suis voyageur de commerce.

— Et moi, j'ai souvent ce sentiment de déjà-vu à force d'interviewer les gens : je suis journaliste.

— Ho, ho, fit-il.

— Ha, ha, fis-je.

Nous étions faits pour nous entendre. Il désigna mon cornet de friture.

— Boulettes de crabe au piment ?

— Ouais, m'sieur !

— Bon choix. Mais il vous manque l'essentiel : la bière qui va avec.

Il se leva d'un bond – il était sacrément agile, pour un vieux –, fila jusqu'au bar et revint avec deux Bud qu'il déposa sur la table. Je le regardai décapsuler nos boissons, impressionné par son assurance. Ce type possédait un charisme absolument hypnotique.

— J'ai pris la version light, dit-il. Je suis un vieux chnoque, mon foie ne tient plus aussi bien l'alcool qu'avant.

— Je suis sûr que vous exagérez.

— C'est pourtant vrai. La vieillesse est un naufrage, et ceux qui prétendent le contraire sont de fichus menteurs. Vous êtes encore jeune mais vous possédez une prostate, comme vous allez finir par l'apprendre – le plus tard possible, je l'espère pour vous.

Il leva sa bouteille. Je pris la mienne.

— À la vôtre, Hank, dis-je en trinquant.

— À la vôtre, Jack.

Il m'observa, tout en buvant sa Bud à petites lampées.

— Alors, que faites-vous dans l'existence ?

— Je travaille au *Miami Herald.*

— Et ça paye bien ?

— Je ne suis pas à plaindre.

— Qu'est-ce qui vous amène un dimanche midi à Eden ? Ce n'est pas pour votre travail, je suppose…

— Vous voulez la vérité ?

— Parbleu, oui ! Vous m'intriguez avec votre allure, et votre façon de résoudre les mots croisés des gens de façon impromptue.

Je souris.

— Eh bien, pour être tout à fait honnête, je suis à la recherche de quelqu'un.

— Un homme ou une femme ?

Je réfléchis.

— Une femme.

— Je ne vois pas d'alliance à votre doigt. S'agirait-il de votre petite amie ? Ou bien de votre mère, peut-être ? Il y a beaucoup de personnes âgées qui, comme moi, traînent leur carcasse jusqu'en Floride. (Il m'adressa un clin d'œil.) Nous autres dinosaures, nous préférons l'air chaud.

— Eh bien, à vrai dire, j'essaye de retrouver mon ex-petite amie. J'ai réalisé assez récemment qu'elle avait été la femme de ma vie, et que j'avais été trop stupide pour m'en rendre compte. Mais je ne suis pas à la recherche de ma mère, la pauvre est morte depuis longtemps, comme la vôtre, je suppose…

Il haussa les épaules.

— Pardon, dis-je. J'espère que je n'ai pas touché un point sensible.

— Ce n'est pas un point sensible. Je n'étais pas particulièrement attaché à ma mère. (Il prit une autre gorgée de Bud.) Elle et mon père travaillaient tous les deux au dépôt de munitions de l'armée navale, à Suisun Bay, à cinquante kilomètres au nord-est de San Francisco. Serveuse et docker, respectivement. Lorsqu'elle n'était pas ivre, elle s'amusait à me brûler la peau avec ses mégots de cigarettes, ou bien m'asseyait, les fesses nues, sur le poêle à charbon. Lui, il se contentait de me donner des coups de pied et de m'envoyer dormir à la cave avec le chien.

En fait, *c'était* un point sensible.

— C'est horrible, dis-je.

— Pas tant que ça. Au dépôt de Suisun Bay, les gens bossaient tous comme des dingues et buvaient comme des trous. C'était la Seconde Guerre mondiale, les cadences étaient infernales, vingt-quatre heures sur vingt-quatre. Il y avait constamment des paris sur les équipes qui chargeraient les munitions le plus rapidement possible à bord des navires...

Il posa sa bière sur la table et leva un index.

— Mais le 17 juillet 1944, à vingt-deux heures dix-huit précises, l'un des gus qui transportaient les caisses a voulu aller plus vite que la musique. Vous savez ce qui s'est passé, Jack ?

— Non...

— Boum ! Le *SS E.A. Bryan* et le *SS Quinault Victory* sont partis en fumée. Les deux navires en même temps. L'explosion a tué trois cent vingt personnes, dont mes parents. Comme une petite bombe nucléaire, à ce qu'il paraît. L'onde de choc a été ressentie jusqu'à Boulder dans le Colorado, à huit cents kilomètres de distance. Des débris chauffés à blanc sont passés à côté d'un avion qui volait à trois mille mètres d'altitude, gros comme des maisons. Mais moi, je ne me suis rendu compte de rien : parce que je dormais à la cave, avec le chien. On m'a retrouvé sous les décombres grâce à ses aboiements. Un vrai miracle. Je vous raconte ça, mais je ne m'en souviens guère, j'avais cinq ans à peine. On m'a rapporté l'histoire ensuite, là où les services sociaux m'ont envoyé. Donc en résumé, non, je ne regrette pas spécialement ma mère.

— Eh bien..., fis-je, un peu sonné.

— Bah, ne laissons pas cette conversation prendre une tournure dramatique. Je suis vieux et j'ai tendance à radoter. Reprenons plutôt deux bières, et parlez-moi de vous.

Et c'est ce que nous fîmes. Je lui parlai de tout et de rien, de ma jeunesse et du passé, de Sarah également. Tout cela sans citer de nom, ni de personne ni de lieu. Mais il fallait que je parle. Je crois que j'en avais besoin. J'étais resté silencieux ou presque pendant près d'un an, il fallait que je me rattrape. Et puis cet homme aurait pu être mon père, et ça faisait longtemps que je n'avais plus eu de conversations avec George. Ça me manquait. Pendant mon échange avec Hank, je remarquai qu'il effleurait souvent le dessus de son poignet de façon machinale. Je ne pus m'empêcher de lui faire la remarque :

— Vous avez mal à la main ?

— Non. Juste un kyste du poignet qui me tracasse.

Comme il vit que cela m'intriguait, il ajouta :

— J'ai consulté un spécialiste. Le gaillard m'a pris quatre cents dollars, puis m'a annoncé avec le sourire qu'il valait mieux m'opérer et que ça me coûterait six mille de plus.

— Faites voir, dis-je.

— Pourquoi, vous vous y connaissez ?

— Au *Herald*, je corrige les articles de la rubrique médecine. Quand ils sont trop compliqués, je les réécris pour les rendre accessibles aux lecteurs. Ça ne fait pas de moi un expert, mais j'ai quelques notions.

— Je n'ai pas autant d'argent frais disponible, soupira-t-il. Mais heureusement, grâce à mon métier, j'ai beaucoup d'amis. Certains me prêteront bien la somme. Il faudra juste que je leur rende visite pour les stimuler un peu, ha, ha, ha !

— Ne vous donnez pas cette peine, fis-je en lâchant sa main.

— Pourquoi ?

— L'opération est inutile. Vous avez un kyste biblique.

— Qu'est-ce que c'est ?

— Un kyste bénin développé aux dépens de l'articulation. Vous ne risquez rien du tout. S'il ne vous gêne pas, le plus simple est de ne pas y toucher. Il va probablement se résorber tout seul.

— Il ne faut pas opérer ?

— Certains praticiens se contentent de l'écraser avec une pièce pour l'éclater. Dans l'ancien temps, on frappait dessus avec un gros livre. On utilisait souvent une bible pour cela. D'où son nom : le kyste *biblique*. Le kyste se rompt et, en général, il ne se reconstitue pas. Mais on peut procéder aussi avec une simple pièce de monnaie. Ou bien ne rien faire du tout. L'opération ne s'impose pas, sauf si vous avez envie d'enrichir votre spécialiste.

Un sourire s'épanouit sur son visage.

— Nom d'un chien, Jack, on dirait bien que je vais économiser six mille dollars grâce à vous !

— C'est tout le mal que je vous souhaite.

— Et je n'aurai pas besoin de reprendre la route – ce qui me fatiguait par avance, je dois dire – pour aller déranger des amis.

— Comme ça vous resterez en bons termes avec eux, plaisantai-je.

— Effectivement. J'imagine que certains n'auraient pas apprécié ma visite.

Il rangea ses lunettes dans sa poche.

— Puisque vous m'avez donné un bon conseil, puis-je me permettre de vous en offrir un à mon tour ?

Cette femme, votre ex-petite amie, vous devez absolument la retrouver.

— Pourquoi dites-vous ça ?

— Croyez-moi. J'ai beaucoup bourlingué au cours de mon existence. J'ai connu pas mal de gens, j'ai été marié. La plupart des individus, vous pouvez les oublier en une seconde, comme ça, d'un simple claquement de doigts. Mais d'autres vous marquent. Ils vous hantent et il faut du temps pour se débarrasser de leur souvenir. Et puis parfois, on tombe sur *la* personne. Ce que l'on appelle une âme sœur. Homme ou femme, peu importe. Et cette personne-là, on ne l'oublie jamais.

— Vous avez déjà rencontré votre âme sœur, Hank ?

— Il y a longtemps. Je l'appelais « le Serpent Qui Danse ».

— C'est un drôle de surnom.

— Il vient d'un poème. Mais revenons à vous. Ce que je veux vous dire, c'est que vous êtes hanté. Je le vois dans votre façon de parler de cette femme. Votre « Serpent Qui Danse » vous obsède. Et cette obsession ne vous quittera pas. Alors voici mon conseil : retrouvez-la. Dites-lui ce que vous avez sur le cœur. Même si cela tourne mal, même si rien n'est possible entre vous, parce que vous êtes trop différents l'un de l'autre, quoi qu'il arrive, cela vous fera du bien.

— Le problème, c'est que je ne sais absolument pas ce que cette fille est devenue. Elle a sûrement refait sa vie avec quelqu'un. Elle a peut-être beaucoup changé. Comment savoir ?

— Cela n'a pas d'importance.

— Et si… elle était morte ?

— Alors, votre problème sera résolu. Définitivement.

Drôle de réponse. Mais peut-être qu'il avait raison. Je ne sais pas si c'était l'effet de la bière ou de cette conversation étrange, mais le discours de ce vieil homme me parlait. Mon « Serpent Qui Danse », mon âme sœur, c'était bien Sarah. Ma quête pour retrouver mon meurtrier, en fin de compte, était moins importante que mon désir de la retrouver, elle, je le réalisais à présent. Sur le moment, j'eus presque envie d'en parler à Hank. De lui déballer ma véritable histoire, comme ça, tout de go. Mais un besoin pressant m'en empêcha : j'avais bu trop de Bud Light. Je le priai donc de m'excuser et filai au petit coin. Je dus patienter en trépignant car l'endroit était occupé par une bande d'ivrognes qui faisaient le va-et-vient entre le bar du Bob's et les toilettes. Lorsque je ressortis enfin, la table de Hank était vide. Le vieil homme avait disparu.

51

Cette conversation avec un parfait inconnu m'avait fait du bien. Mais il ne fallait pas que j'en oublie la raison de ma présence ici. J'avais une enquête à mener. Je revins à l'intérieur du Bob's voir la serveuse. La bande d'ivrognes était toujours agglutinée au bar, tétant des bouteilles de bière aussi grosses que des biberons. L'un deux se retourna et me souffla son haleine alcoolisée à la figure. Son âge était indéfinissable : une couche de cheveux et de barbe, par-dessus une couche de crasse, par-dessus d'autres cheveux.

— Doucement, m'sieur ! brailla Capitaine Caverne.

— Excusez-moi, mais je dois parler à la serveuse.

— Pas la peine de m'pousser, fit-il en grognant.

Il avait l'air copieusement cuit. Il recula et dut se cramponner au comptoir pour ne pas tomber à la renverse. Il faisait vraiment pitié. La serveuse secoua la tête devant ce triste spectacle. J'en profitai pour glisser une carte de visite sur le comptoir – j'en avais fait imprimer quelques-unes, avec mon numéro de portable.

— Jack Barn. *Miami Herald.*

— Vous l'avez déjà dit, répondit-elle.

— J'écris un article sur la mort du docteur Becker.

— Ça aussi, vous l'avez déjà dit.

— Si Cameron Cole revient…

— Il ne reviendra pas.

— S'il revient, insistai-je, j'aimerais vraiment l'interviewer.

— Ça m'étonnerait qu'il accepte.

— Et pourquoi donc ?

— Les journalistes, vous êtes à gerber. D'après lui, en tout cas.

Elle arrêta d'essuyer le verre qu'elle tenait entre les mains.

— Écoutez, monsieur Barn. Il n'y a rien de personnel. Mais les journaux ont pas mal bavé sur Becker. Ça a été difficile pour lui. Il avait pris beaucoup de poids, il ne travaillait plus guère. Mais les habitants du coin l'aimaient bien. Il soignait les petites gens, vous savez. Et même si le docteur ne se souvenait pas forcément d'eux, eux, ils s'en souviennent. Les clients d'ici, ils n'apprécient pas trop qu'on revienne fureter et dire du mal sur son compte. Quant à Cameron Cole, il était comme son frère. Il ne serait pas content de vous trouver dans son bar.

— Je ne comptais pas dire du mal. Ce sont certains points de sa biographie qui m'intéressent. Il fréquentait une fille d'ici, Sarah Lewis. Un amour de jeunesse. Cette Sarah a fait la une du journal local il y a quelques années : l'affaire de la disparue de White Point…

Elle haussa les épaules.

— Vous feriez mieux de partir.

— Et si je reste ?

— Les gars du *Daily News* sont déjà venus. Ils voulaient juste écrire sa nécrologie. Virés à coups de poing.

Je regardai autour de moi : Capitaine Caverne était avachi sur un tabouret de bar et me fixait en dodelinant de la tête. Ses copains s'étaient arrêtés de brailler et me scrutaient également. Certains tenaient leur bouteille vide par le goulot, prêts à la casser sur la table. Combien d'entre eux avaient-ils été mes patients ? J'étais traversé d'émotions contradictoires, et je ne savais pas laquelle était la plus forte : découvrir que ces types avaient aimé et apprécié Paul Becker, ou bien qu'ils envisageaient de découper Jack Barn avec des tessons de bouteille. Je saluai la compagnie et sortis à reculons.

Dehors, des nuages venus d'on ne sait où s'étaient amoncelés, tirant un drap gris sur Eden. Mes yeux étaient humides, mais ça n'était qu'à cause du vent. Du vent, et de ces fichus grains de sable. Rien d'autre. Je décidai de faire un tour en ville pour me changer les idées. Puisque Cameron ne souhaitait pas rencontrer de journaliste, autant aller « fureter ». Sur le moment, j'en oubliai totalement Capitaine Caverne. Je ne me doutais pas qu'il pouvait être autre chose que ce qu'il semblait être : un poivrot sous des cheveux hirsutes. Je ne l'avais pas reconnu. Pas une seconde je ne vis venir la suite.

CE QUE L'ON TROUVE DANS LA BOÎTE EN FER (EXTRAITS)

Papier à lettres coloré, orné du symbole « Peace and Love ».

Date inscrite sur la feuille : vendredi 8 juin 1979.

« Paul Becker,

Je suis désolée d'être aussi énervée. Je ne sais pas ce qui m'arrive. Je grandis, je change, et je crois que je déteste ça. Tantôt je bouillonne, tantôt je deviens folle. Parfois je crois même entendre des bruits étranges résonner dans la maison. Depuis la mort de papa, j'en veux à ma mère, c'est plus fort que moi. Toutes les deux, c'est chien et chat en permanence. Le professeur d'anglais nous a donné un travail à la maison. Le sujet : "En utilisant les phrases du livre Gatsby le Magnifique, *imaginez un dialogue entre vous et vos parents." Je n'ai pas pu m'empêcher de jouer les provocatrices. J'ai lu un chapitre et j'ai dit à ma mère : "On ne condamne jamais très sévèrement la malhonnêteté d'une femme." Elle en a lu un autre et m'a rétorqué : "Nul feu, nulle glace ne rivalisera jamais en intensité avec la foule des chimères qui se pressent dans un cœur d'homme."*

Sarah L. »

52

Je me rendis à White Point. Je roulais à vitesse réduite, les fenêtres ouvertes. Un vent chaud s'était mis à souffler et le ciel avait pris la couleur du plomb. Je compris qu'une averse tropicale n'allait pas tarder à nous tomber sur le coin de la figure. Dans le quartier huppé d'Eden, les propriétés étaient toujours aussi impressionnantes. Les anciennes Rolls-Royce avaient été remplacées par des Lamborghini ou des Ferrari rutilantes dans les jardins, et quelques maisons avaient gagné un étage et des colonnades, mais globalement l'endroit était semblable à lui-même : les demeures des dieux de l'Olympe, retranchées à distance des simples mortels. Je repensai à mon copain Sonny Boy, dans son quartier misérable d'Opa-locka. Chacun de ces palais aurait pu loger tous les habitants de sa rue.

Je dépassai le lotissement et m'engageai sur la petite route qui filait à travers les roseaux. Je roulai jusqu'au bout de la plage et me garai à la limite du sable. Des jeunes gens jouaient avec des cerfs-volants, profitant du changement de météo. La maison des Dômes était toujours là. Mais son parking était vide. D'après ce que j'en savais, l'endroit était inoccupé depuis une dizaine d'années. Mme Lewis-Van

Doren avait déménagé dans une maison du quartier résidentiel, à White Point même, moins isolée et plus moderne. Un grillage courait autour de la propriété. Des graffitis avaient été tracés à la bombe sur l'une des façades. Tout semblait à l'abandon. Je suivis le grillage des yeux : il s'arrêtait à un portillon fermé par un cadenas. Du côté des jeunes : personne ne faisait attention à ma présence. J'ouvris mon coffre de voiture, récupérai une pince coupante, marchai d'un pas ferme, sans me cacher, et me dirigeai vers le portillon. Je coupai le cadenas avec ma pince, entrai et rabattis le portillon derrière moi comme si tout cela était parfaitement naturel. Quelques jeunes m'observèrent, mais personne ne me fit la moindre remarque. Lorsque vous vous comportez comme si vous étiez chez vous, les gens ont tendance à croire que vous l'êtes. Les portes et les fenêtres étaient barricadées par des grilles. Inutile de vouloir passer par là, à moins de disposer d'un pied-de-biche – voire d'un bulldozer. Je fis le tour par l'arrière, longeai les anciens garages recouverts de verdure (les palmiers des sables avaient poussé comme des herbes folles) et me retrouvai sur le vieux ponton situé derrière la propriété.

Au nord, les Eaux Sombres étaient animées de fines vaguelettes sous la caresse du vent. L'odeur des marécages était forte dans le coin, un mélange d'iode, de cèdre et de pourriture végétale. Les roseaux sauvages bruissaient et tanguaient, comme pour me dire : *Salut Paul, tu nous as manqué... Où étiez-vous passés, toi et ta petite bande ?... Et ton père, et la vieille Abigaïl ? Elle aussi nous a manqué, sacrée vieille sorcière... Vous devriez revenir, nous nous languissons... Pre-*

nez votre barque, laissez-vous guider sur les Eaux Sombres... Nous serons toujours là pour toi, Paul, bruissant et dansant sous la lune... Les marais sont si beaux, et nos racines dissimulent tant de choses merveilleuses... Reviens quand il fera nuit, tu verras par toi-même : il y aura des lucioles et des grillons, et des lamantins et des reptiles, et des serpents et des araignées d'eau, et peut-être une ou deux surprises... oui, une ou deux surprises plus étranges encore... Reviens-nous vite, Paul... Laisse-toi bercer... Nous t'accueillerons, nous nous occuperons de toi...

Je détournai les yeux. Le sixième dôme était l'ancienne chambre de Sarah. Je montai les petites marches d'escalier et atteignis la porte miniature dissimulée en trompe l'œil dans la façade. Je sortis la clé de ma poche – cette clé que Sarah m'avait lancée, un jour, en criant : « C'est pour entrer dans ma chambre, tu sais, la porte qui donne sur le quai à l'arrière de la maison. Comme ça, tu pourras venir me voir quand tu voudras. » Je ne m'en étais jamais servi. Je l'avais conservée dans la boîte en fer durant toutes ces années, avec ses lettres. Aujourd'hui, je l'avais emportée dans l'idée qu'elle pourrait m'être utile. J'avais bien fait.

J'enfilai la clé dans la serrure. Tournai. Il y eut un « clic ». La porte s'entrebâilla. Je baissai la tête, et pénétrai dans la maison des Dômes.

Les pièces étaient désertes.

Les rares éléments de mobilier dormaient sous des bâches en plastique, tels des corps emballés. Je supposais qu'avec l'humidité ambiante de simples draps auraient été rapidement recouverts par les moisissures. Des fissures couraient sur les murs et des champignons en avaient profité pour s'y installer, proliférant un peu partout. J'avais l'impression de me déplacer à l'intérieur d'un crâne, avec les veinules dans la voûte au-dessus de moi, et cette lueur grisâtre venue du dehors.

Je passai de pièce en pièce. Des jeunes avaient dû réussir à s'introduire dans la maison car je découvris d'autres graffitis. Sans doute était-ce pour cela que l'on avait fait poser des grilles aux fenêtres. On aurait dit un manoir abandonné, comme dans le livre d'Alain-Fournier, *Le Grand Meaulnes*, lorsque la fête des enfants est finie et que tout le monde s'en est allé, laissant le « domaine mystérieux » hanté par les souvenirs.

Après la mort de son mari, Veronica Lewis-Van Doren avait vécu ici longtemps. Mes rapports avec elle étaient compliqués. Elle se tenait toujours à distance, lointaine, inaccessible. Cette attitude était en partie due à son éducation stricte. Mais je pense tout simplement qu'elle ne m'aimait pas. Elle m'avait pourtant aidé. Il y a longtemps, après l'épisode du château d'eau de Pepper Mill, son mari avait écrit dans une lettre destinée à mes parents qu'il ferait tout son possible pour me soutenir si j'entreprenais un jour une carrière médicale. Veronica avait tenu cette promesse à sa place – même si je soupçonnais que l'influence de Sarah y fut pour beaucoup. À dix-huit ans, j'avais obtenu une bourse pour financer mes études à UCLA en Californie. Être accepté en tant qu'étudiant dans l'une des plus prestigieuses universités du monde était déjà énorme, mais bénéficier d'une bourse constituait une opportunité extraordinaire que personne ne pouvait refuser. Et je le devais à Veronica. Elle s'était servie pour cela de ses relations et de son influence, dont – ironiquement – son amitié avec le sénateur Torrance Theroux. Si j'avais pu accomplir des études de médecine, c'était grâce à elle, autant que je devais ma vocation à son mari. Mais a posteriori je m'étais souvent demandé si elle n'avait pas agi dans le seul but de m'éloigner de sa fille.

Un bruit, au rez-de-chaussée, me tira de mes pensées. C'était un choc puissant et sourd, un son creux semblable à celui d'une barre tapant contre une canalisation. Le bruit se répéta à plusieurs reprises puis cessa brusquement. Je sortis le Glock 17 de son étui caché dans mon dos. Je me mis à la recherche d'un escalier pour descendre et ne tardai pas à en localiser un : un petit espace en colimaçon, derrière une porte, dans un recoin de la cuisine.

Les six dômes qui formaient la résidence n'étaient pas tous construits sur pilotis. Deux d'entre eux étaient collés l'un à l'autre et comportaient un rez-de-chaussée. Mais le rez-de-chaussée en question ne possédait ni porte ni fenêtre, et on y accédait uniquement par l'étage. Ce socle fermé, entouré de solides murs de béton, était l'équivalent des caves d'une maison ordinaire. J'avais entendu dire qu'on y trouvait des pièces de rangement, des canalisations et la chaudière, mais je ne m'étais jamais aventuré dans cette partie au cours de mon enfance. En regardant l'escalier qui partait de la cuisine pour s'enfoncer dans le noir, je supposai que ces marches devaient conduire à la réserve. Du temps de la splendeur des Dômes, des livreurs se chargeaient des courses, apportant régulièrement des caisses de vin et de champagne. Il fallait bien les entreposer quelque part.

Encore le bruit. Il provenait bien d'en bas. Je serrai le pistolet automatique dans ma main et ôtai la sécurité. Puis je sortis mon téléphone portable et l'allumai pour éclairer les marches. Je descendis avec prudence, mes chaussures raclant le béton. Le halo bleuté projetait mon ombre agrandie sur les murs. J'atteignis le bas de l'escalier et mes pas résonnèrent tandis que l'espace devenait plus vaste. L'odeur de moisissure était plus forte par ici. Je braquai mon téléphone vers le centre de la pièce : des dizaines de chaises blanches en plastique étaient empilées en désordre, semblables à un tumulus d'ossements pâles. Leurs ombres et leurs creux changèrent d'orientation tandis que ma faible lueur passait sur elles. Je balayai les murs. L'endroit avait effectivement dû servir de cellier à l'époque car les parois étaient entièrement couvertes de placards. Mon halo de lumière glissa des uns aux autres.

La plupart étaient fermés, mais quelques-uns bâillaient : ceux-là, leurs portes en bois ne tenaient plus que par un ou deux gonds solitaires, telles des mâchoires décrochées me présentant leur gueule béante envahie de champignons et de taches lépreuses. Des étiquettes rongées par l'humidité étaient encore un peu lisibles : « conserves », « sodas », « rallonges électriques », « accessoires pour la terrasse »… Mis à part ça, il n'y avait rien. Pas de fenêtre, pas d'issue. Bizarre. Je n'avais pas une idée très précise des distances, et la pièce était grande, mais sa surface me paraissait tout de même plus réduite que le dôme au-dehors.

D'où pouvait bien provenir le bru…

BLOONKK !

Cette fois, je sursautai.

— Nom de Dieu, soufflai-je.

Je braquai le Glock. J'avais localisé le bruit. Droit devant. Tout proche. De *l'intérieur* d'un placard. Le plus grand d'entre eux. Sa porte était étroite et haute. Le genre d'endroit où l'on pouvait s'attendre à trouver des balais, des parasols et des épuisettes de piscine. *Ou bien autre chose, hein, Paul ?* susurrèrent les roseaux dans ma tête… *Tu devrais aller voir... Nous savons que tu es curieux... Vas-y, tu en as envie... Ouvre donc ce placard... Nous te guiderons, tu verras... Viens nous rejoindre dans les Eaux Sombres... Il y aura des surprises... Il y a toujours des surprises là où les roseaux dansent... Qui sait ce qui se cache là-dessous ?... Il y a tant de belles choses à découvrir, de vilaines choses, d'étranges choses... Viens voir, Paul... Viens avec nous...*

— Il y a quelqu'un là-dedans ? demandai-je.

Pas de réponse.

— Hello ! répétai-je.

Silence sépulcral. Je contournai prudemment l'amas de chaises, m'avançai jusqu'au placard et, de l'extrémité du canon de mon pistolet, j'ouvris lentement la porte, en retenant ma respiration. Elle s'entrebâilla dans un grincement de bois vermoulu. Mais à l'intérieur du placard, il n'y avait rien. Parce que ce n'en était pas un.

C'était un tunnel.

53

J'eus le temps de voir que le tunnel continuait en s'élargissant. Un courant d'air me souffla au visage. Puis mon téléphone s'éteignit d'un coup. Et je plongeai dans le noir. L'obscurité totale. Le temps de comprendre ce qui m'arrivait, une frousse incontrôlable grimpa en moi en quelques secondes, faisant se dresser les cheveux sur ma tête. Mon doigt s'agita frénétiquement sur la coque de mon téléphone à la recherche du bouton d'allumage. Comme je ne m'en servais pas depuis plusieurs minutes, l'appareil avait choisi cet instant précis pour se mettre en veille. Je tapai au hasard. Sans résultat. La panique m'envahit. Ma peau se couvrit de chair de poule, des reliefs aussi gros que des balles de golf.

— Seigneur, murmurai-je, pas maintenant. Ce n'est pas le moment…

J'eus un mouvement involontaire et ma chaussure heurta le mur. Je sentis la présence d'une canalisation qui courait au ras du sol. Le choc de ma semelle en cuir contre le métal produisit un son familier : celui que j'avais déjà entendu tout à l'heure. L'idée fit son chemin dans ma tête. Quelque chose avait tapé contre ce même tuyau précédemment. Voilà l'explication.

Et la chose se trouvait encore là. Avec moi. Dans le noir. À quelques mètres à peine. Mon doigt trempé de sueur glissa sur la coque du téléphone, écrasant la moindre aspérité. Rien ne se passa.

— Rallume-toi, saloperie !

Le courant d'air frais était toujours présent. Il gonflait ma chemise, soufflait dans mon cou et remontait le long de ma nuque. Il devait donc y avoir une ouverture quelque part pour que l'air circule. En tout cas, il régnait une odeur différente dans ce passage. Une odeur *animale*.

— Il y a quelqu'un ? demandai-je à voix haute.

Pas de réponse, mais il y eut un raclement parfaitement distinct à l'autre bout. Mon cœur se contracta. Soudain, je n'étais plus un adulte : j'avais douze ans. J'étais de retour dans le crématorium de Khara Street. J'eus la vision des salles abandonnées. Des tables avec les sangles. Des fours pour brûler les cadavres. *Un endroit plein de zombies*, avait chuchoté Jerry Goodritch, obligé de tirer sur son joint pour ne pas crever de trouille. Bon sang, qu'est-ce qui m'avait pris de venir ici ? Je ne savais rien sur la maison des Dômes depuis qu'elle était à l'abandon. Et maintenant j'étais là, dans le noir, en compagnie d'une présence hostile. De quoi s'agissait-il ? Peut-être qu'il y avait *(des fantômes d'Indiens morts qui dévorent les enfants)* des squatteurs, ou bien des clochards. Mais qu'est-ce qu'ils fichaient dans les ténèbres ? Pourquoi ils ne parlaient pas ? *Ils mangent les âmes, Paul. Ils attrapent les enfants et les font mourir de peur.*

— Je vous préviens, criai-je, j'ai une arme ! Ne jouez pas au con, sinon je tire !

Seigneur, faites que ce ne soit pas l'un de ces ados que j'ai vus dehors avec leurs cerfs-volants, qui tenterait de me faire une blague. Je ne veux pas tirer sur un ado. Je commençai à avoir mal dans la poitrine. Mon cœur, mon vieux cœur, mon fidèle cœur que j'avais entraîné durant des mois sur un vélo, allait sûrement me lâcher.

— VOUS AVEZ ENTENDU ? DITES QUELQUE CHOSE, SINON JE VAIS TIRER, BORDEL DE MERDE, JE JURE DEVANT DIEU QUE JE VAIS VIDER CE PUTAIN DE CHARGEUR !

Toujours rien. Merde. Aucun gamin ne se comporterait de la sorte, on est bien d'accord ? Résonne, mon vieux. En admettant qu'il y ait bien un truc là-dedans, une chose qui te veut du mal, quelles sont tes chances de faire volte-face, de traverser le cellier en évitant la montagne de chaises, dans le noir intégral, de localiser l'escalier en colimaçon, de remonter les marches, et de refaire surface, tout ça sans te casser la figure, avant qu'elle ne t'attrape ? Plutôt minces ? Ouais, c'est ce que je pensais aussi. Je braquai le Glock devant moi. En fin de compte, peut-être bien que j'allais mourir de peur. C'était ça mon échappatoire, la suite logique : j'allais faire un nouvel infarctus et décéder là, tout seul dans ce souterrain.

Et puis soudain, sans crier gare, mon pouce dut accomplir la bonne manœuvre, ou peut-être que cela venait de mon téléphone bas de gamme et saturé par l'humidité ambiante, ou peut-être était-ce *réellement* le diable qui s'amusait avec moi car il résidait *réellement* à Eden, qu'est-ce que j'en savais, mais en tout cas quelque chose se produisit. Parce que mon appareil récupéra soudain toutes ses facultés électroniques, et mon écran se ralluma d'un coup. Le halo bleuté s'éparpilla dans le tunnel tel un tapis scintillant. Des murs de béton. Un sol luisant de terre humide. La voûte n'était pas haute car ma tête la touchait presque. Le tunnel ne mesurait pas plus d'une dizaine de mètres de long, il courait donc de l'espace situé sous la cuisine, jusqu'au dôme d'en face, où se trouvait jadis le salon des Lewis à l'étage supérieur.

Là-haut, trente ans plus tôt, Jerry Goodritch, le docteur Charles Lewis et moi-même avions eu une discussion fort intéressante à propos de « l'anesthésie à la reine ». Charles évoluait alors dans la pièce en gesticulant de façon passionnée, nous contant son histoire tel un Gandalf brandissant sa pipe au milieu de ses grimoires de science, et il avait fait naître en moi la vocation de médecin. Trente ans plus tard, juste en dessous, dans ce tunnel dont je n'avais jamais entendu parler, dans cet endroit dont Sarah Lewis elle-même ne soupçonnait probablement pas l'existence, il y avait une ombre noire qui rampait vers moi sur le sol. Et elle rampait vite. Elle donna un coup de queue contre le mur et le « BOONNKK » se répercuta une fois de plus à travers les canalisations de la maison des Dômes. Je ne pris pas le temps de réfléchir. J'ajustai mon arme.

BLAM ! BLAM ! BLAM ! BLAM ! BLAM !

Chacun de mes tirs projeta une flammèche dans les ténèbres. Plusieurs balles se logèrent dans le cuir de l'animal, j'aurais pu en jurer. Mais cela ne l'empêcha pas de faire demi-tour et de retourner au fond du tunnel, d'où il avait surgi. Une seconde salle s'ouvrait là-bas, je la distinguais à présent. Il y eut un bruit de plongeon à l'intérieur. Et puis plus rien.

Je m'essuyai le front d'un revers de manche, tremblant de tous mes membres, et j'avançai d'un pas raide en tenant mon arme. Il n'y avait plus rien à craindre. Mais je préférais en être sûr. Ça n'était pas un démon, ni un fantôme d'Indien mort. Pas une bête mystique surgie des Eaux Sombres. Ni le fichu Minotaure de Jerry Goodritch – même si je l'avais follement imaginé durant quelques secondes. Non. Je venais simplement de décharger mon pistolet automatique sur un monstrueux alligator, garanti cent pour cent Everglades, tel que l'on en trouve un peu partout dans ce merveilleux pays.

La véritable surprise m'attendait dans la pièce suivante. La salle à l'autre bout du couloir était essentiellement occupée par une fosse remplie d'eau. Je m'approchai du trou et la lueur de mon téléphone se refléta dedans, projetant des formes ondoyantes sur les murs. L'alligator avait plongé à l'intérieur de ce bassin. L'eau était glauque, rendue épaisse par la vase et les algues. La fosse communiquait manifestement avec l'extérieur. Je réfléchis quelques secondes. Je me trouvais dans le deuxième dôme entièrement fermé. Sa position était proche du quai, à l'arrière de la maison, donc ce bassin permettait d'entrer et de sortir par le marécage.

S'agissait-il d'une ancienne piscine intérieure dont la paroi s'était effondrée, laissant les eaux alentour l'envahir ? Une voie de sortie pour faire de la plongée sous-marine ? Des histoires me revinrent en mémoire à propos de maisons construites en bord de mer par les trafiquants de drogue en Floride. Celles-ci comportaient, disait-on, des passages secrets pour faire circuler des plongeurs et leur chargement. S'agissait-il de ça ? La maison des Dômes était une fantaisie architecturale, tout était possible. En tout cas, je n'étais pas seul à avoir découvert cette « crypte ». La maison avait beau être abandonnée depuis longtemps, elle était devenue apparemment un lieu de rendez-vous pour les jeunes du coin : de nombreux graffitis en recouvraient les murs, inscrits au feutre, tagués à la bombe ou gravés à l'aide de lames de couteaux. Je m'approchai et en lus quelques-uns : « Andy + Annie 2004 », « Happy Birthday Robert & Carla ! », « ELVIS IS ALIVE !!! », « Les Cougars d'Eden niquent les Aigles de Naples ». Et autres joyeusetés, par centaines. Les ados devaient venir souvent. Un sacré endroit pour faire la fête, songeai-je en observant les nombreuses boîtes de conserve, les bougies et les mégots de cigarettes abandonnés sur le sol. J'imaginai des rendez-vous amoureux, des fiestas de fin d'année, des bizutages, des séances de spiritisme… Pas étonnant que l'on ait fini par poser des grilles aux portes et aux fenêtres.

Je marchai lentement dans la pièce. Je sentais qu'il y avait un problème. Quelque chose me chiffonnait, mais je ne parvenais pas à mettre le doigt dessus. Mes yeux allaient d'un graffiti à l'autre. Ils étaient amusants, idiots, vulgaires, poétiques. Des déclarations d'amour, des chansons, des phrases incompréhensibles et presque chaque fois, les gens inscrivaient la date : 1998, 2004, 2001, 2003, 1999… Les plus récents remontaient à 2005. Sans doute les derniers avant la pose des grilles. Cela faisait donc *plusieurs années* que personne ne venait plus ici. J'examinai les boîtes de conserve vides. Certaines étaient regroupées dans des sacs en plastique de supermarché. Je passai mon doigt à l'intérieur de l'une d'entre elles. Du corned-beef. Récent. En fait, j'aurais parié ma chemise que c'était précisément ces restes de nourriture qui avaient attiré l'alligator. Conclusion : ces boîtes n'avaient pas été apportées par des adolescents.

Quelqu'un d'autre mangeait ici.

54

Quand je ressortis de la maison des Dômes, les premières gouttes de pluie étaient en train de tomber sur la plage et les ados rangeaient leurs cerfs-volants. J'allai à leur rencontre.

— Salut les jeunes. Ils sont sympas vos cerfs-volants.

Haussements d'épaules. Regards entre eux. Je continuais à me comporter comme si j'avais le droit de circuler librement dans la maison.

— Désolé pour les coups de feu tout à l'heure, dis-je. J'espère que je ne vous ai pas fait sursauter.

— C'était vous ?

— La propriété est infestée de reptiles. J'ai fait un peu de ménage. C'est mon boulot : société de lutte antinuisibles, fis-je avec le sourire. J'ai aussi remarqué des graffitis à l'intérieur.

— C'est pas nous, m'sieur !

Hum. Une dénégation un peu trop rapide pour être honnête.

— Ce n'est pas grave. J'ai vu qu'ils remontaient à plusieurs années.

— Ouais, c'est sûr, firent les plus âgés en regardant leurs baskets. Plus personne n'entre là depuis longtemps. Il y a des grilles à présent, et euh, un peu trop d'alligators, comme vous dites.

— Vous venez souvent par ici ?

— C'est un super spot pour les cerfs-volants.

— Vous voyez parfois d'autres personnes ?

— Ben, des fois, il y a une dame.

— Quel genre ?

Ils me décrivirent une femme d'un certain âge, beaucoup de classe, qui se déplaçait en limousine. Leur description me sembla compatible avec Veronica Lewis-Van Doren.

— Il y a aussi un type avec elle. Pas toujours, mais souvent.

— Un type ?

— Un gars chevelu.

— Et qu'est-ce qu'il fait ?

— Il transporte ses paquets. Des sacs. Genre courses de supermarché.

— Et c'est tout ?

— Ouais.

— Bon, dis-je, je vous laisse. J'ai d'autres propriétés à nettoyer. Et n'oubliez pas de fermer les grilles de vos jardins, d'accord ? C'est les Everglades, ici. Les alligators ont tendance à venir y faire un tour si vous laissez tout ouvert, surtout par ce genre de temps.

Ils acquiescèrent et s'empressèrent de remballer leurs affaires tandis que les gouttes s'épaississaient. Un éclair tomba sur la mer. Je rabattis mon col et remontai dans ma voiture. Qui était ce gars chevelu ? Qu'est-ce qu'il fabriquait avec la mère de Sarah dans cette maison déserte ?

Je roulai un moment, jetant un œil dans mon rétroviseur de temps à autre, avec l'impression d'être suivi. Il n'y avait évidemment personne. Je secouai la tête : chassez votre paranoïa naturelle, elle reviendra au galop. En ville, je m'arrêtai à la bibliothèque pour consulter les archives locales. Eden était une petite bourgade, tout n'était pas accessible par la seule magie d'Internet car la municipalité n'avait pas les moyens de payer quelqu'un à temps plein pour numériser chaque ancienne parution. Je me présentai à l'entrée où, contre quinze dollars, on me proposa une carte de bibliothèque qui me donnait le droit d'emprunter des livres et de consulter les journaux, ainsi que de me servir à volonté du distributeur d'eau fraîche aromatisée au thé vert. Le café, en revanche, était à un dollar quatre-vingt-quinze, précisa la bibliothécaire, ajoutant qu'il était excellent et qu'elle le préparait elle-même. Je présentai ma carte de presse pour tenter de m'affranchir de l'abonnement, mais l'employée n'en démordit pas et je finis par lâcher les billets, en y ajoutant une tasse de café pour faire bonne mesure. Bien m'en prit car elle avait raison : le breuvage était délicieux.

Muni des journaux qui m'intéressaient, je m'installai à une table en bois de la taille d'un bureau d'écolier, éclairée par le halo d'une vieille lampe, et tandis que je buvais à petites gorgées et que la pluie audehors crépitait contre les fenêtres, je me mis à tourner les pages. La disparition de Sarah Lewis remontait à 2005. D'après les journaux locaux, elle s'était promenée sur la plage dont je revenais à l'instant. Et on ne l'avait jamais revue ensuite. L'alerte avait été donnée par sa mère dans la soirée. Certains avaient alors émis l'hypothèse d'une noyade (« Mlle Lewis n'en faisait qu'à sa tête, elle se baignait souvent dans la baie de White Point, et ce, malgré les appels à la prudence dans cette zone non surveillée, beaucoup trop proche des Everglades », précisait le témoignage recueilli auprès de Rozella R., une employée de maison, amie de la famille). D'autres imaginaient plutôt un accident survenu dans les marais lors d'une balade sur le ponton que Sarah affectionnait tant. Une photo montrait d'ailleurs le chef Garner, responsable à l'époque de la police de Naples, ainsi que l'inspecteur Cameron Cole (plus maigre et plus sobre, et un cran au-dessous de son actuel grade de sergent), debout dans un hydroglisseur, leur casque antibruit sur les oreilles. « Aucune trace de la disparue de White Point ! » titrait la légende : le surnom était déjà là. Un autre article dans l'édition du lendemain expliquait les différents moyens mis en œuvre par la police et les sauveteurs pour tenter de retrouver Mlle Lewis. Le ton dramatique était de mise : vingt-quatre heures dans l'eau, où que ce soit, ne laissaient guère d'espoir à quiconque. Les équipes n'avaient donc pas lésiné sur les moyens employés : pas moins de trois hydroglisseurs de la police de Naples, des chiens pisteurs de la brigade cynophile K2, plusieurs bateaux de secouristes et d'autres prêtés par des particuliers, ainsi qu'un hélicoptère des garde-côtes. En vain. Les articles s'amenuisaient ensuite à mesure que les jours s'écoulaient et que d'autres nouvelles plus croustillantes faisaient leur apparition. Jusqu'au rebondissement final, deux semaines plus tard : « Mme Lewis-Van Doren déclare : “Ma fille est saine et sauve !” »

Je remarquai cette fois-ci que l’article était beaucoup plus petit et qu’il était recalé en page cinq. Il est vrai que si les disparitions inquiétantes passionnent les foules, les retrouvailles heureuses n’intéressent pas grand monde. « Il s’agissait d’une dispute familiale, avouait Mme Lewis-Van Doren en quelques lignes. Ma fille s’était enfuie sans me prévenir, mais elle nous a enfin donné de ses nouvelles, et tout va pour le mieux. Elle est partie à l’étranger, c’était son souhait personnel. Nous remercions la municipalité et les bénévoles pour leurs efforts et nous regrettons d’avoir causé tant de troubles et d’inquiétude. Nous souhaitons à présent retourner à une vie normale et retrouver notre tranquillité. » Le FBI avait mené sa propre enquête – le fait était mentionné d’une simple phrase, mais les trois lettres pesaient de tout leur poids – et ils avaient confirmé les déclarations de Mme Lewis. Clap de fin.

Je feuilletai de nombreux journaux : pas d’infos supplémentaires. Quant aux recherches sur Internet, je les avais déjà effectuées, bien sûr : le nom de Sarah Lewis n’apparaissait nulle part au-delà de 2005, quel que soit le moteur de recherche, et dans aucun pays. Circulez, il n’y a rien à voir. Je posai le menton dans ma main. Au moment des faits, je n’étais pas encore revenu m’installer à Naples. Mais quelques mois plus tard, je serais là, avec mon couple qui battrait de l’aile, mon fils que je négligerais, mon boulot qui prendrait le dessus, et une affaire criminelle qui m’exploserait à la figure. La disparue de White

Point, Cameron Cole m'en parlerait, mais de façon brève, car nos retrouvailles seraient encore fraîches, et je n'aurais pas le loisir de m'intéresser à Sarah, censée vivre à l'étranger. Je n'avais pas été là pour elle. Comme d'habitude.

Je remerciai la bibliothécaire et sortis. La pluie s'était transformée en un simple crachin. Une limousine noire qui descendait lentement la rue s'arrêta à ma hauteur. La glace s'abaissa. Une femme d'un certain âge, élégante, avec chapeau et lunettes noires, tourna la tête dans ma direction. Elle n'avait pas beaucoup changé, mais elle abusait des injections de toxine botulique, je le vis à la façon dont certaines de ses rides se comportaient au niveau du visage – ou plutôt ne se comportaient pas.

— Vous êtes Jack Barn, le journaliste du *Herald*, dit-elle.

Ce n'était pas une question, mais je répondis pour la forme :

— Oui.

— Je m'appelle Veronica Lewis-Van Doren.

— Bonjour.

— Vous écrivez un article sur le docteur Becker.

— C'est exact.

— Je n'y vois pas d'inconvénient.

— Tant mieux. Parce que je ne comptais pas vous demander votre avis.

— Je préfère vous le donner quand même.

— Si ça vous fait plaisir.

Je soutins son regard, tandis que les fines gouttes de pluie s'insinuaient dans mon dos et trempaient peu à peu mes vêtements.

— Vous vous intéressez également à ma fille, dit-elle.

— C'est vrai.

— Je vous préviens : laissez ma famille en dehors de ça.

— Ce n'est pas à vous d'en décider.

— Faites votre travail, monsieur Barn. Parlez du docteur Becker autant que vous voudrez. Après tout, il est mort, honorez sa mémoire. Mais laissez ma fille tranquille. Le père de Sarah est décédé de façon brutale quand elle était petite, et elle a beaucoup souffert à cause de Becker. Ça n'a pas été facile pour elle. Ma famille a payé le prix fort. Je ne veux pas qu'on l'expose une fois de plus.

— Je suis journaliste. J'enquête. C'est mon boulot.

Elle sortit son poudrier et se regarda dedans.

— Un journaliste qui entre par effraction dans la maison des Dômes ?

Aïe. Un point pour elle.

— Vous me faites suivre ? répliquai-je pour faire le malin.

— Et pourquoi pas ? Vous prenez bien en filature le docteur Goodritch.

Cette fois-ci, j'en restai coi.

— Ne faites pas cette tête, monsieur Barn. C'est Jerry Goodritch lui-même qui s'en est rendu compte. Apparemment, vous l'avez suivi en ville, dans un supermarché, et jusque sur la plage. Ma fille et lui étaient très amis. Dès que quelqu'un s'intéresse à elle – quelqu'un de malintentionné, j'entends –, il me tient au courant. Les paparazzi, les gens qui fouillent nos poubelles, les types dans votre genre, nous les connaissons bien. La vérité ne les intéresse pas. Tout ce qui compte, c'est l'histoire qu'ils vont imprimer ensuite. Peu importe qu'il s'agisse de ragots.

— Je ne suis pas un papara…

— Je n'ai pas terminé. Vous n'avez pas été très discret en vous rendant à la walk-in-clinic du docteur Goodritch. Ni dans ce bar sur le port, ou à la maison des Dômes. Il suffit d'interroger les gens pour vous suivre à la trace. Alors paparazzi, journaliste, peu importe. Je le répète : je ne vous empêche pas de faire votre travail. Je n'envisage même pas de porter plainte contre vous, malgré votre effraction… La seule chose que je demande, c'est que vous laissiez ma famille en dehors de ça. Sommes-nous bien d'accord ?

— Non.

— Pardon ?

— Je compte écrire un article sur la disparue de White Point.

Un éclair passa dans ses yeux.

— Attention où vous mettez les pieds, monsieur Barn.

— Ah oui ? Répondez plutôt à mes questions. Il y a une pièce dans votre ancienne maison. Vous y apportez des boîtes de conserve, des vivres. Apparemment, un homme vous aide à transporter des sacs. À qui ces vivres sont-ils destinés ? Vous ne résidez plus à la maison des Dômes mais quelqu'un d'autre y habite ? Où est votre fille, madame Van Doren ? Si elle se trouve en Afrique, comment se fait-il que personne n'ait plus jamais entendu parler d'elle ?

Veronica devint blême. Puis se reprit, et me lança un regard méprisant.

— À Eden, nous protégeons nos enfants. Vous n'en avez sûrement pas, pour vous comporter de la sorte.

— Détrompez-vous.

— Alors vous êtes un idiot. Et je suis désolée de ce qui va vous arriver.

— C'est une menace ?

— Les menaces ne servent à rien. Seules les leçons permettent d'apprendre quelque chose.

— Quelle leçon ?

— Celle qui va suivre, dit-elle en remontant sa vitre.

La limousine s'éloigna. Du coin de la rue sortirent trois hommes.

55

C'étaient de sacrés costauds. Ils portaient des bleus de travail et des godillots – des écrase-merdes, comme on les appelait à Eden – typiques des gars qui bossaient sur le port, dans l'industrie de la pêche ou dans les abattoirs de la famille Theroux. Ce genre de malabars transportaient des caisses ou charriaient des quartiers de viande du matin au soir. Dans une autre vie, j'en recevais régulièrement en consultation, victimes de douleurs lombaires. La plupart du temps, ils se demandaient d'où cela pouvait bien provenir. Je leur agitais alors les radiographies sous le nez, pointant les tassements vertébraux et les menaçant des pires sciatiques à venir, en leur recommandant de faire plus attention. Sur quoi les malabars haussaient les épaules, en accompagnant leur geste de ce sourire sans joie qui signifiait « D'accord, Doc, mais je ne sais rien faire d'autre et j'ai besoin de ce job pour nourrir ma famille, alors filez-moi les antidouleurs et qu'on n'en parle plus. » Puis ils me serraient la pince – en essayant de ne pas la broyer – et retournaient directement au turbin. Ces gars étaient conditionnés pour ignorer la douleur et obéir à des Van Doren ou à des Theroux. Ils n'auraient probablement pas tué leur mère pour une poignée de dollars, mais bon, contre quelques billets supplémentaires, qui sait de quoi on est capable ?

Je les vis s'avancer vers moi, tranquilles, et se répartir en demi-cercle tandis que la pluie crépitait sur nos épaules. La rue de la bibliothèque n'était pas bien grande – plutôt une ruelle – et elle était déserte, surtout par ce temps. Un éclair zébra les nuages et le vent fit rouler une canette entre nos pieds. Dans ce contexte, il ne manquait plus au tableau qu'une musique d'Ennio Morricone, de préférence jouée à l'harmonica. Ces types ne comptaient pas me tuer : je ne voyais pas de barre de fer, ni de couteau ou de poing américain. Ils voulaient simplement me rouer de coups. Me briser quelques côtes, et peut-être me casser un bras ou une jambe. *Une leçon*, comme disait Veronica Lewis-Van Doren. Sauf que je n'étais pas d'humeur. Pas après l'épisode de l'alligator. Pas depuis que j'étais mort dans le Yellowstone. Pas depuis que je traquais les tueurs en série.

— Alors connard, débuta le plus balèze des trois en faisant craquer ses phalanges. T'as entendu ce qu'on t'a dit ? Tu laisses la famille de la dame tranquille, sinon…

Je ne lui laissai pas le temps d'achever sa phrase. Je fis deux pas rapides, le saisis par les cheveux et lui collai directement le canon de mon pistolet contre le globe oculaire.

— Sinon quoi ?

J'enfonçai le pistolet dans sa paupière fermée, au risque de lui crever l'œil. Il poussa un glapissement. Il y eut un mouvement en périphérie de mon champ de vision. Je déplaçai l'arme, tirai deux fois en direction du sol, vers mon second assaillant – faisant gicler la canette au passage –, et replaçai le canon sur son torse.

— Maintenant, dis à tes potes de reculer.

Il leva la main et l'agita. Les deux autres firent marche arrière sous la pluie. Je ne devais pas être ce à quoi ils s'attendaient. Pas le gentil journaliste à lunettes venu de Miami, qui mangeait des boulettes au Bob's et conversait avec les petits vieux. À cet instant précis, je devais ressembler à autre chose. Dangereux. Sinistre. Pas beau à voir du tout. Je collai mon visage contre le sien.

— Tu diras à la Mme Van Doren que je vais poursuivre mon enquête, d'accord ? Et qu'elle ne s'inquiète surtout pas, j'ai retenu la leçon : « Les menaces ne servent à rien. » Le prochain d'entre vous qu'elle m'enverra, je lui colle une balle dans le crâne. Est-ce que c'est bien compris ?

Il hocha la tête. D'après ce que je lisais sur son visage, j'étais à peu près certain qu'il était en train de penser à sa famille, à sa petite vie pas si moche que ça, et aux dollars, pas si nombreux en fin de compte, qu'il avait acceptés de Mme Van Doren un peu trop vite. Lui et ses copains étaient censés dérouiller un type normal, pas un fou furieux prêt à sortir un flingue pour les descendre en pleine rue. Les trois costauds tournèrent les talons et décampèrent. J'attendis dix bonnes secondes, immobile sous la pluie, mon pistolet pendu au bout de la main. Puis je filai aussi.

Je rentrai chez moi à Miami, balançai mes vêtements trempés à travers la pièce et fonçai me mettre sous une douche brûlante. Je m'aspergeai de savon liquide et me lavai de la tête aux pieds, frottant mes mains, mon corps, comme s'il fallait que je me débarrasse d'une seconde peau. À l'évidence, j'étais en train de devenir fou. Qu'est-ce qui m'avait pris ? D'où venait toute cette rage ?

Je restai un moment assis par terre, dans la mousse et la vapeur, jusqu'à ce que la peau me brûle et que je ne puisse plus respirer. Puis je me décidai enfin à sortir. Encore à poil, je passai un coup de fil à l'établissement de George et prévins que je serai là demain. Oui, j'avais eu un problème. Non, je n'avais pas de solution de rechange. D'accord, j'étais prêt à payer un supplément pour qu'ils le gardent ce soir, de façon exceptionnelle. OK, faisons ça. J'étais désolé, vraiment, et surtout qu'ils n'oublient pas de m'excuser et d'embrasser mon pè… euh, George de ma part, je serai là demain sans faute. Encore désolé.

Je raccrochai. Honteux. Minable.

Je fouillai dans mes affaires et dénichai un reste d'anxiolytique, que j'avalai avec un verre d'alcool pour faire bonne mesure. Puis je réalisai subitement que j'étais sur la pente – *exactement la même pente* – qui m'avait conduit à la perte totale de contrôle, au surpoids et à l'infarctus, et je cavalai jusqu'aux toilettes pour me faire vomir. Il y eut un affreux bruit de gorge et je rendis le tout, alcool et médicaments. Cela fit une flaque hideuse au fond de la cuvette et un horrible trou au fond de mon cœur. Je m'assis sur le carrelage et pris ma tête à deux mains. *Il va falloir que tu travailles un peu mieux l'Art de la guerre. Pédaler, avancer, maigrir, survivre.* Je répétai en boucle ma formule, encore et encore, comme un mantra. Et à la fin, au bout d'un moment qui me parut très long, il me sembla que je me sentais mieux.

Plus tard dans la soirée, mon téléphone sonna. Le numéro d'appel était visible, mais je ne le connaissais pas. Après un instant d'hésitation, je me décidai à répondre. À l'autre bout, une voix nasillarde demanda :

— Allô, m'sieur Barn ?

— À qui ai-je l'honneur ?

— Je ne sais pas si vous m'remettez. On s'est vus au Bob's. J'étais pas mal bourré, m'sieur.

La voix m'était familière.

— Qui êtes-vous ?

— Taille moyenne, cheveux longs, une barbe. Vraiment longs, les cheveux…

Capitaine Caverne.

— Comment avez-vous eu mon numéro ?

— Vous l'avez laissé à la serveuse du Bob's.

— Et elle vous l'a donné.

— Ben, j'la connais bien.

— Vous avez dit à quelqu'un que j'étais passé ? fis-je, soudain saisi d'un doute.

— Ouais. J'en ai parlé à Mme Van Doren.

— Ah.

— C'est elle qui a demandé. Elle semblait vous chercher.

— Et elle m'a trouvé.

— Pardon ?

— Rien.

— Elle vous a causé des ennuis ?

— Ce n'est pas grave, dis-je en songeant au canon de mon arme posé sur l'œil du type.

— Elle m'aide souvent, dit Capitaine Caverne. Alors je l'aide de temps en temps moi aussi. Je fais des trucs pour elle. Je lui porte ses sacs.

Les mots firent tilt dans mon esprit.

— Vous parlez des sacs de la maison des Dômes ? Vous êtes l'homme qui l'aide à transporter les boîtes de conserve ?

— C'est ça.

— Qu'est-ce que vous voulez ?

— Il faut qu'on se parle.

— De quoi ?

— J'ai des choses à vous dire. Je vous ai entendu discuter, au Bob's. Vous enquêtez sur Paul et Sarah.

Quelque chose bondit dans ma poitrine. Une évidence complètement folle, à côté de laquelle j'étais totalement passé. Était-ce la façon dont Capitaine Caverne venait de prononcer nos prénoms ? Le fait que j'entende sa voix au téléphone, au lieu de lui parler en face ? Son apparence m'avait trompé. Ou alors c'était moi qui ne savais plus regarder. Mais Capitaine Caverne méritait plus qu'un surnom stupide de ma part. Parce qu'il n'était pas seulement une ancienne connaissance. Il était beaucoup plus que ça.

— Écoutez, m'sieur Barn, dit-il. Je ne voudrais pas vous embêter, mais il faut que je vous parle. Je m'appelle Stan. Stan Monroe. Et je sais des choses importantes à propos de cette fille, Sarah Lewis.

56

Je fus incapable d'attendre. Je pris son adresse et insistai pour le voir immédiatement.

— Nous autres journalistes, nous sommes impatients dès qu'il s'agit d'une bonne histoire, dis-je. Nous devons cuisiner nos informateurs tant qu'ils sont chauds !

— Ça, chaud, je le suis, haleta Stan au téléphone. Je suis malade, j'ai au moins quarante de fièvre. On peut attendre demain si vous voulez…

Sur le moment, je ne compris pas la gravité de son état. Ça ne m'intéressait guère. Je me préoccupai seulement des informations qu'il détenait sur Sarah.

— Non, j'arrive tout de suite, dis-je. Dans deux heures, je sonne à votre porte. J'apporterai de quoi vous requinquer.

Je raccrochai sans lui laisser le temps de répondre, dévalai les escaliers et démarrai ma voiture. En chemin, je m'arrêtai dans l'un de ces drugstores ouverts vingt-quatre heures sur vingt-quatre et le dévalisai en nourriture, boissons énergétiques, et une demi-douzaine de médicaments différents. Puis je m'élançai sur cette bonne vieille US 41 que les anciens nommaient la Tamiami Trail.

Tout en roulant au milieu des marais, seul dans la nuit, avec de l'eau et des arbres à ma droite et à ma gauche, mes phares balayant la brume, je réalisai que je devais ressembler à un spectre hantant les Everglades à bord de sa décapotable fantôme. Une fois de plus, si les sorcières du Sud existaient ailleurs que dans les livres de contes, elles devaient chuchoter entre elles. « Regardez ! » auraient-elles dit en se penchant par-dessus leur balai, en sortant la tête d'un étang, ou en émergeant de l'écorce d'un saule, « Regardez, mes sœurs, le voilà qui se promène encore. N'a-t-il donc rien compris ? Ne sait-il toujours pas qu'il n'est qu'un chevalier errant, perdu au pays des ombres ? » Mais je ne croisai nulle sorcière. Et si elles murmurèrent à mon oreille, je ne les entendis pas.

La maison de Stan Monroe, si l'on pouvait appeler ça une maison, était coincée dans une petite ruelle, tel un bout de viande entre deux dents. Il habitait un quartier d'Eden que je ne connaissais pas et qui avait récemment poussé à la périphérie de la ville comme une tumeur. L'endroit était apparu pendant la crise des subprimes, lorsqu'un certain nombre de gens modestes avaient perdu leur logement et s'étaient réfugiés dans des camping-cars et des mobile homes. Si j'étais venu ici en journée, j'aurais aperçu des femmes avec un chiffon noué autour de la tête, la clope au bec, en train d'étendre leur linge entre deux piquets, tandis que des enfants sales auraient couru dans des jardins insalubres hérissés de touffes d'herbe. Le mari, quand il y en avait un, ne se pointait généralement pas avant le début de la soirée, en fonction des horaires de fermeture des bars. Mais à cette heure de la nuit, tout était calme.

Je roulais au ralenti, dépassant plusieurs caravanes silencieuses. Devant l'une d'elles, un vieux dormait à l'extérieur sur une chaise. Il se tenait tellement raide et immobile que je me demandai s'il n'était pas mort. Un peu plus loin, je repérai le logement de Stan : quelques planches pour les murs, un toit en tôle. Une cabane. J'en eus des frissons. Je ne savais pas qu'il vivait dans une telle précarité. La dernière fois que je l'avais vu, il y a plusieurs années déjà, il était défoncé à je ne sais quelle substance, mais ne ressemblait pas encore à la créature que j'avais surnommée Capitaine Caverne. Je garai ma voiture, fourrai les clés dans ma poche et me rendis jusqu'à la porte moustiquaire.

— Monsieur Monroe ? appelai-je, en prenant soin de modifier ma voix. Vous êtes là ?

Un grognement me répondit, interrompu par une horrible quinte de toux.

— J'ouvre la porte, dis-je. J'entre chez vous, d'accord ?

— D'accord, entendis-je sur le même ton nasillard que j'avais perçu au téléphone.

Je pénétrai dans le taudis. L'intérieur puait le tabac et la nourriture rance. Le sol était jonché de vêtements. Et il faisait horriblement chaud. Posé sur une commode, un petit ventilateur remuait ses pales de façon totalement inefficace. Au fond de la pièce, un néon malade grésillait au-dessus d'un simulacre de cuisine. L'évier était rempli à ras bord et je vis des cafards de la taille d'un petit téléphone portable se faufiler tranquillement entre les assiettes.

— S'il vous plaît, éteignez ce néon, dit Stan sur ma droite.

Je plissai les yeux : une forme était avachie sur un matelas dans la pénombre.

— L'interrupteur est à côté de votre main, dit-il.

J'appuyai et le néon s'éteignit. Il y eut un bruit de briquet, et je vis apparaître le fameux chef indien chromé de ma jeunesse. La flamme illumina brièvement le visage de Stan tandis qu'il tirait sur le joint avec force. Ses yeux étaient deux puits rougeâtres au milieu de sa crinière sombre. Une aspiration pénible – il relâcha la fumée en toussotant.

Stan, mon Dieu, mais qu'est-ce qui t'est arrivé ?

— Je pense que c'est un début de tuberculose, dit-il comme s'il lisait dans mon esprit. À votre place, m'sieur Barn, je ne m'approcherais pas.

— Appelez-moi Jack.

— C'est gentil, mais on va s'en tenir à m'sieur Barn. Il me reste trop peu de temps pour devenir votre ami et vous appeler par votre prénom.

— Pourquoi dites-vous ça ? La tuberculose, ça se soigne. Vous avez vu un médecin ?

— Pas la peine.

— Il existe des dispensaires gratuits, insistai-je. Il faut se lever tôt, la file d'attente débute vers cinq heures. Je pourrais vous y conduire.

— Aucun foutu dispensaire ne me guérira de ça, dit-il en remontant sa manche.

Je crus d'abord qu'il parlait des traces d'injection qui lui dévoraient le bras. Mais ce n'était pas cela qu'il voulait me montrer.

— Vous savez c'que c'est ? demanda-t-il.

— Non, mentis-je en contemplant les tumeurs brunâtres.

— Sarcome de Kaposi.

— Vous ne prenez aucun traitement ?

— Mme Van Doren m'a donné de quoi me payer une trithérapie, mais j'ai claqué tout son fric. (Il me désigna le bout rougeoyant de son joint.) Ça me fait plus de bien que n'importe quel médicament.

Il rit. Un rire sans joie, qui me brisa le cœur. Il était si maigre qu'on aurait dit un enfant. Je sortis les boissons énergétiques de mon sac.

— Prenez ça, dis-je d'une voix rauque en lui tendant deux canettes et une poignée de pilules. Buvez, ça vous fera du bien. Les médicaments atténueront la fièvre.

Il prit le tout, s'essuya sur sa manche et me dit d'une voix un peu plus claire :

— Merci d'être venu. J'ai besoin de raconter mon histoire à quelqu'un. Vous pourriez mettre de la musique ? Il y a un radiocassette. Ça me détend.

J'appuyai sur le bouton. Un vieux morceau de rock monta doucement dans la pièce. Si j'avais fermé les yeux et simplement écouté, j'aurais été projeté trente années en arrière. Stan et moi, refaisant le monde, avachis au milieu des coussins, tandis que l'odeur de son tabac à rouler parfumait la chambre. Nous avions été rivaux – Sarah, toujours – mais nous avions eu de bons moments, lui et moi. Jerry était brillant, Sarah splendide, Cameron était mon frère, mais Stan… Il faisait partie de ces êtres à part qui vivaient auréolés de lumière sombre. Dès qu'il y avait une controverse, un débat politique, un truc fumeux à défendre, une chose interdite à faire, il se trouvait toujours aux premières loges, avec sa belle gueule de bad boy et ses idées à rebrousse-poil. Stan le Dingue, dans toute sa splendeur. Je l'avais toujours admiré, même si à l'époque j'aurais préféré crever sur place plutôt que de le reconnaître.

— *I Don't Like Mondays.* Vous avez déjà entendu cette chanson, m'sieur Barn ?

— Elle est de Bob Geldof, il me semble.

— Exact. Les Boomtown Rats. Été 1979. Vous connaissez le fait divers qui l'a inspirée ?

Il se redressa, comme pour rassembler ses forces.

— La chanson parle d'une fille nommée Brenda Ann Spencer… (Il tira une autre taffe.) Elle vivait à San Diego, en Californie. Elle avait seize ans. La maison de ses parents était située en face d'une école élémentaire. Depuis la fenêtre de sa chambre, Brenda voyait les enfants dans la cour. Les petits garçons qui jouaient au ballon, les petites filles avec leur corde à sauter. Il paraît qu'elle a eu une enfance malheureuse. En tout cas, c'est ce que les télés et les radios ont raconté après le drame. Il fallait bien trouver une explication. Quand il arrive une chose pareille, les gens en recherchent toujours une.

Il s'interrompit pour se remettre à tousser, puis cracha dans un mouchoir qu'il fit disparaître dans sa poche.

— Brenda possédait une carabine, reprit Stan. Une 22 semi-automatique à lunette, que son père lui avait offerte pour Noël. Elle, elle souhaitait avoir une radio pour écouter ses chansons préférées, mais au lieu de ça, son père lui a filé la carabine et un paquet de munitions. Un demi-millier de balles, vous vous rendez compte ?

Je me rendais compte. Mettre une arme – un Glock 17 par exemple – entre les mains de quelqu'un pouvait avoir des conséquences.

— Un matin de janvier, continua Stan, elle a ouvert sa fenêtre, calé son fusil sur le bord et visé la cour de l'école.

Il aspira une autre bouffée, les yeux dans le vague. On aurait dit qu'il contemplait la scène.

— Brenda en a shooté huit. Huit gamins. Elle a dit que c'était très facile, parce que c'était comme de tirer sur un troupeau de vaches dans un pré. Le principal de l'école est sorti dans la cour au milieu des cris. PAN ! plus de principal. Un gardien a voulu intervenir. PAN ! raide mort lui aussi. Apparemment, Brenda s'amusait bien, parce qu'elle a continué à tirer pendant sept heures d'affilée. Jusqu'à ce que les flics embusqués dehors se décident à enfoncer sa porte et qu'ils la découvrent, stupéfaits de tomber sur une gamine de seize ans. Une gentille fille, avec une robe à fleurs, des tresses et des lunettes. Le genre de gamine que certains d'entre eux devaient avoir à la maison.

Il toussa de nouveau.

— On l'a interrogée, bien sûr. Les flics ont demandé à Brenda : « Mais qu'est-ce qui t'a pris de faire une chose pareille ? » Vous savez ce qu'elle a répondu ?

— Non.

— « J'aime pas les lundis. » Voilà ce qu'elle a dit. C'est la seule explication qu'elle a donnée. En juillet de la même année, Bob Geldof et les Boomtown Rats ont sorti la chanson. Le morceau est resté plusieurs semaines en haut des charts, même si je soupçonne que les stations n'ont pas dû beaucoup la passer du côté de San Diego.

Stan s'arrêta un instant pour reprendre son souffle. Il tira une autre taffe sur son joint, comme s'il aspirait de l'oxygène pur. Puis reprit :

— Si je vous raconte tout ça, m'sieur Barn, c'est parce que 1979 a été une belle année pour moi. Une incroyable, une merveilleuse année pour toute notre petite bande. À l'époque, aucun d'entre nous n'a fait attention à cette chanson, ni à la triste histoire de Brenda. Nous n'avions pas envie de savoir que des histoires tristes pouvaient arriver aux enfants. Nous avions nos problèmes, bien sûr, mais nous étions heureux. Aussi heureux que des gosses peuvent l'être. Mais parfois, la vie prend une tournure inattendue. On fait une chose, et notre existence change. Elle prend un virage à cent quatre-vingts degrés. C'est ce qui est arrivé à Brenda Ann Spencer. Et c'est ce qui m'est arrivé à moi.

Il me regarda avec un sourire triste.

— Il y a trente ans, dit Stan, j'ai commis un meurtre. Je n'étais qu'un gamin à l'époque. Mes copains, ma bande, ils étaient tous avec moi ce jour-là. Laissez-moi vous raconter comment ça s'est passé...

57

Lundi 25 juin 1979

Stan souffla la fumée de sa cigarette par la fenêtre :

— J'aime pas les lundis.

Nos têtes se tournèrent vers lui. Cameron, Jerry, Stan et moi étions réunis dans les toilettes des garçons. L'horloge accrochée au mur indiquait onze heures du matin. C'était le jour de la remise des prix de fin d'année à Eden High et nous stressions à mort. Nos parents étaient en train de se rassembler dans la cour de l'école sous les banderoles et les ballons aux couleurs de l'établissement tandis que le proviseur M. Doherty effectuait des essais au micro. Les femmes portaient de jolies robes, des gants et des chapeaux. Les hommes arboraient des costumes élégants. Certains grands-parents avaient même effectué le déplacement, ajoutant à la pression ambiante.

— Un, deux… un, deux…, disait M. Doherty en tapotant sur le micro. Prenez place, chers parents ! Eden High vous souhaite la bienvenue. Attention, les chaises des premiers rangs sont réservées aux dames…

Sarah était en train de se changer dans une salle de classe attribuée aux jeunes filles. Je la trouvais soucieuse et distante depuis quelques jours, mais j'avais mis cela sur le compte de cette cérémonie particulière. Les garçons, eux, ne disposaient pas d'une classe pour s'habiller. Aussi avions-nous opté pour un repli stratégique dans les toilettes. C'était plus pratique pour nous mettre en tenue. Et puis de drôles de gargouillis montaient de nos ventres. En tout cas du mien.

— C'est vrai, dit Stan, les lundis, ça craint. C'est la journée la plus pourrie de la semaine. Vous devriez être en vacances, comme tous les élèves. Dans mon internat, les cours sont terminés. Et vous, ils vous obligent à revenir alors que vous avez déjà rendu vos livres. Vous trouvez ça normal ?

Cameron fronça les sourcils.

— Tu ferais mieux de balancer ton mégot. Si un prof te surprend à fumer dans les toilettes du collège, on est morts.

Stan l'écrasa et le propulsa d'une pichenette dans le trou des WC.

— Vous allez vraiment monter sur une estrade habillés comme ça ? demanda-t-il. Je croyais que c'étaient les dernière année qui portaient des costumes.

— C'est la tradition à Eden High, dit Jerry. On doit tous porter une tenue traditionnelle pour la remise des prix.

— Parle pour toi, grommela Cam. Moi, je ne vais sûrement rien recevoir du tout.

— C'est pas certain, dit Stan avec le sourire. Y a peut-être un prix du plus gros mateur de nibards.

Je contemplai mon reflet dans la glace d'un air dubitatif. Je portais une robe noire et un chapeau assorti, surmonté d'un carré en carton d'où pendait une ficelle rouge et blanc (la couleur des Cougars d'Eden, et aussi de notre école). C'était ma mère qui les avait fabriqués. Mais question couture, elle n'était pas vraiment ce que l'on pouvait appeler une perle : le vêtement était trop large et le carré du chapeau trop mou, ce qui le faisait pendre sur les côtés d'une façon bizarre. Rien à voir avec la tenue magnifiquement confectionnée par le père de Jerry Goodritch. Je demandai leur avis :

— Qu'est-ce que vous en pensez, les mecs ?

— Ch'ais pas, dit Cameron.

— J'ai l'air d'un pingouin, c'est ça ?

— Plutôt d'une sorte de juge.

— Je pencherais plutôt pour le pingouin, dit Stan.

— Merde. Juge ou pingouin, mais pas d'un élève normal ?

— Ben, y a un peu des trois.

— J'en étais sûr, soupirai-je. Ma mère l'a cousu trop grand.

— C'est parce que t'es pas dans le rôle, dit Jerry.

— Vas-y, dis un truc de juge pour voir, suggéra Stan.

— Ouais, renchérit Cameron, comme dans *Perry Mason* !

— Genre tribunal ! fit Jerry en pouffant de rire.

— Sérieux ?

— Ouais, lance-toi.

Je réfléchis, pris une inspiration, puis :

MOI, *l'air hautain* – Je déclare la séance ouverte. Faites entrer les accusés.

STAN, *tombant à genoux* – Pitié, m'sieur l'juge, ch'uis innocent !

CAMERON, *soudain inspiré* – Soyez clément, juge Becker. J'ai volé cette barre de réglisse, mais c'était pour la donner à mon cousin. Il avait faim.

STAN – Et donner c'est donner. Reprendre c'est voler.

MOI – D'où provenait le réglisse ?

CAMERON – Euh, de la poche de Jerry.

JERRY, *fouillant ses poches* – Quoi ? Putain, c'était mon réglisse, les mecs, vous êtes pas cool !

MOI – Le vol de réglisse est un crime impardonnable.

JERRY – Ouais, surtout quand il est à moi.

MOI – Je réclame la peine capitale.

JERRY – Peine capitale ! Peine capitale !

MOI – Qu'on leur coupe le gland !

— Ouais ! le gland ! renchérit Jerry en hurlant de rire.

— Mais qu'est-ce que vous fichez ? dit Sarah en ouvrant la porte.

Nous étions en train de nous bidonner, pliés en deux sur le carrelage.

— Non mais ça va pas ? dit-elle. Toute la classe est déjà réunie ! Les parents vous attendent dans la cour !

Cameron hoquetait de rire en cherchant son souffle.

— LES GARÇONS !

Stan se ressaisit le premier.

— C'est bon, si on peut plus rigoler cinq minutes…

— On avait besoin de se détendre, dis-je.

Je m'approchai de Sarah et lui embrassai la joue. Elle leva les yeux au ciel.

— « Gland », chuchota Stan à l'oreille de Jerry.

Et nos rires repartirent aussi sec.

Finalement, Cameron reçut un prix : celui de meilleur capitaine de l'équipe de football. Il s'agissait plus d'un titre honorifique que d'autre chose, mais cela l'émut à tel point qu'il devint rouge comme une pivoine. Il faillit se prendre les pieds dans le micro, balbutia un « Merci ! » plein de reconnaissance, et redescendit de l'estrade la larme à l'œil, brandissant son parchemin enroulé d'un ruban rouge comme s'il tenait la flamme olympique. Sarah hérita du premier prix de Lettres, et je fus récompensé par le deuxième prix de Sciences naturelles – ce qui, après ma chute vertigineuse du premier trimestre, n'était pas si mal que ça. Jerry rafla la presque totalité des autres récompenses. Nous lui tombâmes dessus à la descente de l'estrade et lui fîmes un véritable triomphe. Entre nos bras, Jerry Goodritch sauta en l'air d'un bout à l'autre de la cour, hurlant de peur et de plaisir, perdant ses binocles au passage. C'était un chouette spectacle, et même Stan qui n'était pas un grand adepte des études le regarda avec envie.

Au cours de la cérémonie, j'eus l'impression à plusieurs reprises que Sarah voulait me dire quelque chose, mais elle sembla se raviser chaque fois. Il y eut des discours et des félicitations, des conseils pour l'année prochaine, des jus de fruits et des petits-fours pour les parents, la représentation finale de la fanfare de l'école, puis le proviseur Doherty reprit le micro et déclara solennellement l'année scolaire 1978-1979 terminée. Adieu la sixième. Désormais, nous n'étions plus des « bleus », nous gravissions les marches vers le club des ados. Comme un seul homme, les élèves jetèrent leur chapeau carré dans les airs et nous sortîmes en poussant des cris d'allégresse, telle une horde barbare.

Arrivés à la maison, une surprise m'attendait. Mon père me convoqua au garage et me tendit un paquet mystérieux : un objet étroit et fin, d'un mètre de long, enroulé dans du papier brun fermé par une cordelette.

— Tiens, dit-il, c'est pour toi.

— Qu'est-ce que c'est ?

— Une récompense pour ton travail.

C'était la première fois de ma vie qu'il m'offrait un cadeau.

— Tu lis toujours tes livres d'épopées médiévales fantastiques, avec des chevaliers, des magiciens et tout ça ? demanda George.

— Bien sûr, dis-je en déballant le paquet.

— C'est un bokken. Un sabre de guerre. Il n'est qu'en bois, mais c'est une arme véritable : les samouraïs s'entraînaient avec.

Je le fis tourner dans ma main. Il était noir, avec un manche tressé, une garde ornée de symboles et une lame d'ébène légèrement courbe. Absolument splendide.

— Bon, ça ne vaut pas l'épée noire d'Elric, comme dans les bouquins de Moorcock, dit George, mais je trouve qu'il est quand même sympa.

— Génial, tu veux dire ! Il y a même des runes dessus !

— Ce sont des idéogrammes.

— Qu'est-ce qu'ils racontent ?

— Un extrait de *L'Art de la guerre*, du général Sun Tzu.

Mon père se racla la gorge et récita :

« *Celui qui fait la guerre doit être*
rapide comme le vent,
posé comme la forêt,
destructeur comme le feu,
inamovible comme la montagne,
secret comme l'ombre,
surprenant comme un coup de tonnerre. »

Il me sourit.

— Tu étais mal parti dans tes études, mais tu t'es repris en main. Je tenais à te dire que j'étais fier de toi. Tu as beaucoup d'imagination et de ressources. Apparemment, le guerrier en toi est capable de se réveiller quand l'heure est venue.

George Dent, l'homme qui était un peu fou, et qui était également mon père, s'inclina de façon théâtrale.

— Les études, c'est la guerre. Les livres, ce sont tes armes. Sois brave au combat, mon fils.

Et il s'éclipsa. Je partis essayer mon sabre dans le jardin en poussant des cris de bataille, fendant les airs et décapitant les fleurs.

C'était le 25 juin 1979. Il nous restait dix jours, dix petits jours à peine, avant le drame qui allait mettre un terme définitif au monde de notre enfance.

Je passai les cinq premiers jours des vacances à lire dans ma chambre. Stan et Cameron glandaient au Bob's, entre la plage et la salle de jeux. Jerry donnait des leçons de rattrapage pour se faire un peu d'argent de poche. Quant à Sarah, elle semblait avoir disparu de la circulation. Nous aurions pu nous téléphoner, mais nous ne le fîmes pas. Était-ce le besoin de nous retrouver seuls ? La fin des rythmes scolaires ? Ou bien la flemme pure et simple ? En tout cas, en ce début des congés d'été, nous restâmes chacun dans son coin. Le matin, j'allais faire du vélo avec mon sabre et je chassais les mouettes. L'après-midi, Rozella me préparait de la citronnade fraîche et je plongeais avec délice dans mes romans.

Le samedi 30 juin, je fus ramené sur terre par la voix d'Eleanore Becker :

— Paul ! Descends vite, s'il te plaît.

— Oui, m'man. J'arrive…

Je refermai à regret le livre.

Une valise était posée dans l'entrée. Je la regardai sans comprendre.

— Nous devons partir, m'annonça-t-elle.

— Quoi ?

— Elie, tu viens ?

Mon père était déjà dehors à l'attendre dans la voiture. Ma mère avait l'air encore plus pâle et fatiguée que d'habitude. Pour la première fois, je remarquai les sillons et les rides autour de sa bouche. Elle eut du mal à enfiler sa veste. Je me précipitai pour l'aider.

— Le docteur Reynolds vient d'appeler. J'ai reçu des résultats d'examens.

J'écarquillai les yeux.

— Tu as fait des examens ?

— Oui. Reynolds veut que j'en passe d'autres. Il a réservé une chambre au Jackson Memorial Hospital de Miami. Nous partons immédiatement.

Elle posa les mains sur mes épaules.

— Paul, ce n'est rien de grave. Il me l'a assuré. Les femmes ont parfois des petits soucis à résoudre. C'est une intervention de routine qui ne prendra que quelques jours. Et tu vas être content : j'ai appelé Nancy Cole, elle passe te prendre tout à l'heure. À partir de ce soir, tu dors chez ton copain Cameron. C'est super, non ?

— Qu'est-ce qui t'arrive, maman ?

— Rien d'important, je te le promets. Ton père restera un peu avec moi, le temps que je récupère. Tu seras sage en notre absence ?

— Bien sûr.

Elle m'étreignit une seconde. Je fermai les yeux. Puis elle m'embrassa, sortit, et la porte se referma derrière elle. Une demi-heure plus tard, lorsque Cameron passa sa grosse tête rougeaude dans l'encadrement, je n'avais pas bougé.

— Salut, mon Paulo ! C'est quoi cette tronche de cake ?

— Je crois que ma mère va pas bien. Pas bien du tout.

Il m'entoura le cou avec son bras.

— Ça va aller, mon p'tit pote. Ta maternelle est une dure à cuire. Et Big Cam est là. Prends ton pyjama. Mes parents travaillent encore au bar, mais Stan est à la maison. Il a apporté le dernier 33 tours de Kiss. On va danser comme des mabouls.

— Ouais.

— Il paraît que t'as un sabre ? Tu l'amènes, hein ? J'ai téléphoné à Sarah et Jerry, ils sont déjà en route. Capitaine mon Capitaine, votre équipage rapplique pour la première nouba des vacances ! Est-ce que vous êtes prêt ?

— Mmmh.

Il colla une main en pavillon derrière son oreille.

— J'entends rien du tout. PRÊT POUR LA NOUBA ?

— Ouais, Cam, ch'uis prêt, dis-je en forçant un sourire sur mes lèvres.

Il tourna sur lui-même en remuant des fesses.

— Nouba nouba nouba… Nouba nouba nouba…

Ces idiots ne ménagèrent pas leur peine pour me remonter le moral : ils firent les pitres, organisèrent des combats de sabre (contre manches à balai, avec coussins en guise de boucliers), simulèrent un concert de rock avec musique à fond, et Sarah se montra exceptionnellement câline – même si je sentais bien que quelque chose n'allait pas. Les parents de Cameron rentraient tard, alors nous dînâmes tous les cinq de tartines au beurre de cacahuètes et de verres de lait devant une rediffusion de *King Kong* à la télé. Tandis que le singe géant avançait sa main et plaçait Jessica Lange sous une cascade – devant les yeux exorbités de Cameron et Stan –, Sarah me chuchota à l'oreille :

— Viens, il faut que je te montre un truc.

Elle m'entraîna dans l'escalier qui menait à la chambre de Cameron. Par-dessus son épaule, celui-ci m'adressa d'énormes clins d'œil et mima des baisers baveux. Mes lèvres formèrent les syllabes : « A-bru-ti. »

— Qu'est-ce qu'il y a ? demanda Sarah.

— Rien. Cameron qui fait l'idiot.

Nous pénétrâmes dans la chambre. Elle ferma la porte et se tourna vers moi.

— Avant tout, comment va ta mère ?

— Pas terrible.

— On va l'opérer ?

— Je crois.

— Elle est pâle ? Fatiguée ? Elle perd du sang ?

— J'en ai l'impression.

— Sûrement un fibrome.

— Je ne suis pas certain de vouloir les détails. Pourquoi on est ici ?

En guise de réponse, elle m'embrassa.

— Entre autres, pour cette raison, Paul Becker.

— Euh, je…

Elle m'embrassa encore.

— Et maintenant tu vas mieux ?

— Je pense que ça ira, répondis-je avec le sourire.

— Bien. Passons à la suite.

Elle ouvrit son sac et en sortit une boîte en fer qu'elle posa sur le lit.

Je commençai à être très intrigué.

L'objet était rectangulaire, de la taille d'une boîte à sucres. Le dessin d'un joueur de base-ball était gravé dessus.

— Qu'est-ce que c'est ? demandai-je.

— Une boîte de collection.

— Elle est à toi ?

— À mon père.

— Ton père collectionnait les cartes de joueurs de base-ball ?

— Pas que je sache.

— Bizarre.

— En effet, dit Sarah. C'est plutôt le genre de choses destinées à un garçon de ton âge, non ?

— Oui. Jerry collectionne les dinosaures Panini. Chaque série de cartes possède sa propre boîte de rangement, avec l'image dessus et…

— Peu importe, dit-elle.

Elle l'ouvrit et déversa son contenu sur le lit. Il y avait un tas de coupures de presse à l'intérieur. Et aussi un plan d'Eden et de ses environs.

— Tiens ? fis-je. On dirait le plan que j'ai utilisé lors de notre expédition au crématorium de Khara Street.

— C'est bien lui, confirma Sarah.

— Pourquoi l'as-tu conservé ?

— Pour le compléter.

Sur le bureau de Cameron, un cendrier était rempli d'élastiques, de trombones et de punaises. Sarah récupéra les punaises et fixa le plan au mur. En plus des disparitions d'animaux que j'avais notées au feutre, elle avait rajouté des petits drapeaux autocollants, des notes manuscrites et diverses coupures de presse maintenues par du scotch. Je vis des flèches qui allaient d'un quartier à un autre. Des trajets notés à la main. Des points d'interrogation sur certaines zones comme le crématorium, les entrepôts abandonnés ou le cimetière d'Eden.

Je fronçai les sourcils.

— Mince alors. Ça fait combien de temps que tu travailles sur ce truc ?

— Un moment.

— C'est pour ça qu'on te voyait plus ?

— Oui. Mais je n'ai fait que reporter les informations sur la carte. Le reste, je l'avais déjà.

Elle montra les articles sur le lit. J'en pris quelques-uns au hasard et lus les titres à voix haute.

— « *Gazette d'Eden High*, 27 octobre 1978 : Roxy, le vieux golden retriever, meurt de peur dans sa niche », « *Lettre de la Société historique de Collier County* : Une camionnette de glaces saccagée après avoir stationné la nuit dans Fleischmann Park », « *Bulletin de la paroisse St. Jean*, 16 mars 1979 : Les gâteaux pour la collecte des sans-abri disparaissent mystérieusement », « *Naples Daily News*, 29 décembre 1978 : Un enfant prétend avoir vu le Grinch ».

Il y en avait une bonne trentaine.

— C'est quoi tous ces articles ? demandai-je.

— Journaux locaux, gazettes scolaires, bulletins des paroisses. Tout ce qui a été publié dans la région depuis mon arrivée à Eden.

— C'est toi qui les as découpés ?

— Seulement les plus récents.

— Et les autres ?

— Mon père.

Sarah me regardait fixement.

— Cette boîte était cachée dans notre cellier. À la cave. Je l'ai découverte il y a une semaine au fond d'un placard. Est-ce que mon père était fan de base-ball ? Pas vraiment. Il avait l'esprit jeune, d'accord. Mais de là à collectionner des cartes pour les enfants… C'est étrange, mais j'ai l'impression que c'est un objet auquel il tenait. Et ma mère l'a raté lors de son grand ménage.

— Et les articles de presse ? Pourquoi les découpait-il ?

— C'est évident. Tu ne vois pas ?

Les yeux de Sarah brillaient d'excitation.

— Non, dis-je. Je ne vois rien du tout.

— Regarde : j'ai reporté chaque lieu sur la carte. Mon père étudiait la même chose que nous ! Ce sont *ses* manifestations : les morts d'animaux, les catastrophes inexpliquées, les disparitions, les incidents étranges. Tous les endroits où *il* passe !

— Qui ça *il* ? De qui on parle, là ?

— De celui qui a tué Victor Sprat.

— Sarah, tu ne crois tout de même pas que…

— Bien sûr que si.

Elle retint son souffle. Puis baissa la voix, comme si elle avait peur que les autres l'entendent.

— Le Minotaure. Ce n'est pas une légende. Il existe.

La conviction avec laquelle Sarah m'avait parlé d'un être imaginaire me troubla tout le week-end. Je ne la trouvais pas dans son état normal, elle me paraissait exaltée. Et angoissée. Ses idées à propos de l'existence d'un monstre commençaient à tourner à l'obsession.

Était-ce la mort de son père qui la perturbait à ce point ? Forcément. Elle ne le montrait pas, mais son chagrin était terrible. Je l'aimais profondément, comme je n'avais jamais aimé personne jusqu'ici. Quelle que soit l'explication de ces incidents bizarres relatés dans les journaux, je devais trouver un moyen de lui venir en aide. Ça ne pouvait pas continuer de la sorte.

J'y réfléchis pendant deux jours, en discutai avec elle, puis je pris ma décision. Lundi 2 juillet, je rassemblai la bande pour un conseil de guerre. Pour des raisons de discrétion, il n'eut pas lieu dans notre QG habituel du Bob's (je ne voulais pas que les parents de Cameron puissent découvrir ce que je mijotais). Je les emmenai donc chez Mo. Mo – c'était le nom du propriétaire – ne servait pas d'alcool, seulement de la racinette : une boisson pétillante aux arômes de vanille et de réglisse très appréciée des jeunes. Mais surtout, son kiosque se trouvait sous le pont de l'ancienne voie ferrée, où il ne passait jamais personne. L'endroit était complètement mort dès le début des vacances scolaires. Il y avait trois tables, quelques parasols et pas grand-chose de plus. Mo était un vieux Noir qui me faisait penser à Louis Armstrong et qui devait bien avoir dans les quatre-vingts ans. Un jour, mon père m'avait raconté qu'il avait voulu s'installer sur le port. Mais comme la plupart des gens de couleur créant leur commerce, il s'était retrouvé en butte avec d'innombrables tracasseries administratives qui l'avaient, en fin de compte, rejeté à la périphérie de la ville.

— Bonjour, Mo !

— Salut, les enfants.

Il posa devant nous des chopines recouvertes de mousse savoureuse.

— Sept racinettes bien fraîches, dont deux gratuites, dit-il avec le sourire. Je les fais maison, avec de la noix de muscade, du sirop de maïs et juste ce qu'il faut de gaz pour les rendre pétillantes. Vous m'en direz des nouvelles. Et si elles vous plaisent, parlez-en à vos copains.

— C'est délicieux, fis-je en avalant une gorgée et en léchant la mousse. Vous devriez vous installer plus près de notre école.

Le vieux Mo éclata de son rire chaleureux.

— Quand les poules auront des dents et que le Président sera noir. Mais ce n'est pas grave. Allez les jeunes, régalez-vous, et profitez de la vie, dit-il en retournant dans son kiosque.

Après m'être assuré qu'il ne faisait plus attention à nous, je déployai le plan sur la table, leur montrai les coupures de presse et leur exposai mes idées. Quand j'eus terminé, Stan et Cameron me regardaient avec des yeux ronds.

— Tu rigoles ? dit Stan.

— Pas du tout. Les adultes font semblant qu'il n'y a pas de problème dans cette ville, mais c'est faux. Il se passe des choses anormales. Des rumeurs se répandent. Ces articles réunis par Sarah le démontrent : il y a un responsable quelque part. Et nous sommes les seuls à l'avoir compris.

— Avec mon père, ajouta Sarah.

— Avec ton père. C'est exact.

— Et si tout ça était dû au hasard ?

— Le hasard n'a pas tué Victor Sprat. De plus, Jerry a fait des statistiques. Jerry ? C'est à toi.

Ce dernier repoussa ses lunettes sur son nez d'un air sérieux et sortit une calculette de sa poche.

— J'ai déterminé le taux d'IB.

— D'IB ? dit Cameron.

— Incidents Bizarres. Si l'on fait la somme de tous les IB que l'on trouve dans ces journaux, on arrive à trente-trois au cours de l'année scolaire. Dont vingt-huit à proximité des Eaux Sombres. Ça nous fait (il tapa rapidement sur ses touches) quatre-vingt-cinq pour cent d'IB.

— Et en langage pour les humains ?

Jerry haussa les épaules.

— Ça veut dire qu'il se produit cinq virgule six fois plus d'incidents dans ce secteur que partout ailleurs en ville. Ce qui est strictement impossible. Le hasard ne défie pas les probabilités.

— Donc quoi, dit Cameron, cette ville est hantée ?

— Bien sûr que non, répondis-je. Quelqu'un provoque ces phénomènes. C'est obligatoire. Pour ma part, je crois que nous avons affaire à un détraqué. Peut-être un clochard, ou un prisonnier en cavale qui vole de la nourriture. Parfois, il fait peur à un gamin. Une autre fois, il dérobe des gâteaux, des sorbets dans un camion de glaces, ou bien il enlève un animal. Pour Victor Sprat, il l'a peut-être tué par accident.

Pas question de mentionner un quelconque Minotaure. Si l'on remettait cette histoire sur la table, ils allaient nous prendre Sarah et moi pour deux cinglés.

— Et pourquoi pas un sociopathe, comme dans *Psychose* ? suggéra Cameron. Peut-être qu'il y a quelqu'un qui mène une double vie à Eden et qui assassine des enfants ?

Je vis la lèvre supérieure de Jerry qui commençait à trembler, genre crise de panique. Je m'empressai de les rassurer :

— Mais non, voyons, ces trucs, c'est comme les zombies, ça n'existe que dans les films ! Ce, euh, *monstre*… est sûrement un pauvre type qui se cache. Les Eaux Sombres sont aussi denses qu'un bayou. Il doit s'y déplacer en barque, ou sur des chemins à pied sec. C'est comme ça qu'il entre et sort de la ville.

— Et tu veux le débusquer ? dit Stan.

— Le photographier, répliqua Sarah.

Elle sortit un appareil polaroïd de son sac.

— On le traque. On le trouve. On le prend en photo. Comme ça les adultes nous croiront enfin.

Un concert de protestations s'éleva.

— Ça ne marchera jamais !

— On n'est qu'une bande de gosses.

— Moi j'aime pas les zombies.

— Putain, Jerry, y a *pas* de zombies.

— J'aime pas non plus les psychopathes.

— Il ne vaudrait pas mieux prévenir les flics ?

Stan se jeta une clope au coin de la bouche et passa un bras autour des épaules de Sarah en se rapprochant d'elle.

— Bah, c'est les vacances, les mecs. Moi, je dis qu'on ferait mieux de laisser tomber toute cette histoire et de se la couler douce. On n'a même pas de plan sérieux, là. Pas vrai ?

La désinvolture de Stan capta l'attention générale. Il était plus âgé que nous. Avec ses cheveux lissés en arrière et sa mèche noire qui lui tombait devant les yeux, la moindre de ses postures était empreinte d'une élégance naturelle. Ses muscles commençaient à se voir, et je savais que les filles – toutes les filles – le trouvaient terriblement craquant. Ce fut la goutte d'eau qui fit déborder le vase. Je ne sais pas si c'était de la jalousie pure. Le fait que je lise trop de romans héroïques. Ou si l'absence de mes parents avait levé mes inhibitions. Mais il fallait que je brille devant mes copains. Devant Sarah. Là, tout de suite.

— Réfléchissez, les gars, dis-je. Si ce type existe vraiment, s'il s'agit d'un meurtrier, d'un cinglé, ou peu importe : imaginez qu'à nous tous, on le chope, et qu'on permette *réellement* son arrestation… On sera des héros. Nos têtes seront imprimées dans les magazines. On en parlera dans tout le comté. Dans toute la Floride. Peut-être même dans tout le pays ! Cameron, ta tronche passera à la télé, mec. Stan, tu veux allez chez Tony Carson au *Tonight Show* ? Imagine une seconde les filles : « Hey, c'est Stan Monroe, le beau gosse de la télé qui a aidé à capturer ce type ! » Putain, les gars, les exploits à la petite semaine, monter en haut du cimetière, se battre sur un château d'eau contre Teddy Theroux, c'est *rien* à côté de ce que je vous propose. On est une bande, on est unis, on est forts, et je vous parle d'aventure. La vraie. Vous voulez un foutu plan ?

Je sortis mon sabre et le posai sur la table.

— Le voilà, le plan.

Les idéogrammes de la lame scintillèrent sous le soleil. Je connaissais leur signification par cœur.

— Le meilleur moment pour agir, dis-je, ce sera dans deux jours. Le 4 Juillet, pendant la fête nationale. Les parents ne feront pas attention à nous. Il y aura des défilés. Toutes les rues seront envahies. Si on s'éclipse à ce moment-là, personne ne le remarquera. Et dès que la fête commence…

rapides comme le vent
… on fonce au port, et on prend la barque de mon père,
posés comme la forêt
… on met le cap sur les bayous,
destructeurs comme le feu
… chacun emportera son arme,
inamovibles comme la montagne
… nous nous glisserons parmi les rochers,
secrets comme l'ombre
… cachés jusqu'à la tombée du soir,
surprenants comme un coup de tonnerre
… on chope le coupable, et on lui tombe dessus !

Je rangeai mon sabre à ma ceinture. Mes yeux étaient deux diamants noirs qui les captivaient tous.

— Voilà, *ça* c'est mon plan. Alors, vous voulez être des héros, oui ou non ?

Ma bande, mes amis, mes frères, chacun répondit à l'appel le jour venu. Le mercredi 4 juillet dans l'après-midi, nous filâmes tous les cinq en douce tandis que les festivités se déroulaient en ville. Aucun adulte n'était au courant. Pourquoi avoir agi de la sorte ? Appelez ça l'appel du large, l'envie de liberté, l'inconscience de la jeunesse, appelez-ça comme vous voudrez, mais cette force irrésistible était plus puissante que n'importe quel obstacle. Nous étions ignorants du danger (nous ne *voulions pas* entendre parler du danger), car pour la première fois, nous nous sentions capables d'accomplir ensemble quelque chose d'important. Une action qui compte. Un exploit digne des héros qui caracolaient dans nos livres. Nous étions simplement jeunes. Et nous croyions en nos rêves.

Vers quatorze heures, sous le prétexte d'aller faire un tour à vélo, nous nous rendîmes au port. Là, nous sautâmes dans la barque de mon père, où se trouvaient déjà les sacs d'aventurier que nous avions préparés à l'avance : sandwichs au pain de mie, gourdes de menthe à l'eau fraîche, bonbons, armes de pacotille, tout ce qui nous avait paru utile. Les blagues et les rires nerveux ne tardèrent pas à fuser. Cette fois, c'était vrai. Cette fois, nous partions pour de bon.

Afin d'équilibrer le poids de notre embarcation, je répartis Stan et Jerry d'un côté du bateau, Cameron et Sarah de l'autre, tandis que nos affaires s'entassaient au centre. Stan détacha l'amarre. Cameron fila une poussée du pied. Jerry donna symboliquement le cap. Sarah applaudit. Je me plaçais à l'arrière, et démarrai le moteur. L'hélice se mit en route, et le rythme de nos cœurs s'accéléra avec elle. Je tournai le gouvernail et nous appareillâmes.

Quelque part en ville, des pétards crépitèrent. Le son d'une fanfare vibra dans le lointain. Mais nous n'entendions rien : nous étions comme hypnotisés. Je réglai la puissance au minimum, car il était interdit de produire des vagues dans la zone portuaire, et je pris la direction du chenal de sortie tandis que les bruits de la fête s'amenuisaient derrière nous. Chacun retenait sa respiration.

Sur le chemin goudronné qui suivait la berge des promeneurs nous firent des signes amicaux. Puis il n'y eut plus de chemin, et plus de promeneurs. À aucun moment, quiconque ne nous interpella. Cinq gamins, libres comme l'air. Comme j'avais vu George le faire à plusieurs reprises lors de mes sorties avec lui, je pilotai en conservant les bouées rouges sur ma gauche et les vertes sur ma droite, tant pour éviter les bancs de sable que pour respecter le sens de la circulation. Les habitations du bord de mer se raréfièrent puis disparurent, cédant la place à d'étroites bandes recouvertes de palmiers et d'enchevêtrement de racines. Puis nous atteignîmes les ultimes poteaux de bois surmontés des repères rouge et vert, plantés au milieu du chenal. Les portes de la civilisation. Nous les franchîmes, et j'augmentai brusquement la vitesse. Le vent se mit à souffler. Nos cheveux dansèrent. Certains poussèrent des cris de joie ou de surprise.

Durant quelques secondes inoubliables, Sarah serra mon bras, se tourna et me fixa avec intensité, et je vis dans ses yeux tout l'amour, toute la fierté qu'elle éprouvait pour moi. En cet instant, je le jure devant Dieu, si un barrage s'était dressé devant nous pour empêcher notre aventure, je l'aurais pulvérisé telle une barrière d'allumettes. Quinze minutes plus tard, nous doublions le cap de White Point et la maison des Dômes, hurlant comme des pirates. Une demi-heure encore, et nous étions seuls au monde. Je coupai le moteur. La barque ralentit, puis s'arrêta.

Le vent retomba aussitôt, et un silence impressionnant nous enveloppa d'un coup. Je me levai et passai à l'avant. Un cri retentit :

— Capitaine, mon capitaine !

Il provenait de Jerry, qui avait endossé le rôle de la vigie. Cependant, je ne me retournai pas pour répondre. Pas encore. Le spectacle que je contemplais, debout à l'avant de la barque, était tout simplement à couper le souffle. La mer immense semblait constellée d'îlots. La plupart n'étaient que de simples amas de mangrove. Mais d'autres formaient de véritables îles, avec leurs bosquets impénétrables, leurs criques secrètes où bâtir des cabanes, et parfois une frange de sable où accoster. Au-dessus, dans le ciel de feu, des centaines d'oiseaux s'éparpillaient, dérangés par le passage de notre vaisseau d'explorateurs.

Nous étions à la pointe sud de la Floride, dans les Ten Thousand Islands. Les Dix-Mille Îles. Et devant nos yeux écarquillés se déployait tout un monde d'aventures.

— Capitaine, mon capitaine !

Cette fois je me retournai.

— Oui, matelot ?

— Vous êtes certain de savoir où on va ?

— Évidemment que j'en suis certain !

La carte maritime de mon père se trouvait dans ma poche, qu'aurait-il pu nous arriver ? Je chassai mes incertitudes comme on chasse un moustique.

— Dis donc, demanda Stan, t'es sûr qu'on n'est pas paumés comme des glands ?

Rires parmi l'équipage. Je déployai une longue-vue imaginaire et scrutai l'horizon.

— Palsambleu, vermisseau ! Douterais-tu de ton capitaine ?

Rires, encore. Je repliai ma longue-vue et les contemplai, les jambes campées sur le pont de notre coque de noix, les poings sur les hanches.

— Nous ne sommes pas là pour nous amuser. Nous sommes des chasseurs. Prenez vos armes.

Ils s'emparèrent de leurs accessoires rangés dans le fond de la barque. Je vis un fusil à eau, une fronde, et même une batte de base-ball.

— Aujourd'hui, nous allons à la Chasse au Monstre, vous vous souvenez ?

— Oui, capitaine !

— Nous allons affronter le plus mystérieux, le plus dangereux, le plus effroyable monstre de tous les temps. Il est ici, quelque part. Est-ce que vous êtes prêts ?

— Oui !

— Je n'entends rien du tout... EST-CE QUE VOUS ÊTES PRÊTS ?

— OUAAIIIS ! hurlèrent-ils à perdre haleine.

— Guerriers, en avant ! dis-je en brandissant mon sabre d'ébène.

Nous obliquâmes vers le nord en direction des Eaux Sombres. À partir de là, tout alla de travers.

J'avais déterminé notre trajet sur la carte maritime de mon père à partir des notes de Sarah. L'objectif était de contourner White Point et de nous rabattre vers le secteur des Fakahatchee Strand sans être vus, puis de patrouiller dans les marais à l'est de la ville.

Sarah avait noté trois ou quatre routes potentielles que le Minotaure était susceptible d'emprunter (nous avions conservé ce nom de code uniquement pour nous deux) et nous comptions nous y placer en embuscade. Avec un peu de chance, nous pourrions le surprendre et faire des photos. Clic-clac, quelques polaroïds, et on rentrait à la maison. Un plan simple.

Sauf qu'une fois sur place, je découvris qu'une carte maritime n'était qu'un dessin, alors que la nature est vivante. Les îles principales me semblaient tantôt plus petites, tantôt plus grandes que prévu. Les bifurcations n'apparaissaient pas aux bons endroits. Les distances étaient contradictoires. Je décidai finalement d'abandonner la carte et de naviguer à vue. Après tout, il s'agissait juste de contourner Eden et de nous rabattre vers la ville. Rien de sorcier. Mon père avait accompli cette balade à de nombreuses reprises, ça ne pouvait pas être bien difficile.

C'est ainsi que nous nous enfonçâmes dans les Eaux Sombres. Autour de nous, les arbres s'élevèrent et les racines s'épaissirent. L'air était si lourd qu'il nous semblait sirupeux comme de la mélasse. Nos vêtements se plaquèrent contre notre peau. Jerry n'arrêtait pas d'essuyer ses lunettes, et Cam transpirait à grosses gouttes. Je réduisis le rythme du moteur à un faible ronronnement et nous fîmes circuler une première gourde d'eau à la menthe. Puis une seconde. Les moustiques nous infligèrent une attaque en règle et Sarah les dispersa en nous aspergeant d'essence de citronnelle avec un petit pulvérisateur. De temps en temps, Stan jetait des coups d'œil vers moi, fumant clope sur clope, l'air détaché. Cam lui demanda d'arrêter, il ricana et lui dit d'aller se faire foutre. Ce fut le seul incident.

Comme il était impossible d'aller en ligne droite dans les marais, je bifurquai un coup à droite, un coup à gauche, en tentant de maintenir le cap. Inconscients de mes hésitations (à part Stan, peut-être), les autres profitaient du spectacle. Nous croisâmes des bancs de poissons argentés, des hordes de crabes qui perçaient des trous dans le sable, de petites tortues à têtes vertes, et même un couple de dauphins qui vint s'enquérir de ces étranges et jeunes visiteurs fonçant tête baissée dans le bayou. Puis les dauphins s'éloignèrent et la forêt devint plus dense. Les voies navigables se firent plus étroites. La voûte de mangrove se referma sur nos crânes et l'air fraîchit. Nous nous retrouvâmes dans un labyrinthe de tunnels. De loin en loin, des rayons jaunes perçaient la voûte, comme si nous étions dans un égout et que nous relevions la tête pour chercher l'extérieur à travers une grille.

— Waouh ! fit Jerry. Ça file les jetons !

— On dirait un train fantôme, sauf qu'on est sur l'eau.

— Z'avez vu ces racines ? Elles ressemblent à des ossements…

J'avais déjà entendu parler de cet endroit. Il existait des passages, des tunnels dans la mangrove qui s'entrelaçaient sur des kilomètres. On racontait qu'ils remontaient au nord jusqu'à Everglades City. Personne ne savait ce qui se trouvait à l'intérieur de ces galeries végétales réputées inaccessibles. Seuls les rangers, à bord de leurs aéroglisseurs, pouvaient y naviguer sans se perdre.

J'essuyai mon visage trempé de sueur. Ma chemise n'était plus qu'une éponge, mais rien à voir avec la chaleur. Ça n'allait pas. Ça n'allait pas du tout. Je ne savais pas comment j'avais pu commettre une erreur pareille, mais nous n'étions absolument pas censés nous retrouver dans cette zone. Soudain, les roseaux devant nous remuèrent, comme animés d'une vie propre. Je les regardai sans pouvoir en détacher mes yeux. Ils s'écartèrent d'un coup et un héron s'envola en faisant claquer ses ailes. Tous sursautèrent dans la barque.

— Merde, t'es sûr qu'on n'est pas paumés ? dit Stan.

— Mais non.

— Ha, ha, ha, fit Jerry nerveusement.

— Hé, hé, hé, répondis-je.

Et je compris que nous l'étions.

Je maintins l'illusion une heure de plus. Une heure durant laquelle, rongé par l'angoisse, je m'efforçai de rattraper la catastrophe. Des nuages noirs en profitèrent pour s'amonceler dans le ciel, ajoutant à mon cauchemar la perspective de subir un violent orage. Pour la dixième fois, je fis tourner la barque sur un plan d'eau (dont la couleur avait viré au gris terne) puis repartis en sens inverse, cherchant à me repérer sur la carte. Mais nous étions à marée descendante et les canaux n'arrêtaient pas de rétrécir. Tous les embranchements se ressemblaient. Impossible de sortir de ce fichu labyrinthe.

— Qu'est-ce qu'on branle ? dit Stan.

— Pas le bon chemin, grommelai-je.

— On ne devrait pas être arrivés ?

— Faut que je pisse, dit Cameron.

Nous lui tournâmes le dos pour le laisser tranquille. Il y eut quelques rires tandis que montait le glouglou de sa vessie en train de se vider dans l'eau. Puis un éclair déchira le ciel, suivi d'un grondement. La température s'abaissa de plusieurs degrés.

— Merde, dit Sarah.

J'en avalai presque ma langue : c'était la première fois que je l'entendais dire un gros mot. Je sus qu'elle avait compris la situation. Je croisai son regard, mortifié par la honte.

— Je… suis désolé, murmurai-je.

Elle leva une main pour m'intimer de me taire. Nouvel éclair. Sarah compta.

— Un, deux, trois, quatre, cin…

KA-BOOOM !

— Ça se rapproche, dit Cam.

Stan ricana :

— Non, sans blague ?

— Mettons-nous à l'abri, dit Sarah en désignant un terrain à pied sec sous les arbres.

Nous rangeâmes nos sacs dans les compartiments étanches et sautâmes prudemment à terre. Cameron attacha la barque à une branche. L'odeur d'ozone était forte. Les premières gouttes s'écrasaient déjà comme des bombes. Une minute plus tard, il pleuvait à torrents. Malgré notre cachette, nous fûmes trempés. Stan me dévisagea sous la pluie, les yeux réduits à deux minces fentes. Il se tenait immobile sous les branches de pin.

— Paul, putain de bordel, t'as une explication ?

Silence de ma part.

— On est perdus, c'est ça ? Complètement paumés en pleine nature ?

— Hein ? fit Jerry.

— Doucement, les gars…, commença Cameron.

— La marée a modifié le relief, dit Sarah. Ce n'est pas sa faute.

— PUTAIN, LA FAUTE À QUI ALORS ?

— Stan a raison, dis-je. Je ne suis qu'un idiot...

— NOM DE DIEU, ÇA TU PEUX LE DIRE !

Je le fixai sans broncher. Mon regard devint plus dur.

— Bouge pas, Stan.

Je dégainai mon sabre.

— Mais qu'est-ce que tu fous ? ricana-t-il de plus belle. Maintenant tu veux te battre ? Tu veux me foutre une peignée devant Sarah, juste parce que je te balance tes quatre vérités ? Mais ma parole, t'es complètement cinglé, mon pauvre vieux ! D'ailleurs vous êtes tous complètement cinglés ! Sainte merde, j'ai deux ans de plus que vous, qu'est-ce que je branle avec une bande de petits cons tels que v...

J'abattis mon bokken sur sa tête. Ou plutôt : vingt centimètres à droite. Là où un serpent descendait vers son épaule. Sarah poussa un cri. Jerry un hurlement. Cameron bondit sur le reptile tombé à terre et l'écrabouilla à coups de talon.

— Crotale diamantin, cracha-t-il. C'est mortel.

— Oh mon Dieu oh mon Dieu oh mon Dieu, dit Jerry en se tenant la tête. Je crois que je vais vomir.

Et il dégobilla. Je fis un bond en arrière pour éviter le jet, glissai sur le sol trempé de pluie, il y eut un craquement sec, et je me dis « Zut, j'ai cassé une branche ». Je tombai dans l'eau du canal, et remontai aussitôt à la surface.

— Putain les mecs, quel con, dis-je en souriant.

Je pris appui sur ma cheville pour sortir de l'eau. La douleur me submergea. Un millier d'étoiles explosèrent dans le ciel. Et je perdis connaissance.

Je flottais dans un royaume sous-marin. J'étais bien.

— Nous avons un visiteur, dirent les roseaux telle une rangée de soldats.

Je m'inclinai devant un trône sur lequel était assise Veronica Lewis-Van Doren. Elle portait une longue robe noire qui flottait tout autour d'elle dans les courants marins, et sa voix produisait des bulles à chaque phrase :

— Que désire cet enfant ?

— Rester avec nous, répondirent les roseaux-soldats. Il est bien dans les Eaux Sombres.

Les roseaux se tournèrent vers moi.

— N'est-ce pas que tu es bien, Paul ?

— Je suis bien, reconnus-je.

— Il doit demeurer ici, ajoutèrent les roseaux.

Une silhouette nagea vers nous. C'était la vieille Abigaïl : elle portait un costume de sorcière taillé dans une peau de lapin géant.

— En retard ! Je suis en retard ! dit-elle en consultant une énorme montre à gousset. Mais Eden est le trône de la Nuit, précisa-t-elle comme si cela expliquait tout. J'ai manqué quelque chose ?

— Ce jeune homme veut nous rejoindre, dit la reine Veronica.

— Parfait, dit la sorcière-lapin.

— Qu'on lui coupe la tête, ordonna la reine.

... *Ooon tommbeeeééé suuu nooo paaaaa*, entendis-je d'abord.

Puis les sons devinrent des mots :

— Et en allant vers l'ouest, on retomberait pas sur nos pas ?

— Pour ça, faudrait déjà savoir où c'est, l'ouest.

— Il suffit de regarder le soleil.

— Y en a pas.

— Alors avec le truc de la mousse sur le tronc des arbres.

— T'as lu ça dans le manuel des Castors Juniors ?

— Euh, ouais.

— Et dans le putain de manuel, ils précisent qu'il y a de la mousse *absolument partout* dans les Everglades ?

— Ben, t'avais qu'à prendre une boussole.

— Ben, t'avais qu'à niquer ta mère.

— STAN !

— Désolé. C'est juste que j'en ai marre des suggestions à la con.

— Paul est réveillé !

Ils se précipitèrent vers moi.

Sarah avait confectionné une attelle de fortune et emballé mon pied dans un linge. Ils regardaient ma cheville qui faisait trois fois la taille normale.

— Je crois qu'elle est cassée, dit Jerry.

— Je confirme, fis-je, en percevant un horrible grincement qui faillit m'arracher un cri.

— T'as failli te noyer. C'est Cameron qui t'a repêché à la flotte.

— Normal, dit celui-ci, ch'uis le plus costaud.

Big Cam faisait le fier, mais je vis qu'il avait eu une trouille bleue.

Stan repoussa tout le monde et se pencha vers moi. Il passa son bras sous mes épaules pour m'aider à me relever.

— Tu te sens cap' ?

— Cap', dis-je.

Il me souleva. Un nouvel éclair parcourut ma jambe, mais je serrai les dents. Stan me remit debout et me tendit deux grosses branches.

— Je suis allé les chercher pendant que tu étais dans l'autre monde. Ça te fera des béquilles.

— Merci.

Il fourra les mains dans les poches de son jean. Ses yeux fixaient le sol. Il lâcha :

— Tu m'as fait peur, mec.

— Ouais, mec. Moi aussi, je me suis fait peur.

— C'est mieux quand t'es là pour, enfin, pour mener la bande, quoi.

Sarah me glissa un baiser, mais elle aussi regardait Stan en attendant la suite. Il se dandinait d'un pied sur l'autre.

— Les gars, euh, Sarah, poursuivit-il. Je voulais vous dire… Je suis désolé. Je m'excuse. Je pète facilement un câble, je sais. Je vous ai mal parlé tout à l'heure. Et j'ai continué à le faire alors que vous cherchiez des solutions pour qu'on s'en sorte. Vous êtes tous si courageux. Paul m'a sauvé la vie. Cam a sauvé Paul. Et moi… je suis bon qu'à mettre le bordel et balancer des sarcasmes, comme d'habitude. Je me sens tellement minable. Je vous ai traités de petits cons mais je ne le pensais pas. C'est vrai que je suis le plus âgé d'entre vous, mais il faut voir que dans ma classe ils me prennent tous pour un raté, un pauvre naze qui sait rien faire d'autre que fumer de l'herbe. En plus, mon internat, c'est pour les nuls et les cas sociaux, je suppose que vous êtes tous au courant. Je suis vraiment désolé. C'est vous ma bande, les gars, mais si… si vous ne vouliez plus de moi à l'avenir, je peux le comprendre, même si je sais pas, je sais pas ce que je…

Sa voix se brisa. Ses yeux étaient rouges. La fumette n'y était pour rien.

— C'est moi le nul, dis-je en me rapprochant de lui avec mes béquilles.

— Non, moi, fit Jerry en lui prenant la main. Paul est tombé parce que j'ai vomi de trouille. J'ai peur des serpents. Je suis peut-être balèze en classe, mais dans la vraie vie, je suis une couille molle.

— On est tous des couilles molles, dit Cameron en posant les mains sur nos épaules.

— Des couilles molles qui s'aiment, dit Sarah en nous enlaçant à son tour.

Elle posa sa tête contre nous, et nous restâmes ainsi, serrés les uns contre les autres. Les gouttes tombaient sur nos têtes. Personne ne bougea. Le temps passa, indéfinissable, tandis que nous nous protégions, tournant le dos à l'immensité. Et au bout d'un moment, la pluie s'arrêta.

Le ciel resta couvert, mais un peu de clarté parvint à percer les nuages. C'est ainsi que nous trouvâmes la solution. À Eden, nous savions tous que le soleil se couchait face à nous, sur la mer. Le soir, des gens se rendaient sur le ponton pour l'admirer : des touristes, des couples d'amoureux, des amateurs qui le prenaient en photo. Les parents de Cameron en profitaient pour vendre quelques boissons au passage et arrondir leurs journées difficiles. Nous étions en fin d'après-midi. En mettant le cap sur le soleil, nous nous dirigions forcément vers la mer. Une fois sortis de ce fichu labyrinthe de mangrove, nous finirions bien par atteindre la côte. Et de là, nous n'aurions plus qu'à remonter vers Eden. C'était notre meilleur plan. Et de toute façon, nous n'en avions pas de rechange.

Nous progressâmes lentement, parcourant des bras d'eau de plus en plus étroits. Il me sembla que nous passions souvent au même endroit. Nous étions à marée descendante et le bayou devenait difficilement praticable. Les branches se rapprochaient, nous griffaient au visage, aux bras et aux cuisses. À un moment Cameron se fit sérieusement entailler le cuir chevelu (il en porterait la cicatrice jusqu'à l'âge adulte, et lorsque ses tempes commenceraient à se dégarnir, on la verrait un peu). La barque s'ensabla à deux reprises et nous dûmes chaque fois descendre dans l'eau pour la pousser, la peur au ventre, guettant la présence d'alligators. La troisième fois fut fatale.

Au milieu d'un trou d'eau qui paraissait navigable, le bateau fit une embardée (le mouvement brusque m'arracha un terrible cri de douleur) et nous nous échouâmes sur un banc de sable. L'hélice était complètement plantée dans le sol, prise dans les racines et les algues. Cette fois, nous comprîmes que c'était fichu et que nous ne rentrerions pas ce soir. Il fallait attendre que la marée remonte. Le soleil coula vers l'horizon. Et notre moral avec lui. Ce fut le moment le plus terrible de notre aventure. Ma cheville était morte. L'hélice et le moteur ne fonctionnaient plus. Nous étions perdus. Prisonniers, ensablés en plein milieu de l'Amazonie (en tout cas, ça y ressemblait).

Et aucun adulte n'était au courant de notre présence ici. Jerry éclata en sanglots en disant que sa mère avait préparé du gâteau au miel spécialement pour lui ce soir, et qu'elle serait très très malheureuse si son petit garçon ne rentrait pas pour le dîner. Sarah le prit dans ses bras. Personne n'eut envie de le traiter de bébé. Notre humeur avait plongé dans les profondeurs d'un gouffre.

Cameron suggéra de tirer une fusée de détresse, et nous le fîmes. Bien entendu, cela ne changea rien. Nous en tirâmes une seconde une demi-heure plus tard, et nous la regardâmes retomber mollement.

Quelqu'un parla du feu d'artifice du 4 Juillet à Eden. Nous avions prévu d'y assister, mais nous savions maintenant que cela serait impossible. Je suggérai que les parents allaient remarquer notre absence et qu'ils partiraient à notre recherche. Avec un peu de chance, les promeneurs qui nous avaient aperçus sur la barque au moment du départ nous signaleraient à la police et nous enverraient des secours. Mais je n'y croyais pas moi-même. Nous mangeâmes des sandwichs rendus mous par l'humidité, sortîmes les bougies de mon père (celles qu'il utilisait lorsqu'il partait en promenade avec Abigaïl) et nous les disposâmes tout autour de nous sur le bastingage. Au moins nous ne manquions pas de lumière. L'effet était très joli, comme si nous avions construit un autel en pleine jungle. Stan nous montra des bouts de bois qui semblaient se rapprocher sur l'eau, et nous vîmes qu'il s'agissait d'alligators. C'est là que nous réalisâmes à quel point l'environnement était hostile.

Nous avions fait une folie. J'avais complètement sous-estimé les risques, la dangerosité des animaux sauvages, les problèmes liés à la météo, les marées. La moindre erreur risquait d'être fatale. J'ordonnai à tout le monde de rester au milieu de la barque. Nous nous rapprochâmes, et Sarah nous proposa de chanter des chansons, de jouer à des charades, ou de raconter des blagues, mais finalement tout le monde se tut.

Le soleil se coucha à vingt heures et vingt-trois minutes précises. À vingt et une heures, il faisait nuit noire. Les bruits autour de nous devinrent plus forts. Des hululements, des caquètements, des vrombissements et d'autres *-ements* dont nous ne soupçonnions même pas l'existence emplirent le marécage. Des vers luisants dansèrent entre les arbres. Des moustiques menèrent une nouvelle attaque, et notre moral descendit encore d'un cran, alors que je ne croyais pas cela possible. Puis chacun plongea dans une sorte de torpeur.

Vers minuit, alors que la plupart d'entre nous s'étaient assoupis, un long et étrange « NUEEEEEE EEEEEEEEEEEEEEEE » résonna dans le lointain. C'était un cri indéfinissable, à vous glacer le sang. Cameron récupéra sa batte de base-ball. Malgré la fraîcheur relative, il suait à grosses gouttes. Personne ne dit mot. Rien ne se produisit. Je priai le ciel pour que Jerry ne prononce pas le nom « Minotaure », même si, je le voyais bien, chacun de nous l'avions sur le bout de la langue. Nous ne devions pas quitter la barque. Si nous cédions à la panique, nous étions fichus.

Le cri ne se répéta pas. Les minutes passèrent. Nous décidâmes, Cameron et moi, de faire un premier tour de garde. Mais l'épuisement prit le dessus. À partir d'une heure du matin, tout le monde dormait.

À un moment donné, je rêvais qu'une chose énorme et terrible tournait dans l'eau autour de la barque. Son mufle puissant s'approchait de moi par-dessus le bastingage. Je sentis son souffle sur ma figure. Je pleurai dans mon sommeil et le suppliai d'épargner Sarah.

Une autre fois, j'entrouvris les paupières. Il me semblait que nous bougions. Dans la lueur de la lune, je vis que nous passions devant une île. Une énorme souche d'arbre s'élevait au centre, probablement les restes d'un cyprès géant frappé par la foudre. Sur les branches étaient plantés des dizaines de squelettes d'animaux. La lune pâle éclairait leurs ossements. Il y en avait de toutes sortes : carcasses de lapins, dépouilles d'oiseaux, et mêmes les colonnes vertébrales de plusieurs reptiles. Une cabane en planches s'élevait sur le côté. Son entrée ressemblait à la gueule noire d'un démon. J'étais en train de rêver. Je m'en rendais compte. Il ne pouvait en être autrement. Puis je vis que Sarah avait les yeux ouverts et regardait aussi. La seconde suivante, ses paupières étaient closes. Les miennes également.

Les lueurs de l'aube nous réveillèrent, accompagnées par le chant des oiseaux. Le soleil n'était pas encore levé mais le ciel avait pâli. Je frissonnai et ramenai mes vêtements sur moi. Sarah était blottie contre mon corps. Les autres formaient grosso modo un tas au centre de la barque. La première chose que je remarquai, c'était que nous avions quitté notre emplacement. Je crus d'abord que quelqu'un (*le Minotaure*) avait déplacé l'embarcation. Puis je compris : la marée montante avait pris le relais. Le niveau d'eau avait dégagé la coque et nous étions en train de suivre le courant.

Il était six heures quarante à ma montre lorsque le soleil se leva. Le feuillage s'éclaircit, nous émergeâmes du labyrinthe de mangrove et une énergie nouvelle réchauffa nos os. Je défis le bandage sur ma cheville et le rajustai pour qu'il tienne un peu mieux. Puis je réveillai mes copains.

— Allez, les mecs, debout ! On a cinq paires de miches à sauver ! On va pas camper ici !

Il y eut des grognements, mais aussi quelques rires. Nous déjeunâmes de gâteaux secs et de ce qu'il restait de menthe à l'eau. Nous mangeâmes et bûmes sans limites, en essayant de conserver le sourire. Puis nos gourdes vides allèrent s'entasser dans le fond du bateau après avoir été léchées jusqu'à la dernière goutte. Sans rien à boire, et avec le soleil qui s'annonçait, nous savions que nous n'allions pas tenir longtemps, mais personne n'avait envie de penser à ça. Je tentai de redémarrer le moteur, hélas sans succès. L'hélice endommagée avait définitivement rendu l'âme, et Stan et Cameron furent obligés de prendre les rames.

Les heures passèrent. Nous progressions avec une lenteur désespérante. Mon pied calé sur une pile de sacs, j'orientai le gouvernail pour nous diriger vers des canaux de plus en plus larges, conservant cette fois le soleil levant dans mon dos. Nous commettions des erreurs de parcours de temps en temps, mais globalement notre système fonctionna. En début d'après-midi, après ce qui nous sembla être une éternité, nous quittâmes le cœur des Fakahatchee Strand pour nous retrouver parmi de grandes étendues de roseaux plus familières. Cameron et Stan étaient épuisés, couverts d'égratignures, les mains pleines de cloques. La plaie du cuir chevelu de Cameron s'était remise à saigner et nous dûmes la tamponner avec les moyens du bord. Jerry avait pris un méchant coup de soleil et demeurait plongé dans une sorte de coma angoissé qui le maintenait immobile (il en ferait des cauchemars durant des mois, et même après, jusqu'à la fac, je le verrais prendre des calmants en plusieurs occasions). Mais pas Sarah. Elle demeurait sur le qui-vive. Ses yeux étaient étrécis comme ceux d'un fauve. Elle tendait parfois la main sur son polaroïd, toujours à l'affût. Elle n'avait pas oublié le but de notre voyage. Quand elle sentit que je l'observais, elle s'approcha et chuchota.

— Tu l'as vu, n'est-ce pas ?

— Quoi donc ?

— Le cimetière des animaux.

Je fis semblant de ne pas comprendre.

— La souche d'arbre, insista-t-elle. Les squelettes de toutes ces bêtes empalées sur les branches.

Je me détournai sans répondre. Si étrange que cela paraisse, je n'avais pas envie d'y croire. Nous avions partagé un rêve. Et alors ? C'était une illusion. Rien de plus. Qui sait ce que nous avions réellement observé sous la lune dans un demi-sommeil ? J'avais risqué nos vies à tous sur un simple fantasme. Je ne voulais plus en parler. Sarah n'insista pas et nous continuâmes de progresser à la rame dans les marécages. Tout le monde s'y colla, moi compris, et nous jouâmes des muscles sans discontinuer jusqu'à cinq heures de l'après-midi, épuisés, terrifiés, déshydratés, la langue aussi râpeuse que du papier de verre. Nous étions tous brûlés par le soleil, blessés d'une façon ou d'une autre. Chacun pleura et se désespéra à tour de rôle, frappant la barque du poing, ou se recroquevillant. Mais dès que l'un de nous craquait, un autre se relevait pour le soutenir.

J'avais eu tort de croire que des secours viendraient. Personne ne nous sauva ce jour-là. Ni garde-côte, ni bateau, ni hélicoptère. Ils nous avaient cherchés partout : en ville, sur la plage, sur les routes jusqu'à Naples, et même dans la forêt menant au château d'eau de Pepper Mill, mais aucun adulte n'imagina une seule seconde que nous serions assez fous pour partir en expédition dans les Everglades, seuls et sans expérience. En 1979, avec les moyens de l'époque, nous étions destinés à mourir. Ce qui nous sauva fut notre amour et notre confiance en nous.

Une heure après, nous tombions sur le vieux quai qui partait de la maison des Dômes. Celui-là même qui débutait au pied des marches de la chambre de Sarah. Nous n'en croyions pas nos yeux. L'extrémité du ponton se trouvait là, devant nous. White Point était à moins d'un kilomètre. Je me levai plein d'enthousiasme… et me rassis en poussant un cri.

— Bon Dieu, dis-je, je suis incapable de bouger.

Il fallait me porter et me sortir de là : Cameron et Jerry allaient m'aider, Sarah et Stan partiraient chercher les secours. Je jetai mon sabre dans les airs et Stan l'attrapa au vol. Je lui dis :

— Tu prends soin de Sarah, d'accord ?

— La prunelle de mes yeux, répondit Stan.

Il ne rigolait pas. Pourquoi eux deux ? Je n'en sais rien. C'est ainsi que notre destin bascula définitivement, ce jeudi 5 juillet 1979.

Nous entendîmes le cri de Stan plusieurs minutes avant de pouvoir le rejoindre sur le ponton. Comme je marchais à cloche-pied, avec Cameron et Jerry pour me soutenir, il était difficile d'avancer plus vite. Quand nous arrivâmes à son niveau, il se trouvait assis au bord des planches et se tenait la tête entre les mains. Mon sabre, mon splendide bokken d'ébène que m'avait offert mon père pour mes résultats scolaires, flottait dans l'eau en contrebas. Couvert de sang. Surtout, le corps d'un homme flottait avec lui. Et à n'en pas douter, cet homme était mort.

Stan releva son visage et nous regarda d'un air triste. Ce même air avec lequel il me regarderait trente ans plus tard, avachi et mal en point, dans une cabane au milieu des mobile homes.

— Je l'ai trouvé, dit Stan. Ce fameux type qu'on est venus chercher tous ensemble. En fin de compte, vous aviez raison. Il était bien là, à rôder dans le secteur. Il nous a pris par surprise. J'ai crié à Sarah de s'enfuir. Et c'est ce qu'elle a fait. Mais… Mais…

Je crus qu'il allait se mettre à pleurer.

— … je me suis retrouvé seul, les mecs. Il faut me comprendre… Il m'a foncé dessus, je ne sais pas ce qu'il voulait… J'ai eu peur… Je… je l'ai frappé à la tête avec le sabre… Seulement… seulement… je crois bien que je l'ai tué.

QUATRIÈME PARTIE
Nuit

58

Je regardai par la fenêtre de la maison de Stan. Le jour n'allait pas tarder à se lever.

— Voilà toute l'histoire, dit-il en tirant une longue bouffée sur un nouveau joint. Le type dans l'eau s'appelait Sam Kreeps, dit « Sam l'Indien ». Nous l'avons appris plus tard. Lorsque nous l'avons rencontré, nous étions en train de marcher sur le ponton, Sarah et moi. Il a surgi de nulle part, tout dépenaillé. Il avait le regard de l'homme qui a passé trop de temps à l'extérieur, peut-être plusieurs nuits sans dormir. Il était blessé. Ses vêtements étaient déchirés. Mais malgré tout, il ne m'a pas donné l'impression d'être un SDF, même si les flics ont prétendu le contraire. Moi, j'ai toujours pensé qu'il s'était perdu, exactement comme nous. Peut-être que ça faisait longtemps qu'il rôdait dans les marécages, et qu'il était devenu fou. Nous avions bien failli le devenir nous-mêmes. En tout cas, il nous est tombé dessus sans crier gare. J'ai hurlé à Sarah de s'enfuir. Kreeps a pris le coup de sabre, puis il est tombé dans l'eau et n'a plus bougé. J'ai attendu le reste de ma bande. J'étais totalement pétrifié. Après ça, on est rentrés tous ensemble. Personne n'a prononcé un mot. C'est Torrance Theroux et Henri Fazio, le chauffeur, qui nous ont récupérés à la maison des Dômes et ramenés au poste de police. La mère de Sarah se trouvait à l'autre bout de la ville en train de nous chercher dans les bois avec les autres parents. Les flics nous ont regardés d'une façon bizarre quand on s'est pointés, surtout que le pauvre Fazio avait déjà vécu un drame personnel horrible quelque temps auparavant lorsque sa famille avait péri dans les flammes. Je crois que les flics voyaient en lui un oiseau de mauvais augure, et c'était effectivement le cas, car juste après, ça a été le grand cirque. Les parents ont rappliqué, les pompiers, les forces du shérif, les journalistes, les voisins, les curieux, cette histoire a bien rameuté la moitié du comté au petit poste de police d'Eden. Ils ont failli demander l'aide de la garde nationale pour contenir le monde. On a raconté tout ça dans les journaux de l'époque, vous pouvez vérifier. Peu après, les flics récupéraient le corps de Sam Kreeps…

Une nouvelle quinte de toux l'interrompit. Je fis semblant de changer la cassette de mon magnétophone.

— Que s'est-il passé ensuite ?

— Rien. Ce qui devait se passer. On a identifié Sam Kreeps comme étant un Indien vagabond originaire d'Immokalee, ou de je ne sais plus quel bled. Enfin, identifier est un grand mot : ils ont ramassé les restes du cadavre et de ses papiers. Paraît que le corps était déjà à moitié mangé par les alligators. Ensuite il y a eu une enquête sur ce fameux Kreeps, qui a révélé qu'il s'agissait bien d'un rôdeur, un sale type qui avait déjà été condamné à plusieurs reprises pour exhibitionnisme, notamment devant des enfants, ainsi que pour divers larcins. La police en a déduit qu'il s'agissait du tueur de Victor Sprat. Et du type qui volait les animaux, les sucreries dans les camions, et tout le reste. On lui a bien collé la moitié des crimes d'Eden sur le dos. Les flics étaient trop contents de tenir un coupable.

— Comment vous en êtes-vous tiré ?

— Pas trop mal. J'étais confus et choqué, mais mes parents étaient trop heureux de me revoir vivant. Ils m'ont pris le meilleur avocat possible. Sur le plan légal, j'étais mineur et Sam Kreeps, un délinquant notoire. On a joué l'homicide involontaire. Il y a eu des tracasseries, j'ai écopé de divers travaux et d'un suivi judiciaire, mais je m'en suis tiré. C'est surtout Paul qui a dégusté. Tous les parents lui en voulaient à mort. Il s'est pris une sacrée branlée, quelque chose de mémorable. Son père est rentré de Miami pour le récupérer chez les flics. Apparemment, Paul ne savait pas que sa mère se trouvait au Jackson Memorial pour être opérée d'un cancer. George était terriblement stressé, et cette histoire l'a mis dans une rage folle. Leurs relations, qui n'étaient déjà pas terribles, n'ont plus jamais été comme avant.

Je fermai les yeux.

— Et Sarah ?

Il tira une autre taffe.

— Elle est partie la semaine suivante. Sa mère l'a envoyée en Europe pour la soustraire à l'influence de Paul. Je peux vous dire que ça leur a fichu un sacré coup. Ça m'en a fichu un à moi aussi, évidemment.

J'étais dingue de cette fille. Mais je ne l'ai pas montré. Je jouais les caïds, à l'époque.

Je regardai à nouveau par la fenêtre. Des franges de rose bordaient à présent les nuages.

— Le plus dur est venu ensuite, dit Stan. Après ça, les gens m'ont regardé différemment. Ils n'ont plus jamais vu le gamin en moi. Juste le meurtrier. Ils ont pardonné à Paul, cette balade dans les Everglades est même devenue un sujet de plaisanterie. Mais moi, on ne m'a plus lâché. Un enfant qui commet un meurtre, même involontairement, ça vous classe parmi les mauvaises graines jusqu'à la fin de vos jours. Et je me suis enfoncé peu à peu. Sans m'en rendre compte. Un joint. Une ligne. Une seringue. C'est venu tout seul. Pourtant, Mme Van Doren a essayé de m'aider pour me remercier d'avoir protégé sa fille.

— De quelle façon ?

— Elle me donnait de l'argent de poche. Elle me poussait à m'en servir de façon honorable, pour faire des études, ou quelque chose de ma vie. Mais je l'utilisais uniquement pour mon petit commerce. Je crois qu'elle le savait très bien. Mais ça ne l'empêchait pas de m'en donner quand même. Aujourd'hui encore, elle continue à le faire. Je crois que c'était sa façon de me soudoyer pour que je fiche la paix à sa fille.

Je connaissais bien cette technique. En terminale, Veronica l'avait employée en me faisant obtenir une bourse d'études en Californie pour m'éloigner une nouvelle fois de Sarah.

— Van Doren me paye même pour que je lui porte ses paquets, dit Stan.

— Vous parlez des boîtes de conserve dans la maison des Dômes ? À quoi servent-elles ?

— Éloigner les rôdeurs.

— Je ne comprends pas.

— Il est interdit de piéger sa propre maison, c'est puni par la loi. Mais Mme Van Doren le fait quand même. À sa façon. Quand elle a vu que les grillages n'arrêtaient pas les incursions des jeunes dans la propriété, elle a pris des alligators comme chiens de garde. Mettez de la bouffe quelque part, et ces bestioles rappliquent. C'est ce que nous faisons avec ces boîtes de corned-beef : déposer discrètement de la nourriture pour les alligators. Elle ne veut pas que des gens aillent traîner aux Dômes. Pour elle, cet endroit est chargé de souvenirs. Elle dit que c'est un sanctuaire et elle ne veut pas qu'il soit souillé.

Cette justification me parut bizarre, mais je ne relevai pas.

— Vous m'aviez dit avoir des révélations sur Sarah.

— Et j'en ai. Mais pour ça, il faut faire un bond en avant. Jusqu'en 2005, pour être exact. Cette année-là, une femme est venue me voir à propos de notre balade dans les marécages de 1979. J'ai été surpris. Elle s'est présentée comme étant le docteur Marta Coburn.

Je dressai aussitôt l'oreille. Le docteur Coburn était médecin légiste à Naples. Elle travaillait en collaboration avec les autorités, en particulier le FBI. Je la connaissais bien.

— Le docteur Coburn m'a dit qu'elle venait à titre non officiel. Sans mandat. Mais qu'elle s'intéressait à mon histoire. En fait, elle était sur le point de faire rouvrir l'enquête.

— C'est-à-dire ?

— Elle ne me voulait aucun mal. Elle m'a simplement expliqué qu'à la suite d'un concours de circonstances, elle avait dû reprendre l'affaire du meurtre de Sam Kreeps. Selon elle, les techniques d'analyse ADN avaient beaucoup évolué. Elle venait de procéder à un réexamen des pièces à conviction, et avait découvert des choses étranges. Des choses qui pouvaient m'innocenter du crime. Mes déclarations faites à l'époque lui paraissaient curieuses. Elle a dit : « Monsieur Monroe, vous êtes certain de vouloir maintenir votre version ? » J'ai dit : « Oui madame, bien entendu, pourquoi en aurais-je une autre ? » Et elle m'a répondu : « Parce que votre ADN n'est guère présent sur le manche de l'arme qui a tué Sam Kreeps. Ou alors en quantités infinitésimales. En revanche, celui de quelqu'un d'autre s'y trouve en abondance. »

La tête commençait à me tourner.

— Qu'est-ce que vous voulez dire ?

— Le docteur Coburn a prétendu que des excoriations de peau s'étaient prises dans les lanières du manche du bokken, mélangées au sang de la victime. De la façon dont l'ensemble était disposé, m'a-t-elle expliqué, le propriétaire des bouts de peau était probablement la personne qui avait porté les coups. C'est là que j'ai su que cette Marta Coburn avait pigé. Elle avait découvert ce qui s'était réellement passé ce jour-là.

Mes mains tremblaient, mais Stan ne parut pas s'en rendre compte. Ses yeux semblaient tournés vers un spectacle intérieur. Il contemplait des images du passé.

— Voilà précisément ce que je voulais vous raconter, m'sieur Barn. Parce que, voyez-vous, ce n'est pas moi qui ai tué cet homme dans les marais. Il s'est rué sur Sarah. Elle a eu peur. Ce n'était pas sa faute. N'importe qui aurait pu réagir de cette façon. Elle était très nerveuse. Elle n'avait pratiquement pas fermé l'œil de la nuit, et elle était obsédée par une sorte de monstre. Quand elle a cru le rencontrer pour de bon, elle m'a arraché le sabre des mains et a frappé Sam Kreeps à la tête. Le type est tombé dans l'eau. J'ai vu qu'il était mort. J'ai crié à Sarah de s'enfuir. Puis j'ai prétendu être le meurtrier. (Il émit un bruit de gorge qui ressemblait à un sanglot.) Je l'aimais, vous comprenez ? Mon Dieu, ce que j'ai pu aimer cette fille… Elle n'avait d'yeux que pour Paul Becker, mais je ne voulais pas qu'elle aille en prison, ni qu'on lui fasse le moindre mal… Alors je l'ai protégée, quel qu'en soit le prix. Et je ne l'ai jamais regretté par la suite.

Il marqua une pause. Puis reprit :

— Mais maintenant que Paul Becker est mort, je veux rétablir la vérité. Je n'ai plus besoin de me taire. Cela ne fera plus de mal à personne si je parle. Alors voilà ma version : en 2005, le docteur Coburn est venue me voir pour me dire qu'elle allait rouvrir l'enquête. Sarah Lewis allait être mise en examen pour meurtre. Un meurtre qu'elle avait effectivement commis dans sa jeunesse. J'ai tout nié, bien entendu. Et immédiatement après, j'ai voulu prévenir Sarah. Sauf que je n'ai jamais eu le temps de le faire. Parce que le même jour, elle a disparu.

CE QUE L'ON TROUVE DANS LA BOÎTE EN FER (EXTRAITS)

Papier à lettres coloré, orné du symbole « Peace and Love ».

Date inscrite sur la feuille : mercredi 11 juillet 1979.

« Paul Becker,

Cette lettre est la dernière de cette année scolaire 1979 à Eden, qui fut pour moi extraordinairement belle, et aussi extraordinairement triste. Je suis obligée de partir. Ma mère m'envoie en Europe sans me laisser le temps d'un au revoir. Il y a tant de choses que je voudrais te dire. Mais je ne peux pas. Sur ces choses, je n'ai aucun contrôle. En revanche, je vais t'écrire. Beaucoup. Ce message est le premier d'une longue série. Je l'ai déposé dans notre fameuse boîte en fer, celle de nos aventures, celle que mon père aimait tant, avec le joueur de base-ball dessus. Jerry te la remettra. Comme ça tu pourras y ranger mes prochaines lettres.

Je reviendrai. Je te le promets.

Paul Becker, surtout ne m'oublie pas.

Je t'aime.

Sarah L. »

59

La conclusion du témoignage de Stan me bouleversa. J'étais toujours dans sa cabane en planches. L'aube montait derrière les fenêtres, et Stan ressassait d'autres anecdotes, avachi sur son matelas. Mais je ne l'écoutais plus. J'avais l'impression d'étouffer. Prisonnier d'un cercueil. Il me fallait de l'air. Je déboutonnai mon col et cherchai ma respiration, transpirant à grosses gouttes. Je *comprenais*, à présent. Le puzzle – ou une partie en tout cas – était en train de se mettre en place.

Ce fameux jour de 2005 où Sarah Lewis avait disparu, le docteur Marta Coburn s'apprêtait à rouvrir l'enquête. Et Sarah l'avait su. Si ça n'était pas Stan, quelqu'un d'autre l'avait prévenue. Était-ce sa mère ? Probablement. Veronica Van Doren avait toujours eu le bras long. Elle connaissait des gens partout dans les hautes sphères, qu'il s'agisse des autorités, des milieux industriels ou politiques. On avait dû la mettre au courant. J'imaginai la scène entre elles :

« On rouvre cette fichue enquête, Sarah. Cette fois ils vont s'en rendre compte et savoir que tu as assassiné ce pauvre Sam Kreeps.

— Ce n'était pas le "pauvre Sam Kreeps", maman, il s'agissait d'un malade mental ! Un meurtrier, un monstre !

— Tu étais perturbée par le décès de ton père, et cette stupide balade qui a mal tourné. Tu as tué un homme de sang-froid. C'était un coup de folie.

— Je ne savais pas ce que je faisais, j'avais à peine douze ans !

— Mais maintenant tu dois partir.

— Ma vie est à Eden ! »

Sarah avait-elle alors parlé de moi ? Quelque chose comme :

« Je ne veux pas partir ! Paul s'apprête à revenir vivre dans la région. Nous nous sommes revus, figure-toi, et il m'a dit que nous devions nous accorder une seconde chance tous les deux. Il va certainement divorcer… Je ne veux pas m'en aller, maman, je t'en supplie, pas maintenant ! »

Ce à quoi sa mère avait certainement dû répondre :

« Lui, divorcer ? On voit bien que tu ne connais rien aux hommes, ma pauvre chérie ! Paul Becker ne divorcera jamais ! Il t'a déjà promis la lune et il s'est marié avec une autre, combien de fois comptes-tu te laisser berner ? Ils sont tous pareils : pour eux, nous ne sommes que des instruments. Il n'y a que leur ambition qui compte. C'est écrit dans les livres : nul feu, nulle glace ne rivalisera jamais avec la foule des chimères qui se pressent dans un cœur d'homme ! »

Quoi qu'il en soit, Veronica Van Doren avait certainement eu le dernier mot :

« Va-t'en, Sarah. Fuis, tant que tu le peux. Sinon tu risques la prison, ou pire. Tu as commis un meurtre, tu as menti en laissant accuser quelqu'un d'autre. Il n'y a aucune prescription pour les crimes dans ce pays. Quand cette horrible histoire éclatera au grand jour, tu te retrouveras devant un tribunal. Paul te haïra. Il ne t'épousera jamais. Pars, c'est ta seule chance. Je ne peux plus te protéger. »

Et Sarah s'était enfuie de la maison des Dômes. Les journaux avaient ensuite publié la version de Veronica. Mais en vérité, sa mère avait tout simplement organisé sa fuite. Le FBI s'en était mêlé. Trop tard : Sarah était déjà loin, probablement dans un pays qui refusait son extradition. Peut-être vivait-elle désormais sous une autre identité. Comme je l'ai dit, Veronica avait le bras long. L'affaire était close.

Cela expliquait tout. L'absence de nouvelles. Le silence radio. L'attitude de Veronica. J'avais insisté pour faire des recherches sur sa fille. Et elle m'avait répondu d'un ton cinglant : « À Eden, nous protégeons nos enfants », avant d'envoyer trois costauds me casser la figure.

Je tournais de long en large dans la pièce, tandis que Stan continuait de marmonner dans son coin. Toute cette histoire se tenait. J'avais répondu à ma question numéro trois : « Où était Sarah ? » La bonne nouvelle était que sa disparition n'avait rien à voir avec le Visiteur. Elle était certainement vivante, à l'abri des poursuites, loin d'ici. La mauvaise : Sarah ne reviendrait jamais.

Je quittai Stan Monroe en toute hâte après l'avoir remercié. Je lui demandai juste de garder le silence sur ses révélations jusqu'à la parution de l'article (faux :

il n'y aurait jamais d'article) et lui promis de revenir l'aider pour ses problèmes de santé (vrai : j'étais absolument déterminé à le faire, même si je ne savais pas encore comment).

Je sortis de la maison et me pliai en deux, les mains sur les genoux. J'avais envie de vomir. Je cherchai ma respiration. Les secondes s'écoulèrent et la nausée s'atténua un peu. Je me redressai, aspirant de grandes goulées d'air. Des gamins qui passaient par là, ballon au pied, tournèrent la tête vers moi tout en dribblant. Je devais ressembler à un poisson dans un bocal. Je leur fis un signe de la main pour dire que tout allait bien. Ils haussèrent les épaules et poursuivirent leur partie au milieu des camping-cars. Je me dirigeai vers ma voiture, m'enfermai à l'intérieur, bouclai ma ceinture et posai les mains sur le volant.

Mon esprit battait la campagne. Sarah, *ma* Sarah, avait tué un homme. À douze ans. Est-ce que je mesurais seulement l'ampleur du traumatisme qu'elle avait vécu ? La force d'âme qui lui avait fallu pour surmonter cette épreuve ? La responsabilité qui était la mienne dans cette tragédie ? Oui. Je le mesurais. Je démarrai en faisant crisser mes pneus et quittai cet endroit de misère. Mais ce n'était pas le lieu que je fuyais. C'étaient mes souvenirs.

Je m'arrêtai dans une gargote sur l'US 41 et me payai un double espresso. Après cette nuit blanche, il fallait que je me réveille et que je reprenne mes esprits. Café et crise d'angoisse ne font pas bon ménage, mais je me voyais mal avaler un double whisky. Je me contentai simplement de commander une bouteille d'eau pour noyer le tout. En buvant, je contemplai le commerce mitoyen. « Le Bazar du bizarre », indiquait l'enseigne accrochée au-dessus. Un nom marrant. Le volet roulant était abaissé. Le propriétaire ne devait pas bosser les lundis matin. Voire pas les lundis tout court. Heureux homme. Un instant, je me pris à envier la vie paisible de ce commerçant anonyme. Tenir sa petite boutique, ouvrir quand on le voulait, vendre quelques bricoles, aller faire un tour. Un type normal, avec une vie normale. Connaissait-il seulement son bonheur ?

Je froissai mon gobelet, le jetai dans la poubelle et filai à Miami. Ma propre journée de travail m'attendait.

60

Un jour, mon père m'avait dit : « Accroche-toi à tes rêves ! Tu le dois à trois personnes : à toi aujourd'hui, à l'enfant que tu as été, au vieil homme que tu deviendras. Ne les déçois pas ! » George était le roi de la citation. Je ne sais pas à quel auteur beatnik il avait emprunté celle-ci, mais elle nous avait bien plu. Stan l'avait recopiée au stylo-bille sur son jean et en avait fait sa devise. À l'adolescence nous écrivions plein de trucs sur nos vêtements, c'était la mode. De nos jours, je ne suis pas sûr que les gamins le fassent encore.

Tout en passant d'un patient à l'autre, d'un vieillard à un autre, dans les petits immeubles cossus de Miami Beach où j'effectuais mon travail d'infirmier (« Piqûre d'anti-inflammatoires, madame Chinanski, puis-je voir vos fesses ? »), je me demandais si toutes ces personnes âgées avaient eu des rêves. Et combien d'entre elles éprouvaient des regrets. Car tout est là, n'est-ce pas ? Rêves, regrets, le bonheur est sûrement quelque part entre les deux…

Je pédalai à travers la ville le reste de la matinée sans penser au Visiteur, à Sarah, ni à quoi que ce soit d'autre. Ce travail d'infirmier à domicile était beaucoup plus physique que mon ancien boulot de médecin et il avait le mérite de me vider la tête. Ce qui me convenait à merveille. Et puis les gens étaient gentils. Lorsqu'ils m'ouvraient leur porte, j'étais toujours le bienvenu, l'homme providentiel, celui qui débarquait à point nommé pour effectuer leurs soins. Plusieurs d'entre eux me tutoyaient et me donnaient du « Jack, salut mon vieux ! » en me tapant sur l'épaule. Savaient-ils à quel point j'avais besoin d'eux à ce moment-là ? Se doutaient-il qu'ils *me* soignaient, beaucoup plus que je ne leur rendais service ?

Jack Barn l'infirmier traversait la matinée à coups de clins d'œil et d'éclats de rire. Jack Barn le journaliste devenait maussade dans l'après-midi. Quant à Paul Becker, il passait ses nuits à tisser des plans et à réfléchir à son enterrement. Celui-ci était prévu dans cinq jours.

Je connaissais par cœur le numéro direct du docteur Marta Coburn, mais je m'abstins de le composer. Au contraire, je passai par son standard.

— District 20, bureau du médecin légiste, dit la secrétaire.

— Bonjour, je m'appelle Jack Barn. Je suis journaliste au *Herald*.

— Que puis-je pour vous ?

— Je souhaiterais m'entretenir avec le docteur Coburn.

Une petite mélodie d'attente me fit patienter. Le morceau était d'une neutralité musicale tout à fait comme il faut, ce qui constituait, je trouve, une attention délicate. Vous n'avez pas forcément envie de tomber sur *Les Quatre Saisons* de Vivaldi quand vous téléphonez pour discuter cadavres.

— Bonjour, monsieur Barn, dit la voix chaude et claire de Marta (on peut exercer la profession de médecin légiste tout en demeurant joyeuse et pleine de vie : c'était son cas). En quoi puis-je vous aider ?

— J'écris un article sur la mort du docteur Becker. Il était l'une de vos connaissances, n'est-ce pas ?

— Paul était un ami de longue date.

Je la sentis peinée, ce qui me toucha profondément. Mais je n'en montrai rien et me concentrai sur ma voix, veillant à en modifier le timbre et l'intonation.

— Je souhaiterais vous rencontrer pour en parler. De ça, et d'autres choses, dis-je.

Je lui expliquai les détails de ma démarche, et elle me proposa un rendez-vous pour le lendemain.

La nuit passa, avec son cortège de mauvais rêves. Le matin venu, je déposai mon père comme à l'accoutumée dans son établissement. Son faux jeton de kinésithérapeute le récupéra (« Monsieur George, vous avez encore fait des progrès ! ») et la directrice nous dévisagea de son air pincé habituel. La vieille chnoque semblait se frotter mentalement les mains en réfléchissant aux prochaines vacances qu'elle allait pouvoir se payer avec les économies de mon père. Je lui balançai un regard aussi méchant que possible, et elle battit en retraite dans son bureau. Je me promis de retirer George de ce manoir de vampires à la première occasion, puis je pris la route en direction de Naples.

Tous ces allers et retours d'un bord à l'autre de la Floride étaient fatigants, bien sûr, mais pour le moment, je n'avais pas le choix. Deux heures plus tard, je me garai devant chez le légiste. La plupart des gens se représentent un institut médico-légal de deux façons possibles : soit comme une morgue sinistre et mal éclairée dans la plus pure tradition du docteur Frankenstein, soit comme un laboratoire high-tech tout en métal et en verre. Dans la réalité, ce genre de lieu ne ressemble ni à l'un ni à l'autre.

Les locaux du médecin légiste du District 20, où se déroulaient notamment les autopsies relatives aux secteurs d'Eden et de Naples, étaient de couleur blanc crème et rose pastel. L'entrée ressemblait à celle d'un petit hôtel, avec comptoir d'accueil, moquette moelleuse et distributeurs d'eau fraîche pour les visiteurs. Le salon destiné à recevoir les familles était meublé de façon confortable, ni trop ostentatoire ni trop rustique. Quant aux salles, je les avais trouvées propres et lumineuses, avec leurs murs blancs et leur carrelage marron. Plusieurs tables d'examen, des bacs, des nécessaires à aspiration, beaucoup d'espace alentour, c'était à peu près tout. Pas d'écran vidéo géant. Pas de gadgets électroniques. Pas de technicien à la barbe de trois jours qui mangeait un hamburger en découpant un crâne. Tout était neutre, presque ennuyeux. La mort au quotidien était aussi morne qu'une journée au bureau.

Je vérifiai mon déguisement dans une glace. Lunettes noires, perruque, look Viking branché. Bien. Les lieux étaient sans prétention, mais celle qui les dirigeait était loin d'être une idiote : Marta Coburn était tout simplement l'un des meilleurs experts du pays. Ici, plus que jamais, j'allais devoir avancer avec la plus grande prudence. Une secrétaire me conduisit jusqu'à son bureau. La porte s'ouvrit.

— Bonjour, docteur Coburn, dis-je en lui tendant la main.

— Appelez-moi Marta.

Elle serra mes doigts d'une poigne ferme.

— D'accord, Marta. Alors appelez-moi Jack.

— Asseyez-vous, Jack, je vous en prie.

Les murs étaient couverts de diplômes et de quelques photographies dans des cadres. Sur l'une d'elles, elle serrait la main de George Bush. Sur une autre, celle d'Obama.

— C'est fou comme vous lui ressemblez, dit-elle.

— À qui ?

— Paul Becker.

J'eus l'impression de recevoir une décharge électrique. J'avalai ma salive en étudiant son visage. Pas de sourire en coin, pas de sous-entendu. C'était une remarque comme une autre.

— On vous l'a déjà dit lors de votre enquête ? demanda-t-elle.

— Non.

— C'est pourtant vrai. Les fossettes quand vous souriez. Cette façon de pencher légèrement la tête quand vous dites bonjour. Paul faisait ça. Différemment, bien sûr, il avait pris beaucoup de poids. Et ces dernières années il ne souriait plus guère, à vrai dire.

Je croisai les jambes et me détendis un peu. Pas beaucoup. Elle saisit un stylo. Le reposa. Le prit de nouveau. C'était un Montblanc personnalisé, avec les initiales M.C. gravées dessus. Je le lui avais offert trois ans plus tôt pour la remercier de ses services. Marta Coburn m'était restée fidèle à une époque où je comptais mes amis sur les doigts d'une seule main. Elle était droite comme la Justice, et humaine en même temps. Un équilibre subtil.

— Alors, dit-elle, qu'est-ce qui vous amène, Jack ?

— Je vous l'ai expliqué au téléphone, j'écris un article sur Paul Becker. Mais il ne s'agit pas d'évoquer sa déchéance ni de colporter des ragots.

— Comme votre journal a pu le faire par le passé.

Je hochai la tête.

— Certes. Le *Herald* s'est montré parfois incisif.

— Je dirais plutôt injuste. Inconséquent. Ordurier.

— À ce point ?

— Oui. Mais les articles sur Paul n'étaient pas de vous. J'ai vérifié. Sinon, je ne vous aurais pas reçu.

Je fis semblant d'être vexé.

— Vous n'aimez pas beaucoup les journalistes, on dirait, Marta ?

— Je les aime lorsqu'ils sont bons et quand leurs sources sont exactes. Je passe ma vie à témoigner à la barre. J'essaye de m'approcher de la réalité au plus près. Je ne suis pas une très grande fanatique de fiction, ni de presse à scandale.

Elle reposa le stylo, croisa les mains et posa son menton dessus.

— Je vous ai dit que j'aimais les journalistes lorsqu'ils étaient bons. Voyons si vous l'êtes, Jack.

— Pardon ?

— J'ai peu de temps à vous consacrer. Un double meurtre m'attend au tribunal à quatorze heures. Pour quelle raison êtes-vous ici ? Au téléphone, vous m'avez servi la version « J'écris une nécrologie sur Paul Becker, nos lecteurs veulent du concret, de l'humain, des histoires qui leur ressemblent, bla-bla-bla ». C'est le genre de truc qu'on raconte à une secrétaire – je dis ça sans connotation péjorative, notez-le – et généralement ça fonctionne. Ces bobards suffisent à franchir les premiers barrages. Donc vous voici devant moi. Maintenant, qu'est-ce que vous voulez ? Car je ne crois pas une seconde que vous cherchiez à composer une ode larmoyante au docteur Becker. Vous m'avez l'air beaucoup plus malin.

— C'est-à-dire que…

— Oui ?

— Si nous devons jouer cartes sur table…

— C'est ce que nous sommes en train de faire.

— … Je suis ici à propos de son ancienne petite amie. Sarah Lewis. Je m'intéresse à l'enquête que vous vouliez rouvrir. L'affaire Sam Kreeps.

Marta Coburn recula sur sa chaise et sourit.

— Nous y voilà.

61

Depuis que Stan avait mentionné le docteur Marta Coburn, je mourais d'envie de l'interroger. Pour une raison que je ne connaissais pas encore, cette dernière avait rouvert un vieux dossier, découvert le crime commis par une gamine de douze ans, et provoqué involontairement sa fuite et sa disparition des années plus tard. Je voulais tous les détails. Le meilleur moyen d'obtenir ses confidences était de dire à Marta qu'elle était une personne intègre et de grande valeur, mais que, dans cette affaire, on lui avait coupé l'herbe sous le pied. Tout comme à moi.

— Qu'en pensez-vous, Marta ? On vous a mis des bâtons dans les roues au cours de cette enquête ?

Elle n'en pensait rien. Du moins pas officiellement. Mais sa mine en disait long.

— Pourquoi vous intéressez-vous à Sarah Lewis ? demanda-t-elle.

— En préparant mon article sur le docteur Becker, j'ai découvert qu'elle était son ex-petite amie. Je suis tombé sur l'histoire de la disparue de White Point. Cela a titillé mon imagination.

— Vous faites du journalisme d'investigation ?

— Cela vous surprend ?

— Vos confrères ne sont pas aussi passionnés.

— Disons que les fantômes du passé, c'est mon hobby.

Ma réponse parut lui plaire.

— Sauf qu'en cours de route, ajoutai-je, je me suis heurté à un mur.

— Mme Lewis-Van Doren.

— Voilà.

Elle hocha la tête.

— Vous n'êtes pas le seul.

Elle reprit le stylo et le fit jouer entre ses doigts. Puis elle posa la pointe sur la table, et dit :

— D'accord, Jack Barn-le-journaliste. Écoutez-moi bien… Fin 2004, je suis là, assise, en train de remplir mes papiers, quand le téléphone sonne. C'est le coroner d'un trou perdu dans le Nevada qui m'appelle. Il me dit : « On a un cadavre à vous. Le gars est tombé ivre mort à la sortie d'une boîte de strip-tease, c'est un vieil alcoolique, un Indien qui n'a pas de papiers. » Je rétorque : « Et comment savez-vous qu'il relève de mon district ? » À quoi le coroner répond : « Apparemment, il avait récemment téléphoné à un cousin qui habite Immokalee. Immokalee, c'est bien votre secteur ? » Ça l'est. « On a réussi à contacter le cousin en question, continue le coroner, il veut absolument faire rapatrier le corps. » Le coroner était pressé, c'était un vendredi soir, il voulait sûrement se débarrasser du travail et filer en week-end. J'ai dit OK. Et il a répondu : « Génial ! On vous expédie la marchandise. »

Marta se cala dans son fauteuil et croisa les bras. À son attitude, je voyais qu'elle n'avait guère d'estime pour ses collègues qui prenaient leur travail par-dessus la jambe.

— Quelques jours plus tard, je réceptionne le mort. Il s'appelle Sam Kreeps. Je l'entre dans la base de données, et là, une longue barre surlignée en rouge traverse l'écran de mon ordinateur.

— Qu'est-ce que ça veut dire ?

— Ça veut dire *gros* problème : Sam Kreeps est déjà enregistré. Mort et enterré à Eden en 1979. Alors je grogne, je peste, je passe des coups de fil en cherchant d'où provient l'erreur. Sauf que je n'en trouve pas. Il y a bien un homme au cimetière à ce nom, tout est en règle. Mais le cousin d'Immokalee insiste. Il dit qu'il a eu son parent au téléphone, il est formel. Ils ne se parlaient pas souvent, mais pour lui, pas d'erreur possible : le vrai Sam Kreeps est celui du Nevada.

— Qu'est-ce que vous avez fait ?

— Vous connaissez l'histoire des cinq gamins partis seuls dans les Everglades en 1979 ?

— Oui. Paul Becker faisait partie de la bande.

— C'est ça. Sauf que moi je ne la connaissais pas, je suis arrivée ici bien plus tard. Donc je fais des recherches dans les archives. Je découvre le périple incroyable de ces gamins, seuls dans un bateau. Et là, je tombe sur des personnes familières : mon ami Paul Becker, mais aussi le sergent Cameron Cole avec qui je travaille. C'est pour ça que je me suis particulièrement intéressée à l'affaire. J'apprends donc que Sam Kreeps est censé avoir été tué par leur copain Stan Monroe. Le problème, comme je vous le disais, c'est que d'après le rapport du coroner, un autre Sam

Kreeps vient d'arriver du Nevada. D'où la question : lequel des deux Sam est le bon ?

Elle se leva et se mit à arpenter la pièce avec mon stylo à la main. On aurait dit un chef d'orchestre répétant un concert.

— C'est ce qu'on appelle un *cold case*, dit-elle. Une vieille histoire que l'on ressort du frigo. Et dont les nouveaux détails peuvent totalement modifier le dénouement.

— Je connais l'expression.

— Et là, pour tout vous avouer, mon cher Jack, ça devenait très intéressant.

— Comme je vous comprends.

— Pardon ?

— Rien. Qu'avez-vous fait ensuite ?

— J'ai contacté un ami juge, et obtenu de faire exhumer le cadavre enterré au cimetière. Puis j'ai convoqué le cousin. Prélèvement d'ADN à tous les trois.

— Résultat ?

— Le cousin a raison. Le vrai Sam Kreeps est celui du Nevada.

— Donc le cadavre dans le cimetière se retrouve sans identité ?

— Exact ! Alors je recommence son autopsie. Examen difficile, mais j'aime les challenges. Voyez-vous, mon cher Jack, taquiner les fantômes du passé est également mon activité favorite. Donc pour commencer, j'entre son ADN dans la base de données, histoire de voir s'il est déjà fiché aux personnes disparues.

— Résultat ?

— Aucune correspondance. Mais ça ne m'étonne guère, vu que l'on parle d'un cadavre ancien. Donc je passe à l'autopsie. Et là, je retrouve les traces de coups sur l'os frontal, mais pas de fracture du crâne.

— Que peut-on en déduire ?

— On ne peut rien en déduire, sauf que le choc infligé par ce sabre japonais en bois – un bokken si j'ai bien retenu le nom – n'était pas d'une violence extrême. Il a pu entraîner une hémorragie cérébrale, certes, mais ce n'est pas obligatoire. Pour autant que je sache, la victime a pu tout aussi bien se noyer après être tombée à l'eau. Ou son cœur a lâché. Ou bien les petits cochons l'ont mangée. Je n'en sais rien, parce que mes collègues de l'époque n'ont *rien* noté dans son dossier.

— Pas de rapport du légiste ?

— Non. Dans une petite ville, en 1979, hélas, un peu de laxisme était possible. En revanche, les assassins du passé n'imaginaient pas que nous pourrions les traquer grâce à nos techniques modernes. Aujourd'hui, nous avons quelques jolies machines à remonter le temps, nous pouvons refaire des prélèvements sur des pièces extrêmement anciennes. Et dans le cas qui nous intéresse, les cellules de peau incrustées dans le manche du sabre ont livré des indices formels : l'auteur des coups n'est pas Stan Monroe. L'ADN est celui d'une nouvelle venue sur la scène de crime, j'ai nommée Mlle Sarah Lewis !

Elle brandit son stylo comme si elle envoyait un coup de cymbales.

— Comment savez-vous qu'il s'agit bien de son ADN ? dis-je.

— Grâce à des objets lui ayant appartenu. Il y en avait dans les cartons de l'enquête, notamment son sac à dos emporté lors de l'expédition des enfants, avec plusieurs de ses cheveux. Il a suffi de prélever l'ADN mitochondrial et de comparer.

— Soit.

— Vous voyez ? Quand je vous dis que ça change le dénouement…

Cette fois, je ne répondis rien. La tragédie de Sarah m'avait plongé dans le désarroi. Alors j'imaginais sa propre réaction. Après avoir porté ce poids terrible pendant des années, le passé l'avait rattrapée sous la forme d'une Marta Coburn, incarnation vibrante de la justice. Normal qu'elle se soit enfuie. Marta se laissa retomber sur son siège.

— Je savais que je tenais quelque chose de fort, soupira-t-elle. Et c'est là que j'ai commis une erreur : emportée par mon enthousiasme, je suis allée voir ce Stan Monroe pour savoir s'il voulait maintenir sa version. Il m'a dit qu'il la maintenait. J'ai pensé qu'il était victime de pressions de la part de la famille Lewis, puisqu'il était innocent. Et j'ai aussitôt contacté mon ami juge. Je voulais faire rouvrir la procédure et forcer Sarah Lewis à comparaître.

— Et Veronica Lewis-Van Doren a tout stoppé.

— Voilà. Sarah a disparu – de façon très opportune, je dois dire. Et le FBI a mis un point final à tout ça.

— Et c'est tout ?

— Oui.

Je me grattai la tête.

— Il y a un truc que je ne comprends pas. Comment le type qu'on a enterré s'est-il retrouvé en possession des papiers de Sam Kreeps ?

— C'est là où l'on quitte le champ du médecin légiste pour entrer dans celui de la fiction.

— Mais vous avez bien une idée ?

Marta fit tourner son stylo une fois de plus.

— De la façon dont je vois les choses, dit-elle, ça aurait pu se passer ainsi : en 1979, un type a été assassiné sur un ponton au milieu des Everglades. Apparemment, il s'est déroulé quatre heures avant que la police n'aille sur place récupérer le corps. Alors durant cet intervalle, quelqu'un est peut-être allé voir le brave Sam Kreeps, un pauvre poivrot qui dormait sous des cartons dans une gare routière, et il lui a dit : « Mon vieux Sam, file-moi tes papiers, sinon je te troue la peau. » Après quoi il a mis Sam dans un autocar, avec vingt dollars en poche, direction le Nevada, et lui a dit : « Si tu reviens à Eden, t'es un homme mort. » Puis on a placé les papiers sur le cadavre, et hop, le cadavre est devenu Sam. Une enquête bâclée, un coupable idéal, l'affaire est dans le sac. Mais pas de chance, en 2004, le *vrai* Sam Kreeps – qui s'est avéré plus résistant que prévu – meurt pour de bon et on le rapatrie ici. Début du cold case.

Le stylo s'arrêta de tourner.

— Mais l'authentique mystère là-dedans, mon cher Jack, c'est celui-ci : Sarah Lewis était l'auteur des coups, c'est vrai. Mais ses coups ont-ils entraîné la mort ? Je n'en suis pas certaine. En revanche, il y a une chose dont je suis sûre, c'est que l'homme assassiné ce jour-là sur le ponton devait être sacrément important. Parce que des gens se sont donné beaucoup, beaucoup de mal pour que l'on ne découvre jamais son identité.

62

Je conduisais les mâchoires serrées, sans respecter les limitations de vitesse, doublant les voitures en ignorant leurs klaxons. En sortant de chez Marta Coburn, je m'étais soudain retrouvé en proie à une crise d'angoisse encore plus forte que les précédentes. J'y étais habitué maintenant : la sensation de froid qui remontait le long de mes os, les claquements bizarres à l'intérieur de mes oreilles (on dit « des acouphènes », Paul, lorsque l'on pratique comme toi le langage médical, même si tu as plutôt l'impression qu'il s'agit de putains de battements d'ailes de cuir), la lumière du jour qui diminuait en périphérie et rétrécissait mon champ de vision, le tout accompagné d'un irrépressible sentiment de colère. Tout cela m'était désormais familier. S'agissait-il d'un genre de migraine ophtalmique ? D'une tumeur au cerveau ? Ne serais-je pas bien avisé de faire un scanner, docteur Becker ? À moins que je ne sois victime de schizophrénie débutante avec dédoublement de la personnalité (Paul Jekyll et Mister Barn, bien sûr).

Je pilai au feu rouge. Il passa presque aussitôt au vert, et je redémarrai le pied enfoncé sur l'accélérateur. Un piéton sauta sur le trottoir en m'insultant.

Je brandis le majeur bien haut par la fenêtre. Durant une brève seconde, j'eus la vision de moi-même, un flingue à la main, sous la pluie, visant les trois hommes de main de Veronica Van Doren, avec la ferme intention de les expédier dans la tombe. Bon Dieu, qu'est-ce qui n'allait pas chez moi ?

Ton cœur. C'est ton cœur qui ne va pas, Paul. Tu penses avec ton cœur au lieu de penser avec ton cerveau. Il va plus vite que ton esprit, c'est vrai. Ton cœur t'a toujours donné les bonnes intuitions. Mais il est également malade. Noirci par deux infarctus successifs. Comme si la nuit l'entourait un peu. Et si tu aimes cette idée de la nuit, accrochée là, telle une chauve-souris aux ailes repliées, n'oublie pas qu'il s'agit juste d'une métaphore. Il n'y a aucune possession là-dedans, aucun démon ni sortilège. Juste un peu de tissu musculaire abîmé au centre de ta poitrine. Tu n'es pas assez prudent, Paul. Sois plus gentil avec ton cœur.

Dès que je fus dans les Everglades, je quittai l'US 41 et m'engageai sur un chemin forestier. J'avais besoin de réfléchir. Et de me défouler. Je roulai un bon moment sur la piste en terre. Quand je fus certain que personne ne me suivait et que je me trouvais loin de tout, je stoppai et descendis de la voiture. Vastes étendues de roseaux. Ciel immense. Pins aux troncs tordus étirant leurs branches les unes vers les autres, tels des amants cherchant désespérément à s'étreindre. Pas une âme humaine à des kilomètres à la ronde. Je pris des canettes de soda dans mon coffre et les disposai sur une souche d'arbre. Puis je m'installai à distance et sortis mon pistolet automatique. Je fis tourner le Glock 17 dans ma main : l'arme semblait absorber la lumière, comme l'avait fait en son temps mon sabre d'ébène.

En acceptant de se confier à moi, Marta Coburn m'avait délivré un message : marre de voir tout le temps les mêmes personnes passer au travers des mailles du filet. C'était cela, n'est-ce pas, Marta ? Vous en aviez assez de faire correctement votre boulot et de voir les puissants, les dieux de l'Olympe, comme je les appelais, s'en tirer sans la moindre égratignure. Marta Coburn avait vu en moi une sorte de journaliste justicier. Elle pensait que je faisais de l'investigation. C'est bien le cas. Le cas aussi pour le côté justicier. Pour le journalisme, en revanche…

Je visai les canettes. Faisons le point, voulez-vous, mon cher Jack Barn ? Voyons un peu où nous en sommes.

BANG !

En 1979, Sarah avait tué un inconnu.

Pas Sam Kreeps. Une autre personne.

Un homme qui traînait dans les marécages près de la maison des Dômes.

Des phrases ricochaient dans ma tête…

BANG !

Marta : « L'homme assassiné ce jour-là sur le ponton devait être sacrément important. »

Stan : « Il ne m'a pas donné l'impression d'être un SDF, même si les flics ont prétendu le contraire. »

Marta : « Des gens se sont donné beaucoup de mal pour que l'on ne découvre jamais son identité. »

« Des gens. »

« Un homme important. »

« *Sacrément* important. »

BANG !

À douze ans, Sarah est envoyée en Europe.

À dix-huit, c'est moi que l'on éloigne en Californie.

Les deux fois, à cause de l'intervention de Veronica Van Doren.

Moi : « Et si on se donnait une seconde chance ? »

Sarah : « Il est trop tard pour nous deux. »

Moi : « Il doit bien y avoir une solution ! »

Sarah : « On ne peut pas revenir en arrière. Il y a des choses dont je ne peux pas te parler. Des choses sur lesquelles je n'ai aucun contrôle. »

BANG !

Madame Veronica Lewis-Van Doren et Mademoiselle Sarah Lewis ont la tristesse de vous faire part du décès de monsieur le docteur Charles Lewis.

Connie : « Le Visiteur est très intelligent, il ne s'est jamais fait prendre. Il commet des meurtres depuis trente ans. »

Moi : « Combien de victimes d'après vos estimations ? »

Connie : « Plus d'une centaine. »

BANG !

Les gens deviennent bizarres à Eden. Certains prétendent que le diable serait en ville.

BANG !

« On l'appelle le Visiteur à cause de son mode opératoire. Il s'introduit dans la vie de quelqu'un comme un cambrioleur dans une maison. Parfois il sympathise avec lui. »

BANG !

« Son profil est atypique : c'est celui d'un voleur. Il tue pour de l'argent, ou pour améliorer sa propre existence. »

BANG !

Il est évident que nous nous précipitons vers quelque entraînante découverte, quelque incommunicable secret dont la connaissance implique la mort !

BANG !

« Des gens se sont donné beaucoup de mal. » *Des gens.* Pas une seule personne. Plusieurs. Le diable est à Eden. À Eden.

BANG !

Je cessai de jouer les pistoleros. Il me restait encore sept balles, mais j'avais descendu toutes les canettes. Je dégainai mon téléphone et j'appuyai sur la touche de la seule personne enregistrée. Je constatai au passage que même ici, au milieu de nulle part, il y avait du réseau. Si nous avions vécu notre aventure dans les marais aujourd'hui, ma petite bande et moi, notre escapade aurait probablement été aussi brève qu'un coup de téléphone. On décrocha à l'autre bout.

— Connie ?

— Bonjour, Paul.

Sa voix était neutre. Bon ou mauvais augure ? J'allais le savoir tout de suite.

— Je… Hum. J'ai besoin que l'on discute.

— Et j'ai répondu à votre appel. Vous avez remarqué ?

J'avais hâte de lui faire part de mes idées. Mais auparavant, un petit *mea culpa* s'imposait. Mon comportement n'avait pas été de la dernière élégance, ces temps-ci.

— Vous allez bien ? demandai-je.

— Hmm.

— Je tenais à vous présenter mes excuses…

Silence de plomb.

— Mes excuses les plus sincères. Vraiment. Je suis désolé de la façon dont je me suis comporté. Je n'avais aucune raison valable, à part peut-être le fait que j'étais déboussolé lorsque je suis parti du Yellowstone…

Pas de réaction à l'autre bout.

— … J'ai un caractère de cochon, vous le savez mieux que personne. J'ai débarqué chez vous sans prévenir, j'ai requis votre aide, et vous me l'avez accordée aussitôt. Vous m'avez conduit sur les traces du Visiteur avec votre mari Mike, et vous vous êtes mis en danger tous les deux. Vous avez bousculé votre emploi du temps, mené l'enquête, fait intervenir vos relations professionnelles. Et moi, en guise de remerciement, je me suis contenté de filer à l'anglaise sans dire merci. Puis je vous ai envoyée balader au téléphone. Tout cela n'était guère sympathique. C'était même franchement moche. Surtout que je vous ai placés dans une situation délicate en refusant de coopérer avec les autorités. Je sais tout ça… Connie, vous êtes toujours là ?

— Je vous écoute, Paul. Je vous entends très bien.

— Je suis désolé, répétai-je. Je ne sais pas quoi vous dire d'autre.

— Vous m'avez blessée. Vous en avez conscience ?

— Oui.

— Vous m'avez blessée plus que vous ne le pensiez.

— Et vous m'en voulez à mort ?

Elle poussa un soupir.

— Je m'en remettrai. J'ai la peau dure. C'est juste que, parfois, je suis fatiguée de jouer les grandes sœurs.

— Ce n'est pas ainsi que je vous imagine.

— C'est pourtant ce que je suis pour vous. Une grande sœur, n'est-ce pas ?

Attention, terrain glissant, songeai-je. Connie et moi avions été très proches à une époque. Il ne s'était rien passé entre nous, mais nous avions traversé des épreuves ensemble. Des moments forts.

— Vous m'appelez uniquement lorsque vous avez besoin de moi, poursuivit-elle sur un ton de reproche. Depuis que j'ai démissionné pour m'installer en Louisiane, vous n'avez jamais pris de mes nouvelles. Vous ne vous êtes jamais inquiété de savoir si je m'en sortais ou non.

— Et je le regrette. Mais vous êtes une femme pleine de ressources. Je savais que vous alliez réussir.

— Donc je suis censée tout encaisser sans broncher ? Vous me secouez dans tous les sens, Paul. Et quand je finis par m'énerver, vous me faites les yeux du chat dans *Shrek*.

— Les yeux du chat ?

— Ronds, grands. Les yeux. Vous n'avez jamais vu *Shrek* ?

— Non.

— Vous abusez de ma gentillesse.

Il y eut une pause. Qui se prolongea. Je regardai les arbres, ces fameux pins semblables à des amants cherchant à s'étreindre. Ce n'était pas l'exacte vérité : à bien les observer, certains tendaient leurs branches vers d'autres, qui au contraire leur tournaient le dos. Comme dans la vie.

— Comment va Mike ? dis-je pour rompre le silence.

— Il va bien. Il est à La Nouvelle-Orléans.

— Pas vous ?

— Non. Je suis au Texas. Vous souhaitiez que j'enquête sur le passé du docteur Charles Lewis. Ça vous est déjà sorti de la tête ?

— Non, enfin je ne pensais pas que…

— Que je le ferais pour vous ?

Nouvelle pause.

— Connie ? fis-je doucement. Vous êtes très intelligente. Vous êtes une splendide jeune femme. Et vous êtes ma meilleure amie.

— Mais ?

— Mais c'est de Sarah que je suis amoureux. Enfin, si je la retrouve et qu'elle accepte de me donner une autre chance.

Elle lâcha un autre soupir.

— Je sais, je sais. Et je suis mariée à Mike. D'ailleurs je ne sais même pas pourquoi je vous fais une scène. Ce n'est pas de la jalousie, contrairement à ce que vous pourriez croire. Mike est un époux fantastique. Et je vous trouve à moitié cinglé, pour tout vous dire… C'est juste que je me fais du souci pour vous. Votre caractère a tellement changé. Je ne suis pas certaine que vous vous en rendiez compte.

Ton cœur. C'est ton cœur qui ne va pas, Paul. Ton cœur entouré par la nuit.

— Je suis stressé, j'abuse du café et je fais sûrement un peu trop d'exercice, dis-je. Tout cela ne fait pas bon ménage.

— Sans doute que vous avez raison, répondit-elle. Bon, pourquoi m'appelez-vous ?

Je m'immobilisai près des canettes perforées par les balles.

— Voilà, ce n'est qu'une intuition… mais elle est très forte. Je viens d'avoir une conversation avec un médecin légiste. Deux éléments essentiels viennent de se connecter. C'est en rapport avec votre enquête au Texas. Je vais vous en expliquer les détails. Mais j'aurais besoin que vous fassiez là-bas quelques recherches pour confirmer mon intuition.

Je changeai mon téléphone d'oreille. Je réfléchissais en même temps.

— Et ensuite, si possible, il faudrait que vous veniez à ma rencontre.

— C'est où « à ma rencontre » ?

— Miami.

— Ça fait loin. Vous êtes sûr que c'est indispensable ?

— Oui. J'ai trop d'ennemis sur place.

Des gens se sont donné beaucoup de mal.

Des gens.

J'avais besoin de son aide. Le meilleur moyen de la convaincre était de lui fournir une info.

— Je pense que la mère de Sarah est impliquée. Je ne sais pas jusqu'où une personne comme Veronica Van Doren est capable d'aller pour obtenir ce qu'elle veut. Mais… il n'est pas impossible qu'il existe un lien entre elle et le Visiteur.

63

Depuis une semaine, je pensais souvent au docteur Charles Lewis. À cette fameuse journée où il nous avait reçus à la maison des Dômes, Jerry et moi. Ce jour-là, il ressemblait au magicien Gandalf, sa pipe à la main, tournant et vociférant au milieu de ses vieux grimoires de médecine tel un sorcier dans son antre. Il était fascinant. Envoûtant, même. Alors que faisait-il enterré dans la petite ville d'Eden, lui, le grand chercheur qui avait failli recevoir un prix Nobel ? Sarah m'avait raconté qu'auparavant ils habitaient au Texas. Là-bas, son père étudiait la fécondation in vitro. Je ne savais pas ce que cela signifiait à l'époque, à part qu'il était question de bébés et de fécondation et que je n'avais pas envie de discuter de ça avec Sarah. Du haut de mes douze ans, le travail de Charles Lewis m'évoquait un laboratoire avec des alambics, des embryons d'animaux conservés dans du formol, des bébés fabriqués dans des bacs en acier, de longs tubes en verre (transportant l'énergie de la foudre ?) et peut-être même un crâne ou deux avec des bougies dedans, et un corbeau croassant quelque part.

Après la mort du docteur Lewis, nous n'avions plus reparlé de son travail, ni du Texas. À quoi bon ? Le chagrin de Sarah était si grand que je n'avais pas le cœur à la questionner sur son père. Mais au cours de ces derniers jours, j'avais enquêté sur lui. Et j'avais fait une découverte extrêmement intéressante. Je menais mes investigations durant la nuit, dans mon petit appartement, tandis que George dormait. J'avais installé mon PC portable sur un bureau face à la fenêtre. Chaque fois que j'étais victime d'une insomnie, ou que je voulais échapper à un cauchemar un peu trop réaliste, je me levais et me mettais à mon bureau. Et là, dans le calme de la nuit profonde, tel un minutieux archéologue du Web, je furetais, une heure par-ci, une heure par-là, dépoussiérant chaque site, exhumant chaque article, jusqu'à faire ressurgir le squelette de Charles Lewis des entrailles de la terre. Ma pelle et ma pioche étaient Google et Wikipedia, mais je disposais d'outils plus précis : des pinceaux fins pour épousseter et faire apparaître les détails, comme les moteurs de recherche de la Mayo Clinic ou de l'American Board of Medical Specialties, et un tamis pour passer tout ça au crible : la base de données MEDLINE[1], la plus grande source bibliographique médicale au monde qui compilait plus de dix-neuf millions d'articles médicaux de 1902 à nos jours. Après de nombreuses séances nocturnes, j'avais patiemment rassemblé chaque pièce et reconstitué l'ossature de Charles Lewis. Son squelette ressemblait à ça :

Lewis était né en 1935, à Pollok, au Texas. Décédé en 1979 à Eden, à l'âge de quarante-quatre ans. Fils

1. MEDLINE : Medical Literature Analysis and Retrieval System Online. Gérée par la Bibliothèque américaine de médecine.

de simple fermier, parti de rien, il avait fait ses études dans de modestes écoles aux noms tels que Trout Elementary ou Nacogdoches Rural School. Une photo en noir et blanc que j'avais dénichée le représentait en short avec son équipe de sport à l'adolescence, devant un petit bâtiment en bois : comme ses camarades, il arborait une coupe de cheveux courte et était rasé sur les côtés à la mode des années cinquante. Mais là où les autres affichaient des visages joufflus et souriants de braves garçons du Sud, Charles Lewis (qui portait le maillot numéro 19) paraissait maigre et avait l'air préoccupé, comme s'il s'intéressait peu à ses performances sportives et regardait déjà vers l'avenir.

Charles était destiné à devenir ouvrier agricole, comme son père. Mais son esprit vif et un travail acharné l'avaient arraché aux fermes d'élevage de poulets et propulsé jusqu'à l'université de Dallas, où il avait brillamment obtenu son diplôme de chirurgie pédiatrique, ainsi qu'un doctorat en sciences et biologie de la reproduction. Il était alors « monté » à New York, où il avait rejoint l'élite de l'hôpital Johns Hopkins et les professeurs de Columbia. Puis il était retourné au Texas. Pourquoi ? Pour un poste dans la recherche. Officiellement, le fameux Bronson University Medical Center de Dallas, le plus grand hôpital de la ville, l'avait recruté pour les besoins de son service pédiatrique. En tant que chirurgien, Lewis y opérait les enfants. Mais je voyais bien, au regard de ses différentes publications dans les revues scientifiques de l'époque, qu'il se carapatait régulièrement de la pédiatrie (située au troisième étage du bâtiment principal) pour monter en gynéco-obstétrique (cinquième étage, aile ouest), où il travaillait presque exclusivement à sa passion : la biologie de la reproduction.

À la même période, il avait épousé Veronica Van Doren. Sur cet aspect de sa vie, j'avais trouvé peu de détails, à part qu'une grande famille sur le déclin (les Van Doren) avait uni leur fille aînée (Veronica) à un jeune chirurgien (Charles) en espérant redorer leur blason. Quelques photos (elles aussi en noir et blanc) montraient les Van Doren dans une grande maison blanche au milieu d'une plantation de coton. L'endroit avait été vendu vingt ans plus tôt et la famille ruinée s'était dispersée. Seule Veronica avait pu remonter la pente grâce à son mariage. La petite Sarah avait vu le jour. Et Charles était retourné à ses recherches.

Au cours des années soixante-dix, le docteur Lewis avait publié des articles dans les plus grandes revues scientifiques. Son nom revenait à côté d'autres, aussi prestigieux que Watson et Crick, les pères de l'ADN, mais aussi de généticiens, de zoologues et même d'industriels. Il avait publié des petits livres aux noms colorés comme *Ovum Humanum*, *De la conception à la naissance*, *Choisissez le sexe de votre enfant* ou encore *Le Rituel de la reproduction*. Pourtant, malgré tous ses efforts, il ne s'était jamais retrouvé sous les feux de la rampe. En fait, en relisant les différents articles, j'avais remarqué que le nom de Lewis était systématiquement minimisé, devancé, écrasé par celui de son patron de l'époque : le professeur Salvatore Munch, chef de l'unité de biologie de la reproduction.

Rien de surprenant à cela, m'étais-je dis au premier abord. Depuis toujours, en médecine, les chefs de service faisaient travailler leurs sous-fifres et associaient leur nom aux publications, quitte parfois à reléguer l'auteur principal au second plan. C'était le contrat pour venir travailler chez eux. Mais tout de même : ce Munch semblait particulièrement avide. Je m'étais donc penché sur son compte.

C'est ainsi que j'avais fait ma découverte. Le professeur Munch ne signait pas seulement quelques articles de Lewis : il les signait tous. Sans exception. Lewis était systématiquement recalé derrière lui, parfois même en queue de l'équipe scientifique. Et quand Lewis avait quitté le Texas en 1978, les publications de Munch s'étaient accélérées brusquement, les parutions s'enchaînant à un rythme effréné. Et puis d'un coup, plus rien. J'avais alors étudié la biographie de Salvatore Munch : elle s'arrêtait en 1979… L'année de sa disparition.

Mes yeux s'étaient écarquillés devant mon ordinateur. Le professeur Munch avait disparu ? Comment ça ?

J'avais poussé les recherches : c'était exact. Début juillet – soit deux mois après la mort de Charles Lewis –, Munch était rentré de l'hôpital un lundi soir, une fois son travail terminé. Et personne ne l'avait revu le mardi matin. Les semaines s'étaient écoulées : pas de nouvelles. Il y avait eu une enquête de police mais elle n'avait rien donné.

Le professeur Munch, un homme apparemment sans histoires, bourreau de travail (et probablement insuffisamment reconnu de son point de vue), vivait seul avec son chat. Son unique parent était un jeune frère agriculteur prénommé Ernesto qui habitait à la campagne. En dehors de lui, la bonne effectuant le ménage deux fois par semaine était ce qui se rapprochait le plus d'une famille. Ernesto et la bonne avaient été interrogés, sans succès. Munch s'était tout simplement volatilisé.

En 1979, à Dallas, terre de Dieu et bastion du protestantisme conservateur, des rumeurs avaient couru. Munch était sûrement l'un de ces homosexuels pervertis qui, ayant vu son vice découvert, s'était enfui par crainte d'être limogé de l'hôpital (les ragots colportés par la bonne à ce sujet étaient particulièrement odieux). Homosexuel ou pas, on l'avait remplacé par quelqu'un d'autre et le dossier « Munch » avait été archivé. Une histoire assez banale en somme.

… Sauf que, depuis mon entretien avec Marta Coburn, j'avais une assez bonne idée de l'endroit où le professeur Salvatore Munch avait terminé sa carrière.

64

« Un homme important. »

« Il n'avait pas l'air d'un SDF. »

« Des gens se sont donné beaucoup de mal pour que l'on ne découvre jamais son identité. »

Le lendemain de notre conversation téléphonique, Connie Lombardo et moi étions réunis.

— Alors vous pensez que le type sur le ponton, l'homme tué par la petite Sarah, était le professeur Salvatore Munch ? dit-elle.

— Exactement.

— Comment êtes-vous arrivé à cette conclusion ?

Nous étions en train de nous promener dans Bayfront Park, près de la fontaine. Il était dix-neuf heures. Les buildings masquaient le soleil couchant et leurs ombres s'allongeaient telles des aiguilles géantes en direction de Biscayne Bay. Je poussais mon père dans son fauteuil et Connie marchait à côté de nous. La veille, je lui avais raconté toute l'histoire de Lewis et Munch en lui demandant d'effectuer certaines recherches. Aujourd'hui, elle avait pris le vol American Airlines de quatorze heures trente à Dallas, atterri vers dix-huit heures à Miami et filé à ma rencontre.

Nous n'étions pas entrés directement dans le vif du sujet. Ses retrouvailles avec George l'avaient émue aux larmes. Ils s'étaient connus, autrefois – le vieux séducteur lui avait même fait du rentre-dedans. En le revoyant ce soir, Connie s'était quasiment jetée sur lui pour l'étreindre. Quand elle l'avait relâché, les bras de George étaient retombés mollement sur ses accoudoirs. Aucune réaction – à part, peut-être, une brève lueur au fond de ses yeux, semblable à celle qui papillotait lorsqu'il écoutait du jazz. À présent le soleil était bas. Un groupe de gens faisaient du yoga sur des tapis posés dans l'herbe. Plus loin, un jeune homme lançait un frisbee à son chien qui l'attrapait au vol et le rapportait en agitant la queue. Nous nous assîmes sur un banc de pierre. Connie tenait le bras de George et le tapotait de temps à autre, comme pour lui signifier que tout irait bien.

J'étais un peu jaloux. Ces deux-là s'étaient toujours bien entendus. À les voir, on aurait dit qu'il existait entre eux une forme d'accord télépathique. Ou alors c'était moi qui ne comprenais plus rien, et qui avais rompu mes liens avec le reste de l'espèce humaine.

— Comment pouvez-vous être sûr que le type sur le ponton était bien Munch ? répéta Connie.

— Je n'en suis pas sûr. Mais pour commencer, il y a la date. Munch a disparu mardi 3 juillet 1979. Nous avons rencontré le type sur le ponton le jeudi 5. Or, à son allure, ça faisait bien un jour ou deux qu'il errait dans le coin. Je vous ai demandé de chercher des indices à propos d'un éventuel voyage. Vous avez déniché quelque chose ?

— Ça se pourrait. J'ai retrouvé son frère, Ernesto Munch. Ce dernier vit toujours dans sa ferme dans la banlieue de Dallas. Il a soixante-dix ans mais il est encore vif. Je lui ai fait croire que j'enquêtais pour le compte d'un cabinet notarial à propos d'une succession. Je l'ai baratiné, comme quoi Salvatore aurait possédé des terrains dont le sous-sol serait exploitable. Des terrains dont lui, Ernesto, allait devenir propriétaire. Vous auriez dû le voir : ses yeux se sont agrandis comme des soucoupes. Je l'ai vu en direct s'imaginer qu'il avait hérité de champs de pétrole.

— Bien joué !

Elle sourit.

— Donc Ernesto s'est montré très coopératif. D'après ce que j'ai compris, Salvatore était du genre prétentieux, le grand professeur qui méprise tout le monde, y compris son jeune frère. Il répétait à qui voulait l'entendre qu'il serait le prochain prix Nobel. Ernesto n'a jamais pu l'encaisser. Lui n'est qu'un petit paysan qui a labouré son champ toute sa vie et compté chaque dollar. À la disparition de Salvatore, il n'a pas versé une larme. Il s'est contenté de récupérer ses affaires et de les revendre. Cependant il a conservé ses papiers. J'ai prétendu que j'avais besoin de consulter les anciens relevés de compte pour retrouver la trace de l'achat des terrains. Ernesto me les a remis sans problème.

— Et ?

— J'ai pris une photo avec mon portable, regardez.

Elle toucha son écran et fit un agrandissement de l'image en écartant son pouce et son index.

— Sur le relevé de juin 1979, on peut voir un débit au nom de la compagnie d'autocars Greyhound. Ernersto m'a confirmé que son frère était incapable d'emprunter les transports aériens parce qu'il avait la frousse en avion. Et il ne savait pas conduire non plus : il se déplaçait uniquement en autocar. Je me suis renseignée sur les tarifs de l'époque : le débit inscrit dans le relevé bancaire correspond exactement au prix d'un aller-retour Dallas-Naples. Munch a probablement acheté un billet de bus Greyhound quelques jours avant de disparaître.

— Donc ça pourrait coller.

— Admettons qu'il ait fait le voyage sans le dire à personne. Pour quelle raison ?

— Il faut revoir la chronologie des événements. Munch a été le patron de Lewis pendant plusieurs années. Durant cette période il lui a tout piqué. Il suffit de regarder les publications, c'est flagrant.

— Et alors ?

— Alors, en 1978, Lewis quitte le navire. Soit il en a marre, soit Munch le pousse dehors. Mais d'une façon ou d'une autre, il abandonne son grand hôpital et arrive à Eden. Il y passe un an avec sa famille, de 1978 à 1979. À la même époque, Munch se déchaîne sur les publications. Une trentaine dans la même année.

— Vous l'interprétez comment ?

— Facile : ce sont les derniers travaux de Lewis, évidemment. Munch n'aurait jamais eu le temps de faire ces recherches tout seul. Il l'a évincé pour s'approprier son travail.

— Et après ?

— Lewis est coincé à Eden. Il ronge son frein. Il ne peut pas faire grand-chose, à part travailler dans le petit service de chirurgie pédiatrique du comté. Sans doute que Munch le tient, d'une façon ou d'une autre.

— Il avait un moyen de pression sur lui ?

— Sans doute. Mais je ne sais pas lequel.

— C'est courant de voler les travaux de quelqu'un, comme ça ?

— Le monde scientifique est impitoyable. Derrière la course à la recherche, il y a le pouvoir, l'argent qui coule à flots, et plus encore : l'orgueil d'inscrire son nom dans les livres. Munch était un scientifique exécrable qui rêvait de devenir célèbre. C'est pour ça qu'il a tout volé à Lewis.

Connie hocha la tête.

— Bien. Revenons à ma question initiale : pour quelle raison Munch a-t-il fait le voyage jusqu'à Eden ?

— En juillet, Lewis était déjà mort. Donc Munch ne venait pas pour le voir : son but était de rencontrer sa femme. Selon moi, Veronica lui a proposé d'acheter les ultimes études scientifiques de son mari.

Je me rappelais les mots de Sarah : « Ma mère espère vendre ses carnets de recherches. »

— Le docteur Lewis avait gardé une partie de ses résultats sous le coude, dis-je. Il les conservait dans sa bibliothèque. Des carnets qu'il n'a jamais publiés. Je le sais parce que je les ai empilés moi-même dans des cartons. Après l'enterrement, Sarah et moi avons effectué un grand ménage de printemps et nous avons aidé Veronica à les ranger. Elle comptait bien les monnayer et en tirer le maximum. Et vous savez quoi ?

Je suis certain qu'elle y est parvenue. J'ai connu la mère de Sarah durant toutes les années suivantes. Je peux vous dire qu'elle n'a jamais manqué de rien. Elle avait beaucoup d'argent, ça c'est sûr.

— Sauf qu'elle ne les a pas vendus à Munch, puisque Munch est mort.

— Exact.

Connie ouvrit l'application « Carnet de notes » de son téléphone portable et tapa rapidement des deux pouces sur le clavier : « Chercher qui a acheté les recherches scientifiques de Charles Lewis. Quelle est l'origine de la fortune de Veronica Van Doren ? » Puis elle reposa son portable.

— Il y a un autre problème, dit-elle. On sait que le Visiteur a tué Lewis. Il l'a assassiné en lui injectant du chlorure de potassium dans les veines pour simuler un infarctus. Comment ça s'intègre dans votre histoire ?

— Je ne sais pas. Mais le mari qui meurt, le patron qui disparaît, la femme qui hérite des carnets de recherches et qui devient riche, vous ne trouvez pas ça bizarre comme coïncidences ?

— Certes. Dans ce cas, la femme riche devient un peu suspecte.

— Un peu beaucoup, oui !

— Vous pensez que Veronica serait liée au meurtre de son mari et à la mort de Munch ?

— Elle est capable de tout. Mais elle n'est pas du genre à se salir les mains : elle envoie des gens faire le sale boulot. Comme les trois sbires qui me sont tombés dessus. D'où l'hypothèse dont je vous ai parlé au téléphone.

— Vous voulez dire qu'elle aurait engagé le Visiteur pour assassiner les deux autres ? Un genre de contrat sur leurs têtes ?

— Et pourquoi pas ?

— J'ai du mal à le croire. D'après ce que l'on sait de lui, c'est un tueur discret qui parcourt le pays depuis des décennies. S'il a plus d'une centaine de victimes au compteur, comme je le pense, il assouvissait ses propres pulsions. C'est probablement un homme d'un certain âge, qui vit seul et sans attaches. Je l'imagine mal au service de quelqu'un.

— Il ne travaille pour personne. D'accord. Mais ça ne veut pas dire qu'il ne l'a jamais fait. Peut-être qu'il joue les tueurs à gages si une occasion juteuse se présente. Vous l'avez dit vous-même : d'après le programme ViCAP, le Visiteur possède un profil atypique. Il ressemble à un voleur. Il tue pour se procurer de l'argent et satisfaire ses besoins matériels.

— C'est vrai.

— Bon. Alors imaginons que Veronica et lui se connaissent.

— Comment est-ce possible ?

— Quelle importance ! Ils partagent un lien, c'est tout. Ils sont peut-être amants. Ou bien cousins. Frère et sœur. Copains d'école. Ils se sont rencontrés aux Alcooliques Anonymes ou dans un club de bridge, qu'est-ce que j'en sais ?

— Soit.

— Il y a aussi ce détail : le chlorure de potassium injectable. On sait que le Visiteur l'emploie pour tuer ses victimes. Mais il faut bien qu'il s'en procure quelque part, et de façon régulière. Or c'est difficile à obtenir. Le produit n'est pas en vente libre. Mais qui a les moyens d'en trouver aisément ? Veronica Van Doren ! Elle pouvait en puiser dans les réserves de son mari, utiliser ses ordonnances, ou faire appel à l'un de ses nombreux amis du milieu médical.

— D'accord. Comment voyez-vous toute l'affaire ?

Je me levai. Avec la brise qui soufflait sur la baie de Miami, le temps fraîchissait un peu. Les gens qui faisaient du yoga étaient en train de replier leurs affaires. Plus loin, le chien attrapa de nouveau le frisbee en plein vol.

— Ça vous ennuie si on se remet en marche ? dis-je. Il faut que je bouge.

— Vos mains tremblent, vous allez bien ?

— Je fais trop de vélo, et je ne dors pas assez.

Je rajustai la couverture sur les genoux de George et nous reprîmes notre promenade. Dire que je ne dormais pas assez était un euphémisme : je ne dormais plus du tout. Cela faisait vingt-quatre heures que je réfléchissais à l'explication que je m'apprêtais à formuler, buvant café sur café, cavalant sur ma bicyclette d'un bout à l'autre de la ville, incapable de tenir en place. Ma théorie avait tourné dans ma tête tel un rat dans un labyrinthe souterrain. J'avais gratté, fureté, cherchant des tunnels et des connexions. Et subitement, tout m'était apparu. Un chemin logique. Étincelant.

— Vous voulez entendre la façon dont je vois les choses ?

— Je suis tout ouïe, dit Connie.

— Bien. Alors voilà. Tout commence avec Veronica…

65

Tout commençait avec Veronica. Veronica *enfant*. Dans mon esprit, j'imaginais une petite fille vêtue d'une jolie robe blanche en dentelle… Elle fait tourner une ombrelle sur son épaule. Derrière elle s'étire une longue allée de vieux chênes aux troncs énormes et aux branches tordues. Certains supportent de longs filaments de mousse espagnole qui retombent mollement sur la pelouse, tel un drapé. Tout au bout de l'allée, il y a une immense maison, aussi blanche que la robe de la petite fille. Sa façade est ornée de colonnes très impressionnantes, comme pour témoigner de l'opulence des maîtres qui l'ont bâtie au cœur des plantations de coton, il y a plus d'un siècle.

Et devant cette maison, toute la famille Van Doren est là. Les adultes entassent ce qu'ils peuvent dans une voiture. Quelques valises. Un peu de vaisselle. Ils s'en vont. Ils sont ruinés. La Grande Dépression, puis la Seconde Guerre mondiale auront anéanti tout ce qu'ils possédaient de ressources, de gloire et de prestige. Les femmes pleurent. Les hommes leur disent de se presser. Ils ont autre chose à faire que d'écouter des jérémiades.

Quelqu'un rappelle la petite Veronica. Son ombrelle tombe à terre. Elle n'a même pas le temps de la ramasser : elle doit s'entasser dans la voiture avec les autres femmes. Elle ne comprend pas ce qui lui arrive, elle est terrifiée par ce monde qui bascule. Peut-être qu'elle pleure, qu'elle hurle et tape des pieds, comme une enfant qui veut conserver sa robe de princesse et poursuivre sa vie de rêve. Mais personne ne l'écoute. Le pouvoir féminin n'a jamais représenté grand-chose dans cet univers-là…

— Veronica est issue d'une grande famille du Sud, dis-je. Une famille frappée par la ruine. Alors, pour s'en sortir, elle se marie avec le docteur Charles Lewis. Il s'agit d'un garçon de la campagne, certes, mais son avenir est prometteur car Charles est un esprit brillant. Un chercheur audacieux. Il est monté à New York pour étudier auprès des plus grands professeurs, puis il est revenu s'installer dans le Sud. Veronica croit beaucoup en lui, et au couple magnifique qu'ils peuvent devenir ensemble. Et les premières années de leur mariage, ça fonctionne plutôt bien. Poussé par l'ambition de sa femme, Charles travaille comme un forcené à l'hôpital. Ses recherches sont remarquées par la communauté scientifique. On l'invite dans des congrès, où il fait merveille. Et bientôt il se met à voyager de par le monde. L'Europe, l'Asie. Veronica et lui fréquentent les grands noms du milieu médical, les Watson et Crick, la haute société de l'époque. Veronica regarde Charles avec des yeux brillants et l'imagine déjà prix Nobel. Grâce à elle, les Lewis-Van Doren vont retrouver leur gloire perdue ! C'est dans cette atmosphère que la petite Sarah vient au monde, et c'est presque le bonheur. Mais les années s'écoulent et il ne se passe rien. Car le professeur Munch, le patron de Lewis, ne cesse de l'étouffer. Par jalousie, il réduit son importance au sein de l'équipe, repousse son nom derrière le sien, s'accapare ses publications. Comment Munch maintient-il Lewis sous sa coupe ? Voilà un mystère qu'il faudra résoudre. Mais Charles finit par en avoir assez. En 1978, il quitte le navire et vient s'installer à Eden. Pour Veronica, c'est un cataclysme. Terminé, ses espoirs et ses rêves. Tandis que Charles s'acclimate tranquillement à sa nouvelle existence, Veronica devient amère, aigrie. Charles apprécie le calme et la beauté des Everglades qui l'entourent. Après tout, c'est un homme simple, venu de la campagne. Mais pour sa femme, c'est insupportable. La maison des Dômes a beau être plaisante, Eden reste une minuscule ville de province. Une bourgade livrée aux moustiques et aux ragots du voisinage. Veronica étouffe, elle en est réduite à faire le ménage avec une Rozella en guise de bonne, et à organiser des fêtes pour les enfants. Un rôle de potiche. Quant à sa fille, elle fréquente désormais les ratés du coin, des voyous dans le genre de Stan Monroe, des rêveurs comme Paul Becker, des balourds comme Cameron Cole et même des juifs comme Jerry Goodritch. C'est le déclin des Van Doren qui recommence. Alors le ressentiment se transforme en haine. Une haine qui se cristallise sur son mari. Veronica en a assez d'être un instrument au service des hommes, dans ce monde qui considère les femmes comme des objets, des esclaves tout juste bonnes à faire des enfants et à se tenir tranquilles. Elle refuse d'abandonner ses ambitions. Et décide de changer tout ça. Sa rencontre avec le Visiteur date-t-elle de cette époque ? C'est ce que je pense. Ils se mettent d'accord sur un prix, et elle lui demande d'assassiner son mari.

— Juste comme ça, pour s'en débarrasser ?

— Oui. On ne divorce pas chez les Van Doren. Une mort accidentelle est ce qu'il y a de plus facile : ainsi Veronica profite de son nom, de son héritage, et accessoirement de la compassion des gens. Sauf qu'il faut gérer la suite de sa vie. Elle a besoin de rentrées d'argent pour conserver son statut social, payer les factures et continuer d'élever sa fille. Alors elle rappelle Munch au Texas et lui dit qu'elle a des carnets de recherches à lui vendre. Salvatore Munch est un scientifique exécrable. Il n'a pas l'esprit brillant d'un Charles Lewis. La perspective de nouvelles découvertes sur lesquelles il va pouvoir coller son nom le fait saliver d'avance. Donc Munch, profitant de la fête nationale, décide de s'accorder quelques jours de vacances en Floride. Sans rien dire à personne, il se rend à Eden dans l'intention de négocier. La discussion entre lui et Veronica s'engage, puis s'envenime. Sans doute se disputent-ils au sujet de l'argent. Veronica en veut beaucoup afin de démarrer une nouvelle vie. Mais Munch n'est pas Rockefeller, et souhaite revoir le prix à la baisse. Et ça tourne mal. Car le Visiteur est là, dans l'ombre. Cette fois, son rôle est probablement celui d'un garde du corps. Il doit s'assurer que la transaction se passe comme prévu. Munch parvient à s'échapper de la maison des Dômes par le ponton situé à l'arrière. Il erre un jour ou deux dans les marécages. Il se cache. Jusqu'au moment où ma petite bande rentre d'expédition et tombe sur lui par hasard. À ce moment-là, il est blessé, fou de terreur, et il menace Sarah et Stan. Sarah ne le connaît pas. Elle n'est qu'une enfant, elle n'est pas au courant des détails du travail de son père, elle n'a probablement jamais rencontré Munch. Elle le frappe pour se défendre. Il meurt. C'est un accident. Le problème, c'est que Veronica se retrouve désormais avec un cadavre sur les bras. Un cadavre que nous, les enfants, avons vu. Si quelqu'un identifie Munch comme étant le grand professeur de Dallas, tout est fichu, Veronica sera immédiatement soupçonnée. La seule solution consiste donc à faire croire que son cadavre est celui de quelqu'un d'autre. Entrée en scène du pauvre Sam Kreeps. On lui vole ses papiers d'identité. On les place sur Munch, et Munch devient Kreeps. C'est comme si Munch n'était jamais venu à Eden. Dans le même temps, le jeune Stan Monroe endosse naïvement la responsabilité du meurtre. Pour Veronica et Sarah, c'est leur jour de chance : ni l'une ni l'autre ne seront finalement inquiétées. Et le Visiteur retourne dans l'ombre. Quant à Veronica, elle n'a plus qu'à s'assurer du silence de Stan les années suivantes. Ce qu'elle fait en lui donnant de l'argent. Jusqu'en 2004, où par un malheureux concours de circonstances, le cadavre de Sam Kreeps refait surface. Ce qui donne l'occasion à l'incorruptible Marta Corbun de sortir un cold case du tiroir. Et de faire éclater toute l'affaire.

Je m'arrêtai, la gorge sèche. Nous avions parcouru au moins la moitié du parc. Il y avait certainement des erreurs çà et là, mais j'étais assez fier de ma chronologie. J'avais pris de nombreuses notes, rassemblé tous mes souvenirs d'enfance et toutes mes recherches de ces dernières semaines pour parvenir à la reconstituer. En cet instant, je devais beaucoup ressembler au chien qui rapportait son frisbee. Connie hocha lentement la tête.

— Les faits paraissent s'enchaîner de façon logique. A priori, je reconnais que votre histoire se tient. Donc Sarah Lewis aurait cru toute sa vie qu'elle était l'unique responsable de la mort de Kreeps-Munch, alors que c'est sa mère et le Visiteur qui l'ont attiré à Eden ?

— C'est exactement mon avis. Veronica a toujours fait semblant de protéger sa fille, mais en réalité elle se protégeait *elle*. Elle l'a éloignée en Europe à l'âge de douze ans pour l'empêcher d'être interrogée par la police. Idem lorsqu'elle a organisé sa fuite à l'étranger en 2005. En apparence, il s'agissait d'aider Sarah, mais en réalité, elle sauvait sa peau.

Va-t'en Sarah. Fuis, tant que tu le peux. Tu as commis un meurtre, tu as menti en laissant accuser quelqu'un d'autre. Pars, je ne peux plus te protéger.

— Cette femme est diabolique, dit Connie. Cependant il reste des trous… Quel genre de pression pouvait bien exercer Munch sur Charles Lewis, pour s'approprier ses recherches sans que Lewis y trouve rien à redire ?

— Cette partie reste un mystère.

— Et ça n'explique pas pourquoi le Visiteur a voulu vous tuer.

Je me renfrognai.

— D'accord. Il y a effectivement des trous. Mais c'est vous la détective. Avouez que mon raisonnement reste plausible !

— Il l'est. Mais il repose sur des spéculations. Il vous faut des preuves.

— Je pourrais faire part de mes soupçons à Marta Coburn, suggérai-je. Si le cadavre est bien celui de Munch, on doit pouvoir le démontrer grâce à son ADN, non ?

— C'est un début.

— Mais vous croyez que ça ne mènera pas loin.

— Je peux être franche ? Paul, vous ne résoudrez pas cette affaire. Lâchez tant qu'il est temps. Coopérez avec le FBI, expliquez vos hypothèses, je vous promets qu'ils en tiendront compte. Si Van Doren possède tant de pouvoir que ça, vous ne parviendrez pas à lui mettre des bâtons dans les roues. Surtout dans votre position actuelle, alors que vous vivez sous une fausse identité. Veronica peut vous causer une multitude d'ennuis, légaux ou illégaux, comme ces molosses qui vous ont attaqué. Quant au Visiteur, il finira par venir toquer à votre porte si vous continuez à lui chercher des noises. Vous dites que vous n'avez peur de rien. Mais pour être honnête, je pense qu'une part de vous-même est toujours suicidaire. (Elle posa les mains sur le fauteuil roulant.) Et lui ? S'il vous arrive malheur, qui s'occupera de George ? Que va-t-il devenir ?

Je me mordis les lèvres.

— Vous utilisez mon père pour me faire du chantage.

— J'essaye juste de vous remettre sur les rails.

Je lissai mon front et tirai mes cheveux en arrière.

— Il faut que je vous dise, Connie, j'ai un plan… Un plan auquel vous allez participer. Et je vous préviens : il ne va pas vous plaire. Je suis allé trop loin pour renoncer maintenant. Je vais attraper le Visiteur. Extirper la vérité de Veronica Van Doren. Personne ne m'arrêtera. Rien *en ce bas monde* n'en est capable…

Elle eut un mouvement de recul. Mes mains tremblaient, mes yeux étaient exorbités, mon sang gorgé de caféine rugissait à mes oreilles – ou bien était-ce le claquement des ailes de cuir ?

— Si vous ne m'aidez pas, je mourrai. Et George se retrouvera seul. Vous devrez vivre avec ça sur la conscience.

Puis, tandis que le visage horrifié de Connie était fixé sur moi, je lui expliquai mon plan.

66

Avoir l'air d'un fou faisait partie du plan. Sinon Connie n'aurait jamais accepté. Mais je n'étais guère fier de moi. En rentrant, je vomis dans les toilettes. Je me rinçai la bouche, refermai le robinet et m'essuyai avec une serviette. La tête dans le miroir appartenait à quelqu'un d'autre. Un type aux yeux creux et au visage émacié. Comme si une autre personne était en train d'émerger des profondeurs d'un lac pour remplacer le reflet à la surface.

Vous êtes toujours suicidaire, avait dit Connie. Elle avait sûrement raison. Mais c'était ma seule amie. Je savais qu'elle allait finir par se laisser convaincre. Toute sa vie, elle avait volé au secours des âmes en détresse. Et j'étais l'une de ces âmes.

J'avais besoin d'elle, et pas seulement pour accomplir mon plan : pour m'empêcher de tuer quelqu'un.

Mon téléphone sonna vers minuit : Connie.

— Je n'arrivais pas à dormir, dit-elle.

— Moi non plus.

— Vous êtes mal barré.

— Vous n'imaginez pas à quel point.

— Je parlais de votre plan. Celui pour coincer Van Doren et le Visiteur : ça ne marchera jamais. Il a au moins un million de défauts.

— C'est pour ça que j'ai besoin de votre aide.

J'entendis ses ongles tapoter fébrilement sur les touches de son ordinateur. Elle devait me parler assise dans son lit, les deux mains sur le clavier, le combiné coincé contre son oreille. Connie travaillait souvent ainsi : installée dans un endroit confortable, en tenue décontractée (top et pantalon de jogging, si mes souvenirs étaient bons), avec généralement une tasse de thé à portée de main. Donnez-lui un téléphone et une connexion Internet et elle abattait plus de travail qu'une équipe entière de détectives.

— J'ai du nouveau, dit-elle.

— Déjà ?

— Ça fait des heures que j'y travaille. J'ai commencé dès mon retour à l'hôtel. Vous m'aviez énervée, il fallait que je me défoule. Pour moi, l'ordinateur, c'est comme le vélo pour vous.

— Sur quoi travaillez-vous ?

— Je cherche qui a acheté les carnets scientifiques du docteur Lewis. Je veux savoir comment Veronica a gagné de l'argent.

Je soupirai dans le téléphone.

— Vous êtes sûre que ça présente un intérêt ? Ça va prendre des semaines.

— Pas du tout. J'ai presque fini.

— Hein ? Comment est-ce possible ?

— Je suis partie du principe que Veronica était une battante. J'ai fait des recherches sur son parcours, et j'ai dégoté quelques éléments biographiques sur sa famille. Effectivement, du statut de princesse elle a plongé directement dans la misère. Les Van Doren vivaient entassés à une douzaine dans un appartement. À l'adolescence, elle travaillait comme bonne à tout faire dans des maisons bourgeoises. En épousant Charles Lewis, elle a dû croire qu'elle avait gagné la partie. Mais une nouvelle cage – plus dorée, certes – s'est refermée sur elle. Quand Lewis est mort, elle s'est retrouvée enfin libre. Son but était de se soustraire à l'influence des hommes. Elle n'a pas commis son erreur une seconde fois : j'ai vérifié, Veronica ne s'est jamais remariée par la suite.

— Et pour la provenance de sa fortune ?

— J'y viens. Comme je vous l'ai dit, le profil de Veronica montre que c'était une battante. Munch négociait les prix vers le bas. Tout ce qui l'intéressait, lui, c'était d'augmenter le nombre de ses publications scientifiques. Veronica a compris qu'en procédant de cette façon elle ne serait jamais riche. Donc ce n'était pas simplement les carnets de Charles qu'elle devait négocier : mais leur exploitation commerciale.

— Comment s'y est-elle prise, alors ?

— Grâce à des brevets industriels. Veronica a déposé à son nom toutes les recherches de son mari. Elle détient plusieurs brevets en nom propre, et d'autres en association. Dans les années quatre-vingt, elle en a revendu une partie à des sociétés. Et aujourd'hui ces sociétés sont florissantes. Elles exploitent toujours les techniques dérivées du travail de Charles Lewis. La fortune de Veronica vient de là. En fin de compte, je n'ai eu qu'à rechercher son nom dans l'USPTO[1], la base de données des détenteurs de brevets.

— Et ces brevets concernent quel domaine ?

— La fécondation in vitro. Et plus particulièrement l'un de ses domaines d'application précis : celui du clonage.

— Le clonage d'êtres humains ?

— Non, bien sûr ! Je vous parle du clonage animal. Lewis faisait des études sur des animaux de laboratoire. Aujourd'hui, le clonage sert pour la sélection du cheptel bovin. On fabrique du bœuf de compétition, si vous voulez. C'est un secteur de pointe de l'industrie agroalimentaire.

— J'en ai vaguement entendu parler.

— Le marché brasse des millions de dollars. La principale société qui exploite ces brevets s'appelle THE GEN. Veronica est l'une des actionnaires. Vous savez qui est le patron ?

— Non.

— Votre vieux copain, Teddy Theroux.

1. USPTO : United States Patent and Trademark Office : littéralement, le bureau américain des brevets et des marques de commerce.

67

Le lendemain midi, je me tenais devant l'imposant portail de la résidence Theroux à White Point. Un majordome vint m'ouvrir. L'aspect de la maison n'avait pas changé : une grande demeure opulente, le sacre de la réussite et du pouvoir. La dernière fois que j'avais mis les pieds ici, j'étais en classe de sixième et Sarah me tenait la main.

— Venez, dit le majordome. M. Theroux vous attend sur la terrasse.

Je lui emboîtai le pas. Obtenir un rendez-vous avec Teddy Theroux s'était avéré étonnamment simple. Jack Barn, journaliste au *Herald*, n'avait eu qu'à lui demander une entrevue. Au départ, j'avais commencé à lui parler de sa société, THE GEN. Mais j'avais suscité des bâillements polis. Dès que j'avais attaqué le sujet de la mort de Paul Becker, en revanche, Teddy s'était réveillé. Sa voix avait pris un timbre enthousiaste, limite euphorique. « Mais venez donc, mon cher Jack ! J'ai justement un créneau pour le déjeuner de demain. Qu'en dites-vous ? » J'avais dû faire un effort pour le remercier d'être aussi rapide. Mais après tout, c'était ce que je voulais, n'est-ce pas ? « Parfait, je vous dis donc à demain, monsieur Theroux. »

Et maintenant j'étais là. Le majordome me conduisit à une grande table dressée sur la pelouse. Un splendide parasol déployé nous protégeait du soleil. Seulement deux couverts. Vaisselle en porcelaine. Fourchettes et couteaux en argent. Cave à vin portable installée sur le côté. Rien ne manquait à la fête. Pourtant, ce n'était pas cela que j'étais en train de regarder. Mes yeux étaient fixés sur l'ancienne serre. Dans mon souvenir, la serre des Theroux était une magnifique construction aux parois transparentes élevée au centre du jardin et qui abritait des espèces végétales rares. L'édifice était toujours là. Les plantes, en revanche, avaient disparu. Au milieu de l'immense espace vide, sur un dallage d'un blanc immaculé, se trouvait un lit d'hôpital. Une chose tout en chromes, avec des draps de soie, entourée de matériel médical futuriste. Deux infirmières s'affairaient sur la forme humaine allongée dessus.

Une main tapa sur mon épaule et me fit sursauter.

— Jack Barn, bienvenue chez les Theroux !

Je me retournai. Ma première pensée fut que Teddy avait grossi. Et sacrément, même : il ressemblait désormais à un gros bébé rose, avec sa chemise ouverte et sa chaîne en or qui pendait sur son poitrail velu. Ma seconde fut qu'il avait plus emprunté aux traits arrondis de sa mère en vieillissant qu'au visage de son père taillé à la serpe. Il ne portait toujours pas d'alliance. J'avais lu dans un magazine d'entreprise qu'il se contentait de relations sans lendemain.

Chaque fois des filles simples : serveuses, dilettantes, pom-pom girls – comme sa mère Joan l'avait été.

— Jack, vous vous sentez bien ?

— Oui, oui.

— On ne le dirait pas.

— C'est le soleil, fis-je en rajustant mes lunettes noires.

— Ah, c'est vrai qu'il fait toujours beau, chez nous ! Ça ne s'appelle pas Eden pour rien !

Il m'indiqua la table et, dans le même temps, claqua des doigts à l'intention du majordome.

— Asseyez-vous à l'ombre. Vous serez mieux.

Le majordome se précipita pour tirer ma chaise. Le temps que je m'installe, ce dernier me proposait déjà un verre de vin frais. Je goûtai, puis hochai la tête. Il termina de remplir mon verre. Teddy s'assit en face. Nouveau claquement de doigts. Un second verre apparut dans sa main. J'eus l'impression que la place de majordome chez les Theroux n'était pas un travail de tout repos.

— Vous avez fait connaissance avec mon père, dit Teddy en désignant la serre du pouce.

Elle se trouvait derrière lui. J'allais donc déjeuner face au spectacle de Torrance Theroux, installé dans un lit de réanimation à domicile, pour ce qui ressemblait beaucoup à des soins palliatifs en phase terminale.

— C'est le sénateur ? demandai-je poliment.

— Ex-sénateur. Mais oui, c'est bien Torrance, le champion républicain. Vous vous souvenez de lui ?

— J'ai lu quelques vieux articles.

— Il n’a pas fait que des conneries, hein ? Cette loi sur la limitation de l’immigration, c’était un sacré truc !

— Je n’ai pas suivi l’affaire.

Il balaya l’air de sa main.

— Bah, à vrai dire moins non plus. Tout ça, c’est du passé. Il est à la retraite. Et depuis son accident vasculaire cérébral, il n’est plus bon à grand-chose. En plus, il en a fait un autre l’année dernière, et un troisième il y a quelques mois.

— Il vit dans cette serre en permanence ?

— Oui. Les murs transparents lui donnent l’impression d’être au milieu de la nature, il paraît que c’est bon pour son moral. Enfin c’est ce que raconte son spécialiste. Torrance n’est plus capable de communiquer.

— Je vois.

— La serre est à dix-neuf degrés exactement, vingt-quatre heures sur vingt-quatre, trois cent soixante-cinq jours par an. Le lit est orientable dans toutes les directions, tantôt vers le ciel, tantôt vers le jardin ou la piscine. Le toit possède des vitres teintées qui s’opacifient toutes seules en cas de besoin. Le matériel médical est du dernier cri, le nec plus ultra. Et les deux pin-up sont infirmières diplômées, ça je peux vous le dire, même si elles ont plutôt l’air d’actrices de films porno.

Il m’envoya un clin d’œil.

— Quand vous dormez là-dedans, dit-il, c’est comme d’être au paradis, avec des anges qui s’occupent de vous en permanence. Il y a des fins de vie plus tristes.

— Je n'en doute pas un instant.

Le majordome fit rouler une desserte jusqu'à la table. Il déposa devant nous deux assiettes, chacune surmontée d'une cloche en métal, qu'il retira pour révéler deux énormes steaks saignants.

— Des T-bones. Ils viennent de nos meilleures bêtes d'élevage, précisa Teddy. Grillés au barbecue. J'espère que vous aimez ?

— C'est parfait.

— L'accompagnement est au choix. Moi, je prends des frites.

Teddy s'empara d'un couteau énorme qui ressemblait plus à un instrument de chasse qu'à un couvert, et mania sa fourchette comme une truelle. Il découpa un gros morceau de viande et l'enfourna dans sa bouche. Il mastiquait sans fermer les lèvres, comme le font les enfants qui n'ont jamais reçu la consigne de procéder autrement. Il pointa son couteau vers moi entre deux bouchées.

— Alors Jack, vous vouliez me parler de Paul Becker ? Vous savez qu'il vient de casser sa pipe ?

— Bien sûr. C'est le sujet de mon article.

Il ne put s'empêcher de sourire.

— Vous allez en écrire un nouveau ? Un bien gratiné ? Comme l'année où il a eu tous ses problèmes ?

— Non. Je ne pense pas.

— Dommage. Celui-là était super. Je l'ai même fait encadrer dans mon salon.

— Ah oui ?

— Le passage dans lequel vous le suspectez de tout un tas de choses horribles est désopilant. Franchement, à sa place, je ne vois pas comment j'aurais survécu à une telle charge de calomnies. D'ailleurs il n'a pas survécu ! dit-il en se frappant les cuisses.

J'avais de plus en plus de mal à faire semblant de manger ma viande. J'éprouvais une forte envie de lui planter mon couteau entre les yeux.

— Alors, cet article ? dit-il.

Je sortis mon faux carnet de notes – le même que pour chacune de mes interviews – et lui en exposai les grandes lignes. Son intérêt retomba.

— Il n'y a rien de plus croustillant ?

— Eh bien, cela dépend de vous. Que pouvez-vous me raconter à son propos ?

Il essuya ses grosses lèvres avec sa serviette.

— Bah, c'était juste un connard de première, vous savez. Lui et moi, on n'était pas copains. Il me causait des ennuis. Je lui en causais à mon tour. On marchait comme ça.

— C'est ce que j'ai cru comprendre en interrogeant ses proches.

— Ça ne pissait pas loin. On convoitait la même fille, on avait des relations différentes, on se tirait un peu la bourre à vélo, vous savez ce que c'est. Des chamailleries de gosses.

— Vous semblez pourtant en conserver un souvenir vivace.

— Eh bien, disons que nos parents respectifs avaient un léger contentieux. Mais je ne vais pas vous raconter ça. Ça n'intéresse personne.

Il s'interrompit une brève seconde et ses paupières papillotèrent. Je crus un instant qu'il allait se mettre à hurler : « TON PÈRE COUCHAIT AVEC MA

MÈRE, ESPÈCE DE SALOPARD ! » Mais ce n'est pas ce qui se passa. Il poursuivit tout simplement :

— Personnellement, ce qui m'a surtout causé des problèmes, ce sont les conséquences de nos chahutages. À cause de Becker, mon père m'a envoyé dans un internat de bonnes sœurs à l'autre bout du pays. Paraît-il que j'étais trop turbulent.

Il se tourna sur son siège en direction de la serre.

— Mais à mon avis, c'est surtout parce que tu voulais te débarrasser de moi, hein papa ? Je n'étais pas assez politiquement correct pour toi à cette époque, pas vrai ? Un fils qui fait les quatre cents coups, ça fait mauvais genre quand on mène une carrière !

Les infirmières regardèrent dans notre direction, mais Torrance ne bougea pas, bien entendu. Teddy rigola et revint à notre conversation.

— J'y suis resté longtemps, dans ce foutu internat. Et les bonnes sœurs étaient de sacrées garces. Du genre à vous infliger des châtiments corporels si vous vous comportiez mal. Ce qui m'arrivait régulièrement, je dois dire. Je suis certain que mon père le savait. J'ai écrit pour le lui dire. J'ai même téléphoné à ma mère pour la supplier qu'on me retire de cet endroit. Mais ça n'est jamais arrivé. Et finalement, je suis allé jusqu'à l'université. Un mal pour un bien, je suppose. Mon père a divorcé pendant que j'étais dans cet internat. Ma mère ne l'a pas supporté et elle est devenue accro aux cachetons. Elle est morte en ratant un virage sur la route de Naples. Sa boîte à gants était pleine de comprimés de valium. On m'a dit qu'elle s'était endormie au volant, mais je suis certain que c'était un suicide.

— Je ne savais pas pour votre mère.

Il haussa les épaules.

— Mon père a fait un accident cérébral il y a quelques années. On y passera tous un jour. C'est le destin, qu'est-ce qu'on y peut ?

Il termina son steak. Je n'avais pratiquement pas touché au mien.

— On m'a dit que vous aviez racheté la walk-in-clinic de Paul Becker, dis-je en faisant semblant de consulter mes notes.

— Qui vous a raconté ça ?

— Son associé. Le docteur Jerry Goodritch.

— Ah, le youpin ? Oui, c'est exact.

Il sourit. Puis désigna mon carnet.

— N'inscrivez pas *youpin* dans votre article, prévint-il, sinon je vais encore avoir des ennuis. En plus celui-là est une pédale, et il faut voir comment ils se serrent les coudes entre eux. C'est plus les États du Sud qu'on a connus. Aujourd'hui, si on dit un truc de travers du genre négro, youpin ou tapette, même pour rigoler, on se retrouve direct devant un tribunal.

— Cela va sans dire.

— Effectivement, j'ai racheté sa clinique. Pour ne rien vous cacher, je comptais la faire raser.

— Pourquoi ?

— Tout ce qui concerne Paul Becker mérite d'être effacé. C'est mon point de vue. Si j'avais pu personnellement contribuer à ses emmerdes, franchement je l'aurais fait. Mais il n'en a pas eu besoin, en fin de compte : il s'est foutu en l'air tout seul. Donc maintenant que j'ai racheté son emplacement, autant que je fasse des affaires, pas vrai ? Je vais la transformer en *steakhouse*. Je possède plusieurs chaînes où l'on sert de l'excellente viande de bœuf.

Il montra mon assiette avec sa fourchette.

— Comme celle que vous avez là. Vous ne la trouvez pas bonne ?

— Si. Bien sûr. Justement, je voulais vous en parler.

— Oh, si c'est pour discuter boutique, ça m'ennuie. J'ai des gens qui s'en chargent. Tous les chiffres sont dans la presse spécialisée. Qu'est-ce que vous voulez de plus ?

— D'après ce que je sais, vous êtes propriétaire de la société THE GEN, c'est exact ?

Je fus obligé de lui forcer la main mais il finit par me livrer quelques détails :

— Dans les années soixante-dix, mon paternel s'occupait d'élevage. Il possédait toute l'industrie de la pêche dans le secteur, ainsi que des abattoirs et des troupeaux de bovins. Puis il a voulu se diversifier. Avant, on se contentait d'accoupler le meilleur taureau avec la meilleure vache, et on croisait les doigts en espérant obtenir la meilleure viande. Mais la biologie et la génétique ont révolutionné tout ça. Mon paternel a monté Theroux Genetics dans les années quatre-vingt. Il n'y croyait guère au départ. Mais j'ai développé l'affaire et c'est devenu THE GEN. Nous avons exploité d'excellents brevets.

— Ceux de Mme Van Doren.

— Voilà. Son mari travaillait sur la procréation médicalement assistée. Et plus particulièrement sur le clonage, qui en est un aspect spécifique. Lorsqu'on applique ces techniques à la sélection du cheptel, on fait des merveilles. Les essais existaient depuis les années cinquante, et nos chercheurs clonent des bovins depuis les années quatre-vingt-dix. Depuis 2006, la Food and Drug Administration[1] autorise la consommation de viande et de lait issus de clones de vaches, de chèvres et de porcs. Le calcul est simple : imaginez que vous possédez le meilleur taureau reproducteur de la région, pourquoi perdre toutes ses qualités au moment de sa mort ? On le clone, et voilà.

Je regardai mon steak.

— On est en train de manger de la viande de clone ?

— Peut-être. Je n'en sais rien. Mais le père de la vache qui est dans votre assiette, ou bien son grand-père était un clone, ça c'est sûr. Il n'y a aucun risque sanitaire, ça fait longtemps qu'on exporte ça dans le monde entier, je vous signale.

Le majordome déposa des tartes aux fraises devant nous.

— Vous voulez du dessert ?

— Non. Je crois que je n'ai plus faim.

Teddy engloutit les deux tartes, puis me regarda, les contours de la bouche encore pleins de miettes.

— Ne me jugez pas, Jack. C'est un commerce comme un autre et il est parfaitement légal. On peut penser ce qu'on veut, tout ce que j'ai accompli est d'une honnêteté irréprochable. Rien n'est caché. Des gens comme Van Doren et mon père peuvent me remercier, vous savez. C'est moi qui ai fait leur for-

1. FDA : agence américaine des produits alimentaires et des médicaments, rattachée au département de la santé publique.

tune. Moi tout seul, avec mon diplôme de rien du tout obtenu chez les bonnes sœurs. Le commerce, j'ai ça dans le sang.

Il se leva et mit ses mains en porte-voix en direction de la serre.

— Tu entends ça, papa ? J'ai sacrément réussi, hein, qu'est-ce que t'en penses ? T'es pas bien, là, dans ton putain de lit futuriste ?

Il s'esclaffa encore et devint tout rouge. Il se mit à tousser et je crus un instant qu'il allait recracher ses tartes. Puis il se reprit :

— Imprimez ça aussi, Jack. Racontez comment Teddy s'occupe de son père, l'ancien et noble sénateur républicain. Dites tous les gadgets que je lui ai achetés, alors qu'il ne m'a jamais félicité une seule fois de son existence. Vous savez que c'était un connard, lui aussi ? Un sacré connard, même. Regardez, Jack, n'est-ce pas merveilleusement facile à dire ? Il m'a fallu dix ans de thérapie pour arriver à prononcer ces mots « mon père est un connard ». Vous pouvez le croire ?

Il s'approcha de la serre et marcha de long en large devant les vitres tel un tigre.

— Qui est le patron maintenant, hein papa ? C'est qui le boss ?

Il claqua de ses deux mains sur sa poitrine et les écarta, paumes vers l'extérieur.

— C'est moi ! C'est Teddy le boss ! C'est ton fils ! Regarde un peu ça. Maman qui est morte, et toi dans ce lit. J'ai multiplié par vingt la fortune de la famille. Mais tu ne me diras jamais que c'est bien, pas vrai ? Je ne serai jamais assez parfait pour toi, pas vrai ?

Il tourna encore sur lui-même. Puis frappa violemment des poings sur la vitre. Les infirmières sursautèrent à l'intérieur.

— C'EST MOI LE BOSS ! TON FILS ! REGARDE UN PEU COMMENT J'AI RÉUSSI, PAPA ! DIS-MOI QUE J'AI RÉUSSI ! DIS-MOI QUE JE SUIS LE MEILLEUR ! DIS-LE-MOI ! DIS-LE-MOI !

L'une des infirmières plaqua les deux mains sur sa bouche. Teddy continua de crier.

— DIS QUE TON FILS A RÉUSSI ! DIS-LE-MOI, PAPA ! DIS-LE-MOI ! PAPA ! DIS-LE ! DIS-LE !

Mais bien entendu, Torrance Theroux ne prononça pas un mot. Je quittai la table. Quand je franchis le portail de la maison, Teddy criait toujours.

68

J'étais assis sur le ponton à l'arrière de la maison des Dômes et mes pieds se balançaient dans le vide. J'avais besoin de réfléchir. Et pour ça, cet endroit en valait bien un autre. Surtout, il se trouvait à quelques minutes de chez Teddy Theroux. Je contemplais mon reflet dans l'eau. Mon look Viking, avec mes extensions, ma fausse barbe et mes lunettes noires tenait toujours la route. La maigreur de mon visage s'était encore aggravée. Pas étonnant que l'on ne me reconnaisse pas : en divisant mon poids par deux (et plus encore), j'étais passé de l'aspect d'un énorme bibendum au visage aussi gros qu'un ballon de basket à celui d'un spectre longiligne dont on aurait tiré la peau sur le crâne. J'avais l'impression de regarder dans un miroir déformant de fête foraine : des traits amaigris, des yeux rentrés, cernés, sombres. Je ressemblais à la version humaine d'une maison hantée.

Qu'est-ce que tu deviens, Paul Becker ? On raconte que tu es mort. Certains prétendent qu'on t'enterre dans deux jours. Mais c'est une blague, pas vrai ? C'est forcément une blague. Sinon ça voudrait dire quoi ? Que tu es un fantôme ?

Un bruit me fit relever la tête. Un héron venait de plonger pour saisir un poisson de son long bec. Je l'observai battre des ailes : il emporta sa proie sur la terre ferme et la fit glisser dans son gosier. Les roseaux alentour bruissaient doucement dans le vent. Aujourd'hui, c'était juste des végétaux, ils ne murmuraient aucune parole étrange. Pas de « NUUUUEEEEEEEE » dans le lointain non plus, ce cri que nous percevions parfois lorsque nous étions gosses. Pas de claquement au creux de mes oreilles, ni froid surnaturel s'insinuant à l'intérieur de mes os. Rien que moi, et ce décor morne, là où mon enfance s'était terminée.

Sarah était partie.

J'avais besoin d'en vouloir à quelqu'un. J'avais *envie* d'en vouloir à quelqu'un. Il me fallait un coupable sur lequel m'acharner. Ma colère s'était d'abord focalisée sur le Visiteur. Puis sur Veronica. Puis Teddy Theroux. Mais à présent, elle était retombée. Je manquais d'énergie. Les roseaux étaient silencieux. Mon cœur ne me soufflait aucune intuition. Je me sentais juste envahi par une immense solitude.

Le bruit d'une voiture monta de la route, les pneus tournèrent sur l'antique parking et le véhicule s'arrêta. La portière s'ouvrit sur des jambes de femme. Une silhouette vêtue de noir. La portière claqua et la femme marcha à ma rencontre. Le noir était sa couleur préférée, semblait-il. Les talons de ses chaussures – pas très hauts, elle ne pouvait plus se le permettre – produisaient de petits poc-poc tandis qu'elle avançait avec précaution sur le quai. Elle me tendit l'un de ses sacs en plastique :

— Tenez, puisque vous êtes là, offrez-moi votre aide.

Je pris le sac des mains de Veronica Van Doren, qui emprunta la rampe qui menait à la maison. À mi-chemin, elle se retourna.

— Alors, vous venez ? Qu'est-ce que vous attendez ?

Je me levai en soupirant. Elle n'était pas très rapide et je la rattrapai sans peine. Elle avança péniblement jusqu'à la porte d'entrée, sortit un trousseau de clés de sa poche, déverrouilla la grille de sécurité, puis la serrure derrière. Le battant s'ouvrit en grinçant et un peu d'air vicié s'échappa de l'intérieur.

— Désolée, ça ne sent pas très bon (elle esquissa un sourire), mais vous le savez déjà.

J'approuvai d'un hochement de tête.

Elle se rendit dans la cuisine et descendit l'escalier menant à la cave. Puis elle ouvrit la porte secrète déguisée en placard, observa prudemment à l'intérieur – pas d'alligator en vue – et nous parcourûmes le petit tunnel qui menait au bassin. Elle déposa son sac sur le sol.

— Tenez le vôtre ouvert, demanda-t-elle.

J'écartai les poignées. Elle s'empara d'une boîte de corned-beef, l'ouvrit, puis en déversa le contenu à terre. Après quoi elle procéda de même avec la suivante, et toutes les autres jusqu'à la dernière. Elle abandonna les conserves sur le sol et roula les sacs plastique en boule dans sa poche. Puis se pencha avec précaution pour rincer ses mains dans l'eau. Elle n'avait pas l'air bien solide sur ses jambes et je fus un instant tenté de m'approcher pour l'aider. Puis je repensai aux trois molosses, et je ne bougeai pas. Elle secoua ses mains pour en faire tomber les gouttes et les essuya à l'aide d'un mouchoir.

— Toujours à traîner dans le coin, hein ? dit-elle.

— Toujours, répondis-je.

Elle rangea le mouchoir dans son sac et nous remontâmes par là où nous étions venus.

— Alors, le petit Theroux vous a appris quelque chose sur moi et ma famille ? demanda-t-elle par-dessus son épaule.

— Le petit Theroux ?

— Je l'ai connu gamin. Je n'arrive pas à le voir autrement.

— En tout cas, je vois que vous me faites encore suivre.

— J'habite White Point, fit-elle remarquer en atteignant le haut de l'escalier. C'est ici chez moi. Je suis la principale actionnaire de son entreprise. Il ne se passe pas une journée sans que nous échangions quelques mots. Je savais parfaitement que vous veniez le voir.

— D'accord.

— Vous n'avez pas répondu à ma question.

Nous ressortîmes à l'air libre. Devant nous, les vagues en provenance des Ten Thousand Islands allaient et refluaient sur la plage. L'odeur de la mer emplit mes poumons.

— M. Theroux ne m'a rien appris de nouveau, ni à votre sujet ni au sujet de votre fille.

Elle mit les mains dans ses poches et contempla les vagues.

— Pauvre Teddy. Pour quelqu'un qui pèse plusieurs centaines de millions de dollars, il est très malheureux, vous ne trouvez pas ? Son père était un type bien. Hélas, il n'aimait pas son fils.

— Je ne l'ai pas connu, mentis-je.

Elle se tourna vers moi.

— Ah bon ? Vous en êtes certain ?

Ses yeux me scrutèrent longuement.

— Quand je vous regarde, dit-elle, j'ai l'impression de vous connaître. (Elle agita son index devant mon visage.) C'est comme si vous faisiez partie du décor. Vous avez habité Eden. Je me trompe ?

— Oui, vous vous trompez, affirmai-je avec aplomb.

— Pourtant aucun Jack Barn ne travaille au *Herald*. J'ai vérifié ce matin. C'est drôle, quand j'y pense, je n'ai jamais songé à le faire auparavant. Ça doit être pratique pour mener votre enquête, non ? Les gens sont tellement vaniteux en secret que, lorsqu'un journaliste se précipite pour demander leur avis, ils sont incapables de résister au plaisir de le donner.

— En cela vous avez raison. La vanité est certainement ce qu'il y a de plus facile à manipuler.

— Qui êtes-vous ? Un paparazzi ? Un détective ? Un écrivain ?

— Je suis Jack Barn. Du *Herald*. Nous rédigeons souvent nos articles sous des pseudonymes, cela s'appelle un nom d'auteur. Vos renseignements sont erronés. Vous avez dû vous adresser à la mauvaise personne.

— Bah, peu importe, dit-elle en reprenant sa marche. Je vous ai déjà donné une leçon la dernière fois.

Je sentis remonter ma colère.

— Et vous comptez m'en donner une autre ?

— À quoi bon ? Vous n'avez pas cessé vos investigations. Je suppose qu'un nouvel avertissement ne vous arrêterait pas ?

— C'est exact.

— Alors que me reste-t-il comme possibilité ? Vous croyez qu'une vieille dame telle que moi va sortir un pistolet, vous tirer dessus et jeter votre cadavre aux alligators ?

Je me raidis.

— Ne faites pas cette tête, dit-elle. Je plaisante.

— Je n'en suis pas si sûr.

— Pensez ce que vous voulez.

— La dernière fois, vous m'avez dit : « À Eden, nous protégeons nos enfants. » Vous sembliez prête à tout.

— Et je le reste. Aussi longtemps que Dieu m'en donnera la force. Mais comme vous n'allez pas interrompre votre enquête, et que je ne vais pas vous tuer non plus, je vais vous montrer quelque chose. Venez.

Elle m'entraîna sur le ponton.

— Vous voyez cette pierre là-bas ?

Un rocher dépassait de l'eau. Je ne l'avais jamais remarqué auparavant.

— Oui.

— C'est là qu'elle est morte.

— Qui ça ?

— Ma fille.

Je crus que j'avais mal compris.

— Pardon. Qu'est-ce que vous dites ?

— La disparue de White Point. Sarah Lewis. Ma fille. Elle ne se trouve pas dans un pays d'Afrique. Ni ailleurs. Elle est morte ici, en 2005.

Un souffle de vent passa entre nous.

Un oiseau lança un cri.

Une vague s'écrasa sur la grève.

— Nous nous sommes disputées, poursuivit Veronica. Je voulais que Sarah quitte la Floride – peu importent les raisons, ce serait trop long de vous les expliquer. Mais ma fille n'était pas d'accord. Elle voulait rester ici, attendre le retour de Paul Becker. « Lui donner une autre chance », comme elle disait. Quelle idée idiote ! Il était marié, il avait un fils, il n'aurait jamais quitté sa femme. De toute façon il ne songeait qu'à sa carrière. Pour lui, Sarah n'était, au mieux, qu'un agréable souvenir. Au pire : qu'un jeu, un objet jetable, comme nous, les femmes, le sommes pour la plupart des hommes qui passent leur temps à se servir de nous. J'ai dit à Sarah à quel point elle était ridicule. Elle est sortie comme une folle, elle a glissé sur le ponton humide et elle est tombée à l'eau la tête la première. Son crâne a heurté ce rocher. De tout le quai, c'est le seul endroit où il y a une pierre qui affleure. Une simple pierre. C'était le hasard. Vous vous rendez compte ?

Elle regardait le rocher et tirait sur les manches de son vêtement noir comme si elle cherchait à se cramponner à un point fixe.

— Une mort stupide. Affreuse. Entièrement ma faute. Je ne l'ai pas supporté. J'ai raconté n'importe quoi. Le FBI est au courant, ils ont récupéré son corps. C'est pour ça qu'ils m'ont laissée tranquille.

Elle releva la tête.

— Je veux que cet endroit reste un sanctuaire. À l'écart des curieux, des rôdeurs, des gamins. C'est un tombeau, ici. Le cimetière de ma famille. Voilà l'histoire, dit Veronica. Maintenant, faites ce que vous voulez, monsieur Barn – ou qui que vous soyez. Allez raconter qu'une vieille femme stupide est responsable de la mort de sa fille. Écrivez un article bien cynique, piétinez le chagrin des gens, et continuez de vous regarder ensuite dans la glace chaque matin, si vous en êtes capable. Mais tirez-vous de ma propriété.

CE QUE L'ON TROUVE DANS LA BOÎTE EN FER (EXTRAITS)

Papier à lettres italien avec un dessin de la tour de Pise.

Date inscrite sur la feuille : mercredi 7 juillet 1982.

« Paul Becker,

Ça y est ! Je rentre à Eden ! Je suis si heureuse de tous vous revoir – surtout toi, tu t'en doutes. Je ne tiens plus en place. Je n'ai pas dormi de la semaine. J'ai fait ma valise, je suis prête, ça fait au moins dix fois que je demande à ma famille d'accueil de me répéter les horaires. Je t'envoie cette lettre par avion. J'ai tellement de chemin à parcourir qu'elle va sûrement arriver avant moi. Je suis en Italie, je dois prendre la voiture, puis le train jusqu'à Rome, puis l'avion jusqu'à New York où je m'arrêterai quelques jours pour voir mes cousins, puis je prendrai enfin le vol pour Miami.

Comment va mon petit Jerry ? Et Cameron ? Et Stan ? Mon Dieu, je ne vais même pas vous reconnaître ! Non, je raconte des histoires : j'ai toutes vos photos, bien sûr (la tienne dort avec moi tous les soirs) mais j'ai si peur que les choses soient différentes entre nous. Que vous ne pensiez plus à moi. Ou pire : que vous m'ayez oubliée.

J'arrive !

Je vous embrasse tous très fort.

Et surtout : je t'aime.

Sarah L. »

69

Sarah revint habiter à Eden l'été 1982. Nous nous apprêtions alors à rentrer en classe de seconde (sauf Stan, qui avait arrêté l'école) et aucun de nous ne l'avait oubliée. Surtout pas moi. Lorsque les copains l'apprirent, nous tombâmes d'accord pour aller la chercher ensemble à l'aéroport. Bon, je l'avoue, j'aurais préféré m'y rendre seul, mais la pression du groupe était si forte que je voyais mal comment faire autrement.

Quand je leur annonçai la nouvelle, Cameron leva les bras au ciel et lança le « Miiiiaaaaoooouuuuuu ! » de l'équipe des Wild Cats (il était à présent taillé comme un athlète), Jerry tapa joyeusement dans ses mains (son visage s'était affiné et ses nouvelles lunettes lui donnaient un air intellectuel assez classe), Stan nous fit son irrésistible sourire de charmeur (cet enfoiré ressemblait de plus en plus à une version de James Dean avec les cheveux noirs), quant à moi, eh bien, je crois que j'avais des papillons à la place du cœur et un air benêt planté sur la figure.

— On y va en voiture, les mecs ? dit Stan qui venait de passer son permis.

— Grave qu'on y va en voiture.

— J'apporte mon Ghetto-Blaster !

— Et moi des cassettes de rock.

— Je m'occupe des boissons.

— On partira tôt le matin ? Comme ça on prendra la vieille route des marais, et il y aura de la brume !

— Génial, comme dans *Scooby-Doo* !

— Euh, ch'uis pas fan des marais dans la brume, les mecs…

— PUTAIN, JERRY, Y A PAS DE ZOMBIES !

Tout le monde éclata de rire.

Le voyage se déroula dans l'euphorie la plus totale. Stan mit la musique à fond, Jerry chantait horriblement faux sur le siège passager, je faisais semblant de jouer de la batterie à l'arrière (j'avais apporté des baguettes), et Cameron m'accompagnait en poussant des hurlements de coyote. Une vraie bande de fous.

L'arrivée de Sarah fut digne d'un film hollywoodien. Il faut dire que j'avais soigneusement préparé notre entrée. Lorsqu'elle sortit, nous l'attendions tous les quatre. Jeans et T-shirts de rock, lunettes noires. Sérieux comme des papes. À mon signal, chacun se mit en place. Je levai mes deux baguettes de batteur et les fit claquer l'une contre l'autre, tandis que Sarah nous regardait, les yeux écarquillés.

— UN, DEUX, TROIS, QUATRE…

Cameron appuya sur une touche du Ghetto-Blaster et AC/DC entonna *Back in Black*. Nous exécutâmes un numéro de danse parfaitement synchronisé. Clap de mains. Déhanché, mouvements de jambes. Tour complet sur nous-mêmes. Nouveau clap. Ma baguette de batteur qui tourne dans les airs au bout de mes doigts. On recommence.

La fin se terminait par un lancer de roses et de confettis aux pieds de Sarah, comme si nous ouvrions le chemin devant une princesse. Cameron la souleva du sol et l'installa sur ses épaules, et nous traversâmes l'aéroport telles des rock stars portant en triomphe la chanteuse du groupe, hurlant et dressant les poings, l'index et le petit doigt brandis simultanément. Les autres voyageurs n'en revenaient pas. Certains prirent des photos d'elle et lui demandèrent même des autographes, persuadés d'avoir affaire à une célébrité.

À la sortie, nous fûmes pris d'un fou rire incontrôlable. Sarah m'embrassa sur la bouche. Je crois bien qu'elle versa aussi quelques larmes. Nous étions de nouveau cinq. Unis. Comme les doigts de la main.

Ils nous arriva beaucoup d'autres aventures. Des bonnes, et des moins bonnes. Côté famille, les relations avec mon père se dégradèrent au point que nous cessâmes de nous adresser la parole. Il ne s'intéressait plus qu'à la poésie et aux animaux, il travaillait à mi-temps au zoo de Naples et affichait des posters de cirque un peu partout dans la maison, des souvenirs de sa vie dans les caravanes de foire. Une foutue ménagerie. Rozella continua de travailler pour nous – et pour les Van Doren – en s'efforçant de faire tampon entre George et moi lorsque ça chauffait un peu trop. Ma mère Eleanore affronta vaillamment son cancer et y survécut, et la maladie fut obligée de patienter deux bonnes décennies supplémentaires avant de revenir et d'avoir finalement raison d'elle. Eleanore était une battante, elle aussi. Comme beaucoup des braves gens qui vivaient à Eden.

Mais le plus important était ceci : entre Sarah et moi, ce fut plus extraordinaire que dans mes rêves les plus fous. On dit que les enfants ne peuvent pas connaître le grand amour. Que les adolescents manquent d'expérience, et qu'il faut se donner du temps à l'âge adulte pour faire des rencontres, ne pas s'engager trop vite, essayer divers partenaires.

Sauf que l'amour est imprévisible. On ne sait jamais à quel moment on va rencontrer l'âme sœur – le Serpent Qui Danse, comme l'appellerait le vieux Hank des années plus tard. Cette rencontre est de la magie pure. Elle peut se produire n'importe quand. N'importe où. C'est toute la beauté de la chose.

La première fois que je fis l'amour, ce fut avec Sarah Lewis. C'était le 4 juillet 1984. Nous n'avions pas choisi cette date pour conjurer le mauvais sort. Même si notre vie avait basculé, jour pour jour, cinq ans plus tôt. Cela nous vint naturellement. Il faisait nuit et nous avions amarré la barque de mon père dans une crique. Nous regardions de loin le feu d'artifice au-dessus de notre petite ville. Notre couverture était installée sur le sable. Lorsque le bouquet final s'éteignit et que les étoiles scintillèrent à nouveau, Sarah posa sa main sur la mienne. Je défis ses vêtements. Elle retira les miens. Nous fîmes l'amour cette nuit-là, entre deux infinis bleutés. Le ciel et la mer nous parurent immenses.

Nos cœurs étaient encore plus grands.

70

Le jour où j'appris la mort de Sarah Lewis, il arriva une chose étrange.

Tandis que sa mère m'annonçait son décès, là, sur le ponton de bois à l'arrière de la maison des Dômes, sur ce quai où j'avais dansé avec cette jeune fille sous la lune et où nous avions échangé nos premiers baisers, je n'eus aucune réaction. À la place, il me sembla – une impression très nette – qu'un couvercle se refermait. Qu'un coffre-fort enclenchait ses verrous. Qu'un cercle de noirceur bouclait enfin la boucle qu'il avait entreprise des mois auparavant.

D'après les légendes indiennes, l'homme possède trois âmes : La pupille de son œil. L'ombre qu'il projette sur le sol. Le reflet renvoyé par le miroir. Mais l'ombre peut s'accrocher au cœur de l'homme, dit-on, et enrouler ses ailes noires jusqu'à le masquer en totalité. Si cette histoire est vraie, alors elle n'est pas si grave que ça.

Car en vérité la chose avait entièrement dévoré mon cœur. J'étais entré dans la nuit. Et je ne ressentais rien.

Ce soir-là, en regagnant mon appartement de Miami Beach, j'appelai la directrice de l'établissement de mon père et lui dis que je ne passerai pas le prendre pendant un jour ou deux. Elle protesta, bien entendu. M'expliqua que ce genre de changement de dernière minute était difficile à gérer, voire impossible, qu'ils ne pouvaient pas fonctionner de la sorte, mais qu'ils allaient tout de même faire un effort, puisque je ne leur laissai pas le choix, même si cela engendrait inévitablement pour George des dépenses additionnelles.

Je l'écoutai sans l'interrompre. Je pouvais presque l'entendre caresser ses boucles d'oreilles en or tandis qu'elle me parlait au téléphone. Quand elle eut terminé (je suis sûr qu'elle avait en tête une facture de plusieurs centaines, voire milliers de dollars supplémentaires), je lui demandai de préparer les papiers de George pour la semaine prochaine car il quittait définitivement leur établissement. Elle s'offusqua de ma réponse. J'ajoutai que l'inspection des services sociaux serait chez eux dans la foulée. Cette fois elle s'étrangla. Comment moi, un petit infirmier de rien du tout, osais-je la menacer ainsi ? Je lui expliquai que j'avais filmé avec mon téléphone portable les conditions de vie de ses pensionnaires depuis le début. Les plats périmés que j'avais découverts dans les poubelles à la sortie de leur restaurant. Le travail inefficace de leur faux kinésithérapeute (il n'avait aucun diplôme, j'avais vérifié). Sans compter les quelques hématomes constatés sur les jambes de George, ainsi que sur divers autres pensionnaires, qui me paraissaient clairement relever de la maltraitance. J'ajoutai que, non content d'avoir prévenu l'inspection, je réfléchissais à faire parvenir mon reportage vidéo à plusieurs médias et que les jours de son petit établissement de charme, et d'elle-même en tant que directrice, étaient comptés. Elle bredouilla quelque chose à propos de mon manque de souplesse. Je lui conseillai de prendre extrêmement soin de George pour ses dernières nuits. Puis je raccrochai le téléphone. Et je grimpai sur mon vélo.

Au lieu de pédaler tranquillement en direction de mes quartiers habituels où couraient les joggeurs, je quittai Miami Beach, franchis la baie et mis le cap sur la circulation dense du centre-ville. À cette heure-ci, il s'agissait d'un véritable combat. Je jouais des cuisses et des mollets, insultant les conducteurs, me frayant un chemin parmi les énormes SUV, camions de livraison et autres pick-up. Dès qu'une occasion se présentait, je piquais un sprint. Plusieurs portières manquèrent de s'ouvrir en me pulvérisant, mais je les évitai toutes. Lorsque j'atteignis Downtown, j'étais à bonne vitesse. Je longeai les arbres et les promeneurs du parc et continuai plus loin, accélérant encore. Puis je traversai la rivière et tournai sur la droite. Je marquai alors une pause, un pied sur la pédale, tel un sportif évaluant la pente de la montagne sur laquelle il s'apprête à s'élancer.

À plus de cent cinquante kilomètres en ligne droite se trouvait Eden. Naples était située quelques kilomètres derrière. Mais avant cela, bien avant d'atteindre les étendues paisibles et solitaires des Everglades, il y avait toute la banlieue pauvre et le trafic démentiel du secteur ouest de Miami à franchir. Ce n'était pas prudent de faire du vélo là-dedans. Pas prudent du tout.

Je me jetai dans la circulation et augmentai le rythme. Je grillai un feu. Un camion pila. Des klaxons retentirent. Je ne m'arrêtai pas. Un autre carrefour. Un autre feu. Je passai comme une trombe. Le vent se leva, accompagnant ma course et me faisant encore gagner de la vitesse. Un flic allait m'arrêter. Forcément. Et si ce n'était pas un flic, ce serait un véhicule. Une voiture qui surgirait tel un éclair et m'enverrait voler à plusieurs dizaines de mètres.

Mais cela n'arriva pas. J'accélérai encore. Les quartiers se transformèrent en un défilé flou. Le temps s'effaça. Plus rien d'autre ne comptait que mes jambes, mon sang qui pulsait, et le grondement à l'intérieur de mes oreilles. Mon cœur voulut se plaindre, mais je n'y fis pas attention. Mon cœur ne comptait pas : il était dans la nuit. Quand les premières gouttes de pluie s'abattirent sur mon visage, je pédalais encore. Un orage passa sur moi, faisant craquer le ciel et l'ouvrant en deux, déchaînant ses imprécations dans mon dos, s'abattant et me menaçant de toutes sortes de châtiments. Puis l'orage s'éloigna, toujours grondant, mais moins fort, comme s'il était déçu.

Le calme revint, les habitations se clairsemèrent puis disparurent, et j'atteignis les Everglades. De longues flaques bleues s'élargirent de part et d'autre, teintées de traits verts comme des coups de crayon. Des grillons m'accompagnaient de leur chant le long de la route. Je regardai l'heure à ma montre : j'avais encore le temps de rentrer pour le soir. Je pédalais toujours.

71

Un bruit me réveilla brusquement au milieu de la nuit. Je me retrouvai assis sur le matelas, le cœur battant. Un vent incroyable soufflait dans mon appartement. Mes cheveux se soulevaient, les draps claquaient contre mes cuisses, la lampe de chevet tremblait sur la commode, les ustensiles suspendus dans la cuisine cliquetaient contre le mur et les rideaux ondulaient presque à l'horizontale. Ma tenue de vélo que j'avais abandonnée sur le sol en rentrant de ma longue balade fut repoussée dans un coin. La souris de mon ordinateur portable glissa sur le bureau, tomba par terre et l'écran s'alluma, baignant faiblement la pièce dans une phosphorescence verte. Je frottai mes yeux. Je ne comprenais rien. Pourquoi le vent soufflait-il à l'intérieur de chez moi ?

La fenêtre du balcon, Paul. Elle vient sans doute de s'ouvrir en claquant. Voilà le bruit qui t'a réveillé. Une bourrasque en aura repoussé les deux battants d'un coup sec.

Et puis soudain, tout aussi subitement qu'il était entré, le vent cessa de souffler. La commode s'arrêta de trembler. Mes draps et mes cheveux retombèrent. Les rideaux descendirent en douceur de façon spectrale. Mon ordinateur portable resta allumé, cependant, et l'écran se couvrit de formes lentes et géométriques. La fenêtre était désormais grande ouverte sur mon balcon. Je contemplai la vue au-dehors, les yeux écarquillés. Une lune énorme et ronde – bien plus grosse que dans mon souvenir, me sembla-t-il – illuminait la mer. L'eau était aussi noire qu'une coulée d'encre et sa surface scintillait comme de la soie. En son milieu, un chemin argenté ondulait de façon hypnotique. Ce sentier tracé par la lune semblait venir d'un pays lointain, probablement situé au-delà de l'horizon, et conduisait jusqu'au pied des fenêtres de mon appartement.

Je me levai. Mon cœur se mit à cogner plus fort. Le drap glissa sur mon corps et je me retrouvai nu comme un ver. Cependant, je n'y prêtai pas attention : mon regard était attiré par une présence à l'extérieur. Une silhouette se tenait là. Je la distinguai maintenant. Il avait suffi que je me décale. Elle n'était pas visible depuis la position que j'occupais précédemment dans mon lit, mais à présent je la voyais bien : elle se tenait près du rebord du balcon, dans un coin d'ombre, ses deux mains fermement agrippées à la rambarde, et elle contemplait la mer.

C'était Sarah. Ma Sarah. Elle était de dos et portait une longue robe blanche. Une robe de mariée. Elle avait maigri, je le constatai à ses omoplates saillant sous l'étoffe. Elle semblait plus osseuse qu'auparavant. Mais elle était de retour, c'était tout ce qui comptait.

— Paul, tu m'as tellement manqué, dit-elle dans un souffle.

Je m'avançai vers elle.

— Sarah !

Elle ne se retourna pas. Elle semblait plongée dans la contemplation du chemin lunaire qui se reflétait sur l'eau. Durant un instant, j'imaginai – même si c'était stupide – que ce sentier était précisément le moyen qu'elle avait employé pour atteindre mon appartement. Ses mains agrippaient toujours la rambarde, repliées comme des serres. Je ralentis.

— Sarah ?

— Tu m'as manqué, répéta-t-elle.

Je n'avais pas l'impression qu'elle m'entendait. Au contraire : elle ne paraissait pas consciente de ma présence. Elle semblait très seule. Une âme solitaire s'adressant à la lune et se lamentant sur son sort.

— Pourquoi m'as-tu abandonnée ? dit-elle d'une voix étrangement rauque.

— Sarah, mon amour…

Elle se retourna. Elle était encore plus maigre que je ne l'avais cru. Du moins me semblait-il. La rue l'éclairait de dos et sa silhouette m'apparaissait à contre-jour, si bien que je ne la distinguais pas vraiment. Une ombre enveloppée dans sa robe. Une robe curieuse, d'ailleurs, car plus je la regardais et moins elle ressemblait à une robe. On aurait dit plutôt un linge. Un drap avec de nombreux replis. Presque un suaire.

Je cessai d'avancer. Ce n'était pas Sarah qui se tenait là devant moi : c'était son cadavre. Ma Sarah était morte. Morte depuis des lustres. Son corps avait pourri parmi les roseaux, bercé par les algues, noyé au fond des Eaux Sombres. Je ne le reverrais plus jamais. Plus jamais. Son crâne s'était fracassé contre un rocher et sa peau blanche, si délicate, si fragile, avait été dévorée par les choses du marais (*de belles choses, de vilaines choses, d'étranges choses*). Elle était simplement revenue d'entre les morts pour me rendre une dernière visite. Dans une seconde, elle allait s'avancer dans la lumière de la pièce – une lueur glauque, produite par l'écran de mon ordinateur, mais tout à fait semblable au genre de lueur que l'on pouvait s'imaginer trouver au fond d'un tombeau hanté – et elle allait tendre ses bras décharnés dans ma direction, saisir mes joues avec ses longs doigts de morte.

Je ne pouvais plus bouger. J'étais pétrifié. Elle entra dans la pièce. Et la lumière éclaira son visage. Et c'était vrai : elle était morte. Ses yeux avaient été remplacés par deux trous noirs. Sa mâchoire souriait au-delà du possible, dépourvue de lèvres, montrant toutes ses dents jusqu'au sommet de la mâchoire. Un coin du suaire était resté coincé dans son crâne fendu, et des lambeaux de peau pourrissante pendaient le long de ses bras. Des bras qu'elle tendait à présent vers moi.

Sauf que ce n'était pas Sarah. C'était Abigaïl. La vieille dame s'avança, ou plutôt glissa jusqu'à moi à travers les airs, en apesanteur. Ma poitrine allait éclater. Je ne pouvais plus respirer. Mon esprit s'apprêtait à partir en miettes. Tout cela était impossible. Mais pourtant cela se produisait. La vieille Abigaïl plaqua ses mains sur mes épaules. J'eus l'impression que deux crochets m'enfonçaient dans le sol. Son haleine de feuilles mortes me soulevait l'estomac. Elle se pencha vers moi comme pour m'embrasser. Ses dents claquèrent juste devant mon visage : « Sois plus gentil avec ton cœur, dit-elle. Tu dois être plus gentil avec ton cœur... PLUS GENTIL… PLUS GENTIL… PLUS GEEENTIIIIIIIL... »

Et je me réveillai sur le sol, à côté de ma chaise longue. J'étais sur la terrasse de mon appartement, là où je m'étais endormi la veille après ma longue balade à vélo. Le vent soufflait sur la baie.

Mon cœur me faisait mal. Il comprimait ma poitrine. Merde. Je haletai. Je parvins à me redresser et à faire quelques pas. Saisir le téléphone. Taper les trois chiffres.

— Ici le 911, dit une voix calme et impersonnelle. Quelle est votre urgence ?

— Je… je suis… je suis…

— Monsieur, d'où nous appelez-vous ?

— Je suis… en train… de faire un nouvel infarctus.

72

Tandis que Paul Becker quittait son appartement à bord d'une ambulance, à cent cinquante kilomètres de là, Hank se réveillait, s'asseyait au bord de son lit et posait les pieds par terre. Ses orteils touchèrent le carrelage froid. Il en éprouva un frisson, mais se força à les maintenir en place. Hank s'étira, se gratta la poitrine et consulta sa montre : six heures du matin. Il était encore tôt, mais il aimait se lever de bonne heure. Il se redressa et, comme d'habitude, attaqua sa journée par une série d'exercices de gymnastique. Puis il exécuta une succession de pompes. Pour finir, il trotta dans la pièce en envoyant des coups de poing dans le vide, rentrant la tête et arrondissant les épaules, tel un boxeur.

— UN-DEUX, souffla Hank. TROIS-DEUX.

Jab, cross, crochet du gauche, cross : c'était l'enchaînement de base qu'il avait appris. Hank avait déjà boxé, à l'occasion, lorsqu'il était jeune. Pas en tant que professionnel, bien sûr, mais lors de matchs improvisés contre les employés des garages dans lesquels il travaillait de temps en temps, ou bien dans l'arrière-cour d'une casse de voitures où s'attroupaient les parieurs du dimanche. Hank n'était pas mauvais à l'époque. Son sourire calme et ses yeux vides en déstabilisaient plus d'un, et il les envoyait au tapis.

— UN-DEUX ! TROIS-DEUX !

Il testa d'autres combinaisons et finit par s'arrêter. Sa main se posa sur sa poitrine : son cœur était régulier, pas trop rapide. Sentait-il la moindre trace de douleur ? Un léger tiraillement ? Non. Il était toujours un peu inquiet de ce côté-là. Il avait lu quelque part que les infarctus survenaient volontiers au petit matin. Une histoire de modification naturelle des fonctions vitales. Il n'était plus de première jeunesse et ne voulait pas risquer de se claquer un truc à l'intérieur, sa mécanique n'était plus aussi performante qu'auparavant.

Il n'empêche, pour un vieux, il tenait encore la forme. Il fila quelques séries de coups de poing supplémentaires, juste pour le plaisir, puis s'arrêta et alla mettre sa cafetière en route. Pendant que le breuvage coulait, il ouvrit son réfrigérateur et empila des tranches de jambon dans une assiette. Il mit des toasts à griller, plaça le jambon dans une poêle et le fit cuire avec une minuscule noisette de beurre. Le temps que les tranches de pain jaillissent de l'appareil, tout était prêt.

Il passa un moment à lire son journal, ses lunettes chaussées sur le nez, tout en prenant son petit déjeuner. Toujours aucune progression dans l'enquête sur les meurtres d'Owen Mitchel, ni de Delia et Tom. La femme et l'enfant disparus à la fête foraine – ses deux dernières victimes – étaient suspectés d'être au Mexique. Sourire aux lèvres, Hank alla vaquer à ses affaires. Vers dix heures, son téléphone sonna.

— Vous irez à l'enterrement de Paul Becker demain ?

Le cœur de Hank fit un bond. C'était elle. Elle. Son Serpent Qui Danse. La femme ne l'appelait jamais, ou presque.

— Hank, vous êtes là ?

— Oui, bien sûr !

— Alors, vous comptez y aller ?

— Peut-être, dit-il sur un ton qui se voulait détaché. Je ne sais pas encore. Ça dépend si on fait appel à moi. Il faut bien que je gagne ma vie. (Hank prit une inspiration et se lança :) Et vous ? demanda-t-il plein d'espoir. Vous irez à la cérémonie ?

— Je ne pense pas.

— Ah bon ? Mais pourquoi ?

— Je n'aime pas croiser tous ces gens prétentieux. Surtout lorsqu'ils se retrouvent ensemble. Les hommes en particulier. On dirait que le monde leur appartient.

— Nous aurions pu en profiter pour nous voir, dit Hank.

— Nous ne sommes pas obligés d'aller à un enterrement pour ça.

— Dois-je comprendre que vous me proposez un rendez-vous ? demanda-t-il avec le sourire.

— Bien sûr que non !

Les joues de Hank se dégonflèrent.

— Ah. D'accord.

— Écoutez, Hank, je vous aime bien. On s'est toujours entendus, mais nous ne pourrons jamais être ensemble. C'est impossible. Et nous ne sommes plus tout jeunes.

Il se sentit énervé. Un pas en avant, deux pas en arrière. Un-deux, trois-deux, comme à la boxe. Sauf qu'à ce petit jeu, elle s'était toujours débrouillée beaucoup mieux que lui.

— Bon, alors pourquoi m'appelez-vous ? dit-il. J'ai fait ce que vous vouliez. Becker n'est plus un problème.

— Et vous avez été payé.

— Ce n'était pas une fortune.

— Pauvre Hank, dit-elle en se moquant gentiment de lui.

— J'ai dû passer des examens médicaux. J'ai dépensé presque tout l'argent.

— Vous êtes malade ? demanda-t-elle, sincèrement inquiète.

— Non. Ça va.

— Tant mieux. (Elle soupira.) Nous n'avons jamais eu la belle vie, pas vrai ? Ça n'a jamais été facile. Les choses auraient pu tourner différemment. Mais voilà : elles sont comme elles sont. Il faut s'y faire.

Hank était troublé. Cette femme le troublait. Elle l'avait toujours fait. Il détestait cette impression, et il la chérissait en même temps. Il ne comprenait pas cette emprise qu'elle exerçait sur lui. Aucun être humain n'en avait jamais été capable. Cela tenait de la sorcellerie pure. Une emprise délicieuse et qui n'avait jamais cessé, depuis les toutes premières fois où ils s'étaient vus. Elle le *comprenait*, comme personne d'autre.

— Je me demande si vous avez procédé comme il faut, dit-elle.

— À propos de quoi ?

— L'accident de Paul.

— Mon travail est irréprochable. J'ai injecté le produit et entaillé le bras pour faire disparaître le point d'injection, comme j'en ai l'habitude. En plus, j'ai brûlé le cadavre. Il n'y a aucune raison de soupçonner autre chose qu'une mort accidentelle.

— Je ne veux pas savoir les détails.

— D'accord. Mais je n'ai plus de chlorure de potassium. Il faudrait m'en procurer un peu. Pour mes besoins.

— Je vous en obtiendrai. Quelqu'un aurait-il pu être témoin de vos actes ?

— Non.

— Pourtant il y a des rumeurs en ville. Un journaliste mène une enquête. À première vue, il s'agit juste d'un article sur la mort du docteur Becker. Mais il pose beaucoup de questions. Et à beaucoup de gens.

— Vous avez peur qu'il déterre un squelette ? demanda Hank.

— Ils sont nombreux dans votre placard. Je ne voudrais pas voir ressurgir de vilaines histoires.

— Ne vous inquiétez pas. Les morts, le professeur Munch, les autres, c'est mon problème. Vous n'avez pas à vous en préoccuper.

— Et Victor Sprat ?

— Je n'ai jamais tué ce gamin ! Ce n'était pas moi, je vous l'ai déjà dit !

— Bien.

Elle savait parfaitement ce qu'il faisait dans l'existence. Elle l'avait deviné très tôt. Pourtant elle ne le jugeait pas. Hank ne savait pas pourquoi, mais c'était ainsi. Chacun d'eux, semblait-il, vivait avec sa propre noirceur. Certaines personnes étaient faites pour s'accorder. Pour s'emboîter comme deux pièces d'un puzzle. Sauf qu'elle ne voulait pas de lui en tant que compagnon. Elle l'aimait, mais elle le repoussait. Elle l'aimait, mais elle le faisait souffrir. Les années passaient, Hank vieillissait, mais il était toujours l'enfant que l'on force à dormir à la cave avec le chien.

— Pauvre Hank, répéta-t-elle, cette fois sans la moindre trace de sarcasme.

Sa voix était chaude, sincère, douce. Hank ferma les yeux et les années s'effacèrent. Personne ne lui avait jamais parlé ainsi. Pas en sachant le genre de personne qu'il était.

— Je dois y aller, dit-elle. J'ai du travail.

— Attendez !

Mais elle avait déjà raccroché. Il regarda longuement le combiné téléphonique pendre dans sa main. Il aurait pu la rappeler. Mais ça n'aurait pas servi à grand-chose. Alors il le reposa sur la table. Il se sentait fatigué.

Quelques années plus tôt, il serait certainement allé tuer une ou deux personnes, histoire de se calmer les nerfs. Des gens à qui il aurait rendu visite au hasard. Peut-être même qu'il aurait vécu un moment à leur domicile ensuite. Il aurait volé leur vie, comme il savait si bien le faire. Cela ne lui posait aucun problème : pour n'importe quelle autre personne que cette femme, il était un monstre froid, parfaitement maître de ses émotions. Dans toute société, il fallait quelqu'un pour assurer le sale boulot. Et ce rôle était le sien. Il était doué. Peut-être pas d'une intelligence folle, mais instinctif. Et surtout, à un certain niveau, cela lui faisait du bien. Il aimait vivre dans la peau d'un autre. Arroser les fleurs d'un autre. Porter les vêtements d'un autre. Chaque fois, il oubliait le garçon dans la cave avec le chien.

Hank fit sa toilette et s'habilla. Puis il descendit dans son magasin et parcourut les allées silencieuses, les mains dans les poches. Le Bazar du bizarre était fermé. Les odeurs parfumaient la pénombre. Cela sentait bon la vieille colle à relier les livres, la poussière, les vêtements défraîchis, et autres souvenirs. Soudain, un son résonna.

« BAM… BAM… BAM-BAM… »

Hank s'arrêta et vit Tom, l'enfant-à-la-chevelure-de-boue, sortir d'une allée en faisant rebondir son ballon. Le jouet était aussi gros et bleu que sa tête boursouflée de noyé dans les marécages. Tom regardait Hank d'un air suppliant. Il avait l'air de vouloir jouer avec lui, mais la main arachnéenne de Delia surgit de dessous un meuble et courut jusqu'à son fils sur le sol. Elle le griffa et l'attrapa par les revers de son petit pantalon d'enfant, comme pour le forcer à revenir en sécurité dans les ténèbres. Un peu plus loin, assis sur une chaise, Owen Mitchel les observait, le cou incliné d'une façon invraisemblable en raison de ses vertèbres brisées par la chute dans sa cave. Hank sentit une présence derrière lui. Il se retourna et vit Sally, la pauvre prostituée, qui tentait de marcher dans sa direction en s'appuyant contre le mur tel un pantin désarticulé, les os de son corps réduits en miettes. Ses ongles soigneusement peints s'accrochaient à la paroi et se cassaient les uns après les autres, tandis qu'elle essayait de se tenir debout. Ses efforts étaient pitoyables.

D'autres paires d'yeux l'observaient. Beaucoup d'autres, entre les rayonnages. Il devait y en avoir des dizaines. Hank secoua la tête.

— Allez tous vous faire foutre !

Les fantômes reculèrent prudemment dans les ténèbres. Hank posa son disque 33 tours sur la platine. La vieille musique de jazz s'éleva dans sa boutique. Un son ancien et craquelé. Et il se mit à danser.

73

Ça faisait deux heures que je patientais sur un brancard dans le couloir des urgences. Je n'avais plus mal dans la poitrine. Plus du tout. Après l'arrivée de l'ambulance, la douleur avait disparu. L'interne qui s'occupait de moi passa à ma portée. Je saisis sa manche.

— Comment est mon électrocardiogramme ?

— Il est normal.

— Est-ce que ma troponine est positive ?

— Non.

— Et les autres enzymes ?

— Non plus.

— Donc jusqu'ici, rien ne prouve que je sois victime d'un nouvel accident cardiaque ?

— Avec vos antécédents, on est obligé de penser que…

— Répondez à ma question, s'il vous plaît.

Il se dégagea.

— Écoutez, d'accord, ce n'est pas *forcément* un syndrome coronarien aigu. Vous m'avez dit être infirmier. Alors vous pouvez comprendre que l'épisode que vous avez décrit est très suspect. Vous devez être hospitalisé pour faire d'autres examens.

— Est-ce que ça pourrait être d'origine psychologique ?

— Pardon ?

— Est-ce que je peux être atteint d'une forme de problème qui expliquerait cette douleur ?

— Je ne pense pas, répondit-il prudemment. Vos médicaments pourraient cependant avoir entraîné des effets secondaires psychiatriques…

— Comme de la paranoïa ? Un dédoublement de la personnalité ?

— Eh bien, euh, non, pas jusque-là en principe.

— Des bruits bizarres dans les oreilles ?

— Les acouphènes ont des tas d'origines.

— Et des cauchemars très réalistes ?

— Ça oui, cela arrive.

— Que donne mon échographie ? Rien de spécial ? Est-ce que vous avez remarqué une quelconque *tache* à l'intérieur de ma poitrine ?

L'interne regarda sa montre comme s'il était pressé d'en finir.

— Vous parlez d'une péricardite ?

— Ça ou autre chose. N'importe quelle chose. Une tumeur, une créature noire avec des ailes de chauve-souris, ha, ha, ha, je plaisante.

Il fronça les sourcils.

— Non. Bien sûr.

Il examina mes prescriptions d'un air soucieux, puis tourna la tête comme s'il cherchait une infirmière.

— Donc, dis-je, techniquement je vais bien.

— Sur le plan physique en tout cas.

Je rejetai mes couvertures et arrachai mes électrodes.

— Qu'est-ce que vous faites ?

— Je me rhabille.

— Vous ne pouvez pas faire ça !

— Tenez-moi ce truc, dis-je en retirant le cathéter de mon bras et en lui tendant le tuyau sanguinolent.

Il recula d'un pas et la perfusion tomba à terre. Je comprimai le trou minuscule et collai un sparadrap dessus.

— Vous ne devez pas quitter les urgences !

— Aucune loi ne m'en empêche.

— Vous risquez de mourir !

— Ça, c'est tout à fait improbable.

J'enfilai mes vêtements et mes chaussures. Je me sentais parfaitement bien.

— Je suis déjà mort. Mon enterrement a lieu demain. Je ne voudrais surtout pas le manquer.

Et je décampai de l'hôpital.

Je faisais le malin, mais en vérité, j'avais eu peur. Cet interne connaissait son boulot : en quittant les urgences, je prenais un énorme risque. Certes, j'étais tenté d'attribuer ma douleur nocturne à une crise d'angoisse. Surtout après un cauchemar aussi impressionnant. Mais je ne pouvais pas nier les bêtises que j'avais accumulées ces dernières semaines : les efforts intensifs, ma course à vélo, le manque de sommeil, la consommation de café, l'amaigrissement, et bien sûr le stress. J'aurais dû rester et poursuivre les examens, c'était une évidence. Les résultats biologiques pouvaient changer au cours des prochaines heures. Mon cœur avait peut-être souffert pendant la nuit, même si ce n'était plus le cas dans l'immédiat. J'étais suicidaire. Connie avait vu juste.

Cependant, il y avait du nouveau. Lorsque vous ne voulez plus vivre, lorsque la femme que vous aimez est morte, lorsque votre muscle cardiaque lui-même ne demande qu'à s'arrêter, il arrive que votre cerveau se rebiffe. L'humain est une machine de guerre. Vous n'y pouvez rien. Et là, tandis que je gisais sur mon brancard aux urgences, me demandant à quelle sauce j'allais être mangé (encore un peu de temps, docteur Becker, ou bien *adiós muchachos* ?), mon cerveau s'était remis à bâtir des hypothèses. Il fallait que je gamberge, c'était plus fort que moi.

Et soudain, j'avais eu une idée. Une simple lueur. Mais qui avait grandi. Et maintenant elle portait un nom : l'espoir.

Le taxi me déposa devant ma voiture. Je ne pris même pas le temps de remonter dans mon appartement : je m'installai directement au volant et appelai Connie Lombardo.

— Paul, ça va ? demanda-t-elle tout de go.

— Ça roule.

— J'ai essayé de vous joindre.

— J'avais coupé mon portable. J'étais aux urgences.

— Quoi ?

— Aucun souci, je vous rassure. Juste un épisode de stress. Je pars pour Eden. Vous avez avancé à propos des diverses choses que je vous ai demandées ?

— Votre plan comporte toujours autant de défauts, mais je m'applique à les réduire. Tout sera prêt pour le début de la semaine. Cependant, puis-je vous poser une question ?

— Allez-y.

— Pourquoi vouloir aller aussi vite ? Si nous avions davantage de temps, je pourrais organiser ça de façon correcte.

— Non. Les événements doivent s'enchaîner immédiatement après mon enterrement. Les autres n'auront pas le temps de réfléchir, tout repose là-dessus.

— Vous pensez vraiment arriver à coincer le Visiteur ?

— Je l'espère. Au moins réussir à l'identifier. À mon avis, c'est quelqu'un qui est proche de Veronica. Ils doivent forcément se rencontrer de temps à autre. Si mon plan fonctionne, ça devrait l'obliger à sortir de l'ombre. Merci pour votre travail, Connie.

Et je raccrochai. Tout en appuyant sur le champignon, je passai un second coup de fil, cette fois à ma vieille amie le docteur Marta Coburn.

— Tiens donc, dit-elle au téléphone, Jack Barn le journaliste !

— Le justicier masqué en personne.

— Votre enquête avance ?

— Plus que vous ne le pensez, ma chère Marta.

Sa bonne humeur était toujours aussi contagieuse. Je lui expliquai l'information dont j'avais besoin. Elle me dit qu'elle allait se renseigner et me rappeler aussi vite que possible.

J'atteignis Eden en milieu de matinée – avec l'impression d'avoir déjà vécu une journée complète – et me dirigeai aussitôt vers le cimetière d'Eden Hill. J'étais venu y faire des repérages. Je devais être fin prêt pour le lendemain. Mon appareil photo en bandoulière, je me promenai entre les tombes. Le soleil montait derrière les arbres et un filet de brume flottait au-dessus de l'herbe. À l'emplacement prévu, des employés municipaux étaient en train de creuser un trou. Demain matin, le cercueil renfermant le corps du pauvre Jack Barn descendrait au fond de cette fosse. Je pris de nombreux clichés au téléobjectif et testai divers emplacements. Je cherchais le meilleur angle pour me dissimuler de façon efficace et mitrailler le cortège.

Tandis que je procédais à mes réglages, je réfléchissais à ma nouvelle idée. Tout était parti du discours de Veronica. Elle était venue me voir immédiatement après ma visite chez Teddy Theroux, et m'avait entraîné à l'intérieur de la maison des Dômes. Puis elle m'avait fait des confidences. Des choses qu'elles n'avaient jamais dites à personne sur les circonstances de la mort de sa fille. Pourquoi ?

Selon elle, Sarah Lewis était décédée de façon accidentelle en tombant la tête la première sur un rocher. Une mort stupide après une dispute. Un hasard affreux. Je me souvenais des mots exacts employés par Veronica : *Je ne l'ai pas supporté. J'ai raconté n'importe quoi. Le FBI est au courant, ils ont récupéré son corps. C'est pour ça qu'ils m'ont laissée tranquille.* Mais plus j'y réfléchissais, moins je trouvais ça crédible. Pourquoi le FBI emporterait-il un corps ? Et si cette histoire d'accident était vraie, alors pour quelle raison me la raconter à moi, un inconnu, puisque Veronica Van Doren n'était même pas certaine de mon identité et de la nature exacte de mon travail ? *Je veux que cet endroit reste un sanctuaire. À l'écart des curieux, des rôdeurs et des gamins. C'est un tombeau, ici. Le cimetière de ma famille. Mainte-*

nant faites ce que vous voulez. Allez raconter qu'une vieille femme stupide est responsable de la mort de sa fille. Écrivez un article bien cynique, piétinez le chagrin des gens, et continuez de vous regarder ensuite dans la glace chaque matin, si vous en êtes capable.

C'étaient ses propres mots et je les avais trouvés durs, évidemment. La tristesse d'une mère qui reconnaît ses erreurs et s'ouvre à vous de cette manière était terrible. Comment écrire un article ensuite et ne pas se considérer soi-même comme le dernier des salopards ? Comment oser seulement poursuivre mes investigations ? Et c'était précisément ce qu'elle voulait : me faire tout arrêter. Stopper mon enquête. Une fois de plus. *Que me reste-t-il comme possibilité ? Vous croyez qu'une vieille dame telle que moi va sortir un pistolet, vous tirer dessus et jeter votre cadavre aux alligators ?* Non. Ça, c'était probablement la solution suivante. Si je ne me comportais pas de la façon voulue, elle aurait toujours la ressource de m'envoyer ses sbires ou même le Visiteur en personne. Mais auparavant, Veronica pouvait tenter de me faire le coup de la pitié. Après tout, c'était une carte facile à jouer pour elle, pour peu que je morde à l'hameçon. Il valait mieux manipuler un petit journaliste que de lui coller une balle dans le crâne, non ?

Le docteur Coburn me rappela à ce moment-là.

— Vous aviez vu juste, dit-elle.

— Le FBI n'a pas récupéré le corps de Sarah Lewis ?

— Non.

— Vous avez des détails ?

— Non plus. Cette Veronica Van Doren a vraiment du pouvoir. Le dossier est verrouillé.

— Que dit le FBI ?

— J'ai discuté avec mon confrère médecin légiste. Il est en poste depuis dix ans et nous nous connaissons bien. Il m'a au moins confirmé cette information : il n'a jamais pratiqué d'autopsie sur le corps de cette fille.

— Son cadavre aurait-il pu être ramassé par une autre autorité judiciaire et envoyé ailleurs pour l'autopsie ?

— Ça me paraît difficile. Si quelqu'un meurt dans le secteur, je suis obligée de m'en charger. De façon exceptionnelle, les techniciens du FBI interviennent, mais uniquement dans des cas très spéciaux, comme un attentat terroriste par exemple. Pas pour ce genre d'accident banal.

Je raccrochai. La conclusion était claire : Veronica avait menti. Personne n'avait récupéré le corps de sa fille. Et si elle avait menti à propos de ça, elle avait pu mentir à propos d'autre chose. Et d'une, en particulier.

Sarah n'était peut-être pas morte.

74

L'enterrement du docteur Paul Becker se déroula, si j'ose dire, de la meilleure façon qui fût. C'était un samedi matin, et j'étais sur place dès l'aube. Ma voiture se trouvait garée à bonne distance sous les arbres. Les arroseurs automatiques égrenaient leur *tchac-tchac-tchac* monotone et faisaient remonter dans l'air l'odeur de l'herbe coupée. Le soleil n'était encore qu'un fragile disque de papier, mais il grimpait vaillamment et n'allait pas tarder à nous plomber de ses rayons. Je m'installai confortablement sur le siège passager, calai mon téléobjectif sur le tableau de bord et effectuai mes réglages.

À l'heure dite, le cortège franchit les grilles du cimetière d'Eden – ces mêmes grilles que j'avais repoussées à bicyclette, une vie plus tôt, pédalant au milieu de la nuit afin d'échapper à Teddy Theroux et à son chien. La statue de Lincoln, le grand-père d'Abraham, se trouvait d'ailleurs aujourd'hui à ma droite. Le soldat juché sur son cheval brandissait fièrement son sabre, comme pour me dire : « Salut à toi, ô capitaine ! Te souviens-tu de ton titre ? Te souviens-tu des jours d'antan ? » Oui, je m'en souvenais.

Je reportai mon attention sur le cortège et mitraillai à tout-va. Il n'y avait guère plus d'une douzaine de véhicules : même s'il me restait quelques fans, on ne pouvait pas dire que ma mort avait déplacé les foules. Dès qu'ils furent garés et que les gens descendirent, je me déchaînai au téléobjectif. Je capturai d'abord les visages de Jerry Goodritch et de Floyd Romano. Ces derniers étaient venus dans la voiture des parents de Jerry : une vieille Chevrolet Impala verte, la même qu'il y a trente ans, si mes souvenirs étaient bons (David ne jurait que par la qualité de ces antiquités américaines, pas des « merdouilles en plastique que l'on fabrique aujourd'hui »).

David et Rebecca Goodritch avaient dû effectuer le trajet depuis New York, et je fus touché par une telle attention. Sans doute comptaient-ils rester quelques jours. J'espérais que la situation avec Floyd allait s'améliorer, le père de Jerry n'était pas commode, et l'idée d'un mariage gay avait dû lui refiler de sacrés ulcères. Robert et Nancy Cole se joignirent à eux. Nancy se pendit au bras de David comme pour le rassurer. Elle lui tapota amicalement la joue, et je vis quelques sourires. L'avantage des enterrements, c'est qu'ils rapprochent les gens. Le groupe suivant était mené par Stephanie Brown, alias Batgirl, mon ancienne secrétaire. Plusieurs employés de la clinique l'accompagnaient, mais je ne vis cependant pas l'insupportable Tanya. Mon cardiologue le professeur Evergreen, de la clinique Evergreen, venait ensuite – ce qui me surprit. Mais plus encore : je vis cette satanée crapule de Teddy Theroux ! Il avait emprunté pour l'occasion un véhicule ordinaire (sans doute celui d'un employé) et s'était planqué sous une casquette des Wild Cats et une paire de lunettes noires. Tout ça pour que mes amis ne le reconnaissent pas. Venait-il se ficher de moi une dernière fois, ou bien me rendre un ultime hommage, à moi, son « meilleur ennemi » ? Je n'en avais aucune idée, et cela me fit plus sourire qu'autre chose. Une casquette des Wild Cats à un enterrement, franchement, Teddy, quel manque de goût ! songeai-je en le mitraillant à son tour.

Il y eut quelques personnes de plus, et je les pris toutes en photo. Mon ex-femme et mon fils étaient restés en Europe, comme je m'y attendais. Quant à Cameron Cole, il fermait la marche, apparemment légèrement ivre. Je ne l'avais pas revu depuis mon retour. Son visage en gros plan me fit un choc : il était toujours aussi massif, mais il avait pris un terrible coup de vieux. Les rides sur son front s'étaient creusées, de même que celles qui couraient autour de sa bouche. De nombreux cheveux blancs éclaircissaient désormais son épaisse tignasse. Surtout, je m'étais trompé : il ne tremblait pas à cause de l'alcool, il luttait comme un boxeur sonné tentant de faire bonne figure. Il avançait un pas après l'autre, d'une démarche mécanique, aussi fragile qu'une brindille poussée par le vent.

Les seuls retardataires furent Stan Monroe et Veronica Van Doren. Stan arriva durant l'inhumation et se tint discrètement à l'écart, tel un pestiféré (ce qui me brisa le cœur) ; quant à Veronica, elle semblait s'être décidée à la dernière minute et ne descendit même pas de sa voiture (ce qui ne me fit rien du tout). À un moment, il y eut un incident avec Cam. Celui-ci grimpa jusqu'à moi pour me forcer à déguerpir : il avait une sainte horreur des journalistes et m'avait repéré de loin. J'affrontai la situation avec tout le sang-froid possible (après tout, n'étais-je pas le Capitaine sur la Montagne ?) et pliai bagage sans qu'il me démasque. Je donnais l'impression de déguerpir, mais j'avais accompli mon objectif. J'avais soigneusement immortalisé tout ce petit monde. Chaque visage en gros plan. Jusqu'à la moindre de leurs expressions.

Je rentrai à Miami sans me presser. Au lieu d'emprunter la vieille US 41 qui sillonnait à travers les Everglades, je me payai le luxe de traîner sur les larges voies de l'Interstate 75, m'arrêtant même dans un énorme relais routier pour manger un morceau. Ce n'est pas tous les jours que l'on assiste à son propre enterrement, n'est-ce pas ? L'appareil photo était là, posé à côté de moi sur la banquette, mais je n'avais pas envie d'examiner son contenu. Les dernières heures de Jack Barn étaient arrivées, je le sentais. C'était la fin, et je voulais en profiter encore un peu.

Le soir, je récupérai mon père pour la dernière fois, et pour la dernière fois son kinésithérapeute (non diplômé) me fit une réflexion désagréable. Je le rembarrai comme d'habitude, puis nous rentrâmes George et moi à notre appartement. J'effectuai ses soins, lui donnai à manger, le couchai dans son lit. Puis je m'étendis à mon tour sur la chaise longue du balcon. Je me sentais aussi lourd qu'un sac de sable. Nous étions samedi soir et le bourdonnement des clubs montait déjà dans les ténèbres, se confondant avec les battements dans ma poitrine. Je songeai que mes cauchemars allaient revenir, comme chaque nuit. Sitôt mes paupières closes, j'allais replonger vers le néant, vers mon passé, et revivre des heures difficiles.

Mais ça n'était pas grave. Car je touchais au but. Demain, nous serions dimanche. Lundi serait le jour de la confrontation.

Un jour à attendre, Paul. Plus qu'un jour. Et d'une façon ou d'une autre, tout sera fini.

75

Le dernier dimanche que je passai en tant que Jack Barn fut marqué par deux événements. Aucun des deux ne modifia mes plans. Cependant, ils étaient d'une importance capitale, l'un comme l'autre. Le premier se produisit en fin de matinée.

Ce fut lorsque je découvris l'identité du Visiteur.

Je m'étais réveillé frais et dispos. Si j'avais fait d'horribles cauchemars, pour une fois je ne m'en souvenais pas. J'installai mon père dans son fauteuil, pris mon sac en bandoulière et nous filâmes dehors pour un bon petit déjeuner au soleil. Je jetai mon dévolu sur notre établissement habituel. Le serveur arriva et eut un mouvement de recul involontaire en me reconnaissant.

— Hum, deux jus de fruits avec des pailles, c'est ça ?

— Et aussi des croissants !

— Et un panier avec un kiwi, une orange et une pomme, pour vous aider à poser vos idées sur la table ?

— Frtt-frtt ! fis-je en agitant la main pour le faire déguerpir.

Il fila en rentrant la tête dans les épaules. Nous dégustâmes nos jus de fruits en regardant courir les sportifs du matin. Je culpabilisais un peu en sachant qu'au même moment Connie travaillait d'arrache-pied à la réalisation de mon plan, mais je ne pouvais rien faire de plus pour lui simplifier la tâche. Je finis donc par sortir le téléobjectif de mon sac et transférai les photos sur mon ordinateur portable afin de les étudier. Cela me prit un certain temps. J'effectuai des agrandissements, des rotations sous tous les angles, des changements de luminosité, scrutant la moindre expression, le moindre indice.

Et tout à coup, je le vis. Au début, je ne compris pas ce qu'il faisait sur mes photos : c'était le vieil homme avec qui j'avais discuté au Bob's. Je me souvenais que nous avions eu ensemble une longue conversation, au cours de laquelle il m'avait dit s'appeler Hank. Nous avions mangé des boulettes de crabe, résolu des mots croisés et parlé de nos vies respectives. Je m'étais confié à lui, et lui à moi. Il m'avait semblé être un brave type. Avec un air vaguement familier, peut-être. Mais je ne l'avais pas reconnu. C'est seulement lorsque je vis *le rôle qu'il tenait* le jour de mon enterrement que tout se mit en place. J'avais soupçonné le Visiteur et Veronica de se rencontrer de temps à autre. Peut-être même qu'il faisait partie de son entourage. Je n'imaginais pas à quel point j'avais eu raison.

Hank n'était pas son vrai nom. Il se faisait appeler différemment lorsque nous étions jeunes. Mais c'était lui. Ça ne pouvait être que lui ! Maintenant que je voyais la place qu'il occupait au sein de la communauté, tout s'emboîtait comme un puzzle, les choses coïncidaient à merveille ! Le plus extraordinaire était que le Visiteur avait toujours vécu parmi nous. Incroyablement proche. Une bouffée d'excitation m'envahit. Je venais de démasquer ce psychopathe, et je l'avais fait de la façon la plus simple qui soit : en le capturant sur mes photos au téléobjectif ! J'étais si excité que je faillis appeler Connie dans la seconde. Mes doigts pianotaient déjà sur mon portable. Puis je me ravisai.

Ma découverte ne reposait sur aucune preuve. Une certitude absolue, certes. Mais cela demeurait un sentiment. Si j'en parlais à Connie maintenant, elle était capable de tout arrêter et de se précipiter pour prévenir le FBI. Et cela, il n'en était pas question. Le Visiteur était à moi. Je reposai mon téléphone. Agrandis la photo. Elle occupa bientôt tout mon écran. Cette tête, je l'avais croisée à plusieurs reprises durant ma jeunesse. Depuis, il avait beaucoup changé, ce qui m'avait trompé lorsque je l'avais revu au Bob's. Pour quelqu'un qui avait perdu sa femme et ses enfants dans l'incendie de sa maison, je trouvais qu'il avait plutôt le sourire. Bien sûr, maintenant que je connaissais le personnage, je supposais que c'était lui qui avait mis le feu. Logique. S'encombrer d'une famille ne pouvait être qu'une étape. Une expérience temporaire pour le Visiteur. À l'époque, il avait accusé le jeune Victor Sprat, pyromane notoire. Mais en fin de compte, ce pauvre taré de Sprat n'avait jamais été coupable de rien : c'était Henri Fazio qui avait éliminé sa propre famille.

Henri Fazio, le chauffeur occasionnel des Theroux et des Lewis.

Henri, l'homme qui battait sa femme et qui trouvait le mariage si nouveau, si compliqué.

Henri qui avait presque tordu le cou de son beau-fils Jimmy, ce jour où Sarah et moi nous discutions devant le garage de la maison des Dômes.

Henri le garagiste, l'homme à tout faire, le gars qui traîne, de-ci de-là. Ce brave Henri qui réparait la chaudière de la maison des Dômes. Henri toujours avide de récupérer un peu d'argent. *C'est qu'il n'y a pas beaucoup de travail*, pleurnichait-il, *mon garage a fermé. Je vais ouvrir un petit magasin d'articles d'occasion. En attendant, cet emploi chez M. Theroux et les travaux chez votre père, mademoiselle Sarah, j'en ai vraiment besoin.*

Henri qui faisait tellement pitié. *Je sais que je n'ai pas une très bonne réputation en ville. Je suis au courant de ce qu'on raconte. Que je tape mes gosses. C'est certainement ma faute*, disait-il, tassé sur lui-même, les yeux humides.

Et surtout, ce cher vieux Henri qui prenait soin de Veronica, la conduisant d'un endroit à un autre.

Car Henri Fazio, hier encore pour mon enterrement, se trouvait tout simplement au volant de la limousine de Veronica Lewis-Van Doren, jouant une fois de plus les chauffeurs intermittents, sa casquette fièrement vissée sur la tête.

C'était ainsi que je l'avais photographié, capturé au téléobjectif, à travers les vitres de la voiture.

J'avais l'impression d'avoir cloué au fond d'une boîte un spécimen de papillon rare.

Henri, dont le diminutif se disait « Hank ».

— Salut, Hank le Visiteur, fis-je, un sourire carnassier sur les lèvres. Comment vas-tu, mon vieux, depuis tout ce temps que tu rôdes à Eden ?

76

Dimanche après-midi, Teddy « Bear » Theroux jouait au golf sur son terrain favori. Il étudiait la meilleure façon de se positionner pour son prochain coup, lorsqu'une jeune femme débarqua sur le green.

— Monsieur Theroux ?

— Lui-même. À qui ai-je l'honneur ?

— Connie Lombardo, détective privée.

— Une détective ?

— Mon travail consiste à localiser des personnes. En l'occurrence, vous. Dans le cas présent, je représente mon employeur : John Bizien Law Firm.

— Jamais entendu parler, dit Teddy en s'appuyant sur son club.

— Maître Bizien est avocat de Floride pour l'homologation et l'administration des successions[1].

— Et alors ?

— Alors vous êtes concerné par une succession.

— Vous voulez dire un héritage ?

— C'est ça.

1. Les successions aux États-Unis font souvent intervenir des avocats. Ces derniers agissent comme le font les notaires en Europe ou au Québec.

— Mais de qui ? Personne n'est mort dans ma famille.

Elle tendit un papier.

— Pas au sein de votre famille : c'est le docteur Paul Becker qui est décédé. Il avait rédigé un testament. Vous en faites partie.

Teddy redressa sa casquette de golfeur.

— Non. Sans blague ?

— Il n'y a aucune blague. John Bizien Law Firm est une noble institution qui a plus de trente années d'existence. Nous travaillons avec les familles sur les procédures de validation, les lois et les règles de Floride dès qu'il est question d'héritage. Paul Becker nous a confié sa succession. Il vous a désigné comme étant l'un de ses bénéficiaires.

Teddy n'en revenait pas.

— Paul Becker me lègue quelque chose *à moi* ?

— Absolument.

— Vous parlez d'argent ?

Connie eut un sourire. C'était là que tout se jouait.

— Il y a de l'argent, bien sûr. Mais pas seulement, monsieur Theroux, pas seulement.

Il fronça les sourcils.

— Alors de quoi on parle ?

— D'informations. De renseignements de la plus haute importance. Paul Becker les a confiés à notre établissement sous le sceau du secret. Et il souhaitait les partager avec vous après sa mort.

— C'est intrigant. Vous ne pouvez pas m'en dire plus ?

— Non. C'est le propre d'un testament : les informations ne seront divulguées qu'au moment de sa lecture. Et seulement pour les oreilles des personnes présentes.

— Parce qu'il y a d'autres personnes concernées ?

— Oui.

— Lesquelles ?

Connie fit mine de s'impatienter.

— Je ne peux pas vous le dire. John Bizien Law Firm est une entreprise respectable !

— Vous n'avez pas l'air commode…

— Je ne suis pas là pour ça.

Elle désigna un encadré figurant sur le papier qu'elle venait de lui remettre.

— Notez bien l'endroit et l'heure. La lecture aura lieu demain matin. À onze heures précises.

— Demain matin ? Mais si je ne suis pas libre ?

— Je vous recommande de l'être.

— Je ne comprends pas, c'est tout de même extraordinaire que…

Connie l'interrompit.

— Cessez de vouloir me tirer les vers du nez, monsieur Theroux. Je ne sais rien d'autre. Donc je ne vous dirai rien. Néanmoins… parmi les différents cabinets juridiques de Floride, John Bizien Law Firm fait figure de poids lourd. Vous pouvez vérifier. Ils n'ont pas l'habitude de traiter de petites affaires. Ni d'employer des gens pour rien. En tant que détective, mes tarifs sont loin d'être dérisoires, *ça* je peux vous le dire. Donc s'ils m'ont mandatée pour vous retrouver et vous convoquer à cette lecture, vous feriez bien d'aller voir de quoi il retourne…

Elle marqua une pause. Teddy ne la quittait pas des yeux. Elle sourit :

— Ce qui se trouve à l'intérieur du testament de Paul Becker pourrait bien changer votre vie, monsieur Theroux.

Connie Lombardo était une professionnelle douée et elle avait soigneusement mis au point ses préparatifs. La même scène, à peu de chose près, se répéta avec chacune des différentes personnes que je souhaitais voir présentes à la réunion. Connie m'appela en fin de journée pour confirmer que tout le monde avait accepté la rencontre. Je la remerciai et raccrochai. Je ne lui avais rien dit pour Henri Fazio. Mon plan était en marche. Désormais, rien ne pouvait m'empêcher d'aller jusqu'au bout.

Je claquai la portière de la voiture. George se trouvait à côté de moi, nos valises étaient entassées dans le coffre, et mon Glock 17 rangé dans la boîte à gants. Cette nuit, nous ne dormirions pas à Miami Beach : j'avais définitivement rendu les clés de notre ancien domicile. Je démarrai le moteur d'une main tremblante. L'homme qui me regardait dans le rétroviseur n'était pas moi : il s'agissait d'une créature étrange, émaciée, au visage sombre. Un chasseur à l'esprit frémissant et consumé par la fièvre. Un être hanté par le désir de vengeance et qui avait perdu toute modération. J'écartai le rétroviseur pour ne plus voir mon reflet. J'avais retrouvé ma proie.

77

Je conduisis jusqu'à Eden, les yeux écarquillés, l'esprit en feu. Nous nous installâmes mon père et moi dans un petit motel en dehors de la ville, et je tournai comme un fauve dans la chambre. Mes pensées se percutaient. Se télescopaient. Des embranchements d'idées extraordinaires naissaient et s'évanouissaient sous mes yeux tels de puissants arcs électriques. Je comprenais. Je comprenais tout.

J'avais vu juste pour Veronica et le Visiteur : ils étaient ensemble depuis le début. Amants, pourquoi pas ? Henri Fazio et Veronica s'étaient rencontrés à Eden. Elle l'avait probablement séduit. C'était une belle femme, intelligente, capable de le faire. Pourtant il me manquait encore une chose. Un élément crucial. Pourquoi Veronica accomplissait-elle tout ça ? La réponse n'était pas loin. Mon inconscient voulait me la souffler. J'y étais presque. Je savais que si j'étais capable de répondre à cette question, comprendre pourquoi Veronica Van Doren avait agi de la sorte et couvert les différents meurtres, je trouverais l'élément qui me connecterait à tous les autres. Je me repassais sans cesse dans mon esprit le film de nos dernières rencontres.

À Eden, nous protégeons nos enfants.

Tout le mystère résidait dans cette simple phrase. Veronica l'avait employée à plusieurs reprises. Et son *ton* pour le dire était particulier : comme s'il s'agissait d'un impératif absolu. N'importe qui protégeait ses enfants. Rien d'extraordinaire à ça. Mais dans son cas, j'y avais presque décelé de la détresse. On aurait dit que Veronica n'avait pas d'autre choix possible. Comme si cette phrase, à elle seule, justifiait tous ses actes.

Trouve pourquoi. Voilà ce que mon instinct n'arrêtait pas de me murmurer en boucle.

À Eden, nous protégeons nos enfants.

Pourquoi t'es-tu associée au Visiteur, Veronica ? Qu'est-ce qui t'a poussée à le faire ? Tu ne connaissais pas Henri Fazio auparavant. C'était impossible : tu venais du Texas ; lui habitait à Eden. Lorsque tu es arrivée, il est devenu ton chauffeur et tu as découvert le genre de personne qu'il était. La plupart des gens auraient été horrifiés. Mais pas toi. Tu l'as accepté et tu t'en es servie. Tu lui as demandé de tuer d'autres gens. Tu l'as laissé volontairement commettre des meurtres. Ce n'était pas bien, et tu le savais. Pourtant, tu n'es pas comme lui.

À Eden, nous protégeons nos enfants.

Le Visiteur est fou, d'une folie particulière, mais pas toi, Veronica. Tu as toujours fait la différence entre le bien et le mal. Tu as juste un peu souffert, tu étais une petite fille qui avait des problèmes. Tu voulais t'affranchir des hommes et de leur domination. Mais tu n'as jamais été violée, ni battue, et tes parents n'étaient pas des déséquilibrés. Perdre ton statut social n'a pas suffi à te transformer en horrible veuve noire. Il faut beaucoup de volonté à une personne normale pour faire alliance avec un monstre comme Henri Fazio. Pourtant tu l'as fait consciemment, dès le départ. Alors que les hommes te répugnaient, tu t'es associée à lui. Comme si tu savais *déjà* en arrivant à Eden qu'il te faudrait faire des sacrifices.

À EDEN, NOUS PROTÉGEONS NOS ENFANTS.

C'est Charles Lewis qui a décidé de s'installer à Eden. Il a choisi un trou perdu. Une maison isolée. Ce choix a toujours été délibéré. Vous aimiez votre fille, l'un et l'autre. Sarah était la prunelle de vos yeux. Et même si tu m'as empêché d'être avec elle, Veronica, cela partait d'un bon sentiment. Tu la protégeais des mauvaises influences. La protection d'une mère. Laisser le Visiteur traîner dans le secteur était très dangereux. Mais sans doute que c'était nécessaire. *Protectrice*, voilà le mot-clé.

À EDEN, NOUS PROTÉGEONS NOS ENFANTS.

Pourquoi étiez-vous ici, Charles et toi ? Qu'est-ce que la famille Lewis est venue faire à Eden ? Quel secret protégiez-vous ? Qu'est-ce qu'il y a de spécial, dans ce fichu endroit ? Quel secret y avez-vous enfoui ? *Quel secret ?*

À EDEN, NOUS PROTÉGEONS NOS ENFANTS.

NOUS PROTÉGEONS NOS ENFANTS.

NOS ENFANTS !

Et soudain je compris. C'était fou. Je me précipitai sur la vieille boîte en fer. Celle qui contenait toutes les lettres de Sarah. Cette boîte qui m'avait accompagné depuis les premiers jours de mon périple. Cet objet que j'avais serré contre moi, à chaque étape, lisant et relisant les mots qui parlaient à mon cœur.

Cette boîte à laquelle semblait tenir précieusement Charles Lewis, puisqu'il l'avait cachée tout au fond de sa cave. Et pourtant, qu'avait-elle de particulier ? Ce n'était qu'un jouet.

La boîte était rectangulaire. La taille d'une boîte à sucre. Le dessin d'un joueur de base-ball était gravé dessus.

« Qu'est-ce que c'est ? avais-je demandé. — Une boîte de collection, avait répondu Sarah. — Elle est à toi ? — À mon père. — Ton père collectionnait les cartes de joueurs de base-ball ? — Pas que je sache. C'est plutôt le genre de choses qui appartient à un garçon de ton âge, non ? »

Je la vidai entièrement. La secouai, la palpai, l'examinai sous tous les angles. Allais-je y trouver un indice ? Peut-être que je me faisais des idées. Peut-être que Charles Lewis avait conservé cet objet par hasard.

Mais je ne me faisais pas d'idées.

NOS ENFANTS !

Ce que je cherchais se trouvait à l'intérieur, tout au fond. En penchant l'objet dans la lumière, on pouvait encore deviner les encoches d'une gravure sur le métal.

Deux mots à peine déchiffrables, effacés par le temps.

Un prénom et un nom. De cinq lettres chacun.

Ceux du propriétaire de la boîte.

CE QUE L'ON TROUVE
AU FOND DE LA BOÎTE EN FER

Prénom. Nom.
Gaufrés à la main sur le métal.
Pas de date.

« LOUIS LEWIS »

78

Lundi matin, une heure avant la rencontre, mon père et moi rejoignîmes Connie.

— Voilà l'endroit. Qu'est-ce que vous en pensez ? dit-elle.

Le lieu de la réunion était situé en pleine nature. Pour y accéder, il fallait suivre un sentier qui partait du parking de la maison des Dômes. Je craignis un instant que le fauteuil de George eût du mal à passer, mais finalement non. Le sentier se parcourait en quelques minutes et conduisait à un espace au bord de l'eau : un sol de terre noire, deux énormes chênes au tronc noueux, et la vue sur les Eaux Sombres et leurs bouquets de roseaux caressés par le vent.

En poussant le fauteuil de George sous la voûte naturelle formée par les deux chênes, j'eus l'impression de pénétrer dans une cathédrale végétale. Une chapelle gothique aux arches recouvertes de filaments de mousse. Un mystérieux lieu de culte au bord du marais. Je respirais l'odeur de l'humus et des feuilles mortes. D'autres promeneurs avaient découvert l'endroit, comme l'attestaient des restes de pique-nique. Mais Connie avait fait place nette : elle avait balayé les détritus, installé des fauteuils en plastique aux coussins confortables, disposé une table d'apéritifs et de jus de fruits, et pour finir – la touche d'ambiance personnelle – allumé un énorme chandelier. Les flammes tremblotaient doucement. Au centre de cet espace solennel, un pupitre attendait que je prenne place.

— On dirait une église, dis-je. Comment avez-vous trouvé ça ?

— En me promenant. Vous vouliez un lieu proche de la maison des Dômes.

— Vous avez un sens inné de la mise en scène, Connie. Vous pensez qu'ils vont être émus ?

— Lire un testament dans ce décor, il y a de quoi l'être.

Veronica et mes amis allaient bientôt arriver. J'avais également convié Teddy Theroux pour mettre Veronica en confiance. Et là, devant tout le monde, je comptais leur infliger un premier choc : celui de mon retour. Puis un second, en leur déballant la véritable histoire du jour où tout avait commencé. La fois où, ma petite bande et moi, nous étions revenus des Everglades pour tomber sur Salvatore Munch. L'instant où son meurtre avait fait basculer nos existences. J'espérais provoquer suffisamment d'émotions pour faire craquer Veronica en public. C'était le plan. Et il avait un million de défauts. Mais je n'en avais pas de meilleur.

— Vous allez créer un choc terrible, dit Connie.

— C'est le but.

— Les réactions seront imprévisibles.

— Ne vous inquiétez pas.

— Je ne parle pas que des autres, mais de vous.

— Vous serez mon ange gardien. Et Cameron sera là. Il est flic, vous pourrez compter sur lui.

— Et si le Visiteur s'invite à la fête ?

Je me contentai de sourire. Veronica Van Doren avait dû être désagréablement surprise par cette convocation à la lecture d'un testament. Des révélations de dernière minute, voilà qui ne devait guère la tranquilliser. Cela sonnait comme une menace. Et qui disait menace disait protection. Est-ce que le Visiteur risquait de se pointer ? Bon sang, j'y comptais bien !

Teddy Theroux arriva le premier. Depuis White Point, il n'avait guère de chemin à faire. Il se gara sur le parking à dix heures quarante-cinq, avec quinze minutes d'avance. Connie l'attendait, un dossier sous le bras. Le dossier était vide : il se trouvait là uniquement pour l'illusion. Un écriteau posé sur un trépied annonçait :

JOHN BIZIEN LAW FIRM
Succession Becker :
Merci de patienter ici en attendant notre représentante :
Mlle Connie Lombardo.

— C'est quoi, ce cirque, dit Teddy. Vous faites ça en plein air ?

— Selon la volonté du défunt.

— J'ai un meeting à treize heures, grommela-t-il.

— Vous y serez, dit-elle en l'entraînant par le bras. Venez, je vais vous montrer où ça se passe.

Elle l'emmena sur le sentier. Je les observais dans le viseur de mon appareil photo, couché sur la terrasse de la maison des Dômes. Je les perdis de vue quelques minutes dans la végétation. Puis les récupérai au téléobjectif, au loin sur la petite plage. Mon portable se trouvait dans ma poche et j'avais mis l'oreillette. Connie, à l'autre bout, avait laissé le sien allumé dans sa veste. Je pouvais ainsi entendre – ou du moins deviner, en fonction de la qualité du son – ce qui se passait autour d'elle.

— Je vous sers à boire ? demanda Connie.

Teddy aboya quelque chose.

— Désolée, il n'y a pas d'alcool, répondit-elle. Juste des jus de fruits.

Teddy posa une autre question.

— Oui. Le vieil homme dans le fauteuil roulant est bien George Dent, le père du défunt.

Teddy se rapprocha et sa voix devint audible.

— Qu'est-ce qu'il a, le vieux ? Il ne réagit pas beaucoup.

— George souffre de démence précoce.

— Pourquoi il a des écouteurs sur les oreilles ?

— Il aime le jazz. Ça lui fait du bien.

— Il compte assister à la lecture du testament de son fils avec des écouteurs ?

Connie poussa un soupir.

— Je doute que la lecture d'un testament change quoi que ce soit pour George. Je ne suis même pas certaine qu'il sache où il est.

Je m'attendais à ce que Teddy fasse une remarque sarcastique, mais ce ne fut pas le cas.

— Alors je vais tirer son fauteuil loin du bord.

— Pourquoi ?

— Parce qu'il y a plein d'alligators, ma p'tite dame, et je ne voudrais pas qu'ils boulottent ses pieds. Et mettez-lui une casquette. Le vent se lève. Le bulletin météo annonce de la pluie.

Il y eut un froissement dans mon écouteur, comme si Connie avait esquissé un geste nerveux.

— De la pluie ?

— Eh oui ! dit Theroux. C'est l'été, on a plein d'averses tropicales. Ils ne vous ont pas prévenue, chez John Bizien machin-chose ?

Un bruit de moteur sur le parking. Je déplaçai mon viseur. Le véhicule suivant était arrivé.

Ils se présentèrent les uns après les autres. Jerry en premier, dans un coupé sportif de couleur jaune. Puis les deux cousins, à bord du pick-up de Cameron. Stan avait très mauvaise mine, je pouvais le voir d'ici. Il tentait de conserver une attitude digne, mais il était forcé de s'arrêter tous les dix pas pour tousser et remplir son mouchoir. Connie les guida jusqu'à la plage sous les vieux chênes.

Je vis mes trois amis se tomber dans les bras. Cela faisait longtemps, sans doute, que Jerry n'avait pas revu Stan Monroe. Je pus deviner à son attitude que son cœur en était encore plus brisé que le mien. J'entendis fuser des exclamations de reproche à travers le portable de Connie. Stan leva les bras au ciel et se força à rire. Puis j'eus l'impression qu'il essayait d'allumer un joint avec l'une des bougies du chandelier. Ça devait être ça, car Cameron tenta de le lui arracher de la bouche en protestant avec véhémence. Stan tituba en arrière et faillit s'étaler de tout son long. Mais Jerry le rattrapa, et Stan le remercia d'un salut alambiqué accompagné d'un déhanchement à la Elvis. Jerry se mit à rire, cette fois de bon cœur, tandis que Stan continuait ses pitreries, ressuscitant pour quelques instants tout le charme et la séduction du formidable bad boy qu'il avait été. Teddy les observait depuis l'autre bout de la petite plage. Je pouvais presque entendre ses mauvaises pensées d'ici. Mais il ne fit aucun commentaire. Cam tira trois chaises et ils s'installèrent, tournant ostensiblement le dos à Theroux.

Je déplaçai mon téléobjectif vers George. Mon père n'avait pas bougé et contemplait les Eaux Sombres. Avait-il souri en entendant les voix de mes amis ? J'aurais tant aimé. Mon oreillette grésilla.

— Paul, vous m'entendez ?

Connie était en train de retourner au parking.

— Je ne comprends pas, dit-elle. Veronica n'est toujours pas là. Qu'est-ce qui se passe ?

— Ayez confiance. Elle va venir.

— Et si elle nous fait faux bond ?

— Alors mon plan tombe à l'eau. Mais on pourra toujours organiser un pique-nique.

J'en avais presque envie en regardant ma bande. Sacrément envie, même. Ça aurait été de fabuleuses retrouvailles… Mais pour cela, il aurait fallu que je sois dans un état d'esprit différent. Que mon cœur cesse de cogner comme s'il voulait sortir de ma poitrine. Et mes mains de trembler comme si elles étaient parcourues d'un courant électrique. Parce que je savais ce qui allait se passer ensuite.

Des pneus crissèrent sur le parking : la limousine était là.

Veronica Van Doren descendit de voiture.

— Puis-je me permettre de vous guider ? proposa Connie en lui prenant le bras.

Veronica la repoussa sèchement.

— Inutile de me tenir. Je ne suis pas impotente.

Elles disparurent sur le sentier. Je rabattis mon viseur sur la voiture. Pour le moment, Van Doren était le cadet de mes soucis : la seule chose qui comptait se trouvait derrière le volant. L'homme à la casquette.

— Tourne-toi, murmurai-je.

Je ne distinguais pas son visage. Le doute m'envahit soudain. Et si Henri Fazio ne venait pas ? Ou pire encore : s'il avait anticipé mon traquenard ? Un doigt glacé remonta le long de ma colonne vertébrale. Le Visiteur avait flairé un truc. Il avait tout compris. L'homme dans la voiture était un autre chauffeur, une personne quelconque. Dans une seconde, le tueur allait se pointer dans mon dos, braquer une arme contre ma nuque et m'annoncer : « Surprise, Becker ! Quoi, tu pensais vraiment me coincer ainsi ? Non mais tu rêves ! Ça fait trente ans que je massacre des gens aussi facilement que je respire. Les types comme toi, je les avale au petit déjeuner ! » Mon cœur battait à tout rompre.

— Allez, tourne-toi, bon sang !

L'homme à la casquette se retourna. Et c'était lui : Henri Fazio. Comme je l'avais prévu. Je reculai sur la terrasse et me débarrassai de mon téléobjectif. Désormais je n'en avais plus besoin.

— Allô ? John Bizien ? On vous attend !

— Une minute, Connie. J'ai quelque chose à faire.

— Une chose ? Quelle chose ? Ils sont tous là. Magnez-vous. Theroux s'énerve dans son coin avec Veronica, tandis que vos amis se tiennent de l'autre côté du ring. L'ambiance se crispe. Goodritch temporise en allant des uns aux autres mais il va s'épuiser. En plus il commence à pleuvoir…

— Faites-les patienter, dis-je en cavalant le long de la maison des Dômes.

Je sortis le Glock. J'avais vérifié le chargeur au moins dix fois.

— Paul, j'entends votre souffle. Vous êtes en train de courir ?

J'ôtai la sécurité. Un coup d'œil : Henri Fazio lisait un journal, un crayon à la main, à l'intérieur de la limousine. Des mots croisés. Il faisait ses putains de mots croisés.

— Paul, venez nous rejoindre !

— Pas maintenant.

Je sautai derrière le dôme suivant et me remis à courir. Le tonnerre gronda. Mon adrénaline pulsait de façon démente.

— Merde, dit Connie, mais qu'est-ce que vous foutez ?

Cette fois, je ne répondis pas. Je n'entendais rien. Je ne m'appartenais plus. J'allongeai ma foulée. Dernier dôme. Dernier sprint jusqu'à la limousine. Je sortis et me mis à courir totalement à découvert.

Trente mètres. Vingt-cinq. Vingt. Le Visiteur allait tourner la tête… S'il le faisait, c'était fichu : il allait m'apercevoir…

Quinze mètres. Dix. Mes jambes me catapultèrent. Les souvenirs jaillirent. Fulgurants. Jack Barn, mort dans la forêt. Son cadavre sur un lit de feuilles. Mes yeux devinrent deux minces fentes.

— Paul !

Mais Paul avait disparu. La chose qui courait était un démon noir. Son arme : un éclair sombre. Son esprit : une bannière de guerre.

Le démon posa ses griffes sur la portière,
rapide comme le vent,
posé comme la forêt,
destructeur comme le feu,
inamovible comme la montagne,
secret comme l'ombre,
surprenant comme un coup de tonnerre.

Il braqua son arme sur le Visiteur.

79

Le son claqua telle une explosion et fit sursauter Connie.

— Qu'est-ce que c'était ? demanda Jerry.

— Juste le tonnerre, répondit Stan en dodelinant de la tête.

— Pas ça. Le truc *derrière* le tonnerre.

— On aurait dit un putain de coup de feu, grogna Theroux.

— Pour une fois, je suis d'accord avec l'autre abruti, dit Cameron.

Teddy le fusilla du regard. Cam lui rendit la pareille. Teddy baissa les yeux. Les années n'avaient pas fait évoluer leurs corpulences respectives de la même façon. Cam tâta sa ceinture, comme pour chercher l'arme de service qui ne s'y trouvait pas.

— Merde, grogna-t-il. Je n'ai pas pris mon pistolet.

Veronica Van Doren demeura assise dans son fauteuil, les mains crispées sur les genoux. George contemplait les eaux.

Le ciel avait pris une couleur d'encre, comme si la nuit allait tomber. Les gouttes de pluie se rapprochèrent. Certaines coulèrent sur le chandelier et mouchèrent des flammèches. Hormis le son de l'eau qui clapotait et les roulements du tonnerre, il n'y avait aucun bruit. Personne n'osait prononcer un mot. Veronica fut la première à rompre le silence.

— Où est votre employeur ? demanda-t-elle. Où est ce fameux John Bizien, de John Bizien Law Firm ?

— Je… je ne sais pas, dit Connie, son téléphone encore à la main.

— N'est-ce pas avec lui que vous conversiez à l'instant ?

— Oui. Bien sûr.

— Alors où se trouve-t-il ?

— Il va arriver.

— Pourquoi vous nous avez réunis ?

— Pour la, euh… lecture du testament de…

— Vous mentez, mademoiselle Lombardo.

Deux minutes, songea Connie. Il faut deux minutes pour aller d'ici au parking. Mais qu'est-ce qu'il fabrique ?

— Je vais le chercher, dit-elle. Surtout ne bougez pas.

— Quoi, vous nous abandonnez sous l'orage ? beugla Theroux. Il va pleuvoir des trombes d'eau dans cinq minutes !

Stan pointa la main. Quelqu'un arrivait par le sentier.

80

Trois minutes plus tôt, sur le parking, Hank sursauta tandis qu'un coup de feu partait en l'air. La portière de la limousine s'ouvrit d'un coup. Une ombre se tenait dehors. Une arme braquée sur sa tête.

— Sors de là, espèce de salopard ! dit l'ombre.

À cause des éclairs au loin, Hank distinguait mal la forme qu'il avait devant lui. Durant un bref instant, il crut voir un être aux ailes déployées. Puis l'apparition redevint un homme. Celui-ci était maigre et semblait ne pas avoir dormi depuis des siècles, mais Hank le reconnut aussitôt.

— Jack ? Qu'est-ce que vous fichez là ?

— Sors de là, *Henri*, dit l'autre sur un ton glacial.

Hank étudia le canon de l'arme. Posa son journal. Et fit disparaître le crayon dans sa manche.

— Jack, mais qu'est-ce qui vous prend ?

Il sortit lentement de la voiture, tel le vieillard fatigué qu'il était. Des gouttes se mirent à tapoter la carrosserie des véhicules. Hank tourna la tête : ils étaient seuls. La réunion, où qu'elle se tienne, n'avait pas lieu aux abords immédiats du parking. Personne non plus sur la plage.

— Vous n'avez pas l'air bien, Jack. Vous ne vous souvenez pas de moi ? Nous avons déjeuné ensemble il y a quelques jours. Pourquoi employer ce ton agressif ? Vous devez me confondre avec quelqu'un d'autre.

— Je ne te confonds avec personne. C'est TOI qui as confondu. Regarde-moi bien.

L'homme tourna son visage pour permettre à Hank d'en étudier les arêtes. Nouvel éclair. Le tonnerre gronda.

— Tu n'as pas tué le bon type, là-haut dans le Yellowstone, dit l'homme.

Un rictus tordit sa bouche.

— Je *suis* Paul Becker.

Hank écarta ses jambes pour tester leur appui.

— De qui parlez-vous, Jack ? Je ne sais pas ce qui vous arrive. Je ne suis qu'un vieux monsieur. Je tiens un bazar, sur la route 41. Vous devriez venir y faire un tour, je vous ferai visiter. Je propose également mes services de chauffeur à Mme Van Doren lorsqu'elle le souhaite. Nous avons discuté, vous ne vous en souvenez plus ? Vous étiez à la recherche de votre Serpent Qui Danse. Vous ne m'avez pas raconté la suite. Alors, avez-vous retrouvé la femme de votre vie ?

L'homme cligna des yeux. Le flot de paroles l'hypnotisait. Hank fit redescendre le crayon dans sa main. Il l'avait taillé ce matin dans la cuisine, tandis que les spectres de Delia et Tom le regardaient faire. La pointe était aussi effilée qu'une dague. Il susurra de nouveau :

— Où est votre âme sœur, Jack ? Où se trouve votre amie disparue ?

Un nuage les recouvrit. La température chuta. Hank referma le poing, le crayon calé en son milieu. Comme à la boxe : jab, cross, crochet, cross.

— Qu'est-ce que vous dites ? demanda l'homme.

— Un-Deux ! Trois-Deux !

Hank bondit. Jab – coup de pointe. Cross – sa main balaya le pistolet. Crochet – Hank frappa du poing. Cross – nouveau direct au visage. Hank se remit en garde. L'homme chancela, étourdi : tout à coup, sa situation avait changé. Son pistolet gisait à terre et il pissait le sang par trois blessures différentes : à la base du cou, là où le crayon était maintenant planté, ainsi qu'à la joue et à l'arcade sourcilière, qui, chacune, avaient explosé sous la pression. L'homme glissa sur ses jambes, adossé à un coupé sportif de couleur jaune. Sans ce soutien, il se serait retrouvé au sol, sonné par la violence dévastatrice de l'attaque. Hank sourit. Sa forme physique, entretenue jour après jour, ne manquait jamais de surprendre. Il posa tranquillement sa casquette sur le capot de la limousine, remonta ses manches et s'avança pour porter l'assaut final. Des gouttes de pluie frappaient son visage et s'accrochaient à ses sourcils épais. Il leva le poing… mais un nouvel éclair détonna – ou bien était-ce un son d'un autre genre, un son rappelant un claquement d'ailes ? – et força Hank à reculer. Son adversaire se redressa lentement. Porta les deux mains à son cou et arracha le crayon. Un flot de sang jaillit, mais il ne semblait pas s'en préoccuper. Il se contenta de plisser les yeux, la pointe ensanglantée à la main. Ses vêtements mouillés et teintés de rouge ressemblaient à une petite rivière.

— Ah, tu veux la jouer comme ça, Henri…

Il jeta le crayon, envoya le pistolet au loin et se mit en garde.

— D'accord. Jouons-la comme ça.

Hank n'en croyait pas ses yeux… Alors il se concentra, banda ses muscles et rassembla ses forces. Puis libéra la puissance cachée en lui. Cette rage avec laquelle il avait brisé bien des colonnes vertébrales au cours de son existence. Et soudain, le Visiteur fut là.

— Quel dommage de t'avoir raté, Paul. Vraiment dommage.

— Voilà ta seconde chance, Henri.

Les nuages s'amoncelèrent. Les ombres s'épaissirent. Et tandis que la pluie s'abattait sur eux, le tueur et le démon se mirent à danser l'un autour de l'autre, tels deux guerriers enveloppés par la nuit.

81

La silhouette sur le sentier s'avança vers Connie. C'était un homme en sang. Ses vêtements étaient déchirés, ses joues tuméfiées, son arcade sourcilière fendue. Sa main plaquée sur son cou laissait échapper du liquide rouge entre ses doigts. Un nouvel éclair traversa le ciel et une saute de vent courba les roseaux autour de lui. On eût dit un mort vivant émergeant de l'enfer.

— Mais qu'est-ce qui se passe ? dit Jerry en se levant de son siège et en se tordant les mains.

— Bordel, grogna Cameron.

— Pas mieux, dit Theroux en lui jetant un coup d'œil.

Stan toussa – à moins que ce fût une exclamation étranglée.

— C'est un piège ! Un piège ! hurla Veronica. Je connais cet homme ! Il se fait appeler Jack Barn, il dit qu'il est journaliste, mais c'est faux, j'en suis sûre ! Mademoiselle Lombardo, qu'est-ce que vous avez fait !

— Je le reconnais, dit Theroux. Il est venu chez moi poser plein de questions.

Jerry fronça les sourcils.

— Il m'a également espionné sur la plage.

— Appelez la police ! cria Veronica.

— La police est déjà là, gronda Cameron.

Il se dirigea à grandes enjambées vers l'homme couvert de sang.

BLAM ! BLAM ! BLAM ! BLAM !

George sursauta dans son fauteuil roulant. Connie venait de tirer en l'air avec son arme de poing.

— ARRÊTEZ-VOUS ! cria-t-elle. TOUT LE MONDE RETOURNE À SA PLACE ! TOUT DE SUITE !

Chacun regagna prudemment son fauteuil tandis qu'elle les défiait du regard. Ses mains serraient si fort son pistolet qu'elles en étaient blanches. Le vent secoua les branches tordues des deux chênes, comme si une bête mythologique s'ébrouait. Connie se précipita sur l'homme pour le soutenir.

— Qu'est-ce que vous avez fabriqué ?

— Combattu le Visiteur…

— Oh, mon Dieu.

— C'était Henri Fazio. Le chauffeur de Veronica. J'ai gagné, dit l'homme en essayant de sourire.

— Vous l'avez… ?

— Non, je ne l'ai pas tué. Quelque chose en moi voulait *vraiment* le faire. J'ai dû lutter contre ça aussi. Mais il est vivant… Enfermé dans le coffre.

— Le coffre de la limousine ?

— Ouais. Je l'ai capturé. J'ai capturé ce fils de pute. Ha ! Ha !

— Je ne vois pas ce qu'il y a de drôle, dit Theroux. Vous dites que vous vous êtes battu contre ce pauvre Henri Fazio et que vous l'avez bouclé dans son coffre ? Ça fait des années qu'il répare mes voitures et qu'il promène Mme Van Doren. C'est un gars inoffensif. Vous êtes complètement malade, mon vieux !

— Ce n'est pas pour ça que je ris, Teddy.

Les yeux de Theroux s'agrandirent tandis qu'il entendait prononcer son prénom.

— Je ris parce que je suis encore debout.

Connie amena l'homme ensanglanté devant eux.

— C'est Paul, dit-elle. Paul Becker.

Je vis toutes sortes d'émotions traverser leurs visages. La stupeur. Le doute. La peine. L'ébahissement. J'aurais voulu répondre à toutes les questions qu'ils exprimaient muettement, mais je ne pouvais pas. Mes blessures me faisaient souffrir et j'étais épuisé. Le trou à la base de mon cou ne saignait plus, mais chaque mouvement me coupait désormais le souffle. Alors je fis de mon mieux.

Je leur expliquai brièvement ma fuite au Yellowstone, mon combat à vélo afin de perdre du poids. Mon e-mail, un an plus tard, pour annoncer mon retour. Et mon meurtre, aussitôt après – ou plutôt le meurtre du pauvre Jack. Je leur racontai comment je m'étais lancé sur les traces du Visiteur. Du Wyoming à la Louisiane, de Pensacola à Miami. Et comment, en fin de compte, j'étais revenu à Eden. Je leur expliquai surtout ma discussion avec Marta Coburn et la façon dont elle avait fait ressurgir un cold case vieux de trente ans, dans lequel nous étions tous impliqués. Je leur révélai enfin la véritable histoire de la mort de Salvatore Munch, l'innocence de Stan, la culpabilité de Sarah, et pourquoi mes soupçons s'étaient portés sur Veronica. Veronica Van Doren que je considérais comme responsable de tout, et en particulier d'avoir manipulé un tueur pour arriver à ses fins.

Mon auditoire aurait dû penser que j'étais fou. Mais en cet instant, j'étais redevenu le Capitaine sur la Montagne, le garçon courageux au sabre de guerre. Alors mes amis m'écoutaient. J'ignorai les larmes de Jerry, l'accablement de Cameron et Stan. Je ne pensais pas aux pensées qui traversaient la grosse tête rose de Teddy Theroux.

Je fixai seulement la mère de Sarah.

— Vous êtes complètement fou ! dit Veronica Lewis-Van Doren. Fou à lier !

Elle se tourna vers les autres.

— Mais enfin vous ne voyez pas qu'il raconte n'importe quoi ? Becker est tombé sur la tête ! Il fait croire qu'il est mort, et maintenant il ne l'est plus ! Il invente ce piège ! Il s'attaque à un vieil homme ! Il m'accuse d'avoir organisé des meurtres ! Franchement, est-ce qu'il a l'air sain d'esprit ?

Connie se rapprocha de George. Stan ne toussait plus, Jerry avait glissé spontanément sa main dans la sienne pour le réconforter – ou pour chercher lui-même le soutien d'un grand frère. Cameron ne cessait de passer les doigts dans ses cheveux mouillés de pluie. Personne ne disait mot. Ils étaient comme un groupe de pèlerins blottis dans une église, tentant d'échapper à la tempête.

— Veronica, dit doucement Theroux.

Elle sursauta.

— Quoi ?

— Avouez que l'histoire de Paul soulève des questions.

Les yeux de la vieille dame roulèrent comme ceux d'un oiseau affolé.

— Notre société a exploité vos brevets, Veronica. Et je vous en suis reconnaissant. Sans l'esprit visionnaire de votre mari, nous n'aurions jamais pu en arriver là. Mais je n'ai pas envie que ma fortune repose sur des meurtres.

— Vous êtes cinglé ! Pourquoi aurais-je commis ces crimes ?

— Pour faire ce que doit faire une mère, répondis-je. Protéger ses enfants. Vos *deux* enfants.

Elle pivota sur elle-même comme si je l'avais giflée. Je sortis un papier de ma poche.

— Vous savez ce que c'est ?

— N… non.

— Un extrait de déclaration de naissance. Vingt-deux dollars sur Internet. Je l'ai imprimé ce matin. Ce n'est pas un document juridique, mais ça suffira.

Je montrai le papier.

— Il est écrit ici que M. et Mme Lewis ont deux enfants. Sarah n'est que le second. Le premier est né un an avant elle. À Dallas, au Texas. C'est un garçon. Et il s'appelle Louis. Où est Louis, Veronica ? Comment se fait-il qu'aucun d'entre nous n'en ait jamais entendu parler ?

Elle resta muette. Livide.

— Vous ne voulez pas répondre ? Ce n'est pas grave. Je vais le faire à votre place. Internet est un outil formidable lorsque l'on sait où chercher. Louis Lewis est né au Bronson University Medical Center, dans le service de fécondation in vitro de votre mari. D'après le compte rendu opératoire, vous avez été obligée d'accoucher par césarienne, car le bébé possédait de graves malformations. Il a été transféré ensuite dans une clinique pédiatrique, puis dans un institut spécialisé pour enfants handicapés. Il y est resté treize ans. Treize années sans sortir ou presque. Sans même que Sarah, sa propre sœur, soupçonne son existence.

Le vent continuait de mugir en agitant les branches. La pluie produisait de petits claquements secs à la surface de l'eau. Veronica semblait sonnée. Je repris la lecture des informations que j'avais passé la nuit à obtenir :

— Louis a quitté son institut en 1978 en compagnie de son père. Charles s'est installé à la maison des Dômes. Quelques jours plus tard, vous l'avez rejoint. J'ai appelé l'institut ce matin. Ils se souviennent très bien de Louis. Un gentil garçon. *Très* grand. *Très* fort pour son âge. En fait, ils n'avaient jamais rien vu de pareil.

Je regardai mes amis.

— Alors voilà mon avis : en réalité, nous *avons tous* entendu parler de Louis Lewis. Nous l'avons même pourchassé durant toute une année scolaire, de 1978 à 1979. Pour nous, il était un mythe. Une apparition. Une légende.

La bouche de Jerry s'ouvrit en grand. On aurait dit une porte qui avait perdu ses gonds.

— Le Minotaure.

Veronica plongea un instant sa figure dans ses mains. Je crus qu'elle allait se mettre à pleurer. Mais non. Quand elle releva la tête, ses lèvres tremblaient, cependant elle avait retrouvé la maîtrise d'elle-même. Elle se mit à parler. Elle raconta à quel point elle avait toujours été fière de son mari, Charles, et de son travail extraordinaire. Il était si audacieux. Comme il le disait souvent en citant l'histoire de l'accouchement à la reine, qu'il nous avait contée un jour dans son bureau : « Les chercheurs sont des hommes intrépides, ils doivent aller de l'avant, quitte à pratiquer les expériences sur eux-mêmes, même s'il faut se dresser contre l'Église, les médecins et la société ! Même s'il faut défier Dieu en personne ! »

Et Charles Lewis était allé de l'avant. Lorsqu'il avait demandé à son épouse Veronica de participer à une expérience, elle lui avait fait confiance. Son mari était un chirurgien pédiatrique, un mari aimant et un génie, comment aurait-elle pu se trouver entre de meilleures mains ? Charles ne s'était pas étendu sur les détails, car la concurrence entre scientifiques imposait le secret. Veronica ne savait pas s'il s'agissait d'une technique révolutionnaire de fécondation in vitro, ou bien d'un premier essai de clonage. Mais Charles avait promis que cela serait sans danger pour elle, et qu'en cas de succès il obtiendrait le prix Nobel. Une vie nouvelle allait s'offrir à eux !

Sauf que l'expérience avait échoué : Veronica avait accouché d'un enfant handicapé. Un être difforme et retardé psychologiquement. Une sanction terrible, mais tant pis : ni l'un ni l'autre n'était prêt à le sacrifier, ils allaient en assumer les conséquences. Malheureusement l'histoire était arrivée aux oreilles de Salvatore Munch. Le professeur avait alors utilisé l'enfant comme moyen de pression, menaçant de révéler son existence, de faire accuser Charles d'expériences illégales et d'envoyer les parents en prison… À moins d'un arrangement : le nom de Munch devant celui de Lewis, sur l'ensemble de ses recherches. La transaction avait été conclue.

Charles avait serré les dents et poursuivi son travail. Heureusement, l'arrivée de Sarah – par des moyens naturels cette fois-ci – avait redonné aux Lewis un peu de joie. Les années s'étaient écoulées ainsi, puis Charles en avait eu assez. L'institut ne pouvait plus prendre Louis en charge, l'enfermement le rendait malheureux. Il était temps de changer d'existence.

— C'est ainsi que nous sommes arrivés à Eden, dit Veronica. Mon mari voulait le bonheur de son fils, et Louis aimait parcourir la nature. La maison des Dômes était parfaite. Confortable, à l'écart. Le bassin dans le sous-sol lui permettait d'entrer et de sortir sans être vu. C'était un excellent nageur et il adorait se baigner. Je le laissais mener son existence, comment aurais-je fait autrement ? Louis était adolescent, tout comme vous, mais il possédait la taille et la force d'un adulte. Charles exigeait seulement qu'il demeure caché, y compris de Sarah. Il surveillait ses escapades dans le moindre article de presse.

Veronica renifla et marqua une pause. Une pluie fine tombait à présent sur les marais, noyant le décor dans un crachin grisâtre. Chacun écoutait, captivé par l'histoire. Elle reprit :

— Bien sûr, j'en voulais à mon mari de nous avoir réduits à cette situation. Je lui en voulais terriblement. Au fil du temps, il était devenu évident qu'il m'avait utilisée comme un cobaye. Et puis il est mort, et tout a changé. Il a fallu que je m'adapte. J'ai fait l'erreur de vouloir négocier avec Munch. Je devais trouver de l'argent. Nous nous sommes disputés, et son décès a été un accident, même si cet escroc n'a eu que ce qu'il méritait. Par la suite, je suis restée ici pour protéger mon fils et ma fille. C'était ma croix, mon devoir. J'ai seulement éloigné Sarah en Europe pour lui éviter d'être interrogée par la police. Puis elle est partie une seconde fois, lorsque cette fichue docteur Coburn a failli découvrir l'histoire et nous envoyer toutes les deux en prison.

Mes amis en étaient bouche bée. Pas moi. Une colère sourde grondait dans mes veines.

— Et pour les crimes d'Henri Fazio ? demanda Theroux.

— Je n'étais pas au courant…

Je bondis sur elle. Ma poitrine me faisait de plus en plus mal en respirant, mais ses dénégations me mettaient hors de moi.

— Vous mentez ! criai-je. C'est vous qui avez envoyé Fazio au Yellowstone ! Il est venu me tuer ! Il a assassiné Jack comme un chien ! Pourquoi ? Pourquoi vous avez fait ça ?

Une main tremblante se posa sur la mienne.

— Je… Je crois que je peux répondre à cette question, dit Jerry.

Son visage était blême. Il n'osait plus me regarder en face.

— Paul… tu te souviens de m'avoir appelé le jour de l'An ? Tu étais dans un tel état. Ivre, drogué. Ça faisait des mois que tu avais disparu. Je n'arrêtais pas de parler de toi avec Floyd. Nous étions fous d'inquiétude. Quand je t'ai eu au téléphone, j'ai vraiment cru que tu allais mourir. J'ai paniqué. Alors j'ai demandé de l'aide à la seule personne qui pouvait t'en apporter... J'ai écrit une lettre à Sarah.

— Comment ça ? dit Cameron. Tu *savais* où elle vivait ?

— Seulement comment la joindre, se défendit Jerry. Elle m'avait laissé une adresse. C'était ma meilleure amie !

— C'est pas croyable ! *Moi aussi*, je suis ton ami. Et je suis *flic*, putain ! Tu ne m'as rien dit, tu ne me faisais pas confiance ?

— Je ne connaissais pas les détails de l'histoire ! protesta Jerry. Juste que Sarah s'était réfugiée dans un pays africain à cause d'ennuis avec la justice ! On ne peut pas la contacter par téléphone. Je dispose juste d'une boîte postale où elle retire parfois son courrier. Elle est vétérinaire, elle se déplace constamment en avion, d'un grand parc naturel à un autre. Elle est obligée de rester là-bas, elle est toujours recherchée par la justice américaine, je te signale. C'était un secret entre elle et moi, alors *bien sûr* que je ne t'ai rien dit, Cameron, *justement* parce que tu es flic !

Stan rigolait tout seul sur son siège. J'avais envie de rire avec lui. Deux épaves, à demi mortes, rigolant comme des bossus. Sarah était en vie. En vie, Seigneur. J'aurais pu le répéter un million de fois.

— Elle a dit qu'elle allait rentrer, poursuivit Jerry. *Pour toi*, Paul. Elle voulait revenir pour toi, et tant pis pour les conséquences.

Cameron fronça les sourcils.

— Attends. Laisse-moi deviner la suite : tu l'as répété à la mère de Sarah. Ce qui a dû la mettre en rogne. Et quand Paul a refait surface, le jour où on a reçu son e-mail, tu lui as répété aussi.

— C'est vrai, dit Jerry, honteux. C'était une bonne nouvelle, j'avais envie de la partager. Veronica n'aimait pas beaucoup Paul, mais j'ai toujours pensé que ça finirait par s'arranger entre eux. Je n'avais aucune raison de me méfier d'elle.

— Et elle a voulu empêcher ce retour. Alors l'unique moyen…

— … C'était de me tuer, terminai-je.

Je me tournai vers Veronica.

— Si je mourais, Sarah n'avait aucune raison de rentrer en Amérique. Elle ne risquait pas de se faire arrêter, ni l'affaire Munch de refaire surface. Vous étiez en sécurité. Vous m'avez fait assassiner pour vous protéger, bon sang, avouez-le !

Mes côtes me faisaient un mal épouvantable. Ce n'était pas un infarctus car la douleur différait, mais il était en train de m'arriver quelque chose. Quelque chose de grave. Veronica me toisa soudain avec mépris.

— D'accord, reconnut-elle. C'est vrai, vous avez raison. Je devais nous protéger. Et alors ? Qu'est-ce que vous avez fait pour nous, Paul, à part nous abandonner ? Les hommes se croient toujours tout permis, n'est-ce pas ? Que nous soyons blanches, noires, riches ou pauvres, pour vous, nous ne sommes que des objets jetables !

Son visage se ferma. Je me cramponnais pour ne pas tourner de l'œil.

— Henri m'a proposé son aide. J'ai accepté. Il m'aime, il ferait n'importe quoi pour moi.

— Comme tuer Charles, votre ancien époux ?

— Non. Pas cette fois. Ce jour-là, j'ai simplement surpris Henri au moment du meurtre. Pourquoi l'a-t-il commis ? Était-ce parce qu'il me désirait ? L'une de ses pulsions ? Je n'en sais rien. Henri a ses propres démons. Mais ce crime m'a libérée, alors je ne l'ai pas dénoncé. Lui et moi, nous avons une entente : aucun des deux ne juge l'autre.

— Vous… vous êtes la maîtresse d'un psychopathe !

— Vous n'avez rien compris ! Je ne suis pas amoureuse de Henri Fazio, je ne l'aime pas ! Ce n'est qu'un pauvre type, il peut faire ce qu'il veut, tuer qui il veut, je m'en fiche, je n'appartiendrai plus jamais à personne !

KA-BOOM !

Un projectile pénétra par le flanc gauche de Veronica et ressortit par le droit, projetant dans les airs une immense gerbe rouge. J'eus l'impression que l'on tirait sous elle un immense drap de satin. Son corps sans vie s'effondra, et je tombai avec elle. Je ne parvenais plus à trouver ma respiration.

— MENTEUSE ! cria Henri Fazio. Elle m'aime ! Elle m'a toujours aimé ! Je le sais, j'en suis sûr !

Il tenait un fusil à pompe. Son visage était ravagé par le désespoir.

— Merde, comment il est sorti du coffre ? grogna Cameron.

— Le fusil se trouvait à l'intérieur, pauvres idiots, c'est là où je le range. Il m'a suffi d'une balle pour faire sauter la serrure…

La souffrance et la rage emplissaient maintenant ses traits.

— Vous allez payer. C'est votre faute si Veronica est morte. Vous avez tout gâché. Elle était à moi. À MOI !

Puis il nous tira dessus.

82

Hank ne ressentait plus rien. Il avait l'impression d'être mort. Ou bien d'être un enfant en train de faire un rêve, un gosse jouant à la guerre, un fusil en plastique entre les mains. De toute façon Veronica était partie, rien n'avait plus d'importance. Alors autant prétendre qu'il s'agissait d'un rêve, hein ?

Il décida d'abattre d'abord le plus dangereux du groupe, le flic, Cole.

Il visa l'abdomen. Tira. Hop, son flanc se couvrit aussitôt d'une somptueuse flaque rouge. Hank vit que le flic allait s'écraser à ses pieds, il rechargea son arme et réfléchit au suivant sur la liste. Hmmm, disons Paul Becker. Mais une balle filait déjà au-dessus de sa tête : c'était Connie Lombardo qui lui tirait dessus à son tour. Hank ne bougea pas. Très bien. Pas de problème. Elle voulait le canarder ? Il en avait aussi pour elle. Il en avait pour tout le monde.

Il cala le fusil contre sa hanche, se tourna et tira sur la fille. Une fois. Deux fois. La table des boissons explosa et les gobelets s'envolèrent dans toutes les directions, tandis que les bouteilles en verre éclataient comme des ballons de baudruche. Un vrai carnage !

La fille sembla touchée mais roula sur elle-même et disparut dans les buissons.

— Zut, dit Hank, contrarié.

Il fallait qu'il se dépêche. Les gens commençaient à s'éparpiller tels des moineaux. Goodritch était en train de traîner Cameron derrière un arbre. Pas grave. Hank irait les liquider ensuite. Voyons, qui était le plus proche ? Teddy Theroux, l'un de ses employeurs occasionnels. Hank s'occupait de bichonner ses voitures anciennes. Allait-il lui pardonner cette séance de tir impromptue ? Peu probable. Hank allait sûrement recevoir une lettre de licenciement. Il le visa. Boum. Dans le mille. Comme à la fête. Theroux continua néanmoins de ramper sur le sol. Bon. Il était temps de s'attaquer au plat de résistance. Becker n'était pas décédé à Yellowstone, qu'à cela ne tienne : Hank allait y remédier. Il s'avança sur lui. Dernière balle. Une silhouette hirsute s'interposa.

— Touche pas au Capitaine sur la Montagne !

Quoi ? Cet abruti de Stan Monroe, avec sa tignasse, son éternel blouson en cuir et sa mèche noire qui lui tombait devant les yeux, comptait l'empêcher de tuer Becker ? Hank l'avait souvent vu traîner au Bob's, à écluser des bières et à faire semblant de jouer de la guitare électrique devant le juke-box. À croire que ce gamin drogué n'allait jamais grandir. Comment osait-il lui tenir tête ? Monroe ne semblait même pas avoir peur. Pire encore : il souriait ! Ce petit con se foutait carrément de sa gueule ! Une douleur irradia de sa main : l'autre était en train de lui écraser sa cigarette sur le poignet.

— T'as le bonjour du Dingue ! fit Stan avec le sourire.

Hank tira à bout portant dans sa poitrine. Stan s'effondra. Hank lâcha le fusil et sortit le Glock 17 qu'il avait ramassé sur le parking. Il avait bien fait de l'emporter : le chargeur était plein. Il tourna sur lui-même.

— Revenez, les petits moineaux ! Papa Hank en a encore !

Des tirs retentirent dans les taillis – sans doute en provenance de la fille – et un trait de feu lui traversa la jambe. Il riposta dans cette direction. Des branches éclatèrent. Les bougies du chandelier se brisèrent en morceaux. Les dernières bouteilles de la table volèrent en éclats. Une salve imprécise, mais en rafale. Ce Glock 17 était une merveille !

— Venez ! Venez, les petits ! répéta Hank.

Mais il n'y avait plus personne. Il se tourna vers Paul Becker. Celui-ci gisait à terre. Effondré à côté du fauteuil roulant vide de son père. *Vide ?* Hank leva les yeux. Le vieillard s'était mis debout. Il avait progressé, pas à pas. Et se tenait maintenant sur la berge, face aux Eaux Sombres. Qu'est-ce qu'il fichait ? Hank leva son pistolet pour viser. À cette distance, impossible de le manquer.

Dans les brumes de l'esprit de George, quelque chose n'allait pas. Il y avait trop de bruit dans le secteur. Il préférait se lever de son fauteuil, même si c'était difficile, et s'éloigner de cet endroit désagréable. Il marcha jusqu'à la grève. Le décor était gris, battu par la pluie, comme la palette embrouillée d'un peintre. Cela ne gênait pas George outre mesure, car son esprit était exactement à cette image.

Il se souvenait, cependant, que cet endroit était spécial. Mais il n'arrivait pas à se rappeler pourquoi. Sa mémoire lui jouait des tours ces derniers temps. George esquissa un sourire. Pas seulement sa mémoire, en fait. Son cerveau n'était plus en excellent état de marche, pas vrai ?

Les bruits désagréables continuèrent derrière lui. Il lui sembla qu'il s'agissait de coups de feu – même s'il ne savait pas exactement ce que cela signifiait. Où en était-il déjà ? Ah oui. Cet endroit abritait des choses spéciales. *De belles choses, de vilaines choses, d'étranges choses,* firent des voix devant lui, comme un écho. George n'y prêta pas attention. L'important n'était pas les voix. Mais *une chose* en particulier. George la connaissait un peu. Il l'avait aperçue à diverses reprises dans les marécages (quand ? impossible de s'en souvenir). En tout cas, cette chose-là ne devait pas apprécier tout ce bruit. Cela, George en était certain. Peut-être même que cela allait l'énerver.

Et tout en y songeant, George eut la certitude absolue qu'il avait raison : la chose *était* énervée. Elle approchait. En fait, elle ne se trouvait pas loin du tout. George s'assit par terre pour la voir venir. S'il en avait eu la force, il aurait presque battu des mains. Ça allait être un sacré spectacle !

83

Je compris que nous n'allions pas nous en sortir. Les cadavres de Veronica et Stan gisaient à mes pieds. Connie avait été touchée et Cameron salement amoché, même si Jerry s'était débrouillé pour le mettre à l'abri. Quant à Theroux, je l'avais vu se prendre une balle et ramper vers les buissons. En dehors de George, Fazio et moi, il ne restait plus personne. Mais je savais qu'aucun survivant n'irait loin : Fazio allait se faire une joie de les rattraper pour les achever.

Je respirais avec peine, couché sur le sol. Des feuilles mouillées étaient collées contre ma joue. Leur odeur n'était pas désagréable. Je priais pour que Connie, au moins, s'en sorte. C'était ma faute si elle se retrouvait dans cette galère. J'espérais qu'elle allait fuir. Mais la connaissant, je la voyais plutôt tenter de nous protéger et se faire descendre. Je soupirai. Je voyais les jambes de Henri Fazio, juste à côté de moi. Je n'aurais même pas eu la force de les mordre si je l'avais voulu. Chaque portion d'air qui pénétrait dans mon thorax semblait requérir toute ma concentration.

Pour George et moi, c'était la fin du voyage. En fin de compte, cette histoire allait se terminer là où elle avait commencé. La pluie tombait dru mais il restait encore quelques flammèches sur le chandelier. Je mourais dans un joli tableau. Je vis Henri Fazio pointer le Glock sur mon père. Adieu, papa.

Sauf qu'il n'y eut pas de coup de feu : Henri regardait quelque chose sortir de l'eau. Je me forçai à tourner la tête. L'être émergea du lagon, des algues et des nénuphars encore accrochés aux flancs. Et là, je crois bien (mais je n'en suis pas absolument certain, car à cet instant je délirais sans doute) avoir vu la mâchoire de Fazio béer largement, dans la plus belle manifestation de stupéfaction qui soit.

Le Minotaure n'en était pas un, en fin de compte. Mais il était grand. Et sacrément. Dans les deux mètres au moins. Son torse puissant était humain, comme tout le reste, avec une peau tannée et encroûtée de boue. Seuls ses membres étaient bizarrement tordus, incurvés comme les branches des vieux chênes. Ce détail contribuait à sa démarche étrange et un peu maladroite qui m'avait frappé la première fois en haut du cimetière. Mis à part ça, il se déplaçait avec une souplesse et une puissance impressionnantes.

Son visage était déformé. Élargi, bosselé, avec des yeux minces en amande, et néanmoins assez beaux. Son nez aplati et ses longs cheveux semblables à une crinière lui donnaient un air léonin, un peu comme ces félins que l'on rencontre dans les Everglades. Rejetée en arrière, son immense tignasse emplie de feuilles et de fleurs lui descendait jusqu'à la taille à la manière d'un manteau. Si un seigneur régnait sur ce marais, alors ce devait être lui.

L'être s'avança et ses énormes pieds martelèrent le sol, tandis qu'il soufflait de l'air par ses narines. Les veines de son cou palpitaient comme des papillons.

Fazio lui tira dessus, les yeux exorbités. La créature ralentit. Ce n'était pas Henri qu'elle était venue voir. Elle s'accroupit auprès du corps de Veronica, glissa son bras sous elle et la souleva pour l'emporter. En deux bonds à peine, elle se retrouva sur la berge. La vieille femme ballottait, inerte, contre son flanc.

Fazio continua de décharger son pistolet sur la créature, et à un moment, j'entendis les clic-clic-clic annonçant que le chargeur était vide.

Si j'avais pu, j'aurais ri.

Fazio lui lança le pistolet dans le dos. L'être se retourna et parut alors le remarquer pour la première fois. Il revint vers Fazio et celui-ci se recroquevilla en levant les mains. L'autre le frappa à la tête et le fit tomber. Puis se pencha sur lui et poussa un cri. C'était un son étrange que j'avais déjà entendu. De près, il ressemblait presque à un rugissement.

« NNNNUUUUUUUEEEEEEEEEEEEEEEEE ! »

Puis la créature retourna dans le marais.

À terre, Henri Fazio ne bougeait plus.

Hank aurait voulu remuer, mais c'était impossible : ces vertèbres cervicales étaient brisées. Son crâne en miettes. Du sang s'écoulait par ses oreilles. Une douleur atroce et une terreur sans nom parcouraient son corps. Puis ces sensations s'estompèrent, remplacées par d'autres.

À présent, il voyait l'enfant-à-la-chevelure-de-boue assis auprès de lui, il tenait un ballon dans une main, et de l'autre il prit celle de Hank. Il sentit un bras arachnéen lui grimper dessus. Plus loin, un homme au cou tordu s'avançait, soutenant une jeune femme aux os brisés et aux ongles joliment peints. Cette dernière semblait attendre son amoureux, et lui adressa un sourire. Il remarqua aussi d'autres présences : sous un chêne, un homme obèse lisait un livre, *Les Aventures de Tom Sawyer*, qu'il déchiffrait du bout des doigts. Face à lui, un jeune docteur intrépide l'encourageait tout en lâchant des ronds de fumée avec sa pipe. Et il y en avait d'autres, beaucoup d'autres tapis à la lisière de la forêt. Mais l'attention de Hank se focalisa sur deux personnes en particulier : un couple, un homme et une femme, en train de caresser un chien. Leur attitude n'exprimait aucune méchanceté, bien au contraire. Leurs visages semblaient pleins de douceur, comme des parents aimants qui auraient longtemps attendu le retour de quelqu'un.

Le regard de Hank revint vers la berge : la créature étrange et majestueuse à la longue crinière descendait vers le marécage en emportant Veronica. Il aurait voulu les appeler. Les retenir.

Mais ils disparurent sous le rideau de pluie.

84

Louis vivait là depuis des temps immémoriaux. Cependant, il se souvenait d'avoir habité auparavant dans un autre lieu. Un endroit avec des murs et des occupants tristes. Il était resté longtemps enfermé. Là-bas, il voyait seulement l'Homme. L'Homme était gentil avec Louis. Il lui achetait des choses à manger. Des douceurs – l'Homme disait « chocolats », mais Louis était incapable de reproduire ce son.

Cette première maison, la Maison Numéro Un, était horrible. Et les gens dedans horribles également. L'Homme le savait. Louis voyait bien qu'il souffrait lui aussi, de le savoir dans cet endroit. Alors un jour, l'Homme l'avait emmené ailleurs. Et il était arrivé dans sa Maison Numéro Deux. L'Homme lui avait expliqué que la Maison Numéro Deux était beaucoup plus tranquille que la précédente. Mais elle ne serait jamais réellement la sienne : Louis devrait toujours y venir en cachette, et seulement pour se ravitailler (il y avait à manger près du bassin dans le sous-sol). En revanche, il avait le droit de se promener librement dans le Jardin.

Le Jardin était immense. Pour Louis, il semblait n'avoir aucune limite. C'était l'endroit le plus beau de sa vie.

Il s'y promenait sans cesse, humant les fleurs, plongeant dans les eaux boueuses. Étant donné sa force, les autres créatures le considéraient toujours avec prudence, sinon avec respect. Il nageait avec les lamantins. Les dauphins venaient jouer avec lui. Il était heureux.

Parfois, il criait son propre prénom, et cela produisait un son étrange et beau : un long « NNNNNNUUUUUUEEEEEEEEEEEE » qui résonnait dans les marais. Mais l'Homme n'aimait pas ça, et il lui avait recommandé de ne pas le faire.

Avec le temps, Louis avait compris que l'Homme n'était pas seul. Il y avait aussi la Femme (plus sèche, moins douce, même si Louis sentait qu'au fond d'elle, elle l'aimait bien), et surtout la Fille. Elle, il n'avait pas le droit de l'approcher. L'Homme avait dit INTERDIT, tu ne la touches pas ! Jamais ! C'est ta S-O-E-U-R, tu comprends ?

Non. Louis ne comprenait pas. Mais ça n'était pas grave : l'Homme était toute sa vie, son seul compagnon, jamais il n'aurait fait quoi que ce soit pour lui déplaire. Et puis il aimait bien la Fille. Il la trouvait un peu trop petite et pâle et fragile pour survivre dans le Jardin, comme lui (les alligators n'en auraient sûrement fait qu'une bouchée), mais bon, ça n'était pas grave. Il la surveillait toujours discrètement pour qu'il ne lui arrive rien. Une fois elle l'avait vu, sans comprendre de quoi il s'agissait. Louis se cachait sous un nénuphar géant. Il faisait un bruit, et elle se retournait, mais il rentrait aussitôt la tête dans l'eau. C'était très amusant.

Louis avait grandi ainsi, sans connaître grand-chose du reste du monde. Il aurait voulu jouer avec d'autres enfants, mais l'Homme avait dit INTERDIT ! INTERDIT ! ça aussi. Alors il s'était contenté de les regarder jouer de loin.

Il restait quand même le Vieil Homme, bien sûr. Quelle créature étrange, celui-là ! De temps en temps il venait dans le marais sur sa barque pleine de petites lumières clignotantes et lui récitait de jolies choses (des sons que Louis ne comprenait pas), ou bien il passait de la musique (ça, Louis connaissait, et il aimait bien) et puis le Vieil Homme repartait. Drôle de bonhomme. Mais le Vieil Homme était manifestement un fin connaisseur des animaux. Il l'avait vu soigner des pélicans piégés dans les filets, ou réparer des pattes cassées, par exemple. Il l'avait donc classé dans les êtres étranges, mais gentils.

Parfois Louis était lui-même obligé de tuer des animaux pour se nourrir (il était grand, la nourriture de la Maison Numéro Deux ne suffisait pas), mais il le faisait toujours avec beaucoup de délicatesse, et seulement pour assurer sa stricte subsistance. Il les laissait sécher au soleil sur un arbre, et en sélectionnait les meilleures parties. Parfois il conservait un crâne lorsqu'il était joli, et il le posait dans la Maison Numéro Trois, une simple cabane en planches au milieu des marais, juste à côté de la grosse souche d'arbre mort (celle-là, il avait le droit d'y aller à volonté, personne n'était au courant de son existence).

Louis avait tué des animaux. Mais jamais des gens, sauf en deux occasions. Une fois, dans sa jeunesse, il avait arraché la tête d'un méchant garçon, dans un bâtiment avec des cheminées. Mais c'était normal : le garçon voulait faire du mal à sa S-O-E-U-R, Louis ne pouvait pas accepter une chose pareille. La seconde fois était celle où il avait mis un terme aux souffrances de la Très Très Vieille Dame dans la balancelle. La pauvre, son vieux corps peinait depuis si longtemps. Alors il avait procédé comme pour les animaux : il était sorti des Eaux Sombres en passant par le cimetière, puis à travers son jardin, et lui avait doucement tordu le cou. Elle était partie comme ça. Elle ne lui en avait pas tenu rancune, Louis n'en doutait pas. Elle n'était pas triste du tout.

Louis savait ce qu'était la tristesse. Il l'avait déjà ressentie une fois. Un jour, l'Homme avait disparu pour toujours. Et Louis l'avait compris. Il avait pleuré une nuit entière. C'était curieux : les larmes avaient coulé sur ses joues d'une façon impossible à arrêter. On aurait dit un chien pleurant dans le marais (il espérait qu'il n'avait dérangé personne). Puis le temps était passé. Et le Vieil Homme avait cessé de lui rendre visite. À la fin, il n'était plus resté que la Femme. Elle venait à intervalles réguliers dans la Maison Numéro Deux. Elle lui apportait des fruits et des friandises dans des petites boîtes qu'elle déversait sur le sol. Mais Louis voyait bien qu'elle vieillissait. Elle devenait de moins en moins rapide. Elle ressemblait de plus en plus à la Très Très Vieille Dame dans la balancelle.

Et puis aujourd'hui, il s'était passé une chose étrange : il y avait eu tout ce bruit désagréable près de la Maison Numéro Deux. Alors il était allé voir. Il avait bien fait, car il y avait là beaucoup de personnes, qui avaient l'air de vouloir faire du mal à la Femme. PIF PAF ! faisaient les bruits. PIF PAF ! Louis avait ressenti des picotements dans les côtes. Les picotements lui faisaient un peu plus mal à présent.

Il se promena encore un peu dans le Jardin. Il s'était enfoncé loin, très loin dans la forêt, là où aucune créature n'était capable de le suivre tant les végétaux s'enchevêtraient. Il aimait bien être serré ainsi, cela lui faisait comme un douillet nid d'oiseau. Il examina la Femme sous son bras et s'aperçut qu'elle ne bougeait plus. Louis l'allongea délicatement sur le sol, et s'assit à côté d'elle. Avec lui, elle ne craignait plus rien. Mais à présent il se sentait fatigué.

Le chant des grillons crissait tout autour. La chaleur environnante montait de la terre, à travers ses jambes. Il ressentait les vibrations d'une famille de phacochères, toute proche. Des oiseaux multicolores pépiaient dans les branches. Un lamantin passa lentement dans l'eau et se retourna sur le ventre, comme pour lui faire un signe.

Louis fut encore plus fatigué, et décida qu'il valait mieux s'allonger à côté de la femme pour contempler le Jardin. Des fleurs magnifiques exhalaient leurs parfums. Il en avait, de la chance : quel endroit merveilleux ! Il regrettait juste de ne pas avoir eu ce que possédaient ces simples phacochères : une famille. Après quoi Louis préféra fermer les yeux, le temps de faire un somme.

Il se blottit auprès de la Femme. Posa sa tête contre la sienne.

Et se laissa aller.

85

Officiellement, Henri Fazio se brisa le cou en glissant sur une pierre. Un décès pitoyable pour un redoutable tueur en série. Mais ce fut la version que je donnai, et personne ne la contesta. De toute façon, aucun témoin à part George n'assista à ses derniers instants : les autres étaient trop occupés à se disperser dans la forêt pour échapper aux balles. Si nous survécûmes, ce fut en partie grâce à Connie et à ses bons réflexes. Car contrairement à ce que j'avais imaginé, elle n'avait pas joué les kamikazes. Après avoir été blessée, elle s'était enfuie jusqu'au parking et avait appelé les secours en leur ordonnant « de magner leurs putains de culs et de rameuter une tonne d'ambulances et de flics par ici ! ».

Les gyrophares envahirent White Point. Cameron fut évacué le premier. Il passa plusieurs heures en salle d'opération, entre la vie et la mort, et s'en tira avec une poche de colostomie sur le flanc. Quand il apprit qu'il effectuerait ses besoins par là les quatre prochains mois avant qu'on puisse rétablir la continuité de son tube digestif, on l'entendit beugler dans tout l'hôpital.

Personnellement, je n'entendis rien, car je me trouvais en soins intensifs : j'avais un poumon perforé et une hémorragie intra-thoracique. Tout ça à cause d'un crayon. Les blessures de Theroux étaient impressionnantes mais pas mortelles. Il s'en sortit avec des broches à la colonne vertébrale et aux jambes (ses os avaient été brisés en plusieurs endroits), ce qui lui donna l'occasion de fanfaronner dans les bars d'Eden pendant des semaines, équipé d'un corset et de béquilles. Quant à Jerry et Connie Lombardo, ils n'avaient hérité que de blessures légères. Et George n'avait rien.

Je sortis de l'hôpital quelques jours plus tard. Beaucoup de monde avait contribué à me sauver la vie, mais celui que j'aurais voulu par-dessus tout serrer dans mes bras ne se trouvait plus là. Stan était mort. Il s'était interposé entre un fusil et moi. Exprès. Pour prendre ma place. Plutôt mourir avec panache que de vivre comme un misérable, hein, Stan ?

Stan le Dingue, pour toujours et à jamais.

Les jours suivants furent marqués par la pression médiatique, mais avec l'aide de mes proches, je réussis à éviter les interviews. Le Visiteur était le gros gibier. Mon histoire, en fin de compte, ne constituait pour eux qu'un épisode secondaire. En fouillant le magasin de brocante de Hank, la police découvrit une multitude d'objets et d'indices, parmi lesquels des flacons de chlorure de potassium et des guides médicaux pour apprendre à faire des injections. À son chevet, on trouva un recueil de poèmes de Charles Baudelaire dont l'une des pages était très écornée, comme si elle avait été lue et relue à maintes reprises. Le texte, très beau, s'intitulait « Le Serpent qui danse ». Il parlait d'une femme magnifique, envoûtante. Une sorte de déesse qui fascinait et inspirait à la fois.

Les médias quittèrent bientôt Eden et se déplacèrent à travers l'Amérique, partout où de nouvelles victimes du Visiteur semblaient ressurgir de leur tombe pour être identifiées. Un certain nombre de fantômes allaient enfin connaître le repos.

Concernant Louis Lewis, le fils caché de Charles et Veronica, je décidai de ne rien dire à personne. Qu'était-il exactement ? Le résultat d'une fécondation artificielle manquée ? Un enfant né avec une maladie rare, ces fameuses maladies orphelines dont on parle parfois ? Ou le fruit d'un véritable et audacieux clonage humain ? La brebis Dolly, le premier mammifère officiellement cloné de l'Histoire, était née en 1997. Mais une trentaine d'aberrations avaient vu le jour avant elle. La course aux expériences existait depuis le début des années soixante. Je supposais que je n'aurais jamais la réponse. Quoi qu'il en soit, je n'en parlai pas. Je n'avais pas envie que l'on se pointe chez nous à la recherche d'un nouveau monstre du Loch Ness. Nous avions suffisamment fait l'actualité.

La semaine où je sortis de l'hôpital, je vins m'accouder au ponton de la maison des Dômes, tout seul, un soir. J'attendis la tombée de la nuit en fumant des cigarettes et en regardant les roseaux, jusqu'à ce que dansent les premières lucioles. Mais la noble silhouette à l'aspect léonin ne reparut pas. J'écrasai mon dernier mégot sur le ponton.

— Au revoir, Louis.

Il y eut beaucoup d'enterrements cet été-là. Mais le seul auquel nous assistâmes fut celui de Stan. Sa tombe est aujourd'hui située au sommet du cimetière d'Eden Hill. Si vous la cherchez, vous la trouverez du côté du fameux capitaine Lincoln à cheval, brandissant fièrement son sabre. Sur sa stèle, nous avons fait graver :

« *Ici repose Stan Monroe, dit Stan le Dingue.* »

Et aussi :

« *Accroche-toi à tes rêves ! Tu le dois*
à trois personnes : à toi aujourd'hui,
à l'enfant que tu as été, au vieil homme
que tu deviendras. Ne les déçois pas ! »

Et pour finir :

« *Tu nous manques, mec.* »

Oui, je sais, c'est une drôle d'épitaphe. Mais avec Cameron et Jerry, nous n'avons pas trouvé mieux. La citation du milieu était marquée au stylo-bille sur le jean de Stan le jour de sa mort. À croire qu'il la recopiait sans cesse, d'un vêtement à l'autre, depuis la première fois qu'il l'avait entendue lorsque nous étions gamins.

Nous restâmes devant sa tombe tous les trois sans rien dire. Puis nous redescendîmes, les mains dans les poches.

Aujourd'hui, il paraît que les jeunes montent souvent là-haut pour fumer des joints, jouer de la guitare et rigoler sous la lune. Je n'ai pas besoin de me demander si Stan apprécie leur compagnie : j'en suis certain.

86

Voilà. Je suis presque arrivé au terme de mon histoire. Je n'ai plus rien à vous raconter à part la chose suivante : plusieurs semaines ont passé et aujourd'hui je me trouve à l'aéroport de Miami, mon sac de voyage à la main. Et je suis mort de trouille.

Jerry me serre dans ses bras, très ému. Cameron s'essuie les yeux et m'assène de grandes claques dans le dos. Je grimpe l'escalator en fanfaronnant.

— À bientôt, les mecs !

— Fais gaffe à toi, Paul !

— Et ne laisse pas un singe t'emporter ! Le Bigleux a toujours un plan, mais si la prochaine fois il faut aller te chercher dans la jungle…

Tout le monde rit. Moi le premier. Mais je n'en mène pas large. Je rejoins la foule. J'enlève mes chaussures et ma ceinture pour passer le portique. Mon sac se retrouve de l'autre côté.

— Vous n'avez pas d'autre bagage ? demande l'employée chargée du contrôle.

— Non. Juste mon cœur et moi, dis-je avec un clin d'œil.

Elle me regarde d'un air sarcastique. Un conseil : ne faites pas le mariole dans un aéroport, même – et surtout – si vous êtes débordé par vos émotions. Je franchis le contrôle sans problème et me retrouve dans la zone *duty free*. Je ne sais pas s'il faut que je lui achète quelque chose. Peut-être que je devrais ? Ça lui ferait sûrement plaisir, mais je ne vois pas quoi prendre. Après tout ce temps, je n'en ai absolument pas la moindre idée. Je me sens idiot. Et terrifié. Et heureux. Tout ça en même temps.

Alors je finis par m'asseoir devant la porte d'embarquement. Là, je suis bien. L'avion est gros. Tant mieux. J'ai un peu peur en avion. D'ailleurs, il me semble que j'ai peur de tout en ce moment. Je m'éponge le front.

« … aatteeenduu ooorrte iinnzze… »

Je me lève d'un bond.

— Hein ? Quoi ?

— Les passagers pour Mombasa sont attendus porte quinze, dit une vieille dame avec le sourire. Vous ne prenez jamais l'avion ?

— Non. Je veux dire oui. En fait je vais retrouver quelqu'un.

— Une petite amie ?

Je ne sais pas. J'espère.

— C'est beau l'amour, dit-elle.

— Non. C'est terrifiant.

— Pardon ?

— Rien.

Je fais semblant de me plonger dans un magazine. Un mot de plus, et elle va me prendre pour un fou. Et les fous, on ne les embarque pas. Or il est absolument essentiel que je prenne cet avion. Cela fait trop longtemps que j'attends. Même si *oui*, je pense que l'amour fait accomplir des choses terrifiantes. Je viens d'en vivre longuement l'expérience. Je continue de feuilleter distraitement le magazine.

Puis c'est le moment : cette fois on embarque. Je m'engage dans la file, donne ma carte à l'hôtesse, franchis le couloir, souris à l'équipage, m'installe sur mon siège – tout ça, sans être réellement conscient de ce qui se passe. Je boucle ma ceinture et je regarde par le hublot. Puis je tâte ma poitrine pour vérifier que je suis bien là. Mon cœur bat. Il bat fort, même : il va très bien. C'est le professeur Evergreen qui me l'a assuré. Il a dit que j'avais bien maigri et que j'avais repris mon destin en main. Pourtant, ce n'est pas du tout mon impression. Il m'a demandé si je faisais toujours des cauchemars.

— Des cauchemars, moi ? Pas du tout, ha, ha, ha !

Il a levé un sourcil suspicieux, mais il m'a laissé tranquille. Je crois qu'Evergreen m'aime bien. Et c'est vrai : je ne fais plus de cauchemars. En tout cas, plus les scènes horribles avec Abigaïl. J'ai le sentiment bizarre qu'une chose néfaste était nichée à l'intérieur de moi et qu'elle s'est envolée. Je ne vous dis pas qu'il ne m'arrive pas, parfois, de percevoir un claquement d'ailes au creux de mes oreilles. Ou bien de ressentir un froid soudain. Mais je n'ai plus peur. Au contraire, j'ai remarqué que je recommençais à rêver de choses agréables. Alors je cultive cette impression. Le rêve est une bonne chose, pas vrai ?

L'avion se met à bouger. Ça y est, cette fois on part. J'appuie ma tête contre le fauteuil et je ferme les yeux. Je vais laisser le rêve m'envahir.

Je rêve de ce voyage qui m'emporte.

Je rêve de ciels immenses, de plaines infinies et d'animaux sauvages qui marchent à l'horizon.

Je rêve de la femme qui m'attend, quelque part, dans une maison de bois.

Je rêve de cet instant où je serai sur le seuil de sa porte.

Sarah sortira.

Elle me tendra les bras.

Je rêve.

ÉPILOGUE

Mercredi 4 juillet 1979

Nous étions tous les cinq dans le port d'Eden. C'était le début de l'après-midi et le soleil nous réchauffait de ses rayons. Dans les rues au loin, on entendait jouer de la musique et pétarader les premiers feux d'artifice amateurs. L'air transportait des odeurs de poudre brûlée, de caramel et de barbe à papa. Toute la population convergeait vers le centre-ville.

Je sautai vaillamment dans la barque de mon père et la coque oscilla.

— Holà ! fit Stan.

— Attention ! dit Sarah.

J'exécutai une pirouette involontaire et manquai de me fracasser la tête sur le rebord du bateau. Je me rattrapai de justesse, et m'assis dans l'embarcation.

— TA-DAM ! lançai-je.

— Et il effectue un maaa-gni-fique rétablissement ! fit Cameron une main devant la bouche, imitant un commentateur sportif.

— Ça va ? demanda Jerry.

— Ouais. Mais faites attention, les mecs. Je ne voudrais pas que cette aventure s'arrête avant d'avoir commencé.

— Tu m'étonnes, dit Stan. J'attends de voir comment Big Cam va sauter là-dedans avec son gros cul.

— Toi d'abord, tête de bite.

— Tronche de cake.

— Peau de zob.

— Bon, j'y vais, dit Sarah.

Elle sauta avec élégance, atterrit dans mes bras et déposa un baiser sur mes lèvres. Elle se tourna vers les autres.

— Voilà, les garçons, c'est pas compliqué. À vous !

— On termine aussi avec un baiser ? demanda Stan.

— Ha, ha, très drôle, répondit-elle.

Chacun monta à tour de rôle en se donnant la main. Nous nous retrouvâmes tous les cinq assis dans la barque, mi-inquiets, mi-fiers – surtout fiers, en vérité. Nous avions le sourire jusqu'aux oreilles. Jerry se tourna vers moi.

— Et maintenant, mon Capitaine, on fait quoi ?

— On se prépare à l'aventure. Vérifiez vos paquetages !

Stan fouilla dans nos sacs que j'avais déposés dans l'embarcation une heure plus tôt.

— Bonbons et sandwichs au pain de mie : prêts ! dit-il.

— Gourdes de sirop à la menthe : prêtes ! dit Cameron.

— Crème solaire et produit antimoustiques : prêts ! fit Jerry.

— Appareil photo pour la capture du monstre : prêt ! compléta Sarah.

— Bien, dis-je. Nous avons nos armes, et le réservoir est plein. Ça nous laisse jusqu'à ce soir pour effectuer notre petite balade. On devrait être rentrés pile pour le feu d'artifice.

— On va devenir des héros ?

— Ça m'a l'air bien parti.

— Et si ça se passe mal ?

— Je ne vois pas pourquoi.

— Attendez, les gars, dit Stan en s'emparant du polaroïd. Il faut faire une photo ! Allez, tous au bout, face à la mer.

Nous prîmes la pose. Sur cette photo, qui trônerait chez moi trente ans plus tard, on voyait Jerry et Cam en train de faire les idiots, comme d'habitude, moi à la proue, sérieux tel Christophe Colomb, Stan Monroe, ou plutôt son pouce en gros plan, vu que c'était lui qui prenait le cliché. Et puis Sarah Lewis, bien sûr. Stan appuya sur le déclencheur et poussa notre cri de guerre :

— Capitaine, mon capitaine ! Miiaaaaouuu bande de nazes !

Il tira sur le papier et me le donna.

— Regarde, Paul, c'est chouette, non ?

— Mais tu n'es pas sur l'image ! On ne voit que ton pouce !

— Bah, c'est pas grave. De toute façon je compte pour du beurre. Pour elle, c'est toi le héros. Tu vois ce que je veux dire ? ajouta-t-il avec un clin d'œil.

Il me fila un petit coup de poing sur l'épaule.

— Je t'aime, mec.

— Je t'aime aussi, Stan.

— Je vais vous mettre de la crème sur la figure, dit Sarah.

Elle sortit un tube de son sac et en tartina le contenu sur nos visages, ce qui ne manqua pas de faire fuser de nombreux éclats de rire. Nous étions encore sur le versant de l'enfance. Des êtres de lumière. Heureux comme des fous.

— Il manque un dernier truc, dit Sarah en se tenant le menton.

— Quoi donc ?

— Un nom pour notre bande.

— Oui, c'est vrai ! Toutes les bandes en ont un.

— Il faudrait quelque chose de bien.

Je réfléchis. Ils me regardaient tous, avec leurs visages blancs recouverts de crème. On aurait dit des spectres.

— J'ai trouvé ! dis-je.

Je levai mon sabre, l'air solennel, et prononçai les mots :

— Nous nous appellerons… les Fantômes d'Eden.

REMERCIEMENTS

Aux États-Unis, je remercie particulièrement la journaliste et aventurière Doris Reynolds pour toutes les histoires extraordinaires et les anecdotes authentiques à propos des petites villes du Sud. Je remercie également le docteur Marta Coburn, chef du département de médecine légale de Naples, qui m'a fourni de précieux renseignements sur les procédures de médecine légale (son homonyme dans l'histoire est un personnage de fiction, bien entendu). Merci aussi à la famille Totch et à Totch Island Tour qui m'ont transporté d'un bout à l'autre des labyrinthes de mangrove. Au docteur Paul Hobaica et à son équipe du North Collier Hospital pour m'avoir ouvert leurs portes avec autant de gentillesse. À Jim F., mon guide pour Yellowstone, et David Bondurant pour l'exploration de la Louisiane et les fabuleuses boulettes de crabe au piment ! Et, bien sûr, à mes amis de toujours, l'officier de police Rich Tusa, son épouse Kathy de la Naples Historical Society, et Marie Curtis et sa famille, pour leurs précieux témoignages et leur aide au quotidien.

En France, je remercie toute l'équipe de choc des éditions Albin Michel qui renouvelle chaque fois le miracle :

ma précieuse éditrice Stéfanie Delestré, Richard Ducousset, Francis Esménard, Marie Dormann, Solène Chabanais, Nathalie Collard, Philippe Narcisse et tous ceux et celles qui me soutiennent avec toujours autant d'enthousiasme.

Un grand merci également à ceux qui m'accompagnent au quotidien et qui me fournissent, parfois sans le savoir, la matière brute des sentiments : ma famille, mon équipe à la clinique, mes amis, mes patients et mes compagnons d'armes Franck, Mila, Marc, Stan, Ash, Wazza, Artha, Athé, Noah, Dyna, Yolbine, SteLucie, Loraya, Pounche et les autres.

Laetitia, Margaux, Joffrey, vous êtes mes âmes sœurs. Je vous aime.

Les citations sur *L'Art de la guerre* sont empruntées à l'ouvrage de Valérie Niquet-Cabesta : Sun Zi, *L'Art de la guerre*, paru aux éditions Économica. L'accouchement à la reine est tiré du livre de mon ancien professeur et maître le docteur Jean-Noël Fabiani, *Ces histoires insolites qui ont fait la médecine*, paru aux éditions Plon.

Et pour finir, un grand merci à VOUS, mes amis lecteurs, mes potes, mes copains, car vous êtes dans la bande, vous aussi, et ces histoires, nous les vivons ensemble.

Vous vous rappelez la citation : « Accroche-toi à tes rêves, tu le dois à trois personnes : à toi aujourd'hui, à l'enfant que tu as été, au vieil homme que tu deviendras » ? Elle n'est pas l'œuvre d'un écrivain beatnik. C'est Bernard Werber qui l'a soufflée à l'oreille de votre serviteur, par un jour de mauvais temps, il y a de cela bien longtemps. Surtout, c'est précisément la raison pour laquelle vous tenez ce livre entre les mains.

Allez au bout de vos rêves, mes amis.

Eden, juillet 2014

Du même auteur
aux Éditions Albin Michel :

L'ŒIL DE CAINE, 2007, prix des Lecteurs du Livre de Poche Policier 2008.

MONSTER, 2009, prix des Maisons de la Presse 2009.

SEUL À SAVOIR, 2010.

Le Livre de Poche s'engage pour
l'environnement en réduisant
l'empreinte carbone de ses livres.
Celle de cet exemplaire est de :
500 g éq. CO_2
Rendez-vous sur
www.livredepoche-durable.fr

PAPIER À BASE DE
FIBRES CERTIFIÉES

Composition réalisée par NORD COMPO

Imprimé en France par CPI
en mars 2016
N° d'impression : 3016308
Dépôt légal 1re publication : avril 2016
LIBRAIRIE GÉNÉRALE FRANÇAISE
31, rue de Fleurus - 75278 Paris Cedex 06

37/2586/8